掘墓人的女儿

[美]
乔伊斯·卡罗尔·欧茨——著
汪洪章　付垚　沈菲——译

The Gravedigger's Daughter

Joyce Carol Oates

人民文学出版社

著作权合同登记:图字 01-2011-8164 号

Joyce Carol Oates
THE GRAVEDIGGER'S DAUGHTER

图书在版编目(CIP)数据

掘墓人的女儿/(美)欧茨著;汪洪章,付垚,沈菲译. —北京:人民文学出版社,2012
ISBN 978-7-02-009225-3

Ⅰ. ①掘… Ⅱ. ①欧… ②汪… ③付… ④沈… Ⅲ. ①长篇小说-美国-现代 Ⅳ. ①I712.45

中国版本图书馆 CIP 数据核字(2012)第 122891 号

特约策划:邱小群
责任编辑:吴继珍
封面设计:董红红

出版发行	人民文学出版社
社　　址	北京市朝内大街 166 号
邮政编码	100705
网　　址	http://www.rw-cn.com
印　　制	山东德州新华印务有限责任公司
经　　销	全国新华书店等
字　　数	467 千字
开　　本	890×1240 毫米 1/32
印　　张	18.75
印　　数	1—10000
版　　次	2012 年 9 月北京第 1 版
印　　次	2012 年 9 月第 1 次印刷
书　　号	978-7-02-009225-3
定　　价	39.00 元

译 序

在当代美国作家中，像乔伊斯·卡罗尔·欧茨那样多产的人并不是很多。现年七十四岁的她，有着近五十年的文学创作经验，著有大量的中短篇小说集、戏剧集、诗集、文学评论集、文学研究专著、回忆录及儿童文学作品，尤其能以惊人的速度不断推出鸿篇巨制的长篇小说。读者面前的这部《掘墓人的女儿》，初版于二〇〇七年，是她的第三十六部长篇。最近五年来，她又有多部长篇问世。欧茨身兼大学教授，想必有一定的教学和研究任务，而耄耋之年各体文学创作竟仍能如此多产，难怪批评界要感到惊讶了。

《掘墓人的女儿》由一、二、三部和“跋”组成。读完“跋”后，读者或许会恍然大悟，原来前三部基本上是女主人公丽贝卡晚年意识流动的产物。此时的丽贝卡六十出头，身患癌症，正接受化疗。她在读完人类学教授弗莱妲·摩根斯腾的回忆录《起死回生：我的少女时代》后，于一九九八年九月十四日给从未谋面的作者写信。回忆录中所揭示的作者身世使丽贝卡坚信，这位女教授一定是她五岁时曾经日夜盼望的姨表姐。接连发出三封信后，姐妹俩终于联系上了。两人间持续一年多的书信往来，一次又一次打开各自的记忆闸门，一幕幕往事又历历在目。

整部小说以心理写实的手法，成功塑造了一个身心皆受过严重创伤的女子形象。

小说开头写青年女工丽贝卡正在纽约州北部一小镇的尼亚加拉纤维管厂上班，时间是一九五九年九月的一天下午。厂里的噪音有股奇异的催眠作用，丽贝卡沉沉若梦，惊魂不安，不幸的童年和少女时光在脑子里重现，父母惨死的景象更是挥之不去……

施瓦特夫妇在德国受过良好教育，夫妻俩爱好音乐、哲学，生活体面。一九三六年，为了逃避纳粹迫害，雅各布·施瓦特携怀有身孕的妻子和两个年幼的儿子，仓皇逃离德国前往美国。船到纽约港前，女儿丽贝卡诞生在污秽不堪的船舱里。上岸后，一家人来到纽约州北部小镇米尔本。迫于生计，雅各布在小镇墓地当掘墓人，并负责看管墓地。一家人挤在墓地破旧的石屋里，艰难度日。掘墓人工资低廉，遭人鄙视。墓地面向公路，背靠小山，呈坡形，石屋地处墓地下方。久而久之，一家人吃的井水遭地下腐败尸体污染。情况报到镇里，工作人员搪塞说水质经过检测，没问题。一家人隐忍着度日。渐渐低，妻子安娜的性格变得日益沉默、内向，夫妻俩很少交流，“沉默就像巨大沉重的石块，压得两人透不过气来”。

两个儿子渐渐长大，放学能帮父亲干活了。因是掘墓人的孩子，两人在学校常遭同学辱骂、欺负，成绩令人失望。丽贝卡五岁那年，有一天，姨父母一家要来美国的消息，把一家人乐坏了。丽贝卡看着父亲摊在桌上的照片，喜欢上照片里的表姐弗莱妲，幻想着和表姐一块儿玩。苦等了好长时间，最终传来坏消息，说姨父一家所乘船只抵达纽约港后被集体遣返。亲人团聚的幻想破灭。雅各布酗酒，常拿孩子撒气；安娜自言自语，目光呆滞，整天像活在醒不了的梦里。

丽贝卡上学了，两个哥哥却先后辍了学。大哥赫彻尔在木材厂找了份工作，二哥古斯在墓地帮父亲干活。一九四八年的万圣节前夜，有一帮人又像往年一样到墓地搞破坏，他们砸墓碑，还到处涂写“卐”字。赫彻尔怒不可遏，大打出手，还在一个家伙的额头上刻了“卐”字。遭到通缉的赫彻尔只好离家出逃。孤独的雅各布拿古斯撒气，常羞辱虐待他，导致古斯也离家出走。绝望的雅各布买了杆猎枪，计划实施报复。丽贝卡十三岁那年，父亲在墓地遭到当地名人辛姆科兄弟羞辱，他在开枪打死威利斯·辛姆科后，随即回到石屋，又将妻子打死，并饮弹自尽。丽贝卡读小学时的老师骆特小姐收养了她，还出资安葬了施瓦特夫妇。

丽贝卡在中学里的成绩每况愈下。她常遭人骚扰。一天，丽贝卡又受欺辱，她忍无可忍，予以还击，结果遭到蜂拥而上的一群同学毒打。卷入斗殴的学生全被开除。此时，丽贝卡未满十六岁。由于自卑和寄人篱下的感觉，丽贝卡讨厌起恩人骆特小姐来。一天夜里，她悄悄离开骆特小姐的家。为自食其力，丽贝卡当过女招待、售货员、旅馆服务员。一天，在华盛顿大酒店打扫客房时，她险遭房客强奸。幸亏一个叫提格诺的男子赶到，痛打了那房客一顿。提格诺是啤酒销售员，事发时也住在酒店。他的年龄是丽贝卡的两倍。事后两人常约会，后相爱结婚。当时丽贝卡不足十八岁。

销售员居无定所，丽贝卡跟着丈夫跑过不少地方。她第一次怀孕流产后，提格诺在乡下租了房子，两人算是有了固定的家。一九五六年十一月，儿子奈利出生。为贴补家用，丽贝卡到尼亚加拉纤维管厂做工。一九五九年九月，一天下班回家的路上，丽贝卡发现遭人跟踪，跟踪她的人追上来后，问她是不是叫“黑兹尔·琼斯”，丽贝卡回答说“不是”。那人似乎不信，还递过来一张名片。从名片看，那人叫拜伦·亨得里克，在奥瑞斯卡尼行医。他说其父死前留有遗产，要转交黑兹尔。丽贝卡心想他一定认错了人，掉头跑开，到麦尔策太太家去接儿子。

奔波在外的提格诺回来了。他变得不修边幅，脾气日益暴躁，对妻子常拳脚相向。一次，提格诺又在毒打丽贝卡，幼小的儿子抱住爸爸的腿，求他住手。提格诺一怒之下，竟提起孩子的胳膊就往墙上撞。孩子晕了过去，差点死了。丽贝卡忍不下去，趁提格诺熟睡之际，带儿子逃了出来。

丽贝卡改名黑兹尔·琼斯，儿子改名扎克·扎卡赖亚斯。母子每到一地，不敢停留太久，唯恐提格诺追来，杀了他们。

黑兹尔发现儿子有音乐异秉。逃亡路上，她打工挣钱，逢有钢琴的场所，便设法让儿子练上一曲。一次，黑兹尔鬼使神差，带儿子去了奥瑞斯卡尼医院，想找跟踪过她的那个亨得里克。医院里的人告诉她，没听说死去的老亨得里克医生有个儿子。

母子俩来到马林角海湾。黑兹尔在海湾大剧院当引座员，有时兼售票员，挣钱维持儿子钢琴教育。在此，她邂逅切特·加拉格尔。此人是媒体大亨赛德斯·加拉格尔之子，弹得一手好钢琴，因思想与其父相左，父子关系不甚融洽。切特离过婚，眼下正疯狂地爱着黑兹尔。他介绍黑兹尔到沃特镇齐默尔曼兄弟乐器行当销售员。汉斯·齐默尔曼也是乐器行的股东，他是著名钢琴家，已从音乐学院退休，扎克常能得到他的指点。

切特正式向黑兹尔求爱，为了儿子，她答应了。两人同居，搬进加拉格尔给母子俩买的房子里。扎克首次公演，大获成功。在罗切斯特青少年钢琴大赛上，他的演奏也得到一致好评。比赛结束当天，一身穿工作服的男子突然出现，他问黑兹尔："您是否记得我？我叫古斯·施瓦特。"黑兹尔忙摇头说"不"。

黑兹尔始终抹不去心头阴影，担心提格诺出现。她终于给麦尔策太太去电话，得知提格诺遭人敲诈，两三年前就被人打死了。

切特驱车带黑兹尔去见父亲赛德斯·加拉格尔。和赛德斯交谈中，黑兹尔得知切特的过往经历，包括婚姻，还得知赛德斯患了癌症。后来，黑兹尔常收到赛德斯的来信和礼物。信中称赞扎克的音乐才华，他还匿名向特拉华音乐学院捐赠三十万美元，立专项基金赞助扎克的音乐教育。一九七一年三月，黑兹尔又收到赛德斯的邮件，内装几份剪报复印件。黑兹尔读后才知道，十一年前跟踪过她的亨得里克原来是个变态杀人狂，已死。警方在其住处挖出六具女性尸骸，其中一具是"黑兹尔·琼斯"的。

看了剪报，冒名“黑兹尔”的丽贝卡忍不住发出刺耳的笑声，她决心要把一切都告诉给切特。

一九七二年十一月，丽贝卡和切特相爱同居十周年，两人举办了一个简单的婚礼，扎克因此也成了切特的正式养子。扎克用功练琴，囊括过各种比赛的冠亚军，眼下在为旧金山钢琴赛做准备。此时扎克快十八岁，交了女朋友。他兴趣广泛，哲学、宗教均有涉猎，还常和养父辩论有关问题。他正值青春期，情绪不稳，易冲动，让人担心。决赛前六天，他竟然说要退赛，这可急坏了周围人。还是切特设法缓解了扎克的心理压力，没有退赛。

一家人奔赴旧金山。轮到扎克登台了，他走上舞台，显得异常沉稳。听着儿子在台上的演奏，丽贝卡百感交集。扎克技巧娴熟地演奏着贝多芬的奏鸣曲《热情》，淋漓尽致的发挥和不乏争议的创造性阐释，吸引着每个人。演奏结束，全场爆发出雷鸣般掌声。

扎克成功了！可他不会知道，等待着母亲的又将是个漫长的不眠之夜……

人们在谈论小说时，通常将“故事情节”并提，其实，故事是故事，情节是情节，在叙事学上是两码事。原生态的故事就像以上所做的“故事梗概”一样，指的是在一维时间序列中接连发生的一个个事件，读来未必有趣，因为它不是“肌理细腻骨肉匀”的小说本身。原生态的故事不可能全部进入小说文本。人类个体的故事基本是一样的，无非是在社会环境的挤压和人与人关系中出生成长、吃喝拉撒、恋爱结婚、工作娱乐、老弱病死之类，但讲故事的方式却千差万别。与故事不同，情节处理的正是讲故事的方式，它涉及小说艺术结构要素的安排，更多地与创作手法有关。好小说家在创作时对讲什么、不讲什么、先讲什么、后讲什么，总会有个大致规划，煞费苦心地设计作品的情节结构。

《掘墓人的女儿》的结构颇为奇特。全书由长度极不对称的四个部分组成。第一部三百三十五页，第二部一百七十八页、第三部仅三十六页，由二十九封书信组成的“跋”仅占二十六页，呈“虎头蛇尾”状。这种篇幅结构看似突兀，但细究起来，颇能响应整个小说情节结构的要求。我们倒过来先看“跋”。

该部分由丽贝卡和弗莱妲两人的二十九封书信组成，尽管所占篇幅最短，但在整部小说叙事中，所起结构作用却很大。没有这个部分，我们甚至无法知道小说叙述人是谁。而在读完这个部分后，我们才知道，前三部的内容像是从女主人公流动的意识中自然淌出似的。正因如此，前三部里的叙述人视角可说是“固定的内视角”，而且大致是“有限定的视角”，不是全知全能的视角。也就是说，六十二、三岁时的丽贝卡身患癌症，她回忆所及的内容，要么是她当时亲身经历、耳闻目睹的，要么是她以不同时期的情感状态和智解能力可以想象得到的。不过，前三部里的叙述视角的限定并不十分严格，其中不少场景，按理说是丽贝卡不可能看到或不可能想见到的。比如，第一部里有关她父母在小石屋里有否性爱生活的议论和描写，就是个明显的例子。

我们再回过头来看看篇幅最长的第一部。三百多页的文字写的主要事件发生在一九五九年九月到十月。丽贝卡一天下班回家的路上被人跟踪，虚惊一场；忍受不了丈夫施暴，带儿子仓皇出逃。但是，丽贝卡不幸的童年和少女时光、父母的惨死、寄人篱下的生活、打工经历、恋爱及性爱所带来的快乐、嫁为人妻、初为人母，等等内容，基本都是用意识流手法浓缩、穿插在了这第一部里，读后让人对女主人公的性格养成有极为直观的了解。在这一部分里，丽贝卡生命中二十三年里所发生的或喜或悲的主要事件，几乎都得到了具象的呈现。在米尔本墓地小石屋里，施瓦特一家遭人鄙视欺辱，孤独寂寞，过着畸形、变态的生活，写得更是真切可感，读着令人感到透不过气来的压抑。

童年、青少年时期的生活记忆是深刻而持久的；艰苦屈辱的生活如漫漫长夜，难耐又难忘；儿时的不幸和较早的性爱经历又同样是刻骨铭心的。这样看来，第一部的篇幅之所以长，不仅是小说叙事内驱力使然，而且还具有一定的象征意味。

也正是在第一部里，一个有血有肉、有思想的女主人公从小到大不断蜕变的形象，生动地浮现在了读者面前。我们甚至可以瞥见这个十六岁时就辍学的青年女子所具有的宗教观、哲学人生观。作品劈头一句就是“在动物的世界里，弱者的命总是长不了。”这是父亲常常教导丽贝卡的。受过高等教育、当过数学教师的雅各布·施瓦特，不仅爱好音乐，对亚里士多德、芝诺、康德、黑格尔、费尔巴哈、叔本华、尼采等人的思想，也都有他自己的理解。两个儿子先后离家出走后，灵魂孤独、生活几近绝望的雅各布，常对年幼的丽贝卡叨唠着他脑中的那些哲学见解，好像年幼懵懂的女儿完全能听懂似的。

丽贝卡十二岁时，雅各布就有一种异样的感觉，觉得女儿比两个儿子更像自己，“她和他一样聪颖，一样地不轻易相信人，在这一点上，她和她的母亲完全不同。……丽贝卡好像是个不会笑的人。也许是由于她过早地感觉到自己过的是非人的生活。她神情忧郁，为人固执，这一点像她父亲。她整天心事重重，愁眉不展，脸上缺乏表情，像个大男人似的。”实际上，丽贝卡这种早熟的个性特征，是在特殊的家庭境遇和父亲不知不觉的教育下，潜移默化地形成的。

雅各布深受费尔巴哈影响，是个无神论者。丽贝卡上小学时受过骆特小姐的感化教育，曾一度相信上帝，相信每个人的心中都有一团永不熄灭的微弱火焰。父母惨不忍睹地离开人世后，收养她的骆特小姐常领丽贝卡去教堂做礼拜。此时的丽贝卡上了中学，有一定的理性思考能力。尽管她仍强迫自己信上帝、信耶稣，甚至产生幻觉，以为自己能亲眼见到耶稣，但礼拜堂的沉闷空气，青春期的叛逆心理，特别是由于受父亲影响太深，她终于没能坚信到底，辍学前后就对基督教产生了深刻怀疑。小说在后来的部分里，几乎看不到有关宗教的实质性议论，原因也许正在于此。

小说的第二、第三部合计二百一十四页，表面上主要写儿子的音乐教育，但丽贝卡躁动不安的意识一刻不停地仍在释放各种信息，使读者得以不断补足、修正丽贝卡的身世经历，使她的形象变得不断丰满起来。

在这两个部分里，随着扎克及几位音乐大师的钢琴演绎，读者仿佛随时能听到旋律优美、内含丰富的德国古典音乐，尤其是贝多芬的钢琴奏鸣曲《热情》。母亲安娜和父亲雅各布在德国时有过幸福美满的家，母亲经常弹奏肖邦、贝多芬和门德尔松等大师的乐曲。小说第一部就曾写到如下情景：年幼的丽贝卡和母亲在石屋里过着孤苦寂寞的生活，母亲常趁父亲到墓地干活时，偷偷打开收音机，母女俩依偎在一起，听着贝多芬的《热情》，随着乐曲旋律的起伏，生活的苦难像是一下子消失了似的。母亲当时听这支曲子，脸上所浮现的异乎寻常的幸福表情，给读者深刻印象。到小说后两个部分里，《热情》这首曲子不仅折射出丽贝卡的思母之情，同时也恰到好处地映衬出她的整个生命情态。作者将这支曲子安排为扎克大赛自选曲目，让它的旋律在第三部里不断回旋，从人物塑造和情节发展来看，都很合乎情理。

人有历史，物也同样有历史。恰当的物件在小说中不仅具有一定的象征意义，而且能将人物鲜活的生命样态自然地呈现出来。那台收音机是雅各布移民美国后买的第一件贵重物品，曾花去他几乎全部的积蓄。他活着时正是凭着这台收音机了解二战及战后的欧美大事。让人难忘的是，在第一部里，同样是那台收音机，成了父母惨死后留给丽贝卡的几乎唯一遗产，也同样是那台收音机，后来给了丽贝卡的儿子最初的音乐教育。

我们若从小说情节结构的内在需求来看,第二部的目的可能主要是为解开第一部里设置而未予解决的若干悬念。

一、提格诺的结局如何?不解决这个问题,丽贝卡随时会有危险,无法过安定的生活,也无法和切特正式结婚。到了小说第二部第二十六章时,丽贝卡在逃离提格诺八年后,终于给麦尔策太太去了电话,这才得知提格诺在丽贝卡带儿子逃出后两三年里(具体时间不明)已被敲诈勒索他的人打死。提格诺的暴戾性格,丽贝卡是知道的,她知道提格诺的这种性格一定使他与不少同行竞争的人结怨很深。不过,她一直蒙在鼓里,不知道提格诺早有命案在身并因此被警方通缉过。丽贝卡在得知提格诺已死的消息后,自己似乎意识到,当初以身相许嫁给提格诺,可能是中了提格诺设计的圈套。想想当时那草率的婚礼,丽贝卡不由得感到一切都是提格诺骗婚的结果。

二、那个亨得里克到底是何人?不解除这个悬念,整个小说的结构大厦都有垮塌的可能,因为小说第一部的开头就花了不少笔墨写到此人如何跟踪丽贝卡。丽贝卡带儿子逃离提格诺后改了名,竟然叫"黑兹尔·琼斯",而这个女子却正是亨得里克要找的人。丽贝卡带儿子到奥瑞斯卡尼医院去找亨得里克,明显是想碰碰运气,看能否要回那份子虚乌有的遗产,因为此时的丽贝卡和儿子生活正无着落。再者,这第二个悬念不解,丽贝卡的真实身份也得不到确证和恢复。第二部快结束时的第二十九章,这个悬念终于有了解决。丽贝卡读了赛德斯寄来的剪报复印件,得知那个亨得里克原来是杀人狂。而此时,丽贝卡冒用"黑兹尔·琼斯"之名已有十多年之久,这听起来确像丽贝卡本人所说的,是个莫大的讽刺。

曾写过不少通俗作品的欧茨在设计和解决悬念方面是高手,但在《掘墓人的女儿》里,有一个悬念似乎没能给出一个很好的交代。那就是,哥哥赫彻尔和古斯命运后来究竟如何?按时间顺序,丽贝卡最后一次听人提说赫彻尔,是在第一部里。当时丽贝卡和提格诺约会后,提格诺给了她一笔钱，还说那钱是身在加拿大的赫彻尔让他转交丽贝卡的。但事实真相究竟为何，始终不得而知。读者难免心生疑问：提格诺是怎么认识赫彻尔的？赫彻尔是否早被提格诺杀了，提格诺当时给她的那笔钱会不会是从赫彻尔身上抢来的？这些问题后来在女主人公丽贝卡的脑子里其实也曾闪现过。另外，儿子扎克有一次在参加青少年钢琴比赛结束后，那个貌似赛场工作人员的人和丽贝卡打招呼，此人显然是二哥古斯，但丽贝卡没有相认。不知何故？是否是怕暴露自己的真实身份因而误了扎克的前程？当然，涉及众多人物的长篇小说不可能将其中每一个人物的命运都交代清楚，除非将篇幅无限制地拖下去，比如写成三部曲的家族史。而这又另当别论了。

整体看来，作品第二、第三部与第一部还是能构成首尾圆合的整体，加上一个不可多得的“跋”，基本做到了叙事详明，将掘墓人的女儿悲惨不幸的身世和相对完满的结局艺术地呈现了出来。全书成功塑造的形象不只丽贝卡一个，施瓦特夫妇、赫彻尔、提格诺、切特，都各有特色，写得都比较成功，给人以较深的印象。当然，就性格鲜明程度而言，我们可以说，第一部里的父亲形象雅各布绝不亚于女儿形象丽贝卡。假如小说的叙事车轮在第一部就刹住的话，我们甚至可以说作品的真正主人公是那掘墓人，而不是掘墓人的女儿。

汪洪章

二〇一二年七月十二日于复旦大学外文学院

谨以此书纪念我的祖母

布朗齐·摩根斯腾——一个“掘墓人的女儿”

另将此书敬献戴维·艾伯斯豪夫

鸣　谢

本书第一部中的部分章节最初曾以略微不同的形式刊载于《见证人》二○○三年夏、秋季号。

第六、七两章最初发表于《巧合》二○○三年秋、冬季号。

第十六、十七章最初以不同形式收载于玛丽安·赖特·艾德尔曼编《童年》，豪夫顿·米夫林出版社，二○○三年。

目　录

第一部

在肖托夸河谷

引　子

“在动物的世界里，弱者的命总是长不了。”

他死了已有十年了。埋掉他那被毁损得不成样子的遗体已是十年前的事。十年来，无人哀悼他的死。他的女儿现已成年，已为人妇，为人母，你会以为她如今把他忘得一干二净。她何尝不想把他给忘了，可就是办不到！因为她是那样地恨他。他的眼睛呈煤油色，脸就像个煮烂了的西红柿，使她恨得牙痒。她上班的时候最易想到这令她感到糟心的事。尼亚加拉纤维管厂装配车间里的噪音有着一种催眠作用，使她昏昏欲睡，每当此时，她就仿佛听到了他的声音。传送带颤动，她的牙齿也跟着颤动，此时也能听到他的声音。每当她的嘴里感到有股干牛屎的味道时，她也仿佛能听到他的声音。真的恨透了他！她蹲在那里，精神恍惚，觉得这一切就像个笑话，像是某个讨人嫌的同事大声讲给她听的一个粗俗的笑话；像是某个男孩透过工作服伸进她的胸部或裆部的手指头搅得她心乱神迷，呆若木鸡。她两眼发愣，直盯着橡胶传送带上的管料看。橡胶传送带忽动忽停，像抽风似的，但一旦动起来，快得让你措手不及。该死的护目镜雾气腾腾，弄得她脸疼。她闭上眼睛，嘴里吸进的是污浊而呈粉尘状的空气，这空气，她再熟悉不过了。一阵耻辱感掠过她的心头，这种感觉令她丧魂落魄，痛不欲生。每当她疲倦不堪、烦恼或伤心的时候，这种耻辱感就往往会袭来。她茫然地摸索着传送带送过来的东西，而摸索的究竟是什么东西，叫什么名字，有什么用途，她全然不知。这很危险，弄不好她的手就有可能被冲压机缠住，就有可能把自己的两三根手指给压碎。她神情恍惚，满脑子都是挥之不去的父亲的形象。这形象轻声地对她说："丽贝卡，你可千万不要暴露自己的弱点啊。"父亲这句话，相信她在一片哐啷哐啷的机器声中一定能够听到。他的脸离她是那样的近，好像父女俩是同谋。可他们不是。她和父亲毫无共通之处，长得一点也不像。她讨厌父亲嘴里的那股酸臭味；还有他那张脸，简直就像个煮裂开来的西红柿，叫她感到恶心。她亲眼看见那张脸弄得血肉模糊，连软骨组织都看得一清二楚，脑浆也迸裂了出来。她裸露的双臂曾托着那张脸，那脸曾经消失得无影无踪，从她那讨厌的脸前消失，从她的每一根头发丝里消失。那是十年前的事了。细算起来，至今已有十年近四个月了。她永远也忘不了那一天。她不是他亲生的，也不是她母亲亲生的，因为她觉得自己的长相和他们一点也不像。她惊奇地发现，自己现在已是个二十三岁的成年妇女，在这人间已活得不算太短。父母都已死了，可自己还活着。她已不再是个遇事吓得心惊肉跳的孩子。她已为人妻，丈夫是个真正的男人，不是一个遇事爱哭鼻子的胆小鬼，当然也不是个暴戾的杀人犯。正是这男人使她有了孩子，是个男孩。她那死去的父亲是永远无缘见着这孩子了，永远不可能见着他的外孙，永远不可能再把那令人讨厌的话对自己的外孙讲了。一想到这，她就开心得不得了。可父亲的形象在她脑中老是挥之不去。父亲知道她的弱点。每当她感到精疲力竭，每当自己的灵魂缩小到像一粒干瘪的葡萄那么大的时候，父亲的形象就会来缠绕她。而在工厂这片嘈杂的地方，父亲的话似乎带上了一种强大有力的机器节奏，显得越发有权威，一遍又一遍地不断向她耳里灌输，弄得她昏头昏脑、目瞪口呆，只得俯首帖耳地顺从。

"在动物的世界里，弱者的命总是长不了。丽贝卡，你可千万不要暴露自己的弱点啊，千万记住。"

纽约州的肖托夸瀑布

1

一九五九年九月的一天下午，一个年轻的工厂女工正步行回家。她正走在蜿蜒于伊利运河边上的纤路上，此地位于小城肖托夸瀑布东部。她走着走着，突然觉得有人跟踪她。一个男人，头戴巴拿马帽，老是保持约三十英尺的距离尾随着她。

巴拿马帽！衣着浅色而怪异，这在肖托夸瀑布本地不常见。

年轻女人名叫丽贝卡·提格诺，已婚。她丈夫提格诺的名字使她颇觉自负。

“提格诺。”

虽说已经不再是个少不更事的姑娘，而是个已婚妇女，还有了孩子，可她还是那样满心荡漾着爱意，还是像孩子那样爱慕虚荣，每天总是把“提格诺”这个名字呼唤个十来遍。

她的步子迈得越来越快，心想：“他最好不要这样跟着我，提格诺知道了会不高兴的。”

为了不让戴巴拿马帽的男人赶上她，和她搭腔——虽说，男人们并不经常这样，但有时却喜欢如此——，她把穿着工作鞋的双脚在纤路上跺了一下，跺脚的那样子很是好看。她确实有点紧张，显得有点不耐烦，像匹被苍蝇折腾着的马。

那天,她的手差一点被机器压碎。真该死,她不该那样心不在焉!

眼下又碰上了这么个家伙!她扭过头去,瞪了那人一眼,省得他再跟着。

会不会是自己认识的人?

看上去不像是本地人。

在肖托夸瀑布这一地方,有时确有男人会尾随她,至少用眼睛;可大部分时候,她都装着没看见。她以前和她的兄弟们住在一起,她了解“男人”。她可不是那种胆小怕事的姑娘。她体格健壮、丰满,觉得自己能照顾好自己。

可这天下午,她的感觉有点异样。这天的天气有点闷热,天色有点阴沉,像是着了墨鱼汁似的,让人觉得想哭,不知道是什么原因。

不是说丽贝卡·提格诺哭了。她从来不哭。

那条纤路走的人很少,要是她喊救命……

她对这条路了如指掌,路有近两英里长,走回家要花四十分钟。每周有五天,她都得早上从家徒步走到肖托夸瀑布这座小城去,下班再从城里徒步走回家。工作鞋虽很笨重,但走起路来很快。

有时,河面上的驳船从她身边驶过,和驳船上的男人们打打招呼,说两句俏皮话使气氛略微缓和了一下。就这样,她和船上的好几个男人渐渐地熟悉了起来。

可这天的河面上空无一船,上下游都不见船影。

她紧张了起来,真该死!紧张得连后颈脖、腋下都冒起汗来。心跳也快得像是肋骨间插着什么锋利的东西似的。

“提格诺,你究竟在哪儿啊。”

说真的,她不是在埋怨他,也决不会埋怨他。

提格诺带着她来到此地生活。那是一九五六年的夏季末。来到此地后，她在肖托夸瀑布当地的报纸上读到的第一条消息非常恐怖，令她难以置信：有个当地男人谋杀了自己的妻子。他打她，把她扔进了运河，扔的地点就在这条人迹罕见的小路附近。那男人把妻子扔进河里后，又向她投石块，直到看着她活活淹死。那个男人后来对警察说，他投石块投了约有十分钟之久。他说这话时虽不是在自我炫耀，但他对自己的行径也毫不感到可耻。

这狗娘养的竟然想甩了我，他说。

还想把我儿子带走。

这则恐怖的新闻，丽贝卡恨不得从来没有读到过。最为糟糕的是，每个读过这则新闻的男人，包括奈尔斯·提格诺，都会摇摇头，嘴里发出窃窃的笑声。

丽贝卡曾问过提格诺那种窃笑声到底是什么意思：难道这事也好笑吗？

“你铺你的床，睡你的觉。”

提格诺只撂下这一句话。

丽贝卡寻思着，肖托夸山谷里的女人一定都知道这类故事。要是有个男人把你也给扔进了运河里，那该怎么办呢？（没准就是这条河，扔进去后也被人投掷石块。）自打丽贝卡进城工作的时候起，她来来回回走在那条纤路上，脑子里就无时不在盘算着，要是这样的事情真的有一天摊到了自己的头上，那该怎样才能救自己的命呢？

她脑子里想象得这种场景非常逼真，不久就能把事情想象得像真的或几乎发生了似的。有人（一个不知名姓，脸也看不清，身材比她高大的男人）一把将她推进了浑浊不堪的河水里，她在河里挣扎着，竭力想保全性命。*马上用右脚的鞋头把左脚上的鞋子蹬掉，然后再很快地把另一只也脱掉！然后*——她只有几秒钟的时间，因为那双工作鞋笨重得像铁砧一样，会很快使她沉到河底。鞋子一脱掉，马上扯开上衣，在水还没把它浸透之前脱掉，这样她至少还能有一线活命的希望。不过，该死的工作裤脱起来比较困难，前面有纽扣，两条裤管在大腿部位又绷得有点紧，呀，她在水中还得不停地游，朝距离想害死她的人相反方向游……

天哪！丽贝卡心里怕了起来。身后这家伙，头戴巴拿马帽，也许只是碰巧遇上的吧。不能因为人家走在自己身后，就怀疑人家在跟踪自己啊。

不是蓄意跟踪，只是偶遇。

可还是得让这家伙知道，她已意识到身后有人跟着，让他知道他这么做会把她吓着的。在这种人迹罕至的地方，一个男人竟跟在一个女人身后。

她特恨别人跟踪自己！连男人目不转睛注视自己的眼神，她都感到讨厌。

多年前，妈妈就教导她，要她敬畏上帝。丽贝卡，你可千万不要出什么事啊！女孩子一个人的时候，会有男人跟踪的。连你熟悉的少年，都不可轻易相信。

妈妈甚至担心，丽贝卡的哥哥赫歇尔会对丽贝卡做出什么不检点的事情来。可怜的妈妈！

妈妈成天提心吊胆，丽贝卡总算没出过什么事。

至少就她的记忆所及，没出过什么事。

妈妈说到过许多可恶的事情，但她的见解并不正确……

丽贝卡想起自己过去在米尔本度过的姑娘时光，会心地笑了。她当时还未结婚，还是个“处女”。眼下，她再也不会去想处女的问题，因为自己的处女时光早已一去不复返了。是奈尔斯·提格诺救了她。奈尔斯·提格诺是她的英雄。他开着车，把她带出了米尔本，他俩一起私奔，去了尼亚加拉瀑布。她的那些女友都很羡慕她。其实，米尔本的姑娘个个都私下里在爱着提格诺。后来，他又带着自己的新娘丽贝卡移居东部，此地位于肖托夸瀑布偏北方向，人称四角地。

他们的儿子小奈尔斯·提格诺就出生在此地。奈利到十一月底就三岁了。

做提格诺太太让她开心不已，做母亲更让她感到自豪。真想大声对那头戴巴拿马帽的男人喊一声：你无权这样跟着我，我能保护我自己。

这话没错，丽贝卡上衣兜里藏着一块废金属，很锋利。紧张之余，她悄悄地把手伸到兜里，摸着那块金属。

要是把我逼急了，我就让你这家伙身上留点印记。

在米尔本读书时，她出于无奈，不得已时也会和人打架。由于她是掘墓人的女儿，别的小孩老是嘲笑她。她只得忍气吞声，设法克制住自己，不和他们计较。母亲劝告她说："丽贝卡，你可不要和他们一般见识。"不过，她有次克制不住，和一个家伙拳打脚踢起来，其实也都是出于自卫。有一天，那该死的校长竟因此把她给开除了。

此后，她当然再未袭击过别人。她从未伤害过自己的同学，即使有的同学确实欠揍。但她毫不怀疑，假如有人想要她的命，她会孤注一掷，拼死予以还击的。

啊！这废铁的尖部多么锋利啊，就像一把碎冰锥。如果……她就将它扎进那男人的胸膛或咽喉。

"你这可恶的家伙，别以为我无能，我会让你好看的。"

丽贝卡同时心里在琢磨，这个戴巴拿马帽的男人，虽说自己不认识，但会不会是提格诺的熟人呢。也许他和提格诺熟识。

她的丈夫在一家啤酒厂工作，常常几天甚至几个星期不归家。尽管一般情况下他不缺钱，但有时也会抱怨手头钱紧。他曾说到过，啤酒的酿造、营销以及满纽约跑，给零售商送货，等等，竞争相当残酷。提格诺说这话时，颇为激动，充满激情，听着让人觉得这一行当的竞争程度已到了不是你死就是我活的地步，凶险得很，但又让你觉得竞争相当残酷不一定是件坏事。

啤酒酿造业充满了竞争。工人组织了联合工会，罢工、裁员、劳资纠纷、抗议示威等，时有发生。厂方雇用了像奈尔斯·提格诺这样的男人，是因为他们遇到麻烦事情时，能够从容应对。提格诺曾对丽贝卡说过，他虽有一些仇人，但他们绝不敢对他轻举妄动——“但对她这么一个做妻子的，情况就有点两样。”

提格诺还对她说过，谁要是对她怎么样，他会赤手空拳要了他们的命。

这个戴巴拿马帽的男人，她在心里琢磨着，看上去不太像是个从事啤酒酿造业的人。他戴着花哨的草帽和墨镜，穿着奶油色的裤子，这副装束，适合夏季到湖滨去度假，不像是个在秋季里的肖托夸瀑布小城靠做产业工人过活的人。他穿的长袖白色衬衫，是高档棉布甚至是亚麻布制做的，还戴着蝶形领结。蝶形领结！在肖托夸瀑布这座小城，没人戴蝶形领结，提格诺的熟人中肯定没人戴过。

这就好比你在大街上看到了宾·克罗斯比①或舞跳得特灵动的弗雷德·阿斯代尔②。戴巴拿马帽的男人就像这种人，他看上去身体好像不太容易淌汗，是个见到漂亮的东西就会会心一笑的人，总之，是个现实中少见的人。

不像是个尾随女人到这种僻静地方并随便打招呼的人。

(他会不会是?)

丽贝卡心想，天色要是不像现在这么晚就好了。要是大白天，她是不会这样感到不安的。

九月的天色晚得早。劳工节③一过，你会觉得白天明显短了起来，时间过得也似乎快了起来。运河边的林下灌木丛暗影浮动，波光潋滟的河

---

① 宾·克罗斯比(1904—1977)，美国歌手、演员，代表歌曲有《白色的圣诞节》等。

② 弗雷德·阿斯代尔(1899—1987)，美国著名舞蹈家、歌唱家、演员。

③ 九月的第一个星期一是美国和加拿大的劳工节。

面显得有点神秘乃至凶险，就像几缕令人不悦的思绪，人在虚弱时赶也赶不走。天空乌云密布，就像块质地坚挺厚实的布料，用力拧紧了后又被松开，有着某种颤巍巍的活性，但又显得怪异而充满恶意。偶尔露出云层的太阳，看上去就像一只眼睛，凶猛而疯狂地瞪着，把纤路旁小草的叶片照得一清二楚。强烈的光线使你感到目眩，可不一会儿，太阳又一下子消失得无影无踪。原本可以看得一清二楚的东西，转眼间又变得模糊不清。

雷暴云砧从安大略湖的上空狂泻而下。空气阴湿，苍蝇在乱叮东西。

有些苍蝇在她的头部四周嗡嗡叫着，使她厌恶，惊恐地发出微弱的声音来。她用手胡乱地驱赶着苍蝇。

尼亚加拉纤维管厂里的空气还是和仲夏时节一样的闷热，温度达到一百一十华氏度，让人感到窒息。窗户歪歪斜斜地开着，玻璃上满是污垢、粉尘，晦暗不清，透气扇有一半不是坏了，就是转速过慢，几乎等于无用。

尼亚加拉纤维管厂里的工人都是临时的，丽贝卡可以再忍耐几个月……

上午八点五十八分用打卡钟打卡上班，下午五点零二分再打卡下班，每天工作八小时，每周五天，天天如此。上班时必须戴好防护眼镜和防护手套；有时还得系上防护围裙。围裙较大又有点份量，弄得人更热。工作鞋的前部是加厚的。工头有时会检查她们这些女工。

在来这家工厂上班之前，丽贝卡曾在一家旅店干过：所谓的服务员。成天必须穿的工作服让她恨透了。

丽贝卡每天工作八小时，税前能挣十六点八美元。

“都是为了奈利。我出来工作都是为了我的奈利。”

她没戴手表，在尼亚加拉纤维管厂上班她从未戴过手表，因为若是戴的话，细微的粉尘会跑进手表的机芯里，把手表给弄坏。但她知道，现在快到下午六点钟了。她得马上在六点过后到邻居家把小奈利接回家。在这纤路上尾随她的任何坏家伙都不能阻止她去接孩子。

假如突然……假如她身后的这个家伙……她拔腿就跑。前面不远的地方有个可以躲藏的地方，就在河堤的那一边，有个臭气熏天的涵洞，走在纤路上是看不见的。涵洞是用皱巴巴的金属薄板做的，有大约十二英尺深，五英尺宽，她可以弯下身子走进去，一直向前跑，跑到一片田地。只要前面不是一片沼泽、湿地，戴巴拿马帽的男人是看不见她的踪影的，即使看见了，他也不会跟过去。

丽贝卡在寻思着逃跑的路线，可心里又犯起了嘀咕：那个涵洞通向一片臭气熏天的湿地，是用来排污水的空地，要是她跑了进去，可能会摔倒，深深地陷进去……

在纤路上跟踪尾随一个受害人，是再容易不过了，丽贝卡心里想。你看不到河堤那边的任何东西。由于视平线压得极低，走在纤路上要想看见天空，必须得仰起头来，伸长了脖子。否则，光靠两只眼睛，自然是看不着天空的。

丽贝卡觉得闹心，觉得自己的权利受到了侵害，这个坏家伙竟跟随自己到这里。往常从工厂里出来，每当走到此地，觉得总算可以缓口气了，谢天谢地，总算下了班。周围尽管草木丛生，没有人烟，也不怎么整洁，但总还能让她看着开心，总还能专心惦念着正急切等着自己的儿子。

她心里明白，决不能示弱，决不能露出恐惧的神色。

她打算转过身来，面对着他，面对着那个头戴巴拿马帽的男人。她打算转过身来，学着提格诺的模样，两手扑腰，狠狠地瞪眼看着那人。

她口不出声地说着打算对那人说的话："你这个人！是不是在跟踪我？"

或者："嗨，先生，您这不是在跟踪我吧？"

她心速加快，恨得牙痒，心想不如直接对他说："你这该死的家伙，你是什么人，老是这么跟着我？"

她可不是个胆小怕事的年轻女人，也不懦弱，无论身体，还是天性，都不懦弱。她并不具有太多的女人气。在她身上，你几乎找不到半点阴柔、温顺、婉约的气质；相反，她觉得自己坚强、壮实。她的脸长得很特别，一对深黑色的大眼深嵌在脸上，黑眉毛像男人的一样浓密，面对别人的时候，那态势也有点像个男人。说实在的，她瞧不起女人身上的那股阴柔气。不过，她对提格诺倒是情深意笃，这另当别论。她倒不是想做提格诺那样的男人，她只想要提格诺爱她。因为，在丽贝卡的眼里，提格诺可不是个一般的男人。要不是这样的话，她会打心眼里看不起女人身上的那股柔弱气。她为女人身上这份阴柔气质感到可耻和愤怒。女人自古多柔弱。她的母亲安娜·施瓦特也是如此。可柔弱是被打败了的族类身上的一大典型特征。

在厂里上班时，男人们通常不太会去招惹她，因为他们大多知道她已经结婚。你就是对她表示点什么兴趣，她也不会表露出任何迹象，让你以为她已欣然接受。她从未正眼看过他们，至于男人们心目中对她有什么样的想法，她懒得去想。

不过，上个星期，她正站在装配线前工作的时候，有个嬉皮笑脸的家伙老在身后不远的地方来回走动。他浑身上下地打量着她，弄得她局促不安。她很想叫他离她远点，不然就去报告工头，可话到嘴边又咽了回去。那个嬉皮笑脸的家伙龇牙咧嘴地笑着对她说："嗨，宝贝！我爱你。"

尽管发生了这种事，她也没离开工厂，因为要是离开工厂不干了的话，那生活会变得非常糟糕。

她是三月份开始在尼亚加拉纤维管厂工作的，是个没什么特别技能的工人，只能在装配车间工作。尽管如此，工厂支付的工资比女人能干的大部分别的工作都多。做服务员、清洁工、销售员什么的，赚不了几个钱。在工厂工作，你不必成天堆着个笑脸，讨别人喜欢。她有个朋友，叫丽塔，也在尼亚加拉纤维管厂的装配车间工作。她曾告诉丽塔说，自己的这份工作是临时的。而丽塔则大笑着说，没错，她的那份工作也是临时的，可一干就“干了七年。”

由于可望见的东西极为有限，这使她心里非常焦急，因为实在想不出法子设计逃跑的路线。躲进林下灌丛中去吧，可里面又长有多刺的植物、野蔷薇以及带有气根毒藤的巨型藻。要不，爬到树上去？反正得离开纤路，在纤路上什么事不能发生？

离济贫大桥至少还有一英里的路程。到底得走多少分钟才能到，她心里也没底。会不会要花二十分钟？她又不能撒腿就跑。她真不知道在那二十分钟里究竟会发生什么。

运河的河面泛着微波，就像一张沉睡着的庞大野兽身上的皮，可你怎么也看不见它的头，只能看见它那庞大的身躯展现在你的眼前。

此外，就真的什么也看不到了。连运河本身也渐渐消失在远方的一片迷茫之中。就好像火车的双轨，当你极目望去，你的双眼似乎在捉弄你，让你觉得，那双轨间的距离在逐渐收窄，直至从当下消失得无影无踪，步入你无法看得见的未来。

收起你那柔弱的根性，千万别老像个小孩子似的。

她已根本谈不上是个孩子，她已是结过婚的女人，而且做了母亲。她已经在纽约州小城肖托夸瀑布的尼亚加拉纤维管厂找到了一份工作。

她已不再是个小孩，成天依靠大人的抚爱。也不像在米尔本时那样，得靠县政府救济才能生活。她已不再是那个处处要人怜悯的掘墓人的女儿。

当时正是战后美国工业蓬勃发展的时代，人们都这么说，看上去也的确蓬勃。肖托夸瀑布城市虽小，但所有工厂都满负荷运转着，纽约州边区的其他市、镇，如最大、最繁荣的布法罗，也是如此。肖托夸山谷的上空成天弥漫着两种烟雾：一种自然平铺在天空，另一种则从工厂的烟囱笔直向上排去。两种烟雾虽然色泽有些区别，但却都是从工厂的大烟囱里排出来的。人们总能看到浓浓的烟雾从尼亚加拉纤维管厂扶摇直上，烟雾中夹带着色泽如钢铁的粉尘，并散发出刺鼻的橡胶气味。

她留着一头浓密的长发，梳着松散的发辫。上班时，她就将发辫盘到头顶上，再系上头巾。尽管这样，下班后除下头巾，头发里仍能闻到一股工厂的味道。原来她的头发乌黑、发亮、柔顺光滑，非常漂亮，被提格诺戏称为吉卜赛人的头发。可是，她这头漂亮的头发如今干燥易折，被腐蚀得像锈铁一样。她今年才二十三岁，可已经有灰白头发了！她的手指头满是老茧，指甲也被玷污得不成样子，即使上班时戴工作手套也没有用。安全防护镜笨重得要死，成天戴在脸上，使脸上都留下了一大块苍白的痕迹，鼻子的两侧也都被压得陷了下去。

她是个已婚的女人，为何这类事情老是频频地降临到她的头上？

提格诺以前曾经狂热地爱过她，那段爱意缠绵的时光是否一去不复返，她不太愿意去想。

她一怀孕，他就老大不高兴。她挺着的大肚子，紧绷绷的，像鼓，上面的浅蓝色血管看得一清二楚，好像随时都有爆裂的危险。怀孕时，她的脚踝和双脚都肿了。呼吸也变得急促起来。肌肤也热得烫人，这种热度以前只有两人行房时才有，让人觉得妙不可言，可怀孕那会觉着像是发烧，让男人反感，不敢靠近。

她身材高挑，有五英尺八英寸高，体重得有一百一十五磅。怀奈利时，体重曾高达一百四十磅。提格诺曾说她壮得像头牛。

丽贝卡心想，那个曾在她身后转悠的男人大概会把她看成是个缺乏柔情的冷酷女人，那种不太好惹的女人。

她不知道他是否了解自己，如果了解的话，都了解些什么。也许，他知道她带着儿子生活，住在偏远的乡下老房子里。假如他知道这些的话，那他没准还知道，丽贝卡上班的时候，儿子是由邻居照看的；要是丽贝卡接孩子晚了些，或者压根儿就没能去接的话，麦尔策太太就会胡思乱想起来，担心丽贝卡是不是出了什么事。

但究竟要过多长时间，麦尔策太太才会打电话报警呢?

麦尔策夫妇万不得已是不太会打电话报警的。提格诺也是这样。麦尔策夫妇俩会出去找你，找不着的话，他们才会报警。

那么，这一切会要多长时间呢? 大概要几个小时吧。

早上出门时要是把家里的面包刀带在身上就好了，纤路上太僻静了。提格诺是不太会知道自己的妻子现在走在运河边上，就像个流浪的人。有时，你可以见一些无家可归的穷人在铁道两边的围栏旁游荡，在运河大桥上，偶尔也可遇到一两个渔夫，只身从桥上走过。

要是运河没这么漂亮诱人，她也不会被吸引走在它的边上。早上的天空非常明净，运河的水面也是一片澄澈。天空浓云密布时，河面也会变得晦暗不明，让你觉得可以走在上面似的。

运河究竟有多深，丽贝卡并不知道，但肯定很深，至少也得有一个男人那么深吧。也许有二十英尺深? 反正，假如被人扔进去的话，就别指望蹚水活着爬出来。两边的河岸很陡，扔进去的话，全身湿透，你只能凭着自己的两只胳膊，挣扎着爬出水面；要是有人再踹你，蹬你，那你就死定了。

她游泳游得很棒! 不过，自从嫁给小奈尔斯以来，就再也没游过。她生怕自己的身体已失去了当年做姑娘时所具有的那股浮力和活力，生怕落到水里会像一块石头那样一沉到底。要是那样的话，那才叫丢脸。因为，落到水里可不是闹着玩的。水没过你的头顶，你只能用胳膊、腿乱抓乱蹬，拼命想浮出水面。

她猛一转身，看到那个戴巴拿马帽的男人仍保持以往的距离，尾随着她。他虽没有抢步跟上她的意思，但看上去确实在尾随她，在看着她的一举一动。

“你这人! 最好别跟着我。”

说这话时，丽贝卡的声音很尖，也很高，听上去根本不像她平时说话的声音。

她又回转身来，继续走她的路，走得比以前更快了。这人是不是真的笑了？是不是冲着她笑的？

笑算什么？没准是嘲笑，就像她那死去的父亲的笑一样，有时让人觉得不寒而栗，有时又充满了慈爱。

“你这可恶的家伙，你没权这样……”

此刻，丽贝卡想了起来，这人她前一天曾见过。

不过，当时没怎么在意。当时是下午五点钟，是下班时间，她正和一帮工友离开工厂。要是她当时注意到这个戴巴拿马帽的人，也就根本没有理由怀疑此人在留意自己。

这人今天跟在她的后面走，也许是碰巧，根本没什么别的意思。他不太可能知道自己叫什么名字——是吧？

她思绪纷乱，什么坏的结果都想到了。这个陌生人也许就想随便盯上某个女人，并跟踪她，他在这工厂附近转悠，就像个猎人在等着猎物，一有机会就下手。同样可能的是：他在等着别的什么女人，可这女人没有出现，要不就是这女人确实出现了，可当时无法下手，无法跟踪。

她的心跳得厉害，十分害怕。

“我丈夫会杀了你这家伙……”

这人也许认识提格诺，也许和提格诺有什么过节。这事她真的不敢往深处想。有些家伙自来熟，以为认识我，今儿又碰上一个。

你根本弄不明白，提格诺每次说这种话，到底什么意思。他是不是真有什么仇人，是不是有些身份不明、不讲道理的人故意想找茬儿。

有些家伙说要把我两个蛋给割了去，今儿又遇上一个这样的家伙。

提格诺说这种话时，会放声大笑。他是自视颇高的人，他笑得是那样轻快，充满自信。

丽贝卡问他什么意思，他一声不吭。提格诺从不直截了当地回答别人的问题，女人提的问题更是得不到他的直接回答。

“你没这权利！没权利这么跟着我！混蛋。”

丽贝卡把手伸进右边的衣兜里，抚摸着那块铁家伙。

她觉着刚才那个陌生男人的举动，好像是要把帽子脱了。

他到底笑没笑？

这种疑惑，使她的心突然软了下来，因为他对自己并没有做出什么威胁的举动。他并未像寻常男人那样对自己套近乎，弄得你心慌意乱，也没加快脚步，试图赶上自己。所谓危险，也许是自己臆想出来的。她一心在想着自己的儿子，想到他正盼望妈妈回家，想到自己多么想快快见到儿子，这样，母子俩也好双双安心。林木线上，太阳从大块大块的云朵中，不时地眯缝着它那只疯狂的眼，忽闪忽闪，她心里寻思着，就像一个快要淹死的女人，伸手想捞着什么东西，好把自己拖出水面，缘着他的衣衫脱出水面。

裤子的布料是奶油色的，显得有点不合时宜，长袖的白衬衫，还系着个蝴蝶结。

她觉着这个戴巴拿马帽的男人气质轻盈，好像很有前途，不像一般男人，老拿那双卑鄙的眼睛盯着女人看，一心想着如何对女人进行性骚扰，企图伤害她们。

“也许人家就住在这附近，和我一样在往家赶。”

纤路是人人都可以走的地方。他兴许和丽贝卡一样，想抄近路回家，只是她以前从未在这条道上见过他。与运河平行的是铺着沥青的斯特伊弗桑特公路，再往前半英里是铺着石子的济贫农场公路。后者横跨运河那段是座木桥，木桥很窄。两条公路交叉的地方有个不太大的居民点，人称四角地。这四角地临街的是一家邮电所，还有个杂货店，杂货店的橱窗里挂着好大一块西尔特斯特招牌。此外，还有一家梅尔策加油及汽修站，一座仓库，一座石砌的教堂，及附近的一块墓地。丽贝卡的丈夫曾在这里租借过一处破败不堪的农舍，当时丽贝卡正怀着这第二个孩子。

第一个孩子没出生，小产了。

医生告诉她说，小产未必是件坏事，那是大自然在纠正人为的过错……

“去他娘的。”

丽贝卡心里想，刚才一下班，就该把上衣脱了，可现在再脱已经晚了。现在万万不能做出脱衣服的举动，那家伙正在身后看着呢，你要脱件衣服，他会怎么想？他肯定会以为这是个什么表示。她觉得那人一直在盯着自己的屁股、臀部和双腿。她加快了步伐，心里很想撒腿就跑，可又不敢。

这就好比遇上了一条狗：你转身撒腿就跑时，它正好抢步上来要咬你。

恐惧能释放出某种气味，而捕食者恰好能嗅到这种气味。

她前一天见到这男人时，他没戴帽子。当时他站在工厂大门对面的街上，身子斜倚着墙，墙的上方是一遮篷。那段街不长，有一家咖啡馆、修鞋铺、肉铺和一家杂货店。那男人就在那家咖啡馆和鞋铺间闲逛。周围都是人，因为正是一天最忙碌的时候。当时，丽贝卡压根儿就不可能注意到他，只是现在她勉强想了起来。

事后想起某件事并不难，假如人要能把事情往前想，也就不会碰到麻烦……

下午五点钟工厂下班放人时，交通总是拥挤的。仅这个街区里就有尼亚加拉纤维管厂、帝国纸品厂、阿卡迪亚罐头食品厂、肖托夸金属薄板厂，而仅一个街区之隔，又有本城最大的工厂——联合碳钢厂。上日班的男男女女一到下班时，就像从地狱里放出来似的涌上街头。

说得更贴切些，像是从地狱里飞出来的蝙蝠。

每次一出尼亚加拉纤维管厂的大门，她就朝街上望去，寻找提格诺的身影，要是三五分钟内见不着他的身影，那她生活着就好像只是为了等待提格诺似的，她就会不知如何是好，就会不由自主地把眼瞥向每个公共场所，想寻找他那高大魁梧的身影。她满心想见到他，可又怕见到他，因为，她不知道自己见着他时的感觉究竟会怎样，也猜不透提格诺的感觉会如何。自三月份以来，他就是以这种方式在她的生活中重新闪现过两次：他一副漫不经心的样子，坐在他的那部一九五九年生产的银绿色庞蒂亚克牌轿车里。车就停在街边，他在等她。瞧他那漫不经心的神情，好像他离开她和他们的儿子这些日子只不过是丽贝卡想象出来似的——他离开他们母子俩多少天了？到现在已经整整五个星期了。他会大声喊道："嘿，宝贝儿，在这儿呢。"

他会示意她走过去，而她则会迫不及待地奔过去。

这种情形已经有两次了，像在梦中似的。真让人丢脸，可是能有什么办法呢。仿佛见到提格诺朝她笑，示意她过去，她快步奔向他。瞧见别人家是丈夫开着车来接下班的妻子，那么多当妻子的开车来接下班的丈夫，你能不这么想吗？

"嘿，小伙子，别那么性急，别人会看见的。"

而他则说："让我亲亲，宝贝儿，我想死你了。"

然而提格诺并未出现。前天、昨天，还有今天，都未见着他的人影。

每逢星期天，她心里就会隐隐地在期盼着，期盼着他能来个电话什么的，这兴许是她一厢情愿。她知道有关提格诺的最后消息，是说他到北部罗歇港去了，该港位于美加边境上的尚普兰湖。提格诺在那里有财产，这些财产也许是和别人共有的：一家旅馆或小酒店什么的，也许是座小艇可以停靠的船坞。丽贝卡从未见过罗歇港，但她知道，罗歇港是个旅游胜地，在这样的季节，比起本城肖托夸瀑布来，更美丽宜人，那里的气温总比本地凉爽些，要低十度。因此，一个男人待在尚普兰湖滨而流连忘返，不大情愿回肖托夸瀑布来，这也没有什么好责备的。

丽塔用胳膊肘轻轻推了丽贝卡一下，丽贝卡一看，不是提格诺，而是另一个人。

“瞧呀，那边那个帅哥，他是谁啊？”

是她不认识的人，约摸三十来岁，正在街对面的遮蓬下逛来逛去。记得他当时下身穿的不是奶油色裤子，不过，穿着挺考究，让人觉得有些古怪。上身穿的是带条纹的运动衣，下身穿的是原色哔叽布裤子。灰黄色头发卷成波浪形，戴着墨镜，一副电影演员的模样。

尽管在工厂的车间里已经上了八个小时的班，但丽塔说话时的神气，好像或故意让人觉得，她对那个迷人的陌生男子很有几分意思，虽说语气中略带两分开玩笑的味道。

“以前见过这人吧？”

“没有。”

丽贝卡也就瞟了那人一眼，至于究竟是什么人，她根本没往心里去。

只要不是提格诺，管他是什么人呢。

今天下午，她是一个人离开工厂的。她心里明白，提格诺今天是不会出现了，所以她本不想向街上张望去寻找提格诺的身影，然而，她还是禁不住很快地向街上望了一眼，搜寻着所有男人的身影。没有看到提格诺。她似乎觉得，没看到反倒让她松了口气。

因为她开始恨起他来，他使她的心像刀割一样难受。

还有她的那份自尊。她心里明白，自己该离开提格诺，带走孩子，离开他算了，可就是下不了决心。

爱情！爱情是人最大的弱点。眼下这孩子成了维系两人的唯一纽带，永远的纽带。

该死的方巾汗津津的，她一把将它拉了下来，塞进口袋里。后颈的汗水流了下来，觉着像是有条小虫在爬。她加快脚步，赶紧走开。工厂里冒出的烟的气味让她受不了。

距离工厂一个街区远的地方就是布法罗-肖托夸铁路的调车场，她就是穿过调车场，抄了近道走到这运河边的。眼下她对这条路再熟悉不过了，不用抬头看路，闭着眼也能走到这儿。她是在穿过调车场的半道上才发现有个男人跟在后面的，当时觉着纯属偶然，也就没有在意。

此人在这种地方，穿着城里人穿的衣裳，还戴着顶巴拿马帽，显得有点不合时宜。他不慌不忙地在调车场上走着，两边的货车车厢里散发着牲口和化肥的味道。

这人是谁？干吗到这种地方来！

在火车调车场里，有时确能看到一两个穿着整齐的男人，但比较少见。在工厂附近的大街上又另当别论。从来就搞不清他们都是些什么人，只知道是管事的。他们开着新款轿车来到此地，通常这儿看看，那儿看看，视察着什么，要不就是相互间很认真地谈论着什么，但在室外总不会待得很久。

不过，这个戴着巴拿马帽的男人看上去有点特别。他好像并不十分清楚自己究竟要到哪儿去。他穿越这片杂草丛生的地段时，好像他的鞋子磨脚似的。

丽贝卡在前面走着，知道自己要到哪儿去。她穿过沾满油污的草地，脚下踩着的混凝土碎块，就像凹凸不平的冰块一样。但她的步伐稳健，就像一只山区里的羊。

在尼亚加拉纤维管厂的每一天和第一天到来时没什么两样：阴湿、嘈杂，令人窒息。空气中老是弥漫着一股烧焦了的纤维散发出的臭气，让人透不过气来；对周围的嘈杂声也变得麻木不仁，渐渐地习惯了，就像一只瘫痪、失去了知觉的胳膊。没有一人独处的时候，也无隐私可言，除了在厕所间里。即使在厕所间里，你也不能待得太长，因为那里的气味更糟。自三月一号以来，她天天上班得打计时钟，每星期都得想方设法积攒点钱。她一块一块、一分一分地把钱藏到屋里比较隐秘的地方，以备自己和孩子遇到什么不测时使用。

一个已婚女人私下里攒钱，不是存到银行里，而是放在家里某个地方，为的就是担心生活会像常言所谓的那样每况愈下，一糟再糟。

丽贝卡跳过一条水沟，从钢丝网围栏被人扯开的一个洞里钻了过去。每当此刻，她走近运河，来到郊外时，她的感觉才好起来。纤路上通常没人，空气也就更凉爽些；可以闻到运河的味道和树叶腐烂后略带泥土气息的味道。她是个乡村姑娘，从小到大，无数次地走过米尔本的田地、森林和乡村公路，而米尔本就在离此地九十英里的东部。每当此时，她都感到很兴奋。她就要到麦尔策太太家了，奈利正在她家哭喊着要妈妈，孩子见到妈妈，不顾一切地跑上来，眼中充满了无尽的爱。一想到这些，她就受不了。

正想着，她无意中看到了那个头戴巴拿马帽、看上去颇为古怪的陌生人好像也在朝她走的方向奔走。她并无理由以为此人在跟踪她，或许此人根本就没有意识到她的存在。可她碰巧就在此看到了他。

她虽然看到了，但只当没看见。

她又跳过一条水沟，那水沟里正散发着硫磺的臭气。附近的调车场里，有人正在把连接货运车厢的搭钩解开，因而弄出刺耳的响声。她心里漫无目的地寻思着，那个头戴巴拿马帽的男子如此一身装束，到了此地大概很快就会掉头走开。因为，他这种人是不该走在这种地方的，这儿的小道都是小男孩儿或无家可归的穷人才走的。

连提格诺也不会情愿让她走在这种地方，要是时光回转到数年前，她母亲也不会情愿的。但提格诺并不知道此事，她私下里做的一切，安娜·施瓦特也无从得知。

走到半道上时，丽贝卡才觉得走在这种地方有多危险，可她还是硬着头皮走下去，只是事后想起来，让她觉得有点后怕。下了河堤，走到纤路上，大概就剩下她一个人了；要是那个头戴巴拿马帽的男子真的还跟着她，那她也没有办法。她只有一种选择，那就是突然转身走回去，走到附近的一条小路上去，那儿有些孩子在玩耍；否则就得在纤路上继续走下去。

她没有转身回头，而是继续在纤路上往前走。

心里无思无想：我没必要怕这种人，他吓不着我。

不过，她不愧是掘墓人的女儿，足智多谋而又善于随机应变，之前从一桶废金属里捡了一块长约七英寸，宽约一英寸的铁块，并悄悄地将其塞进咔叽夹克衫的右袋里。当时的动作相当敏捷，她觉得那头戴巴拿马帽的男子不可能看见。

那铁块相当锋利，只是没有把手，拿在手里不太舒服，形状颇像个碎冰锥。

要是万不得已必须用上这铁块的话，她的手可能会被划伤。不过，她的脸上还是露出笑容，心想：至少能叫他吃点皮肉之苦。要是他敢碰我，他会后悔的。

快近黄昏了，天色昏暗、阴沉。眼下的运河无美可言。地平线上，太阳只露着一点点脸，就像一堆灰烬中仅剩的一束火苗，依稀可见。

通向济贫农场的公路就在前头，再走约四分之一英里就到了：她已经能看到那木桥了。她的心怦怦地跳着，急不可待地想快点到那桥上，这样，登上堤岸，走到公路上，就安全多了。上了公路，她打算撒腿跑，一直跑到半英里外的麦尔策夫妇家……

这时，那个头戴巴拿马帽的男子也加快了脚步。

她听到身后传来像是玻璃打碎的声音，那是鞋子踏在干枯的树叶中发出的声音。这声音在她的身后听起来出乎意料的近，让她立刻恐慌起来。她无暇往身后看，慌不择路地往河堤上跑，慌乱中，手薅着带刺的植物、蓟和长得稍高点的草拼命往上爬。脑中一闪而过的记忆是：自己的兄弟们轻轻松松地就能翻过篱笆、栅栏，甚至屋顶，可自己拼了命也翻不过去。她听到身后那男子嘴里说着什么，像是在大声喊她，她开始向堤下冲去，河堤坡面太陡，她崴了脚踝重重地摔倒在地，痛得她撕心裂肺。身子往下跌落时，她用肥厚的右手手掌撑住地面，这才没有滚下坡去。

可她现在倒在地上，动弹不得。刹那间，她眼前一黑，就像出现了日食。毕竟，她是个女人，而这男子要的就是女人，现在，他终于得手了。

“小姐，等一等！对不起！别再跑了！我不会伤害你的。”

丽贝卡蹲坐在地上，口里喘着粗气。头戴巴拿马帽的男子走近她，脸上一副痛苦的表情。他走近时，非常小心，就像走近一条狂吠的狗一样。

“别！别再靠近！滚开。”

丽贝卡摸索着衣兜里的那铁块。她的手在流血，变得毫无感觉，无法把手伸进衣兜里。

头戴巴拿马帽的男子瞧见丽贝卡脸上的表情，停住脚步，愣在那里，一动不动。他一副关心的样子，摘下墨镜看着她。他那摘了眼镜的双眼充满了好奇，目不转睛地盯着她看。这双眼睛显得是那样的怪异，事后丽贝卡好长时间都忘不了。那双眼睛好像没有睫毛，里面充满了惊异、猜测和热切的渴望。右眼里好像受过什么损伤，像是一只灯泡里烧断了的灯丝。两眼的眼白变了色，像是存久了的象牙。此人虽说脸上有了皱纹，上了点年纪，但老当益壮，行为举止像个小伙子，英俊犹存。不过，毕竟有点日薄西山的样子。丽贝卡心里想，这样一个男子身上若是没带着什么武器的话，对她不会构成什么危险。他要真的身带武器的话，早该亮出来了。

她大舒了一口气，心想自己真傻，竟错看了这个陌生人！

他笨嘴拙舌地说：“请您原谅！我压根无意要把您吓成这样。真的，说什么我也不能吓着您。伤着哪儿了吧，亲爱的？”

亲爱的！丽贝卡感到有点恶心。

“没，我没伤着。”

“可——要我帮忙吗？我想，你脚崴了。”他伸手要扶丽贝卡站起来，但丽贝卡示意他站在那儿别动。“先生，我不要你扶。走开。”

丽贝卡身子摇摇晃晃地站了起来，心还是怦怦地跳个不停，一脸的怒气。气的是这人把她吓得魂不附体，让她好没面子。她更生自己的气。蜷缩在那里的样子要是让别的什么人看见了……陌生人用他那双没有睫毛的眼睛目不转睛地看着她，那神情让她感到厌恶。

他突然开口说：“你是黑兹尔——是吧？黑兹尔·琼斯？”他说这话时，内心几乎充满了思念之情。

丽贝卡眼盯着那人，不明白自己听到的到底是什么意思。

“你是黑兹尔，是不是？是的？”

“黑兹尔？谁是黑兹尔？”

“黑兹尔·琼斯”

“不是。”

“可你长得真像她。你肯定就是黑兹尔……”

“我说了，不是。不管谁是黑兹尔，反正我不是。”

戴巴拿马帽的那人笑了一笑，显得和丽贝卡一样焦躁不安，满头大汗。他脖子底下的那个有格子花纹的蝴蝶结也歪了，长袖衬衫湿漉漉的，连衬衫里的贴身汗衫都清晰可辨。他的牙齿看上去是那样完美，一定是假牙。

“啊呀，你长得真像她——黑兹尔·琼斯。我真不敢相信，天底下竟然有两个女人长得这样像，一样地迷人，太像了，而且还生活在同一地区……”

丽贝卡又一瘸一拐地走上了纤道。她一条腿站了站，看看崴了的脚踝还能不能经受得住身子的重量，是否还能继续走下去或跑下去。她窘得满脸通红，掸了掸沾满尘土和碎草的衣服，心里觉得好恼火！可那戴巴拿马帽的男子还在盯着她看，坚信眼前的她身份一定不像她所说的那样。

她看见他将头上戴的巴拿马帽脱了下来，拿在手里紧张地翻来转去。他的头发蜷曲，呈灰黄色，看上去像时装模特的头发，虽说戴了帽子，但一丝不乱，有模有样的。

"我得走了，先生。不要跟着我。"

"噢，可是——等等！黑兹尔——"

此时，陌生人说话的口气中略带责备的味道，好像他俩都心里明白，她在欺骗他，而他又不知道究竟是为什么。很显然，他不是个心怀歹意的人，而是个彬彬有礼的人，受不了人家的粗暴对待，人家这样待他，他也不知道为什么。他连珠炮似的说："你的眼睛太像黑兹尔的了，你头发的颜色我想是变深了，神情也略微冷酷了些。这都怪我，是我吓着你了。我只是不知道如何接近你，亲爱的。昨天我在大街上看到你，我的意思是说，我相信看到的一定是你，是多年不见的黑兹尔·琼斯，而今天……我就只好跟着你。"

丽贝卡盯着他看，她在心里思忖着。她确实觉得，面前这个诚实的男子，如其所言，说的话是真的。他是个受人欺骗了的人，但精神很正常，还不至于错乱。他说话时颇为镇静，就当时的情况来说，推论也算符合逻辑。

他以为我是那个她，而我却在撒谎。

丽贝卡笑了起来，这也太出乎人的意料了！太不可思议了。

下次见到提格诺时，她想把这事告诉他，两人准会大笑的。只是提格诺好吃醋，你可不能告诉一个好吃醋的男人，说你被另一个男人跟踪，而这个男人一心以为你是他深爱的另一位女子。

“先生，很抱歉，我可不是你的那个她。”

“可是……”

他慢慢地走近她，尽管之前她告诉他、警告他离她远点。他好像不知道自己在做什么，还在靠近，丽贝卡也没完全意识到。他看上去确实没什么歹意。他的身材和丽贝卡相比也不一定高多少，脚穿棕色牛津布做的鞋，上面满是灰，奶油色裤子的裤脚也满是土。丽贝卡闻到一股科隆香水或男人剃须后搽的润肤香水的味道。此人老当益壮，貌似虚弱，实则健壮，有着一条盘绕起来的铜头蝮蛇的劲头。你可能以为这条蛇吓得瘫在了那里，生怕被人打死，其实不然；它只是在等待时机，准备攻击。很久以前，做掘墓人的丽贝卡的父亲，就是个貌似虚弱实则健壮的人，在他那看上去和蔼温顺的外表下，却有着一股爬行动物般的韧劲。丽贝卡在面前这个人的身上也觉察到了这种刚柔相济的一面。他虽一个劲地道歉，但并不谦卑。他的灵魂深处没有一丝谦恭的味道。很显然，这人自视颇高。他认识黑兹尔·琼斯，跟踪黑兹尔·琼斯，他也不会轻易放弃黑兹尔·琼斯。

提格诺就会错看这种人。提格诺发表自己的观点时，直言不讳，从不更改，不过态度挺亲切友善。可这个男人既有钱，又受过教育。他用的很可能是家族的钱。看他的相貌，像是单身，是个很注意保养自己颜面的人，衣着考究，虽说现在弄得既皱又乱。

他右手戴着一枚图章戒指，戒指上镶着一颗黑宝石。

“我搞不懂你为什么要拒绝我，黑兹尔。我究竟做了什么，让你这么疏远我。我是亨得里克医生的儿子——你一定能认出我来。”

他说这话时，几乎显出由于思念而愁眉不展的样子，让人将信将疑。

丽贝卡笑了起来，她根本不认识一个叫亨得里克的人。尽管如此，她回答说：“亨得里克医生的儿子？”好像故意挑逗似的。

“父亲去年十一月份去世了，去世时八十四岁。”

“我为你难过。可是——”

“我是拜伦,你一定还记得拜伦吧?”

“恐怕,不,我记不得。我刚才跟你说了。”

“当时你才十二三岁的样子!多小的一个姑娘。我刚从医学院毕业,可你把我看作是大人,我们之间好像隔着越不过去的代沟。可现在看来,这代沟也不见得有多深,你说是吧?我俩的变化一定让你感到吃惊吧,黑兹尔。我继承父亲的衣钵,现在也当了医生。不过,不是在肖托夸山谷,而是在奥瑞斯卡尼港。我两年一次回到肖托夸瀑布探亲,料理料理家产,顺便给父亲扫墓。”

丽贝卡站在那里,一言不发。她要是搭理的话,那就糟了。

拜伦·亨得里克又噼里啪啦地接着说:“你要是觉得委屈,黑兹尔……你,还有你的母亲……”

“我告诉过你,没有!我根本就不是肖托夸瀑布这个地方的人,是我丈夫把我带到此地生活的,我是个结了婚的女人。”

丽贝卡说这话时很激动,很不耐烦,心想,要是戴着戒指就好了,那样,她就可以用戴着戒指的拳头猛捶此人的脸部。可是,她在尼亚加拉纤维管厂里从来不戴那枚漂亮的戒指。

拜伦·亨得里克叹了口气。“结过婚了!”那语气听上去好像他压根就从未想到过似的。

他说:“这儿有件东西要给你,黑兹尔。父亲活得那么长,生活中有时也免不得遇到些烦恼,但他从没忘记过你。我知道,对你可怜的母亲来说,一切都晚了,可是……你至少能留下我的名片吧,亲爱的?以便需要时好联系我。”

他递给她一张不大的商务名片,在丽贝卡的眼里,那些匀整好看的黑色字母使她觉得自己相形见绌,无地自容。

拜伦·亨得里克，医学博士

普通医学

维格纳楼四一四号房间

欧威戈大街一六三〇号

纽约奥瑞斯卡尼港

电话：六九三四六六一

丽贝卡气愤地说："我到底为什么要和你联系？"

丽贝卡开口大笑，把那张名片撕成了碎片，扔到纤道上。亨得里克惊愕地看着她，他那没有睫毛的近视眼眨巴着。

丽贝卡转身走开。也许是他认错了人，她又转身看了那家伙一眼。他在她身后大声说道："要是我惹恼了你，我很抱歉，可是，亲爱的，你必须得说说，为什么这样粗暴地待我。我不会批评、指责别人，黑兹尔。我这个人懂科学，讲道理，我不会指责你。你近来待人的方法这样苛刻，这……样严厉。可我对此不会指责。"

丽贝卡一言不发，头也不回。

他把她吓得够呛！她全身还在发抖。

他还是保持较短距离地跟着她，口里仍在喋喋不休地说："黑兹尔！我想我知道这都是为了什么。你受到了伤害，或者说，别人告诉你，说别人伤害了你，于是，你就想一报还一报，也想伤害别人。我刚才对你说了，亲爱的——我有样东西要给你。我父亲在他的遗嘱中并没有忘了你。"

丽贝卡想用两手捂住耳朵。不，不！

"改天给我打电话，亲爱的？打到奥瑞斯卡尼？要不，直接来见我？告诉我我俩已和好如初了，到时我把亨得里克医生留给你的东西亲手交给你，毕竟那是一份你应得的遗产。"

可是，此时丽贝卡已爬上了河堤，走到了路上。这条狭窄、陡峭的泥路，她是很熟悉的。尽管崴着了脚踝，走路的时候挺小心，但还不至于摔倒在地。拜伦·亨得里克还跟在后面，照看着她。他还是把那顶滑稽的巴拿马帽紧紧地攥在手里，一副恳求的样子。可丽贝卡感觉到了他的意图，一想到这，她就感到不寒而栗。她只得继续向前走去，他紧紧地跟在后面，并未伸出双手，一把抓住她。地上的干树叶发出的声音告诉她，他正蹑手蹑脚地跟在后头，这，她好长一段时间都忘不掉。

在他的遗嘱中。

遗产。

这是谎话，肯定是，是花招。她才不会信呢。丽贝卡的心里几乎想让他走上前来碰她，这样的话，她就可以用兜里的那块钢铁刺他、戳他，至少试一下也行。

2

"妈妈！"

她刚走进麦尔策家的厨房，孩子就扑了上来，抱住了她的双腿。他那娇小的身子虽歪歪斜斜，但立刻充满了能量和活力，他就像一只驯养的小动物逃跑后那样，恢复了野生习性，眼中闪烁着光亮，充满了激情。丽贝卡俯下身去，一把将儿子搂在怀里，开心地笑了。不过，此时的她还在全身发抖。听到儿子的叫声，她的心都要碎了，将儿子扔在别人家，她感到内疚。"奈利，你没有以为妈妈再也回不来了吧，是不是？妈妈可老是这样担心。"

孩子一见着妈妈顿时觉着开心，这让她感到既好笑，又心疼。她想，撇下儿子去上班，回家后，儿子又一定会扬起他那小手假假地惩罚她；丈夫提格诺出门在外，儿子也一定会怪罪她。她心里老是这样想。她感到非常不公，为什么孩子和孩子的父亲都这样粗暴地待她！

"奈利？你知道妈妈不能不出门工作，是吧？"

奈利执拗地摇着头，不。

丽贝卡亲了他一下，亲了一下他那兴奋的小脸。

现在，她又得耐心地听着艾德娜·麦尔策向她唠叨，说这孩子一整天如何闹人。艾德娜说，太阳刚落下树梢，这孩子就等不及了似的，焦躁不安，一会儿要听收音机，一会儿又从这窗子走到那窗子。

"白天变短了，这孩子不开心，他知道现在天黑得早。到了今年冬天，这孩子还不知道怎样闹呢。"麦尔策太太皱着眉头，大惊小怪地唠叨着。她和丽贝卡都心照不宣，觉着空气有点紧张，就像电话机的拨号盘，在发着嗡嗡声。"这孩子每一分钟都要人看着，否则都能跑到公路上去溜达。"她笑着说，"我要是不管的话，他都能像个害相思病的小崽子，沿着运河一路小跑迎你去。"

害相思病的小崽子！丽贝卡不喜欢这种太过花里胡哨的说法。

她把脸贴到孩子温暖的脖子里，紧紧地搂着他。幸好在纤路上没出什么事，出了事也没人会知道。她舒了口气，心跳总算恢复了正常。

她问孩子淘没淘气。她告诉过儿子，要是不听话，大蜘蛛会来把他捉了去。她用手搔了搔孩子的两肋，孩子顿时发出尖利的笑声，两只小手松开了她的两腿。

艾德娜说："丽贝卡，你今晚的情绪不错嘛。"

麦尔策太太身材肥大壮实，双乳硕大丰满，脸长得像多糖的布丁。待人像个母亲似的，一脸的慈祥，可就是绵里藏针，说起话来老是略带点责备人的味道。

我情绪好点有什么不对？我总算还好好地活着。

"从现在到明天早上，总算是脱离了那地狱般可怕的地方。我能不高兴吗？"

丽贝卡周身散发着女人体汗的味道，她的皮肤苍白，看上去让人觉得冷而粘湿，像是在发烧似的。她两眼布满血丝，目光躲开麦尔策太太，因为麦尔策太太正上下打量着她。下班没直接回家，恐怕是和工友们在城里喝点什么去了？瞧她那显得激动、心不在焉的样子。她自己的女儿为人颇为放荡。

“啊！出什么事了，宝贝，你摔倒了吧？”

丽贝卡还未来得及避开，艾德娜·麦尔策已抓住她的右手，拿到亮光处去看。肥厚的手掌在泥地上擦伤，鲜血正慢慢地往外沁，小小的血滴像宝石般发着光。手指头也有轻微划伤，不过没怎么出血，是她在兜里摸索那铁块时划伤的。

丽贝卡从比自己年长的麦尔策太太手中抽回自己的手，嘴里嘟哝着说没事。她自己也不知道怎么回事，不，她没摔倒。她想在工装裤上擦一擦自己的手，可艾德娜·麦尔策太太阻止了她。“最好洗一洗，宝贝，你总不想得那什么——破败风[①]吧。”

奈利嚷嚷着想知道什么叫破败风。艾德娜·麦尔策告诉他说，破败风很可怕，要是人在野地里划伤了自己，又不用碱性较浓的肥皂好好清洗伤口，就会得这种病。

不得已，丽贝卡到厨房的水槽里洗了手，因为麦尔策太太非让她去洗。她恼得满脸通红，因为她不喜欢别人叫她做这做那，况且当着奈利的面！她用一块灰色的肥皂洗了洗那该死的手，肥皂上布满了木头似的纹理，肥皂的牌子是“20 骡队”，是一种体力劳动者用的肥皂，用来清洗嵌入皮肤的泥土很有用，再脏、嵌得再深的污垢，一洗就掉。早年，艾德娜·麦尔策嫁给了拥有一家艾索加油站的豪伊·麦尔策。

以前，丽贝卡的父亲也曾用过这种肥皂来清洗浓重的污垢，只不过，浓重的污垢不管你怎么洗，总是洗不掉的。

奈利呼天抢地嚷嚷着：“破败风！破败风！”他挤在丽贝卡身边，也要

---

① 麦尔策太太文化有限，将 tetanus(破伤风)说成了 tet'nis。

洗手。像他这样的年龄，新学的词语就像羽翼刚丰的小鸟，在他那小脑袋里欢快地飞翔，足以使他激动不已。

水槽上方的窗玻璃已变得晦暗不明，透过这玻璃，丽贝卡能看到麦尔策太太正从头到脚打量着她。不知道为什么，提格诺就是不喜欢麦尔策夫妇，不过，他不在家的时候，夫妇俩待他妻子很好。丽贝卡的母亲要不是死得早，活到今天也该是麦尔策太太这年龄了。丽贝卡到底是喜欢还是讨厌艾德娜·麦尔策，她自己也说不清楚。她老是像母亲一样的一本正经！老是告诉丽贝卡这位年轻、没什么经验的母亲该做什么、不该做什么。

麦尔策太太有五个孩子，她那紧绷绷、肥厚的身躯生过五个小孩。想着想着，丽贝卡感到头晕。麦尔策夫妇的五个孩子都已长大成人，离开了父母。丽贝卡不知道艾德娜·麦尔策怎么能受得了：生过五个孩子，那样无微不至地疼爱他们，为他们受尽千辛万苦，到头来一个个都远走高飞。这么想着，就像盯着太阳看，眼前顿时变得茫然一片。丽贝卡无法想象奈利将来长大成人后也离她而去。这么个可爱的小男孩，他是那样地爱她，离不开她。

"妈妈！我爱你！"

"妈妈也爱你，宝贝。别再大声嚷嚷了！"

"他这一整天就这样子，丽贝卡，一会儿的安生觉都不睡，也不肯吃东西。我们到花园里去，他也什么都不要，就要把门廊栏杆上方的收音机声音开大点，说这样他才能听见。"麦尔策太太摇了摇头，笑着说。

孩子以为有的播音员没准是他父亲，因为他们的声音听上去像他父亲。丽贝卡花了好大的劲，向他解释说广播里的声音不可能是他父亲，可奈利有他自己的一套想法。

"对不起。"丽贝卡说，心里感到局促不安，慌乱中，不知说什么是好。

"噢，没什么。"麦尔策太太草草地说，"你知道，孩子都这样，这些事，他们都'信以为真，'其实未必真。和我们小时候一样。"

正准备带奈利回家，丽贝卡言不由衷地随口问了麦尔策太太一句，问她是否听说过一个叫黑兹尔·琼斯的人。

“是住在这附近吗？那能是谁呢？”

“她就住在肖托夸瀑布，我想。”

可这么说对吗？头戴巴拿马帽的那个男人大概是说黑兹尔·琼斯当姑娘时曾经住在肖托夸瀑布。

“你问的是谁？她是谁？”

“噢，有人问我是否叫这个名字。”

可这么说也不够准确。那人称自己是亨得里克的儿子，他问丽贝卡是不是黑兹尔·琼斯。这可有着天大的区别。

“问你是不是叫这个名字？怎么会有人问这种问题？”

艾德娜·麦尔策歪着她那宽阔、肥硕的脸，笑着问。

本地人听到什么不寻常的事都会做出这样的反应，那笑充满了嘲弄的味道。

奈利跑了出去，纱门砰地响了一声。丽贝卡本想追着出去，可麦尔策太太摸了一下她的胳膊，和她说话的声音也小了许多。这一摸让她感到一阵恶心，毕竟，两人间的那股亲热劲很牵强。“提格诺是不是该快回来了，丽贝卡？他出门有好一阵子了。”

丽贝卡能感觉到她那热辣辣抽动的脸。

“是吗？”

可麦尔策太太还在喋喋不休地说。“我想有好一阵子了，是的，有好几个星期了。可这孩子——”

丽贝卡想阻止这种亲热，于是，她显得欢天喜地的样子，漫不经心地说：“我丈夫是个商人，艾德娜。他四处跑，他有财产。”

丽贝卡一把推开纱门，走了出去，纱门又砰地一声响。奈利正在草地里跑着，挥动着两只小手，天真地尖声喊叫着，兴奋得不得了。小家伙多健康啊，多像个镇定自若的小动物啊！眼前这女人竟和当了母亲的她用这副腔调说话，这使她满腹怨恨。麦尔策太太还在厨房里，一字一句唠叨着，听着让人心烦："奈利老是'爹'长'爹'短地问，可我又不晓得对他说什么好。"

"这就对了，艾德娜，"丽贝卡冷冷地说，"你是不晓得。晚安。"

回到家里，丽贝卡一笔一画地给奈利写下了他刚学来的新词：破伤风。这个家是座两层的农庄住宅，是提格诺为他俩租来的，地处济贫农场公路附近的一条泥路的尽头。

她还没来得及脱去汗涔涔的衣服，没来得及洗去身上、头上在尼亚加拉纤维管厂沾上的污垢、灰尘，就去查了一下词典，找到了"破伤风"这个词。这词典已破烂不堪，是她当年住在米尔本上小学以来一直用的；这词典是她参加由一家当地报纸赞助的拼写比赛获奖赢来的。奈利特别喜爱词典封里贴着的一张藏书票：

丽贝卡·埃施特·施瓦特荣获

米尔本三区拼写比赛冠军

一九四六年

在上述时间和地点，她还是她父母的女儿，用的是她父亲来到新世界后改用的姓氏：施瓦特。

（丽贝卡无心要人家改正拼写错了的"艾丝特"，因为她不想让人涂改那张印刷漂亮别致的藏书票。）

奈利两岁大时，丽贝卡就开始到那本词典里查找词语，为奈利拼写出来。丽贝卡到岁数好大时，父母才鼓励她学习拼写、阅读和思考问题。她教奈利拼写，并不是想要在教育孩子方面赛过父母。丽贝卡在一块纸板上一笔一画认真地拼写出一个词来，然后让奈利也照着她的样子认真模仿。他用粗短而胖乎乎的小手指握着炭笔，在纸上聚精会神地使劲划来划去，可使出吃奶的劲拼写出来的字，怎么都不像妈妈写的那样，幼小的心灵由此感到深深的羞辱。每当此时，丽贝卡都感到心疼。小家伙做错了什么别的事，比如把食物弄到桌上、地上或是尿床，都会感到羞愧。这也都会使丽贝卡很心疼。小家伙有时会失声大哭，有时又会哼哼唧唧地埋怨不停，十分恼怒。他攥着小拳头打向妈妈，或者打自己的脸。

每当此时，丽贝卡都会很快地把他搂到怀里，紧紧地抱住他！

她是那样地爱他，就像爱他的父亲那样。然而，他也有让她担心的地方，他的脾气正变得有点像他父亲。不过，他学习起东西来劲头十足，这点和提格诺不同。在过去的几个月中，他深深地迷上了字母表里的那些字母，对字母组合成"词"，用来表达"事物"的方法感到很好奇，这使她惊讶不已。

她自己没读过什么书，中学没毕业就中途辍学。有时她羞愧地觉得自己极其渺小。自己这也不知道，那也不知道，也根本无法知道。她甚至连自己究竟有多无知也无从揣测，因为她的无知程度，她自己是无法想象的。她想象着自己陷在沼泽里，流沙里，陷到了踝关节，陷到了膝盖处。

这地球就像个偌大的粪坑，肮脏不堪。无知！——愚蠢！——残忍！——迷茫！无疑是彻底地疯了。

丽贝卡一想到这些就感到不寒而栗。他的声音娇滴滴的，颇感痛苦的样子。

"妈咪？看。"

奈利一笔一画，一个字母一个字母地在一张纸上拼写出 TETANUS（破伤风）这个词，速度慢得让他感到极其痛苦。他斜着眼，脸朝上望着她，一副焦急的样子。那神情一点也不像他的父亲，当然更不像丽贝卡的父亲。他的头发浅棕色，很是好看；他的皮肤白皙，很容易出疹子；他的脸庞较小，略显瘦削。眼睛像丽贝卡的，深陷，富有热情。

奈利拼写单词时，字母通常会朝下斜，以至于后来纸张的下沿空间不够用，单词的最后几个字母不得不挤到一起——NUS。看着奈利的那副滑稽相，丽贝卡笑了起来。婴孩时的他让她想到小猴子，一副皱巴巴、干瘪的小脸。

纸张上的空间不够用也可能使他发脾气。于是，丽贝卡迅速拿开那张纸，另换上一张。

“好了，我的小亲亲！我们俩一起重新拼写‘破伤风’。”

奈利迫不及待拿起红色炭笔。这一次，他定能写得更好些。

丽贝卡发誓：她在儿子生命的这一时刻决不做对不起儿子的事。这么小的一个孩子，还没上学，几乎全得听从父母的摆布，可已显得这样聪慧。正因为如此，她才会不厌其烦地到词典中去查找单词，她还保存着中学课本，为的就是避免出错。在这世上有许多事情你难保不出错，可为儿子把单词拼写正确了，不要出错，是你所能够做到的事情。

3

丽贝卡的耳朵里响起了一种声音，这声音听上去急迫、刺耳：“天哪！小心点！”

她从迷迷糊糊的状态醒了过来，并神经质地笑了起来。她的右手戴着防护手套，显得又大又笨，在冲压机附近摸索着，这很危险。

说话的不管是谁，她都感激他。她尴尬、恼怒得满脸通红。上午大部分时间里她都是这个样子，真该死。这该有多危险啊，好像自己刚开始干这活，不知道有多危险似的。

喧闹的机器声，稀薄的空气。高温中可以嗅到烧焦的橡胶味。身体在工作服里淌着汗。与这喧闹的声音交织在一起的还有一种新的、迫切的声音，这声音究竟是什么意思，她无法解读。是希望，还是诱惑？抑或是嘲弄？黑兹尔·琼斯，黑兹尔·琼斯，黑兹尔·琼斯。

工头走了过来。他走过来不是为了要和她说话，而是为了让她能看见他，让她意识到他的存在。这个狗娘养的，她看见了。

在尼亚加拉纤维管厂里，人们对她没有多少了解。连她的朋友丽塔对她也所知甚少。大家也许知道她已经结过婚，有些人也许知道她嫁的是什么人，因为在肖托夸瀑布的有些地方，提起奈尔斯·提格诺这个名字，知道的人还是有的。大家都知道，她不爱与人交往，性子比较倔强，态度比较生硬，一副神圣不可欺的样子，从不愿与别人东拉西扯地闲谈。

即使累得头昏眼花也不愿与人聊天。她脚都站不稳了，想去上厕所，往脸上泼点温水。在尼亚加拉纤维管厂里，不仅那几位女工，就连在生产线上干了多年的老男工们也都变得头脑简单，整天过得晕乎乎的。

刚开始在装配车间上班的头一个星期里，丽贝卡受不了那股气味，那飞快的工作节奏和噪音，老觉着恶心，想吐。噪音，噪音，噪音。这么高分贝的噪音，已经不只是声音，它还是某种实实在在、能让你有撕心裂肺感觉的东西，它就像电流，能穿透你的全身，使你惊恐万状，能一圈一圈，越来越紧地缠绕着你。你的心脏也狂跳不已，以便赶上它的速率。你的大脑也急速地猛转，可就是转不出什么名堂来，因为你无法连贯地思考某一问题，你的思绪就像从一串断线上散落的珠子……

她感到心惊肉跳，弄不好就要疯了。她的大脑都快成碎片了。你得扯着嗓门大声说话，别人才能听见，你对着别人的耳朵喊，别人对着你的耳朵、对着你的脸喊。这种日子原始、粗鄙，过得让人心惊肉跳。这里毫无人格、个性可言，更顾不上人类心灵细微和奥秘之处。像奈利这样的孩童要是处于这样的环境，其稚嫩的心灵将毁于一旦。那些机器是工厂里最糟糕的地方。在这些机器身上，似乎有着一种奇异而原始的生命，这种生命在模仿着自然生命的脉动。而人心、人的大脑都被这种伪生命给征服了。机器有其自身的节奏，有其咣当咣当的响声，而一些机器发出的噪声又与另一些机器发出的噪声相互交织在一起，把自然的声音全给淹没了。机器不会说话，只能发出噪声，而这种噪声能淹没一切。这种噪声机械地不断重复着，好像很有规则，很有节奏，其实内里混乱一片。这些机器在模仿人类的自然脉动。有些机器较为复杂，能模仿较为简单的人类思维。

丽贝卡心里觉着无法忍受这种生活！

可冷静下来扪心自问，自己又能有什么别的办法呢。

提格诺曾向她承诺，她不一定非得去工作，做好妻子就行了。他是心气挺高的人，很容易生气。他不同意妻子到工厂去上班，可他又不给妻子足够的钱，因此，除了去上班，她也没别的选择。

自夏季开始以来，丽贝卡比以前好像适应了许多。可天知道，她从来就没有完全适应过。

当然，她干的只是临时工。要到……

那人看她的眼神，一副很肯定的样子！以为她就是黑兹尔·琼斯。

像是很了解她似的。好像穿着脏兮兮、硬绷绷工作服的不是丽贝卡，而是另一个人。

他懂她的心。黑兹尔·琼斯，黑兹尔，你是黑兹尔·琼斯？你是黑兹尔·琼斯，是吧？漫长的上午一个小时一个小时地过去，黑兹尔·琼斯，黑兹尔·琼斯，这个名字一刻不停地在她的耳畔响着，像是催眠曲，发出持续细小的声音，老是在勾引着她。到了下午，黑兹尔·琼斯，黑兹尔·琼斯简直就成了一种嘲弄人的喧闹声。

“不，我不是。该死的家伙，你让我一个人清静点。”

他在摘眼镜。那眼镜是有色的，而且显得纤柔、娇气，他戴着缺乏男子气概。他摘下眼镜后，她可以看到他的眼睛。他是那样的诚恳。有只眼睛的虹膜是受过伤的，就像某样东西烧坏了似的。没准那只眼已经失明。他朝她笑的那模样，让人觉得他满怀希望。

“好像我是个很特别的人。‘黑兹尔·琼斯’。”

她心里并不愿意去想什么黑兹尔·琼斯，更不愿意去想那个头戴巴拿马帽的人。她当时很想冲着那人的脸怒不可遏地喊叫。她将那人递过来的名片撕得粉碎时，又一次看到那人满脸的惊愕，她做出那样的举动，是对的。

可是，为什么？为什么她那样嫌恶他？

她心里不得不承认，那人还是很有教养的，彬彬有礼，很有礼貌，是个既受过教育，又很有钱的人，不像她认识或曾经认识的人。应该说，这么个人对她来说本该很有点吸引力。

他心地好，没什么恶意。

“我要是那个‘黑兹尔·琼斯’就好了，或者，我也叫这个名字也行。”

没有忘记你。在他的遗嘱里。

遗产。

“听着，我不是她，不是你以为我是的那个人。”

一定要记住我，我是亨得里克的儿子。

“我告诉过你了，我记不住。”

真该死，她不该告诉他说记不住，她从一开始说的都是真心话。可他老是喋喋不休，像个三岁小孩，非得索要不可能的东西。他一刻不停地跟她说话，好像他得到的是肯定的回答似的，可她给他的明明是否定的回答。他好像是看透了她的心思似的，好像他了解她比她更了解自己似的。

“先生，我告诉过你，我不是她。”

太累了。下午晚些时候，是最容易出事故的，连老工人也不例外。此时，你容易放松警惕，人也累得够呛。安全第一！——类似的标语已没人会去多看一眼，因为太熟悉了。十大安全提示。其中一条就是：时刻注视自己干着的工作。

当丽贝卡的视线在防护镜里开始闪烁不定的时候，她看到的东西就像是在水里似的，这时她就该小心了：八成是站着睡着了。可周围工作环境太……太让人昏昏欲睡了。就像奈利要睡着了那样，眼皮合上。真出奇，人怎么能像有些动物那样，说睡着就睡着了呢。人的个性或性格中所表现出来的那个人到底是什么？人睡着时，这个人又到哪里去了呢？奈利的父亲睡觉睡得很沉，呼吸有时如波涛般轰鸣，而且很不规则，因此，她担心他会停止呼吸，担心他那硕大的心脏停止跳动，要是那样的话，那该怎么办？他是在肖托夸瀑布以“普通平民的仪式”娶了她，当时她已十七岁。结婚证也不知弄哪儿去了，大概混杂在他的那些东西里。

“我是，我是奈尔斯·提格诺太太。婚礼很实际。”

丽贝卡猛地把头向上扭了一下。她这是在哪儿啊……？

她将手指头伸进防护镜里，擦了擦眼睛。可必须先将防护手套脱了。太笨拙了！恼得她想叫出声来。……伤害。或者人家说你受到了伤害。对此我没什么好说的。他正站在门口望着她，正和一个工头谈论着她。她从眼角瞥见了他；她不去正眼看他，以免他们以为她注意到了他们。他身穿奶油衣服，戴着巴拿马帽。别人会好奇地瞧他。很显然，他是工厂的业主之一，抑或投资者之一，不像是总管，衣着不像，可他又是个医生……

丽贝卡干吗要把他给的名片撕了！她这行为有点卑劣，颇像她那当掘墓人的父亲。她感到惭愧，想一想，她这行为会叫他感到多么吃惊，多伤心啊。

可是，他对此却没什么好说的。

“醒醒，姑娘，你最好醒醒。”

丽贝卡几乎又睡着了，差一点把手给压坏，这一次是左手。

她面带笑容，荒唐地以为：左手上的手指头就是压坏了，也没什么好可惜的，她习惯用右手。

她明白：头戴巴拿马帽的男人不是这家工厂的。她从眼角模模糊糊地看见了厂长。厂长的个头、年龄也仿佛看在了眼里，他平时都穿白色的短袖衬衫，不系蝴蝶结，当然也不戴巴拿马帽。

下班后，她差一点又撞见了他。他穿过街道，走到修鞋匠的遮篷下面。她扭转身，头也不回地快步走开。

“他不见了。既见不着提格诺，现在也见不着他。”

她四下里望了望，确定没人看见她。

她在找被她撕碎了的亨得里克的名片。她在纤道上找到了一些很小的碎纸片，但无法确定是否就是撕碎的名片。碎片上印着的字都已字迹模糊，看不见了。

“看不见也罢，我还不想知道呢。”

此时，她对自己感到厌恶，于是把碎纸片团成一团，扔了出去，扔到了运河的河面上。那纸团在河面上跃动了一下，就在黑乎乎的水面上像只水蝽漂移着。

星期天过去了，提格诺没来电话。

孩子有点不安稳，为了转移他的注意力，她开始给他讲自己在运河纤道上遇见那人的故事，那个头戴巴拿马帽的男人的故事。

“奈利，这个男人很奇怪，我正走在纤道上，他紧跟着我，你猜他对我说什么了？”

妈妈说话的声音清晰响亮，要是用炭笔给这种声音着色的话，那该是粗壮的金黄色线，略带点红色。

奈利急切地听着，不知道自己是否该带着笑脸听：他不知道这到底是个开心的故事，还是个让他担心的故事。

“妈妈，是个什么样的男人？”

“他就是个男人，奈利。我们俩都不认识：一个陌生人。可是——”

"'陌生……人'——"

"'陌生……人。'意思就是我们不认识的人,明白了吗?一个我们不认识的人。"

奈利焦急不安地四下里看了一下。(他这间卧室窄小,屋面是斜的,门对着她的卧室开着。)他的眼睛快速地眨巴着,吃力地看着窗户。已是夜晚时分,唯一的那扇窗户把房间里的东西映照得模模糊糊,好像在水下似的。

"他现在不在这儿,奈利。不用怕,他已经走了。我要给你讲的这个人,我认为是个好人,是个很友好的人。他想和我交朋友,和我们俩交朋友。他给我带来了一个很特别的消息。"

可奈利还是一副焦急不安的样子,四下里看着。为了吸引他的注意力,妈妈只好紧搂着他的小肩膀,让他不要动。

他就像条蠕动不定的小鳗鱼,她想摇晃他一下,她想紧紧地把他搂在怀里,保护好他。

"妈妈?是在什么地方?"

"就在运河边的那条纤道上,宝贝。我当时下班后正往家走,到麦尔策太太家去接你。"

"是今天吗,妈妈?"

"不是今天,奈利。前几天。"

孩子还没上床睡觉,已经比平常晚了些。十点钟了,说什么她也得哄他穿上睡衣。要让孩子穿上睡衣,你得用睡衣和他戏耍一番才行。孩子顺从地躺在那里,一动不动,她费力地脱下他的衣服、鞋子。今天一整天过得又挺难熬的。麦尔策太太又向丽贝卡不停抱怨。丽贝卡看到孩子额头颅骨稚嫩的接合处,有根筋在一跳一跳的。

她亲了亲那根筋,又接着讲故事。她感到太累了。

三岁的小孩脾气较坏,不易给他在大浴盆里洗澡。妈妈费了好大的劲才勉强用浴巾给他洗了澡，洗得不够彻底。孩子性子太躁，你读故事什么的给他听，也不容易。只有那台收音机才能使他安生点，这该死的收音机，丽贝卡真想把它扔出窗外去。

“是个男人，一个很好的男人。这人头戴巴拿马帽——”

“妈妈，你说什么？头戴香蕉帽①？”

奈利不信自己的耳朵，大笑了起来。丽贝卡也大笑了起来。

她到底为什么要开始讲这故事，她自己也弄不明白。是为了让一个三岁小孩感动一下？她从炭笔盒里选了一支黑色炭笔，画了一个芦柴棒似的男人，并在这男人傻乎乎的圆脑袋上用黄色炭笔画了一顶香蕉形状的帽子。这香蕉帽垂直朝上，戴在这芦柴棒似的男人头上显得其大无比。奈利蹬着两腿，咯咯地笑着，身子快活地扭来扭去。他夺过炭笔自己画了一个芦柴棒似的男人，还在他的头上画了一顶歪戴着的香蕉帽。

“这香蕉帽送给爸爸。”

“爸爸是不戴帽子的，宝贝。”

“为什么不戴？爸爸为什么不戴帽子？”

“好吧，我们给爸爸弄顶帽子，一顶香蕉帽。我们给爸爸做一顶香蕉帽……”

他们俩一起哈哈大笑，计划着给爸爸画顶香蕉帽。孩子胡闹，丽贝卡拿他没办法，只好依从，她觉着这也没什么坏处。都是孩子头脑里想象出来的东西！——麦尔策太太摇了摇头，想象不出她是开心呢，还是感到惊讶。丽贝卡笑了，也摇了摇头。丽贝卡担心奈利不如其他孩子。他的大脑功能好像厂里的传送带，忽动忽停，很不平稳。他的注意力虽可高度集中，但能持续的时间很短。他说话、想问题时，你别指望有什么条理可寻，给他讲的故事如果超过几秒钟，他就听得不耐烦，除非你生气了，逼着他

---

① 奈利把 panama hat 听成了 banana hat。

听下去。丽贝卡有时也确实会逼他听下去，不然的话，这孩子就会引你东拉西扯，连话都讲不周全。思想的碎片忽地像暴风雪来袭，误听来的言语也会断断续续地不期而至。每当此时，她就像是淹没在孩子那高度兴奋的脑子里，成了深陷小孩子大脑中的一个小大人。

她以前迫切地想当母亲，后来也确实当上了。

她曾迫切地想成为奈尔斯·提格诺的妻子，后来也确实成了他的妻子。

这些无可否认的事实，她那天想方设法想对那个头戴巴拿马帽的男人解释。你看他站在那里，眼珠子一动不动地看着她，脸上微带笑容，一副遭到伤害的样子。他两眼近视，你几乎可以看见他两眼上蒙着的近视膜，就像水面上漂着的泡沫。他的金黄色头发略显花白，造型颇为奇特。笑时脸上露出深陷的皱纹，看上去就像个小老头。那些皱纹会逐渐消退，脸上又会露出奇特的男孩气，充满了希望。他是个很有礼貌的人，像个绅士，一眼就能看得出来。他深信，这个身穿工作服的邋遢女人虽在向他撒谎，但他还是觉得很迷人。

一个懂科学，讲理性的人。

至少该收下我的名片。

你要是哪天想……

在肖托夸山谷大区的电话号码簿里，她查找着姓琼斯的人，一共找到十一个，全是男性，或者是名字的首字母，到底是男性还是女性，搞不清楚。明确标明女性的，一个也没找着。叫H·琼斯的，一个也没有。

这并不使她感到奇怪，因为，拜伦·亨得里克显然在电话号码簿里也查过多次，他为找到黑兹尔·琼斯，一定给这些姓琼斯的家里都去过电话。

“真他妈的见鬼，干吗干这蠢事。”

有天晚上，丽贝卡半夜里醒来，觉着自己的腹部像是被人用拳头猛击了一下。她意识到，自己是个粗心的母亲，一个不称职的母亲：她已经把临时可当作武器用的七英寸长的铁块藏到书桌的一个抽屉里，以免被好翻弄她东西的奈利找到。

她把铁块拿了出来，翻来覆去地看着。铁块脏兮兮的，整体看来也并不怎么锋利。必要时，她只有拼命用它猛戳对方，才能有效地保护自己。

不管怎么说，她错怪了那个头戴巴拿马帽的男人。人家并无意要伤害她，他只是错把她当作另一个人了。可她为什么要这样心烦意乱，连自己也弄不清楚。丽贝卡怀疑起人来，喜欢凭着原始的本能，把人看得很坏。

她没有把那铁块扔掉，而是用一件自己穿坏了的套衫把它包好，高高地藏到橱柜的一块搁板上，奈利和提格诺永远别想找着。

又过了两个晚上，提格诺来电话了。

“喂？哪一位？”

“你猜是谁，姑娘？”

他有本事，有种能使她茫然不知所措的本事。

她一屁股坐到厨房里一张椅子上，突然感到软弱无力。不知怎的，奈利知道了。他从另一房间里叫喊着跑了过来：“爸爸，爸爸？”

奈利钻到母亲的怀里，小身子热乎乎的，激动地扭来扭去，像条鳗鱼。他对他父亲的热爱没得说，活像小狗崽对主人那样。可他没有去夺电话机，虽然心里想；他知道，只有在爸爸准备好了和他讲话的时候，他才能和爸爸讲话，在这之前不行。

事后丽贝卡才想起来，提格诺那天晚上来电话，事先没什么预兆，自从和他相爱的那一天起，她变得很迷信，她觉着这大概就是爱情的弱点吧，就是喜欢怀疑的人，也免不了会信吉兆、凶兆什么的。可那天晚上，她确实没指望能在电话里听到提格诺的声音,她压根就没这个心理准备。

提格诺告诉丽贝卡,说他就要回来了,回到她和儿子身边,周末就回来。

提格诺从来不说回家,只说回到你和儿子身旁。

丽贝卡问提格诺人在哪儿,是不是还在罗歇港?——可提格诺避而不答这个问题。他这人,直截了当问他问题,他是从来不答的。他在电话里的声音中的那股热情劲,显得勉强、不自然,听上去就像广播电台节目预报员的声音,虽然快活,却让人觉得有点冷淡。

只有在他们两人私下里待在一起的时候,提格诺才会有亲昵的话和亲昵的举动,他才会抚摸她、拥抱她。只有在他向她求欢的时候,她心里才会踏实地觉得他在自己身边。

至少从肉体来说是这样。

他告诉她说遇到了点小麻烦,不过现在已经没事了。

“麻烦?什么样的?……”

可丽贝卡知道提格诺是不会回答的。兴许是生意上的麻烦,没准是和另一位酿酒商有了竞争。她没听他说过什么麻烦,因此,最好附和着提格诺的腔调,说声没事了。

提格诺不在家的时候,丽贝卡弄了张纽约州的地图,她会把地图铺在地板上,把爸爸在什么地方或妈妈以为爸爸在什么地方,指给奈利看。她担心孩子猜出妈妈的心思,因为做妈妈的并非总能说出爸爸在哪儿,做妈妈的也有消息不灵通的时候,因为当爸爸的足迹所至很广,从他们居住过的本州西部边缘的肖托夸瀑布以至本州广袤的大地,直到哈得逊河谷,阿迪朗达克山脉以北,尚普兰湖以东,都留有他的足迹。而在尚普兰湖区,像罗歇港这般大的城镇,在地图上只有像一粒罂粟籽那么大的小点,比肖托夸瀑布还小。

那么，提格诺在电话里都告诉了她些什么呢？是不是些引她发笑的东西？

她心里明白：我必须得笑。

这很重要。两人恋爱结婚那阵子，提格诺一讲笑话，她就笑，她自己也会说说笑话。成天哭丧着脸的姑娘，有谁会要？

再说了，提格诺常去的那些地方，姑娘、女人太多了，他说个笑话什么的，笑的人只怕都得争先恐后。丽贝卡认识提格诺之前，他身边就有过一大群女人围着转，将来也不愁没有，尽管他是她的丈夫。她心里明白：我只是这若干女人中的一个。我过得是否幸福，全在他了。

"奈利，别胡闹！乖。"

她小声对着儿子的耳朵说，儿子变得有点不耐烦。

可从电话里听得出来，提格诺正在跟另一个人说话。他的手捂在电话听筒上，因此她听不清他说的是什么。是和人争论着什么？还是仅仅在解释着什么？

坐在厨房这张椅子上多不舒服呀，奈利坐在怀里动来动去，她的心跳得有点疼，刚洗过的头发湿漉漉的，一直拖到背后，把她的衣服都给弄湿了。

这模样要是让那个头戴巴拿马帽的男人看见了，不知人家会怎么想。至少会明白她是个母亲，是个妻子，因此也就不会误把她当成……

提格诺说要和奈利讲话，于是，丽贝卡把听筒给了他。

"爸爸！哈罗爸爸！"

奈利苦巴着的小脸高兴得顿时来了劲。这孩子，转眼间就高兴了起来，要知道眨眼工夫之前，他还觉着万分的痛苦。丽贝卡摇摇晃晃地走开，让他一个人抱着听筒。她头有点晕，太累了。她蹒跚着走进另一个房间，一屁股坐到沙发里。沙发的弹簧坏了，上面盖着不怎么干净的毯子。她身边又响起尼亚加拉纤维管厂里的那种轰鸣声，这种声音又像米尔本水闸放闸时水落下的声音。她还是小姑娘时，常会两眼一动不动地盯着那落水看上好久，看得她想恶心呕吐。

提格诺对她不闻不问，她为什么不怪他？为什么不告诉提格诺她依然爱他，告诉他尽管他对她不闻不问，她能原谅他？

她没有让他请求她的原谅，她知道这没用，他是不会求人原谅的。可哪怕是接受她的原谅也行啊！

"你离家后，只来过三次电话，给我寄过该死的六十五块钱，别的连一句话都没有，信封上连回信地址都没留，他妈的。"

她只好认了，从奈利和爸爸聊天的样子看，他跟爹比跟娘亲。一直是这样。

丽贝卡又回到厨房。她想从奈利手中拿回听筒。"奈利！告诉爸爸，说我要和他讲话，叫他别——"

可当奈利将听筒交给母亲时，电话已经断了，一定是提格诺给挂了。

不是音乐声，不是音乐在折磨她的神经，而是电台节目预报员的声音，广播声，广告声，是些响亮、嘈杂、嘻嘻哈哈，背诵的语速很快的广告声！奈利蜷伏在身边，皱着眉，注意力很集中的样子在听。小脑袋低垂着，专心地听着，那模样根本不像个小孩。想从广播里听到爸爸的声音！丽贝卡情感顿时觉得受到了伤害，气得要命，心想，自己的孩子怎么这样存心要上当受骗，却把她忘得一干二净。

"奈利，把它关了。"

可奈利没听见。奈利不愿听妈妈的话。

"奈利，我叫你把那该死的家伙给关了。"

于是，奈利颇不情愿地把收音机的声音调低了点，并没关掉，因此，丽贝卡仍能听到声音，这些声音就像她的那些混乱的思绪一样，快速而又断断续续。

她告诉他那些声音不是不是不是，不是他爸爸的声音。

在收音机里讲话的不是爸爸。不是！

没一个是的，收音机里讲话的声音没一个是爸爸的。

（他会相信妈妈说的话吗？他是否在听妈妈的话？）

（他为什么要相信妈妈的话？爸爸这次是否真的会回到他们俩的身边，她和儿子一样感到无助。）

然而，和儿子一样，她也常常从收音机里播放的音乐中得到些许慰藉。

她睡着了似乎还能听到点什么。美好梦境包围着她，脸上露出了笑容。梦中见到了奈利。梦中的他已不再是个让你担心发育不良、胳膊腿长得细长的小男孩，而是个发育正常，约摸十五六岁的少年；他已不再是个容易受到伤害的脆弱孩子，当然也还不是个会伤害别人感情的大男人；他的面部轮廓虽较模糊，但英俊，仪态不凡；他坐在一架钢琴前，正在为好大一群观众演奏，人数多得让她一眼望不到边。

“他将来一定会的，一定会这么做的，我保证。”

丽贝卡似乎在想，她的母亲也曾做出过这样的承诺。她俩也曾一起悄悄地听收音机。爸爸要是知道了，该会多么生气呀！但爸爸不知道。

当然，爸爸也曾疑心过，但他不知道。

安娜·施瓦特还是个小姑娘时也弹过钢琴，那是很久以前的事了，当时他们家还在旧世界，还没漂洋过海来到这里。

在梦乡里，丽贝卡沉浸在幸福之中。这让她明白，所谓幸福其实有多么简单啊，这就像抚平一块皱巴巴的布料，你只需把它弄湿，然后小心把它烫平就可以，就这么简单。

“你现在是个当母亲的人了，丽贝卡。你知道必须做什么。”

不过，钢琴曲不是奈利最喜欢听的音乐，抑郁或躁动的乡村音乐和西部音乐，才是他喜欢听的。此外还有欢快明亮的流行乐调，听着就让人想跳舞。不管她的心情有多么沉重，一看到一个三岁小孩用矮短的小腿摇摆着身子，她就禁不住要笑。看那小腿，好像只有肉没有骨头似的。在音乐的鼓动下，奈利还在空中舞动着两只小胳膊。他嘴里尖叫着，还用颤音唱着歌。每当这种时候，不管丽贝卡在做什么事情，她都会放下手中的活，和他一起跳舞，他那粗短的小手拽着妈妈的手。一种古怪的念头攫住了她，她是那样地爱他。她怀孕期间，提格诺不喜欢她，去他的。瞧，她要是不怀孕，哪来的这个宝贝儿子？

在家里转来转去，不小心撞上了家具，绊上了椅子，摔得两腿青肿，就像一对喝醉了的情侣，乐得不行。

“你最喜欢妈妈，是不！肯定是。”

可音乐停了下来。突然间，音乐停了下来。

又是烦人的播音员的声音。天哪！有些播音员的声音，听得时间长了，你会觉得讨厌，就像讨厌上学或工作时天天碰面的人一样。老是那种(男人)声音。奈利的表情变了，他正用心地听着，似乎听见了什么：爸爸的声音？

丽贝卡少不了又得费力地向他解释一番。她也不相信自己的话会管用，于是只好走开。

你要是听着就来脾气的话，母老虎，你就走开。

别碰那孩子。让你那令人生畏的怒气烂在你肚里好了。

她最担心的，是怕自己伤着孩子。使劲地摇，摇，摇晃着这小顽童的身子，直摇得他牙齿咯咯打战，眼珠子都摇到了后脑勺去了。她小的时候受的惩罚就像这样。在她的记忆中，惩罚管教她的好像父亲居多，其实，母亲和父亲都一样管教她。在她的记忆中，父母惩罚、管教她都是应该的、必要的，但她又不敢肯定是否真的如此。

提格诺大概会在星期天回家。

丽贝卡为什么会这么想，她自己也不知道，可能只是一种预感吧。

当然，提格诺也有可能在星期五下午或星期一下午出现在工厂的大门外，他那辆银绿色一九五九版庞蒂亚克牌轿车停在街边，发动机正空转着，等她。

嘿，小家伙：这儿。

丽贝卡仿佛听到了他的声音，她笑了，笑得像真听到了他的声音一样。

嘿，各位夜猫子听众，这里是布法罗广播电台奇妙 WBEN 节目的扎克·扎卡赖亚斯，在以下一点时间将给各位播放最佳爵士乐。

奈利夜里一般都是听着这种节目才能入睡。可她不能走近他的房间去把收音机关掉，因为这样很容易把他弄醒；要是奈利这时被弄醒的话，很容易把他吓着，这样，她最终就不得不和他待在一起。

夜里还好，因为至少在夜里，奈利会把收音机的声音调得低些。他会静静地躺在床上，离收音机几英寸远，从收音机发出的声音中得到些安慰。

两人的房间门对门，至少在自己的房间门关上的时候，丽贝卡还算能睡得安稳，不至于被光亮弄醒。

“爸爸回来后，这一切就该结束了。”

奈利的床边有一盏灯，是从肖托夸瀑布的家具店买来的，形状是个乳白色玻璃制成的小兔子。小兔子的耳朵朝上竖着，鼻子粉红，桃色的小灯罩也是用很花哨的织物做成的。

丽贝卡很喜欢这灯，微弱但温暖的灯光照在儿子熟睡的脸上，这使她感到很宽慰。灯泡只有六十瓦，因为小孩子房间的光线不宜过强。

她心里琢磨着：她小时候睡觉时，母亲是不是也会站在她的床边，眼看着她睡觉呢？她想大概是吧，于是脸上露出了笑意。当然，那已是很久很久以前的事了。

做母亲的好处就在这里。你可以透过母亲的双眼，重新体验一下自己小时候的生活。

她站在过道里，望着睡着了的奈利。短短的几分钟竟像施了魔法似的，仿佛过了几个小时。她的心跳得是那样的幸福，那样的踏实。当母亲的只知道让自己的孩子活得幸福、踏实。当母亲的只知道让自己的孩子活得幸福、踏实，是因为只有她这个做母亲的，才能使他幸福、踏实。

当然，还有那做父亲的，可是，做父亲的并非总能使孩子幸福、踏实。

她希望小奈利也能像他父亲那样强大有力。在她的眼里，儿子内心充满着热望和冲动。他的心里像是有根紧绷着的弹簧，就像一个会叽叽呱呱狂叫、到处乱撞的玩具体内的弹簧一样。奈利只有在睡着的时候才乖，紧绷着的心灵才能安静下来。

儿子的嘴角边淌着的口水发着光，像一束飘散的思绪，她想亲吻一下儿子，将那口水拂去。可是，最好还是别这么做。

一绺湿漉漉的头发沾在他的额上，她想将其捋开，可是又一想，还是别碰的好。

黑兹尔·琼斯不为人知的儿子。

窗台上的收音机声音开得很低，里面播放的音乐是爵士乐，这台收音机，和那盏灯一样，释放着喜悦和慰藉。丽贝卡现在对眼前的这些已经感到习惯，不再感到生气。播音员的声音和白天里听到的完全不一样。扎克·扎卡赖亚斯是个黑人？他的音调很柔和，像在歌唱一样，顽皮而搞笑，听上去让人觉得很亲切。

还有那播放的音乐。丽贝卡现在也开始喜欢那音乐了。

音色单调而低沉的爵士乐，很诱人。丽贝卡当然能听出钢琴演奏的声音，可对其他乐器就知之甚少。单簧管、萨克斯管？对这些乐器，她不太懂，并因此感到惭愧。

无知的女人、工厂的工人。妻子、母亲。连中学都没毕业。太丢脸了！

古典音乐她只听过一次，是从父亲的收音机中听到的。当时，她的母亲也在身边。父亲当时不知道此事，否则，他是不会允许的。这收音机是我的。这条新闻也是我的。我是身为一家之主的父亲，这家里的一切功劳都归我。这烦恼之家以外的世界是什么样，只有我知道，你们还是孩子，不必知道。

有关丽贝卡父母的情况，提格诺没多问过。虽说他也知道一些，但似乎不想知道得更多。

丽贝卡的哥哥赫彻尔常常说，基督不叫基督，“施瓦特”也他妈不是我们家的姓。

赫彻尔当然是在开玩笑，露出他那口水拉拉，驴叫般的牙齿。

丽贝卡问他，咱家姓什么？不姓“施瓦特”，那姓什么？

赫彻尔耸耸肩。鬼知道？管他姓什么呢，谁在乎？

都是些旧世界的事情，屁也不值，赫彻尔说。在他妈美国，人们一点不在乎，反正我是不在乎。

丽贝卡恳求他告诉她他们家不姓施瓦特，那到底姓什么，可赫彻尔做了个下流的动作，走开了。

要是雅各布·施瓦特还活着，现在该有六十三岁了。

六十三！老，但还不算太老。

可在他灵魂深处，当时就已觉得自己老态龙钟。在丽贝卡的记忆里，她父亲一直是那副老态龙钟的样子。

一想到这些就让人感到厌烦。过上新生活以来，她还很少想到这些叫她烦心的事。

黑兹尔才不想这些烦心事呢。

“妈妈……”

奈利突然睡梦中发出呜咽声，好像觉出丽贝卡站在他的身旁。

他那光润的小脸变得皱巴巴的，很难看。啊，看上去就像个老头！皮肤苍白，眼皮一跳一跳的，额头上的那根筋也跳个不停，好像有个偌大的梦，带着锋利的棱角，一下扎进他那小脑袋里。

“奈利。”

见儿子陷入噩梦中，丽贝卡的心像碎了一样。她的第一本能就是快把儿子从梦中唤醒。可是，不行，最好别动他。当妈妈的不可能永远帮他。他必须学会救助自己。

梦在消失，马上就要不见了。过一会儿，奈利就会觉得轻松些的。他是新时代出生的孩子，生于一九五六年。你不能叫他是战后(现在人们不管谈论什么都喜欢用“战后”两字)出生的小奈尔斯·提格诺，因为战争已过去很久了。过去的一切对他已不会有多大影响。就像一战对丽贝卡这代人没多大影响一样，二战对奈利这代人也不会有多大影响。正如赫彻尔所说，那都是些旧世界的事，屁也不值。

施瓦特夫妇过去的一切绝不会横亘在他的心头，挥之不去，因为他从未见过他们。

家族的这一支已经绝了，这古老、衰败的欧洲家系断了。

奈利的梦魇似乎已经过去，他和之前一样又睡着了，湿漉漉的小嘴呼吸着。那盏兔子灯在床头柜上亮着。窗台上的收音机还在播放着稳重低沉的钢琴演奏的爵士乐，听上去令人舒心。丽贝卡面带笑容地退了出去。她现在也要去睡了。奈利没事，她不必叫醒他。之前虽想去吻他一下，但现在不想了。(她敢肯定)他心里仍然明白，母亲是爱他的，母亲总会在他的身旁，看着他，保护着他。他长大懂事了，一定会明白。

“我虽不能亲眼见到上帝。但是，我许愿。”

离星期天还有三天。丽贝卡掰着手指头数着。一想到奈利的爸爸再过三天就回到他们母子身旁，她笑了。她心里有种预感！

4

吉卜赛女郎。犹太姑娘……

提格诺声音低沉、无助地呻吟着，这呻吟声渐趋向下滑动，听得她芳心大开。他那满是肌肉的身躯充满欲望地颤抖着，像通了电似的。

想到这场景，丽贝卡笑了。血液拼命往脸部涌，觉着火辣辣的。她不是吉卜赛女郎，也不是犹太姑娘！

血液拼命往她的两腿之间涌，也觉着火辣辣的，这两腿之间已好久没人抚摸了。

“真该死。”她睡不着觉。躺在她和提格诺两人睡的床上。这一整天，不，应该说自运河纤道上遇到那人后这些天，她的神经绷得就像电线一样紧。

天气终于起了变化。北部四十英里外的肖托夸湖正翻江倒海，怒涛汹涌，从湖面吹来的大风好像在吹打着破旧农庄住宅的窗玻璃。到了上午，风和日丽的宜人天气将被吹得无影无踪，空气将变得更加寒冷刺骨而阴湿，冬季将到了。肖托夸河谷里的冬天，山脉一线山麓丘陵地带的冬天。

可是，不。她不愿想这事。几天以后的未来的事她不想去多想。

和她母亲一样，她也渐渐变得不愿意多想未来的事。

结果，他们后来变得像动物一样。没有未来，你所经历的世事就是这样。

真想倒头就睡！再过几小时，她就得起床，再到尼亚加拉纤维管厂去。她要的不是浅睡，浅睡固然也能缓解一下头痛，但能给大脑提供的营养极为有限。她要的是深沉的睡眠，只有深沉的睡眠才能使心跳慢下来，慢得就像死去一样，深沉的睡眠能使你完全意识不到时间、地点，意识不到你过去、现在究竟是谁。

“提格诺，我需要你！我要你插进来。我要你……”

他催她对他说那些亲昵话：要我，要我。让我痛快点。

她越是犹豫，越是羞怯，提格诺就越心急火燎地想那样。显而易见，此时男人的快感在无边地增大，啤酒在不断地往一只高大的啤酒杯里倒啊倒，一直倒到泡沫四溢地满了出来。

她只爱过他一个人，只爱过奈尔斯·提格诺。她爱他那劲头，他教她如何配合着他。孤独一人躺在这床上有多痛苦啊，不想他，不想那些床笫之事，根本办不到，她的心跳因欲望的激起而加快。

可这欲望根本无法得到满足。因为即使她抚摸自己，但根本比不上提格诺。

她和提格诺结婚之前，她一个人从来没有睡过这么大的床。她觉着自己一人不配睡这么大的床。（其实，这只是一张普通的床，她想。二手货，就是在肖托夸瀑布买的。床架是钢制的，已渐渐失去原有的光泽，床垫倒是新买的，硬而坚实，但提格诺盐分较多的汗水很快就把床垫弄得脏兮兮的。）

她翻了一下身，仰面朝天地躺着。邻近的房间里，那台该死的收音机还在低声地响着。她虽听不清楚里面播放的音乐，但能感觉得到那音乐的节拍。她展开双臂，腋下湿漉漉的。浓密的头发像马的鬃毛，现在总算干了。头发成扇形铺在头的四周。提格诺和她待在一起时，有时特意用他那笨拙的双手将她的头发铺成这样，绷着一脸肉欲的快感。

你要的就是这个，吉卜赛女郎，嗯？是吧？

他还和其他女人好，这她知道。她在和他结婚前就知道他是什么人。在她工作过的旅馆里可以听到不少有关他的流言蜚语，肖托夸河谷及以外的地方也都能听到。她心里明白，凡是和提格诺相好的女人都别想指望他这样的男人能像普通男人对女人那样地忠贞不二。两人结婚后不久，提格诺就曾对丽贝卡说过："天啊，小宝贝——她们和你一样，也喜欢我。"他说她会吃醋的。他说这话时不是要刻意伤人，语气中倒是可以听出实实在在的惊讶。

想到这些，丽贝卡大笑起来，指关节抵着嘴巴。

这真有点滑稽。要欣赏奈尔斯·提格诺，得有点幽默感才行。他指望你能使他开怀大笑。

她正仰面朝天地躺着。有时，这么躺着挺管用。她的肌肉开始抽搐。她那该死的手缓慢地靠近那该死的装订机……她及时把手缩了回来。

要是换个时间，换个地方，这事很可能已经发生。她的手被压得血肉模糊，已从胳膊上掉了下来。她罪有应得，愚蠢的东西，也不看看自己是在干什么。

提格诺该会睁着多大的眼睛看着她啊！丽贝卡只好大笑一下，臆想着。

提格诺讨厌她那硕大的肚子。他痴迷地盯着看，两手舍不得离开。

风在紫杉树间刮着，声音像在嘲笑。

这里以前叫威腾巴哈农庄，附近的人现在还这么叫。如今三年过去了，丽贝卡当年以为到此时他们该拥有自己的住房了。

他确实爱他们俩，她和奈利。他内心里并不是个朝三暮四的人。

在他看来，她的父亲雅各布·施瓦特爱她，爱他们一家人。他并不想伤害他们，他只是想忘掉过去。

你和周围人一样，就生在这片土地上。

真是这样吗？她把身子蜷缩了起来，脸上露出了笑容。最后，她慢慢沉入睡乡，就像沉入一口石砌的水井，水井是那样的深不见底。

纽约州的米尔本

1

一九三六年十一月。施瓦特一家乘坐公共汽车来到纽约州北部的这个小镇。他们带着各种箱子，大包小包地来到这里，好像来无踪影似的。一家人的面容尽是憔悴，衣冠不整，头发蓬乱。显而易见，他们来自外国，是“移民”到这儿的。当时听人说，施瓦特一家看上去像是为了逃离元首（一九三六年，在纽约州米尔本这样的地方，人们一想到阿道夫·希特勒，就会想到他那小胡子、他那军人的姿态和他那双瞪着的严酷的双眼，看上去好不滑稽，颇像查理·卓别林）的迫害而来到此地的，他们一路奔逃，顾不得停下来吃东西，喘口气，更顾不上洗手、洗脸、洗澡了。

他们一身臭味！——开车的司机转动着眼珠，如此说道。

米尔本的公墓地处荒郊野外，是处跨宗教的墓区。本区人不管生前信什么教，死后都可葬在这里。让施瓦特一家之主雅各布·施瓦特看管公墓，看来没什么不合适的。这样，他和家人——妻子、两个儿子，还有尚在襁褓中的女儿——就可在公墓大门里面的一座饱经风霜的石砌小屋里安家了。这座“小屋”不收房租，因此，看管公墓这份工作对急切地想有个落脚地方的人来说还是挺有吸引力的。

施瓦特先生感激涕零地感谢有关市镇官员给了他这份工作，虽说自己从未看管过公墓,更没当过掘墓人。

他不停地说,自己一定能干好,两手抱在胸前,不停地鞠躬作揖。

“我不会让诸位失望的,先生们。我向你们保证。”

他们搬进墓区里的这座布满蜘蛛网的石头小屋以前,只将屋子简单地清理了一下。这屋子之前也有人住过,他们搬走后,屋里喷洒过碱液,现在还能闻到一股浓烈的碱液味道。施瓦特家最小的小孩,丽贝卡才五个月大,体弱多病,搬进这屋时,正包在母亲那污秽不堪的方形披巾里。公共汽车从纽约州南部往北开的这段路途中,这块披巾大部分时间是给烦躁不安的女婴充当尿布用的。

她哥哥后来回忆说,她当时是那样的小,身上光光的,连汗毛都看不见,活像一头刚生下来的小猪崽,连身上的气味也像。“爸爸连看都不想看你一眼,我想他当时一定以为你活不下来。”

她当时是不是叫丽贝卡·埃斯特·施瓦特?也许由于当时太小,还没起名,因此没任何身份。早年在米尔本度过的那些日子、那些星期、那些岁月,她没什么记忆。因为施瓦特全家也没什么值得记忆的东西。

当时妈妈喂养她。妈妈有时嘟哝一声就把她朝旁边一扔,怕碰她,好像碰她会使她痛苦似的。

还有爸爸。爸爸名叫“雅各布·施瓦特”。爸爸的脾气像总在变化的天空一样,让你无法捉摸,就像厨房里那丑陋不堪的炭火炉子,一腔的闷火,说不定什么时候就爆发出来。要是那炉子里的火上来了,你休想试着将手指头伸向它。

别的时候,这炉子就像熄了火似的,冰凉。

这小镇上的几个陌生人给了他这份看墓地的工作,他就感激涕零。可是,当爸爸憋在这石头小屋里的时候,他的脾气又会另一个样。

“他们想把我看成一条狗,嗯!我叫‘雅各布’,是吗!这都因为我是从外国来的人,我没钱,我和他们不一样!总有一天,我要让他们看看,到底谁是狗，谁是人。”

从幼年起，她就开始有了一种本能的意识，她父亲的心灵受到过极大的伤害。儿时，父亲靠在她的童床旁，那身影有多么高大啊，他有时会冷不丁地伸出指头胳肢她，甚至还用胳膊把她托起来。爸爸受到伤害，也能隐忍着，就像一身傲气受阻，只得隐忍一生。她是家里最后一个出生的孩子，是个小不点，雅各布·施瓦特本没想生她，有了她，反使他那原本受到伤害的心灵多了一层外在标志。这些，她似乎都知道，因为这样可怕的身世，一旦知道了，即使想回避也回避不掉。

她不知道这都因为什么，小孩子是不问为什么的。

她还记得母亲踉踉跄跄地摸到她的童床前，把一只湿润的手紧紧地捂在她大声哭喊的嘴上，为了使她不要哭出声来，为了不要吵醒累得精疲力竭睡在隔壁房间里的父亲。

“别哭！千万别哭！否则他会杀了我们母女。”

2

于是，雅各布·施瓦特才得以继续睡他的觉。睡梦中，他抽动着身子，呻吟着，活像一只受了伤的动物。刚开始的那些日子里，他每天要干十到十二小时的活，干完了活，连衣服都顾不得脱，就一头倒在床上，身上散发着汗臭，溅满污泥的靴子带还紧紧地系着。

这双靴子是他在工棚里捡到的。他想大概是米尔本公墓的前一位看管人穿过的。

这双靴子他穿着显得太大，于是，他就在靴子的头部塞了许多破布。

他的脚伸进去，靴子看上去就像马蹄，笨重而鄙陋。他梦见自己一头栽进了水里，栽进了海洋，脚上穿着这双靴子，为了能游到岸边以救自己的命，他想脱了这双靴子，可怎么都脱不下来。

3

历史没有什么存在可言。一切存在的都是个别现象，而在这些个别现象中，存在的又只有个别时刻，它们就像被砸碎的脊柱一样，一节一节地往下掉。他用僵硬的指头握着铅笔，一笔一画地写下以上这些话。他的思绪太过纷繁！住在公墓墓区里，他的脑袋就像遭到大黄蜂蜂群侵犯一样，思绪弄得四处飘散，根本无法控制。

他笨拙地记录下这些思绪。他不知道这些思想是否算得上是自己的。他呆呆地盯着写下的这些话看，翻来覆去地思考着这些话的意义，然后把纸张揉成一团，扔进了火炉里。

4

你可以远远地看见掘墓人施瓦特。

他看上去就像个侏儒，背弯着，头低着。

置身于公墓里的墓碑之中。他一脸的苦相，手操长柄、短柄的镰刀和耧耙；或在长满浓密马唐的墓地里推着生了锈的手推割草机，割草机起劲地工作者，刈幅始终保持不变；每次挖好一个墓穴，还得歪歪斜斜地推着独轮车，把多余的土运走；有时他停下手中的活，抹一把额头的汗，从工作服的衣兜中取出一个广口瓶，脖子一仰，眼睛一闭，咕嘟咕嘟地喝着水，像一条渴得要死的狗似的。

有几个小学生有时蹲在墓园的墙后面。这墙大约有三英尺高，都是用粗石和厚厚的砂浆砌成的，年久失修，一副残垣断壁的样子。多刺的木质茎植物、毒藤和毒漆树沿着墙一路疯长着。在墓地的前部入口处可以见到一扇用熟铁做的大门，那门恐怕得使好大的劲才能关上；还可以见到一条石子铺的车行道，路基已被剥蚀得很厉害，坑坑洼洼的；此外，就是墓地看管人住的那石头小屋了；另有几间工棚和外屋。年代最久的墓碑差不多一直挨到石头小屋后，这里长得到处是草，草地里有两根受风雨侵蚀严重的柱子，之间拉着几根晾衣绳，看墓地人的妻子就在这几根晾衣绳上晾晒洗过的衣物。这些小学生假如一时无法靠近施瓦特先生去嘲笑奚落他，向他投掷栗子或石块什么的，那他们就会打定主意，冷不丁地去捉弄施瓦特太太。施瓦特太太常常由于惊恐而尖叫一声，把她正打算晾晒的衣物也扔在草丛里，拖着被砸伤、疼痛难忍的身子，惊恐万状、慌不择路地躲到杂物间里去，她那抱头鼠窜的样子在这几个小学生看来很是滑稽，看得他们很过瘾。

应该指出的是，骚扰看墓地的人在雅各布·施瓦特来这之前就常发生。施瓦特先生的前任以及他的前任的前任也是这样遭人嘲笑、戏弄。和在该地区其他的县镇一样，在米尔本，骚扰掘墓人，到墓地去搞打砸抢之类的事情并不鲜见。

骚扰雅各布·施瓦特的那帮学生中，小的才十岁、十一岁，有的则稍大些，有的到了三十年代后期已经不再是小学生，而是二十开外的青年男子。他们的叫声听上去就像墓地后部高大的橡树林里沙嘎的乌鸦叫声，任性而反复无常，毫不顾及别人的感受。

掘墓人！德国佬！犹子！

5

“安娜?”

他有一种预感。这是一九三六年的初冬，他们一家来到这里生活才几个星期。他正在把暴风雪导致的垃圾从墓区清除出去，可他突然停了下来，像是听见了什么……

不是那些淘气、喜欢戏弄他的小学生，那天他们没来。他当时是一个人在墓区，也看不见一个来墓地祭奠的人。

快跑，快跑！他的心一沉。

他的脑子一时糊涂，莫名其妙地以为安娜快要生孩子了，孩子就在她那挺着的大肚子里。安娜躺在那张污秽不堪，浸在血泊中的床垫上，痛苦地扭动着肚子，尖声地喊叫着……

其实，他明明知道自己身在别处。正置身于积雪覆着的墓地，在众多的十字架中间。

他仿佛置身于一个他叫不上名字的地方，只知道是在乡间，风景之美是粗犷、萧索的那一种，树上的叶子已凋零得所剩无几，头上的天空乌云密布，看样子就要下暴雨了。

“安娜！”

她没在厨房，也不在卧室。石屋所有四个拥挤、狭窄的房间里都看不见她的人影。最后，在厨房隔壁的柴棚里才找到了她；当时她正蹲在凌乱不堪的柴棚的黑暗角落里——这难道是安娜吗？

柴棚里有一股浓烈的煤油味，闻着令人作呕，可安娜竟然就蜷缩在那儿，肩上披着毯子，头发乱得像鸡窝，看上去肮脏不堪的睡衣里垂着两只松松垮垮的乳房。她怀里正搂着孩子，孩子被肮脏的毯子半遮着，大张着嘴，小脸上的两只眼珠子向上翻着，没有一点光泽，而且一动不动，像是昏迷了一样。做丈夫和父亲的他，这个叫雅各布·施瓦特的他，颤抖着身子站在母女俩面前，不敢问一声出了什么事，不知道她为何要蹲到那儿，也不知道她究竟害怕什么，非得躲到那儿。究竟出了什么事？难道又有人上门找岔子？她把女儿怎么了？是不是把她掐死了？

他感到恐惧，又感到愤怒。他不敢相信眼前这女人竟像这样缩成一团，毕竟这么多日子都挺过去了。

“安娜！你给我好好说说，为什么这样。”

安娜慢慢地缓过神来，意识到他在自己身边。她刚才是睡着了，要不就是发癔症，迷睡过去了。在这种顽固的癔症发作的时候，你就是在她的眼前把你的手指打得劈啪响，她也未必能听见。

她的两眼在眼窝里转动着。在这个名叫米尔本的地方，整天置身于十字架和石头雕刻的天使们的中间，到了街上，别人又都拿眼盯着她看，日子久了，她的神情变得鬼鬼祟祟，像是一只野猫。

"安娜，我跟你说……"

她用舌头舔了一下嘴唇，但还是不说话，身子缩在脏兮兮的毯子底下，好像这样就能躲着他，使自己不受伤害似的。

他想从她身上使劲掀去毯子。

这女人真荒唐！

"快把小东西给我。你是不是想让我把她给勒死？"

这当然是玩笑话，是安娜把男人逼急了会说的那种气话。

这不像雅各布·施瓦特说的话，那么会是谁呢？是看墓地的人，那个掘墓人。这个矮子，身穿工作服，穿着的靴子前头塞满了破布，朝她龇牙咧嘴、紧握着拳头，再也不是从前的那个人了。他从前是那样地爱她，向她求婚，发誓要永远地保护她。

显而易见，他已不像是那孩子的父亲。他弓身看着母女俩，像头公牛一样地喘着粗气。

一听这话，安娜二话没说，把孩子递给了他。

6

来到了美国，四周包围着的是十字架。

他带着一家人漂洋过海，越过大西洋来到这里，来到了这满目尽是石制十字架的墓园。

"多么大的玩笑，开我雅各布的玩笑。"

他开怀大笑了起来，笑得是那样的开心。他用手指抓了抓腋窝，抓了抓肚子，抓了抓自己的裆部，心想，上帝真会开玩笑。他有时笑得连腰都直不起来，两手拄着铁锹，笑得呼哧呼哧地喘着气，笑着笑着，眼泪顺着长满络腮胡子的面颊流了下来，一滴一滴地落到了锈迹斑斑的铁锹上。

"雅各布擦了擦眼睛，这是一场梦！我把屎拉在了自己的裤子里，这是一场梦！什么他妈的美国。每天早上做着同样的梦，是吧？雅各布，你像是个幽灵似的，整天在墓地里转悠，照看着这些死去的基督徒。"

跟自己说说话，这里没有别人。跟安娜无话可说，跟孩子们无话可说。从他们的眼睛里可以看得出来，他们是那样地怕他，从外人的眼睛里可以看得出来，外人是那样地可怜他。

还有那小东西。自打她生下来，他就没喜欢过她，他巴望她死去。可是，支气管感染、麻疹，她都硬是挺了过来，没死。

"丽贝卡。"

他渐渐地也能一字一顿地叫出这个名字了，以前好长一段时间，他都不敢叫。

有一天，丽贝卡长得没人搀扶也能自己走路了！长得能和父亲一起捉迷藏了。先是在家里，后来到屋外的墓地里。

唉！唉！小东西藏到哪儿去！

是不是躲到墓碑后面去了？他常常装着找不到她的样子。

她则常常会躲在墓碑后面，微微露出了小脸，咯咯直笑或兴奋地发出长而尖的叫声，而爸爸还装着找不到她似的。

他那副该死的眼镜不知弄到哪里去了，因此，他只得斜着眼，觉得很不舒服。没了眼镜，看什么都重影。

密涅瓦的猫头鹰只有到暮色苍茫之际才展翅翱翔。

这话是黑格尔说的，正是这位大哲学家承认人类理性的失败。

呀！爸爸的眼睛从小东西头上掠过，恁地没有看见她！

这个游戏玩起来挺开心，太滑稽了！

他个子不高，但人挺机灵，身材敦实，长着女人般的手、脚，羞煞他了。然而，偏偏脚上穿的是前任墓地看管人穿过的大靴子，靴子的前部被他麻利地用破布塞了起来。

在米尔本地方官员面前，他这个普普通通的劳动者，表现得是那样有礼貌，给那帮官员的印象一定很深吧？

“先生们，这活我能干。虽说这是份体力活，我人也不算高大，但我有的是劲，我向诸位保证。我会——（他一时想不起词儿了，可他明明是学过的，会说那些词儿的！）——恪尽职守，决不懈怠。”

玩捉迷藏游戏时，小东西会悄悄溜出屋子，跟着他在墓地里走来走去。太开心了！她在什么东西的背后躲起来，他就找不着她了，而她在那东西背后露着小脸偷偷张望，看着他，自己却不会被他发现。她低下头、弯下身，闪到一墓碑的背后，敏捷、灵活得像个小动物，而他的两眼从她的身上掠过，竟也没有发现，好像她只是在草丛间飞来飞去的一只白蝴蝶……

“人不见了。那儿没有。这儿呢？我难道见到小鬼了吗？不是！——还是找不着。”

时间还早，还不是喝酒的时候，他还有耐心跟她玩。他会向她挤眼弄鼻子，会用嘴唇把嘴咂得啪啪响（呵，她全都瞧见了，那声音就像闪电划过天空），其实有时他根本忘了她就在身旁。

他把工作服的裤脚塞进胶靴里，法兰绒衬衫的底摆塞进没系裤带的腰裤里。衬衫的袖子朝上一挽，前臂上露出了金属丝般的毛，发着金属丝般的光。他头上戴的是灰布帽，衬衫的领口纽扣没有扣上，是开着的。他嘴巴动了一动，笑了笑，还朝她做了个鬼脸，随即转过身去，开始挥动起长柄大镰刀，干起活来。

“小鬼，回屋去，听见没？去，现在就去。”

开心的捉迷藏游戏难道到此就结束了？游戏究竟什么时候结束，谁能说得上？因为爸爸会突然连看也不看她一眼，像是两眼瞎了似的。他的双眼活像墓地里的那些石雕天使的眼睛，像灯泡似的，她每次走近这些石雕天使，都会有一种异样的感觉。爸爸要是连看都不看她一眼，那她就不是他的小东西了；她就不是丽贝卡了；她就没名字了。

就像那些很小的墓碑一样。那些小得可怜的墓碑平躺在草丛中，小得就像刻写板，经风雨长时间侵蚀，连上面的名字都看不见了。这些大都是夭折的婴儿、幼儿的墓。

“爸爸！……”

她不想再躲了。有一个很小的墓碑，歪歪斜斜地插在大墓之间的空地上，碑下是一摊略微隆起的草地，她站在那可怜的小墓碑后面，浑身颤抖着。

她可不可以坐上那小独轮车？他会推着她吗？她保证坐在独轮车上不乱动，一定乖乖的！要是独轮车上装的不是多刺木质茎植物或是挖墓而取出的土，而是从地上割下的一般的草，他就会把她放到车上，推着走。那破旧的独轮车歪歪斜斜、上下颠簸地前行着，像是一匹喝醉酒的马，坐在上面很有意思。

她低声叫了一身：“爸爸？……”那声音听上去楚楚可怜。

可他好像没有听见似的，只顾干他的活，根本不理她。她觉得很委屈，很丢面子。

她很羡慕她的哥哥们。赫彻尔和奥古斯特都帮爸爸在墓地干活，就因为他们是男孩。赫彻尔已长得和父亲差不多高；而奥古斯特仍是个小孩，胳膊腿长得细长，头发剃得差不多能看见他那高低不平的脑袋，小脑袋傻乎乎的，看上去像是布娃娃的光头。

古斯被从学校赶了回来，因为他头上满是虱子。人家都叫他虱子、虱子，有几个孩子还用小石头砸他，于是，他哭哭啼啼地跑回家来。回来后，是妈妈把他的头发剃了去，因为爸爸嫌弃他，碰都不想碰他一下。

她是谁：丽贝卡？“Reb-ek-ah”。妈妈说这名字很漂亮，因为这也是她那很久前生活在大西洋彼岸的祖母的名字。可丽贝卡说不上自己是否喜欢这个名字,对自己的女孩身份则无疑是不喜欢。

小孩子生下来不是男的就是女的。

自己的兄长都是男孩,所以轮到自己就该是个女孩。

这是顺理成章的事,这她能理解。可她觉得有点不公平。

因为自己的兄长只要高兴,就可以到沼泽地和长得很高的总状升麻地里去玩,而自己则不能去。(她是否被蜜蜂叮过,是否曾大哭过一场?妈妈是否曾经拧着自己的胳膊,让她看蜜蜂叮过的地方是个什么样,从而吓唬吓唬她?)

每天早晨,妈妈都替她梳头,小姑娘的头,给她编小辫,弄得她头皮疼。要是编小辫时,她不老实乱动的话,就会被责骂。她要是撕破、弄脏了衣服,或大声吵闹,也会被责骂。

丽贝卡!你是个丫头,不是小子,你和哥哥们不一样。

她几乎能听得见妈妈说话的声音。不过,她跟在爸爸的后面在墓地里走,问她能帮什么忙。她能帮他什么忙?

"爸爸?"

呀,是的,她真的能帮爸爸的忙!丽贝卡能把长得较小的草从地上薅起来,能把断树枝和暴风雪造成的垃圾什么的拖到独轮车上。她说她既不会被爸爸所说的该死的多刺木质茎植物所伤,也不会摔跤跌倒,伤着自己。(其实她的脚上青一块紫一块的,肘部也结着疤。)她很想帮着爸爸干活,想让爸爸再看见她,想让爸爸再把嘴咂得啪啪响,那响声听上去太甜美了,爸爸只有在她面前才会咂出这种响声。

爸爸的目光是她所渴望看到的。那目光中闪烁着对她的爱,尽管这目光一闪而过。

她跑了起来,摔了一跤。

爸爸脱口就说:"你这该死的!我不是跟你说过,叫你不要跑嘛。"

他一脸的不高兴,脸绷得像个拳头似的。

他推着独轮车，穿过杂草稠密的草地，似乎想故意把独轮车撞坏似的。他背对着她，法兰绒衬衫全都汗湿了。他推着独轮车，理也不理她就走开了。她看着他的后背，一脸的无助，幼小的心突然觉得害怕起来。这回，他又不理她了，这和让她去死一样的难受。

爸爸朝正在另一处干活的哥哥们大声嚷嚷着什么，他说的话都是从喉咙眼里咕噜出来的，听上去让人觉得他老大不高兴似的，毫无慈爱之意，然而，她巴不得爸爸对她说话也能像这副样子，把她看作是能帮他干活的人，而不是小姑娘，只配被撵回家，老实待着。

回到家，见妈妈待在屋子里，到处都是煤油味和做饭的味道。

她受到深深的伤害，不止一次地受到伤害。以至于她觉得自己恨他。他死得很惨，没死前，她就早已恨他了。她还是个小姑娘时，他有时好像挺喜欢她的，而她曾经也是那样的崇拜他。可这些她都早已忘了。

捉迷藏的游戏。

7

赫彻尔嗥叫着，你发誓不告诉他们？

唉，她发誓！

因为她要是告诉他们的话，赫彻尔警告说，他就把拨火棍塞到她的小屁眼里——“还是根烧得通红的拨火棍。”

丽贝卡傻笑一下，吓得浑身发抖。她的这位大哥老是这样吓唬她。啊不，啊不，她决不会去告发。

是赫彻尔告诉她她是怎么生出来的。

对丽贝卡来说，生出来一定是她自己把自己生出来，那一定是很久以前的事了，她已经记不得了。

丽贝卡的父母从来不会对她讲这种事，决不！

父母有时竟然当着孩子的面把衣服脱得精光，一丝不挂，孩子们看得目瞪口呆，至于孩子是如何生到这世上来的，则从来不谈。

是赫彻尔告诉她出生时的情况的，他说，她生在一艘从欧洲开来的船上，出生时这艘船已泊在纽约港，刚生出来时，她那小得可怜的身体一动一动的。

生在船上，知道不？生在船舱里。

赫彻尔说，在该死的家人当中，只有你是生在大西洋的这边，因此，你永远不需要该死的签证什么的。

丽贝卡急不可待地听着，颇感惊讶。在这世上，只有她的大哥才会告诉她这种事。

可是，赫彻尔说的话挺叫人害怕，仿佛从他的嘴里说出的不是话，而是飞出来的蝙蝠。因为在米尔本墓地里，整天置身于十字架、葬礼、送葬的人们和两端饰有花彩的坟墓当中，在米尔本这个地方，男孩子们会在他的身后喊"掘墓人！德国佬！"赫彻尔自己也渐渐成了一个粗鲁的男孩，讲话时嘴里老是不干不净的。其实，他也没多大。他长着一对小眼睛，没什么睫毛。那对小眼睛镶在他脸的两边，活像鱼的眼睛，看上去让人心里发毛。他尖尖的脸，额骨突出，嘴奇大，大得像食肉动物的嘴。他脸部的皮肤粗糙，斑斑点点的，痣、疹子、小脓包什么的，随处可见。他常常心烦意乱，好生气。一生起气来，脸上的疹子就更明显。和他们的父亲一样，赫彻尔的嘴唇长得肥厚，像虫子的嘴，正常情况下也会给人以傲慢、轻蔑的感觉。他长着一口大牙，牙齿也是斑斑点点的，很不干净。十二岁了，站着已有他父亲雅各布·施瓦特那样高。父亲中等身材，有五英尺八九英寸高的样子，由于肩膀长得滚圆，加上老是低着头，因此显得比中等身材的人要矮些。赫彻尔由于整天和父亲在墓地里干活，脖子、背和肩都长得很粗壮，满是肌肉；他长得越来越像雅各布·施瓦特，像个长成了大人模样的小矮人。赫彻尔学习成绩一塌糊涂，已经留了两级，这使他的父亲很失望。

一家人刚到米尔本住下来，雅各布·施瓦特就不许家里人讲德语，因为这时的美国，痛恨德国人的情绪正旺，人们会怀疑你是德国来的间谍。雅各布·施瓦特甚至痛恨起自己的母语，他说，“德语是野兽讲的语言。”赫彻尔小时候学说的是德语，这时也不能讲了；可他对“新”语言又几乎一窍不通。他说英语，老是结结巴巴的，一个字一个字像放炮似的，十分困难，听上去让人觉得他在克制自己不要大声笑出来似的。说话本该是件很有趣的事？是不？可非逼你知道怎样发音才算正确，嘴怎么动。真他妈的该死，干吗非得把音发得跟别人一样？这帮人是怎么学的呢？嘴里发出的音(这该死的舌头老是不听使唤)和这音代表的东西之间究竟有什么联系，更能让他发疯。还有那些印出来的字！书本！该死的功课！一个陌生的成年人竟和他讲话，叫他坐在书桌旁，书桌太矮，怎么都找不到地方放他那两条该死的腿。都是纽约州制定的那些该死的法律惹来的祸。那些人看你时，脸上为何有那种该死的表情？为什么要和小孩子坐在一起，他们才有他半人高？小孩子们为何盯着他看，还吓得跟什么似的，好像他是什么怪物？还有那个叫不上名字的女教师，那老妖婆？这都是为了什么？赫彻尔插在米尔本学校七年级学生中，是班级里个儿最大的男孩，可他读的是“特殊教育”课程，根据纽约州的有关法律，到了十六岁就可离校。对他的老师们和同学们来说，那将是多么令人宽慰的解脱啊！他不管讲什么语言都前言不搭后语，书更是读不来。他父亲费了好大的劲教他简单的算术，也毫无结果。印在书本上的东西他更是排斥，不仅排斥，要是不赶快把书本从他那双怒目而视的眼前弄走，他还会暴跳如雷。连他弟弟古斯的教科书和妹妹的识字课本都被他毁损得残破不全，扔到地上。雅各布·施瓦特有时会买张奥瑞斯卡尼港市的报纸带回家。报纸上只有连环漫画还算能引起他的兴趣，而就连这连环漫画栏目中的有些内容，如《特瑞与海盗们》、《狄克和屈西》，他看得也很吃力。赫彻尔一向喜欢他的小妹妹，家里人都叫她小东西。可他老是逗弄她。他的黄眼珠子一闪，就一个鬼主意，保不定什么时候，他就会把她逗哭。母亲给她编得整齐漂亮的小辫子，他会猛地一拉，要不就龇牙咧嘴、嬉皮笑脸、没轻没重地呵她痒，胳肢她的胳膊、小肚子，甚至腿裆，弄得她不停地扭动身体，乱蹬腿。瞧，他又来了！他警告她，大蟒蛇来了！他就像一条大蟒蛇，紧紧地缠抱住她，同时还能伸出手来呵她的痒。

即使是在屋子里，妈妈瞪着两眼看着赫彻尔，他照样能干出这种事来。妈妈有时跑上前来，冲着他骂猪猡！下流胚！可他还是照干不误。母亲甚至让父亲打他，他却笑。丽贝卡怕她那体格笨大的大哥哥，可又会被他逗弄得很开心，他的嘴像喷唾沫星子一样，能说出许多让人惊讶不已的话来。

正如那天赫彻尔告诉丽贝卡她是如何出生的。

出生！她太小，脑子暂时还弄不明白生孩子是怎么回事，更不知道自己怎么生出来的。

喏，她刚生出来时，身子蠕动着，脸红得像猴子，赫彻尔傻乎乎地说。光溜溜的，浑身无毛，丑得不能再丑了。

可是，为什么要花那么长的时间，足足花了他妈的十一个小时，船上所有人都下了那该死的船，就剩他们一家人，胎儿头后出来，胳膊又是弯着的。所以，很花时间。为什么会淌那么多的血。

她就是这样生出来的。浑身都是黏糊糊的东西，从妈妈身上生出来了。那地方叫什么来着——什么道。也就是妈妈身上的一个洞，一个毛乎乎的洞，赫彻尔以前从来没有见过这种洞，太龌龊了！像张开的血盆大口，后来他又见过一次。那次他偶然推开那扇该死的卧室的门，只见妈妈两腿之间毛烘烘的，那些毛一直长到妈妈的小肚子上，就像男人的胡须，妈妈来不及躲，她当时好像是在换睡衣，要不就是正准备洗身子。那玩意你见过吗？毛烘烘的，像只小松鼠。

嘿，赫彻尔说着，在丽贝卡那张一片迷茫的脸前把手指打得啪啪响。

喂，你以为我他妈的在撒谎什么的？这样看着我？

丽贝卡假装笑的样子，她的耳边像是有成千上万只蚊子在嗡嗡作响。

你该不会是又想让大蟒蛇来箍你了吧，小宝贝儿？

啊，别让大蟒蛇来箍我！求你了。

赫彻尔见妹妹吓成这样，觉得很开心，于是，他情绪平静了许多。说，她八成以为这些都是他胡编乱造出来的，可是，他没有胡编。你以为你怎么生出来的，嗯？你能和别人有什么两样？你以为人都是怎么生出来的？都是从他们母亲的那个洞里出来的。不是从母亲的屁眼里出来的，不是像拉屎那样拉出来的，拉屎是另一回事，母亲身上还有一个洞，这个洞一开始很小，接着就越来越大，女孩子和妇女身上都有那洞，你身上也有，要我指给你看吗？

丽贝卡摇着头说不。不，不！

你是个年纪还小的小姑娘，你也有那洞，不过，太小，恐怕只有豌豆粒那么大，那洞肯定就在你的两腿之间，就是你尿尿的地方，将来你那地方肯定也会被人挤呀压呀什么的，知道不？你哥哥赫彻尔说的话，你都不信。

丽贝卡忙不迭地说，信，她信！她哪敢不信。

赫彻尔皱着眉，搔了搔胸部，挖空心思地在回忆着什么，他们一家待的那船舱肮脏不堪，大小像个狗窝似的，没有窗户，“铺位倚壁而设”。他妈的到处是破衣烂衫，压扁了的蟑螂，古斯晕船呕吐出来的东西也在散发着馊味，到处是粪便的臭味。还有，妈妈淌出的那么多血，妈妈躺在铺位上身子下面不时换出的那堆东西。一船的人终于挨到了纽约港，乘客都争先恐后地下了那艘臭气熏天的船，只有他们一家人还不得不待在船上，就因为她就要出生了。爸爸很有把握似的说，预计你生出来的日期也不会推到下个月。天啊，我们都快饿死了。妈妈已神志不清，完全像换了个人似的，活像个动物。她尖声喊叫，嗓子眼里的肌肉什么的像是破碎了一样，为什么她眼下老是不言不语的，就因为她的脑子不太正常，知道不。

当时有个老妇人想帮妈妈把你生出来，可当时我们一家人都还待在船上，而她该下船了，知道不。到头来，能帮得上忙的只剩爸爸一个人了。爸爸急得像热锅上的蚂蚁，团团转，他说自己都快急疯了，他嘴里不停地说，要是人家不让我们一家子上岸，不让我们踏上美国的土地，那该怎么办？要是他们把我们送回去，送回到纳粹手里，那我们就死定了，纳粹分子会像杀猪似的把我们一家统统杀了。知道不，当时纳粹分子到爸爸工作的地方去，要搜捕他，所以，他只得逃跑，我们全家都得逃跑，离开当时生活的地方。以前，我们家过的不是动物一样的生活，知道不，不像现在这样……他娘的，我也记得不太清，我当时还小，成天提心吊胆的。有人告诉大家说，纳粹的潜艇——“鱼雷”——要把我们乘的船给炸沉，所以就拐弯抹角地曲折航行，所以才花了那么长的时间漂过大洋来到这里。可怜的爸爸，路上老是查看他那根“带钱包的腰带”，很担心把那些证件，也叫签证弄丢了。真他妈的该死，你必须得有这些玩意，就是签证，上头敲着各种各样的戳之类的东西，就因为你不是美国公民，瞧那些狗日的，让不让你进来，全是他们说了算。那些狗日的肯定是不想要我们，瞧他们一个个看我们的眼神，好像我们是臭狗屎似的！就因为我们讲话不清楚，就把我们当臭气熏天的猪看待。爸爸坐在船上，最担心就是怕这些证件被人偷了去。船上的人逮着什么就偷什么，知道不。在那船上，我可长了见识，小偷见人手里拿的不管是什么，一把薅了去，撒腿就跑，上了年纪的老人也不会去追那小偷。那些小偷都很小，可以像小老鼠一样躲起来。这些小老鼠比我还要小，我可领教过他们。爸爸逢人就说，乘船漂洋过海来这里的途中，他的内脏都快被那些小老鼠吃光了。这当然是爸爸说的玩笑话，这老头的幽默感还真叫人受用。在大西洋上漂泊的那会儿，我的内脏都快被那些小老鼠吃光了，我听到过他对一个来墓地的老妇人说过这话，当时那老妇人正往一坟墓上放置花，爸爸竟然就跟人家说这话，他自己老是要我们不要和那些自己不相信的陌生人谈话，可他自己却和那老妇人交谈，谈着笑着，那笑声大得像狗叫似的，老妇人莫名其妙地看着他，像是被吓得不轻。当时我想，爸爸一定是喝多了，喝糊涂了。

在那船上，人家给什么我们就吃什么，都是些变了质的食物，里面还有橡虫、蟑螂什么的。没辙，你只得把它们挑出来，扔到脚下把它踩扁，然后接着吃，太饿了，顾不得那么多了，要么吃，要么饿死。到上岸的时候，我们大家就差把肚肠子拖出来，人人都屙血，血中带脓，最厉害的要算爸爸，他得了胃溃疡，他说很多年以前，狗日的纳粹就让爸爸患上了胃溃疡。他的肠胃不好，知道不。你瞧爸爸那脸色，他以前可不像现在这样。

丽贝卡想知道爸爸以前什么样。

赫彻尔的表情一下子变得茫然起来，好像想到了他的小脑袋装不下的某个念头。他搔了搔裆部。

嗬，谁他妈知道。我猜不会像现在这样容易激动吧。我猜他比现在开心吧。当时还没有遇到麻烦事。我个子长得还不算太大的时候，他整天把我带在身边，知道不？就像现在带你一样。他常叫我列伯——好像是这样叫的。还常常亲我！对，是的。他和妈妈都喜欢听那音乐，就是屋里大声播放着的那啥——“歌剧”。他俩在家里还会唱歌剧。爸爸唱上一句，妈妈就在另一房间会接着唱下一句，两人还开心地大笑，好像是这样。

丽贝卡怎么都想象不出父母还会唱歌。

她也没法想象得出父亲亲吻赫彻尔的样子！

他们那会儿可不像现在这样，知道不。他们那会儿年轻。一家人离开原来住的地方，这把他们搞得焦头烂额，知道不。他们都快给吓死了，好像有人在跟踪他们。好像是警察，“纳粹”。我们乘上火车，火车的声音真大，人真多。接着就乘上了那该死的船，冷得要死，人挤人，对着你的脸就该死的咳嗽不停。我那时个子还小，没现在这么大，要是给他们踩到脚底下，他们兴许连脚抬一下都顾不得，狗日的杂种！漂洋过海来到这里，把他们搞得焦头烂额。生你时妈妈差点把命丢了，爸爸也是。不是你的错，宝贝，别难过，都是纳粹作的孽。“闪电式军队”。妈妈长着一头柔软漂亮的头发，很美。讲的是另一种话，知道不。天啊，我当时说的是一种不同的语言，是德语，说得比他妈现在这种语言——“英语”——要棒多了。该死，这两种语言怎么就那样不同。我弄不明白！学起来麻烦多了。那种语言我现在也快忘光了，可他妈的狗屎不如的英语也没学好。爸爸也好不到哪去。他原来话讲得可好了，人家说他做过教师。现在，我的老天，想象一下爸爸在学校教书，都能把人牙笑掉！

赫彻尔狂笑了起来。丽贝卡也傻笑着。想象着爸爸站在课堂上，穿着破旧的工作服，头戴布帽子，手里拿着一支粉笔，乜斜着的眼一眨一眨的，真滑稽。

现在，这情景你连想都不能想，无法想象。

乘船漂越大西洋的时候，赫彻尔已经九岁，那情景他这一辈子都忘不了，只是，有些事他记得不够清晰。一团迷雾降临他的大脑，从此就未散去。因为，当丽贝卡问他跨越大西洋用了多长时间，用了多少天时，赫彻尔就开始掰着指头慢慢算了起来，结果没算出来，就放弃了，他说反正用了很长很长时间，死了好多人，死了的人都堆在船边上，像堆垃圾一样，准备扔到海里喂鲨鱼，弄得你成天提心吊胆的，怕自己也死去。那些死去的人得的都是肠道病，叫痢疾——他知道的就是这些。时间真长啊。

十天？丽贝卡问。二十天？

不是好几天，是他妈的好几个星期，赫彻尔瓮声瓮气地说。

丽贝卡虽说还是个小姑娘，但她已经急于想知道一些数字和事实，想知道什么东西是真的，什么东西是编造的。

问爸爸去，赫彻尔说，突然生起气来。你要是问赫彻尔回答不上来的问题，他会暴跳如雷，像发疯似的。有一次，他在学校竟对老师发起了这种吓人的坏脾气，弄得那女教师跑到教室外找人求援。他睡眼惺忪的样子，张着嘴，露出一口大黄牙，活像一条狗。他说，你这么心急火燎想知道这些陈芝麻烂谷子的事，那就问爸爸去。

他赫然站立在她的面前，抽出手，啪地一巴掌打在她的一边脸上。等缓过神来，丽贝卡发现自己倒在一旁，像个破布娃娃，吓得连哭都哭不出来，赫彻尔踏着大脚步走出了房间。

问爸爸去。可丽贝卡什么都不敢问父亲，没人敢问，谁都不敢问可能惹爸爸发怒的事情。

8

施瓦特！这是个犹太人的姓氏，是不？大概也叫希伯来人？

不，是个德国人的姓氏。他们一家是德国新教徒。他们信的那种基督教起源于一支新教教派，该派创始人与马丁·路德是同代人，都生活在十六世纪。

这一教派很小，在美国信奉的人也很少。

9

把你那颗高傲的心当痰一样地咽下去，雅各布。

纽约州的米尔本，对他来说，美国的这个地方神秘而变幻莫测，像个梦一样，而且，连这梦也不是属于他的。

在这连名字都起得颇为怪异的河——伊利河——的两岸。

名字起得倒是悦耳好听——Ear-ee——两个音节读得一样重。

还有位于墓地以北四分之一英里处、已出市区的那条肖托夸河，Cha-taa-kwa，这是个印第安名。这名字他不知念过多少次，可总是念不准，舌头在嘴里总是那样的僵硬、笨拙。

一家人居住的或者叫临时避难的地方叫肖托夸河谷，位于肖托夸山脉的山麓丘陵地带。

周围风景倒是很美，有农田、森林和牧场。虽说在这里累弯了腰，眼睛也被灰尘弄得模糊不清，整天活得提心吊胆、卑躬屈膝，假如你在乎这些，仍然会觉得周围这一切很美。

这就是合众国：Yoo Ess。你说这两个字时不会含含糊糊或吞吞吐吐，而是直截了当，好不自豪。你不会说“亚美利加”——Ameri-ka——因为这词只有外来移民才用。说 Yoo Ess 才对。

就像有一天他学说 Ale-lied（盟）这个字一样。盟军。就是有朝一日将把欧洲从那几个轴心国手中“解放”出来的盟国军队。

“法西斯分子”这几个字很丑陋，雅各布说这些字没什么困难，只是当人面他从来不用。

也不用“纳粹”或“纳粹分子”。这两个词他也很熟悉，只是不愿说。

打消傲气。感恩就是福。你是个幸福的人。

他确实感到幸福，因为在米尔本谁都认识他，认识他这个看管墓地、挖掘坟墓的人。墓地占地面积有好几英亩，不过，所占之地大多高低不平，岩石较多。

以北美的标准来衡量，这墓地已算是很古老了，最早的一批墓碑上所刻的立碑时间是一七九一年。

这些墓碑下面安葬着的都是该墓地里灵魂最为安宁的死者，看着它们，你心中几乎会生出羡慕之情。

雅各布·施瓦特是个审慎、小心的人，祖先的身世如何他不去打听，也没人自觉自愿地告诉他有关“莱恩姆·麦克恩尼斯”的消息。（是个爱尔兰姓氏？施瓦特一家搬到这里来以后，已经好几个月了，寄给麦克恩尼斯家的各种邮件仍然不停地到来。这些邮件中有的一钱不值，比如小广告传单什么的，可是雅各布都会在这些邮件上工工整整地写上“已不在此”，然后投入路边的邮箱里，好让邮递员来把它们拿走。）他这人一向不爱打探别人家的事，别人干什么，他一概不问。他打算只顾埋头干自己的活，以此赢得别人的尊敬，拿到雇他的米尔本地方官员付给他的那份工钱。这帮官员老是改不了口，老是笨拙地用美国人的发音方法叫他“杰克布”，不过听着还是让人感到和蔼可亲。

其实，人家雇他跟雇条狗差不多，跟以前雇个黑人奴隶也没什么两样。

可雅各布·施瓦特和他们说话的时候，谨小慎微，非常谦卑。他以前是个教师，知道这帮官员虽然官位不大，但千万不能小瞧了他们。和他们谈话，他一口一个“长官”，一口一个“先生”。讲的英语虽然很慢，也有点笨拙，但很有礼貌，当时脸刮得也挺干净，穿的衣服也还算整洁。他两手抓着布帽子，抬眼看人时很小心，犹豫不决的样子，其实，他那双眼睛一点也不胆怯，而是透着凶光，透着因自卑压抑而引起的愤慨。

感谢他们的好意，感谢他们雇了他，感谢他们给他提供了“小屋”，好让一家人能住在墓地上。

万分感激。谢谢各位长官！

（小屋！石头砌的墙、阴湿不堪的茅舍，也能称得上小屋。四个拥挤、逼仄的房间，原木锯成厚木板扔在地上当作地板，粗陋的大石块垒的墙，只有一个煤炭炉子，冒的烟熏得满屋子，把人的鼻子熏得流血。他的女儿丽贝卡还是个刚出生不久的婴儿，看着她被烟呛得咳嗽，连食物都吐了出来，还得不时地把她流出来的鼻血擦掉，他的心像刀绞一般地难受。）

欧洲此时正处于疯狂时期。我也代表妻子、儿女感谢诸位。

他是个丧魂落魄的人。他的肚肠子都差一点被老鼠给啃了出来。然而，他也是个性格倔强的人，而且阴险、狡诈。

瞧这帮人因可怜他而嘲笑的神态，看着叫人有点恶心。他们当然不愿意和他握手，然而他以为他们还是同情他的。他坚持对安娜说，这些人还是同情咱们的，并没小看咱们。他们也该看得出来，咱们都是些心地善良、体面，而且勤劳的人，不是这个国家被人称作“残渣”、“垃圾”的人。

因为如果他们拿定主意，觉得你就是垃圾的话，他们会毫不犹豫地辞了你。

滚你的蛋——美国人的这种说法多生动啊。

他的各种证件都准备齐备。美国驻马赛领事馆给他签发了签证，虽然耽搁了一段时间，让他精神上尝到了不少痛苦，为获得签证还向重要人物行过贿，但总算搞到了签证。设在埃利斯岛上的美国外来移民检查站总算在他的那些证件上敲了戳。

至于其他情况，他是不愿意告诉那些人的，比如，他在慕尼黑如何成为一所只招收男生的学校的数学教师，和很受欢迎的英式足球教练，被解除教职后又是如何到一家印刷厂当助理印刷工，主要负责科学作品的印刷和校对，这些他都不愿意对人讲。他的校对技能备受称赞，他有耐心，校对精准，他要是干别的，也许薪水还要高，可校对、印刷这一行毕竟很体面，他和家人有自己的房子，有家具，还有一架专给妻子买的钢琴，住的地点也很不错，离父母和亲戚们也较近。他没对那些人说自己是个受过良好教育的人，因为在他眼里，那些人都是他的竞争对手，尤其是在一九三六年那会儿。他心里明白，那些人所受过的教育，没一个是超出美国人所谓中学的；他知道，那些人要是知道他拥有大学学位和很高的智力水平，反而更加会把他看成是怪物，因而加重他们的疑心。

其实，雅各布·施瓦特过去期望自己所受的教育程度比这还要高。他计划让自己的儿子们将来能接受比自己更好的教育，他不想让他们老是做米尔本掘墓人的儿子，他在此地不会居留太久。

过一两年苦日子，攒点钱。要让儿子们学英语，要让他们把英语说得跟真正的美国人一样，讲得快，讲得随便，随心所欲，不必太计较准确。该国施行的是公共教育，将来他们学业有成，做个工程师、医生或商人什么的。也许，将来有朝一日成立一家施瓦特父子印刷公司什么的，当然是很棒的印刷公司，专门印刷最为艰深的科学和数学作品，公司当然不会开在米尔本，而要开在美国繁华的大城市，比如芝加哥或旧金山。

想到这些，他笑了。雅各布·施瓦特还很少让自己笑得那么甜美。至于丽贝卡·埃斯特，那小东西，对她的未来，他则想得较为模糊些。她长大后，让她嫁给那种人就行了。嫁出去的女儿，泼出去的水。但赫彻尔和奥古斯特这两个儿子可不行。

到了晚上，躺在高低不平的床上，满鼻子都是各种乱七八糟的气味。他对安娜说："日子就得这样一天接着一天地过，你说呢？你做好贤妻良母，尽责尽力，千万不要表现出丝毫的脆弱，尤其是在孩子面前。大家都不能脆弱。我会一分分，一块块地攒钱，保证年内让全家离开这个鬼地方。"可那女人，雅各布·施瓦特的妻子，一声不吭，背对着他，脸朝里，朝着那满是大窟窿小窟窿的石头墙，在这些窟窿里结网做窝的都是些大大小小的蜘蛛。

10

妈妈还算好。你活着最怕的就是惹妈妈生气。

正如赫彻尔所说，爸爸就有点不同了。你要是在他面前说错了什么话，那他准会把你拖出去痛打一顿。可怜的妈妈每遇到这种情况，都吓得浑身哆嗦，就差把她的裤子给尿湿了，只好无助地哭起来。每见这种情景，你的感觉就糟透了，你就想远远地离开这家，跑得远远的。

"你干吗要了解这些？谁在问你这种事？一定有人问了你，是吧？一定是学校里的什么人问了？一定有人在打探我们的消息？"

就像着了的火柴扔到了煤油上。你就是问个最最天真、幼稚的问题，她都会变得激动起来，连说话都结结巴巴的。你要是嘴里蹦出一两个她不懂或没听清楚的单词(妈妈在厨房里老是一个人哼唱着什么或自言自语着什么，要不就一个人大声傻笑。你走进厨房，她只当没看见，连转身看都不看一眼，像个聋子似的)，或者问了一两个她回答不上来的问题时，她也会这样。那嘴会一下子撇得很难看，都快瘫了下来的身体很快就哆嗦起来。那双在丽贝卡看来很美的眼睛马上就噙满泪花，说话的声音变得嘶哑、刺耳，就像干燥的玉米秆遇到风吹时发出的声音一样。直到临死，她讲这门后学的英语都缺乏自信，就像一跛足的妇女走在一片咯吱咯吱开裂着的冰面上一样，很怕掉进冰窟窿里去。她的孩子们的英文学得都还算快，可她就是学不来，发音、腔调总是不对，还不如她丈夫，丈夫还有时帮她纠正发音："安娜，你必须得好好学。不说'搭'，叫'特'。不说'踏'，叫'拖'。再试试看!"

于是，可怜的安娜·施瓦特羞得无地自容，只好小声再跟着学。

(丽贝卡心里也感到没面子，只不过她不会像她的那两个哥哥那样大声地笑话妈妈。)

米尔本倒是有几家商店，比如杂货店、药店，甚至还有一家伍尔沃思连锁店。到了这些商店里，安娜·施瓦特不敢开口说话，只是一言不发地把雅各布·施瓦特事先写好的(起先是雅各布写，后来，安娜也能慢慢学着写了)的清单递给人家，以免引起误会。(就连这样，也没少误会过。)人家都笑她，她回到家里后说。商店里的人没等她转过身去，就窃窃私语地嘀咕起来，有的说她叫"史华尔兹太太"，有的说她叫"施瓦尔慈太太"，有的说她叫"史瓦兹兹太太"，有的说她叫"华尔兹太太"，七嘴八舌，她都听见了!

妈妈这样，两个儿子，特别是赫彻尔，都感到很丢人。做掘墓人的儿子，做掘墓人妻子的儿子，真倒霉，倒他妈的八辈子的霉。

（古斯对赫彻尔说，妈妈这没办法，她神经脆弱，而赫彻尔说他知道她神经脆弱，他太知道了，可知道又有他妈什么用呢？两个老东西脑子都他妈有问题，不过话又说回来了，咱爸爸还能照顾自己，他说英语，你至少还能听个差不离，再说，爸爸还有，还有那什么？对，叫尊严。可他一见到比他岁数大的老人，就把尊严都给人家了。）

那时丽贝卡很小，还没到上学的年龄。有一次她正和妈妈呆在厨房里，突然听见有人敲看管墓地人家小屋的前门。

来人了！是个中年妇女，臀肥腿粗，脸庞宽大、红润，像是刚用抹布搓过似的，头上扎着棉布头巾。

她是个农民的老婆，家住得离这墓地大约有六英里远。她听人说施瓦特一家是从慕尼黑来的。她也是从慕尼黑来美国的，一九〇二年她就出生在慕尼黑！今天，她来墓地是到她父亲的坟上去祭扫，来时给安娜·施瓦特带了一个苹果蛋糕，是她早上现烤的……

只见妈妈站在门内，浑身上下抖着，就像是个做噩梦的女人，刚被人唤醒似的。她脸色苍白，又由白转黄，像是浑身的血被抽干了似的。她不停地眨巴着眼睛，眼泪夺眶而出，结结巴巴地说，她忙，她太忙了。丽贝卡听见来人用一种她觉得陌生、难听的语言和妈妈说着话，一副热心肠的样子，好像她们是姐妹俩似的，那人话说得很快，丽贝卡没听清楚——好像听她说塞伊？——哈本？——纳克巴斯查特？就听见这几个字。可妈妈当着人家的面，咣地就把门关上了。她还跌跌撞撞地走到后面那间卧房，把那间房的门也关上了。

后来整个下午，妈妈就躲在卧房里。丽贝卡吓呆了，她带上门，走出了那间卧房，只听见里面床的弹簧嘎吱嘎吱地响，只听见母亲用爸爸不许她说的那种语言说着什么，好像是跟别人吵架似的。

“妈妈?”——丽贝卡把手指头塞进嘴里，怕被听见。

她很想呆在妈妈的身旁，搂着她，抱着她，因为妈妈有时是允许她这样做的。妈妈有时坐在丽贝卡的小床旁，哼着小曲，给她编小辫，有时还会用嘴吹她的耳朵，吹她后颈脖上的发绺，弄得她痒痒的；不像赫彻尔那样粗鲁，没轻没重地胳肢人。妈妈身上有汗味和着做饭时弄上的油味以及煤油的怪味，可就连这些她都很想闻。

一直到了傍晚，妈妈才从房间里走了出来。脸是洗过的，头发编得紧紧的，盘到了头顶上，那样子让丽贝卡想到看见过的盘在一起的蛇。到了寒冷的冬天，在草里有时就能见到那些快冻僵但还慢慢游动的小蛇。妈妈的领口之前是敞着的，现在扣得严严实实。她的双眼红红的，茫然地朝丽贝卡眨巴着。她用嘶哑的声音小声地和丽贝卡说，别告诉爸爸，别把今天有人来过咱家的事告诉爸爸。

"他要是知道了，会杀了我的。可我没让她进屋啊。我不会让她进屋的。我和她说什么话了吗？——什么也没说。对，什么也没说。我不会说的，决不会说的！"

透过一扇窗户，她们看见墓地很远的一个角落里有人在走动。又是一场葬礼，送葬人很多的一场隆重的葬礼，爸爸一时半会儿回不来，他得忙到送葬的人都走了之后，好久才能回家。

"呀，有人给咱们留下了一个蛋糕，看上去像。"

说话的是赫彻尔，他刚放学回家。他窜进厨房，两手端着一烤食物用的马口铁器皿，上面盖着蜡纸。里面是个苹果蛋糕，就是下午来过的农妇留下的，她把它放在了屋前的台阶上。

妈妈感到内疚，两臂交叉抱在胸前，一句话也说不出来。血液一下子狂涌到脸上，一直红到耳根。

丽贝卡又把手指塞到了嘴里，一言不发。

"爸爸要是知道了又该说，哪个狗娘养的想朝俺脸上尿尿，"赫彻尔大笑着说，并伸手掰了一大块那咖啡色的蛋糕，放到嘴里啪叽啪叽就嚼了起来。"嘿，反正老头子还没回来，是吧？"

11

“眼下没有别的办法，只能这么熬日子了。”

他不止一次这么说。一个月又一个月，一年又一年，就这么过去了。一家人先是生病。奥古斯特在同龄小孩中个子长得很小，且烦躁易怒，像只老鼠，老是眨巴眼，好像眼睛弱视似的。（儿子眼睛是不是近视了？可又没法用独轮车推着他去看眼科医生，因为能找到眼科医生最近的城市是肖托夸瀑布，离这儿很远。）而丽贝卡则常得呼吸系统疾病。还有安娜。

施瓦特一家人就只好挤在这简陋的小屋——掘墓人的小屋——里过活。

他觉着墓地的地面变得日渐倾斜，斜坡越来越陡了。当然，他从开始就注意到了，可不愿意往心里去。

墓地日渐向上坡拓展。因为他们的身后是河，这儿是河谷。公路以及墓区的前门入口还较为平坦，石屋就建在前门入口。埋在墓地里的那些死人遗体腐烂后，污物当然在地底从上坡溜向下坡。

他申请这份工作时，曾经吞吞吐吐地问过有关那口水井里的水的事，由于不想惹那帮市镇官员生气，所以没敢多问。很显然，人家给了你这份工作，已经算是帮了大忙，再说，他说起英语来，断断续续，慢慢腾腾，很费劲，你叫他跟人家怎么说，是不？

那帮官员一脸和蔼地笑着向他保证说，水井里的水都是“纯净的”地下泉水，坟墓里漏到地底下的东西不会影响到水井里的水。

是的，没错。井里的水县里检验过。

肖托夸县里的所有水井都“定期”检测。当然是。

雅各布·施瓦特听着，点点头。

当然了，长官们，谢谢诸位。我只是有点担心……

这事他也没有追问下去,他当时已累得头脑发昏。那么多的事等着他去操心:给一家人找住的地方和吃的东西。因此,也就没顾得这水井的事了!叔本华很有说服力地在他的著作里曾经写到过人那足可毁灭一切的意志,要坚韧地活下去,哪怕是苟活。刚生下不久的女孩那小脸很美,可一到了夜里,就号啕大哭,把她妈妈喂的奶都吐了出来,好像吃了什么毒物一样,漫漫长夜煎熬着他,他的心像刀割一样。女儿老是哭个不止,他就这样在女儿的哭声中昏昏沉沉地坠入梦境,那梦稠得像胶水,他在梦中仿佛看见自己伸出手去,死死地捂住女儿那湿漉漉的小嘴。

安娜提到了那"墓地底下溜过来的水",很是发愁——她敢肯定,吃这种水一定有危险。雅各布没法让她相信没危险,叫她不要疑神疑鬼的。他告诉她,市镇官员说了,那口水井最近刚检验过,都是纯净的泉水。

"再说,我们在此也住不了多久。"

可他后来又老是没好气地对她说:"眼下也没有什么别的办法,只能这么凑合着过下去了。"

墓地里是不是有种怪味?特别是下过雨以后,好像是一种甜得有点腻人、腐烂变质的怪味?像是肉变质后的腐臭味,上面爬满蛆虫,刚开始腐烂的肉味?

刮北风时还闻不到这种味道。好像刮的大多是北风。尤其是在位于安大略湖西面肖托夸山脉的这些山麓丘陵地带。

你在米尔本墓地闻到的是泥土和草木的味道。割下来的草堆成一堆一堆的,腐烂时就会散发出这种味道。夏日炎炎的时候,这种味道更为浓烈。腐败的有机物散发的味道,鼻子闻起来还挺惬意,雅各布·施瓦特心想。

后来,这种味道可以确定无疑地从雅各布·施瓦特身上闻到了。那饱经风霜的皮肤,散乱的头发里,都可闻到这种味道。不久,他的所有衣服，就是用“二十骡队硼砂皂”洗，都洗不去这种味道。

他当然知道，自己的孩子在学校里不得不忍受别人无礼的嘲笑。赫彻尔个儿已长大，别人欺负他，还能抵挡抵挡，可奥古斯特胆小，最笨，容易受人欺负，这又使父亲感到很失望。还有小丽贝卡，更脆弱。

女儿去上学，他又不能时时刻刻保护她，在学校免不了受到同学甚至缺乏礼貌的老师的嘲笑。一想到这儿，他就感到浑身不自在。

掘墓人的女儿！

他告诉她：“人都怕死，你知道吗？因此人们老是喜欢拿死开玩笑。人家都把我当做是为死人服务的人，把你看做是这种人的女儿。可他们不了解咱们，丽贝卡。既不了解你，也不了解我。在他们面前不要显得脆弱，总有一天，我们会报复他们的！报复这些嘲笑我们的敌人。”他对丽贝卡说这些话时，一本正经，很严肃，好像丽贝卡已经长大，完全能听懂他的话似的。

人类的一切行为都是朝向善的。

黑格尔在亚里士多德之后，也是这么说的。在黑格尔（死于一八三一年）的时代，人们也许会相信，人类历史是走向“进步”的；历史自身由抽象走向具体，并因此在时间中得到实现。黑格尔还相信，大自然是必然的，先在的东西，而只有人类才知道什么叫自由。

雅各布当然还读叔本华的著作，雅各布周围的人都读叔本华。但他并不信服于叔本华的悲观论调。世界是表象。而个人生活状态是一片混乱。生活就是一刻不停地斗争和相互倾轧。存在的只有意志：昆虫在第一场霜来临之前，不分青红皂白，疯狂地交配着，因为霜一来，它们个个都得死。他读过路德维希·费尔巴哈，特别喜欢他的著作。费尔巴哈痛斥宗教，认为宗教只不过是人脑的产物，是人类将自身的最高价值投射在上帝这一形式身上。说得太好了，其实宗教就是这样。费尔巴哈对宗教本质的揭露以及痛快淋漓的批判，使雅各布感到特别震动、过瘾。古代异教徒的那些神，犹太人那龙颜震怒的耶和华，还有被钉在十字架上的耶稣基督，一副受苦受难的样子，复活了又是那样得意洋洋。“所有这些个玩意都是诡计，是人空想出来的。”二十岁时的雅各布·施瓦特就这样对自己说。盲从、迷信，古时候的祭祀仪式，竟穿上了“文明的”外衣：这些都是很早以前的事，到了二十世纪都已寿终正寝或早已经绝迹。

他读过马克思的著作，曾经是个忠诚的社会主义者。

他对朋友们说自己是个不可知论者，是个能自由思考的德国人。

……一个德国人！回想起来，有多可笑啊。

黑格尔是个宿命论者，不过，他有一句话说得很对：密涅瓦的猫头鹰只有到暮色苍茫之际才展翅翱翔。因为哲学向来是晚生之物，当它诞生的时候，一切都已晚了。人类的知性产生得太晚。到人类凭着自身的悟性得以理解发生着的一切时，这种悟性实际已经被野蛮残暴的人所利用，因而成为历史的一部分。

就像被敲碎了的脊椎骨，一节一节地往下掉。

嗬！你说的这些我永远都听不够，你太有学问了。

两人相恋的初期，年纪还轻的安娜对雅各布就曾说过以上这句话。当时她的眼里充满了对他的敬慕之情。他热情洋溢地和她说自己的社会主义信念，态度是那样的坚定，令她赞叹不已，也使他感到有点震惊。没有宗教？没有上帝？什么都没有？安娜本人的宗教背景和他类似，她家里的人也很像他家里的人，对自己“融入”德国中产阶级文化颇感自豪。有他在自己的面前，可以说他信什么她就信什么，她连说话时都会模仿他用的一些词汇和说法。未来，人类，人类自己命运的塑造者。

可如今他俩很少说话。两人呆在一起的时候显然过于沉默，这沉默就像巨大沉重的石块，压得两人透不过气来。他们就像没有眼睛的海生动物，走来过去的，身体靠得那么近，也都完全意识到各自的存在。以前两人还能说上几句话，抚摸抚摸对方，可现在两人之间只有死寂一样的沉默，你不言我不语。在这世上，再没有安娜更了解他了：他是个丧魂落魄的人，是个懦夫，就像个被去了势的男人，一点雄气、勇气都没了。那些老鼠连他的良心、道德心都给吃了。为了让他自己和一家老小活下去，他必须鼓起斗志，豁出去。于是，他出卖了自己的一些亲眷，还出卖了安娜的一些亲眷；要是当时有什么人给他机会，他没准会干出更加卑鄙的事情来。安娜也不指责他，因为告发、出卖人的勾当是他们两人合干的，她毕竟已给他生了两个儿子。他是从哪儿搞到那一大笔钱，让全家逃出慕尼黑，亡命法国，又在马赛港给全家买了来美的船票的，她当时没有问。她当时正怀着第三个孩子，前两个孩子都是男孩，赫彻尔和奥古斯特。她渐渐觉得，最重要的是自己的孩子，让他们活下去比什么都重要。

“为了孩子，我们得活下去，是不？我们没回头路好走。”

他发起誓来，倒像个男人，其实他已不是男人，没了男人的性欲。那些老鼠把他的性欲都给吞了去，他长着生殖器的那地方现在已经一点用也没有了，软绵绵的，像稀巴烂的水果。可怜、滑稽。手把着他那个肉块，连撒起尿来都困难。啊，真是受够了！

“我说，我们只得这样活下去，至少现在。”

她心里担心井水被污染了，可又不说。大雨过后，井水变得非常浑浊，孩子喝水时觉得恶心，把水吐了出来。她还是不说，闭口不说一家子未来日子如何过。她什么问题都不问他。他攒了多少钱，什么时候一家子能离开米尔本，这些她都一概不问。

做墓地看管人，能挣多少钱？

假如安娜斗胆问了一句，雅各布会对她说，关你什么事。她是妻子、母亲；她是女人。每星期他会给她一些钱，一块、五块或十块的纸币，让她买东西。在厨房的餐桌上，他数着硬币，皱着眉，流着汗，头顶上方吊着一个光秃秃的灯泡，投下一道道光晕。

雅各布·施瓦特确实在银行开了个存款账户，是在大街上那家肖托夸第一银行开的，那是座颇为壮观的新希腊风格建筑。雅各布老是惦记着这个账户上究竟有多少钱，确切的数目是多少。这么说他一点也不过分。其实，即使他并不有意识地去想这笔钱，账户中的数目也会在他脑中盘旋。

我的钱，是我的。

存折是黑色的，不大，上面写的名字是雅各布·施瓦特。他用防水的帆布把存折包好，利索地把它藏到放割草机的棚子里的一个架子上，这样，除了他，再不会有第二个人能找到它。

自从拿到第一笔工钱以来，他每星期都会想方设法，存一点，哪怕三分、五分也好。因为男人总该存点钱。可到了一九四〇年十月，他存的钱只有二百一十六块零七毛五分。存了整整四年啊！利率仍以百分之三计算，因此，所得利息加在一起也没几个钱。

连不是数学天才的人也会说：积少成多！

不久，他要求市镇官员给他加薪。

在干墓地看管人的第二年，他客客气气，非常谦恭有礼地要求加薪。得到的回答既坚决又审慎。

嗯，杰克布！明年再说吧。

要看预算情况如何，县里的税收状况如何，明白吗？

他很有礼貌向他们指出，大儿子每周都要帮他（干）好多小时的活，小儿子有时也给他当帮手，两个儿子付出的劳动可都是没有任何报酬的。

官员们也向他指出，他住在看墓人的小屋里并没付任何房租，也没缴财产税。

不像我们这些公民，杰克布。我们可是缴税的。

说着，他们哈哈大笑，笑得是那样开心。在那帮人眼里，他就像一条用两条后腿蹒跚前行的狗。

难道他把墓区看管得不怎么令人满意？满意。工作干得倒是令人满意。可管理墓地是不需要什么特殊技能的，是粗活，当然了，也需要有点经验。不过和其他市政雇员不同，你不能加入任何工会，将来也拿不到退休金，也无保险。

可是，又担心到头来让人看出你在发牢骚，担心在纽约州米尔本人人都知道有好发牢骚的施瓦特。

德国佬施瓦特，他们在他背后这样叫他，这他知道。

犹太人施瓦特。

（瞧他的鼻子，难道不像犹太人吗？在米尔本，以前从来没有人见（到）真正的犹太人，可现在不行了，《生活》及《矿工》杂志都刊登纳粹反犹的卡通和漫画，一同刊登的还有一些滑稽照片，照片里反映的是些傻乎乎的美国公民正在接受训练，说要保卫祖国。）

他发狠誓，将来一定要混出个人样来，让他们瞧瞧！这帮家伙竟敢侮辱他和他的家人，竟然私通希特勒。他也有自己的秘密，攒足钱，逃离这鬼地方。他逃过了希特勒，他还要逃离纽约州的米尔本。因此，他才那样细心地把钱一分一分地攒起来。雅各布·施瓦特虽然不是犹太人（确实不是），但他拥有古老的犹太民族的精明，正因为如此，他才得以逃离敌人的魔爪，将来他要发家致富，实施报复。等着瞧吧。

12

那天，古斯在学校又遭到学生们的蔑视，回到家里，他哭着鼻子问妈妈什么叫犹太人，到底什么叫他妈的犹太人，那帮狗杂种在波斯特公路上嘲弄他，汉克·第格尔斯还用玉米棒子芯砸他，在场的其他人都开怀大笑,好像大家都痛恨他,其中竟然还有几个是他的朋友。妈妈听到古斯的哭诉,差一点晕过去,面色就像一个快被淹死的女人。她扎上头巾,跑到公墓里去找爸爸。她说话时结结巴巴,上气不接下气。在他的记忆中,这还是头一回看见她——他的妻子——离开屋子这么远,跑到墓地里来找他。他当时正在用一把长柄镰刀割山上疯长的高大的草和野蔷薇,见她吓成这样,他大吃一惊。瞧她那蓬乱着的头,衣衫不整的样子,身上穿的是在家里做家务时穿的便服,没模没样的。长筒袜卷落到了脚踝上,光着两条肉鼓鼓、白晃晃的腿,腿上满是金黄色的毛。再看她的脸,臃肿肥大。以前那张瘦削可爱的小脸再也不见了。以前,她苗条,很美,笑起来一副腼腆的样子,崇拜当教师的丈夫,她会弹肖邦、贝多芬,门德尔松等人的曲子。天哪,他当时是多么爱她啊!——可现在站在他面前的这个笨拙、难看的女人,结结巴巴地讲着支离破碎的英语,听得他非常吃力,弄不明白她到底在讲什么。他心里琢磨,是不是那些该死的孩子又躲在墙的后面,朝晾衣服绳上晾晒着的衣服扔玉米棒子芯了,还是没朝衣服扔,朝她身上扔了,接下来,他听见她口里一直在说犹太人,犹太人,犹太人,这回,他可听清楚了,他抓住她的肩膀,使劲地摇着她的身子,要她闭嘴,滚回屋里去;那天晚上,雅各布·施瓦特一见到古斯,就赤手掴了他一记耳光,古斯当时才十岁,还在米尔本小学读五年级。掴过耳光,他说了一句古斯和当时站在古斯身旁的丽贝卡长久不能忘记的话:

“千万别说那几个字。”

13

这是他来美国生活后的一次骇人的举动。

一九四〇年的春天,当时的天气阴冷潮湿,他从一家零售店买来了一台收音机。他,雅各布·施瓦特竟然一时冲动就买了那玩意,这种冲动连他自己都感到可怕。他竟然荒唐地就相信了那人的德行。结果买来的那台收音机是二手货，没有商品使用保证书。这种不计后果的草率举动是有违他的一贯原则的，这一原则就是：不轻信那帮人。这一原则应该说还是有益处的，也是他反复灌输给他的孩子们的，以防不测。

“瞧我干了什么！什么……”

好像自己跟别的女人胡搞，通了奸似的。好像施暴、强奸似的。

他，他！——毫无疑问，他不是个行动过激，容易施暴的人，恰恰相反，他是个有教养、有礼貌的人，只不过如今流亡在外，成了个天涯沦落人，无缘过一种真正的人的生活。

可是为买那玩意，他也曾思虑过来，思虑过去，足足考虑了几个星期。欧洲的形势日新月异，他受不了自己对发展着的形势一无所知。阅读地方报纸还不够，只有买台收音机才能满足他，这样，他就可以随意收到白天新闻、晚间新闻，消息来源要多少就有多少。

他一时冲动，几乎按捺不住自己，走到肖托夸第一银行现金出纳员跟前，怯生生然而又是果断地把存折从窗口递了进去。出纳员一副趾高气昂的样子，把雅各布·施瓦特的存折拿在手里，皱着眉看着用墨水写的存折上的数字，瞧那模样，好像他接下去就要抬起头严肃地看他——雅各布·施瓦特，这个畏畏缩缩、穿着脏兮兮工作服、头戴布帽的人——一眼，然后告诉他：没有这个账户，你完全搞错了。可出纳员并没这么做，相反，他像处理寻常事物一样，面无表情地点出要取的钞票，点了一次后又点了一次；那些钞票是印刷厂刚印出来的，钞票还挺硬的，雅各布·施瓦特看在眼里，心里喜滋滋的，不过，喜得有点荒唐。出纳员把钱和存折从窗口推出来的时候，似乎想眨眼向他的客户示意一下。我知道你打算用这笔钱干什么，雅各布·施瓦特！

此事过后有好几天，雅各布·施瓦特一直胃痉挛，还拉肚子，心里感到十分内疚。既兴高采烈、得意洋洋，又十分内疚。一台收音机！住的却是看管墓地的人才住的简陋、肮脏的石头小屋！收音机的牌子是摩托罗拉的，摩托罗拉公司是世界上最好的收音机制造商。收音机的机壳是木头做的，收音机电源一打开，电台调谐器马上亮了起来，让人觉得暖和和的。真奇怪了，收音机旋钮一拧到开，这玩意儿马上就在一个木头盒子里面振响起来，嗡嗡地发出低沉的人的声音。

当然，雅各布买这台收音机事先也没告诉安娜。他现在做什么事也不像以前那样，颇费周折地事先告诉妻子。两人现在显然都怨恨对方，两人有时呆在一起能沉默好几个小时，一句话也不说，弄得两人都觉得像被石头压着一样，喘不过气来。日子就像这样，一天一天一夜一夜地过着。到底是谁伤害了他们？这种情况到底是从什么时候开始的？就这样，两人像水生动物一样生活在一起，和生活在幽暗的洞穴中无异，对彼此的存在几乎毫无意识。雅各布要是有什么要求，就嘟哝两声，或用手示意一下，或做个鬼脸，或耸一耸肩膀，或者把坐在椅子里的身体突然动一下，两眼朝安娜瞟一下。她是他的妻子，是他的仆人，而她则必须听从他的。家里的钱财全由他掌管，与外界的一切交往也都由他来处理。他不许他那胆小的女人讲自己的母语，就是两人同在那间卧室，甚至到了晚上睡在同一张床上，也不许她讲母语，这使安娜倍感伤害，她渐渐怨恨起来，干吗非得时时刻刻讲英语？

丈夫一时冲动买了那台收音机，安娜也感到非常吃惊。她觉得这不像是她丈夫干的事，买那玩意不仅纯属浪费，同时也是对他们两人婚姻的不忠。他疯了。而且，这还只是开始。他们的钱本来就不多，既要给孩子买衣裳，又要带孩子去看牙医。煤炭的价格，食品的价格又……安娜着实感到吃惊，感到恐惧，一说到这事就结巴起来。

雅各布打断她："那台收音机是二手货，安娜。很便宜的。是台摩托罗拉。"

他这是在嘲笑她，她心里以为，因为安娜·施瓦特根本不知道什么叫摩托罗拉，连摩托罗拉是什么意思都不知道；在她听来，摩托罗拉和绕木星运行的那些卫星的名字，叫上去差不多。

收音机买回来的头一天晚上，雅各布表现得很异常，显得是那样得宽容大度。他邀请一家人到客厅里去，去听放在他坐的椅子旁边的那看上去像是一个大盒子的东西。安娜站在一边，离得远远的，两个儿子和丽贝卡却非常兴奋。可不一会儿，雅各布意识到让一家人来听是个错误，因为收音机里播报的当天晚上的新闻说，北海水面发生了激战，英国人的萤火虫号驱逐舰被德军军舰击沉，萤火虫号上面的幸存者落水后被一艘德国军舰上的官兵救起……雅各布听到这里，立刻改变了主意，他不想再让孩子们听下去，于是，叫他们立刻离开客厅。

德国人的军舰！救英国水兵！这什么意思……

"不，这太不可思议了。这太可怕了，小孩子不能听。"

他说的是刚才那则新闻。不可思议，于是就非常可怕。

十九年以后，听见奈利房间里的那台收音机叽里咕噜一夜响个不停，丽贝卡就不由想起父亲的那台收音机，那算是当时他们家最值钱的东西。那收音机就像凶神恶煞，摄人心魄似的，你无论如何都抵挡不了它的影响，可又不敢靠近它，对它一无所知。因为从来没人敢坐爸爸坐的椅子（那是把旧皮椅，皮革的面子布满了细微的裂痕，坐垫很厚，椅背硬邦邦的，笔直，因为当时爸爸老喊脊椎痛），所以，只有爸爸才能开那收音机，别人连碰都不能碰一下。

"你们听见没有？谁都不准碰。"

他说这话时一脸的严肃，声音还颤抖着。

遭到他警告的，大多数都是赫彻尔和奥古斯特两人。至于安娜，他知道，她连碰都不屑去碰一下。而丽贝卡，他也知道，是历来听话的。

对那台该死的收音机，爸爸是悉心呵护，像是他的情妇似的（赫彻尔有时乘爸爸不在场时就会傻笑着这么说）。有时深更半夜了，这老家伙还在听，嘿，真让人搞不懂。

白天，爸爸在墓地里干活，那收音机就呆在客厅里，无人看护。但爸爸曾不止一次地突然出现在屋子里，悄悄地溜进客厅，用手抚摸收音机背后的那些电子管：要是这些管子滚热或微热的话，那么，有人就免不了遭到一顿暴打，挨打的通常是赫彻尔。

爸爸这样抠门、这样节俭，理由是：电不是树上长的。

爸爸还不厌其烦地老是说，关于战争的新闻，小孩子是不适合听的。

赫彻尔背着老爸，气急败坏地说："就知道听他妈该死的'战争新闻'。好像收音机里没他妈别的可听似的，里面不也播音乐、笑话什么的吗，这老东西！让咱听听，难道会让他死不成。"赫彻尔已经不小了，他知道收音机是用来干什么用的，他的有些朋友，家住在城里，也有收音机，他们天天听，可听的并不是该死的战争新闻！

然而，爸爸还是天天晚上把客厅的门一关，不许他们进去，自己一人呆在里面。

晚饭时，爸爸酒喝得越多，客厅的门就关得越紧。

有的晚上，丽贝卡的两个哥哥太想听收音机了，就扒着客厅的门，哀求着说："能不能也让我们听听，爸爸？"

"保证听的时候不说话，什么都不说……"

"是的，保证不。"

赫彻尔胆大一些，用带有刮伤痕的指关节敲着门，当然，敲的声音不敢太大。他个儿长得太快，腕部都露到了衣服的外边，衣领口也变得太紧，扣不上，喉结突在领口的外面，下半边脸也很快长出了金属丝般的胡子，他上学前必须得把胡子刮掉，要不老师会把他赶回家来。

隔着门，他们(赫彻尔、奥古斯特、丽贝卡)可以听到像波浪一样一高一低起伏着的收音机声，但说的是什么，听不清，因为爸爸把声音调得很低。这声音说得是什么？为什么"新闻"这样重要？丽贝卡还小，还不知道什么叫战争("战争就是用枪炮、炸弹,还有飞机,和别人打仗,"赫彻尔这样对她说),妈妈告诉她这些都是发生在很远很远的欧洲,有成千上万英里远。赫彻尔和奥古斯特也好像很懂的样子谈到"纳粹"——"希特勒"——也都说离这儿远着呢。没人愿意让战火烧到美国。再说,还有那宽阔的大西洋呢。战火是烧不到像米尔本这种地方的,米尔本不是还有一条能开大型驳船的运河吗。"这种地方,"赫彻尔轻蔑地说,"该死的纳粹才不会稀罕呢。"

丽贝卡的母亲轻蔑地说那收音机是她父亲玩具之类的东西,本不该买的,可他给买来了。硬是给买来了! 为这,她永远都不能原谅他。

一九四〇年一个月一个月地过去了,眼前已到了一九四一年。那些有关战争的新闻里究竟都说了些什么呢? 爸爸说事情变得越来越可怕。可美国还不插手,就像该死的胆小鬼,怕伤着自己。人们觉得,美国人就是不想帮一帮波兰、法国、比利时、俄国,也该去帮一帮英国人……

妈妈也变得紧张起来,开始大声哼哼着,她有时也会用嘶哑、刺耳的声音说:"战争的新闻小孩子不宜听。"

丽贝卡给弄糊涂了:难道爸爸想让战争也打到美国来? 这难道是爸爸想看到的事情?

有时晚上吃饭的时候,爸爸也心不在焉,这时你就可以知道,他又在惦记着隔壁屋里播放着的新闻呢,瞧他心烦意乱等不及的眼神。不一会儿,他就不吃了,把面前的盘子一推,三两口把酒灌下肚,像吞药似的。他有时喝啤酒,有时喝凶一些的苹果酒(这种苹果酒是从一英里以外的米尔本苹果酒厂买来的,这家酒厂就建在河边上,风从酒厂方向刮来,能闻到浓烈的酒味),有时则喝威士忌。爸爸常说他的胃部给老鼠啃没了,在从马赛开来的那该死的船上。爸爸说,他的心、肺、内脏,还有他的青春,都弄没了。他说的都是笑话,这丽贝卡知道。可她听了还是觉得挺伤心! 爸爸有时会下意识地拿眼瞟她,似乎看见的不是现在的她而是那个小东西,不想要的小东西;她妈妈费了十一个小时才生下来的那个小东西,可怜她妈妈躺在那肮脏不堪的船舱里,整艘船都肮脏到了极点,因此,船一靠纽约港,别的乘客都飞也似的下了船,就留下他们一家人。丽贝卡还太小,不懂这事,可现在有点懂了。爸爸说了一个笑话,就傻笑了起来,赫彻尔也跟着笑,奥古斯特也不明就里地陪着笑。就是妈妈不笑。丽贝卡记不起来,爸爸说笑话或俏皮话时,妈妈是否笑过。

爸爸在墓地干了十到十二小时的活后,脾气特别不好,他走路都一瘸一拐的样子,嘴里骂骂咧咧,累得都顾不得洗一下手和脸,连想到那些战争新闻都不能使他愉快起来。

吃晚饭时,味同嚼蜡,好像吃东西会使他痛苦,会使他生病似的。他只知道不住地喝杯中的酒,喝得越来越多。他用叉子把肥肉推到台布上,后来干脆把盘子都给扔得远远的,厌恶地叹了一口气说:"嘿,一定有人以为这一家人都是一群猪,拿这种猪狗不如的东西给我们吃。"

丽贝卡的母亲坐在晚饭桌旁,绷着脸,一言不发。她红着脸,脸的线条虽还像少女时那样柔和清纯,但内里却是另一个样子,苍老、疲惫了许多。她不动声色,完全看不到受伤害的样子,甚至连爸爸说了什么,都好像没有听见似的。两个男孩像是要笑,可丽贝卡却替妈妈感到一阵钻心的疼,好像有什么东西扎到自己的心窝里似的。

爸爸嘟哝着说他受够了。他把椅子往后推,一把抓起酒瓶就到客厅里去,背对着全家人的面狠狠地把门砰的一声关上了。一家人陷入难堪的沉默,连赫彻尔脸都红到了耳根,他瞪着面前的盘子,嘴紧咬着下唇。从客厅里传出一个陌生人的声音:这声音听上去低沉,一副讥笑调侃的腔调。妈妈很快从桌前站起身,开始哼起歌来,她不停地哼着歌,哼的声音听上去让人觉得像一窝快要蜇人的蜜蜂那样凶险。她一边哼着曲子,一边用炉上温热的水洗着餐具,把水槽里的盘子、刀、叉、匙弄得哗哩哗啦地响。

丽贝卡现在已经不再是个学步的小孩，她长大了许多，每天晚上都可以帮妈妈把洗好的餐具擦干。帮妈妈的时候，丽贝卡觉得最开心。妈妈不生气的时候，丽贝卡会乘她还来不及注意，就把小身体倚到或靠到妈妈的腿上。靠着妈妈的腿，她觉着有多么暖和啊。她透过几乎是闭着的眼睛，向上瞥着，看妈妈拿眼朝下看她。这多像是在游戏？像个捉迷藏的游戏，不过不是和爸爸，而是和妈妈？

晚饭就这样突然结束了。两个男孩都出去了，爸爸也不见了，到客厅里去了。只剩下丽贝卡和妈妈还呆在厨房里，洗着擦着餐具。妈妈压低声音，小声嘟哝着什么。丽贝卡知道，妈妈不想让别人听见。妈妈说的就是那种她听不懂的、发咝咝音的语言，那个农妇那天在他们家门前叽里咕噜说的也是这种语言。由于那人话说得太快，丽贝卡什么都没听懂。

擦干最后一只碟子，把它放好，妈妈突然尖着嗓子说起话来，像个刚从睡梦中惊醒的女人。她说话时不带笑脸看着丽贝卡："大家都需要你，丽贝卡。上帝需要你，我也需要你。千万别信那人说的话。"

14

千万别说那几个字。

不能说的还有其他一些东西，随着时间的流逝，那些不让说的东西都已记不起来了。

莫利亚就是其中之一。

莫利亚——这发音像音乐，听起来很神秘。

当时是一九四一年的夏天，丽贝卡五岁。

后来，对莫利亚的记忆由于"珍珠港事件"的发生会让父亲的脾气不好，也就变得淡忘了。

莫利亚——“珍珠港”——“世界大战也”(因为当时丽贝卡把“TWO”听成“TOO”了)。那一阵子,丽贝卡的年龄仍然很小,不能上学。

有一天晚上,爸爸吃完晚饭后没有到客厅去,仍坐在厨房里。他和妈妈有个意想不到的好消息要告诉他们。

先被问到的是赫彻尔和奥古斯特:你们想不想要一个兄弟什么的?

后又问丽贝卡,你想不想要一对小姐妹?

这样神秘兮兮发问的是爸爸,而妈妈站在他的身旁,神情颇为紧张,可看上去又活像个轻佻的少女,两眼欢快地闪着光。

孩子们莫明其妙地瞪着眼,这时爸爸从一信封中拿出几张照片,小心地摊在餐桌上铺的台布上。那是六月的一个夜晚,天气有些热,墓地里到处都可听到夜出活动的昆虫的叫声,厨房里也有两三只飞蛾,来回地撞着我们头顶上方的那只没有灯罩的灯泡。爸爸由于一时激动,不小心用头碰到了那吊在上方的灯泡,于是,灯的光晕就在桌面上摇来摆去,还不停地打着转,像喝醉了似的;妈妈伸出手使灯停止了摆动。

是他们的表兄弟、表姐妹。要从大西洋彼岸的德国考夫包伊伦小镇来。

这两位,这是莱昂姨父,这是杜拉姨妈,杜拉姨妈是孩子母亲的妹妹。

两个儿子瞪着眼,丽贝卡也瞪着眼。你们的表兄弟、表姐妹。你们姨父、姨母。可以前从来没有听到父亲用过这些字眼啊。

“赫彻尔,你还记得他们,是吧?莱昂姨父、杜拉姨妈。这是艾尔慈璧塔,你的小表妹,你可能记不得了。你见她那时,她还是婴儿。”

赫彻尔趴在桌前,皱着眉看着照片上的这些陌生人,在父亲摁在桌上的拇指旁,照片中这些小人好像也斜着眼在看他。他的鼻子嘶哑嘶哑地喘着气。“我干吗要记得这些人?”

“因为你见过他们,赫彻尔,当时你在慕尼黑还是小孩。”

"'慕——尼克'？——那是什么鬼地方？"

爸爸的语速变得仓促起来，好像说的话使他痛苦似的。"我们那时就住在那儿，你就是在那儿生的，我们来这儿之前，住的就是那地方。"

"别，"赫彻尔死劲地摇着头说，嘴上的肌肉颤抖着，"我才不住呢，住那儿的不是我。"

母亲碰了一下爸爸的胳膊，小声说："赫彻尔可能已经记不得，他当时太小，而打那以后，一切……"

爸爸没好气地说："他记得的。"

"可他妈的我不记得！我生在他妈的合众国。"

妈妈说："赫彻尔。"

一时间，气氛紧张了起来，爸爸的手都颤抖了。他把一张照片推到赫彻尔的面前。丽贝卡发现，那些照片都被弄折过，皱巴巴的，好像已经很旧，好像是很久很久以前的东西。赫彻尔把爸爸推到他面前的那张照片拿到亮光处，斜着眼瞧着照片里的那对夫妇，见此情状，丽贝卡真有点担心，赫彻尔会把那照片撕成两瓣；这种突然的疯狂举动，她的大哥是完全做得出来的。

可赫彻尔没撕，只耸了耸肩，嘴里小声嘟哝着：也许见过，也许没见过。

这话使爸爸稍稍平静了下来，没发脾气。他一把夺过赫彻尔手中捏着的那张照片，把它放到桌上，用手摊平，他左摊摊右摊摊，好像那是什么宝贝似的。

一共有五张照片，每张都是皱巴巴的，而且均已褪了色。妈妈对丽贝卡说："你的新姐妹，丽贝卡？瞧？"

丽贝卡问她们都叫什么名字。

妈妈一一说着照片中孩子的名字，好像这些名字都很特别似的："艾尔慈璧塔、弗莱妲、乔艾儿。"

丽贝卡用她那认真的童声一一重复着："艾尔慈——璧——塔、弗莱——妲、乔——艾儿。"

妈妈说，艾尔慈璧塔年龄最大，不是十二就是十三。弗莱妲最小，和丽贝卡同龄。乔艾儿的年龄比艾尔慈璧塔小，但比弗莱妲大。

丽贝卡以前在报纸杂志中看到过一些图片，但从未见过人的照片，怎么照片中的人竟然可以拿在手中？施瓦特家没有照相机，对他们家来说，照相机是奢侈品，爸爸说过，他们家是买不起奢侈品的。丽贝卡觉得奇怪，也觉得好玩，照片里竟然可以有一个你认识的人，一个你知道其名字的人，可以有小孩子，可以有一个和丽贝卡一样大的孩子！

妈妈说她妹妹杜拉生的孩子，也就是她的外甥女、外甥。

安娜·施瓦特说外甥女、外甥、姐妹这几个单词的时候，发音听上去很怪。

这些把他们一家人一晚上的注意力都吸引了去的陌生人不姓施瓦特，而是姓摩根斯腾。"摩根斯腾"这个姓听上去让人觉得完全陌生，不过还是很好听的。

照片里的那些摩根斯腾家的孩子，个个都似笑非笑的样子。由于你可以如此近地看着他们，所以，你似乎会觉得他们也都在看着你。艾尔慈璧塔笑时皱着眉，让你觉得好像根本不在笑。乔艾儿也一样，你看她也斜着眼，好像光在刺眼似的。最小的弗莱妲看上去最漂亮，不过，脸不太看得清。因为她是低着头坐在那儿的，她不好意思地笑着，似乎在请求别人：不要这样看我！

就在这一瞬间，丽贝卡明白了，这个是她的姐妹。

就在这一瞬间，丽贝卡明白了，弗莱妲的眼睛和她的一样，一样的阴郁、朦胧，只不过，弗莱妲的前额留着一撮剪短了的头发，向下梳着，而丽贝卡的额头没留头发，不过两人编的小辫看上去没什么两样。有一张照片丽贝卡最喜欢，可以看清楚弗莱妲：照片中的小姑娘好像在使劲把小辫往左肩拉,丽贝卡感到紧张时有时也会这样。

"'弗莱妲',她可以睡在我的床上。"

"行,丽贝卡,"妈妈轻轻地在丽贝卡的小胳膊上拧了一下,表示同意,"她当然可以睡在你的床上。"

爸爸说摩根斯腾一家七月中旬将和另外九百人一起,乘坐一艘名叫莫利亚的轮船从葡萄牙的里斯本"穿越大西洋"到纽约城来。然后,他们一家将北上到米尔本来,和施瓦特一家住在一起,直到在这个国家找到"落脚的地方"。

丽贝卡听说这话,感到很兴奋:她的表兄弟、表姐妹也将穿越大洋?在她出生之前,他们家也是穿越这大洋过来的。她的小脑袋中忽然闪过一个念头:到那时,又一个小女孩将诞生了,像她诞生时那样来到人世。这念头像梦一样,她还没来得及弄明白是怎么回事,眨眼之间就不见了。她心里捉摸着,摩根斯腾一家来和他们一起住时,是不是也会带个新生儿来?

丽贝卡觉得会的,会带个新生儿来他们家的。可丽贝卡又觉得还是不向别人提这个念头为好,连妈妈也不能告诉,因为她已开始意识到,有些她以为是真的事情,到头来发现仅仅是自己脑中的梦想而已。

赫彻尔则阴沉着脸说,天哪!要是这些从没见过面的人来他们家,哪有地方够大家住啊?"咱家住得已经够糟的了,像群猪似的挤在一起。"

古斯很快插嘴说乔艾儿表妹可以和他睡一张床。

妈妈也很快接过话茬说空间还是有的!

爸爸脸上的表情好像没妈妈那样肯定,露出担心的神色。他驼着背,习惯性地用指关节擦了擦眼睛,显得一脸疲惫、衰老的样子,说,不错,家里的屋子是小了点,但也许他和连襟可以一起动手,把住的地方扩大点,把堆放木柴的那间屋改出一间用来住。莱昂是木匠,他们两人可以一起干。在摩根斯腾一家到达之前,他和两个儿子先干起来,把柴屋里的废物清理了，把泥土地面弄平整，然后铺上几块厚木板当作地板；再在屋顶上铺几张沥青油纸，以防漏水。

"沥青油纸!"赫彻尔哼了一声，"像是从垃圾堆里捡来的东西，嘿?"

沿着去采石场的大路走上一英里就是米尔本镇垃圾堆放场。赫彻尔和古斯经常到那儿去捡点什么回来，附近别人家的孩子也一样。他俩有时到那儿去拖点能用的东西回家，像被人扔了的地毯、椅子、灯罩什么的。有人说，雅各布·施瓦特本人也曾到那里去捡过东西，当然是在不易被人发现的时候。

那个垃圾场是丽贝卡不可以去的地方之一，父母从来不准她去，既不能和两个哥哥一起去，更不能一个人去。

妈妈也以快速而兴奋的声音说，她可以把所有房间都收拾得更整洁点。刚搬进来那会儿累得她够呛，所以原先计划做的事，有些还没来得及做。她说她打算先把窗帘装上，还说打算自己动手缝窗帘。妈妈说话时那神态让孩子们颇感不安，因为以前他们从未见过妈妈像这样讲过话。妈妈笑了一笑，笑得既开心又有些紧张，把两颗牙齿间的裂缝都露了出来，妈妈用两手轻轻掸了一下头发，好像里面飞进了蛾子似的。

妈妈说："是的，你们等着瞧吧，住的空间会够的。"

赫彻尔的肩膀在衬衫里动了一下，那衬衫的纽扣已有一半不见了。他说，这屋子这么小，能够住多少人：十个？"十个人他妈的住在一起，那和圈养的动物有什么两样，现在已经他妈的够挤的了。那该死的煤炉也只够这间屋取暖用的，那该死的井水闻起来一股臭鼬味，我和古斯两人在这该死的屋子里原本就老是磕磕碰碰的，你怎么能再领个'兄弟'进来住?那不是放屁吗?"

爸爸一声招呼也没打，伸出手就给了赫彻尔一耳光，那动作快得就像向人发动攻击的一条铜头蝮蛇。赫彻尔身子向后一缩，叫嚷着说他的耳膜都快给震裂了。

“你要是不闭嘴，不闭得紧紧的，你身上该打的地方还多着呢。”

妈妈恳求地说：“好了，够了，能不能别这样。”

古斯还是一动不动地耸着肩坐在桌旁，不敢抬头看爸爸，只是又说了一遍，乔艾儿可以和他一起睡，他没意见。

赫彻尔却大声说：“谁他妈愿意跟他睡，天天晚上尿床，两个人像猪一样挤在一张该死的床上，已经够糟的了。”

可赫彻尔说这话时哈哈笑着，用手揉着刚被爸爸打过的左耳朵，那样子好像表明打得还不够疼。

他说：“我他妈的才不在乎呢，这粪坑样的家我是呆够了。要是打仗的话，我就去参军，等着瞧吧。我认识几个朋友也打算参军，我也是这么想的，我要开飞机，扔炸弹，像那什么来着——对，叫猛烈的空袭。是的，我会的。”

丽贝卡设法不受这大嚷大叫声干扰，她还在看照片上的弗莱妲，而弗莱妲，她的表姐（让人几乎相信是真的！），也在看着她。现在两人像是相互认识一样，现在两人像是在分享着一些秘密一样。丽贝卡竟把照片拿到更亮一些的地方，想看看照片里还有些什么。嗬，她想看看弗莱妲的双脚，看看她穿的是什么样的鞋子！她好像知道弗莱妲穿的鞋子比她，丽贝卡，穿得要漂亮，因为弗莱妲身上穿的无袖连衣裙看上去比丽贝卡的任何一件衣服都要漂亮。丽贝卡心里在想，大洋彼岸德国的那个考夫包伊伦小镇是个什么样子呢？

丽贝卡觉得从照片中也能看出点眉目来，是的。她的表姐们站在户外，像是在屋后一什么地方，背景里有树，草地上好像有条脸上带白色斑点的狗，它的鼻子尖尖的，尾巴向上翘着。

丽贝卡小声嘀咕着：“弗莱——妲。”

一点没错，弗莱妲的头发从中间很匀称地一分两半，编成和丽贝卡一样的两根小辫。编的方法都相同，编得很粗大，像妈妈说的好像小蜘蛛窝要缠到一块去那样。妈妈给她扎得很紧,弄得她两块太阳穴都疼,妈妈说只有这样,头发才不会散开。

这也是管教好动的小女孩的方法。

"弗莱——妲。"两人好像是在相互承诺,见面后一定给对方梳头发,编辫子!

是孩子们该上床睡觉的时间了。赫彻尔二话没说就气鼓鼓地走出了屋子,但古斯和丽贝卡还想呆一会儿,想更多地问些有关远在德国考夫包伊伦小镇的表兄弟、表姐妹的问题。

爸爸说不行。他在把那些照片放回到一只信封里,是蓝色的纸做的,很薄,薄得像纱一样,丽贝卡以前从未见过。

飞蛾还在环绕着那只光秃秃的灯泡扑腾来扑腾去,好像比刚才多了几只,它们都闪动着白色的小翅膀。古斯说他以前一直不晓得家里还有表兄弟、表姐妹。家里有什么人,他向来不知道,真该死!

15

在随后那几个夏日的星期里。丽贝卡从没感到过孤独,她永远都忘不了那几个星期。她一个人玩的时候,都好像是和弗莱妲在一起,两个小姑娘好像在一起喋喋不休地说着话,有时还低声耳语着。啊,这下好了,丽贝卡再也不感到孤独了!——再也不需要围着妈妈转,再也不需要抱着妈妈的腿,省得妈妈把她朝旁边一推,抱怨说:这么大热的天,老在腿边转悠什么啊。

赫彻尔回家时,总会给他的小妹妹带些礼物,当然,都是从那个垃圾场捡到的一些玩意。他曾经给她带回两个玩具娃娃,一个叫麦琪,另一个叫米妮。现在就把麦琪给弗莱妲玩,丽贝卡自己玩米妮。两个小女孩带着各自的娃娃,一共四人,就在屋边的蜀葵丛中跑来跑去。麦琪是两个玩具娃娃中较漂亮的一个,因此丽贝卡就把她给了弗莱妲,因为弗莱妲比较漂亮，再说，人家是漂洋过海刚从德国的考夫包伊伦来。麦琪是个女娃娃，有着一头塑料做成的棕色头发，呈波浪状，睁着一对大大的蓝眼睛，而米妮只是个橡胶做的婴儿娃娃，光着身子，头上也光秃秃的，没有头发，脸像是用黏土做的一般，表皮已经有些剥落，看上去很脏。赫彻尔将米妮给丽贝卡的方式很特别，他将这个用橡胶做的娃娃向空中一抛，抛时还用嘴发出婴儿啼哭的声音，这个可怜的娃娃砰的一声落到丽贝卡脚边，把丽贝卡吓得一跳，差点把裤子尿湿。因此，米妮不听话的时候，就这样教训她，把她扔到地上，没事，不会伤着她。可是，对待麦琪，你怎么都不忍心把她也扔到地上，因为那样会把她摔坏的。所以，两个玩具娃娃中，麦琪最乖，看上去也最漂亮整洁，因为岁数看上去比另一个大。麦琪还能认识一些字，能读爸爸的那些旧报纸、旧杂志，可米妮还是个婴儿，还不会说话。暑气逼人的中午，丽贝卡和弗莱妲两人就躲在野生的蜀葵丛中，不停地小声嘀咕的就是这些事，妈妈也觉着好奇，走出屋子，两手掐腰看着他们。

妈妈问她在那热得蒸人、到处都是灰尘的地方究竟在干什么，问她在和谁说话？——妈妈问话时的声音粗嘎、刺耳，一副担心的样子，丽贝卡红着脸，像跟谁赌气的样子，离开了那里，两眼抬都没抬一下，仍盯着手里的娃娃看着，像是根本没听到有人说话的样子。

走开！走开，弗莱妲，我不需要你。

星期一是洗晒衣服的日子，两个小女孩急着想帮妈妈的忙。

安娜·施瓦特不常到石头小屋外面来，洗晒衣服这天是个例外。她会匆匆地扎上头巾，遮住自己一部分脸。就是大热天，她也会往平时在家穿的那身没模没样的便服外再套上一件赫彻尔穿的夹克衫，这样一来，即使有人在暗地里（比如从墓地或从那堵破败不堪的石头墙后）偷看她一眼，也看不清楚。雅各布·施瓦特一直拿这事羞辱妻子，想让她不要再有这种古怪的举动，因为到墓地来的人都清清楚楚地看见她了。他们摇着头，拿掘墓人古怪的妻子开着玩笑，可安娜·施瓦特就是不听，因为她觉得，尽管雅各布·施瓦特既听收音机又读报纸，好像什么都知道，但他对米尔本左右隔壁邻居却一无所知。这，只有她心里明白。

可是，要洗的衣服必须拿到那间工棚里用那台破旧的洗衣机洗，洗好后，湿漉漉的衣服必须用手使劲拧干，放到一个藤条编的筐里，再把筐从工棚里拖到后院，拖到金灿灿的阳光下。不过，后院的空中飘着灰尘。丽贝卡也帮着拖那个盛满衣服的筐。丽贝卡和弗莱妲把衣服从筐里递给妈妈，妈妈把衣服夹到拴在两根柱子间的那根旧晾衣绳上，在刮风的日子里，绳上的衣服迎风飘动，发出噼里啪啦的响声。丽贝卡会乘妈妈转过身去的时候，把一件内衣套到自己的头上，想惹弗莱妲笑，要不就既像偶然又像故意地把一条短裤头弄到草上，好像是从她手中滑到草上似的，但是，弗莱妲把内衣和短裤头拿过去，递给妈妈。弗莱妲是个乖孩子，爱开玩笑。丽贝卡大吵大嚷或不听话的时候，弗莱妲会把食指向嘴唇上一放，说：嘘，别吵。

她们俩躺在丽贝卡的床上，依偎在一起，互相拥抱着，有时还呵对方的痒痒。丽贝卡扳起弗莱妲光着的膀子，任其在自己的体侧和肋部滑动，两人紧紧地搂在一起，这样一来，她连爸爸夜间开着的收音机声音都好像听不见了，安安稳稳地坠入梦乡。

啊，多么甜美的睡梦啊：丽贝卡和新来的弗莱妲妹妹一起步行去上学，两人身穿很相配的连衫裤童装，脚上穿着铮亮的漆皮皮鞋，一起走在采石路上，走在米尔本波斯特大道上，走上一英里的路，就到了米尔本小学，两人手搀着手，那模样就像一对姐妹。她们谁都不怕，因为有两人在一起。可妈妈却总是说，今年就让她上学太早。她不想让丽贝卡今年就去上学。我要尽力让我的宝贝女儿好好地和我呆在一起。以防有什么闪失。爸爸说丽贝卡今年必须上学，说她必须从一年级正式读起。他说，丽贝卡既认识字母表也认识数字，会数数，甚至能阅读，干吗不让她上学？可妈妈还是坚持说，不，今年不行，过了今年再说。要是有人来问，就说她还太小，身体又不大好，老是咳嗽，又好哭鼻子。

可是丽贝卡心想：弗莱妲不是就要和我在一起了吗。还有艾尔慈璧塔。

姐妹们可以一起走着去上学。丽贝卡心中感到一阵得胜的欣喜，她母亲现在是挡不住她去上学了。

说来奇怪，在一九四一年七月的这几个星期里，石屋里住的这一家人个个都是那样的兴奋、欢快，忙碌得就像一群忙着在荨麻叶泽兰花丛里采集花粉的蜜蜂。这些蜜蜂可惹不得，你可不能在靠近它们的地方玩耍，否则会挨蜇。那种感觉有点异样，就好像是从小山坡上往坡下跑，越跑越快，快得让你心里觉得有摔倒的危险。尽管这样，姓摩根斯腾那一家人还是很少提到，即使提到了，也都差不多是小声耳语着。提到摩根斯腾，指的当然应该是作为父母的两个大人和他们的小孩，但对丽贝卡来说，未必是这样。不管是家里的其他人提起，还是自己想到这个姓氏，她都决不会想到表兄弟、表姐妹们的父母。弗莱妲！这才是她唯一关心的名字，其他人，包括艾尔慈璧塔和乔艾儿，都好像根本不存在似的。而他们的父母两个大人，在丽贝卡的意识里就更是没有存在的余地。

换句话说，就算有摩根斯腾夫妇这两个人，他们也只不过是从照片中看到的陌生人而已：一个男人和一个女人，背对着毫无色彩的背景，看一眼后，他们就会像幽灵一样慢慢地从记忆中消失。

16

一家人就这样住在米尔本公墓前门墓地看管人的石屋里，天天盼着。

起先，一家人等得还算耐心，可是，七月份的下半个月，大家等得就越来越急躁不安起来。眼看就到八月初了，肖托夸河谷的天气变得非常潮湿、闷热。

安娜·施瓦特的亲戚摩根斯腾一家还没来。姨父、姨妈和表兄弟、表姐妹还不见人影。小屋里的一切都准备好，柴棚已打扫得干干净净，窗帘也挂上了，可就是不见人来。大家还是一天一天，一小时一小时地盼着，最后觉得他们不会来了。雅各布·施瓦特匆匆地赶到米尔本镇上，想打个电话问问是不是真的不来了。

“我的天哪，为什么？为什么发生这种事？我真弄不明白。”

这是她父亲说话的声音，这声音饱含着遗憾之情，丽贝卡听了觉得有什么东西猛烈地刺痛着她的心。

听到父亲这样说话，她一时间感到天旋地转，好像赤脚踩着的地板都翘了起来，在倾斜着。不过，从父亲的声音中也可听到一种奇怪的欣慰感，一种当最坏的事情终于发生，悬着的石头终于落地的感觉，其实，他从一开始就预感到了这种结果。夫妻俩都在盼着，结果他是对的，安娜则错了。

“又回去了！九百个难民又都回去了，去等死。”

丽贝卡听到父母在厨房里大声说着话，她的心恐慌得直跳。父亲的话说得既刺耳又清晰，而母亲的话说得不成串，只能听到她由于伤心而发出的呜呜咽咽的声音。

听到母亲的哭声，丽贝卡吓了一跳！那哽咽的声音像是痛苦不堪的动物发出来的一样，听着让丽贝卡感到心里很恐怖。

丽贝卡壮着胆子，把门推开了一条缝，她只能看到父亲的背，离她有几英尺远。父亲身上穿的衬衫都汗湿了，已开始花白的头发蓬乱地散落到后颈的领子上，头顶的头发稀稀落落，头皮像一轮弯月，发着苍白的光。此时他说话的声音似乎平静了许多，但听着仍让人觉得他好像很兴奋，甚至颇为幸灾乐祸的样子。他现在已不抱什么希望，不存什么幻想。

苦苦等了几个星期的雅各布·施瓦特现在终于死了心，他预料到了这种结果，现在，最坏的结果终于来了，他彻底平静了。丽贝卡虽还只有五岁，但她已能明白这一切。

“干吗不在纽约港把他们都杀死在船上，干吗不放一把火烧了那船，这样，也好让全世界看看？‘犹太人就该这命。’这么做反倒能显得这帮基督徒仁慈，是吧？罗斯福这个狗娘养的，真虚伪，让他的灵魂在地狱里腐烂吧，把他们遣返回去，像牲口一样任人宰割，还不如就在这儿把他们统统给杀了。”

她真想跑过父亲的身边，冲到母亲的怀里，可是不行，父亲正挡着道。

丽贝卡下意识地伸手去抓弗莱妲的手指。自从父亲把一堆照片摊在餐桌上的那天晚上起，她仿佛一刻都没离开过弗莱妲，俩姐妹好像形影不离似的！丽贝卡和弗莱妲个头一般高，小辫子扎得也一样，眼睛长得也一样，两人深陷眼窝中黑色、阴郁的眼睛，时刻警惕戒备着。可此时，丽贝卡伸出手去抓弗莱妲的手指，抓到的只有空气。

现在，她掉头也看不到弗莱妲了，见不到她食指按唇说嘘，别吵，丽贝卡，因为弗莱妲已变得像空气一样，看不见，摸不着了。

丽贝卡推开门，走进了厨房，她赤着脚，浑身颤抖着。她看见父亲掉过头来，一脸的恼怒，脸涨得通红，怒目而视。此时他的眼睛里，看不出一点对她的父爱，那双眼睛好像都认不出她来似的。她结结巴巴地问，出了什么事？弗莱妲在哪儿？弗莱妲是不是不来了？

她父亲叫她走开，滚出厨房。

丽贝卡抽泣着喊道：妈妈？妈妈？可是母亲不理她，把身子转了过去，站在水槽前，也抽泣着。母亲用粗糙的手捂住脸，以免哭出声来。她那线条向下滑动的柔软的身体颤抖着，仿佛是由于开心而笑得抖动似的。丽贝卡跑了过去，伸手去拉母亲的胳膊，可爸爸一把薅住了她，不让她去碰母亲。“我说不。”

丽贝卡抬头用眼瞪着他，从他的目光里，她知道了他有多么嫌恶她。

她弄不明白，雅各布·施瓦特在她身上究竟看到了什么：在她这个才五岁的孩子身上，究竟有什么会使他这样鄙视她。

在其后的几年中，她也因年龄太小，想不到这其中的缘由。其实，他恨的是自己，只不过是拿我撒气而已。他拿孩子撒气时，厌恶的实际是生活。对于后面这一点，她当时由于小，根本想不到的。

她赤着双脚，跌跌撞撞地跑出屋子。墓地是不能随便去的地方，她不能在墓地里的那一排一排的墓碑间踯躅。这些墓碑标记着其地下安息着死去了的人，这些墓碑属于那帮人，是他们的财产。这帮人出钱支付雅各布·施瓦特的工钱；那帮人不想看到一个小孩在属于他们的墓地里漫无目的地闲逛，这她知道，父母已经告诉过她无数次了。她的两个哥哥也不能随便去墓地，去帮父亲干活除外。

丽贝卡泪眼模糊地跑着。刚才父亲一把薅在了她一边肩膀上，现在这半边肩膀疼得要命。她喃喃自语着，“弗莱妲——”，但毫无用处，她也知道没有用处，她知道自己现在是孤独一人，没有姐妹，而且仍将孤独下去。

墓地里空无一人。风刮得挺大，空气湿湿的，白桦树身上的白色条纹发着怪异的光。高大的树林间，乌鸦在不停地聒噪着。在此，你再也听不到雅各布·施瓦特说话的声音，也看不到安娜·施瓦特因希望落空而转过身抽泣的身影。一切都好像没有发生过似的。

“莫利亚”号客轮上乘客身上着火而发出的哭喊声——她没听见。这事只是在她的记忆中好像隐约发生过似的，没错，“莫利亚”号客轮确实着火了，她亲眼见过那火，她看到她的表姐被活活烧死。

为什么？——“我的天哪，为什么？为什么会发生这种事？我真弄不明白。”

她打算就这样战战兢兢地在墓地躲上几个小时。

没人会叫她的名字，也没人会惦记着她。

前一天刚举办过一场葬礼。一大帮人开着车，抬着棺材来到雅各布·施瓦特事先用心挖好的墓穴前，丽贝卡当时站在远处看着送葬的人。她数过，这帮人一共二十九人，其中有几人在大部分人都走了以后还舍不得走，在墓前流连了一会儿。最终他们离去后，雅各布·施瓦特身着黑色衣服，像只食腐肉的禽鸟一样，一声不吭地用潮湿易碎的泥土把墓穴填上，直到看不见棺材，只看见泥土，只看见泥土堆埋得略微耸起。露在地面上的只有一块光滑的大理石墓碑，上面刻着一些字母和数字，长方形的坟墓周围每隔一段距离摆放着一盆花，摆得是那样的仔细。

这座坟墓离石屋有点距离，丽贝卡朝这坟墓走去。她赤着脚，走路一瘸一拐的，因为这之前她的左脚磕到一块石头上，划破了。每到夏天，她的皮肤就会变得黝黑，看上去像个印第安小孩，贼头贼脑的，显得很脏，扎得紧紧的小辫也变得蓬松起来，这儿一绺那儿一绺，很乱。难怪不让这样的小孩到墓地去闲逛，否则会把来墓地的人给吓着，看着令人讨厌。

只有当她看到父亲开着小卡车走远的时候，她才会从躲着的地方出来，回到屋子里去，回到母亲身边。她会从那些摆放在坟墓周围的花卉盆里掐一小把很好看的淡蓝色鲜花，带给母亲。

17

自此以后，米尔本墓园石屋中住的这一家人再也不提这样的字词："表兄弟、表姐妹"——"摩根斯腾"——"船"——"莫利亚"号。当然也没人敢提说"考夫包伊伦"——"杜拉姨妈"——"弗莱姐"——"德国"。这些字词不能让妈妈听见，连她神经错乱时，想都不该让她想到。更不能当爸爸的面说起这些词，否则让他听见了，他会暴跳如雷，会气得在说话时唾沫星乱飞。

丽贝卡问她的两个哥哥，到底发生了什么？表兄弟、表姐妹们到底出了什么事？是不是真的有人放火烧了莫利亚号？可赫彻尔耸了耸肩，做了个鬼脸说，我他妈的怎么知道，压根连想都没有想到过会有人到米尔本来，洋面那么宽，又有潜水艇、炸弹什么的，怎么能来得了。再说，办那些该死的签证就够麻烦的了，爸爸为办签证不就曾经忙得焦头烂额吗。

“人人都来的话，这儿也盛不下，是不？比咱还穷、还苦的人多了去了，恐怕得一百万。就说咱这该死的屋子，有多小啊，你想想看，那么多人来，能住得下吗！这你明白，美国移民局也明白。”

丽贝卡问，什么叫美国移民局？

“好像就是警察，当兵的。他们守着美国的大门，不让难民涌入。人家拼了命要逃离希特勒，也是没办法，不能怪人家。可为啥让咱们进来，”赫彻尔用手在穿着工装裤的裆间搔了搔，咧着嘴笑了笑，说：“我还真弄不明白。听着，我就要去参军了，是海军领航员，越快越好，真希望尽早去打仗。”

一九四一年夏末一直到秋初，妈妈都卧床不起。表面上看，她是睡在床上，有时闭着眼，但并没有睡着，有时眼睁着躺在床上，目光呆滞茫然，眼睛蒙着一层薄薄的黏液，这黏液干了以后就会粘到睫毛上。丽贝卡要是小声叫一声妈妈，通常也没什么反应，顶多，妈妈的眼睑会颤动一下，像是有只苍蝇在她眼睑处飞来飞去。

妈妈卧室的门大部分时间是关着的，除了爸爸，家里的其他人是不允许进去的，只有爸爸才可以随时进进出出（石头小屋里没有哪间房是爸爸不可以进去的），丽贝卡有时犹疑不决地走进那间卧室，也是为了给妈妈送吃的东西，或者把用过的盘子、碟子、玻璃杯什么的拿出去洗干净。丽贝卡个儿小，必须得站在一把椅子上才能够得着厨房水槽去洗那些杯、盘、碟子。那间卧室很小，只够放一张双人床和一五斗橱，室内空气较为稀薄，有一股难闻的气味，而且阴湿得像个地窖。妈妈不让开窗，开一条缝也不行。就像之前从井水中尝到死亡的味道一样，她现在在墓地潮湿且略带绿色的空气里也嗅到了死亡的味道。破旧褪色的窗帘不管是白天还是夜里都是拉上的，以免有人从外面看到里面。

因为那帮外人完全知道，这墓地的石头小屋里住着施瓦特一家，这在纽约州的米尔本，无人不知。莫利亚号在纽约港遭到遣返，这事肯定也人人知道，你看那帮人笑得有多残忍，有多粗野，简直就像一群鬣狗。可以想见，这帮人说到“史华兹太太”——“华慈太太”——“掘墓人的老婆”——时，不知道笑得有多开心呢。他们看不见她到镇上去的身影，一定会以为她肯定是得了什么不治之症，肺结核、脑癌或子宫癌什么的。

雅各布·施瓦特绷着个脸，一声不吭地走进妻子卧病在床的房间。他默不作声地脱了衣服，躺在这个了无生气、浑身直冒盗汗的女人身旁，凑合着睡上一夜。第二天，天还没亮，他就早早起身，穿好衣服，又出去了。他不能请医生到家里来，因为，只要有陌生人想进入安娜·施瓦特这藏身的屋子，她就会尖声喊叫，拼起命来像一只豹猫似的。再说，雅各布·施瓦特好像也没以为她已病到该请医生的程度。节俭已成了他的直觉和本能。英语对他来说可算是种新的语言，说起来结结巴巴，只能凑合，但在英语那些数不清的俗语里面，他却能不假思索、脱口而出地说出这样的陈词滥调：树上是不长美钞的。少浪费一分就等于多挣一分。

爸爸要是喝了点酒，就会大吵大嚷，人也会变得很凶，看什么都觉着不顺眼。每当此时，丽贝卡就会躺在自己睡的床上，在黑暗中睁着两眼，把一切都听在耳里。她等着发生什么事情，可等了八年，也没见真的发生什么。爸爸喝醉了，有时会兴奋不已，喜得跟什么似的，还喋喋不休地自言自语；有时会骂这骂那；有时又会笑得前仰后合。不管爸爸怎么折腾，都听不到安娜·施瓦特有一点反应。他会一屁股重重地坐到床上，弄得床里的弹簧咯吱咯吱直响，像是要垮塌似的，接着就可以听到一阵咳嗽声，咳得断断续续，像是有痰咳不出来似的。爸爸有时连衣服都懒得脱，连干活时脚上穿的那双满是泥土的鞋也懒得脱，因为鞋带成了死扣儿。

他死后，脚上的那双已变了形的鞋只能用刀子剪子从他的脚上剥下来，因为那双鞋已和皮肉粘到了一起，像牲口的蹄子一样。

这石屋的一家人已没有定时的一日三餐了，谁饿了谁吃，而且都是狼吞虎咽的样子。笨重的铁煎锅好像老是放在那炉子上，上面一层厚厚的油脂，是从来不用清洗的。做好的食物常常是从煎锅到肚里。燕麦粥在炉子上的锅里煮好后，喝下肚去，那锅也是从来不涮的。顿顿都是面包，大块小块的面包，里兹饼干用手抓了就吃；罐装食品，像豌豆、玉米、甜菜、泡菜、云豆、烘豆什么的，用匙子一舀，就饥不择食地吞下肚去。从附近奶制品农场买来的新鲜鸡蛋，用重油在锅里一煎就吃；雅各布·施瓦特相信喝牛奶对孩子好（"喝牛奶，你们就不会得佝偻病，就不会轻易骨折，就像我一样。"），所以，家里新鲜牛奶是不缺的。装牛奶的瓶子就放在冰盒里，冰盒的旁边是一大块在慢慢融化着的冰。他不喝酒头脑清醒的时候，也会尝尝牛奶。他拿起奶瓶咕嘟咕嘟就喝，跟喝啤酒一样，好像连尝都不尝一下，看看喝的是什么，细细品味就更谈不上了。那喝奶的架势堪称一绝：头仰着，两脚分开。当时，他已有了嚼烟叶的习惯，因此，他喝剩的瓶里的牛奶常常能闻到一股带有烟草味的唾液的味道。

丽贝卡喝下这瓶中剩下的牛奶，觉得恶心，可又没办法，只得喝下去，因为她常常是饥肠辘辘。

安娜·施瓦特终于能从病榻上起来，重新担起妻子和母亲的责任，不过，能干的事情比较有限。一九四一年十二月七日的珍珠港事件发生，美国终于对轴心国宣战，雅各布·施瓦特也终于重新激发起久违了的生命活力。

"在动物的世界里，弱者的命总是长不了。你必须把自己的弱点藏起来，丽贝卡。”

明白了，爸爸。

“要是那帮外人问你是哪儿的人，家人都是从哪国来的，你一定要告诉他们说：‘美国。我就生在美国。’”

明白了，爸爸。

“这该死的世界为什么被弄得这样污秽不堪，嗯！去问那掷骰子的人吧！问那本身就是枚骰子的人是没用的。本身就是枚骰子的人只不过是沧海一粟，就像是在茫茫大海上飘荡的一个幽灵。”他把长满疥疮、疤痕累累的手窝成杯状放到耳边，那模样很是夸张，大声笑道：“听见没？嗯？就像扑哧扑哧扇动着的鸟的翅膀？‘密涅瓦的猫头鹰只有到暮色苍茫之际才展翅翱翔。’”

她漠然地笑了一笑，说：听见了，爸爸。

她感到纳闷：哪有什么猫头鹰？不错，在高大的树林里，晚上有时的确能听到猫头鹰尖锐刺耳的叫声，那叫声由高朝低迅速滑落，怪异而神秘，听得让人心惊胆寒。可“密涅瓦”是什么意思，她一点也不知道。

爸爸一呼吸，嘴里就冒出一股子酒气，口气中那潮湿、酸腐的味道让她感到恶心。他外衣上的尘土天长日久，把布眼都遮得严严实实，硬邦邦的。澡他是从来不洗的。油腻的头发，凌乱的胡须。尽管这样，她也躲不开他，再说也不敢。因为虽说在他的一群孩子中，她是小不点，本来也没打算生她，可雅各布·施瓦特却越来越喜欢她。两个儿子已使他失望，他常常连看都不想看他们一眼。赫彻尔郁郁寡欢，很邋遢，帮着父亲在墓地里干活，却拿不到一分钱，心里感到怨恨不已。古斯长得像皮包骨头一样，胳膊腿像蜘蛛的爪子，眼老是眨巴个不停，像是怕有人会出其不意揍他一下似的。（母亲要是躺在卧室里不出来，他说话时连提都不会提到她；过了几星期，母亲又从卧室里出来时，他连看都不敢看她一眼，好像看一眼安娜·施瓦特那张疲惫不堪的娃娃脸会使他感到痛苦、丢人似的。）

因此，在那些日子里，一到晚上，爸爸就会来找她这个小不点，抓着她的两只手，把她搂到怀里，有说有笑，逗她玩，小声跟她说着一些稀奇古怪的事情，这些事情她压根儿听不懂，可又没办法，只好硬着头皮听下去，她怎么能躲着他呢？她不能！

妈妈一天到晚、一年到头、一年又一年老是那个样。在丽贝卡余下的童年的记忆里，妈妈好像从来没什么变化。

只是由于长期生那颇为蹊跷的病，她跟家人的话变得越来越少。两个个子长得又瘦又长、动作笨拙的儿子，她简直像看不见似的；而两个儿子则敏锐地意识到她的存在，一见到她就感到局促不安的样子。处于青春发育期的男孩都这样，肉体的、性的事情，成天满脑子都是。安娜·施瓦特体态丰盈饱满，她在家穿的便服像是裹不住她的身子似的；她的两乳丰满，向下垂着，乳头奇大；小肚子鼓鼓的，腿和踝关节青筋直暴，略微浮肿——这让两个儿子的眼睛如何躲得开她？奇怪的是，她的面容相对说来还是那样的年轻，皮肤红润，像玫瑰色，像发热时的那样。尽管妈妈在人面前难为情得近乎变态，尽管她怕别人暗中偷窥她，可是，令两个儿子颇感不安乃至失望的是，她对自己站在风里往晾衣绳上晾衣服时的体态，好像浑然不知似的。你看她，衣服也不好好扣上，背部、臀部、大腿的轮廓，缓慢走过石屋的送葬人群可以一览无余。每次在屋外看到这样的场景，两个儿子都感到特别丢人。赫彻尔抱怨说，妈妈的两个奶子就像母牛的奶子一样向下垂着，她为什么不能像别的女人那样也戴胸罩，把奶子弄得挺点？古斯则回说，妈妈的神经不太正常，她也是没办法，而这赫彻尔也该知道。赫彻尔说，我他妈的当然知道，可知道又能咋样。

丽贝卡对母亲的衣着、外貌倒不是十分在意。由于安娜·施瓦特既让她感到猜不透，又让她感到忧虑和担心，因此，母亲在别人的眼里是个什么样子，丽贝卡几乎是不知道的。虽然同住在这逼仄的石屋里，但丽贝卡感到自己和母亲之间有了隔阂。吃饭时，妈妈虽伺候着他们吃这吃那，但即使在这样的时候，妈妈也是沮丧着个脸，老大不高兴的样子；她茫然若失，像在想什么心事似的；她目光呆滞、朦胧，像在梦里。一家人叽叽喳喳的吵闹声，她好像全都听不见，只听见自己内心里别人听不见的某些声音，这些声音是那样的具有诱惑力。每逢此时，丽贝卡都会有一种十分痛苦的失落和妒忌感。在自己最需要母亲的时候，母亲却就这样将自己扔给别人，扔给父亲和两个哥哥而不管，这使丽贝卡几乎恨起母亲来。

丽贝卡再也没有什么姐妹了。她在梦里都梦见自己失去了弗莱妲，她以孩子的推理方式，把这一切都怪罪于母亲。这个女人还有什么权利口口声声地说起我的侄女、侄子、你的表兄弟、表姐妹！有什么权利把那些个照片拿给他们看，然后又那么冷漠地把他们撇在一边，好像什么都没发生过似的！

母亲整天自言自语，这尤其使丽贝卡感到怨恨。妈妈干吗不和自己的女儿说话，偏偏要和那些死去了的鬼魂说话？安娜·施瓦特自言自语时还面带笑容，而面对活着的家人，她却毫无笑脸。呆在后房里，丽贝卡可以听见母亲小声咕哝着什么，能听见她伤心地大笑着，叹着气。安娜·施瓦特干活时自言自语，她自言自语时的声音虽然较低，但清晰可辨，就像水从高处滴落到岩石上而发出的声音一样。你看她，一会儿将一抱柴火扔到炉膛里，一会儿又站到水槽边，用手泵汲水，那汲水声嘈杂得要命，一会儿将地毯清扫器在磨损得不成样子的地毯上拖来拖去，嘴里一刻不停咕哝着什么。丽贝卡意识到，她在和死人说话，她在和远在德国的娘家人说话。

入冬以后，有一天，三个男人回到家里，发现妈妈把家里的所有窗帘都撤了下来。而七月份缝这些窗帘时，她的神态有多么激动啊。厨房窗户的窗帘是淡黄色的，打了褶裥，客厅窗户的窗帘是淡淡的玫瑰色，薄纱镶的边，其他房间的窗帘也都是印花布做的。

为什么？——因为到时候了。妈妈说。

大家问她这话到底是什么意思，妈妈颇为冷静地说，是该把这些窗帘撤下来的时候，因为她得用这些窗帘做抹布，抹布是用来擦抹灰尘的，所以本身就不该是脏兮兮的。

安娜·施瓦特像收藏战利品一样，把这些窗帘鼓鼓囊囊地塞进一个平时放零碎布料的袋子里，然后又将布袋放进壁橱里。雅各布·施瓦特和孩子们开玩笑说，他的这把老骨头总有一天也会被收进母亲的那个布袋里。

赫彻尔和古斯听了爸爸这笑话后，都笑了，不过笑得挺不自在。丽贝卡咬着大拇指的指甲，咬得已经出血，她看见母亲正面带笑容，一声不吭地死盯着地板看。

过了一会儿，她像是被激怒了似的，轻蔑地大声笑着说，谁要你那把没皮没肉的老骨头，还想放进布袋里？我是决不会要的。

爸爸语气平静地说，你是不是瞧不起我。

爸爸还是语气平静地说，妈妈，你听着，我要去买杆枪，买杆猎枪。你就用我买的枪把我的脑袋打下来，然后把脑浆满满地涂到那堵宝贝墙上。

丽贝卡的母亲听了这话毫无反应，冷漠地走开了。

虽然已经开始读一年级了，可丽贝卡仍觉得时光寂寞难耐，她围着妈妈团团转，像条小狗崽，希望妈妈对她说：丽贝卡，帮妈妈个忙；或者说：丽贝卡，过来！而一听这话，丽贝卡就会忙不迭地跑过去。

丽贝卡还能清晰地记得那些年，记得她和妈妈一起默默地干活的情景，从一个几岁的小丫头到长成一个十三岁的少女。安娜·施瓦特就是在丽贝卡十三岁那年死的。

丽贝卡不愿意说妈妈是*被人杀死的*，只愿意简单地说她*死了*。

她不愿意说妈妈是被人害死的。

然而，和妈妈相处的那些年月里（做饭，饭后涮锅、洗碗、洗碟子，洗衣服，打扫灰尘，洗擦地板，拍打地毯），她俩从来不谈严肃的事情，其他重要的事情也从来不谈。

母亲只有在提醒女儿要提防危险时才显得有些生气，说起话来声音显得略微哽塞。

别到大马路上去玩！离陌生人远点！就是认识的人，也不要爬进他们的轿车或卡车里！别靠近那条运河！有渔民会到河里去捕鱼，运河里的船上有男人。

你可千万别出什么事，丽贝卡，知道不。要是出了什么事，妈妈可要怪你了。

你是女孩，知道不。

在那所学校里读书，也千万要小心，在学校里，女孩子不是出这事，就是出那事，事多着呢，而且都是些乌七八糟的事。要是男孩子叫你，比如在地下室里叫你，或躲在什么东西后面叫你，或猫着身子，躲在水渠里叫你，千万要想方设法跑得远远的，知道吗，你可是个女孩。

每当此时，妈妈总是喋喋不休地说着，越说越带劲，别的时候，她从来不会像这样唠叨。她还会警告丽贝卡别犯傻，别跟着两个哥哥瞎跑，他们俩可是男孩，遇事会撇下她不管，只顾自己跑开，你可是个女孩。

丽贝卡渐渐地明白了，做个女孩就像好好的身体上无端地有了创伤一样。

上学！这在丽贝卡幼小的生命中可谓是件大事。

她的母亲原本激烈反对她去上学，想把她一直留在家里。因为丽贝卡去上学必须得沿采石大路走半英里的路程才能遇上其他孩子；再说，她怎么能相信这些孩子呢。这些穷人家的孩子住的是紧挨镇垃圾场的破败不堪的棚屋。

除了这些假设的危险外，妈妈对丽贝卡就读的学校也没什么兴趣。她好像很鄙视那所学校，就像她瞧不起米尔本、瞧不起左右隔壁的邻居一样，尽管她想象中的危险并没真的发生。当然，她也不会像其他父母那样到学校去看看。

（雅各布·施瓦特也不愿到学校去看看。）丽贝卡把成绩报告单拿回家来，父母至多也就是看一眼而已。数年之后，丽贝卡才发现，原来母亲读不懂英语，因而鄙视一切印刷的英文文字：她竟然能把丽贝卡的课本和丈夫的旧报纸、杂志到处乱扔，对她来说，这些课本、报纸、杂志没什么意义；她有时也会犹豫不决翻翻其中的插图。有一次，丽贝卡见到母亲在厨房里正盯着《生活》杂志中的一幅照片看，照片里的男人、女人和小孩都伸开四肢倒在血泊中，身体半裸着，四周一片瓦砾，具体场景像是发生在某个遥远的城市。丽贝卡走进跟前，想看看图片的文字说明，母亲猛一抽手，冷不丁地用杂志"啪"的一声打在她的脸上。

"不能看。小女孩看不得这个。有害。"

母亲特别怕蛇，但有一次我亲眼见她用锄头打死一条蛇。当时我们俩正在往晾衣绳上晾衣服，一条铜头蝮蛇从房子的墙根底下爬到草地上，那蛇离我的脚只有大约十二英寸远，妈妈看见了，二话没说，操起靠在墙边上的锄头，朝那蛇身上一个劲地狠劈，只见那蛇浑身伤痕，直流血，一命呜呼。

到米尔本小学去读书的头一天，教丽贝卡他们一年级学生的老师是骆特小姐，她说自己信基督教。她是个身材比较单薄的女人，头发灰褐色，一笑起来，那紧绷绷地噘着的嘴里就会露出牙齿来。她告诉丽贝卡及别的同学说，他们的肉体里有灵魂，灵魂就在心里，里面有"微弱的火焰"，这火焰与平常所见的火不同，它永不会熄灭。

丽贝卡之前从未听说过这种话，她当时就信以为真。

因为，施瓦特家里的煤炭炉子和烧柴火的灶到了寒冷的冬天能使屋子暖洋洋的，同样的道理，人到了冬天不至于冻死，一定是由于体内有火焰。透过父母的双眼，丽贝卡几乎能看到他们体内的火焰；可是，她知道，不能把这事告诉父母，因为来自家庭以外的任何权威只能激怒这两口子。

那帮外人把自己的信仰告诉他们的几个孩子，这只会使两口子感到愤怒。

我的内心里也有一团火焰。

这一新的发现使丽贝卡很高兴，她希望弗莱姐姐也能分享这份快乐。

18

"'丽贝卡·艾丝特·施瓦特。'"

那人是不是在笑话她？怎么会叫到她的名字？她算什么？

置身于一大群陌生人中，她感到浑身不自在。那人读到施瓦特这个姓的时候，发音多么生硬刺耳，听上去让人觉得像是挨了一铁锹似的。

"'丽贝卡'，人来了吗？"

骆特小姐用肘轻轻推了她一下，她这才从迷糊的状态中醒来，她站起身，胆小如鼠地走进过道，来到灯火通明的台上，台下人一阵热烈鼓掌，她只觉得一股热血直朝耳朵上涌，掌声太响了！就像燃烧的柴火，噼里啪啦地响着。台下坐着一排一排的陌生人，要是爸爸见了，又要不屑地称他们为那帮外人，可人家个个面带笑容，使劲地鼓着掌。那情景让人觉得，在他们生命中的这转瞬即逝的几秒钟里，她这个施瓦特家的女孩，虽然长着一头黑发，长相颇像吉卜赛人，父亲又是个掘墓人，但站到台上不是为了得到人家的怜悯。

"'丽贝卡'？祝贺你。"

她吓得连"谢谢你"都忘了说，连向她表示祝贺的那人的脸都没来得及细看，只看到他戴着一副闪闪发光的眼镜，脖下系着一根带条纹的领带。之前，老师告诉过她此人叫什么名字、干什么的，可此时的她已把这一切忘得一干二净。情急之中，她伸出双手去接那人递过来的东西——一本沉甸甸的书，是本词典。由于没想到那书会有那样沉，丽贝卡伸手去接时，差点把书掉到地上，台下人见状笑了起来，窃窃私语着。还是那戴着闪闪发光眼镜的人接住了那书，这才没掉到地上。他笑着说："哎哟，小个子小姐！"——说着，他把书又稳稳地放到她的手里，就在这一瞬间，她瞥见他好奇地盯着她看，那样子好像突然想起她来，原来是施瓦特家的那个小姑娘，掘墓人的女儿，可怜的孩子，父母将她送来上学，瞧她这模样，简直像个野人。

丽贝卡感到局促不安，不知如何是好。慌乱中，她蹒跚着走下台去，回到自己的那排座位，坐了下来，骆特小姐正朝她微笑着，这时，台上又在叫着下一个人的名字。

这事发生在一九四六年的四月，当时她十岁，参加米尔本镇举办的中小学拼字比赛。她代表他们这所位于三区的小学参赛，获了奖。她用几个星期的时间，死记硬背那些单词表。单词表上的词很多，比如：profligate，precipitant，precipitate，epither，dysphoria，expurgate，quotidian，lapidarian，lacrymose，stationary，stationery，unparalleled，inchoate，heinous，dais，dour，err，harass，impious，forte，slough，prophecy，prophesy，forgo，forego，resuscitate，genealogy，sacrelegious，braggadocio，gnomic，tortuous，fortuitous，contigency，autarky，temerarious，encomium。

和其他死记硬背这些单词拼法的学生一样，丽贝卡对这些单词究竟是什么意思，心里同样很模糊。这些单词读出来、拼出来就够难的了，要记住它们的意思就更不容易，不仅在英语中如此，在其他外语中也一样。

虽说这比赛类似拼字游戏，可还是让丽贝卡感到紧张而焦躁不安，她吃力地准备着，常常忙乎到深夜。骆特小姐坚持认为，丽贝卡一定能和比她大许多的初中学生比一下高低。担心自己比输了而让骆特小姐失望，丽贝卡硬是把单词表中的词给记住了，并在比赛中胜出，赢了所有参赛的学生，这让骆特小姐为她感到骄傲，心里的石头终于落了地；经久不息的欢呼声渐渐平息。

只是，她至今还记得自己当时向那所中学礼堂后排观众席扫了一眼，想找到他俩的身影，尽管心里明明知道他俩肯定是不会来的。她的母亲安娜·施瓦特不会来，她的父亲雅各布·施瓦特也不会来。两人都不会到这大庭广众中来看自己的女儿接受如此殊荣。颁奖仪式结束后，她来到礼堂休息室，这里正为拼字比赛获胜者举办一场“招待会”，参加“招待会”的还有获奖者的亲属、任课老师及另外一些成年人。丽贝卡像个贼头贼脑的小动物一样，在这休息室里没有家人陪同，感到很不自在和难为情。她一脸的苦相，感到受了伤害和羞辱。不过，她心里也知道，父母一定是瞧不起这种地方和这些人的。

那帮外人是咱们的敌人，你可千万不能信他们。

“丽贝卡？”——在一片嘈杂声和说笑声中，她冷不丁地听到有人叫她的名字，那人把她领到标有“出口”字样的边门。

“你是丽贝卡·施瓦特？请跟我来。”

那人一把拖住她就走。周围全是大人。领她出来的那个女人，头长得像是戴着青铜头盔似的，眼盯着她看；那个戴着闪闪发光眼镜、脖子下面系着领带的男人，是这所中学的校长，见了丽贝卡，紧紧抓住她的胳膊肘，把她带到一群学生和成人当中，准备留影，好登在《米尔本周报》和《肖托夸河谷报》上。丽贝卡是拼字比赛获胜者当中年龄最小的一个，大家让她站到前排当中。手持相机拍照的人说“笑一个”，于是她就张嘴笑着，照相机的闪光灯闪了一下，她吓得眨巴了一下眼睛，但依然笑着，闪光灯又闪了一下。这期间，可以听到周围有人你一言我一语地说着话。

“那个施瓦特家的女孩——她的父母在哪儿？”

“没来。”

“天哪，为什么不来？”

“不知道，就是没来。”

拍好照，人群散了。丽贝卡又被带回到那出口。她听见骆特小姐在身后叫她——“丽贝卡，要不要我开车送你回家？”——可这次她连头都没回。

她不打算把词典拿给父母看，也不打算拿给家里的其他人看。之前，她告诉过父亲拼字比赛及颁奖典礼的事，可他根本不愿听，母亲也只当没听见。于是获奖回来，她就打算把词典藏到床底下，两口子要是看见那词典，不定怎么挖苦呢。

说不定，两人中没准会有一个抓起那词典就往火炉子里扔。

很久以前，雅各布·施瓦特满心指望两个儿子能把书读好，可赫彻尔和古斯两人没一个把书读好的，因此，他对孩子的读书情况也就变得冷漠起来，丽贝卡的识字课本他根本看不上眼，有时翻着这些课本不屑地说，上面尽是些童话故事，都是垃圾。他把买回家来的那些报纸、杂志从头读到尾，读得是那样地用心、着迷，可读了后又说都是些垃圾。自打战争结束，晚饭后他就再不听那收音机了，也不让家里的其他人听。“都是些谎话，”他常常斜歪着脸，打趣地说。要是他说这话时碰巧嘴里在嚼着烟草，他就会“呸”的一声把烟草唾出来。

因为自打战争开始以来，发生的一切好像都是在和他开玩笑一样。可你又拿不准什么是玩笑，什么不是玩笑。有的事发生后能使他笑得前仰后合，气喘吁吁，一阵阵咳嗽，而有的事发生后又能使他暴跳如雷。

每当此时，你就大致可以确定，他准是在报纸中读到了什么。

他抖着报纸的头一版，脸或嘲弄或愤怒地扭曲着。他把报纸摊到厨房餐桌上铺着的漆布上，用拳头狠击一下那报纸。雅各布·施瓦特特别痛恨的是纽约州州长。这位个头不高的州长，留着油光发亮的黑色头发，还蓄着八字须。他一看到报纸上登的州长照片，气得连话都说不出来了，嘴一个劲地抽搐着。他为什么这样恨这位州长，家里没人能搞明白。雅各布·施瓦特痛恨共和党人，可他又恨弗·戴·罗斯福，而罗斯福是民主党人。丽贝卡把这些名字都一一记在心里，对爸爸来说最重要的东西，对她来说也应该同样重要。

那帮外人，是我们的仇敌。在他们眼里，我们粪土不如，用来磕打他们鞋底上的泥土都嫌脏。

“这到底怎么回事？这是你？”

爸爸一定从报上看多了令他不快的什么消息，他把那份《米尔本周报》朝桌上一扔，用拳头捶着报纸，两眼直盯着丽贝卡。

他非常恼火，像是受到了污辱。丽贝卡很少见他发这样大的脾气。就是因为《米尔本周报》头版登了那张集体照，照片的说明文字是：来自米尔本三区的丽贝卡·艾丝特·施瓦特。本版通栏大标题是：拼字比赛获胜者颁奖典礼在米尔本中学举行。爸爸使劲地一把将她拉到桌子跟前，要她看照片中的自己。照片中的她小得可怜，像惊弓之鸟，周围是一帮面带笑容的陌生人。这事她已经忘了，压根就没想到，闪烁的闪光灯以及那拍照的人半开玩笑说的：“请笑一笑！”会真的带来什么实际效果。可眼下她父亲要她说说这到底是怎么回事。他用手抹着嘴，说：“这事我从头到尾都蒙在鼓里，是吧？真他妈的该死！我不想让我的任何一个孩子背着我搞什么鬼把戏。”

丽贝卡结结巴巴地说，这事她告诉过他，而且好几次想要告诉他。可爸爸还是气得要命。他这人生起气来没完没了，越来越气。他把报纸拿到亮处，扭过来调过去，想从不同角度仔细看看那连累人的头版。看完了，他又把脸掉向丽贝卡，不敢相信自己的眼睛似的说：“嘿，还真是你。

真他妈的该死，你是我的女儿，竟然背着我。”

“这事我告诉过你，爸爸。拼写比赛。”

“‘拼写’——什么来着？”

“‘拼写比赛’。就是拼写单词。在学校里。”

“‘单词’，我告诉你，都他妈的胡扯。人说的每一句话、每一个单词都是废话。”

赫彻尔和古斯听到吵吵嚷嚷的声音，就走了过来，拿起报纸，仔细看了看那令爸爸气愤不已的头版上登的照片和文章。古斯说，这可是件好事，不是吗？

爸爸气急败坏地说：“把那该死的什么‘奖品’拿出来，我要亲眼看这该死的‘奖品’。快去！”

丽贝卡赶快跑开，到床底下去拿藏着的那本词典。倒霉，倒霉，真倒霉，知道要惹麻烦，为什么还要把词典藏在床底下。

好像有什么东西能瞒得过雅各布·施瓦特似的，好像还能有什么秘密别人不知道似的，又不是穿脏了的内衣、弄脏了的床上用品，往哪儿藏，早晚会被发现的。

丽贝卡感到脸发热，两眼噙满了泪花。（妈妈在哪儿？她干吗不出来说说情？难道妈妈听见爸爸大吵大嚷的，又躲在卧室里不出来了？）

丽贝卡把那本《韦氏词典》拿给父亲，尽管自己惧怕他、恨他，可还得乖乖地服从。她心里似乎也很清楚，把词典交给父亲后，他没准会骂骂咧咧地将其扔到火炉里去，尽管这样，她一个小孩子，也只得听天由命，就像注定要死的弱小动物，只得将自己的喉咙坦露给比自己强大的食肉动物一样。

丽贝卡回想起这件事时，仿佛真的看见父亲大笑着将那词典扔进火炉里。

不过，事实上爸爸当时并没这样做。他从她手里接过那本沉甸甸的词典，把它放到桌上，突然停止了大吵大嚷，像是被那本词典吓着了似的。这么厚的一本书，花钱买的话一定很贵吧！

他在心里很快地盘算着，买这么厚的一本书得花多少钱：五块钱？六块？

书的脊背和封面印着烫金的字母，扉页上有着大理石般的花纹，有将近两千页。

爸爸翻开上面一层封面，那翻的动作有点炫耀的意味。翻开后，他见到藏书者标签印着：

丽贝卡·埃施特·施瓦特荣获

米尔本三区拼写比赛冠军

一九四六年

爸爸一眼就看出其中的拼写错误，他大声地笑了，笑得很难听，很趾高气昂。“好吗，你瞧？他们在污辱你——‘埃施特’。他们这是在污辱我们全家。这决不是一时疏忽弄出的错误，而是事先算计好的。故意将小孩儿的名字拼错，目的就是想污辱给小孩儿起名的父母。”爸爸把藏书者标签指给赫彻尔看。赫彻尔拿眼去看，可读不懂其内容。灰心之余，他用拳头狠命击了一下那词典，那击的架势就像用棍打蛇一样，边击嘴里还边说：“我的老天，赶快把这些该死的玩意儿给我拿远点，我一看见这种玩意就糟心得慌。”这使爸爸笑得更加开心，他就喜欢他大儿子开这种粗鲁的玩笑。

古斯则反对说：“该死，赫彻尔，家里有人第一次得个奖，我看是他妈好事。”古斯还想接着说下去，可爸爸和赫彻尔都在笑话他。

爸爸把词典合上。丽贝卡心想这下完了，接着爸爸就会把身子朝后一仰，嘴里嘟哝一声，然后去打开火炉的门，把词典朝炉膛里一扔……

可爸爸没这么做，他若有所思地说："他娘的，我不想让雅各布·施瓦特的任何一个孩子背着老爹，像只鼬一样，偷偷摸摸地做出什么事来。在这肮脏不堪的世上，别人都在拿眼盯着咱们，你们给我听好了。真他妈该死，拍照登报，这不成心想让大家看见吗？下次……"

丽贝卡斗胆接口说："我不敢；爸爸，再也不敢了。"

看见爸爸对这事开始失去了兴趣，丽贝卡这才舒了口气。爸爸就这样，只要没人敢跟他顶嘴，他也就不怎么计较。这时，他突然觉得腻味了起来，于是将词典朝旁边一推。

"把这该死的东西拿走，别再让我瞧见它。"

丽贝卡赶紧一把拿起那本厚厚的书。爸爸和她的两个哥哥一定要笑话她了。她是那样绝望，那样笨拙，拿书时差点没把书弄掉到地上，砸着自己的脚。

她忙不迭赶紧回到自己的卧室，坐到床上。她想把词典再藏起来，还藏到床底下。

她听见雅各布·施瓦特在教训他的两个儿子："单词是什么？就是些牛屎不如的谎话，谎话！你们给我记着。"

接着就听见赫彻尔傲慢无礼地狂笑着。

"那么，爸爸，你给我俩说说，什么不是牛屎，你真他妈有才，是吧？"

19

那是一个阳光灿烂的夏日。客厅里的百叶帘放了下来。丽贝卡回忆起这天，心里设法算着她当时多大，妈妈多大？离安娜·施瓦特的死还有几个月？但她算不出来，那天晴空万里，太阳的光亮回忆起来都使她目眩。

是在夏日，这她敢肯定：当时在放假。她正在墓地后一片林地里溜达，一直溜达到运河边上的那条纤道上，看着河面上行驶的那些驳船，她朝驳船上的那些引水员挥手，引水员也向她挥手。其实，爸爸妈妈平时是不许她到那儿去的。可她不仅去了，还去了镇垃圾场。就是因为寂寞，没小伙伴和她一起玩。

丽贝卡这下可找到了小朋友，他们大都和她一样，是女孩，就住在米尔本郊外。采石路、米尔本邮道、运河路。这些小女孩有的住在年久失修、破旧不堪的农庄住宅里；有的住在用柏油纸盖的棚屋里；有的住在活动房里，这种房通常用混凝土块支撑着，四周杂草丛生，垃圾满地。只有这些小女孩才不会因为她是掘墓人的女儿而嘲笑她、蔑视她。因为，假如她们还有父亲的话，那她们的父亲比雅各布·施瓦特也好不到哪里去。

假如他们也有兄弟的话，那她们的兄弟比赫彻尔和古斯也好不到哪去。

而她们的母亲……

"你妈妈长的什么样?"丽贝卡的小伙伴这样问她。"她是不是病了?是不是出了什么事? 她是不是不喜欢我们?"

丽贝卡耸了耸肩。她阴沉着脸，一言不发，那意思好像是说：关你们屁事。

丽贝卡的这些小伙伴中，没有一个见过安娜·施瓦特，尽管她们的母亲也许还能记起几年前在米尔本镇曾经见过她。可安娜·施瓦特现在再也不进城了，至多也就是在石屋附近转悠转悠。当然，丽贝卡是不会把这些小伙伴带回家的，一个都不会带。

那天，丽贝卡看见墓地里举办了一场葬礼，她当时躲在一间棚屋里面，偷偷看着送葬的车辆缓缓通过，她不想叫人瞧见自己。她一头蓬乱的头发顺着背部耷拉下来，像马的鬃毛一样，皮肤粗糙，晒得黝黑。她穿着卡其布短裤和无袖的衬衫，衬衫上污迹斑斑。要不是留长发，别人看见了，还以为她是个长得瘦高、长腿的男孩呢。

柩车! 庄重，发着阴郁的光，窗户还着了色。丽贝卡睁大眼睛瞧着，觉得自己心脏都开始跳得有点怪怪的。里面有死人，死人在里面。柩车的后面跟着七辆轿车，车胎从砾石路上滚过，发出噼噼啪啪的声音。丽贝卡瞥见坐在轿车里的人的脸，女人们都戴着带有面纱的帽子，男人们都直瞪瞪地眼望前方。间或也能看到个把小孩的脸，她特怕被和自己一般大的小孩看到，因为他们很可能认识自己。

米尔本墓地一举行葬礼，就表明雅各布·施瓦特头一天已经挖好了墓穴。新葬的墓大部分位于墓区后部起伏不平的坡地上，那里长着高大的橡树和榆树，这些树的根扎在多岩石的土壤中。挖墓穴是个辛苦活。雅各布·施瓦特只能用铁锹一锹一锹地挖，没有机器做帮手，因此，每挖好一个墓穴，就累得他精疲力竭。

丽贝卡看见父亲也在墓地后部，就用手遮住自己的眼睛。雅各布·施瓦特简直就像个侏儒、像个刚从地底下钻出来的怪物，他的背略微弯着，腰已直不起来，头也朝一边歪着，那歪的角度很奇特，像是想以怀疑的目光，以旁观者的身份，来打量这人世。由于之前将膝部韧带弄伤，所以这会儿走路一瘸一拐，肩膀一高一低的。他始终穿着工作服，头上戴着一顶布帽。在葬礼主持人和前来送葬的人当中，他知道自己的地位，因此，他一口一个“先生”、一口一个“太太”，显得是那样的毕恭毕敬。赫彻尔说他曾在(小)镇大街上见到过父亲，父亲当时正朝着肖托夸第一银行的方向赶，老家伙穿着掘墓人的工作服和靴子，低头走着，别人拿眼盯着他，他也装作没看见，只顾朝前走，连撞着没来得及躲闪的人，他的头也不抬一下，那情景，可真叫好看。

赫彻尔警告丽贝卡说，要是她在镇上瞧见了爸爸，千万别让爸爸看见她——否则，“那老家伙非发疯不可，他会以为我们这些小孩子在跟踪他，知道吗，到银行去，干吗？好像老家伙干什么，别人在乎似的，他以为没人会知道。”

数百、数千万人死了后被扔到墓坑里，就这么简单。

你要是问为什么的话，去问上帝为何允许这种事发生。

丽贝卡有时会乘爸爸不注意的时候，盯着他看，看得她心惊胆寒，好像她不是他亲生女儿，而是从外人的眼睛里在打量他似的。

“妈妈?”

这天，外面虽说是阳光灿烂，可石屋的里面却晦暗、潮湿，蛛网密布。厨房里，盘子、碟子浸泡在水槽中，早饭后，那煎锅就一直在火炉上，一股油烟味。自打病了以后，丽贝卡的母亲持家也不那么用心了，好像一切都无所谓。丽贝卡心里想，其实自莫利亚号被遣返以后，妈妈就一直这样。

已经到了中午时分，可所有窗帘还是拉上的。

从客厅里传来一种奇怪的声音。那声音迅捷而刚烈，像是打碎了玻璃杯的声音。门是关着的。

如今爸爸晚饭后已不再听他那台收音机，所以收音机很少开。爸爸在家时，不让人开，嘴里老是嘟哝着：树上又不生产电，别瞎糟蹋钱。可丽贝卡却听见是那收音机发出的声音。

“妈妈？我能不能……进去?”

没有回答。丽贝卡小心翼翼地推开门。

是母亲在里面，坐在那台台式摩托罗拉收音机旁，像是想靠它取暖似的。她是拖了一张凳子坐在收音机旁，没坐在爸爸的那张椅子里。丽贝卡看见收音机的频道调节器闪着光，那光呈橙黄色，上下不停窜动着，只听见嗡嗡的响声，像是什么活的东西。满是尘土的扬声器里发出美妙的声音，那声音迅捷而有致，丽贝卡惊奇地听着。是钢琴，对吗？是钢琴曲?

丽贝卡的母亲朝她看了一眼，那眼神像是要确认一下说话的不是雅各布·施瓦特，因此觉得没有危险。她的眼皮微弱地颤动着，全神贯注地听着，不想受人打搅。她把食指放在嘴唇上，那意思是说：别讲话！安静点！因此，丽贝卡一动不动地坐在母亲的脚旁，认真地听着。

除了这台摩托罗拉收音机，除了墓地这座石屋里光线昏暗、一股霉味的客厅外，好像一切都不存在。

妈妈倚靠在收音机旁，头随着钢琴曲上下点动着，面带笑容，这一刻是多么幸福啊，在这一刻里，世界上好像别的什么都不存在似的。

乐曲稍微停顿了一会儿，这是奏鸣曲乐章之间最短暂的停顿，母亲小声对丽贝卡说："演奏这乐曲的人名叫亚瑟·施纳贝尔①。演奏的是贝多芬的乐曲，名叫《热情》。"丽贝卡认真地听着，母亲对她说的话大部分没听懂。她曾听人说过贝多芬，仅此而已。她见母亲那张柔和、疲惫不堪的娃娃脸上闪着晶莹的泪珠，她流这些眼泪，不是因为受到伤害，不是因为感到悲伤，也不是因为受到羞辱。母亲的眼睛很漂亮，这双黑色的眼睛闪闪发光，充满了惊人的激情，近看让人感到不安。"我小时候弹奏过这首名为《热情》的曲子，当时我们还在原先的那个国家。我弹得没施纳贝尔好，但我在努力练习着。"妈妈摸索着丽贝卡的小手，捏着她的小指头，妈妈已经有好久都没像这样了。

那首钢琴曲还在继续播着，母女俩一起听着。丽贝卡紧紧握住母亲的手，好像怕自己从高空掉下去似的。

太美了，母女俩这样亲密地呆在一起太美了，丽贝卡一辈子都将珍惜这份美。

20

"爸爸！赶紧出来。"

赫彻尔突然出现在厨房门口，气喘吁吁地说。赫彻尔是个傻大个儿，嘴上胡子拉碴的，说话时的声音响而粗，他在攥着手，因为这是个深秋的

---

① 施纳贝尔（Artur Schnabel，1882—1951），奥地利钢琴家，著有《对音乐的见解》，编有《贝多芬钢琴奏鸣曲集》。

早晨，天气较冷。

这是一九四八年万圣节的早上。丽贝卡已经十二岁，在读七年级。

天刚亮。地上有一层薄霜，是头一天夜里下的。天色还灰蒙蒙的，太阳在东面肖托夸山脉的背后隐约地露出半张红脸来。

丽贝卡在帮着妈妈做早饭，古斯还没起床。爸爸穿着工作服站在水槽前用手泵在打水，他一个劲地咳嗽着，吐着痰，那吐痰的声音很大，丽贝卡听着觉得恶心。爸爸抬起头来，瞪了一眼赫彻尔，问："什么？出什么事了？"

"你最好还是自己出来看看吧，爸爸。"

赫彻尔说这话时，阴沉着脸，他平时可不是这样。看着他的脸，既没挤鼻子弄眼睛，也没像平时搞笑、捉弄人时蠕动着嘴。他一脸的严肃，连看都没看一眼丽贝卡。

雅各布·施瓦特拿眼瞪着大儿子，在儿子尚存稚气的脸上看到了某种从未见过的东西——愤怒、痛苦、困惑，而且激动得像个畜生似的在发抖。他骂了一声，伸手到铸铁炉子旁去拿拨火棍。赫彻尔粗声粗气地嚎叫着："这会儿拿那拨火棍已经晚了，爸爸。"

爸爸有点一瘸一拐地跟赫彻尔走出屋子，丽贝卡也想跟着出去，可爸爸掉过头来，像是出自本能似的警告她说："好好呆在屋里，闺女。"这时，古斯已从床上爬了起来，跌跌撞撞的，他一头长长的头发乱糟糟的；已经十九岁的他已差不多赶上赫彻尔高了，六英尺两英寸，不过体重要比赫彻尔轻三十磅，瘦得跟芦柴杆似的，胆子也小。

安娜·施瓦特头也不抬地在火炉旁忙乎着。她把那笨重的铁煎锅从炉子上挪开，放到一边。

"狗日的！真他妈的混账。"

赫彻尔在前头走着，爸爸歪歪扭扭地紧紧跟在后面，像喝醉了酒似的，怒目而视。万圣节前一天夜里，人称"魔鬼之夜"。肖托夸河谷这一带，有个似乎没人当回事的老传统，那就是，一到魔鬼之夜，就会有人搞

“恶作剧”，谁搞的，你也弄不明白。搞恶作剧的人大都是乘天黑偷偷地干这种勾当。这种恶作剧一般也就是开个玩笑而已，你也不必当真。

米尔本墓园历来是魔鬼之夜爱搞恶作剧人的目标，在雅各布·施瓦特来此看管墓地之前就是如此。镇上那帮官员也是这么告诉他的，而且他们说得很肯定。

“别以为我不知道这事是谁干的，对天发誓，我知道得一清二楚。我有个好办法，你听听看！”

赫彻尔愤恨地说，声音都在颤抖，雅各布·施瓦特只是听着。头天晚上，他把墓园前面入口的铁门拉上，上了锁，还用铁链子把门闩得牢牢的，他知道魔鬼之夜会出什么事，因为前几年，每逢魔鬼之夜也曾有人来搞过破坏，为了保护好自己的财产，他每次都想方设法睁着眼、熬着夜，以防不测，可是(他白天干活累得够呛，再加上喝了酒)，他每次到了半夜就熬不住了，呼呼大睡，再说，自家也没武器，没枪什么的。那些搞破坏的男人和十二岁左右的男孩子都拿着步枪、猎枪什么的，可雅各布·施瓦特赤手空拳，什么武器都没有。他一见步枪、手枪这类玩意，心里就发怵，他甚至从来没打过猎。他心里挺矛盾的。一方面，他早就在想采取万不得已的步骤：武装起来，否则出了事后悔莫及。另一方面，他既不想杀别人，也不想干等着别人来杀自己。可最终对手把他逼得没有办法。

墓园的大门关上也阻止不了这帮搞破坏的人，他们可以翻越墓园的围墙爬进来，甚至索性把离公路一百码左右的一段围墙给推倒。

根本没有办法阻止这帮打家劫舍的成年男人和未成年的男孩子，这帮人的面孔他也许熟悉，家都住在米尔本，有些人还可能就住在附近采石路一带。这帮外人鄙视、看不起施瓦特一家。赫彻尔似乎也大致能猜出是什么人干的。雅各布·施瓦特用手揉着眼睛，跌跌撞撞地跟在儿子后面走着，他的头晕乎乎的，嘴唇抽动着，似笑非笑的样子，看着令人讨厌。

不买件武器放在手头，根本没法阻止这帮混蛋来，他不想再这么干等下去了。

墓群间摆放的坛坛罐罐和花盆什么的都被砸碎了，南瓜也被打得稀巴烂，瓜子和多汁的瓜肉弄得一地都是，像肝脑涂地，这帮人捣起乱来，像疯了一样。乌鸦已经从树上飞下来，正在开心地吃着瓜子瓜肉。

“滚开，狗日的！这帮狗娘养的。”

赫彻尔拍着手，想吓跑地上的乌鸦，而父亲像没有看见它们似的。

乌鸦！他干吗要介意这群乌鸦！鸟是无辜的。

一些较小的白桦树也被残忍地拉倒在地，树干都断了，再也恢复不了原样。有几块墓碑的立碑时间最早的可上溯至一七九一年，算是所有墓碑中年代最为久远的了，但这些墓碑也最易碎，来搞破坏的人竟用脚将这几块墓碑踢出裂缝来。墓地看管人那部一九三九年生产的福特牌轻型货车的四个轮胎也被人用刀给砍破，瘪得一点气都没有，四个轮胎的辋圈都贴到了地面上，看上去简直像个一口牙被打掉了的可怜家伙，瘫在地上。货车的周身都被人用柏油涂上了各种各样丑陋不堪的符号和文字，那种嘲骂人的腔调很是盛气凌人。

墓地看管人家的那几间工棚墙上以及石屋的前门上也都涂有类似难看的符号和文字，这些符号和文字从石子路上可以看得一清二楚，凡是到墓地来的人都能看见。

古斯跑到屋外，丽贝卡也跟在后面，她冷得缩成一团。起先，她感到很纳闷，不知道出了什么事，所以也没怎么感到害怕。可眼前的一切使她感到好奇怪：父亲一言不发；赫彻尔嘴里一劲地在骂着：狗日的！狗娘养的！父亲雅各布·施瓦特只是眨巴着眼，盯着油光发亮的柏油涂的那些符号，一句话也不说，这使丽贝卡心里真觉得纳罕。

“爸爸？这符号什么意思？”

爸爸不搭理她。丽贝卡伸手去摸涂在工棚一面墙上的柏油，那柏油冰凉的，挺硬。那符号怎么个读法，她已记不起来，反正挺难听的——开头那个音是S，意思她倒是知道——德国？纳粹？轴心国？反正就是战争中被打败的一方？

可战争结束已经有好长时间了，不是吗？

丽贝卡心里算了一下：米尔本拉警报那会儿，她上四年级，小学全部停课。现在她是七年级，也就是说三年过去了，德国人向盟军投降是一九四五年五月。这对她来说像是很久很久以前，当时她还是个小姑娘。

现在她觉得自己不是小姑娘了。她气愤得心怦怦直跳。

赫彻尔和古斯你一言我一语地说着话，很激动的样子。爸爸还是站在那儿，斜着眼盯着那些符号。雅各布·施瓦特这样一言不发，比较少见，三个孩子见他这样，心里都颇感不安。他当时既没穿短上衣，也没戴他的那顶帽子，就匆匆跑到屋外来。在丽贝卡看来，他有点神志不清，比以往任何时候都显得苍老，看上去就像那些无家可归的人。那些无家可归的社会弃儿喜欢聚集在米尔本公共汽车站，天气好的时候，也会到运河大桥上面去转悠。眼下，空落落的晨光照着爸爸的脸，他那神态既憔悴又难看。由于疲劳，他的两眼眼袋突起，鼻子微肿，上面布满了破裂的毛细血管，那些毛细血管看上去就像纤细的蜘蛛网一般。他的嘴巴在无助地动着，好像无法咀嚼塞进去的东西，既无法吞下去又无法吐出来。赫彻尔还在嘟哝着说，他非常清楚这一切都是哪些混蛋干的。古斯也附和着，显得既激动又气愤。

天气较冷，冷得丽贝卡两眼流泪，于是她用手抹了一下眼睛。东边的天空亮了起来，头顶上空的云彩布满了一道道的裂纹。丽贝卡从父亲的眼里看到那些丑陋的"万字饰"符号,她还记得人们说起过这种符号。这些用黑乎乎的柏油漆的符号牢牢地沾在卡车和工棚的墙上,怎么样才能将其清除呢?使劲地擦洗行吗?它们可都是用柏油涂的啊?妈妈要是知道了这事,该会有多烦心啊!要是能想个法子把这事瞒过妈妈就好了……

但这事是瞒不过丽贝卡的母亲的,她早晚会知道。其实,她已经知道了这事。安娜·施瓦特知道这事后的本能反应就是害怕,担心最糟糕的事将接踵而至;此时,她没准正蜷缩在窗户后面,朝外偷看着,不仅看见了那些用柏油涂的"万字饰",而且看见了那些白桦树,看得她心都碎了。还有破碎的花盆,砸得稀巴烂的南瓜,以及那些断裂的无法恢复原样的墓碑。

"这帮人为什么这样恨咱们?"

丽贝卡说这话时都说出了声来,不过,声音较轻,两个哥哥和父亲恐怕都没听见。

然而,父亲好像听到了。他转过身来,步履蹒跚地走到丽贝卡跟前。"你这个死妮子!你要我对你说什么好!快滚回去,跟你那该死的娘呆在一起。"

雅各布·施瓦特突然发起火来。他抢步上前,尽管他的膝关节不太灵光,但动作还是颇为迅速,他一把薅住她的胳膊上端就往屋里拖,嘴里还骂着。由于下手太重,疼得丽贝卡直叫唤,两个哥哥也为妹妹打抱不平,"嘿,爸爸——"不过,两人都不敢靠近,更不敢去碰他。"进……去,听见没。你要是把这事告诉你那该死的娘,我能把你那小屄都给撕烂。"

他那一把薅得竟然在丽贝卡胳膊上留下青一块紫一块的手指印,几天都不褪。这些印子就像万字饰一样,丑陋无比。

他咬牙切齿说到娘这个字时,瞧他那愤怒劲。"娘"这个短促而生硬的音节,从雅各布·施瓦特的嘴里出来,听上去简直就像诅咒。

他才是痛恨咱们的人。

可是，这究竟是为什么？

那天正是一九四八年的万圣节。母亲叫她不要去上学了，可她不听，非要像平常一样去上学。

当时她十二岁，读七年级。到了学校，她心里明白，有些同学大概已经知道墓地遭到洗劫的事，那些用柏油涂写的万字饰，他们没准也知道。说不定她同学中的有些人也伙同他们的哥哥们参与了墓地发生的打砸抢行为，不过，她不愿意这么想。

有些人的名字也曾在她的脑子里掠过：第格尔斯、拉蒙、默恩策、克莱兹尼克。都是些好喧闹、好嘲弄人的中学生，其中有些人和丽贝卡的两个哥哥一样，已经辍学。

每年一到万圣节，丽贝卡就读的学校里的那些城里的孩子总是激动不已。他们大都戴面具，穿盛装（这些所谓的盛装大都是从伍尔斯沃斯五分一毛店里买来的，这家商店在万圣节前后会在店铺的橱窗里陈列上塑料做的杰克灯，这些杰克灯都是把南瓜挖空后雕成的人面形，个个都龇牙咧嘴地笑着，此外陈列的还有女巫、魔鬼造型和骷髅架），黑夜里挨门挨户叫唤着："不请吃就捣蛋！"丽贝卡觉得挺好玩的。刚读小学一年级那年的万圣节，她也戴上面具，穿上盛装，求父母也让她在夜里出去玩，可雅各布·施瓦特就是不准。连两个儿子都不让出去，更别提女儿了。爸爸说，过万圣节是异教徒的习俗，既危险又有辱人格，跟乞讨差不多！爸爸还诡秘地笑着，要是有人讨厌孩子们上门弄得一家人不得安生，于是在给孩子们吃的糖果中放点老鼠药，那可怎么得了？

丽贝卡也哈哈大笑，说："唉，爸爸！怎么可能会有人干这种缺德的事呢？"爸爸朝她勾过头来，那意思好像是要向她这个天真、幼稚的小女孩传授点生活的智慧似的，说："因为这世上卑劣、缺德的事太多了，而咱们就生活在这样的世上。”

魔鬼之夜的米尔本，搞恶作剧的事情还有不少，丽贝卡在去上学的路上可以亲眼看到。树的枝杈里，卫生纸在迎风招展；有些人家房屋门前的台阶上尽是砸得稀巴烂的南瓜，挂着的邮箱也被捣毁，窗玻璃上涂的是肥皂和蜡。（玻璃上涂的肥皂清洗起来倒不是太难，可涂的蜡则非得用刀片一点一点地刮下来，既费时又费力。有些小孩到了学校里也不避讳，大谈前一天晚上用蜡涂邻居家窗户的事。他们这么做的理由很简单，就是因为不喜欢那邻居。谁家要是万圣节没有用糖果之类东西好好招待这帮小鬼，那他家窗户就很难逃过一“劫”。有时，大街上商店的那些大平板玻璃窗也成了他们捣蛋的目标，也被他们涂了蜡，他们这么做倒不是为了什么，纯粹是捣蛋。）在阳光普照的早晨，丽贝卡见到魔鬼之夜有人搞的这些恶作剧，心里觉得紧张。在初级中学里，一帮孩子站在那里，正指手画脚地开怀大笑着：教室一楼的许多窗户玻璃都被涂了蜡，水泥墙上到处都是碰得稀巴烂的西红柿和鸡蛋，台阶上被砸得稀烂的南瓜比任何别的地方都多，看上去就像被撕碎的人的肉体。这些都是那些成心搞破坏的人欣喜若狂时干的。丽贝卡心想，要是没人出来加以阻止，这种恶作剧没准天天晚上，甚至每时每刻，都会有人干。

“瞧！瞧瞧这儿！”不知是谁正用手指着学校一正门边上的平板玻璃窗，玻璃上有一个洞，洞四边的玻璃已开裂，学校门房的工友已用遮蔽胶带草草地将洞堵上。

但丽贝卡在镇上却没有见到用柏油涂的符号，没见到一个“万字饰”。

为什么？丽贝卡心里感到纳闷。为什么万字饰只涂在墓地，只涂在她家的房子上？

她不愿拿这个问题去问任何人，即使是自己最要好的女同学，她也不想问。因为即使她们知道，也不会情愿跟她谈那些“万字饰”的事。

克劳泽太太是英语课任老师，她老是想方设法讨好她教的七年级学生。亏她想得出，她让同学们大声朗读一个短篇小说，这篇小说讲的是万圣节闹鬼的故事，题目叫《睡谷传奇》，作者早就死了，作者的名字叫华盛顿·欧文，让他们读的是个节选本。克劳泽太太一笑起来就会露出光艳照人的雪白牙齿，她就喜欢让同学们读些老掉牙的散文作品。其实，班里没一个人能读得懂。那些该死的单词连读都没人能读得出来，更不用说懂其意思了。（连克劳泽太太自己是否懂，丽贝卡都感到怀疑。）可老师硬是让一排排学生挨个儿往下读，《睡谷传奇》晦涩难懂，情节发展又慢，可大家没有办法，只好硬着头皮，结结巴巴地往下读，弄得大家很郁闷。尤其是男同学，读得更是差劲，结果把老师气得要命，于是她索性要他们停下来，叫丽贝卡接着往下读。“大家都安安静静地坐好，认真听。”

丽贝卡的脸一下子发起烧来，她的身体在座位上不安地扭动起来，痛苦得不得了。

她想告诉克劳泽太太说自己嗓子疼，没办法。唉，真的没法读！

全班同学都拿眼睛盯着她，连她的那些好朋友，也就是那几个她以为是自己好朋友的女同学，也都用怨恨的目光盯着她。

“丽贝卡？开始读呀。”

真急人！虽说丽贝卡是个学习比较好的学生，但当老师单单让她读书、回答问题什么的，总感到难为情。要读的故事沉闷乏味，叙事拐弯抹角，句子长，用词佶屈聱牙，用的尽是些这样的词：apparition——cognomen——enruptured——superstitious——supernumerary。要是丽贝卡读错了某个词，克劳泽太太就会一本正经地给她指正，弄得全班哈哈大笑。每当丽贝卡读到“伊查鲍德·克莱恩”、“布洛姆·鲍恩斯”、“巴尔图斯·凡·塔塞尔”、“汉斯·凡·里伯”这些古怪的名字时，全班也会哈哈大笑。全班三十个学生中，恐怕只有五六个学生是在静静地听着，心里琢磨着这则故事讲的究竟是什么，其余的都躁动不安，傻乎乎地笑着。坐在丽贝卡身后的那个男同学坐的课桌和她是连在一起的，此时他摇了摇桌子，弄得她的课桌也摇动了起来。同时,一团软乎乎的东西敲打着她的两片肩胛骨。掘墓人!犹太佬、掘墓人!

“丽贝卡?请接着读。”

这时,她停了下来,不知道读到哪儿了。克劳泽太太觉得恼火,心里开始感到失望起来。

什么叫犹太人?丽贝卡知道不能向别人问这个问题。父亲不准自己的孩子问这个问题。

丽贝卡心想,我可不是。我可不是什么犹太人。

她感到窘迫难堪,结结巴巴地读着那篇小说。她仿佛又见到那天早晨被毁损的墓地的情景,砸烂的南瓜、翅膀宽阔的乌鸦。赫彻尔拍着手,高声喊叫着,于是,那群乌鸦惊恐之余,拍打着翅膀飞走了。她看到了那些丑陋不堪的符号,父亲见了那些符号后,心里一定害怕得要命。

父亲的手指像把钳子一样抓着她的上臂,她知道一定抓出青来了,可她不愿意拿眼去看。

爸爸那么狠命地抓着她的时候,两个哥哥能为她鸣不平,真难为他们了。在家里,每当父亲对她发脾气或做出威胁要打她的举动时,每次都是妈妈出面干预。妈妈不说话,但会咕哝一声或者叫一声,加以阻止。安娜·施瓦特当孩子们的面很少和丈夫讲话,但当父亲威胁要打女儿时,她会嘟哝一声或抬一抬手,示意他不要打。

她的那种举动意思是要告诉父亲:我在看着你呢,我看你能拿她怎么着。

那意思是:她是我女儿,我会保护她的。

她是那样地讨厌又老又丑的伊查鲍德·克莱恩,因为此人让她想到雅各布·施瓦特!她在读到英俊潇洒的布洛姆·鲍恩斯把用南瓜做的假人头掷向伊查鲍德,因而吓得伊查鲍德永远地离开睡谷时,心里有多开心啊!没准伊查鲍德吓得落入河中淹死了……要是那样的话,那他也是罪有应得，谁叫他那样自负，那样古怪而任性。

到把《睡谷传奇》读完的时候，丽贝卡感到头晕目眩、精疲力竭，仿佛自己用四肢在地上爬行了数小时似的。她恨克劳泽太太，克劳泽太太以后再见到她，休想从她这儿得到半张笑脸。她再也不像从前那样盼着到学校来上学。她嗓子都给读哑了，都快说不出话来，活像伊查鲍德·克莱恩——"'在睡谷的一片寂静中，远远地哼唱着一支忧郁的圣歌。'"

"我们不是纳粹！难道你把我们看作纳粹了？我们不是。我们十二年前来到这个国家。现在战争也结束了，德国人被战败了。我们和纳粹毫无关系。我们和你们一样，也是美国人。"

那天万圣节的早上，雅各布·施瓦特像发了疯似的。这事在米尔本，人人都会翻来覆去开心地谈论着。他一瘸一拐走了好长一段时间的路，才来到艾索邮电所，给肖托夸县治安官办公室和米尔本镇区办公室打电话，报告魔鬼之夜在墓地发生的破坏事件，坚持要"官方"来人对此事加以调查。

雅各布·施瓦特打完电话后，接着又走回家来，到了家他也不进屋，妻子叫他进屋，他也不听，就在大门口等着。当时天正下着小雨，冷得要命，可他硬是在雨中神经质似的走来走去，继续等着。一直等到中午时分，终于有两个肖托夸县府办事员开着巡警车来了。这两人认识雅各布·施瓦特，至少听说过他。两个人挺随和，不知出了什么事，于是问道："施瓦兹先生，遇到什么麻烦了？"

"你们自己看看就知道了！你们就是盲人，也能看得出来！"

雅各布·施瓦特用的轻型卡车不仅轮胎被划破，连发动机也被毁损，需要马上换一辆！卡车所有权属于县镇，不是他自己的，所以，县里得马上换一辆！他自己可没买汽车。

来的那两位办事员告诉他说，卡车的事属于镇区的职责范围，而治安官办公室跟镇区没有任何关系。

雅各布·施瓦特告诉他俩说，他和两个儿子可以把墓地里被破坏得一塌糊涂的东西拾掇干净，可被涂得到处都是的那些柏油怎么办！怎样才能清除掉！“该让搞破坏的那帮该死的罪犯来清除。得逮捕他们，并叫他们来清除柏油。你们会去找到他们，是吗？会去逮捕他们？‘成心破坏财产’——是吧？这罪可不小，是吧？”

两个办事员听着雅各布·施瓦特说，脸上也没什么明显的表情。两人虽说有礼貌，但显而易见，他们对他说的那堆怨言不是很感兴趣。他们敷衍了事地查看了一下毁坏情况，包括那些涂的万字饰符号，然后轻描淡写地说，这些只是些小孩子在万圣节胡闹而干的事，并不是针对他个人干的。

“是这样的，施瓦特先生，一到魔鬼之夜，墓地总是搞破坏人的目标，这在肖托夸河谷一带到处都是常有的事。该死的小鬼，越来越不像话。还算走运，他们没有放火，在有些地方就不行了。不是针对您个人的，施瓦特先生。不是冲着您和您的家人来的。”

岁数大点的那个办事员说话时了无生气，带着鼻音，慢慢吞吞拉长了腔调，他边说边用铅笔头胡乱地做着记录，他的那位同事则用靴子踢了踢一块已断裂的墓碑，傻笑了一下，想打哈欠的样子，可又忍了回去，没打出来。

从他俩的眼神中，雅各布·施瓦特突然看出来，他们这是在把他当猴耍。

他算是明白了过来，就像太阳穿过厚厚的云层，什么都亮堂了起来。他那粗糙不堪的双手颤抖着，很想操起一根拨火棍、一把铁锹或一把锄头什么的。

他没有什么别的武器。可两位办事员都佩戴着手枪，手枪的皮套子就挎在他们的屁股上。两人都形容猥琐、粗鄙，毫无教养，可又特别狡猾，与纳粹冲锋队员无异，野蛮得很。这种人和那些颂扬希特勒、为希特勒而敢于冲锋陷阵、战死沙场的人相比，没什么两样。他很想买一杆十二毫米口径的双管猎枪，以保护自己不受到他们的伤害。可是，眼下他还没有这样一杆枪，只有一双粗糙不堪的空手，用这双空手来对付这两个带枪的畜生，是毫无用处的。

雅各布·施瓦特变得激动起来，他咆哮如雷，吼叫时带着浓重的口音，两位办事员根本听不懂，只觉得好笑。当时的情形事后在米尔本就传开了。

"你们和这帮'小孩'都是一伙的，是吧？你们知道他们是谁，是吧？"

因为他一下子明白了，这两个办事员开车赶过来就是为了这个，不是为了来帮助他排忧解难，而是为了来耍弄他，当着他一家人的面耍弄他。

"我算是明白了，你们都是一伙的。在这鬼地方，你们都一个护着另一个。你们来不是为了帮一下像我这样倒霉的人，不是为了来逮捕那群罪犯。以前他们搞破坏，你们也不闻不问，不逮捕他们。这太可怕了，你们竟让他们逍遥法外。我也是美国公民，可你们竟把我和我的家人当畜生看。你们见到我雅各布·施瓦特，是不是以为我们'不能像人一样地活着'，嗯？你们是不是很钦佩戈培尔，嗯？可戈培尔也是个有缺陷的人。戈培尔毁了他的家人，毁了他自己，不是吗？我就弄不明白，你们为什么这样敬重纳粹分子？滚开，离这儿远远的，下地狱见鬼去吧，让你们的纳粹灵魂见鬼去吧，我不稀罕你们的帮助。"

雅各布·施瓦特恼火得说话时口齿不清。父亲语无伦次地胡言乱语时，两个儿子正躲在一间工棚里，认真地听着，羞愧得直皱眉蹙眼。

瞧他恼得那样！说话时还用手胡乱比划着，啐着唾沫，说的话有一半叫人听不懂，活像个发起疯来的矮人。两个办事员事后开玩笑地说，幸亏他们带着枪，瞧那可怜的家伙当时那样，他自己都快成了万圣节的南瓜，就差炸开了。

四分之一塞讷卡[①]人血统。

不知怎的，他竟有了这样一个名声。肖托夸河谷一带认识赫彻尔·施瓦特但并不认识他的其他家人的人，都这么说。

他十六岁就辍学了。由于和人打架，校方勒令他两周内不许去上学，而就在这两周内，他将年满十六岁，因此只好退学。老天有眼，他终于解脱了！留级到了九年级，他已是班里年龄最大的学生，这让他受不了，感到很没面子。退学后，他立刻在米尔本木材加工厂找了一份工作。同在这家工厂上班的还有他的几位以前的朋友，其中没有一个是读完中学的，但挣的钱倒不少。

他还在家里住，有时还像以前一样帮他老爹在墓地里干些活。他觉着雅各布·施瓦特挺可怜的。他每次和老头吵架时，都有搬出去的打算，可一直到了一九四八年十月，他已经二十一岁了，还是没有搬出去住，他就这么耗着，耗在石屋里。是母亲让他舍不得离开。母亲做的饭，他狼吞虎咽地吃下去，母亲默默地照顾着他的生活，没有一句责备的话。不过，他嘴里从来不说：我爱她，我不能就这样把她扔给老头不管。

他嘴里也从来不说：还有妹妹，我不能就这样把她扔给两位老人不管。

至于弟弟古斯，他觉得能照看好他自己。这没问题。古斯十六岁生日那天也退学了，父亲坚持要这样，好让古斯像常人一样，整天帮他在该死的墓地里干活。至于赫彻尔，他才不会那么傻呢。明明是德裔移民的大儿子，可当地人偏偏传说他有部分塞讷卡人血统，关于这事的原委，连赫彻尔本人也说不清楚。毫无疑问，他本人是不会这么乱说的，可当别人这么说他时，他也不加以否认。他一头散乱稀疏的黑发没什么光泽，眼睛

---

① 北美印第安人，主要生活在美国纽约州西部。

也是黑色的，但显得呆滞，没什么表情，也同样没什么光泽。他脾气暴躁，说起话来颇为古怪，这些都让外人觉得他的身世背景有点与众不同，甚至让人难以捉摸。机灵点的年轻人见了他会会心一笑，心里却想：比克劳特还要更像个塞讷卡人。

到了十八岁，他的脸长得又尖又长，像马脸一样。由于常赤手空拳和人打架，他的嘴角、眼睛和耳朵旁都缀满了疤痕。二十岁时，又被另一个年轻人打伤。当时那年轻人手持半截碎啤酒瓶向他扎来，结果导致他额头上留下了一道缝了二十针的伤疤，由于给他缝伤口的医生经验不足，如今那落下的伤痕难看极了。（事发后，他一声不吭，顽强地忍着，没把伤他的人报告给县治安官手下的人。但事后不久，他伺机好好修理了那个年轻人一顿，给自己出了口恶气，他的牙齿历来不好，切牙和磨牙已掉了好几颗，因此，咧嘴笑时，嘴巴一上一下翕动着，他的鼻子也被人打破过，因此，鼻梁塌陷。虽说他这副模样，米尔本的年轻姑娘见了都吓跑得远远的，但有些年岁大点的已离婚或已和丈夫分居的女人见了，都觉得他挺有魅力，她们就是喜欢赫彻尔·施瓦特这些与别的男人不同的地方，就是喜欢他这张脸，虽说他不定什么时候就会突然发起暴躁脾气来，但为人本性颇为敦厚。他大声笑时，活像驴叫。他肌肉发达，很有力气，动起情来浑身上下力大得像匹马一样。他的阴茎粗大，就连喝酒醉得歪歪扭扭、昏昏欲睡时，那玩意儿也是硕大无朋。那几个喜欢他的女人会用指尖，在他的浑身上下的肌肤上划来划去——胸部、背部、身体的两侧、肚子、大腿、小腿。他的肌肤粗糙得像皮革一样，上面满是痣和丘疹，坑坑凹凹的，像注射过疫苗后的针眼，而且浑身上下布满短而粗硬的体毛，这些女人大都猥亵粗鄙，性欲很容易被激起，她们逗弄这位血气方刚的情人，问他身上哪一部分带有塞讷卡人的血统？

赫彻尔·施瓦特在肖托夸县是个有前科记录的人，这已不是什么秘密。他不止一次地被执法人员拘留过，每次被拘留时，他都是和其他一些年轻人在一起，酗酒闹事。县警官们倒不是认为他是个危险的人物，因此他每次被羁押，一般超不过三天三夜就会把他给放了。他打架斗殴，喜欢在公共场所闹事，为人缺乏心机，做事不计后果。他待人从不苛刻，无坏心，不招女人痛恨；他从来不干入室抢劫，偷鸡摸狗、盗窃别人财物的事。实际上，赫彻尔用起钱来是很随便的，喝起酒来出手更是大方。说到这，人家都很佩服他。在别人看来，他和他老爹截然不同，据说，掘墓人雅各布·施瓦特要是和人讨价还价起来，那是分毫不让，锱铢必较。赫彻尔却不是这样的人。

可是，就是这么个人，竟然在万圣节的那天晚上，也就是在墓地遭到毁坏后的第二天晚上，单枪匹马地向几个年轻人大打出手，让那几个年轻人吃了一惊。首当其冲的就是汉克·第格尔斯。当时第格尔斯的小卡车就停在莫特街小酒店那灯光昏暗的停车场上，他被赫彻尔从车里拖了出来，还没弄明白拖他的是谁，只是蒙眬地觉得像是赫彻尔，就被攻击他的人用雨点般的拳头打得失去了知觉。第格尔斯被打没有任何人看见，被打得更惨的是厄尔尼·拉蒙，他在第格尔斯被打后大约二十分钟，在离大街不远的自家公寓大楼的门厅里遭到赫彻尔的一顿好打，被打时同样没有别人看见。可是杰伯·墨恩策在自家屋外被打时却有人看见了，墨恩策家的房子紧靠波斯特公路：当晚半夜时分，赫彻尔出现在墨恩策家门廊前，此时，那帮穿着万圣节盛装，“不请吃就捣蛋”的家伙都已纷纷回家，赫彻尔在墨恩策家门上砰砰地敲了几下，说要见杰伯，杰伯开门才露出头来，赫彻尔一把就薅住他往屋外拖，并把他摔倒在地，拳打脚踢一通，对打人的理由他也不加解释，嘴里只是问：谁是纳粹？谁是他妈的纳粹？你他妈倒是说啊？杰伯的母亲和他十二岁的妹妹在门廊口亲眼看见杰伯被打的情形，她们大喊大叫着要赫彻尔住手，她俩当然认识赫彻尔，因为他以前常和杰伯一起去上学，两人时断时续地曾经是朋友，尽管眼下已经不是。墨恩策太太和杰伯的妹妹后来描述说两人当时吓坏了，赫彻尔简直像“疯了”一样，用一把像是渔民用的小刀捅杰伯，嘴里还不停地骂着：你给我说说，现在到底谁是纳粹？你这个狗日的，现在到底谁是他妈的纳粹？尽管杰伯的身材和赫彻尔一般大，并且打架斗殴也很出名，可当时好像被赫彻尔弄得服服帖帖，连招架的力气都没有。他也给吓得半死，求揍他的赫彻尔别杀了他，赫彻尔用双膝把杰伯死死地摁在地上，用那把刀残忍地在杰伯的额头划出这样一个符号——

此后，杰伯终生都将在额头留下这块“万”字形的伤疤。

据说当时划完那个符号后，赫彻尔·施瓦特非常镇静地在受害人裤子上擦去刀上的血，然后站起身，向已吓得目瞪口呆的墨恩策太太和她的女儿傲慢地挥了挥手，扬长而去，并跑步消失在黑暗中。据说事发时，在波斯特公路的拐弯处停着一辆轿车或小型卡车，车的前灯是关掉的，但发动机却空转着；赫彻尔跳上那车后，车就开了，开车的也许不是他自己，而是他的同伙。此后，在肖托夸河谷一带，就再也见不着赫彻尔的影子了。

21

他非常严肃地坚持说：“我的儿子，他是个很不错的孩子，和你们家的儿子一样，和你们米尔本的男孩子们一样。他可不会伤害别人，决不会！”

还说：“我儿子赫彻尔，他到哪去了，我也不知道，他一向是个好孩子，努力工作，挣的钱也都给了父母，他会回来的，我想，他回来后会把事情说清楚的。”

肖托夸县的治安人员，来询问有关赫彻尔的事时，雅各布·施瓦特就对他们不卑不亢地说了以上那些话。这可怜的家伙一口咬定，硬说不知儿子的去向！他提心吊胆，两手提着那顶布帽子，话说得既快，又带有浓重的口音，只有脑子敏锐的人才能识破这个掘墓人说的虚掩搪塞的话，可来的那些治安人员脑子缺乏想象，所以当时也没看得出来到底有什么蹊跷，过后才觉得雅各布·施瓦特这可怜虫脑子中没准可能有什么鬼？

丽贝卡的父亲，劝自己的孩子说，对敌人，你最好不要耍小聪明，要学会藏拙。

警方下了逮捕令，指控赫彻尔犯了三宗案子，案子的性质都是“恶意侵犯人身安全，有谋杀嫌疑。”受到他伤害的三个人中，两人已经住院救治，在杰伯·墨恩策脸上刺“万”字一罪，情节尤为严重，在米尔本，之前还从来没有任何人受到如此攻击。纽约州和加拿大边境地区都张贴了布告，说赫彻尔现年二十一岁，是个“危险的逃犯”。

来的治安人员没怎么多问安娜·施瓦特，这个女人焦躁不安，老是躲着来人，浑身哆嗦着，眼睛也斜着，很怕光的样子，活像个只有夜间才出来活动的动物。她一副局促不安的样子，好像以为自己的儿子赫彻尔被人打伤进了医院。她说话的声音颤抖着，几乎听不见，讲的英语也带有很浓重的口音，弄得治安人员几乎听不懂。

不！她不知道……

……一点都不知道赫彻尔到哪去了。

（他，她的儿子，是不是受伤了？人家把他怎样了？把他带到什么地方去了？她想见他！）

来的治安人员相互交换了一下目光，既可怜这女人，又显得有点不耐烦。问这个头脑简单、出生在异国的女人，根本没有用。这女人好像不仅对有蓄意谋杀嫌疑的儿子的行为一无所知，而且好像很怕她那当掘墓人的丈夫。

治安人员又去问赫彻尔的弟弟奥古斯特，就是“古斯”，可他也一口咬定，说自己什么都不知道。“你哥哥犯事时，没准是你在帮他，是吧？”但古斯疑惑不解地直摇头，说：“帮他，怎么个帮法？”

他们又去问丽贝卡，那个当时才十二岁的妹妹。

她也执意说哥哥干了什么她一点也不知道，也不知道他逃到哪去了，治安人员问她话，她只是摇头，一句话也不说。

到了十二岁，丽贝卡还是留着垂肩的粗大的辫子，母亲执意要她留一头棕黑色的头发从头中间分开，分得不怎么匀称，由于头发不常洗，所以有一股腥臭味。施瓦特一家人没一个是经常洗澡的，因为要把一大铁桶的水放在火炉上温热，既费时又麻烦。

面对来的官员，丽贝卡表情显得有点阴郁。

“你叫‘丽贝卡’？你们家有没有人和你哥哥来往，丽贝卡？”

问她话的那位治安人员表情严肃，丽贝卡眼也不抬，只是摇头，那意思是说：没有。

“要是你哥哥回家，姑娘，要是你知道了他藏在什么地方，要是家里有人和他联系，比如供他钱什么的，你必须马上汇报给我们，否则，要是知情不报，那你将被指控犯有藏匿罪犯罪，那你就成了从犯——明白吗，姑娘？”

丽贝卡头也不抬地死盯着厨房的地面，地面上铺的仿油地毡已经破烂。

赫彻尔犯了事，她确实一点都不知道，但她猜想治安人员想缉拿的就是他。她几乎要为赫彻尔所做的事情而感到骄傲。因为他惩罚了自家的仇人，他在杰伯·墨恩策那张卑鄙的脸上刺了个“万”字！

可她心里也有点害怕，因为赫彻尔眼下很可能被逮到，他很可能也被人打伤。人人都知道拒捕的逃犯要是落到追捕者的手中，会受到严刑拷打，有时打死了都有可能，而要是赫彻尔被投入州监狱的话……

雅各布·施瓦特插话说：“警官，我女儿什么都不知道！她不怎么爱讲话，也不怎么聪明，各位都看见了，别把她给吓着，警官先生，我求你们。”

丽贝卡感到一阵恼火，她父亲竟然讲话颠三倒四，还拿话伤她。

不怎么聪明，是真的吗？

治安人员打算走了，他们对施瓦特一家人的回答不满意，并撂下话来，说还会来的，雅各布·施瓦特陪着笑脸把来人送到门口，他那脸上的笑容很诡秘，他又一次告诉来人，说他的大儿子常向上帝祈祷，连对一个欠揍该受到伤害的残暴之人都不愿举起自己的拳头。赫彻尔也决不会抛下这一家人，他是个很孝顺的儿子。

"'除非发现有罪，否则就是无辜的'，是吧？你们的法律是这样规定的吧？"

看到来人开着表面漆得绿白相杂的巡逻车离去后，丽贝卡的父亲大笑了起来，笑得是那样的开心，这在他是比较少见的。

"一帮盖世太保的家伙，简直是畜生，笨蛋，像牛一样被牵着鼻子走，等着瞧吧！"

古斯也大笑了起来，丽贝卡也很勉强地笑了一笑，妈妈慢慢腾腾地走进了后屋，抽泣着。瞧雅各布·施瓦特在厨房里那趾高气扬的样子，他从小袋里撕了一小片烟草放在嘴里嚼了起来。瞧他那样子，好像有什么令人兴奋的事情发生了似的，好像那帮人带来的不是逮捕令，而是有关赫彻尔的好消息似的。

过后的几天里，雅各布·施瓦特明显是在为赫彻尔所干，或一般人以为干过的事情而感到骄傲。他变得比平常大方了起来，买了好几份登载有赫彻尔侵犯人身安全消息的报纸，他最喜欢的是头版登在《米尔本周报》上的那一则消息。这则消息的显赫的标题是：

万圣节当天夜里发生的三起人身攻击案

与一现年二十一岁的嫌犯有关

此人为本地青年，现在逃，是个很危险的人物

我们每个人身上，都有一团永不熄灭的火焰，丽贝卡！这团火焰是由耶稣基督点燃的，他的爱能使这团火焰熊熊燃烧。

丽贝卡多么希望自己能深信以前教过她的老师骆特小姐说过的这些

话啊！可要对这些话深信不疑，真不容易，就像小时候学着两个哥哥的样子，凭着自己的两条胳膊爬上工具棚上用柏油纸苫的屋顶一样难。当时她胳膊没劲，腿又细，没什么肌肉，她跟在两个哥哥的后面，艰难地往上爬，惹得两个哥哥都笑话她。两个哥哥像猫一样敏捷，毫不费劲就爬上去了，可自己却掉了下来，摔倒在地，无可奈何。

爬屋顶玩时，两个哥哥中有时会有一个俯下身子递过一只手来，把她拉上屋顶，有时却谁都不帮她。

我们每人身上都有一团火焰，丽贝卡，要相信这些。

雅各布·施瓦特嘲笑那帮外人，竟然相信基督。他的嘴发“基督徒”这个字的音时，有嘶嘶声，听着让人觉得很滑稽。

丽贝卡的父亲说，耶稣基督这个犹太人号称是弥赛亚，即救世主，其实他是个精神错乱的人，他连自己都救不了，怎么能解救其他人于坟墓之中，可他死后快两千年了，世人竟然还在小题大做，大惊小怪地信他，真是天知道！

这当然也只是则笑话，雅各布·施瓦特嘴里每次说出“天，上帝”这些词时，老是咧着嘴笑，一副油嘴滑舌、老不正经的样子。比如，爸爸常说，“上帝把我们一家逼到了角落里。上帝用他那穿着铁靴子的脚蹂躏着我们，想把我们从这地球上给抹掉。可天无绝人之路，总会有办法。孩子们，你们给我记住，总会有办法，只要你们在人面前显得谦卑，谦卑得就像一只微不足道的虫子一样。”

他大笑了起来，几乎是开怀大笑，笑的时候露出他的那口已开始腐坏的牙齿。

丽贝卡希望自己能坚信骆特小姐的精神支柱——耶稣基督，可耶稣基督却像是雅各布·施瓦特的仇人似的，因此，丽贝卡只好把自己的信仰当作秘密，不告诉给家里的任何人。

骆特小姐送给丽贝卡一些圣经故事明信片，要她藏在课本里，悄悄地带回家。“这是我俩的秘密，丽贝卡！”

这些明信片比扑克牌稍大一些，上面以彩图非常细致地描绘着《圣经》中的一些故事场景，逼真得简直让人觉得像照片一样。这些明信片中有的绘着穿宽松长袍的东方智者（《马太福音》第二章第一节）；有的绘着耶稣基督的侧面像，耶稣穿的长袍更加宽松，色彩非常鲜艳（《马太福音》第六章第二十八节）；有的绘的是耶稣被钉在十字架上受难（《约翰福音》第十九章第二十六节）和升天（《宗徒行录》第一章第十节）的情景。在绘有耶稣基督升天情景的那张明信片中，耶稣基督满是胡须的脸几乎看不见了，他穿着雪白的长袍，漂荡在他那帮正虔诚祷告着的门徒的头顶上方。（丽贝卡心里琢磨着：耶稣穿的那些长袍是哪来的呢？难道那遥远的地方和米尔本一样，也有各种商店吗？他穿的那种长袍在米尔本任何一家商店里肯定是买不到的，不过，可以买块布料，自己缝一件。那么，耶稣穿的长袍是谁缝的呢？洗涤这些长袍的又是谁呢？这些长袍洗涤后需要熨烫吗？丽贝卡要干的家务活之一，就是为母亲把洗好的衣服给熨服帖了，这样就不会轻易给弄皱。）丽贝卡最喜爱的一张明信片上绘的是耶稣让睚鲁女儿复活（《马可福音》第五章第四十一节）的情景，因为睚鲁的女儿当时也是十二岁，她的父母都以为她死了，可耶稣来到她父亲跟前，说：你们为什么乱嚷乱哭呢，小女没有死，是睡觉呢。于是，耶稣拉着那姑娘的手，把她叫醒。姑娘站起身来，健康如初。

骆特小姐不知道施瓦特家没有《圣经》，丽贝卡也决不愿意让她知道此事。有许多事这个掘墓人的女儿一想起来就觉得很没面子，然而她不想失信于父母。眼下她已升到了七年级，骆特小姐不再教她了，因此很少能见到骆特小姐。不过，骆特小姐对她说的那些话，她还记着。你只要相信上帝之子耶稣基督，那他就会来到你的心中，永远地爱你、保护你。

丽贝卡努力照着骆特小姐说的话去做、去信！——可就是不行，就是信得不够虔诚。不过，她几乎是全信了，自打赫彻尔消失了以后，家里的日子就乱了套了，施瓦特家的人遭到大部分人的嫌弃。此后，丽贝卡每天都特别努力地想信奉基督。

单独一个人的时候，没人看着她，没人会耻笑她、骂她。她默默地信仰着。在七年级教室的走廊里或学校的楼梯上，别人会撞到她的身上。放学后，她会抄小路，走没人走的空地，快步往家赶。她变得像只野猫一样，怕见人，老是小心翼翼的。她的两腿现在强壮多了，要是有人追她，她可以飞快地跑起来。你兴许以为她不是个聪明机灵的女孩。出身穷苦，衣着不合身，两条难看的辫子在头上摇来晃去。铁路路堤的上方有个坡道，面对着石子公路，下这个坡道的时候，丽贝卡的脚在疏散的砾石上直打滑，她能觉出自己的心脏在怦怦地敲打着肋骨。她心想：要是自己命该摔倒并伤着自己的话，那躲也躲不掉，该发生的总会发生。

丽贝卡近来学会了以如下方式做交易，那就是：她宁愿自己承受苦难，也要换取家里其他受到惩罚的人之安宁。她坚信，上帝的一举一动总该是公正的。

有时，她确实会摔倒在地，并划破自己的膝盖，但通常不会摔倒。即便在她觉得那个身穿着宽松的白长袍，戴着白头饰，跟幽灵差不多的人向她走来的时候，她的身体也没失去平衡，她的身体已变得很敏捷，很灵巧。

采石路两旁既深又宽的排水沟上方雾气蒙蒙，采石路延伸到米尔本郊外后，路面上什么都没铺，光秃秃的，空气中弥漫着烂泥、石料的气味，闻着让人觉得有点寒意。

丽贝卡嘴唇不动，也不发出任何声音，却能觉着自己在说话。

赫彻尔能再回到家人的身边吗？

耶稣用低低的声音，慈祥地回答说：“你哥哥不久就会回到你们的身旁。”

警察会不会抓他，伤害他？他会不会去坐牢？

耶稣回答说：“不是注定的事情是决不会发生的，丽贝卡。”

丽贝卡！耶稣知道她的名字。

丽贝卡告诉耶稣，她心里怕极了。她颤动着嘴唇，弄不好就会说出声来。

耶稣用略带责备的语气说："你干吗自寻烦恼，这样慌乱，丽贝卡？我就在你的身旁。"

可丽贝卡很想知道：他们一家人会不会出什么事？她母亲会不会出什么可怕的事情？

丽贝卡还是头一次对耶稣提到她的母亲。

她还是头一次（她心里很快掐算着，她知道，耶稣肯定也在想着是第几次）间接地提到她的父亲。

耶稣说："不是注定的事情是决不会发生的，我的孩子。"听他说这话的声音，像是要生气的样子。

可他这话并没使她得到什么宽慰！丽贝卡还是感到困惑，她见耶稣正盯着她看，他一点也不像圣经故事明信片上画的那样，他根本没有穿宽松的白色长袍，也没戴头饰，他光着头，头发乱糟糟的，满是油污，且有点花白。他的嘴上胡子拉茬的，脸上皱纹很深。事实上，耶稣活像个蓬头垢面，到处流浪的社会弃儿，活像那些踯躅于火车调车场和南大街上最糟糕小旅馆附近的流浪汉，丽贝卡的母亲常常警告她，要她远离那些穿得破破烂烂的人，可耶稣正是这样一个衣衫褴褛的人。

这位耶稣还颇像雅各布·施瓦特。他朝她笑着，笑里透露着愤恨和讥讽，那意思好像是在说：你要是信奉我，那你就是个十足的傻瓜。

不久，一辆轿车沿采石路迅速地开了过来，那位耶稣随即消失得无影无踪。

22

不是注定的事情是绝对不会发生的。

这句话就是那个让人颇感失望的社会弃儿耶稣说的。他说的那些话在整个冬天和一九四九年奇冷的春天一直在嘲弄、奚落着丽贝卡。一九四九年是丽贝卡在墓地那座石头小屋里度过的最后一年。

后来，米尔本人都传说，施瓦特一家在赫彻尔犯事逃跑后马上就搬离了那石屋，事实并非如此。实际上，他们一家在赫彻尔出事后在石屋里又住了八个月。在这八个月里，一家人过着郁闷而焦躁不安的日子，整天昏昏欲睡，连梦都做得支离破碎。丽贝卡只记得那阵子父亲时而暴怒，陷入绝望，时而焦虑不安，借酒浇愁，脾气变得更加反复无常。

雅各布·施瓦特越来越喜欢找剩下的小儿子的茬，连小儿子的名字都让他心里充满了蔑视："'古斯'。什么'古斯'，不会是'瓦斯'吧？谁叫'瓦斯'？"雅各布觉得挺滑稽，于是哈哈大笑。他甚至在没喝酒头脑挺清醒的时候，也会捉弄折磨小儿子：

"要是那帮纳粹仇人非得从我两个儿子中逮去一个，那么，他们干吗不把*你*给逮去呢？嗯？"

还说："上帝真会开玩笑，这咱俩都知道。他把我头生的大儿子夺了去，却把*你*留了下来。"

奇怪的是，雅各布此时讲起英语来，口音比以前更重了，好像他到肖托夸才几个星期，而不是十多年。

古斯对丽贝卡咕哝着说："他怎么就这么讨厌我？又不是我让赫彻尔疯狂地干出那种事。"

古斯不像赫彻尔，他不敢顶撞父亲。雅各布·施瓦特这人，你越是顺着他的性子，他越是瞧不起你，对你就越是无情。丽贝卡也亲身体会到，在学校里，别的孩子嘲笑、奚落她，她不顾、不理，这反而使那帮孩子嘲笑、奚落得更加起劲。恃强凌弱、横行霸道的人是不会轻易善罢甘休的，你不能听之任之地等他们把你折磨够了再去找下一个目标。只要丽贝卡对那帮捉弄、欺侮她的人立马予以还击，他们也就马上偃旗息鼓，不敢再招惹她。

此后，至少会让她清静一阵子。

但可怜的古斯，除了墓地里的活以外，没别的活可干，除了那石屋外，也没别的地方好让他去生活。父亲不让他像赫彻尔那样去找工作，去挣钱，他又没有勇气离开这个家，再说母亲也离不开他。到了十九岁，他成了雅各布·施瓦特的助手(但一分钱不拿)。“滚开！还不他娘的快点过来，没瞧见我正等着呢。”再小的事情，古斯都得听父亲的；丽贝卡想，古斯胆小得简直像个小兵，不敢违抗上司的半点命令，他俩还小的时候，丽贝卡很喜欢古斯，可现在她讨厌他，躲着他，古斯渐渐地变得像只被关在笼子中的小动物，精气神全没了。他那浅黄褐色的头发原本就很稀疏，现在越发稀疏起来，他老是用手去挠头皮。他额头皱纹一大把，看上去像个老头似的。又得了奇怪的皮疹，老是用手指甲浑身上下不住地抓。每当看见古斯把食指深深地抠进耳眼里使劲地挠时，丽贝卡心里就发毛，瞧他那挠的劲头，好像要把脑子都给挖出来似的。

自打赫彻尔离开家后，父亲就更加严厉地虐待起古斯来，几年前，古斯十六岁的时候，父亲坚持让他退学，从那时起，虐待就已经开始了。

当时，雅各布实事求是地说：“儿子，你算不得聪明，对你这样的孩子来说，读书无用。漂洋过海来美国那可怕的途中，你得过痢疾，发过烧。人的脑子只要有那么一丁点开始像蜡一样融化的迹象，要想恢复先天的智力是不可能的。再说，在学校里，周围都是些咱们的仇人，他们是些粗鄙不堪、没有教养的人，他们只会嘲笑你，不仅嘲笑你一人，还嘲笑你的家人，嘲笑你母亲。这怎么让人受得了，儿子！”父亲要是发起火来，你是没理跟他好说的。

古斯不得不承认，父新说的都是真话。他学习成绩差，又没什么要好朋友，班里大多数同学都不愿意跟他来往。但他从不捣乱，从没打过人！他红肿发炎的皮肤像是散发着一股怒气，一双紧挨着的小眼像是对世人不屑一顾。

古斯听从了父亲的话，退了学。现在，除了那墓地，除了父亲劳作的墓地，他没别的生活。丽贝卡担心，没准哪天父亲也让她退学。他对书本、学问、言词，是那样地拒斥。再说，母亲也希望她退学。你是个丫头，你总不希望自己出什么事吧。

（丽贝卡感到纳闷不解：难道就因为自己是个女孩，就因为自己是掘墓人的女儿，就该受到惩罚吗？）

三月底的一天，古斯正在墓地里帮父亲清扫暴风雪后留下的垃圾，雅各布·施瓦特又对儿子不耐烦起来，因为儿子干活笨手笨脚，三心二意，雅各布骂他，还假装要用铁锹揍他，当然没有真揍，只是吓唬吓唬古斯而已。可古斯畏缩的反应及他脸上露出的怯懦、恐惧的神情使这个大男人非常生气，他怒气冲天，抡起铁锹背面就向古斯的背后部拍了一下——“你这傻瓜！蠢驴！”雅各布·施瓦特以为，这一下打得不算重，可出乎他意料的是，古斯倒了下去，头撞在一块石碑上，撞破了头。不远的地方，有几个前来墓地祭扫的人正看着他们父子俩。有个男人直着嗓门朝他们这边喊，问出了什么事，雅各布·施瓦特不理，还一个劲地骂倒在地上的儿子，并命令他站起来——“真可耻。你这个废物，装蒜，像个吃奶的孩子似的”。古斯挣扎着从地上爬了起来，用手擦着血流满面的脸，雅各布又恼火了。“瞧你这熊样！像个该死的吃奶的孩子！滚，到你娘那儿去，去吃她的奶吧。还不快滚！”

古斯走到父亲跟前，拿眼瞪着他。这时，他脸上怯懦、害怕的神情已消失得无影无踪。古斯的额头正流着血，他瞪着面前的这个大男人，眼中充满了仇恨，手里紧紧地握着一把幅面很宽的钉齿耙。

“你敢！来啊！你！你没那胆，吃你娘奶去吧！”儿子手举钉耙朝他冲来时，雅各布·施瓦特气愤地这样说。这时，刚才朝他们喊叫的那人小心谨慎地朝他俩走来，语气和缓地跟他俩说着话，叫他俩不要动武。与此同时，有两个女人正站在一墓旁，紧紧地相互搂抱着，吓得抽抽搭搭地哭了起来。

“你试试看！有种你就揍你的父亲一顿！你这个下三烂的脓包，你敢。”

古斯颤抖的双手握着钉耙。突然，他把钉耙扔到了地上，一句话没说，他不想说。父亲还在发着怒。古斯转身走开，步履有点蹒跚，额头流出的鲜血滴在雪地上，他下定决心，不让自己像个在一上一下颠簸的船甲板上挣扎前行的人那样摔倒。

古斯走进屋里时，安娜·施瓦特正在等着他，情绪激动得全身发抖。

“他？是他把你打成了这样？”

“妈妈，不是他，是我自个儿摔倒的，是我自己弄成这样的。”安娜不知如何是好，她笨手笨脚地想去抱儿子，可儿子这时不让她抱，用手把她推开。

她恳求地说：“他是爱你的，奥古斯特！可他就是这么个人，越是爱你就越容易伤害着你。那帮纳粹——”。

“操他妈的纳粹。他就是个纳粹，日他妈的。”

安娜把一条毛巾在水里浸了浸，然后用毛巾按住古斯流血的额部。但古斯对母亲这样做感到不耐烦，他好像并不感到疼，额部流血只是让他心烦似的。“呸，妈妈，让我走，我没事。”他把安娜推开，推得是那样重，让安娜感到吃惊。他来到卧室，把衣柜抽屉里的东西全都倒在床上，又从橱子里使劲拖出几件衣服，一古脑地全都堆在床上。他将就着用一块法兰绒毯子当包裹，把那堆可怜的东西全都塞了进去。母亲感到心烦意乱，不敢相信眼前看到的一切：两个儿子，就剩这一个在自己身边了，受了伤还这样兴高采烈的样子？一个人还笑嘻嘻的样子？可自从发现“万”字饰符号那个可怕的早晨以来，奥古斯特很少像这样笑过。

丽贝卡放学回到家，发现石屋死一般寂静，一片狼藉。发现厨房的地面上，过道和卧室的地面上，凡是之前奥古斯特走过的地方，地面上都留有血迹。那些血迹就像奇异的钱币，发着殷红的亮光。

和前一个哥哥一样，他连声道别的话都没有说，就这样离开了家，没再见我最后一面，说声再见。

23

两个儿子都走了。他气愤的时候，以为是两个儿子抛弃了他——"我还指望他们什么，这两个没良心的东西！"

随着时光的流逝，他冥思苦想着，喝酒一直喝到深夜，瞪着窗户玻璃上反射出的自己的模糊身影，瞧着自己那丧魂落魄的样子，他渐渐地明白了，两个儿子已永远地离开了自己。

这全像个阴谋，像事先计划好的一样。两个儿子都恨雅各布·施瓦特，简直像是他的仇人。

他在墓地里走着，树上的冰正在融化，往下滴着水。

"我就将复活，前来拯救众生。"他大声读着一块日晒雨淋，被风雨侵蚀得不成样子的墓碑上刻着的一句话，那块墓碑立于一九二八年。上面刻的那句话似乎有点生硬，有点大言不惭，意图也就是给活着的人些许安慰。

雅各布读那句话的时候，声音有点不够正经，有点嘶哑，尼古丁已把他的口腔内膜烤得不成样子。他在回想着，几年前，赫彻尔还在上学，他和儿子一起在墓地干着活，当时他就曾大声地把墓碑上这句话读给赫彻尔听，赫彻尔抓着头皮，不解地问"复活"到底是什么意思，雅各布回答说："复活"的意思就是说，救世主前来拯救基督徒；记住，只拯救基督徒；还有一个意思说是，基督徒们有望借着自己的躯壳复活，而基督本人只配下地狱。

赫彻尔窃笑了一声，感到不解。

"爸爸，什么他妈的躯壳？是不是就是坟墓里的那些死尸？"

"是的，你说得对，就是坟墓里的那些尸体。"

赫彻尔大笑了起来，笑得像驴叫一样，呼哧呼哧的，以为爸爸在说笑话。雅各布·施瓦特也只得跟着笑:他的大儿子虽说没什么文化,可他对人类痴心妄想的可悲闹剧却有着不凡的洞察力,简直像德国伟大的悲观主义哲学家叔本华。真的!

“天哪,爸爸,您瞧,这帮死鬼看上去有多难看啊,是吧?可在这该死的地狱中,他们如何复活得出来呢?”

赫彻尔用铁锹的背部拍打着拱起的坟墓,好像是要唤醒、嘲弄躺在草地底下的死人似的。

真该死,他想念赫彻尔。他的儿子(事实上,他对这大儿子已生不起气来)已好几个月不见踪影了,雅各布真想赫彻尔,想得愁肠寸断。他有时会对安娜咕哝着说:“以前我们曾经拥有的一切,都随他而去了。”

安娜也不回答,不过,她心里明白雅各布说这话的意思。

赫彻尔出生的那会儿,他们还身在故乡,那时还年轻,纳粹还没崛起,当时他们所曾经拥有的一切,都已如过眼云烟。

他猜想着:赫彻尔像条狗一样被人逮住,被肖托夸县治安官派出的人用枪打中在一条沟里。盖世太保,那帮人会说他们是正当防卫,说他“拒捕”。这一切很有可能就发生在山里。从山上常传来枪声——“一帮打猎的人。”

据雅各布猜测,赫彻尔还赤手空拳,什么武器都没有,刀子也许有一把,此外什么都没有,他会被打中,躺在一条水沟里,鲜血直流,一直流到死去。米尔本的居民绝对不会饶了赫彻尔,因为他揍了那帮纳粹一样的小混蛋,还用刀在一个家伙的脸上刺了字。

“我得去讨回公道,我不能就这样赤手空拳。”

虽说是春天,可天冷得出奇,像地狱一般。由于葬礼很多,他这个掘墓人忙得不可开交。这一家子倒霉的一九四九年。他除了思念着大儿子,心里还想着小儿子奥古斯特。小儿子弱不禁风,可怜巴巴的样子,一身的疹子。

“奥古斯特”——这名字是安娜最喜欢的一个伯伯起的，这个伯伯在安娜和雅各布结婚前后死了。

有一阵子，雅各布·施瓦特对奥古斯特表现得那样傲慢无礼，那样愚蠢，竟然还离家出走，感到非常恼火。如今儿子跑到他找不到的地方去了，跑到他无法再跟他理论的地方去了，不过，他想想这也难怪，难怪儿子要跑掉的。如今，奥古斯特也从他身边被夺走，这使雅各布·施瓦特感到很无助。要是这可怜的孩子不被打，鲜血没从脸上一道深长的口子往外直流……

这孩子脑子是愚钝了些，但干活还行，是个好儿子。至少，奥古斯特还识两个字，小学算术也还能做得来。

“我不会就这样赤手空拳……不会这样‘懦弱’。”

誓做与第三帝国不共戴天死敌的那帮人竟像被吓瘫在地上似的，这太奇怪了，也太可怕了。掠夺者当前，他们竟像被施了催眠术似的，任人摆布。而希特勒可毫不含糊，他干事直截了当，从来不拐弯抹角。雅各布·施瓦特硬着头皮读了《我的奋斗》，至少他本人从中读出了东西。你看作者是那样自信！那样充满激情！简直像个疯子！*我的搏斗，我的战役，我的挣扎，我的抗争。*

除了夸夸其谈，一派豪言壮语和他那魔鬼般的逻辑外，希特勒这人是多么的轻薄、脆弱而不堪一击啊！所谓伟大的哲学著作，其实只不过是些书本言词而已！人类梦想着上帝，也只不过是人在口头上说说而已！

雅各布·施瓦特置身于肖托夸河谷一帮仇人中间，他不愿意自己也像被人施了催眠术似的，整天晕乎乎的，他不想出其不意地遭人攻击，不想赤手空拳，毫无武装。决不能让历史再次重演。

他之所以变成这样，那也只能怪他的那帮仇人，雅各布·施瓦特原本是个德国公民，他有教养，受过很好教育，却被人逼得行为如此粗野。

他原本是一家声望很高的男子学校的数学教师，还曾受雇于慕尼黑较有名的一家出版公司，专门从事科学著作的出版工作。

可现在，他却成了一个掘墓人，给自己的仇人——那帮外人——看管墓地。

他必须为他们管理好墓地，必须使墓区保持整洁。还有那些十字架！——那些耶稣被钉死在十字架上的雕像！那些可笑的石雕天使！

不错，他是在管理着墓地。可没人看见的时候，雅各布·施瓦特就会用他的热乎乎、酸性很重的尿液把坟墓浇个遍，像"浇花"似的。

他和赫彻尔几年前这么干的时候，两人笑得前仰后合，像叫驴似的。

古斯从来不干这种事，你没法和他开这种玩笑。站在父亲身边撒尿，拉开裤门的拉链，掏出阴茎，会使这孩子感到很难为情。雅各布心想，这孩子很像个女孩。

两个儿子都不见了，这让他感到很倒霉。

为此，他怨恨起镇公所的那帮委员们来，因为镇公所青红不分，皂白不辨，冤枉好人。

"你们就等着瞧吧，要不了多久，我会把你们闭着的狗眼给炸开的。"

他把那帮人的名字都一一记住了——马德里克、特鲁里、辛姆科、哈威尔、麦凯伦、波伊德……这帮人面孔长得怎样，他不一定都个个清楚，但名字都知道，这样，需要的时候，就可找到他们的住处。

非常感激，诸位先生。谢谢各位先生！

这帮土包子笨蛋。闻到他身上的气味，个个鼻子皱成一团，他胡子拉碴，背驼得像个侏儒，两手不停地摆动着那顶布帽子，这些他们都看见了……他们可怜他，瞧不起他，还无耻地骗他，说什么今年镇政府预算削减。他们告诉他，来年再说吧，雅各布，也许我们明年会想出点办法，雅各布，谢谢你，雅各布！

他打算买支专门打鹿用的枪，或普通猎枪，要枪管长的那种。他已攒了钱。在肖托夸第一银行里，他已经存了差不多二百美元。

“人们称这叫‘灭绝种族的大屠杀’。你还小，还不懂事，在学校受的又都是些骗人的教育，但总有一天你会明白的。在动物的世界里，弱者的命总是长不了。你必须把自己的弱点藏起来，丽贝卡！”

他说这话时的激动、愤怒神情使她震惊，好像她吃了豹子胆似的，竟敢怀疑他说的那些话。其实，爸爸在说话时，她一直不住地点头表示同意。

也不知他在说些什么。她担心他一激动没准会朝她啐唾沫，因为他口里正嚼着一块很大的烟草，酸腐的液汁正顺着他的下巴往下流。他讲话越激动，从嘴里流出的唾沫就越多。要是他这时突然剧烈地咳嗽一阵子……

“你在听我讲话吗？丽贝卡？你听见没有？”

眼下令他感到苦恼的是，两个儿子都不见了。他没精打采像个被去了势的男人。他感到倒霉透了。

现在只剩下女儿了。他只能爱这可怜的丫头，别无子女可爱。

他就这样告诉她，有时到了晚上，他还絮絮叨叨地把这话告诉她。他说过什么别的话，什么时候开始教导她，这些她已记不起来了。他还曾告诉过她，在欧洲时，他们的仇人如何像“发动一场战争”似的，不仅想杀了他和他的亲人，而且，还想把他们整个种族都给灭绝。因为他们的敌人把他们看成是“有害族类”，像“毒素”似的。因此，这不仅是场战争，不仅是种政治行为，而且是种更为荒谬、更为骇人听闻的举动。这种举动简直无以名之，简直是对他们整个民族犯下的滔天罪行，这种罪行一旦得逞，那将永远无法挽回。

“芝诺早已经注意到了这个难题：在人类历史中，有些行为一旦发生，历史就永远再也无法将其挽回。”

这话说得很深刻。然而，女儿只是用眼盯着他看。

真该死，她让他恼火！女儿的肤色和他一样，比较深，像橄榄色，行动笨手笨脚，脸长得像个吉卜赛人，眼睛是黑的，闪闪发光，很好看。不过，不像年轻人的眼睛，这得怪安娜，他私下里有时怪安娜生了这么个女儿。当然，他不是不喜欢这个女儿，可不知什么原因，在一家人当中，有时当母亲的就因生了孩子而会遭人责怪。

又生了一个？真让我受不了，受不了。

生在满是血污的双层床上，生在连一扇窗子都没有的船舱里，到处污秽不堪，那情形简直无法用语言形容。当时，要是把那刚生下的女婴给窒息死，简直易如反掌。当时要真把她给闷死也就好了！瞧她刚生下时那张干瘪的小脸，红得像个煮烂了的西红柿一样，当时要是大人用手往那小脸上使劲一捂，她恐怕连吸口气嚎哭一声的时间都没有，早就一命呜呼了。要是那样的话，两个男孩也就见不到，或压根不知道自己还曾有过什么妹妹。再说，安娜后来忙得头昏脑涨，邋遢不堪地哺育那孩子时，也完全有机会把孩子给掐死。要不就把她使劲往地上一摔，也行。要不就把她从童床上拖出来，高高地举起，同时别用大人的（他的）手去托她那易折的脖颈，这样，她那大得出奇的头，也会要了她的命。别人还以为她是生病，黏液阻塞她稚弱的肺部，窒息而死。肺炎、白喉。大自然是神奇的，它给人类提供了各种各样的死法。然而，丽贝卡没有死，她活了下来。

把一个小孩生到二十世纪这糟糕透顶的人世上来，这叫人怎么能受得了！

可她现在已经十二岁，当着女儿的面，雅各布觉得自己那颗暴躁的心在收缩，使他生出一种说不出的异样感觉。

这种感觉不是爱，没准是可怜。毫无疑问，丽贝卡是雅各布的女儿，她比两个儿子长得更像他。和他一样，她的颧骨异常突出，额前是“V”形发尖（以前，他头发较多时，也是这样），那双饥饿的眼睛露出焦躁不安的神态，她和他一样聪颖，一样地不轻易相信人，在这一点上，她和她的母亲完全不同。她母亲小的时候，长着一副甜甜的脸蛋，很漂亮，皮肤白皙，长着一头漂亮的浅棕色的头发，笑起来是那样地开心，让你禁不住也会和她一道笑，尽管笑的东西是那样的微不足道。安娜开怀大笑已是很久以前的事了……如今，丽贝卡好像是个不会笑的人。也许是由于她过早地感觉到自己过的是非人的生活。她神情抑郁，为人固执，这点像她父亲。她整天心事重重，愁眉不展，脸上缺乏表情，像个大男人似的。这样的女孩，没哪个男人会拍马屁地说她"漂亮"。

雅各布不大相信女人。叔本华说得好：女人就是一堆肉，繁殖力较强。她们勾引（懦弱、好色的）男人上床，就是为了安稳地过上一夫一妻的生活。可一夫一妻的生活又不是穷人所向往的。至少从理论上说来是如此，这样一来，结果总是一样的：人类得以繁衍不绝。欲望、交媾、生育下一代，就是这老一套，结果只是为了人类绵延不绝！盲目、愚蠢又贪得无厌的欲望！很久前，他俩天真、欢乐的爱结出了第一个果实，他俩有了第一个孩子——赫彻尔：生于一九二七年。接着又生了奥古斯特，最后又生了这个小东西——丽贝卡。每个孩子都只是个体，然而，个体几乎是微不足道的，重要的是人类。人类正是为了满足自己那盲目的欲望，于是，女人的私部才变得柔软、潮湿起来，还散发着一股气味，女人长在体内、呈玫瑰色的"阴道"，男人尽管可以把阴茎无数次地插进去，但这阴道对他来说永远是个谜。从女人的肉体里跳出了一座迷宫，这迷宫就像一个偌大的蜂巢，男人可以从唯一的入口进去，却怎么都找不到出口出来。

嗳！女儿如此像他，可她毕竟是个小女人，一想到这，雅各布越发觉得反感。他好像连自己都不完全认识了似的，连对自己都不敢相信。

他责备说："一点没错，你现在是个无知的丫头，你对这糟糕透顶的世界，一点也不了解。"

他使劲拉了一下她的胳膊，觉得有许多事情要告诉她。

他告诉她说，到了二十世纪，德国和其他所谓轴心国的所作所为，是如何将人类自古希腊人开始的走向文明的一切努力以魔鬼般的狂欢毁于一旦;那个畜生为了自己的利益,竟置人类文明于不顾。德国人也不隐瞒这一点——他们就是狂热地"崇拜那个畜生"。那帮人当中现今还活着的,没一个后悔发动了那场战争,所不同的是,他们输了那场战争,彻底地被打败了,成了不齿于人类的狗屎堆,他们想彻底消灭敌人的企图没有得逞。"这个国家中有许多人信仰的东西和那帮混蛋一样,丽贝卡。米尔本这地方也有许多这样的人。许多纳粹分子得到了保护,并仍将得到保护。这些,都是你从历史教科书中学不到的。你的那些'历史'课本我都仔细看过,说的是一派胡言。表面上看,战争从一九四五年算是结束了,可是,这个国家对那帮好战的德国人是多么相敬如宾啊。给了德国这个好撒谎的畜生好几百万美元的援助。这不是奖赏罪犯,又是什么?其实,战争仍在进行,只有到我们一家人死得一个不剩,战争才能算结束。"

他很激动,说话时的唾沫星直飞。幸运的是,两人是在屋外谈话,因此,他的唾沫星才没能弄得丽贝卡一脸都是。

"你听明白了吗?这边。"

他领着她走上那条穿过家门的石子路,来到墓地深处,作为墓地看管人,他有责任养护这条路,得均匀地把石子撒到路面上,可前一天夜里,他的那帮仇人带了耙子和锄头来到墓地,又来嘲弄奚落他。

丽贝卡呆呆地看着那条小路,感到纳闷,爸爸究竟要她看什么呢?

"丫头,你难道瞎了,真的什么都没看见?真的不知道我们的那帮仇人是如何跟我们捣乱的?"

因为石子路面上被人用搂耙清楚地画着几个"万"字符号,这些符号画得没万圣节前夜画的那些明显,线条歪歪扭扭。

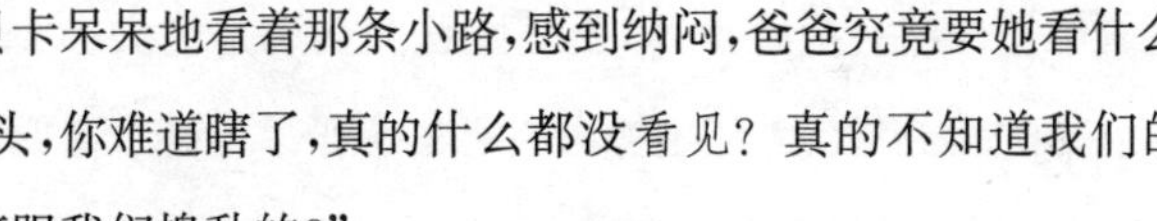

“这下看出来了吗？”

啊，你这孩子真是愚顽之极！她还是拿眼瞪着，一个字也不回答。

盛怒之下，雅各布用鞋底在石子上拖来拖去，把那几个奚落他的符号中最明显突出的线条给抹了去。

几个月前，亵渎神圣的行为刚发生那会儿，他费了好大的劲才把那些用柏油漆的符号给清除掉。清除石屋前门上的柏油时，他恨得牙痒，怎么弄都无法清除干净。于是，他只得用深绿色的油漆把那该死的门重新漆了一遍，可是油漆后要是近看的话，在油漆下面仍可隐隐地看到好大一个卐。他和古斯还把几间工棚的部分墙面也重新漆了一遍，又费了好大的劲把几块涂得乌七八糟的墓碑也给洗涤了一遍，可要是从某个角度看的话，“万”字饰的印子还是留在上面。

“嗯！你和他们是一伙的。”

此话说得未免愚蠢，话一出口，他就知道了这一点。可他是孩子的父亲，因此，不管他说什么样的气话，她也只好听着。

他这愚蠢的女儿，脑子冥顽不灵，一点也不开窍，连摆在她眼面前、放在她脚下的东西，都看不见！他发起火来，一把抓住她的肩膀，一个劲地摇，直摇得她抽抽搭搭地哭了起来。“一伙的！一伙的！给我滚到你妈妈那里去哭个够！”他用力把她搡开，于是她跌倒在满是尖尖小石子的小路上，大口大口地喘着粗气，不住地擦着自己的鼻子。她瞪大了眼睛盯着他看，吓得半死。而他却昂首阔步地走开了，嘴里还在骂骂咧咧，说改日再拿张搂耙来，把那些嘲弄、奚落人的“万”字符号给抹掉。

简直像恶灵！他以前从未想到这个词。

他是个讲求理性的人，当然不会想到恶灵这样的东西。可是……

恶灵这东西，像蛇一样狡猾而机灵，优柔寡断、智力低下的女人很容易被它攫去。他在慕尼黑动物园曾经见过一条长八英尺的大蛇，是眼镜蛇。那蛇的身子柔韧得令人吃惊，游动起来像一条蜿蜒前行的小溪里的水；那蛇靠着体内无数的肋骨能“快速游动”，它浑身布满闪闪发光的鳞片，因此体表的皮肤相当好看。当时看得他两眼不停地转动着，似乎感到有点晕，脑中想象着蛇身般的恶灵是如何进入女人体内的。

爬到两条大腿之间，然后钻进去。

妻子、女儿，他一个都不信任。

作为一个讲求理性的人，他虽然不相信有什么恶灵，可当时事态的发展也只能让他作那样的解释。恶灵从欧洲原始的污泥中苏醒了，在米尔本苏醒了。它们在墓地、在遥远的乡村潜行、觅食。长得比较高大、湿气较重的草，如总状升麻、香蒲在风中颤抖着，恶灵们从这些草中像雾一样升起。恶灵们被风吹着，吹打到石屋的那些松松垮垮不够严密的窗户上，它们用爪子抓着窗玻璃，拼命地要进到屋里来，恶灵们总会设法进入那些头脑简单、意志薄弱的人的体内。

安娜。她做他妻子已有二十三年了。他能信任安娜吗，她毕竟是个女人啊？

随着时光的消逝，安娜的意志就像她的肉体一样，变得软弱起来。怀上第三个孩子，特别是生第三个孩子时身心经历过的巨大痛苦，对她打击很大，自那以后，她从来就未能从那痛苦的阴影中走出来。实际上，自打一家人从德国仓皇地逃出来，她的精气神就从来没得到彻底的恢复。

她怪他，这他能觉得出来。虽然他是她的丈夫，是个男人，可他这男人连妻子儿女都保护不了。

可一到了夜里，安娜就像换了个人似的，她入睡后做着淫荡的梦，这他知道！他能听到她呼吸急促地呻吟着，能感觉到她的肉体在颤抖着。两人睡觉的床都被她的汗水和下体分泌出来的东西给弄得湿漉漉的。到了白天，她躲着他，不拿眼去看他，就像她身上脱得一丝不挂时，他也将目光躲开一样。他心想，她从来就不曾爱过他，因为她的那颗心一直是个少女的心，浅薄得很容易被情绪所左右。当年在慕尼黑的那帮青年人当中，看安娜那副欢欣的样子，她曾与许多小伙子调过情。可以看得出来，当时那些小伙子是多么地喜欢她，而她由于那么多人向她献殷勤，心里不知有多美呢。现在他总算明白了，他雅各布·施瓦特当时只不过是那许多小伙子当中一分子。没准她当时真正爱的是另一人，只不过对方不爱她，而碰巧这时她遇上了被爱情弄得神魂颠倒的雅各布，他求她嫁给他。婚礼举行的那天夜里，他傻乎乎地也不问一下自己：我面前这位新娘是处女吗？我是他的初恋情人吗？那天晚上做爱，由于雅各布性子太急，结果导致彻底失败，他太没经验了。对性爱，他没什么判断力，婚后几年过去了，他还是老样子。

坐在漂洋过海的轮船上，安娜恶灵般的一面才初次浮现起来。她神志不清，一个劲地说胡话，还用拳头使劲打他。她的眼神中没有一点爱他的意思，简直像是不认识他似的。她黄褐色的睛珠子发着光，像个魔鬼似的！嘴中骂出德语中最为粗俗、下流的话来，完全不像个天真无邪的贤妻良母，那些话也只有魔鬼、恶灵才能骂得出口。

有一天，他发现安娜躲在工棚里，怀里抱着的是那裹在脏兮兮披巾里的小东西。你要不要我把她给掐死？她说那话时，是认真的还是在嘲笑他？——他不清楚。

如今，他都不敢指望安娜本本分分地一日做三顿饭。她老是用火把打来的井水烧开，可那水很可能已被污染，但她粗枝大叶，一点也不在乎，这些，他都看在眼里，于是，一家人吃那井水，没准是在慢性中毒。她和别的男人在一起，使他不放心，因为，不管哪个男人见到她，都能一眼见到她身上的女儿气来，简直像光着身子一样。安娜的肉体柔软，红润，脸长得一副慵懒的样子，周身都散发着荡妇色迷迷的味道；她眼睛长得水灵，随便朝哪个男人一望，那男人的欲念会顿起，想抵挡都抵挡不住。

就拿治安官派来的那几个人来说吧。自打赫彻尔消失不见以后，他们动不动就到家里来，而且有时候雅各布不在家，因此，只好安娜去应门，陪他们说话。这让雅各布起了疑心，他们说是调查案子情况，没准只是借口。

墓地里还常常有男人在坟墓间晃悠，表面上看像是来祭扫坟墓的，来送葬的，可没准也是假装的。

安娜·施瓦特变得有些异常，胆子也大了起来，敢违抗顶撞雅各布，他知道她不听他的禁令，不止一次地打开收音机，虽然没有当场抓住她，但他知道她曾打开过，她这人很机灵。现在，那台收音机的电子管烧坏了，也没法换新的，谁都没法听那该死的收音机，这反倒省心了。

（是雅各布亲手拆下了收音机的电子管，为的就是不让安娜听，可后来他忘了这事，忘了是自己亲手拆的，于是，他去开那收音机时，一点声音都没有。）

还有丽贝卡，他的那个女儿。

她原本长得瘦长的身子日渐丰满了起来，女人身体的曲线也渐明显。透过半掩着的房门，他曾瞥见她在洗上半个身子。她皱着眉，一脸的专注，用心地洗着。少女那双白得惊人的奶子，小小的，小小的乳头像葡萄籽一样，看得他有种像是突然被电击的感觉。她腋下正长出细黑的毛发，双腿……那天，她死活也不理会小路上被人用耧耙耙出的那些“万”字符号，当时他心里明白了，连她也不能再信任了。其实，这事发生的好几年前，当他在米尔本报纸上看到她的照片时，他心里就已经有了这种感觉。拼写比赛冠军！丽贝卡·艾丝特·施瓦特！他当时还是第一次听说有这等事。她竟瞒着他，瞒着安娜。

他知道，女儿将很快长大。刚开始上学那会儿，她就开始变成那帮外人中的一员了。他曾见她和那个姓格瑞布的女孩在一起，瞧那女孩，像个妖精。女儿将长大，将离开他。做男人不得不把自己的亲生女儿拱手交给另一个男人，除非你自己娶了她，可是娶亲生女儿是违反禁忌的。

“因此，对她们母女俩，我也只好铁着心了。”

他从米尔本饲料店老板那里买了杆雷明顿牌十二毫米口径的双管猎枪，价格便宜，才花了七十五美元。

又花了五美元买了将近满满一盒的子弹，共有五十发。

买枪打猎呀，施瓦特先生？

为了保护自家的财产。

秋天才会有野鸡呢，要到十月中旬前后。

为防盗，保护家人。

这枪有后坐力，口径是十二毫米。

妻子、女儿，我们一家孤零零地住在那儿，治安官又不管我们，叫我们一家人孤零零地生活在荒郊野地里。我们也是美国公民啊。

这是杆好枪，保你能保护好家人，不过，你得知道如何使用它。记住，这枪有后坐力，施瓦特先生。

后坐力？

如果你训练不够，枪没握紧就扣扳机的话，枪托会向后反冲，打在你的肩膀上，像被尥蹶子的骡子踢了一脚一样。

雅各布·施瓦特一听这话，开心地笑了，嘴里露出一口被烟碱熏黄了的牙来。像骡子一样尥蹶子，是吗？那么，我就是那骡子。

“一帮傻瓜！哪有什么神啊。”

一九四九年的春天，绵绵细雨下个不停，他突然意识到了这一点。让他深深蔑视的倒不是周围的那帮没有什么教养的人，而是很久以前自己还很年轻时见到的那群上了年纪的犹太老人。那群老人头戴无檐便帽，肩披祈祷时披的方巾，嘴里向他们的那位可笑的神不停地嘟哝什么。

早已绝迹了的火山之神耶和华。

到了夜里，他心里终于明白了起来。他坐在厨房里或门道上，喝着酒。他现在只喝烈性的苹果酒，这种酒是从公路那头的一家酒厂买来的，价钱不贵，但喝着很过瘾。身旁放着那杆猎枪，防备着鬼鬼祟祟潜行、有搞破坏嫌疑的人。死人他倒不怕。恶灵是活的，凶猛而贪婪。眼下他置身这种地方，是历史的潮流把他搁浅在这儿，把他当垃圾一样地扔在了这儿。然而，他极其蔑视的还是自己童年时在慕尼黑遇见的那些留着胡子、身着黑色衣服、个子矮小的老人。见到那群老人眼中流露出的病态的恐惧，他残忍地开怀大笑，好在那一双双眼睛后来也终于明白了。

“神是不存在的，明白吗？压根就不存在，哪儿都找不到神的影子。”

雅各布·施瓦特不是犹太民族的子孙。

24

凯蒂·格瑞布像是刚想到一个新主意似的，她说：“你可以跟我一起住，丽贝卡，就睡在我的床上，有地方睡。”

凯蒂说起话来总是很冲动，她心里是怎么想的总是立马就说出来。

丽贝卡结结巴巴地说，她也不知道该怎么办。

“肯定没事的！妈妈不会介意的，妈妈真的很喜欢你。”

妈妈是真的很喜欢你的。

丽贝卡感动得一时连话都说不出来。她走路时没注意脚下，不小心把大脚趾磕到了采石路边的一块石头上。

丽贝卡只有对凯蒂·格瑞布才说些自家的私事。

丽贝卡如何害怕她父亲，也只有凯蒂才知道。

“他对我倒没怎么，主要是对妈妈，尤其是晚上喝多了的时候。”

丽贝卡能说出这话，能把家里的内情说出来，其实是需要勇气的，可凯蒂只是咕哝了一声，好像对她来说，没什么可大惊小怪的。

“我爸爸也一样，不过，他现在不在家住，所以，妈妈挺想他的。”

两个小女孩一起笑了。年纪大的人确实可笑，难怪这两个女孩要笑话他们。

格瑞布家那摇摇欲坠的木结构房子很小，当然没有丽贝卡住的地方。她这个十二三岁的姑娘，个子又比同龄的孩子高大，行为笨拙，整天忧心忡忡的样子，在这小屋里怎么住得下。

读七年级时，凯蒂·格瑞布不知怎的，就成了丽贝卡的知心朋友。凯蒂这孩子骨架大，肩膀宽，头发浅黄色，嘴里气味不太好闻，像咸水沟里的水味一样，一张大大的、红润的脸，看上去像朵向日葵，大声笑起来时声音尖尖的，很能感染人。她胸前的两只乳房像肉瘤，颤巍巍的，像握起来的两只小拳头，挺在别人穿剩的那件套衫里面。凯蒂比丽贝卡大一岁，但和丽贝卡在米尔本中学是同班同学，两人都读七年级。她是丽贝卡的(秘密)朋友，因为无论是丽贝卡的父亲还是丽贝卡的母亲都不许她交朋友。父母两人都以为那帮外人是不能信任的。

丽贝卡觉得凯蒂要是她的姐姐，那该有多好啊，换句话说，她要是凯蒂的妹妹，那该有多好啊！那样的话，她就可以和格瑞布一家住在一起，再说，两家离得也不远，只有半英里远，算是邻居。

凯蒂常说，她妈妈相信，凯蒂和丽贝卡交朋友，这对凯蒂会有“积极影响”，因为丽贝卡学习很认真，不像其他孩子，整天像田野里散放着的马一样荡来荡去，玩个没完。

丽贝卡笑了，笑得像是有人在呵她的痒似的。格瑞布太太说的话不完全符合事实，但丽贝卡爱听她这叫人听了高兴的话。列奥拉·格瑞布这人就喜欢没什么实际根据地夸人这好那好。“像散放着的马一样”是她常用的一种说法，一听她这么说，你简直像是看见了一群马在野地奔来奔去，嬉戏玩耍。

格瑞布家和施瓦特家是采石路上距离最近的两户人家，是邻居。列奥拉·格瑞布有五个孩子,最小的两个智力发育好像有点迟缓。一个已经七岁的男孩,还不会使用便盆,整天兜着尿布。一个六岁的女儿由于不能像别人那样讲话,急得抽抽搭搭地直哭,嘴里还一个劲地叽叽喳喳的不知在说些什么。格瑞布家住的房子紧靠垃圾场,房子的部分墙是用涂有柏油的墙板做的,比施瓦特家住得还差,丽贝卡心里想。一有风从垃圾场方向吹过来,格瑞布家满屋都是恶心的垃圾臭味和闷燃着的轮胎味。

凯蒂的父亲名叫布德·格瑞布,丽贝卡从没见过。据说他现在在加拿大边境的普拉兹堡,被监禁在具有严密防备措施的男子监狱。

监禁(in-car-cer-ate)。当提到布德·格瑞布这个名字的时候,监禁一词的几个音节出人意料地带上了几分令人肃然起敬的色彩。

列奥拉·格瑞布比安娜·施瓦特看上去年轻不了多少,这使丽贝卡颇感惊讶!丽贝卡算了一下,两个女人都四十刚出头,可是,两人的区别有多大啊:列奥拉头发金黄,很起眼,她化着妆,看上去年轻,有魅力,两眼很警觉的样子,但一脸的笑容。虽说格瑞布先生还在普拉兹堡(刑期是七至十年,所犯罪行是持枪抢劫),但列奥拉仍整天乐呵呵的。

列奥拉在米尔本的华盛顿将军旅馆打工,做女服务员。这家旅馆在肖托夸河谷的这一区域号称"第一"。旅馆建筑四四方方的,正面是花岗岩做的外立面,白色的百叶窗。旅馆正面外墙上还画有一幅华盛顿将军的头像。从这头像看,华盛顿将军的头发密而鬈,活像绵羊身上的毛,颚部突出。这头像试图表现的是一七七六年时的华盛顿,是否真像,很可怀疑。列奥拉从华盛顿将军旅馆回来,总是带几包用玻璃纸包着的花生,椒盐卷饼、炸薯片,这些都是旅馆的主顾拆了包后没吃完剩下的。

列奥拉的嘴里常会冒出一两句格言、警句,她最喜欢说的一句和雅各布·施瓦特常说的略有不同:"只要不浪费,就穷不到哪儿去。"

她喜欢说的另一句格言是:"一分辛劳,一分收获。"她说这话时常向下撇一撇嘴,傻傻地一笑。

列奥拉开着一辆一九四五年生产的道奇牌轿车，是仍在坐牢的布德·格瑞布留下的。有时，碰巧她高兴的时候，两个孩子要她开车带她们去兜风，她也不会反对。于是，她会开着车带凯蒂和丽贝卡进城，或沿着肖托夸一直开到德洛兹镇，然后再开回家。

列奥拉·格瑞布有一点让丽贝卡感到困惑，不能完全理解，那就是：虽然一家人挤在那狭窄、逼仄的小屋里，但列奥拉好像很爱自己的家人，好像对自己的生活没什么抱怨，过得很快活！

凯蒂承认自己有时想念爸爸，但没有爸爸的日子似乎过得更加快活。爸爸不在家，家里打仗、吵架的事少了，他的那些朋友也不会到家里来住了，警察也不会半夜三更来到屋前，把亮着的手电筒往窗户里照，吓得一家人屁滚尿流。

"你猜那帮警察干什么来着，他们手拿电子喇叭筒，一个劲朝屋里喊。你听见过警察这么叫过吗？"

丽贝卡摇了摇头，没有，如果可能，她也不打算听警察那样叫。

凯蒂神秘地告诉丽贝卡说，列奥拉交有几个男朋友，都是在旅馆里遇到的。"这事我们本不该知道，可偏偏就知道，真的。"

那些男人送东西给列奥拉，或者把东西留在旅馆里，让她去拿。列奥拉再把这些东西带回家，分给女儿们。那些男人有时直接给她现金，这再好不过了，用列奥拉的话说，"恭敬不如从命"，她说这话时的声音柔和优美，同时又极富挑逗意味，像播音员的声音。

虽说列奥拉有时喝了酒，会满腹牢骚，找孩子们的茬，骂他们，但整体来说，人还是挺好的。

有一天，列奥拉兴致挺好，她问丽贝卡："你们家近来没出什么事吧，乖孩子？"

五个人在格瑞布家厨房的桌子上打起牌来，桌上铺的台布黏叽叽的。起先，只有凯蒂和丽贝卡两人在玩双人纸牌游戏，这种玩法在学校里很流行。后来，列奥拉回家来了，她把其他几个岁数较小的孩子也叫了来，一起玩金罗美牌游戏。丽贝卡对这种玩法不熟悉，但很快也就学会了。

列奥拉随口表扬了丽贝卡一声，说她很有打牌的天赋，一听表扬，丽贝卡心里乐滋滋的。

丽贝卡心里正掂量着，一个孩子究竟能从家庭中得到什么，从母亲身上能得到什么？她见格瑞布一家人挤在桌子跟前，身子贴得是那样近，为一点点小事都能笑得那样开心，真让她感到吃惊，列奥拉玩起来也挺开心，这与凯蒂和丽贝卡没什么区别。只是，她抽烟，一支接着一支地抽，还喝黑马啤酒。（她喝啤酒时的神态很讲究、很优雅，把啤酒瓶往嘴里送的时候，小指伸得长长的。）丽贝卡感到有点局促不安，心想，安娜·施瓦特要是见到这种女人，心里不知怎么想呢。

牌运不佳的时候，列奥拉能笑得呼哧呼哧的，好像牌运不佳很好玩似的。

列奥拉先出牌，接着是凯蒂出，接着是凯蒂那十一岁的弟弟康洛伊出，然后是只有十岁的莫莉出，最后是丽贝卡出。丽贝卡起先还有点难为情的样子，人家打牌也算她一个，挺让她激动，她颇为笨拙地摆弄着手中的牌。

列奥拉很随意地问丽贝卡问题，丽贝卡则含糊其辞地咕哝着一两声，那意思是说，不，没。

列奥拉很麻利地出着牌，嘴里说："嗯，好。听你这么说，我很高兴，丽贝卡。"

当时那情景真让丽贝卡感到尴尬，尴尬得她快要哭了起来，不过，丽贝卡忍着，没有哭出来。凯蒂有点不耐烦地说："妈妈，我告诉丽贝卡说，她可以住在我们家，要是她有时晚上不想回家的话，你听见了吗？"

丽贝卡脑子里嗡嗡直响，心想，自己一定是无意中对凯蒂说了什么不该说的话，让凯蒂误会了自己的意思。比如，她可能无意中对凯蒂说过，有时，她真的很怕她父亲，她多么想念两个哥哥啊！要是他们离家时也带上她，那该多好啊！

其实，丽贝卡对凯蒂说过的原话，比这还要粗心，还要过分，就像连环漫画中某个人物说的那样，她说的原话是："他们现在就是在地狱，我也情愿让他们带我一道去。"

列奥拉鼻孔冒着烟说："那个赫彻尔，真是好样的，真的，我一直喜欢他。他还活着，是吧？"

丽贝卡被这问题问得目瞪口呆，她好一会儿都不知如何回答是好。

"我是想问问，你们家人有他的消息吗？你知道他的消息吗？"

丽贝卡咕哝了一声，不知道。她一点也不知道。

"当然，就是你爸爸有赫彻尔的消息，他也不会告诉你，不会走漏一点风声，不会把赫彻尔在逃的情况说出去，知道不？"

在逃的情况是个术语，听得叫人心惊肉跳，丽贝卡从前还从未听说过这一术语。

列奥拉嘴里还在时断时续说着赫彻尔。凯蒂曾经对丽贝卡说起过她母亲的为人，说谁要是有闲心听她母亲说话，她能讲个没完，不过，她说的大部分话似乎都不能当真，列奥拉和赫彻尔好像很熟，这颇出乎丽贝卡的意料。连布德·格瑞布坐牢前都认识赫彻尔，就在这张桌前，赫彻尔还和人家玩过金罗美牌，打过扑克！

听说哥哥有这么多人认识他，可家里人还蒙在鼓里，一点都不知道，丽贝卡心里一动。这人也真是的，你和某人那么密切地生活在一起，到头来不如别人更了解他。这使丽贝卡更加想念起哥哥来，尽管哥哥嘲笑起人来是那么令人难堪。列奥拉像个姑娘似的，更加起劲地说："乖孩子，赫彻尔那样做，做得好，那帮混蛋是罪有应得。只要他妈的法律在咱这边，就该这么做。"

凯蒂和康洛伊两人也都表示同意。

丽贝卡用手抹了一把眼睛,列奥拉就她哥哥的事说出这话,让她感动得真想哭。

就像手握镜子,只要稍稍移动一下,你就能看到以前不曾看到的事情好的一面,太神奇了!

在学校里,从未听人说过赫彻尔一句好话,只听人说他是个被警方通缉、逍遥法外的逃犯,还说,他要是被警方逮着的话,肯定会被送到阿提卡监狱去,那里关着的都是些从布法罗遣送来的黑人囚犯,他们会把他撕成碎片的。他活该。

他们继续打着牌,黏糊糊的纸牌噼啪地响着。列奥拉让丽贝卡抿一口啤酒,丽贝卡起先谢绝了,不过后来她说,就喝一口,那啤酒比较冲,丽贝卡喝到嘴里,往下咽时,呛了一下,弄得大家都哈哈大笑,不过笑得都没恶意。接着,丽贝卡信口开河地说了这么一句,"我爸爸是个该死的老酒鬼,我讨厌他。"此话一出,没想到在场的人似乎都吃了一惊。

丽贝卡还以为凯蒂听了她这话会像通常那样咯咯地笑出声来,因为每当哪个女同学以刺耳嘲笑的口吻抱怨家人的时候,凯蒂历来都会咯咯地笑。大家都这样!可在格瑞布家的厨房里,她这话说得有点不是地方。列奥拉手举在半空中,捏着张牌,眼睛瞪着丽贝卡看,丽贝卡后悔自己口无遮拦说错了话。

列奥拉把那支切斯特菲尔德牌香烟从这手换到那手,掸着烟灰。一定是喝下肚的那口黑马啤酒作的怪,使她竟说出了那句话,还呛得她不轻,一个劲想笑。

"你爸爸,"列奥拉若有所思地说,"这人很难捉摸得透。人家都这么说。我也不敢自称能捉摸得透约瑟夫·施瓦特。"

约瑟夫!列奥拉竟然连丽贝卡的父亲叫什么名字都不知道。

这让丽贝卡觉得好没面子,她把身子往后缩了一下。施瓦特这个单音节的姓氏叫上去真让人觉得刺耳。别人在说到她父亲的时候,显得竟是那样的随意，那样的冷漠，这让她真有点受不了。

可她还是仗着胆子没好气地说："你就不必去捉摸他，有我呢，还有我妈妈呢。"

列奥拉也不抬头拿眼去看丽贝卡，颇为小心地说："你妈妈可好，丽贝卡？她不怎么与人交往，是吧？"

丽贝卡放声笑了一下，笑声有点刺耳，听不出半点高兴的意思。

凯蒂对列奥拉说："妈妈，你听见没有？我已经告诉过丽贝卡了，要是她实在没法子，她可以就住在我们家。"从她说这话时的声音可以听得出来，她这是在发牢骚，一副耀武扬威的样子，好像母女俩正在吵架似的。当时那气氛压得人透不过气来。

列奥拉慢慢地吸着剩下的那少半截的烟。

"这个……"

丽贝卡在笑，一直在笑。咽下去的那口又辣又酸的啤酒在肚子里呱呱直叫，她能感觉得到，并担心自己没准会吐出来。她两腮通红，像被人扇过耳光似的。

康洛伊和莫莉这会正不住地摆弄着手中的牌，并没注意到她们三人说的话。两人根本就一点也没有意识到丽贝卡说的话实际是家丑外扬，是在出卖父母；凯蒂当着丽贝卡的面对列奥拉说丽贝卡可能在他们家住，这话他们俩一点也没有注意到，而列奥拉听到凯蒂说的话后脸上那未置可否的犹豫表情，两人也根本没有注意到，一点也没有注意到！康洛伊这孩子骨架子长得倒是挺大，但老是哧哧地吸着鼻子，过不了几分钟就用手背抹一下鼻子，看着叫人恶心。这让丽贝卡竟然生出一种歹毒的念头。他要是我的儿子，我伸手就把他给掐死。丽贝卡真的很想把自己的这种想法告诉给列奥拉，她使劲地捏着手中的牌。

红心、方块、梅花……她没法弄明白出的是什么牌。

红心老K，这回行了吧？梅花十？QJ对子？她心想，自己手上要是有七张的同花顺就好了，那样的话，她就可以把牌往桌子上一掼，好不得意，简直能把格瑞布一家人的眼珠子都给瞪出来。

别无所求，只想能和凯蒂一家人永远在一起玩拉米纸牌游戏，一起开心地大笑，说说俏皮话，喝喝啤酒。正这么想着，列奥拉冷不丁地邀请丽贝卡在她家吃晚饭，一听这话，丽贝卡原本该说一声："谢谢，但我不能在这儿吃，他们两口子还等着我回去呢，"可是，丽贝卡没这么说，她把一把牌猛地往桌上一摔，弄得有几张牌掉到了地上，并把椅子朝后一推，弄得椅子腿在地板上吱嘎直响，刺耳得要命。她要是哭出声来，那就糟了！格瑞布一家人当时要是等着看她哭，那就真他妈不是东西。

"你这一家人也不是什么好东西！见你妈的鬼去吧！"

一家人还没来得及说一句话，丽贝卡已走了出去。砰的一声把网格门给关上了。她跑着，跌跌撞撞地冲上公路。屋里的格瑞布一家人一定惊诧不已，目瞪口呆地看着她的背影。

凯蒂在后面喊着，声音太小，几乎听不见，"丽贝卡？快回来，这是咋的啦？"

没门儿，她决不回去。

这是四月里发生的事，也就是古斯离家一星期后的事。

我爸爸是个老酒鬼，我讨厌他。

她简直不敢相信，这些话竟然能从她的嘴里说出来，叫格瑞布一家人全听去了！

毫无疑问，这话会从他们家人的嘴里再传到所有人的耳朵里，喜欢丽贝卡的凯蒂也会把这话传出去，长着耳朵的人都能听到。

在学校里，丽贝卡从此再也不理凯蒂·格瑞布了，连看都不看她一眼。早晨，她会等到凯蒂和其他同学在路上走得看不见了，她才会顺着他们走过的路往前走；要不就穿过田野或松树林，走一条别的同学不知道的路，而她最喜欢的则是沿着比其他地方要高出五英尺的铁路路堤走。太开心了！她脚步轻快，走得像匹一路小跑的小马，步伐矫健富有弹性，她开心地笑出声来，真想就这样一路跑下去。她不太情愿地到了学校，一副风风火火的样子，浑身是汗，真想和人开一仗，真想象赫彻尔一样地乖戾、莽撞，看谁还敢斜着眼瞧她，看谁还敢提掘墓人这三个字！看谁还敢说这样的屁话！天哪，她竟激动得一时无法安静下来，安安稳稳地坐到课桌跟前！赫彻尔曾经说过，他真想把那该死的课桌给砸碎，因为课桌矮，他只能把两膝硬塞到桌子底下，可不一会儿又抬了起来，弄得他肌肉酸疼，此时的丽贝卡和赫彻尔有着完全相同的感觉。

"你好，丽贝卡……"

见鬼去吧，别招我。

仇视凯蒂·格瑞布和列奥拉·格瑞布以及格瑞布全家，仇视许多别的人，像是奇妙的、力道很强的宽慰剂，尽管这宽慰剂吸食起来有点苦涩。

她对愚笨的凯蒂·格瑞布变得冷酷无情，尽管凯蒂友好，脾气也好，可她并不怎么聪明，尽管凯蒂自打三年级起就一直是丽贝卡·施瓦特最要好的朋友，可现在的凯蒂，见着丽贝卡只用两眼呆呆地看着她，一副受了委屈、困惑不解的样子，最终她对丽贝卡也变得气愤、厌恶起来。"施瓦特，你这狗日的肏你妈。"

凯蒂正站在一群女孩子当中，她们都以鄙夷的神态说笑着、谈论着丽贝卡·施瓦特。

这不，丽贝卡要的就是这个，不是吧？她要的就是叫她们仇视她，这反倒让她清静。

整个那年的春天，那帮女同学仇恨她的目光老是飘荡在她的心头，挥之不去，就像闷烧着的橡胶制品所发出的气味一样：掘墓人的女儿，你就自己肏自己吧。

25

“妈妈？妈妈……”

到头来，她也不想离家在外转悠了，可这个家又老是让她有呆不下去的感觉。这种进退两难的处境，她后来永远也忘不了，最终得到的是惩罚。

一九四九年五月十一日，是该上学的日子。放学后，她壮着胆子，在外边转悠了好长时间，不敢回家，好像预见到了什么不祥的东西在等着她。

她叫妈妈，叫的声音像个被吓得惊魂不定的小孩一样。她跌跌撞撞地走到半开着的门前，心里慌得要命……面前对着的是那扇简陋的木头做的门，万圣节前夜遭人破坏后，爸爸用浓浓的绿色油漆把那门疯狂地又涂了一遍，涂刷油漆印子又长又宽，想把上面的那些符号给涂掉，可怎么涂都没法将那些符号完全盖掉，隐隐地还能看得出来。“妈妈……是我。”

在屋子的一个墙角处，见到的是晾在晾衣绳上洗好的衣服，皱巴巴的毛巾和一条正迎风招展着的床单，这些东西好像在嘲笑她那副惊慌失措的样子。丽贝卡相信的思维方式颇为神秘，于是，她心想，*假如妈妈今天把洗好的东西……*

……既然今天晾衣绳晾着洗好的衣物，那么，今天就一定是妈妈洗衣服的日子……

由于是一路跑回来的，因此她还是上气不接下气的样子。一上采石路，就一直是跑的，放学后已经几个小时过去了，已快六点了，可天空中的太阳还很明亮。她的心怦怦直跳，就像疯狂乱敲着的一口大钟。就像一只动物闻见受了伤的皮肉所流出的血一样，她心里本能地感到害怕，担心家里出了事。

她模模糊糊见到墓地深处远远地停着一辆或几辆轿车，就停在石子铺的那条小路上，因此，她心想，可能又是举办了一场葬礼，要不就是出了什么其他的事，比如，雅格布·施瓦特又遭到别人辱骂，而实际上并不是他的错。她刚往自家门口奔的时候，就听到人们大呼小叫的声音。像个固执的孩子一样，她心里决不想听到女人哭叫的声音，“别进去！——拉住她！”

她心里在想着母亲安娜，想着关在屋里的母亲。

丽贝卡明明知道母亲就被关在里面，她怎么能忍心不进去。

问问上帝这究竟是为什么，为什么允许这种事情发生。我真不明白。

那年春天，她就像一条迷路的狗一样，漫无目的、藐视一切地游荡着，心里很不情愿回到那石屋里去。在她后来的记忆中，那座墓地里的石屋原本是建在一座高大的山冈的边上，看上去就像一个地窖或坟冢，当然，它既不是地窖也不是坟冢，只是个石头砌的墙，墙面粉饰着灰泥的住处。这住处饱受风雨侵蚀，窗户很少。仅有的那几扇窗户的外层表面一到了冬天就会结着厚厚的一层污垢，几乎透不进亮来。

真的不想回到那屋子里去，尽管她知道母亲正在等着她。自从赫彻尔和古斯离家出走后，她一想到回家就非常厌恶。两个哥哥没准是搭乘运货大卡车到西部去了，他们走时，连一句话也没给她这当妹妹的留下。她爱他们，可他们离家出门连一句疼爱的话、思念的话也没有，也不跟她解释一下，为什么要走，甚至连道别的话都没有。她现在是一肚子窝火，心想：两个该死的东西，真叫人讨厌！

她在细心地玩味这句气话。起先是默默地玩味，后来竟说出了声来，气得她心咯噔一跳，觉得喉咙热辣辣的，两个该死的哥哥，竟舍得把她和母亲扔给那个疯子雅各布·施瓦特。

她心里明白，父亲脑子有点不大正常，虽说并未完全彻底地疯了，行政管理部门兴许会派人来帮帮他。

可是，尽管他们明明知道这种情况，但他们却不闻不问。就连他买了一杆猎枪，他们也不问。咱们一家人对他们来说只配做笑料，人家哪还有闲心管咱们。

要不了多久，丽贝卡也会跑得离这个家远远的。她不需要凯蒂·格瑞布收留她，不需要任何人收留她，不需要任何人可怜她。都是帮混蛋，她才不稀罕他们呢。

暖和的春天过去了，呆在学校里一整天，这让丽贝卡觉得越来越受不了，她意外地发现自己越来越厌学，成天也不知道自己是在干什么，只觉得自己受不了那令人窒息的教室。自助餐厅一股奶味和烤焦了的油腻食品味，教室的走廊里，同学们你推我搡地走着，活像一群愚蠢、盲目的动物被赶过牲畜通道似的。这一切都让她受不了，她从教室的后门走了出去，谁要是看见她并报告老师，她也不在乎。即使有个大人用严厉、警告的声音在她身后喊——丽贝卡！丽贝卡·施瓦特，你到哪儿去！——她也会连头都不回一下地撒腿就跑。

现在，她的课程成绩大多数是C和D。英文原来是她学得最好的一门课，可现在只能得个C或D。老师们对她都表示关注起来，就像关注一只被逼得走投无路的猫一样。

与两个哥哥相比，她现在的学习成绩也好不到哪儿去，可就是这么个小姑娘，原来的学习成绩让人觉得多有出息啊……

跑，跑！跑过学校附近那片长满草的空地，跑过两边盖着一排排用褐砂石做墙面的板房和店铺，穿过一条小巷，来到一片开阔地，跑到来往于布法罗和肖托夸之间的铁路的路堤上，沿路堤一直跑到商业中心——运河大街。运河大街上的那座桥离南美因街不远。桥很宽，上面允许人停车，甚至还有小旅馆，约摸一个街区远的样子，就是那华盛顿将军旅馆，就在山冈上。包括南美因街在内的好几条街道，都在这桥上交汇。在米尔本，所有小山的坡子，都朝向伊利驳船运河滑去，而运河本身的水则通过基岩层流到地底下。在桥上，可以见到有些男人正把身子倚在桥的栏杆上，他们的身下三十英尺处就是那水流湍急的运河。这些男人抽着烟，不时地从纸袋子里掏出瓶子，喝上一口。这地方路面很滑，四周鸦雀无声，活像个墓地，一切都是静悄悄的。

是什么把丽贝卡吸引到这种地方，她自己也说不清楚。她躲开那些陌生人。

有几个男人，一看就是老兵。其中有一个年龄和雅各布·施瓦特相仿，拄着拐杖，面目呆滞得毫无表情。另一个戴着一副镜片很厚的眼镜，有只镜片被涂得漆黑，因此可以想见，他的那只眼一定是瞎了。其他几个人的脸看上去虽不算苍老，但满是皱纹，饱经风霜的样子。他们的手在抖着，脖子和腿都显得僵硬。有个男人很胖，残肢的膝盖部位像树墩子，到了天气好的时候，他会四肢伸开，躺在混凝土砌的一个台子上，活像个晒着太阳的爬行动物，看着既叫人感到恶心又叫人感到着迷。他的头发长得有点像雅各布·施瓦特，灰白而稀疏。丽贝卡要是敢靠近的话，大概可以听到他那粗哑、湿润的呼吸声，她父亲情绪激动的时候，呼吸也像这样。有一次，她见那个像爬行动物的人从睡梦中醒来，正拿惺忪的睡眼看她，面部还带着笑容，不过，那笑有点诡秘。她本想很快跑开，可已经来不及了。她心想，她要是撒腿跑的话，那个像爬行动物一样的人一定会生气地在她身后大呼小叫，弄得人人都能看见。

她和那人之间隔着不到十二英尺远。丽贝卡也弄不明白自己为何走得离那人这么近。

“今天不上学，丫头？嗯？放假，是不？”

他在嘲笑她，不过样子挺吓人，好像要把她逃学的事告诉老师、家长似的。

丽卡贝也不搭理他。她把身子靠在桥的栏杆上，眼睛看着桥下的水面。运河水流到了乡下，水面似乎要平静许多；但到了这座有四十英尺高的水闸这儿，水流变得湍急起来，很危险。那水流一刻不停地咆哮着越过水闸，翻江倒海似的，腾起无数泡沫，发出的声音像树林着火似的，桥上来往的车辆声几乎听不见，肖托夸第一银行门前钟楼报时敲出的清脆的钟声也被盖了过去，别人跟你讲话，你也没法听见，除非那人直着嗓门，大声朝你喊。

“我在和你讲话，丫头。是不是放假？”

丽贝卡还是没有搭理他，也没撒腿跑开，她从眼角看到了那人，四爪朝天地躺在太阳地里，气喘吁吁的样子。他咯咯地轻声笑着，用手挠了挠腹股沟，他那肚子肥大，像个鼓。

“我算是见着你了！你也见着我了。”

跑，跑！一九四九年的春天。

米尔本以前一直是个破旧的乡镇，可战后一切都新了起来。原来大街上的那些红砖墙面的建筑都被拆了，取而代之是些光洁如新的现代建筑，这些建筑大都装有平板玻璃窗。有些看上去更新的建筑还装有旋转门和电梯。原来的邮局，就那么一间棚屋似的建筑，现在也被淡棕色的建筑所替代，与基督教青年会紧挨着。格鲁弗斯饲料厂，原本位于镇中心的木材加工厂、约斯·米勒纺织品店都被挤走了，取而代之是蒙哥马利百货店、伍尔沃思百货店，诺尔本斯店和一家新建的A&P连锁超市，后者有着自己铺着柏油地面的停车场。(约斯·米勒纺织品店，丽贝卡和母亲一起去过，是为了选购窗帘布。那次买了布回来，安娜·施瓦特自己动手缝制窗帘，为着等摩根斯腾斯一家来访，转眼都快是八年前的事了。那次去，是丽贝卡的父亲开着墓地看管人用的那辆小型卡车送她们母女俩进城的，当时对她俩来说，那也算是一次少有的远途旅行了，也是她仅有的一次和母亲一起进城。之后她想起那次旅行以及当时兴奋的样子，真有点让她不敢相信那是真的。如今呆呆地站在那家商店的旧址上，看见旧商店已被新商店取而代之，她越发无法回忆起当时的情景了。）

亚当斯·布洛斯男子服装用品店也只是最近才被汤姆·马康鞋店取代的。肖托夸第一银行的斜对面新建了一家银行，名字叫新米尔本存贷银行，该银行的建筑很气派。华盛顿将军旅馆也开始改扩建。国会大戏院也于最近整修一新，它那挑出去的遮篷到了夜晚灯光闪烁，很是辉煌。主街和塞纳卡街交汇处，建起了一座五层高的办公大楼（在里面办公的有医生、牙医和律师等），像这样的高楼，当时在米尔本仅此一座。

（据说，一九四九年春，雅各布·施瓦特曾到这座建筑来过。人们说他没有预约就走进一律师办公室，嚷着非要“上诉”，弄得年纪还轻的律师一脸的惊讶；雅各布·施瓦特一会儿怒气冲天，一会儿又百依百顺的样子，说话时前言不搭后语。他说，十二年来，米尔本镇区一直欺骗他，不给他以“应得的报酬”，既不付给他像样的工资，还拒绝他的其他请求。）

南大街上的那些小旅馆没什么变化。那个小台球房、保龄球球场、雷丁斯烟行，也没什么变化。伊利街上的那家陆海军折扣店，走进去就像个隧道一样，里面的灯光太强，让人受不了，货架和柜台上堆满了东西，在这里，你可以买到迷彩服、羊毛衫、步兵靴和水兵帽，还有母牛皮做的弹药盒，这种弹药盒中学女生可买来当钱包用。

丽贝卡和凯蒂·格瑞布要好的那会儿，常和凯蒂到这家陆海军用品店来，因为这儿的商品常“打折销售”。两人还一同去过伍尔沃思百货店，诺尔本斯店和蒙哥马利百货店，她们去这些商店很少是为了买东西，主要是逛逛而已。没有凯蒂陪着她，她已经不敢再走进这些商店。她知道，营业员会拿怀疑、不悦的目光上下打量她，因为她看上去像印第安人。（就在肖托夸瀑布北部有块印第安人居留地）可她又忍不住要朝商店橱窗里盯着看。东西真多！真令人目不暇接！橱窗的玻璃上神奇地映着这个愁容满面、脸色苍白的姑娘的身影。

孤身一人，真有点感到寂寞，好在没人看见她，也没人会在意她。

仅有一次，丽贝卡在米尔本的闹市区碰巧看见她的父亲，他当时正穿过一条小街往肖托夸第一银行赶。

也不知雅各布·施瓦特当时是从哪儿冒出来的，脸上露出诡秘而喜滋滋的神色。这个身材矮小的人，驼着背，一瘸一拐地走着，身上穿着满是泥污的工作服，头上戴着他那顶布帽子，看上去好像他的那一身行头，是用比布粗陋得多的材料做的；他在人行道上旁若无人地一直往前走着，别人都闪到一旁，给他让道，并拿好奇、吃惊的目光看他。

丽贝卡停住脚步，往回走，走进一条小巷。啊，她心里明白，决不能让爸爸看见她。

赫彻尔曾经警告过她：出了这屋子，千万别让这老家伙在任何地方看见你。因为要是让他看见了，他会气得发疯的，说你在跟踪他，盯他的梢，恶狠狠地问你是不是想把看见的一切告诉妈妈。

这事发生在一九四九年四月。雅各布·施瓦特来到银行把账户注销后，就去买了一杆十二毫米口径的双管猎枪和那盒子弹。

五月十一日那天，她真的不想去上学，于是就在那条铁路路堤上闲逛，一直逛到运河边的纤道上。从垃圾场方向吹来一阵刺鼻的味道，为躲过那难闻的味道，她跨过运河上的那座德鲁姆公路桥。过了桥，来到桥底下，那儿就是丽贝卡藏身的一个地方。

恨，真是恨透了他们两口子，恨不得两人都死了才好。

两人都死了，那我就……

那她就干什么呢？学着两个哥哥的样子离家出走？到哪儿去？她蹲在德鲁姆公路桥下，这种忤逆不道而又令她兴奋的想法袭上心头。她的周围都是巨大的卵石、岩石，还有锈迹斑斑的废旧铁管子，运河岸边的浅水里有大一块小一块的钢筋混凝土，钢筋露出水面。这些都是二十年前建这座桥时留下的建筑垃圾。

眼下她已经十三岁了。十三岁的生日在那墓地里的石屋里悄无声息地度过，没有任何庆祝活动，就像其他一切也悄无声息地过去一样。

十三岁了，这多少令她高兴，她想自己快点长大，像两个哥哥一样。老像个孩子一样呆在那座屋子里，真让她受不了。她还没开始来月经，还没像凯蒂和别的年龄较大的女孩子那样每月有过“腹绞痛”的感觉。不过，她心里明白，这事迟早会来的，而让她最怕的是，自己到时不得不把一切都告诉妈妈。妈妈是迟早会知道的，知道了一定会让她感到难堪，愠怒。

自打赫彻尔消失以后，丽贝卡就一直躲着安娜·施瓦特。她想，母亲恐怕已不会再打开收音机听音乐了，因为爸爸说收音机已经坏了。丽贝卡已好久没和母亲一起听音乐了，因此心里吃不准母亲是否听过。

钢琴曲。贝多芬。那支奏鸣曲叫什么名字来着？——好像叫《热情》？

她得赶紧回家，天色已晚，妈妈在等她呢。总是有家务活干，可是对安娜·施瓦特来说，最紧要的还是眼见到女儿安全地回家，虽然和女儿没一句话好说，也不会去拥抱她，碰她一下，有时连看都很少看女儿一眼，可知道女儿已安全地回到了家，这对她来说是最大的欣慰。

木板桥下的水面微波荡漾，倒映着鬼魅般迷人的面孔！丽贝卡目不转睛地看着这些面孔。她能看到的常常是消失不见了的表姐弗莱妲、艾尔兹璧塔和表兄乔艾尔，近来还能从水面上看到赫彻尔和古斯的面孔。她出神地看着他们，如在梦里，心里想，也不知他们能否看见她？

两个哥哥为何消失不见的原因，她算是知道的，可是，表姐、表兄和他们的父母为何被遣返回旧世界，这当中的缘由，她就不是很清楚了。爸爸曾经说，他们回去后，像畜生一样地死去。

为什么？去问问上帝为什么？

去问问弗·德·罗斯福这个伪君子为什么！

丽贝卡还想起那两个玩偶——麦琪和米妮，其中一个是给弗莱姐玩的，一想起这，那场景就像真的似的，丽贝卡仿佛眼见着麦琪依偎在弗莱姐的怀里似的。

麦琪和米妮都早已不见了，没准被妈妈扔了。妈妈这人就是这样，东西用久了就扔，也不多作解释，而丽贝卡也没心思去问。

那个愁眉苦脸、赤裸着身子的米妮，是丽贝卡玩的娃娃。它已经那样了，因此你也就不忍心再去糟蹋它。这倒省心了！光秃秃的脑袋，干瘪得跟什么似的，本来就是个死了的弃儿。（墓地里埋有死婴儿，当然，丽贝卡没有亲眼见过，可她知道，在婴儿般大小的地块上埋有婴儿般大小的棺材，这些死孩子通常没有名字，只知道是些夭折的婴儿。）一想到自己以前是那样的孩子气，成天玩娃娃，不禁皱眉蹙眼起来。凯蒂的那个精神发育迟缓的妹妹，脸长得胖乎乎的，目光呆滞，怀里老是抱着个赤身裸体的旧娃娃，那样子叫人看了既觉得可怜又觉得可憎。凯蒂曾一耸肩说，她妹妹以为那娃娃是真的。

除了那些张魅惑人的面孔以外，德鲁姆公路桥下面是一片狼藉。锈迹斑斑的大梁、大的螺钉，大片大片的蜘蛛网。桥下的这一切东西看上去就像小孩子不该看的骷髅架似的。

像这样阳光灿烂的日子里，桥下的影子都能让人有一种寒冷刺骨的感觉。

人们常说，伊利驳船运河的水比看上去的要深得多。夏日炎炎的时候，运河的表面不反光，像一大块铅似的，让你觉得似乎可以在上面走。

我的好闺女，你是我的一切，我就全依靠你了。

因此，丽贝卡怎么能离家出走呢？她不能。

赫彻尔和古斯已经走了，就剩下她了，她现在是安娜·施瓦特唯一的孩子。

你是个女孩子，不能一个人到处游荡。你总不想自己出什么事吧。

“该死的，我想，我巴不得出什么事。我太想了。”

听了这话，安娜该有多吃惊，多伤心啊，她将用怎样惊讶的目光看着丽贝卡啊！

有辆农用平板卡车朝大桥的方向开了过来。丽贝卡用双臂紧紧地抱住头。哐啷哐啷的声音传了过来，大桥振动得颤抖了起来，离丽贝卡的头不到十英尺。砂粒和尘土刷刷地直往下落。

她在采石路上往家走，忽然听到枪声。

打猎的，采石路两旁低矮的松树林里常有人在打猎。

到底是怎么回事，丽贝卡永远也不会知道，她当时只是想象可能是打猎的枪声。

事情是这样的。一九四九年五月十一日傍晚时分，有一对兄弟——艾尔洛伊和威利斯·辛姆科——带着他们那已经六十六岁的姑母来到米尔本镇区墓地。他们是来祭扫父母的坟墓的。那墓旁竖立着一块高大的花岗岩石墓碑，碑上刻着：尘缘了却天国现。艾尔洛伊·辛姆科是米尔本的一个保险代理员，也是镇公所议事会的老成员，一直住在米尔本；而威利斯则移居西部四十英里处的小城斯特拉克斯维尔。辛姆科兄弟俩在该地区颇有名。两人已到中年，大腹便便的样子，穿着干净利落，白色棉布衬衫，领口开着，外罩运动上衣。艾尔洛伊开着一辆新款灰色奥尔兹汽车来到墓地，车上坐着他的弟弟和姑母。他们刚出墓地大门，就发现墓区管理得不如人们想象得那样整洁。蒲公英盛开着，墓碑周围长满了蓟草。草坪割得边幅不整，看得叫人觉得别扭，像是谁喝醉酒后随随便便，草率为之的样子，最为刺眼的是，新建的坟墓周围有一堆堆的土，像垃圾似的堆在那儿，这些土本该用手推车运走的。

铺着石子的行车道上斜卧着一根倒伏的大树枝。威利斯没好气地从那辆奥尔兹牌汽车里爬出来，把那根大树枝拖到路边。

艾尔洛伊继续开车，他和弟弟发现墓地管理人手里拿着把小锄刀，正没精打采地干着活，他干活的地方离石子行车道这边约摸五十英尺远。艾尔洛伊开着奥尔兹汽车，没有减速，也没和那干活的人搭腔。那干活的人的名字艾尔洛伊·辛姆科是知道的，叫“施瓦特”。可施瓦特在辛姆科兄弟车子开过的时候，连身子都没转，背对着他们，连掉头看都没看他们一眼。

他当然知道有人来了。雅各布·施瓦特知道有人来了。不管有什么人到墓地来，雅各布·施瓦特一下子就能感觉到。

在老辛姆科的墓前，兄弟俩和他们那上了年纪的姑母吃惊地发现墓的周围到处是未修剪的杂草和蒲公英。不久前于复活节星期日在墓地四周悉心摆放的那几盆风信子和天竺葵，现在也都倒在地上，花盆已碎，花已枯萎。

艾尔洛伊·辛姆科是个脾气暴躁的人，他把两手一窝，放到嘴前，扯着嗓门朝墓地管理人喊：“你，施瓦特！”艾尔洛伊后来作证时说，他原本想臭骂那管理人一顿。可那管理人仍背对着他们，仍不愿掉头看一眼。艾尔洛伊更加大声地喊道：“施瓦特先生！我在跟你讲话，老兄！”这话中的挖苦意味在那管理人身上一点也不起作用，他仍然只当没听见。

艾尔洛伊最后又叫喊了一次，施瓦特把长柄镰刀放在草地上，不慌不忙地走开，也不回头看一眼，他一瘸一拐地走到石屋附近的一间工具棚里，不见了人影。不一会儿，他又走了出来，然后一瘸一拐径直朝站在墓地当中的辛姆科兄弟走来——这让辛姆科兄弟颇感意外——施瓦特推着一个独轮车，车上盖着一块帆布，不知帆布底下藏着什么东西。独轮车在草地上一高一低地颠簸着朝辛姆科兄弟推来！现在没回头路好走了！知道该干什么。现在他的这帮仇人开始发起进攻了，不是偷偷摸摸地，而是明目张胆地发起进攻了。雅各布·施瓦特推着独轮车朝辛姆科兄弟走去,兄弟俩站在那里眼睁睁地看着他走近,这个小矮个子的古怪男人一脸的茫然和愤怒,此时,双方都可能说出刺耳、难听的话来。事后,没被打死的哥哥艾尔洛伊·辛姆科和他那年迈的姑母作证说,是雅各布·施瓦特先开的口,当时他的脸气愤得都变了形:"纳粹凶手!见鬼去吧!"一听这话,辛姆科兄弟俩朝他喊叫了起来,心想这人一定是疯了;施瓦特把独轮车推到离威利斯·辛姆科不足十二英尺的地方,突然把盖在独轮车上的那块帆布掀开,用他那不大的双手端起一杆大大的猎枪,瞄准威利斯,几乎就在这同时扣动了扳机。

被打中的威利斯胸部裂开了好大一个伤口,奄奄一息。开枪前,他举起左胳膊,徒劳地想去挡住自己的躯干部位,结果胳膊都被打断了,模糊的血肉中露出碎裂的白骨来。

这下你们瞧见了吧,嗯!这下!让你们瞧瞧什么叫屠杀。

她大声叫着:"妈妈?妈妈——"那叫声像孩子一样的幼稚、恳切。

不知不觉中,她已进了石屋。她心中模模糊糊地知道,不该进来,因为屋里危险。有个陌生女人曾朝她喊,叫她不要进去,可丽贝卡没听,她也没仔细看清楚受伤躺在墓地里的那个男人。

没看清楚!她事后坚持说没看清楚。

只记得洗过的衣物在晾衣绳上迎风飘荡着。

她后来意识到已经晚了,妈妈一定非常生气,因为她一向帮妈妈把洗好的衣物晾到晾衣绳上去的。

可是,今天不是该洗衣服的日子啊!

厨房里,一把椅子倒在了地上,挡住了她的路,她像瞎子一样,没注意到,磕了她的腿,疼得她脸部的肌肉都抽搐了起来。

"妈妈?"

她叫母亲的声音太轻,她母亲就是耳朵好好的也未必能听见。

她又叫父亲——"爸爸？爸爸？"——在这恐怖一刻，她的心里还在寻思着：她要我认他这个爸爸，要我尊重他。

她站在破旧石屋的厨房里，听到后间里有搏斗、扭打的声音。会不会是父母的卧室里出了事？

她呼吸急促，浑身直冒冷汗，心脏怦怦乱跳，就像有只受伤的小鸟在心窝里扑棱着翅膀。原本清楚明白的一切全都给忘了。洗好的衣物？洗衣服的日子？都在她的记忆中远去。刚才那个陌生女人朝她喊的话也已给忘了：别进去！——拦住她！连听到枪声的事也给忘了；听见几声枪响也已经记不起来。她也压根没想到：他在枪膛里重新装上子弹，准备瞄准。这事非同小可，因为男人要是一时冲动起来，或者行动前早有计划，那后果不堪设想。

父母在地板上扭打了起来，弄得地板都震动着。她听见了，听见了她父亲激动、急切的说话声音和她母亲上气不接下气的哭声。丽贝卡后来意识到，母亲当时的那哭声是在求饶，求父亲别杀了她，安娜·施瓦特的这种求饶声，丽贝卡以前从来没有听见过。她母亲的那种不温不火的冷漠和执拗沉着的态度不见了，消失得无影无踪，好像从来就不曾有过这种态度似的；母亲以前恬淡寡欲、镇定自若，好像乐意承受羞辱、伤害乃至悲伤似的，可这种神气此刻全没了。眼前，她只是个哭喊着求人饶命的女人。雅各布·施瓦特在丽贝卡母亲的求饶声中说："安娜！不行！马上就有人来了，安娜。是时候了。"

自打从采石路上拔腿往家跑的那一刻起，丽贝卡的耳边就一直响着一种沉闷的轰鸣声，这声音就像水从四十英尺高的地方越过米尔本的水闸，咆哮着朝运河里落下，接着是震耳欲聋的一声枪响，丽贝卡吓呆了，以为是自己中了弹。

她站在那间卧室外的厅里，卧室的门微开着。她完全可以转身就跑，逃得远远的。可她没有像任凭求生本能支配的动物那样，恐慌得逃之夭夭，相反，她又一次大声叫道："妈妈！啊，妈妈！"并推门进了卧室。那间卧室狭窄、昏暗，位于石屋的后部。就在这间卧室里，安娜和雅各布·施瓦特在同一张床上同枕共眠了十多年，他们的孩子们平时很少敢进去。丽贝卡推门进去，差点撞到父亲的身上。父亲气喘吁吁地呜咽着，好像还小声地自言自语着，双手紧紧地握着那杆笨重的猎枪，枪管朝上。卧室里弥漫着一股浓烈、刺鼻的火药味。借着从满是污垢的窗户透进来的暗淡光线，她看见雅各布·施瓦特的脸像个煮熟了的滚热的西红柿，两眼冒着煤油灯似的光。他还笑着。

"饶了她，嗯？可他们让我别无选择……"

床边的地板上像是躺着个人，四肢伸开，一动不动，丽贝卡无法看清其头部，只隐约觉得那是人头或人头的一部分，没错，是人头。不过，那头贴在床腿那一边的地板上；周围模糊一片，湿漉漉的，还闪着光，像是泼洒着的油漆，涂了一地都是。丽贝卡的脑子像一下子凝结了起来，无法思考，脑中仅稀奇古怪地闪过一个念头，这念头轻盈得就像随风飘来的马利筋孢子：*这下算是完了，没救了。晾着的衣物只有我一人去收了。*

父亲雅各布·施瓦特开口和她说起话来。他的脸上和工作服的正面溅满了那深暗色的液体。他当时像是在设法不让她看到地板上的一切。他笑着，笑得是那样痛苦而牵强，就像一个父亲面带笑容地面对自己那倔强顽抗的孩子，以便转移那孩子的注意力，不让她去想父亲为了她好而必须狠心干的事情，他蜷在那狭窄的地方，努力摆弄着枪管，向她瞄准。可是，爸爸好像不想走上前来，推搡她一下。好一会儿过去了，爸爸还是没有走近她，相反，他向身后退去，直到碰到床边无法继续后退为止。他说："你——你是生在这儿的，他们不会伤害你。"说着，他就改变了主意，不想亲手杀了她。他把枪口对准自己的头部，然后把张大的嘴拼命向外伸着，那模样看上去像个伸长脖子的海龟。枪膛里还有一颗没打完的子弹。他浑身冒着汗，喘息得上气不接下气，像是跑步时往山顶上跑。他把嘴紧紧地闭上，满是污渍的牙齿紧咬着。雅各布·施瓦特看了他女儿最后一眼，目光里充满了愤怒和责备，他胡乱地摸索着，想扣动扳机。

“爸爸，不要——”

又是一声震耳欲聋的巨响，雅各布·施瓦特身后的窗玻璃似乎都要被震碎了似的。在这一刹那，父母俩像是合二为一，一起从这世界上给抹掉了似的。

26

我们每个人就像一团活火，这火是耶稣基督点燃的。丽贝卡，你可要记住！

罗丝·骆特的这些话在她的耳畔回响，她仍在努力相信这些话是真的。

那年她才十三岁，还未成年，得由肖托夸县一直监护到十八岁。不过，预计到十六岁，她就得中途从公办学校辍学，然后找份全职工作，以便养活自己，穷苦的孤儿以前都这么做的。

她没了父母，又没亲戚收养她。（她有个哥哥二十一岁了，不过，赫彻尔·施瓦特是远近闻名的逍遥法外的逃犯。）除了从墓地上那破旧石屋里匆匆忙忙地搬出来的几件破旧不堪的东西外，她没任何遗产，一分钱也没有。雅各布·施瓦特在肖托夸第一银行的存款账户早已经注销，他买了猎枪和子弹后，剩下的钱做什么用了，这没人知道。她在肖托夸县政府大楼的家庭法院听证时，人家为了她的权益辩论时，常用到这两个词：贫儿、遗孤。

该怎么安置掘墓人的女儿！

有人建议把丽贝卡送进设在奥瑞斯卡尼港的“贫苦孤儿”收容院，这家孤儿院附属于统一卫斯理教会。也有人建议让她寄住在当地一个叫卡德沃勒的人家，另两个也由县政府监护的孩子目前正和卡德沃勒家五个很邋遢的孩子住在一起。卡德沃勒夫妇拥有一个养猪场，占地十英亩，所有孩子都在养猪场里干活。也有人建议让她寄住到一对无儿无女、已经六十多岁的夫妇家，那对老夫妻养着好几条杜宾猎狗。还有人建议寄住到一个叫海因利希·施密特太太家，实际上，这位太太在米尔本南大街就开着一家供膳食的家庭旅馆，在旅馆住着的大都是些单身男人、年龄不等，小的二十岁，年龄最大的已七十七岁；在那里寄住的人中，除有些是参加过二战的老兵外，大多数人都享受着县政府的福利津贴。

那个体态肥胖，长得像个爬行动物的男人！丽贝卡模模糊糊地仿佛觉得，此人好像就寄住在施密特太太开的那家家庭旅馆里，他正醉醺醺地、嬉皮笑脸地等着丽贝卡，那笑是那样的诡秘。

“丫头！欢迎你。”

27

可是，“这一切都是耶稣安排好了的，丽贝卡。我们必须这么想。‘我给这人世带来光明，凡是信我的人，都不会久待在黑暗中。’欢迎你来和我一起住，丽贝卡。一切我都已经和县里交涉、安排好了。让我们一起向上帝祈祷，请他让我们知道，为什么你还这样小就经历如此可怕的事情。”

原来，丽贝卡不是寄住到施密特太太家，而是寄住到罗丝·骆特小姐家。骆特小姐以前是丽贝卡的老师，今后的两年半里，丽贝卡将以肖托夸县政府被监护人的身份和骆特小姐一起居住。

丽贝卡以前的老师不知从什么地方来到了法院现场，这似乎让她颇感意外，不过，这些年她一直有种日益强烈的预感，预感到骆特小姐一直在期盼着她、等待着她。

整个米尔本只有罗丝·骆特小姐一人主动提出要负担丽贝卡·施瓦

特的大部分抚养费（“抚养费”一词常听人提及），不仅如此，她还将出钱在米尔本墓区买块墓地，好把死得不很光彩，但毕竟曾经做过这片墓区管理人的雅各布·施瓦特和他的妻子安娜下葬。要不是罗丝·骆特小姐慷慨解囊，施瓦特夫妇的遗体就只能由县政府出点钱，埋到墓区穷人角去了。葬在穷人角的坟墓既无墓碑，以后也无人会去祭扫。

穷人墓就是这样，没有墓碑，什么标记都没有。

骆特小姐不能眼睁睁地看着不管。她是个基督教徒，一向慈悲为怀。虽说她由于健康原因，早已辞去公办学校的教职退休在家，仅靠一笔数额有限的养老金外加一点家庭保险金生活，但她出资叫人把雅各布和安娜·施瓦特比较体面地安葬了，还在墓的前头埋了块不大的铝制墓碑。由于丽贝卡无法提供父母的出生日期等信息，整个米尔本又没人愿意去翻检雅各布·施瓦特留在石屋各种箱子里的那堆陈旧、泛黄且散发着霉味的证明文件，所以，那铝制墓碑只能刻上：

安娜和雅各布·施瓦德　殁于4-11-49

丽贝卡看出了碑上刻错的字。不仅姓氏拼错了，父母死的日期也不对。当然，她什么话都没说。因为，一个移民来美的人，干的又是掘墓人的活，一枪先把自己体弱多病的妻子给撂倒，接着又开第二枪把自己给打死，他们究竟是死在四月还是五月的某个工作日，还有谁会去在乎？

有个人曾经生活过，现在死了，连死者究竟是姓施瓦特还是施瓦德都没人在乎，谁还在乎他死的日期呢？

肖托夸县法院里聚集着一大群陌生人，大都是些丽贝卡不认识的男人。罗丝·骆特也在这群人当中，她紧紧地握着丽贝卡的手，一脸高兴的神色。嘴里不住地说着：这都是神意，是上帝特意安排的。丽贝卡只是听着，对墓碑上家族姓氏拼错及父母死亡日期弄错的事，只字不提。

“耶稣，我信。耶稣，请帮帮我，好让我对您坚信不疑。”

她心里知道耶稣在看她。她有时从眼角边能看到他，可是她一掉头，他就退缩不见了，头掉得再慢，也不见他的踪影。在她模糊的记忆中，他曾经奚落过她一次，对吧？她假装不记得曾发生过这种事。

之后不久，她才晓得：被她父亲在墓区用枪击中的那人姓辛姆科，五十一岁，以前也是米尔本居民，与雅各布·施瓦特素不相识，被雅各布“无缘无故”用枪打中胸部，由于伤势过重，救护车将其送往肖托夸瀑布医院途中不治身亡。死者在雅各布·施瓦特开枪的一刹那，本能地举起左前胳膊，徒劳地想挡住自己的胸部，结果，由于雅各布用的是大号铅子弹，开枪时离受害人距离又近，那举起的胳膊被打得粉碎，白骨直露。

这起死亡案完全是暴行所致，是践踏人权，是彻头彻尾的犯罪行径。

相形之下，按常理推算起来，施瓦特夫妇的死当然也就无足轻重了。安娜·施瓦特也是被近距离开枪打死的，头部大面积受重伤。雅各布·施瓦特是近距离开枪自杀。陌生人会问施瓦特夫妇的女儿，问她知道些什么，能不能将她知道的情况向他们描述一下。于是，丽贝卡就慢慢地讲了起来。她讲话速度太慢，而且含糊不清，声音也经常越来越小，以至一时语塞，茫然瞪着两眼，这让有些听过她讲话的人，都以为她肯定是智力发育迟钝，要不就是和她家的其他成员一样，脑子“受过刺激”。比如像施瓦特的妻子安娜，或者，至少可以说像那大儿子，那二儿子也好不到哪去。

还有，那做父亲的，一定也是个疯子。

丽贝卡已经记不清楚她那天是如何离开那石屋的，是谁把她带走，带到什么地方，这些，她也都记不清了。她的头上有团黏糊糊、已经凝结成块的头发，已无法梳理，后来还是不得不让一个护士给剪了去。那护士剪的时候，眉头紧皱，握着剪刀的手不住地抖着。

“姑娘！千万别动。”

她躺在一张陌生的床上，一睡就是十二个，有时甚至是十四个小时，上午的阳光照在她那毫无血色的脸上。她四肢缩在一起，睡在那床上，看上去活像冬天在洞中冬眠的蛇。她的嘴大张着，赤着脚，脚趾冰凉。双脚抽动着，像是在划水，以免身体沉到水底。在她那一片空白的脑中，水在不停地越过十英尺高的大水闸，急泻而下，汇入无尽头的河流。该死的东西，算你走运，还活着！你可别忘了，我没把你的脑袋给打掉，算你他妈的走运，你和他们一样，是吧！出生在这儿，所以，我无法信任你，跟在我后面走，我这么做没错，是吧？

她不记得是怎么离开那石屋的了。也许她当时是绝望地跑着、喊着到了屋外，也许她跑的时候惊恐万状，像个受了伤、一路流着血的动物，头上、脸上、胳膊上，一股湿漉漉、像液体的东西在往下流，也许她当时晕了过去，有人把她扶了起来，放到担架上？心想自己也被枪打中了，受了伤？一个快要死的女孩，看样子大约十三岁。

骆特小姐的厨房温馨而私密。靠墙的一块搁板上，有几盆非洲紫苣苔正艳丽地开着，搁板正中间摆放着一个椭圆形的画框，形状颇像镜框，很雅致。画面里画的是耶稣基督。耶稣的肌肤呈橄榄色，胡子浅黑色，仪态慷慨大度，正不经意地举起一只手赐福人间。他这神态和国会剧院门前挂的那幅电影广告里的加里·格兰特、亨利·方达、詹姆斯·斯图尔特的神态颇为相像。那三人好像也是很为随意地举着手，面带笑容，像是在招呼着观众，看着让人觉得心里暖洋洋的。

她的面前摆着两块葡萄干吐司面包。

“丽贝卡，吃吧。你一定得吃东西。”

“耶稣啊，我信。耶稣，请给我力量，让我对你坚信不疑。”

人们把她的所谓个人财产从墓地上的那座石屋里拿了过来。

丽贝卡的衣物、鞋子和靴子，还有几件别的破烂东西，从纸板箱里倒了出来，丽贝卡看着这堆东西出现在骆特小姐那整洁的屋子里，心里感到很没面子，连她的那些课本好像都跟着她丢脸似的！由于那破旧石屋潮气太大，一九四六年获得拼写冠军时人家奖给她的那本词典现在也是变了形，一股霉味。和丽贝卡的衣物混在一起的，还有几件安娜穿过的衣物。一件皱巴巴的白色棉布短上衣，上面还有镶边小圆孔，太大，丽贝卡没法穿；另有几件安娜干家务时穿过的女便服，模样像护身罩衣；棉织长筒袜纠结缠绕在一起，像蛇一样；一副黑色绒面茸手套，丽贝卡不知道母亲还曾有过这么一副手套；另有一件法兰绒布做的睡衣，肥大，一点也没形，撑开来活像个帐篷，洗过不知有多少水了……骆特小姐见丽贝卡一脸惊恐的神色，于是就把安娜·施瓦特用过的那些衣物很快又叠了起来，放回到那纸箱里。

除了那几件破旧衣物以外，令丽贝卡吃惊的是那部摩托罗拉牌台式收音机，之前被父亲藏在客厅已有好些年，这可是雅各布·施瓦特最为珍视的家产了。这台收音机装在一个已磨损得不成样子的纸板箱里后，被人运到骆特小姐屋子里，眼下看上去，模样也挺寒酸，像是从垃圾堆里拖出来似的，一钱不值。丽贝卡盯着那收音机看，一句话也说不出来。她麻木地伸出手去，摸着那木制机壳，笨拙地打开调谐开关，然而，收音机根本没有插上电源，再说，爸爸曾幸灾乐祸地明告家里的人，说收音机的电子管烧坏了……

骆特小姐很有礼貌地请送东西来的那几个男人把收音机拿走。“我家有收音机，谢谢。”

丽贝卡的这些所谓个人财产中，有许多都被骆特小姐捐给了米尔本友善商店。打那以后，无论是住在米尔本还是和奈尔斯·提格诺搬家住到别的地方，丽贝卡一看见友善、救世军等二手货商店，就会本能地把目光挪开，生怕店铺里陈列的是自己家以前的那些破烂东西：破旧不堪的衣物、破家具以及仿木机箱磨损得不成样子的那台可怜的摩托罗拉牌台式收音机。

一九四九年秋，墓地上那座破旧石屋被夷为平地。

自从凶杀和自杀的事情发生后，就没人再在那石屋里住过，连打扫一下也没人愿意去干。于是，镇区政府通过表决，决定将其推倒，重建一座房子，以便新来的墓地管理人及其家属有个住的地方。

此时，丽贝卡在罗丝·骆特小姐的那座整洁的淡棕色砖砌房子里已经住了近五个月。那房子位于罗舍街一一四号，周围邻居住的房子也都是用小砖砌的墙，装有墙面板。一个街区远的地方就是第一长老会教堂，骆特小姐虔诚信奉的正是长老教派。她家房子的前面有个不大的门廊，到了适当的季节，骆特小姐会在门廊的台阶上摆放着几盆天竺葵花、菊花和八仙花什么的。骆特小姐房子的室内面积虽说比那破旧石屋大不了多少，可是，两者有着多么大的区别啊！

最大的区别是：骆特小姐的房子里没有那股浓烈的气味。既没有煤油味、木柴未充分燃烧而释放出来的烟味、吃剩的腐败变质的食物味、烂木头味、地板底下冒出来潮湿的泥土味，也没有狭窄、拥挤的空间里人体散发出来的气味。

骆特小姐家的房子里只有一种家具上光剂的味道，到了周五最为明显。其次，屋子还飘逸着一种略带甜味的香气，骆特说那是百花香散发出来的香气。

百花香是骆特自己动手做出来的。把芳草、野花和香味料放到一罐里，任其自然干燥就成了。这种百花香罐每间屋子里都有，厕所间里也有。厕所间里的那个就放在铮亮的白瓷做的抽水马桶的后盖上。骆特小姐的母亲已经过世，她生前也总喜欢在屋子的每个房间里放上一罐百花香。骆特小姐的祖母也早已过世。

丽贝卡以前从未听说过什么百花香，也从未闻到过这种香味。所以，一走进屋子，香气袭人，有时让她觉得晕乎乎的。早晨醒来，闻到的也是这种味道。

她眨巴着双眼，不知自己身在何处，不知道眼前的一切究竟意味着什么。

另外让她吃惊的是，骆特小姐家屋里的墙壁是那样的干净。有几堵墙，上面糊的是带有花纹图案的墙纸，另几堵墙刷的是白漆，天花板都是白色的。每间屋子都有窗户！——连厕所间也有。每扇窗户都挂有窗帘，连后门的那扇小窗上也有。

让丽贝卡住的房间位于骆特家整幢房子的左后部，丽贝卡每天早晨在这个房间里醒来，睁开双眼首先看到的就是那浅粉色蝉翼纱做的窗帘，迎面对着她的床。

真希望自己和凯蒂·格瑞布还是好朋友！真想让她看看这间房子，让她看看这窗帘，这粉红色的印有玫瑰花蕾的墙纸，还有这松软的小地毯，还有这走进式壁橱间……不是为了炫耀，只是想让她看看，一定会给她留下很深的印象，然后，她肯定会将看到的这一切告诉给列奥拉。

妈妈，现在的丽贝卡有多幸运啊！您该看看她的房间……

还有一点让人感到惊异的是，在骆特小姐家根本看不到什么蜘蛛网，即使到了夏天，也难得看到几只苍蝇，不像在旧石屋住的那会儿，厨房和没有冲洗设备的厕所里，到处是疯狂乱叮的苍蝇，让你活得苦不堪言。丽贝卡帮助骆特小姐整理房间，她很少能在家具底下发现灰球什么的，家具的表面亦无灰尘。这才是人住的地方，这才是米尔本真正的人住的房子！这就是由老是躲着施瓦特一家的那些外人构成的世界。

丽贝卡认识到，生活原本是有板有眼的，不该那样随随便便、草草了事。

骆特小姐在米尔本初级中学教书时，工作一丝不苟，她持家也是这样。她家里不仅有地毯去污器，还有一台通用电器公司生产的吸尘器。吸尘器很重，垂直朝上，工作时马达轰鸣着，附带在机器上的那个袋子鼓得跟气球似的，里面就是吸进去的灰尘、沙粒什么的，吸尘器有轮子，可以推着在地面上走。在所有家务活当中，丽贝卡最爱干的就是用吸尘器吸地毯。轰鸣的马达声充斥着大脑，把一切思想都给赶跑。她双手抱着那挺重的吸尘器在地毯上拖着、拉着，弄得她直喘气，像是在对付一个体格健壮、性子倔强的家伙似的，不过，那家伙蛮听话，乐意配合，是个不错的帮手。不久，罗舍大街一一四号那座浅棕色砖墙房子里所有房间的吸尘任务就都让丽贝卡干了。

天无绝人之路，只要你善于藏拙，就像一只虫子一样。

丽贝卡和骆特小姐一起住了两年半，在这两年半的时间里，她一直在等待着耶稣。

她早已不再指望两个哥哥来接她，赫彻尔和古斯都不大可能会出现在她的面前。赫彻尔仍是个逍遥法外的逃犯，而古斯也仍不见踪影。丽贝卡觉得他俩一定知道家里发生的事情，因为她在迷迷糊糊的状态中仿佛觉得全世界都知道这事。她离开骆特小姐家步行去上学的时候，她和骆特小姐一起到第一长老会教堂去做礼拜的时候，所到之处，凡是看见她的人好像都知道她家发生的事。她每到一处，好像她的周围都有一圈微弱的光晕，这光晕就像《圣经》图片中看到的包围着《圣经》中人物的那些光晕一样：耶稣平息风暴、耶稣疗治麻风病人、耶稣指挥拉网捕鱼，还有但以理①狮口余生、所罗门主持神殿落成、摩西搏击猛蛇、天使造访圣母玛利亚等等。有的光晕罩在你的头上，就是要特意让你暴露在别人的视线下，你想躲也躲不开。

---

①　但以理(Daniel)：《圣经》中的希伯来先知。

在第一长老会教堂的地下室里上主日课时，丽贝卡和其他人，主要是小孩子，学着边唱歌边拍手：

我有一盏小灯光！
定要让它放光芒！
让它照遍神居山！
世界从此明又朗！

人们告诉丽贝卡，说《福音书》讲的都是好消息，讲的都是有关耶稣的故事，耶稣的复活以及耶稣如何进驻人们的心中。

丽贝卡有时能够看到牧师的妻子第根太太正越过小孩子们的头顶在注视着她，每逢这个时候，丽贝卡都会会心一笑，唱出的歌声也就更加响亮了，拍着的手掌略微有点灼痛，但心里很舒服。

"唱得很好，丽贝卡！你的嗓音真好听，丽贝卡。你知道你的音色吗？是女低音。"

丽贝卡低下头去，羞得连一个"谢"字都忘了对第根太太说。她的嗓音带"沙"音，像砂纸摩擦的声音。唱的时候喉咙疼，尤其是大声唱的时候，喉咙更疼。可是，她还是得唱下去。

她得唱儿童歌曲，好让牧师的妻子开心。牧师的妻子额前留着弯弯曲曲的刘海，她常对第根牧师说：丽贝卡·施瓦特这孩子真不错！骆特小姐也会听到这种赞扬丽贝卡的话。没错，大家都在密切注视着她，这她心里是知道的。

她知道，也认了。她是肖托夸县政府的被监护人，人家监护她，是慈善之举。

"丽贝卡！戴上手套，宝贝，快。"

主日课上午九点钟准时开始，九点五十准时结束。接着，骆特小姐就会出现在主日学校的门口，准备带丽贝卡到上面的教堂里去做礼拜。要是丽贝卡把手套落在了家里，骆特小姐就会去把它们找来，带到教堂给丽贝卡。

显而易见，去教堂做礼拜是骆特小姐一周安静的生活中的大事。她总是戴着一副雪白的手套，头上戴顶很雅致的小帽，类似的小帽她有好几顶，上面都饰有薄纱；她穿的鞋子是橡胶底浅口帆布鞋，她穿上这种鞋子显得格外高挑，看上去可能有五英尺。（丽贝卡虽说只有十三岁，可身材看上去比骆特小姐显得既高又重。）天热的时候，骆特小姐穿的是印花布连衣裙，裙摆部位衬有圈环，呈喇叭形，走起路来发出泡沫般的声响。她那瘦削的面颊喜气洋洋，也许是因为擦了胭脂的缘故。两片薄薄的嘴唇涂着口红。她的头发颜色像麻雀毛，紧紧地盘在头顶上，盘得像个小女孩的头发一样。

“可别迟到了，宝贝。走！”

骆特小姐有时还会热心地拉着腼腆、害羞的丽贝卡的手，往前走。

骆特小姐拉着丽贝卡，神气活现地走在教堂的中间走道上，来到位于教堂前部的座位上。丽贝卡心里想，这挺像《圣经》图片中描绘的摩西领着以色列人横渡红海逃出埃及的场景。“哈罗！”——“哈罗！”——“早上好！”——“哈罗！”骆特小姐忙着和许多脸上一派和气的人一一打着招呼，上气不接下气的样子，那些人用好奇的目光看了看骆特小姐，又看了看丽贝卡。

骆特小姐给丽贝卡买来好几件适合女孩子穿的连衣裙，裙摆部位也是呈喇叭形，可丽贝卡穿上后，上身和腋部都觉得太紧。她还买来几根丝带，好给丽贝卡扎头发。她又到汤姆·马康鞋店给丽贝卡买了一双漂亮的黑色漆皮皮鞋，好让丽贝卡配着白色短袜穿。又给她买了一副白色手套，型号比骆特小姐自己戴的要大，这样，两人都戴着白色手套，才显得般配。

骆特小姐一共给丽贝卡买过好几件连衣裙、好几双鞋、好几副手套，这个女孩子身体长得太快了。

丽贝卡的头发粗壮浓密，鬈曲，很容易缠结在一起——骆特小姐坚持让丽贝卡用一把金属丝做的梳子不停地梳，直至梳得发亮为止，梳得她手腕都酸疼起来。骆特小姐叹息道：你这头发简直像马的鬃毛。可她又用手去摸了摸丽贝卡的头发，露出既嫌恶又喜欢的神色。

“有的时候，我觉得你就像匹马，丽贝卡，像匹沙毛色、充满野性的小马驹。”

丽贝卡哈哈地笑出声来，显得有点不太自在，她不知道骆特小姐说的是玩笑话还是什么气话。

第根牧师很有男子气，他大步走到布道坛前布起道来。他面前的第一排座位上，笔直地坐着骆特小姐，她全神贯注地听着，好像在教堂里听布道的就她一人。第根牧师布道时，常常提起自己战争期间在太平洋地区做随军牧师的经历。他讲话时的声音，一会儿滑动，一会儿下降，听上去像个训练有素的歌唱演员，他一会儿颦眉，一会儿微笑。骆特小姐认真地听着，好像在低声说着：对对对。阿门。对。她湿润的双唇张开着，像个小孩，眼皮眨巴着。丽贝卡竖着耳朵，非常吃力地听着骆特小姐耳朵里听进去的东西，因为她非常想让自己笃信基督教，因为她一旦失去信念，耶稣就不会来到她的心间，那样的话，她的灵魂就会像倒在地上的一堆荨麻，而不是撒在土壤里的种子。当年，犹太人捡起石块投向耶稣，说耶稣的言行亵渎了上帝。丽贝卡恐怕自己也遭到这样的命运。

一星期接着一个星期地过去了，丽贝卡艰难地努力着！就像小时候凭着两条小胳膊挣扎着往工棚屋顶上爬时的情形，无可奈何地看着两个哥哥远远地爬在自己的前面，嘲笑着自己。

真是奇怪：丽贝卡一个人呆着的时候，信起耶稣基督来并没有这么困难。一人独处时，她几乎能感觉到耶稣正面带神秘的微笑在看她。在采石路上，耶稣曾嘲笑过她，不过，耶稣后来原谅了她，还救了她的命，不知道为什么？

骆特小姐向丽贝卡保证说，原因总有一天会找到的。

骆特小姐带丽贝卡到父母的坟上去。坟墓建得很简陋，上面杂草丛生。骆特小姐（出于机敏抑或由于视力较弱）没有去注意墓碑上的明显错误。我听人说，他们俩什么教都不信，没关系，我们来为他们祈祷吧。

可是，置身这教堂中，信什么都困难。不过，丽贝卡还是想方设法集中注意力。第根牧师说到耶稣时的语气越是诚挚恳切，耶稣在丽贝卡脑子中的形象就越发显得不够真实。周围都是善良体面的人。教堂长椅都是由硬木材制成，表面亮光闪闪。人们坚定浑厚的嗓音随着歌声飘扬。女人们的身上散发着爽身粉的味道，男人们的身上则散发着发油和修面香液的味道。

到唱赞美诗的时候了。第根牧师白皙的脸上露出了笑容，眼睛有些湿润。"信奉基督的兄弟、姐妹们，让我们用欢乐的歌声赞美主吧。"

全体起立。和其他人一样，骆特小姐认真地唱着歌，虽说她唱的女高音声部略显微弱。她昂着头，充满了希望，嘴唇像只嗷嗷待哺的小鸟的喙，不停地上下翕动着。一座坚强的堡垒，我主就是一座坚强的堡垒。女风琴手一头飘动的白发，她的琴音强烈地撼动着骆特小姐的心弦。骆特小姐穿的连衣裙是人造丝做的，内衬的圈环裙在抖动着。丽贝卡闭上眼，也唱着歌。她喜欢这越唱越响的歌声，这歌声仿佛与那咆哮着越过水闸的水声融合了起来。她的心局促不安地跳着，人也变得激动起来。啊，她心里突然升起一缕希望，于是她把眼睛紧紧地闭上，希望自己能有缘在内心里瞥见遥远的耶稣。耶稣穿着轻薄如纱的长袍，在空中飘荡着。丽贝卡不愿意去想耶稣被钉在十字架上的情景。她想让耶稣像个天使一样，离她远远的；她想让他像朵疾驶飞奔的云，乘风从她的头顶上空掠过；因为那些美妙无比的云朵在湖的上空形成，接着又被风吹得四处飘散，这一切没有别人，只有丽贝卡·施瓦特看见了。她将把这一切告诉给骆特小姐，因为她爱骆特小姐，因为是骆特小姐救了她的命，收养了她这个肖托夸县政府的被监护人，这是善举，她因此对骆特小姐感激不尽，她几乎不敢直眼看骆特小姐，和她说话时也几乎总是结结巴巴的。她爱的是那个离她遥远并能升到圣父身旁的耶稣，但对钉在十字架上的那个耶稣，她却像个任性的孩子，日益感到嫌恶起来，因为钉在十字架上的耶稣的死尸和任何一具别的死尸一样，滴着血，不久就将腐烂，发出臭味。要是耶稣没死的话，那他就不用复活，要是他没有屈服于敌人并逃跑的话，那他也没有必要一死了之。再说，他为何不将自己的敌人打死？难道耶稣不是神之子？难道他不操有生杀大权？

言辞就是一堆废话，是谎言。人们说过的每一句话，用过的每一个词，都是谎言。

赞美诗唱完了，信徒们又坐了起来，丽贝卡一睁开眼，耶稣就不见了。纽约米尔本第一长老会的第根牧师一声招呼，耶稣就能降临此地，这事想着都让人觉得荒唐。

丽贝卡想打哈欠，忍了好一会儿也没能忍住，终于打了出来。这个哈欠打得够长，也够难，打得她两行眼泪顺着面颊流了下来。要是让骆特小姐看见了，她一定会感到伤心的（骆特小姐很容易受到伤害），事后一定会用她那略带鼻音的腔调三言两语地责备几声。

丽贝卡焦躁不安起来，如坐针毡。每逢星期天，都是这样，而且情况越来越糟。

她强迫自己安静地坐在那儿，学乖点。可是，唉，太无聊乏味了！听到的都是些废话。尽管这样，她还是不停地告诉自己，要学会感恩。对骆特小姐她充满感激之情。自己能活下来，真是谢天谢地，太侥幸了。这些，她都明白！在别人的眼里，她没准是个智力迟钝的孩子，可她是个聪明的姑娘，好像脑后都长着双眼睛，米尔本人怎么看她，背后说她什么闲话，她都知道得一清二楚。别人如何称赞罗丝·骆特，有些地方的人又是如何怨恨她，这些丽贝卡也都知道。是这位退休教师收养了掘墓人的女儿，收养了这个失去双亲的孤儿。她的腋下发痒，穿着短腰小白袜的双踝也让她心生厌恶。两只脚踝在教堂长椅底下相互摩擦着，狠劲地摩擦着。要不是在这种地方，要不是怕有人发现，她大概又会用手指去摆弄，去戳两腿间那块毛乎乎的地方，甚至戳出血来。

28

她没有等到十六岁生日那天就退学了。

一九五一年十一月，她被校方开除，永远地离开了学校。

这让罗丝·骆特很伤心，可这也没有办法。

因为，那天她真是受够了，完全彻底地受够了。在中学里，别人老是骚扰她。老师们和校长也都知道这事，可就是听之任之，从不出面干预。那天，在教室外的走廊里，默恩策的姐姐使劲从身后推了一下丽贝卡，这一次，丽贝卡没有装着什么事都没发生似的，没有像罗丝·骆特小姐教导的那样去做：别人打了你的脸，你就把另一边脸也转过去让人打，然后头也不回地赶紧走开。相反，丽贝卡转过身来，把书本砸向从身后袭击她的人，并像个男孩子一样，用双拳打她，不是把拳头高高地扬在空中，而是把拳头由肩部猛击出来或是用下钩拳狠打。接着，又有人向她猛袭过来，这次是个男孩，随后其他几个孩子也向丽贝卡大打出手。他们一起辱骂她，用手指抓她，用拳头猛击她。

丽贝卡被摔倒在地，众人都伸出脚来，一脚接一脚地朝她的身上踢去。此时，走廊里的人，个个欢欣鼓舞的样子，像是在观看一场野火似的。

这些人仇恨她，就因为她是赫彻尔的妹妹，就因为赫彻尔在杰伯·默恩策的脸上留下了疤痕，毁了他的容。他们仇恨她，就因为她是掘墓人雅各布·施瓦特的女儿。施瓦特杀过人，被他杀害的那人姓辛姆科。这个姓氏在米尔本是很有名的。施瓦特杀人后畏罪自杀，那是因为他怕死在电椅里。这些人对丽贝卡怀恨已久，可她至今还活在他们中间，这已经使他们老大不高兴，再瞧她的行为举止，不仅毫无谦恭之意，还常常让人觉得傲慢、冷漠。这让她的同学和老师都受不了。她在场时，老师觉得不自在，于是让她和其他几个好捣蛋、与人处不来的学生一起坐在教室的后面。

所有参加这场斗殴的学生都被从米尔本中学开除，校长命令被开除的学生立即离开校园。虽说是别人先攻击丽贝卡的，可那也不行，她也照例被开除，因为校长不能容忍在他的学校里发生打架斗殴的事情。虽说到了新学年，丽贝卡对校长当时做出的决定可以提起上诉，可是她拒绝了，没有上诉。

就这样，她辍了学，也不愿意再去复学。

骆特小姐听说这事后，惊呆了，感到很是失望。老妇人那气愤的样子，丽贝卡以前还从来没有见过。

“丽贝卡，你不能这样一意孤行！你说的都是气话。我会去和校长谈谈，你必须把中学读完。是她们先打你的，你只是防卫，开除你是完全不公正的，必须予以纠正……”骆特小姐把一只颤抖的手放在胸前，看她那样子，心脏跳动得一定很不规则。此时，丽贝卡的心几乎要软了下来，几乎要作出让步。

可是她没有：她在米尔本中学真是受够了。年复一年，天天见到的都是同样的面孔，同样放肆无礼盯着她的眼神，这让她受不了。那帮人个个都以为自己了解她。其实，关于她，他们仅拥有一些道听途说的东西。他们个个以为自己高她一等，就因为她家庭背景的缘故。

她的学业成绩平平，甚至中下，常常因厌学而缺课。她最不喜欢的课程是代数学。她弄不明白，那些方程式与实际存在的事物究竟有何关系？英文课上，老师非要学生们背诵朗费罗、惠蒂埃和爱伦·坡的诗篇和那些节奏单调、荒唐可笑的押韵诗，难道诗歌中的用典与事物也有关系？她上够了学，她想在米尔本找份工作，养活自己。

骆特小姐央求丽贝卡好几天，让人觉得骆特小姐自己的未来生活都要面临危险似的。她对丽贝卡说，不该让那些没有文化教养的人毁了自己的一生，要坚持下去，一直坚持到毕业。还说，只有拥有一张中学文凭，丽贝卡才有望找到一份像样的工作，才能过上体面像样的生活。

丽贝卡大笑了起来，觉得这话很荒唐。体面的生活！自己压根儿就没指望过什么体面的生活。

好像雅各布·施瓦特做的事情就像一道光晕，始终罩着丽贝卡。她走到哪儿，那光晕就跟到哪儿。这道光晕她本人看不见，但旁人都看得一清二楚。这光晕还散发着一种气味，这气味和镇垃圾场里闷烧着废轮胎发出的气味无异。

有一天，骆特小姐坦白地对丽贝卡说，她早早辞了职退休，是因为她受不了那帮无知且越来越傲慢无礼的孩子，而且开始对粉笔灰过敏，鼻窦老是发炎，而且贫穷白人孩子的父母还曾威胁过她，学校校长由于太过懦弱胆怯，也不能保护她。后来，一个十岁的小男孩和一个岁数较小的男孩打架，她原本想去拉架，没想到自己的手竟被那十岁小男孩咬了一口。医生给她开了一副镇静和治疗心悸的药物。学区也准她一段时间的病假。三个月的假期结束时，她又重新走进教学楼，没想到竟突然心动过速，当时差一点瘫倒在地。医生建议学区让她退休，享受医疗补贴，她也就同意，觉得这兴许是最好的解决办法。然而，如今她却拼命让丽贝卡不要放弃，因为丽贝卡年纪还小，未来生活的路还很长。

“你可千万不要重蹈覆辙，丽贝卡。你必须忘了过去。内心里你感觉非常优越于……”

丽贝卡感到受了侮辱，好像骆特小姐在她脸上抽了一巴掌似的。

“优越于谁?”

骆特小姐讲话的声音有些颤抖。她想去握丽贝卡那双僵直冰冷的手，可丽贝卡不让她去握。

别碰我！自从搬进骆特小姐家来住以后，耶稣基督讲过的话她学过成千上万句，可“别碰我！”这句话给她留下的印象最深。

“……你的身世经历，亲爱的。还有你在学校里的那帮仇人，还有世界上那些想打倒有文化有教养阶层的粗野之人。这些人也都是耶稣基督的敌人。丽贝卡，你可千万要明白。”

丽贝卡马上从房间里跑了出去，以免自己对眼前的这位唠叨不休的老女人大声嚷嚷着说：见鬼去吧！你和耶稣基督一起见鬼去吧！

“可她待我这样好。她爱我……”

可眼下两人间的缘分就快走到尽头，丽贝卡心里知道。对两人间的决裂，丽贝卡心里既有点期盼，又有点害怕。

因为她已不想再回到那所学校里去，无论骆特小姐怎么恳求也没用，无论骆特小姐怎么责备她、吓唬她，也无济于事。决不回去！

以前她是远远地躲着墓地上那破旧石屋，不想回家，现在则越来越想远远地躲着罗什街上那幢整洁的淡棕色房子，也怕进去。房子里有花香，散发出来的香气闻着叫她觉得恶心，也不想进教堂里去做礼拜。天黑了，有时甚至到了半夜，罗什街上每家的灯火都已熄灭，街上一片寂静，她这才回来，脸上显得有些内疚的神色，但仍然是一副不依不饶的样子。“干吗还要等我，骆特小姐？我倒宁愿您没费这份闲心，看着这些灯都开着，让人讨厌。”

我讨厌你，讨厌你等我。别管我！

两人间的关系日益紧张。丽贝卡不愿意告诉骆特自己到什么地方去了，曾和谁在一起。（眼下她辍了学，还在结识一些新人。凯蒂·格瑞布前一年就退了学，她现在和凯蒂又成了要好朋友。）在学校里被人明目张胆地毒打后的几个星期里，她的背上、大腿上和臀部，包括两只乳房和小肚子上，都是青一块紫一块的。自那以后，她对自己的看法渐渐地变了，也乐观其变。她的肌肤奇怪地变得青白起来，呈橄榄色，眉宇间透着一股凶气,眉毛变得乌黑,有点像男人的眉毛,长得都快碰到鼻梁了。身子一出汗,皮肤就会散发出一股浓烈的臭味,很难闻,像是动物身上散发出的味道。她用双拳还击格洛里亚·默恩策和其他几个出手打她的人时,身上也不知哪来的那股猛劲,把那帮人吓得直退缩,她还打得他们身上出了血。

一想到自己有多像逃亡在外的哥哥赫彻尔,她脸上露出了笑容。

骆特小姐还在那里喋喋不休地说:“我是法院指定的你的监护人,丽贝卡,我有不可推卸的责任监护你。我唯一所求的当然都是为你好。我一直祈祷,一直在冥思苦想究竟做错了什么,让你这样失望。”

丽贝卡咬着嘴唇,设法让自己不要再激动得说出什么气话。

“你没有,没有让我失望,骆特小姐。”

连骆特小姐这个名字都让她感到好笑。罗丝·骆特,罗丝·骆特小姐。真让人受不了。

“我没让你失望?”骆特小姐露出愁眉苦脸的样子问道。她那稀疏的头发呈波浪形,略微向上绾着,罩在发网里贴着头皮。松垮的皮肤在她那双近视眼周围堆满了皱纹,下巴颏的皮肤向下垂着,面部由于刚涂过晚霜闪闪地发着光,那晚霜似乎有种药味。她已穿上了睡衣,外面还罩着一件蓝色人造丝做的宽松睡袍,睡袍的腰带紧紧地系在她那细腰间。丽贝卡禁不住朝骆特小姐那平坦、消瘦的胸部望了一眼。“我肯定让你失望了,亲爱的。你的生活……”

丽贝卡马上回嘴说:“我的生活是我的,是我自己的!我又没做什么错事。”

“可你得回学校读书去,亲爱的,我会去找校长,他人挺好,我了解他,我会提交书面申诉,我想他也正等着我们提起申诉。我不能眼睁睁地让你受到不公正的待遇。”

丽贝卡想在那狭窄的过道里从骆特小姐身边挤过去,可这位年长的女人硬是挡着过道，不让她过去。虽说丽贝卡个子比骆特小姐高，体重也比骆特小姐重大约十五磅，可她还是拧不过她。

“你的命运，亲爱的，和我的命运是联系在一起，分都分不开的。‘别徒劳地在满是石头的地方播种了。’”

“耶稣没说过这话！他没说过这样的话，都是你瞎编的。”

“耶稣确实说过这话。也许原话不是这样，但他确实说过这样的话。”

“耶稣说过的话你不能瞎编乱造，骆特小姐！你不该。”

“耶稣说过的话大意就是这样。要是他在场的话，他肯定和我一样也会对你说这样的话。耶稣肯定也会苦口婆心地让你冷静下来，让你明白这些道理，我的孩子。”

在米尔本的一些破烂地方，人们可以看到房屋的墙上，人行道上和铁路货车上，到处都图写着“操操你操你妈”，这些话女孩子是不能大声说出来的，可男孩成天将这些话挂在嘴边，他们大声喊叫着说出这样的话时，脸上还显出一副兴高采烈的样子，“良家”女子听人说了这样的话，该把脸转过去，显出十分难堪的样子。此时的丽贝卡紧咬着下唇，硬是把这样的脏话给咽了回去，没说出声来。*操操你罗丝·骆特。操操操罗丝·骆特。*一阵高兴劲透过她的全身，像刚打了个喷嚏似的，舒服极了。骆特小姐目不转睛地盯着她，感到自己受到了伤害。

“啊，什么事把你喜成这样？都什么时候了，丽贝卡，你还这样开心？我希望自己也能分享你的喜气。”

不容分说，丽贝卡已从骆特小姐的身边挤了过去，走进自己的房间，“砰”的一声关上了门。

*你他妈的真幸运，你知足吧。说你呢！*的确幸运，这她也知道。他在责备她，做父亲的有这个权利。

仿佛自己一直呆在那间昏暗的房间里，时间过得飞快，可好像有什么东西她一直没能看到。她老是吃力地想看见或听见什么，吃力得让她感到腰背酸疼，两眼也痛得要命。石屋中一闪而过的那几秒钟里，她神智迷乱，眼下，那几秒钟仿佛又生动地在脑中闪过。也就是这几秒钟，无可挽回地突然结束了她在石屋里的生活。作为住在石屋中那户人家的女儿，她当时对突然结束了的究竟是什么大概未必能说得清楚，童年谈不上，少女时代就更不用说了。

百花香的气味和另一间卧室里散发出来的气味掺和在一起，熏得她神志迷糊。她努力想让自己睡着，呼吸急促，浑身淌着汗，两个眼珠子不停地在脑瓜子上转动着，焦急地想看清楚……那背着光躺在地上模糊不清的东西究竟是什么。

床的那头躺着的是个湿漉漉闪着微光的身影。那柔软、倒下去的躯体（由于自己当时头脑不清，半明半暗中）看上去仿佛就像一堆扔在那儿的衣服或床单、被子之类的床上用品。

妈妈？妈妈——

不是。她看不清楚，因为他挡住了她的视线，他不想让她看见。在半醒半睡的迷迷糊糊状态中，她仿佛又能让父亲雅各布·施瓦特的形象浮现在自己的眼前。父亲朝她笑着，但脸是紧绷着的。他的双眼湿润，露出凶光，手里还在笨拙地摆弄着那杆枪。在那狭窄的房间里，他悄悄地移动着枪管，想把枪管口对准她。他不想让自己的身体碰到她。作为父亲，他在女儿面前难免有点拘谨，怕碰到女儿的乳房，即使隔着什么东西碰到女儿的双乳他也不愿意。在那之前的一年中，丽贝卡常见父亲盯着她的胸部看，至于他看她时的眼神如何，她当时没有在意，只是本能地将自己的身子转了过去，事后也没怎么多想。他也不想用枪管碰她的咽喉部位，因为他眼见女儿咽喉部位有根动脉管在激烈地跳动。她仍急切地想将自己的视线越过他，以便看到母亲一动不动地躺着的地方。只见母亲上半身躺着的地方有一大片黑乎乎的东西在流淌。她想看个究竟，非得看个究竟不可！——可是看不清楚。如今她一闭上眼睛似乎就会置身于介乎睡眠和觉醒之间的那种迷糊状态，仿佛一眼又望见了那房间，稍一用心，那过往的场景又会历历在目。

又从铺着沙砾的行车道一步步走进那石屋了。石屋前门上的油漆刷得很马虎。屋子的后院里可见到那根晾衣绳，晾衣绳上晾着的衣服在风中飘荡着，因为那是个五月的下午，头顶上方的天空乌云翻滚，快下雨了。毛巾、床单，还有他的那些衬衫，内衣。晾衣绳上只要飘荡着洗好的衣物，那就表明这是个寻常的洗衣日，这些衣物虽说让人看了发笑，却总能给人以些许安慰，表明那石屋里不会有什么危险在等着你。虽说有个陌生人的声音传了过来，这声音听上去急迫而刺耳。“别进去！——拦住她！”是个女人的声音，听上去让人困惑不解。可为时已晚。历史上的有些行为一旦发生，即使历史出面干预，也无法改过。

有什么东西没能想起来！总是这样，总有什么东西想不起来，不是看到的东西不够清晰，就是听到的东西不够清楚。得从头回忆。

气喘吁吁地沿采石场路一路跑过，跑进墓地，铺着沙砾的行车道近几个月来很少维护，车道两旁的草地上溅满了碎石子，杂草也生了出来，到处可见蒲公英！因为米尔本墓地的看管人做事不像以前那样讲究认真了，因为米尔本墓地看管人做人也不像以前那样谦恭有礼、百依百顺了。墓地深处停着一辆或数辆车子，像是出了什么事，乱哄哄的。有个女人朝丽贝卡喊叫着，但丽贝卡像是根本没有听见。叫了声“妈妈?”，可是叫的声音出奇的低，安娜·施瓦特怎么可能听得见！枪响的时候，丽贝卡双脚恰好迈进了屋子。整个屋子里的空气都颤动了一下，枪声在屋里回荡着。她以为自己亲眼看见了那枪杀场景，猎鹿用的大号枪打中了约六英寸远的目标，那目标柔软而毫无防卫能力，其实她并未目睹到这一场景，她只是听到了枪声。而且，那枪声实际上震耳欲聋，因此很难说她听见了。她的耳朵不可能听见，她的脑子一下子懵了，不可能注意得到。她完全可以像只动物，惊恐地跑开，然而她没有。年轻人天生具有的那份顽固而不可侵犯的自负使她胆子比天大，她不信他们俩会死，就这样，她走进了那间卧室。那间卧室很小，因此，刚走到卧室的门口，就见雅各布·施瓦特站在那儿，挡住了去路。她央求他，可他脸上露出的仍是那寻常所见的笑容，笑里带着嘲讽的味道，露出污渍斑斑的牙齿，一股臭味，那副笑容让人想到粗制滥造的杰克灯，不过，总算是笑容，温柔中透出几分尖刻的味道（毕竟她是他唯一的女儿，眼下是他唯一的孩子，这点，她心里明白），这笑中充满了责备，然而又蕴含着宽容。你！生在此地。他们是不会伤害你的。他还说了些别的什么，这些话别人听了没法懂，然而她懂。她是他的女儿，总觉得自己了解父亲。不过，当父亲嘴里嘟哝着将猎枪瞄准他自己时，他那既绝望又滑稽的神色究竟意味着什么。这点，连她也说不清楚。接着是第二声枪响，比第一声要响亮得多，沉闷得多；一股湿润、黏糊、肉质的东西飞溅了过来，溅得她满脸都是，溅进了头发里，并很快就凝结了起来。后来，是一位在场的陌生人用剪刀小心地将凝结起来的一绺绺的头发给剪了下来。

可是，丽贝卡又遗漏了点什么。由于这一切当时发生得太快，她没法看清楚。

耶稣被钉死在十字架上的那幅画，看着让人觉得不可思议。

耶稣被钉死在十字架上的那幅画，如今她见了会觉得厌恶。

第根牧师在做受难节布道，丽贝卡之前听过不止一次。她铁着心，不为所动。此人脸长得像斗牛犬，声音听上去很暴躁，气势汹汹的样子。出卖耶稣的犹大。犹太人的虚伪。彭提乌斯·彼拉多①金盆洗手时还振振

---

① 彼拉多（？—360），罗马犹太巡抚（26—36），是他主持对耶稣的审判并下令将耶稣钉死在十字架上。

有词地问：何为真相？从教堂回到家里，她本想躲得远远的，可不行，骆特小姐非要大声朗读《约翰福音》，好像丽贝卡自己不会读似的。骆特小姐长叹了一口气，摇了摇头。丽贝卡毫不客气地以为：你这是为自己而感到难过，不是为耶稣。丽贝卡一副孩子气，自言自语地问道："耶稣为什么让那帮人把自己钉死在十字架上，骆特小姐？他没必要让他们那样做，是吧？他难道不是神的儿子吗？"

罗丝·骆特从面前的《圣经》上慢慢地抬起头，皱着眉，透过镶银边的双光眼镜看着丽贝卡，那神情好像丽贝卡又低声说了什么亵渎神明的话，这又一次让罗丝·骆特感到不悦。

"啊，为什么？骆特小姐，我想知道为什么。"

近来，她对老妇人那受苦受难的一脸苦相深感厌恶。其实，那不是真正的苦相，而是愠色，是一个做教师的人在自己的权威受到挑战时而感到的怒色。

丽贝卡还在问个没完："耶稣要真的是神的话，那他想做什么就可以做什么，否则的话，哪能叫神？"

对青少年来说，这是条至高无上的真理，在丽贝卡看来，也是条颠扑不破的真理。

罗丝·骆特叫了一声，眼里噙着眼泪，显得很痛苦的样子。但这个年长许多的夫人不乏尊严地站起身，合上她那本珍贵的软皮封面《圣经》，迈步走出房间，嘴里嘟哝着："圣父在上，原谅她吧。她口中说的是什么连她自己也不知道。"

然而，我知道，我说了些什么，自己知道得一清二楚。

那天夜里，丽贝卡一宿都没有睡好，动不动就醒，鼻子中老是闻到五斗橱上放着的百花香的味道。后来，她赤着脚，蹑手蹑脚地将那百花香挪开，想把它藏到过道中的一个橱柜里，最后她将其放到橱柜的最低一层架子上。事后，当罗丝·骆特找到那百花香时，丽贝卡早已消失得没了踪影，这使罗丝·骆特感到懊恼不已。

29

这下她自由了！她要自食其力，心想这下终于能到米尔本城里去生活了。不想再回到施密特太太开的寄宿舍去，就住到费里大街拐角处那座年久失修的褐砂石房屋里去。那座房子已被隔成一个一个狭小拥挤的房间。凯蒂·格瑞布和她表姐就住在这儿，她们邀她和她们住到一起去。分摊给她的房租一星期仅几个美元——“丽贝卡，你出多少是多少。”过去住的头几个星期，丽贝卡就在地板上铺几层床毯，将就着睡觉。由于白天干活累得够呛，到了晚上倒头就睡，因此睡哪儿都一样。她当过女招待，商品销售员，后来又在华盛顿大酒店做过服务员。

列奥拉·格瑞布现在又成了丽贝卡的朋友，是她帮丽贝卡在酒店找到这份工作的。“你就说自己十八岁，”列奥拉建议道，“没人知道的。”

丽贝卡领的是现金，人家把数好了的钱朝她手心一放了事，酒店不会把她的收入情况报到国税局去。因此她不用交税，酒店也不用为她支付社保基金。阿莫斯·赫鲁勃管理着酒店清洁卫生人员及厨房班的厨工们。他对丽贝卡挤了挤眼，说：“账目上没你的名字，是吧？这倒也省事。”他说话时那神态，好像两人之间有着柔情蜜意的笑话可开似的。丽贝卡还没来得及躲开，赫鲁勃已用他那右手的食指和中指捏住她一边的面颊。

“别这样！挺疼的。”

赫鲁勃撅着嘴，一脸顽皮的样子，就像个大人对一个不小心弄伤了自己的小姑娘那样，显得很同情，很体贴的样子。

“哎，真叫人……心疼。”

赫鲁勃大扁脸，很难看，嘴角露出挑逗的神情，年龄说不准，在三十五到五十五岁之间。他的办公桌后面的墙上挂着一幅照片。照片中的那个年轻人身着美军制服，黑头发，身材消瘦，那神态和眼前这位赫鲁勃几乎分毫不差。他的这间办公室位于酒店的后部，很小，而且没有窗户，幽闭得很。列奥拉要她别去理赫鲁勃，说他这人就喜欢这样，对女员工就爱动手动脚的，还说有的女工爱和他打情骂俏，有的则不。“他这人整体上说来心肠不坏，他还帮过我一些忙，只要你工作勤快，你要他放尊重些，他是不会乱来的。知道吗？”列奥拉说这些话时，好像这是什么好事似的，“他们总不能把我们都给开除了。”

丽贝卡大笑了起来。这确实不是什么坏事。她之前干过的几份工作也都使她不得不和身为工头的男人们接触。那些男人总能意识到她在身边，总拿眼瞅着她，端详着她。他们也都知道她是谁——雅各布·施瓦特的女儿。华盛顿大酒店里员工很多，忙着整理房间的女服务员们平常也很难见到。列奥拉答应丽贝卡不会把她的身份告诉赫鲁勃或任何别的什么人，不会告诉他们她是谁的女儿。“再说，那已经是米尔本很久以前的事了，就像刚过去的那场战争一样，人们已经开始淡忘了，至少大多数人开始淡忘了。”

这都是真的吗？丽贝卡但愿如此。

华盛顿大酒店位于主街地势较高的街区，丽贝卡当然知道这个，但在列奥拉带她去那里工作之前，她还从来没有进去过。酒店前厅看得让人觉得眼花缭乱。地上铺的是闪光的黑色瓷砖，厅内的家具陈设大多镶有皮革，还有那些青铜制的摆设，蕨类盆栽，华丽的枝形大吊灯和镜子。这大厅肯定是丽贝卡有生以来见过的最大的室内空间了，因此无疑给她留下了最深刻的印象。她问列奥拉一晚上的房费要多少钱，列奥拉告诉她后，她着实吃了一惊，说：“就睡那么一觉，竟然要花那么多钱？交了那么多钱后，你们还给人家什么别的东西吗？”

一听这话，列奥拉笑了起来，她领着丽贝卡穿过大厅，朝酒店后部的一扇门走去。那门上有一标记牌，上面写着：非员工莫入。她说：“丽贝卡，能住得起这样酒店的人有的是钱，有钱人住这里都给小费的。有的时候，还能见到更加有钱的人。”

就这样，她被录用了，而且名字不用登记在册，她天真地以为这是好事，因为这样她就不用缴税了。

华盛顿大酒店里的员工真多，这让她感到很开心。大多数员工们都穿着制服，表明他们干的是什么工作，职位如何。男员工穿的制服尤其醒目：门卫领班，门卫助理及青年侍者。（青年侍者中有的已不很“年轻”，有的已经是壮年男人。）酒店管理人员穿的是普通服装，系着领带。酒店设有两处餐厅，装潢较好的那间餐厅里才有男服务员，他们的着装都优雅整洁。女员工干的大都是电话接线员、秘书，要不就在装潢差点的那间餐厅以及吵闹的酒吧间做服务员，要不就做厨工、整理客房什么的。年龄最大的那个女工身材肥大，一头白发，已经六十来岁。她颇为自豪地声称自己从华盛顿大酒店一九二二年开张以来一直在此工作。丽贝卡则是员工中年龄最小的。

负责整理客房的服务员穿的是白色人造纤维做的制服，裙子的下巴裁到小腿肚子，上装是宽松直筒的短袖衫。发给丽贝卡的那套制服胸围太大，肩部又太窄，而袖子长得都快到了腕部，穿在身上皮肤有种滑溜溜的感觉，丽贝卡特不喜欢；特别让她感到不快的是，作为华盛顿大酒店的一名员工，她必须按照规定成天都得穿长筒袜。

这让她受不了。肖托夸河谷夏天天气潮湿，拖着个吸尘器，还得用拖把清洁地面，这要求也太过分了。

列奥拉对她说：“宝贝，这你就得请阿莫斯·赫鲁勃出面帮忙了。他要是喜欢你，那可就不一样了。他要是不喜欢你，会照章办事，那你就真的苦了，这个王八蛋。”

不就是逢场作戏吗,我能做得到。

推着清洁车走在客房的走廊里,那种感觉她喜欢。她的小车里装有床单、枕套、毛巾、洗漱用品、小块香皂。穿着不起眼的白色人造纤维布做的制服,大部分房客不会在意她。即使房客(都是男性)和她打招呼,她也从不抬头去看他们。

“早上好!”

“今儿天气不错,嗯?”

“小姐,你要是现在就整理我的房间,我可以等。”

但客人在房间里的时候,她从不去打扫、整理房间,省了客人目不转睛地打量自己。

她也从不会关着门和客人待在房间里。

她喜欢这份工作,就是因为能有清净独处的时候。从床上揭去床单,从盥洗室里拿走弄脏了的毛巾,用吸尘器清理地毯。每当干这些事情的时候,她就会沉浸到不浅不深的梦想里,像被人催了眠似的。在空无一人的客房里,没人会注意地打量她。打开客房走进去的那一刻,她尤其喜欢。因为作为客房服务员,她握有进入所有客房的总钥匙。而她,丽贝卡·施瓦特,虽说是个无足轻重的人,却能进入华盛顿大酒店的每一个房间,谁也不会觉察到她。

“客房女服务员!”她也只是其中的一个。

这词以前她还从未听说过。她仿佛看到他那张嘴在吃力地动着,嘲讽地说:

女服务员!别人干了下流的事,你却来打扫。

我的女儿。

但即使是雅各布·施瓦特也会对华盛顿大酒店的客房赞不绝口的。高大的窗户,顶部都快到离地面十英尺高的天花板了!织锦做的褶状窗幔可以左右拉动,里面的窗格上还有一层白色薄纱做的帘。虽说有些较小的房间，里面铺的紫红色的地毯有些地方已磨坏，然而质料都是上乘的，羊毛做的。镜子里反照着丽贝卡那轻巧自如的身影，她身着白色人造纤维做的制服，白皙的小脸呈橄榄形，在镜子中一闪一闪的。丽贝卡很少会在这面镜子中打量自己，因为酒店所强调的就是默默无闻地工作。

在骆特小姐那不太大的房子里，每一样东西都是那样地富有个性，那样地有意味。而在华盛顿大酒店里，你可以见到的东西没有一样有个性和意味可言。除了顶层七楼的套房（丽贝卡未见过）外，所有房间的装潢完全一样，床罩、灯罩、信笺信封都是一模一样的，留言板上凸印着酒店的名字，放在同样的写字桌上，连墙上挂着的也都是同样的十九世纪画作的复制品，画中描绘的是十九世纪后期伊利内河航运的景象。

人睡在这些相同的床上，做的梦会不会也是一样的？

没人能说得上来，因为，没人愿意承认自己做的梦和别人的一样。

这是唯一的安慰，虽说所见的一切都是那样的毫无个性。客人们登记入住，结账离开，有人住着的房间突然又会变得空无一人。这些陌生的客人，丽贝卡常常甚至连看都未看上一眼。在走廊里从他们的身边走过时，丽贝卡都是低垂着眼。她知道，不敲门、不报明自己的身份，是不能进任何客房的，即使自己明明知道里面没人，也不能随便进去。来华盛顿大酒店入住的大多数是男性，是些乘汽车或火车到处跑的生意人。到了周末，能见到的女人要多些，男女成双成对出入的也多些。不过，丽贝卡不久就明白了，不能拿客人给的任何东西。有时她见到写字台上放着两美元，有时则是几枚五分、十分的硬币，有时则什么也没有。列奥拉说，男人通常会给小费，除非是携妻子一同入住，因为有时做妻子的会趁丈夫没注意，把丈夫留下的小费装进兜里。

（可列奥拉又是怎么知道这些的呢？丽贝卡不明白。）

年岁大的男人给小费时通常比年轻的要大方。而要是和某位客人讲过几句话或朝他笑过，那么，那人几乎肯定会给小费。

凯蒂和拉维娜拿列奥拉开玩笑，因为列奥拉有几位“酒店结识的朋友”，他们常路过米尔本。

列奥拉则略带愠色地笑着说：“人家至少也是有教养的人，不像有些人，简直是畜生。”

酒吧间掌柜的是列奥拉的朋友，前几年是他把列奥拉介绍给那几位“酒店中结识的朋友”的。这已不是什么秘密。

那酒吧间掌柜的也想接近丽贝卡，可丽贝卡没给他好脸。

宝贝，给你五十块钱的小费还不行吗？

不，没门！

（实际上，五十美元的小费究竟是否可能，是否是莫林格开玩笑的话；她连想都没让自己去想过。一周工作六天，每天八小时，她才拿四十八美元，那个嬉皮笑脸的阿莫斯·赫鲁勃把钱一张一张地数到她的手里。）

连想到自己的肉体被陌生人去碰，她都会有强烈的反感。为了钱而去出卖自己的肉体，这是她连想都不愿意去想的事情，尽管她知道（却装着不知道），凯蒂、拉维娜两人和列奥拉一样有时也拿“异性朋友”的钱，因为凯蒂曾耸着肩亲口对她说：反正是别人一时高兴要给的，又不是咱刻意设计去挣的。

不错，这样的事情看上去确实不是刻意设计好的。假如你是个年轻的姑娘，周围好像又没人，自己又没什么防备……比如有的男人会折回到房间里来，说落下了什么东西，而此时丽贝卡正孤身一人在打扫整理他的房间。再比如，有的男人在走廊里会突然抬起头来朝她一笑，好像碰见她的那一刻才看到她似的，接着开始和她搭腔说话，那亲近劲显然是鼓足了勇气才做出来的，每逢此时，丽贝卡都会很有礼貌地笑一笑，摇摇头，像是听不懂似的，继续推着她那清洁车沿着走廊离去，要是那人没有喝得烂醉或不是那么咄咄逼人的话，一般也不会跟随她不放。

“得，宝贝，随你的便吧。”

或者和阿莫斯·赫鲁勃一样,说声:"嗯!对——不起。"

遇到这种事后,客人给不给丽贝卡小费,也说不准。有时,弄脏的床单上散落着几枚硬币,有时,梳妆台放着一张折叠着的五美元纸币。但有时留给她的,仅是一个弄得一团糟的房间,污秽不堪的盥洗室,没有放水冲洗的马桶。

即使这样,丽贝卡仍以为酒店里一切没有个性可言,也毫无意味可言。丽贝卡有时会从自己发呆的状态中醒来,走进被搞得一塌糊涂的房间,她没碰到过客人,没抬头看过客人,客人也没抬头看过她。因为一走进那房间,她就能闻到一股味。泼洒了的威士忌味、啤酒味、洒落的食品味。做爱后的体液味,马桶里的臭味。太明显不过了。有时,床单、枕头、毯子、被子什么的,弄得一地都是,像是发酒疯导致的。弄脏了的床、被香烟头烤焦了的地毯、被发油弄湿了的枕套。弄得满是污迹的地毯,锦缎窗幔从窗帘杆上扯了下来,堆在地上。浴盆四壁一圈一圈的污垢,地漏表层满是阴毛。(每个客房盥洗室里的地漏都必须擦洗干净,用阿莫斯·赫鲁勃的话说,都必须擦得铮亮。大家都知道,赫鲁勃会亲自到客房里查看的。)最糟糕的是,有时抽水马桶下水处给堵上了,弄得小便甚至大便都溢得一地都是。

但即使碰到这样的事,她也不以为意,相反,仍能感到满足。*这下我能干活了,我有的是力气。*酒店里的所有女服务员到头来都有过类似经历,这跟做家庭妇女,跟为人妻为人母没什么两样。

丽贝卡用拖把拖、用力擦洗、用水冲刷盥洗室的地面,然后用吸尘器吸完地毯,整理好床铺,原来一团糟的房间又变得整洁起来,她感到很开心。盥洗室里的臭气消失了,取而代之的是去污粉的味道,镜子及白瓷面盆擦得铮亮,此时,她的精神也为之一振。

多容易啊!光洁的表面。

她既不思也不想,就想这样生活下去。一日又一日地随意飘荡。母亲结婚，生孩子，她错就错在这里。随后的一切倒霉事都由此大错酿成。

她只想干活干到精疲力竭为止，这样，到了夜里，她就可以蒙头大睡，连梦都无暇去做。即使做了梦，醒来时也没法记得起来。你他妈的真够幸运的，这你知道，你可是在这儿出生的！雅各布·施瓦特在世时，连这华盛顿大酒店的门都没踏进过。有几天，她小心地走在酒店的走廊里，走廊的天花板老高老高的，她对周围的一切几乎毫无知觉，简直像是在梦游。

“爸爸，我现在当上了酒店女服务员。”

这对他来说是个报复，不是吗？或者是对母亲的报复？

她突然离开了罗丝·骆特小姐家，为自己的行为感到内疚。她是在一天夜里，趁屋子熄灯后，在一片黑暗中溜出去的，偷偷摸摸、胆小如鼠般溜出去的。当时，复活节刚过去没几天。这样，她就再也不用听第根神父的布道了，再也不用看骆特小姐脸上那副受到伤害的表情了，再也听不到骆特小姐拐弯抹角责备她的声音了。她已经与凯蒂和拉维娜秘密计划好了，两人都邀她一起去同住，所以那天夜里，她趁洛特小姐睡着了，最后一次整理好床，在枕头上留下一张便条。

写那便条时让她好一番折腾！丽贝卡想来想去，可只写出下面这两行字：

亲爱的骆特小姐，

谢谢您所给我的一切。

~~我祝您~~

这两行字写得很快，字迹有“派克风①”，骆特小姐教小学时向女孩们

---

① 美国笔商乔治·S.派克（1863—1937）发明的一种富于装饰性的书体。

灌输的正是这种书风。丽贝卡挖空心思想再写两句，可觉得自己身上的每个毛孔都在冒汗，她觉得非常羞愧，她怨恨起自己来，两个朋友正在费里街的住处焦急地等着自己，干吗要在罗丝·骆特身上费这些工夫。她要带走的只有几样有特别意义的东西：获奖得的那本词典，还有几件骆特小姐给她买的衣裳。这几件衣裳她穿着仍很合身，虽说如今自己长得四肢修长，可穿那几件衣裳一点也不会给人傻乎乎小女孩的感觉。

最终，她将写好的便条撕了去，又重写了起来。

亲爱的骆特小姐，

谢谢您所给我的一切。

耶稣会比我待您更好。我很抱歉！

丽贝卡·艾丝特·施瓦特

30

"第一次见到你时，丫头，我就打定了主意。"

奈尔斯·提格诺说的就是这句话，说得是那样的干脆、那样的冷峻，典型的提格诺风格。一听到这话，你会不由得抬起头来，端详着他这人，心里早已失去了平静，那感觉就好比他伸出粗壮的大拇指往你胸骨处戳了一下，戳得虽说不算很重，但已恰到好处。

那是一九五三年八月的一天下午，天气闷热，华盛顿大酒店里的大部分地方都没装空调，室内的走廊里一点风丝也没有，令人窒息。丽贝卡在五楼推着清洁车，车里装满用脏了的床单、毛巾之类的东西。此时，她看见走廊尽头有扇门在慢慢地被人推开着，她心里又觉着讨厌起来。她知道，那是五五七房间。房间里住着的那男人入住时登记的名字叫鲍姆嘉通,他老是找她麻烦。鲍姆嘉通预付了好几天的房费,一般房客是不会这么做的,他这么做显得有些怪异。他要么呆在房间里,要么就到一楼供应鸡尾酒等饮料的休息室或酒吧间去喝东西,好像除了这些,他就再也无事可做似的。他老是鬼鬼祟祟地出没在走廊里,想和丽贝卡搭腔。丽贝卡特别讨厌这种拈花惹草的男人!可她表面上又不得不装出很有礼貌的样子。要是她到酒店老板那里去说鲍姆嘉通的不是,那老板肯定会责怪她的,这她知道。从她以往的经验里,她很清楚这一点。

"畜生,你没这权利。"

丽贝卡已十七岁零三个月大了,已不小了。华盛顿大酒店的女员工中,她已不算是最小的。

她已不像以前那样喜欢自己的工作了。干的活一点也不用动脑子,机械而重复。不过,干活时的那份属于自己的清静和孤独对她来说仍是一种诱惑。一日复一日,她就像个小动物,无需从紧盯着的地面抬起头来去看周围的一切,白天干活时,人虽然醒着,但仍像是在梦幻中一般。除非受到哪个无礼之人讨厌的干扰,她是不会从这梦幻中醒来的。

她发现那扇门打开的动作停止了,留着约摸两英寸的缝。鲍姆嘉通一定是在从里往外偷看她,他就是要让丽贝卡知道,让她浑身不自在地意识到他正在看她,而自己却看不到对方,弄不明白对方是穿戴整齐还是只穿着内衣,或压根就什么都没穿,赤着身裸着体。鲍姆嘉通就是要寻开心,就是要见到女服务员那尴尬的样子。即使给阿莫斯·赫鲁勃看到了,他大概也不会去责备她。

赫鲁勃喜欢叫她*施瓦特家的闺女*,当然不是当着她的面这样称呼她,但他每次这样称呼她时,她总能听得见。正如列奥拉事先预言的那样,他不喜欢她,但后来却知道如何敬重她。

她活干得不错。她胳膊和肩部的肌肉虽少,但结实、紧致,能搬起和自己体重相当的重物。干重活她很少有怨言。她为人稳重,干活时注意力集中，显得不像同龄人那样幼稚。天热时，她把浓密的头发绾起一部分来，编成辫子盘到头上，这样，头发就不会挡着脸，不会在脖颈部碍事。一到了大热天，脖颈部位的皮肤特别敏感，头发刺激皮肤有火烧火燎的感觉。此时，那白色人造纤维做的工作服也湿漉漉地粘在身上，上嘴唇也沁着一层汗，闪光发亮。她感到很累，两片肩胛骨间感到酸疼得厉害，汗水流到了眼里，疼得更是让她受不了。

五五七房间里的那男人曾向丽贝卡自报家门，说自己是华盛顿大酒店的常客，和酒店管理人员及其他员工"处得很好"，和好几个女服务员也处得不赖，还说他给那几个女服务员的小费如何如何大方——"当然，该给就给。"

丽贝卡注意到，那男人说话呼吸时带着一股甜不拉唧的味道，有点叫人恶心。而且，他说起话来，两手发抖，做着夸张而神经质的动作。另有一次，丽贝卡正在他隔壁的房间里打扫卫生，他冷不丁地拦住她，急不可待地告诉她，说他这趟到肖托夸河谷来要干件重要的事情——"部分是家庭里的事，部分是钱财上的事，可这两类事均毫无价值。"

在说出"价值"这两个字时，他用猥琐的眼神盯着丽贝卡看，好像他说的话与她有关似的，好像他们两人之间有什么瓜葛似的。

鲍姆嘉通赤着双脚，这让人不可思议，丽贝卡见了觉得特别反感。他上身穿的是夏威夷人节日里穿的印花衬衫，有几个纽扣解开着，露出灰乎乎的胸毛。他的上下嘴唇柔软、松垂，上唇上面的胡须虽然刮过，但显而易见，他刮胡须时一定笨手笨脚，不怎么利索，因为那两片嘴唇上面布满了剃刀留下的小小的割痕。他年纪四十来岁，喝酒，两脚像站不稳似的晃来晃去，那双猥琐的眼盯着她看，充满无耻的欲望。"宝贝，我叫布姆斯岱，你在连环画杂志里一定见过我。其实，我算不上是个真正的男人，你看，我老是嬉皮笑脸的。你信不信，宝贝，我和你一样，也年轻过?"他咯咯地笑着，用手使劲擦着他那扁平的红鼻子。

直到这时，丽贝卡才看到，鲍姆嘉通那条弄得皱巴巴的裤子上的拉链只拉起一半，里面一定没穿内裤，因为可以看见那像沸水煮熟了的肉块和大片阴毛。丽贝卡感到一阵恶心，她推着清洁车，从他身边走了过去，走进房间随手关上门，以防他再跟过来。可他竟然狠命地敲着门，敲了足足有几分钟，并用痛苦、哀求的声音和她说话，说的是什么，她没听见，因为她已到盥洗间里干起活来。

她没去打扫鲍姆嘉通的房间，因为"请勿打扰"的牌子一直挂在他房间的门把上。丽贝卡心里真怕看见他那弄得像猪圈一样的房间。再说，只要那牌子还挂在门把上，她就不能进去，哪怕鲍姆嘉通人不在房间里面；她打定主意，只要鲍姆嘉通人还在附近转悠，她就不进他的房间，即使他要她进去，她也不。她心里盼望着鲍姆嘉通那天上午能退房走人，可他却暗示说自己可能还要在酒店住更长的时间。

第二天，鲍姆嘉通又要起另一个把戏来。这回，可就难逃他的魔掌了！

丽贝卡走近五五七房间时，门还像以前一样虚掩着。可这回他没在门后。（除非他躲在门后，见她进去后向她发起攻击。）她心里真怕会有一个一丝不挂的庞大身躯赫然出现在她面前，可她没办法，只得把头伸进去张望一下。

"先生？有人……？"

如其所料，那房间里乱得真像是猪圈。真该死，衣服、毛巾扔得到处都是，刚进门的地方就见到一只单身男人正式场合穿的皮鞋反扣在地毯上。尽管已是中午时分，可那厚实的窗幔还拉着，外面的光亮一丝也透不进来。有盏灯还亮着，灯罩已变了形。一股威士忌味和头油味扑鼻而来。那人正仰面朝天地躺在床上，他呼吸有点困难，双眼紧闭，两条胳膊放在身体两侧，他穿着裤子，拉链没拉好，没系裤带，上身穿着一件薄棉汗衫；脚还是赤着的；头歪着，嘴张着，两片嘴唇被唾沫弄得湿漉漉的。旁边的床头柜上有个空玻璃杯和一瓶快喝完了的威士忌。丽贝卡惊呆了，她发现鲍姆嘉通的喉部和躯干像是在淌着血。

“先生！出了什么……”

床前的地板上有几样东西，摆放的样子像是陈列在商店的橱窗里似的：一个男士钱包，一只男士金表，一枚女人戴的戒指，戒指上面镶着老大的一颗淡紫色钻石，一个女人用来装零钱的皮钱包，还有一个皮质化妆盒，这化妆盒看上去和那女士钱包很相配。有几张钞票从那男人用的钱包抽了出来，刚好可以看到上面的面值标记：几张二十美元的，还有一张五十美元的。

给我的，丽贝卡心里想。

可她不能碰这些东西，也不愿意去碰。

她已经走近床边，不知道该干什么是好。她心里明白，要是鲍姆嘉通用剃刀片或小刀严重地伤着了自己的话，那么流的血可能还会更多。也许他是在盥洗间伤着自己，然后踉踉跄跄地再走回到卧室里的。身上有无别的伤口，她一时还看不见；也许他酒喝得太多，昏了过去，不救就得死了，她必须马上打电话给前台……

她挪步朝电话机前走去，想去拿电话听筒。可要去拿听筒的话，她必须走到离那男人很近的地方。没准鲍姆嘉通又是在耍什么把戏，要是那样的话，她一靠近他，他兴许就会睁开他那猥琐的眼睛，给她送秋波……

“先生，醒醒！得起床了。”

丽贝卡的声音有点尖锐。她能看清那人弄得不成样子的脸上的青筋，就像白炽灯里的钨丝一样。油光发亮的扁平鼻子，湿漉漉地张大的嘴像是鱼嘴，高低不平的脑袋瓜子上一绺一绺的灰白头发。只有一副牙齿看上去还算是好的，但肯定是假的。他的眼睑一翻一翻地动着。他呻吟着，大口喘着的粗气很不规则。此刻，丽贝卡对他怜悯了起来。

要是他这会儿死了，那我就是最后一个见到他的人。

要是他这会儿死了，除了我之外没人能看见。

她刚想去抓电话的听筒，以便给总台打个电话，这个好像动弹不得的人狡猾地睁开了一只眼睛，咧着嘴朝她笑，露出一口闪闪发光的烤瓷假牙来。丽贝卡还没来得及躲开，鲍姆嘉通一把抓住了她的手腕，他的那几根手指出奇的有劲。

"嗯！我的宝贝！多好的一个惊喜啊。"

丽贝卡尖叫了起来，拼命想甩开他跑开，可鲍姆嘉通的手死死地抓住她不放。

"放手！你这个混蛋——"

她用另一只手的指甲拼命地抓鲍姆嘉通的手。这时，他从床上坐了起来，嘴里骂骂咧咧的，索性双腿一环，像个摔跤运动员一样，用双腿死死地夹住丽贝卡的臀部。两人扭打中，鲍姆嘉通终于把丽贝卡拖到床上，摁在他的身边，他气喘吁吁地放声大笑着。事后，她仍能想起他呼吸时嘴里冒出来的那股刺鼻的威士忌味，还有某样东西下面冒出来的更加令人恶心的臭味；仍能想起自己当时差一点晕过去。

"嘿，你他妈在这儿干什么呢？"

一个身材高大的男人走了进来，他的头发硬挺，呈镍色。他像一头用两条后腿走路的熊，动作极其敏捷。鲍姆嘉通回嘴说——"滚出去，这是私人房间，不关你事"——可那人不管三七二十一，一把抓住鲍姆嘉通那松垮垮的肩膀，狠命地摇着。"放开姑娘，你这狗日的，要不我揍扁了你。"丽贝卡从鲍姆嘉通抓着她的手中挣脱了出来。随即，两个男人打了起来，那陌生男人用拳头揍鲍姆嘉通，而鲍姆嘉通只得用两只胳膊软弱无力地护着自己。只见那陌生男人一拳打下去，鲍姆嘉通的鼻子出了血，再一拳下去，他的那口闪闪发光的烤瓷牙像是给砸散了。之前，鲍姆嘉通自己身上流的一定不是血，至于是什么，只有他自己才知道，因为只有这时，他那副嘴脸和躯干见到的才是鲜血，殷红殷红的鲜血。

丽贝卡身子朝后退去，只见那个鲍姆嘉通或叫布姆斯岱的男人连连求饶，可那个长一头镍色头发的人仍薅着他的头发，使劲地把他的头往红木床头板上撞，一下，两下，三下，撞得那床头板喀嚓喀嚓地响。

丽贝卡逃了出去，连那清洁车也顾不上了，扔在了五楼，只得下次再来推了。

那男人，也就是那个陌生人，他是谁？

五五七房间里发生的那场“暴力打斗”过去了有好几天，丽贝卡才敢小心谨慎地问人家，那个身材魁梧高大，一头镍色头发的男人是谁？他叫什么名字。H.鲍姆嘉通在五五七房间被打一事，警方正在调查，她不想把那陌生男人拉进这件事情里来。人家是为了保护她才挺身而出、打抱不平，说什么也不能将人家牵涉到这事情中来。

放开姑娘。放开姑娘。

真怪，把她看作是个小姑娘！在别人的眼里，只有一个小姑娘才需要人挺身而出加以保护。

实际上，丽贝卡以前在华盛顿大酒店时不时地能见到那有一头镍色头发的男人，他一定常到酒店里的酒吧来。她曾见过他和酒吧间掌柜的莫林格在一起：那人三十五岁左右，个头足有六英尺开外，长着一头钢针似的头发，笑起来声音浑厚，很特别。是个人人都很羡慕的男人，只是他自己并不知道别人羡慕他。

他要是失手把鲍姆嘉通打死了……

丽贝卡将永远保守这秘密，决不将此事的实情告诉给酒店管理人员或警方，也决不会为那场“暴力”打斗出面作证。

鲍姆嘉通向警方撒了个谎，说有两个(男)人闯进了他的客房，把他揍了一顿，还抢劫了他。两个！他声称自己正躺在床上睡觉，没看清闯进来的人的面孔，只记得他们穿白色衣服，至于来人是谁，“他也不认识。”鲍姆嘉通的鼻子下颌被打破，几根肋骨被打断。两腿被打得发青。被打破了的头直淌血，他无助地躺在床上，一个多小时后才苏醒过来，才有力气拿起电话报警。

鲍姆嘉通声称，“窃贼”抢走了他的钱包、手表，还有其他几样东西，总价值在六百美元左右。

鲍姆嘉通压根儿不提丽贝卡。他勾引女服务员进他房间的事，只字未提。事发之后的一个星期里，丽贝卡一直在担心，担心警察会来找她问话，可是没一个人来。她这才放了心，脸上有了笑容，心想：他自己内心感到有愧，想忘了那事。

丽贝卡气得要命，鲍姆嘉通竟然说谎，说有人来抢劫他，揍了他一顿的那人显然不是那种人，怎么会抢劫他！鲍姆嘉通一定是将那些东西藏了起来，并提出无理要求，向人家索赔。没准他会控告酒店管理层，向人家索要赔偿金。

鲍姆嘉通被打得不轻，伤得很重，连路都不能走，只得让人用担架抬着。把他送到等候在酒店门外的救护车上。就这样，救护车把他送到肖托夸瀑布的总医院。之后，他再也不敢回到华盛顿大酒店来了，丽贝卡不会再见到他了。

“奈尔斯·提格诺。”

这是列奥拉·格瑞布说的，只能是他，不可能是别人。

他是一家啤酒厂的代理商，他在本州走东窜西，代表奥瑞斯卡尼港市的黑马啤酒厂和旅馆、饭店及酒馆老板谈生意。据说此人活动能力特强，特霸道，因此在所有啤酒代理商中，他的生意做得最成功。他时不时地会路过米尔本，一来总是住华盛顿大酒店，给小费出手也很大方。

据说，提格诺是个有许多“秘密”的人。

据说，提格诺是个永远让人捉摸不透的人——他这人不鸣则已，一鸣惊人。他做的事，你要是知道了，就会终生难忘。

据说，提格诺这个人特别喜欢女人，对女人来说，他是个“危险”人物。不，应该说他是个特风流，特会向女人献殷勤的男人。从伊利湖的东部到位于加拿大边境的夏泼兰湖的西北部，到处都有崇拜他的女人。（那么，加拿大境内也有他爱的女人吗？那还用说！）不过，据说提格诺也很会“关切、保护”女人。好多年前，他结过婚，可妻子年纪轻轻地就在一场“可悲的事故”中死了……

据说，提格诺谁都不相信。

据说，提格诺杀过人，可能是防卫过度吧。当时他赤手空拳。是场酒馆斗殴，事情发生在阿迪朗达克山区，要不就是在奥瑞斯卡尼港市，时间是一九三八还是一九三九年的冬天吧，当时啤酒业竞争异常激烈。

“凡是男人都不敢惹他，凡是女人……”

丽贝卡笑了，心想：但他不会伤害我，他和我之间有种特殊的感觉。

据说，提格诺不是本地人。他生在一个叫克朗角的地方，此地位于夏泼兰胡边上的提康德洛加的北部，祖先有个叫亚当斯·提格诺的，是位将军，一七七七年，这位将军和英国将军伯戈因交手，打得不分胜负，后来，英军撤退离开时，放了一把火，把提康德洛加要塞夷为了平地。

不是这样，提格诺确是本地人。他生在奥瑞斯卡尼港市，他是艾斯德拉斯·提格诺好几个私生子中的一个。二十世纪二十年代，艾斯德拉斯·提格诺是民主党的官员，禁酒时期卷入威士忌走私案，涉嫌从加拿大安大略省向美国走私威士忌，一九二七年在奥瑞斯卡尼的大街上被竞争对手开枪打死……

据说，提格诺这人，你不能走近他，你必须得等他走近你。

31

“丽贝卡，有人想见你呢，五楼上的那个‘黑头发、吉卜赛人长相的女服务员’，指的是你吗？”

这是丽贝卡第一次听说奈尔斯·提格诺对自己有意思。阿莫斯·赫鲁勃带着一副讨好的样子傻笑着说。

马林加是酒吧服务生，人很壮，留着小胡子。后来他也说："丽贝卡，有个哥们儿说下回来镇上时想见你。"

旅店的接线员珂琳·多纳是丽贝卡新交的朋友，是她在中间牵线搭桥。提格诺十月最后一周将来镇上，在旅店仅呆两个晚上。

起初，丽贝卡不知说什么好。过了一会儿，她说：好的，我可以见他。

之后，她心中感到忐忑不安，但还是克服了这份担心，因为她喜欢奈尔斯·提格诺，虽说没怎么近距离接触过。丽贝卡这辈子没爱上过哪个男人，但她爱上了奈尔斯·提格诺。

"只有我能了解。我了解他。"

她这么安慰着自己。在她孤独时，这个念头就越发坚定。那个幽灵般的耶稣基督的形象已好久没在她眼前勾魂摄魄地出现了。

自从离开骆特小姐，丽贝卡就没再想过耶稣。

放开姑娘，混蛋。

要不我揍扁了你。

这两句怒气冲冲的吼叫在她脑子里反复出现。她想的全是这些。推着清洁车，打扫房间时，她自己心里微笑着，碰到谁也不看一眼。小姐？小姐？小姐，麻烦一下？但丽贝卡总是客客气气地避开。见着男人她总是躲得远远的，实际上，所有房客她都躲着，包括女房客。女房客喜欢对她颐指气使，她信不过她们。所有房客都有权说旅店员工粗鲁、服务不周，或有偷窃行为。

放开姑娘。

她浮想联翩，惴惴不安，激动得难以言表，欲望引发的疲倦快要把她击倒了。她以前没和哪个男孩或男人谈过恋爱。高中时有过几个男生，她挺喜欢，但也只是不成熟的性吸引而已。因为她是掘墓人的女儿，米尔本的外来人。和凯蒂·格瑞布一样,她也只不过是个采石场路一带的女孩子而已。

她一想起奈尔斯·提格诺,就感受到一股强烈的、令人痛苦的欲望流过身体。当然,他进门打抱不平时,她并不知道他的名字,但还是觉得与他似曾相识。她故意想象当时曾和他交换过一个眼神。*我认识你,丫头。我专程为你而来。*

那天,一九五三年十月的一个星期五,丽贝卡在旅店当班,八小时一班,却并不感觉到累!一点都不累。回到公寓,她洗了个澡,也洗了头发,把垂在肩上的鬈发梳了又梳,头发已经到后背中间那么长了。凯蒂送给过她一支口红,她涂在嘴上——牡丹花般的大红色。"天哪,你打扮起来还真不赖,简直像露丝·罗曼。"丽贝卡大笑起来,她对电影明星露丝·罗曼只有一点模糊的印象而已。她说:"'露丝'——'丽贝卡',没准儿我们是姐妹呢。"她穿上一件贴身的莱蒙绿色的毛衣,立即显出她美妙的身型,下着灰色法兰绒裙子,长度过膝,诺班的店员形容这裙子"剪裁讲究"。拉维娜送了她一条丝巾,让她系在脖子上,这种"颈巾"时下很流行。

对了,丝袜!丽贝卡有一双完好的丝袜,一点没有拔丝。还有高跟黑皮鞋,是她花七块九毛八买来的,专门等着这样的场合穿。

她在旅店后门外遇到了珂琳。她们是旅店的员工,不敢从大堂正门进去。

珂琳训斥她道:"丽贝卡!别跟参加葬礼似的一副哭丧相,笑一个吧。你不想发生的事情,一件也不会发生在你头上。"

天还不晚,酒吧间里人渐渐多了起来。丽贝卡进了酒吧,一眼就看到奈尔斯·提格诺:这男人身材高大,虎背熊腰,头发是与众不同的镍灰色,像是一根根立在脑袋上。他赫然出现在人群之中,着实把她吓了一跳。

她盯着他看了看,突然心里有点害怕。来和他见面,是个错误。这不是她记忆中那个男人，不完全是。这个人笑声震天响，盖过所有人的声音，隔着间屋子她都能听得到。

他正和酒吧里的男人们聊天，珂琳和丽贝卡慢慢走近，他一点也没觉察到。他的脸长得似乎不太对称，像是皮肤下面的骨头摔坏过，一边高一边低。他的皮肤看上去发烫，颜色如红黏土一般。他比丽贝卡印象中块头还要大：他的脸，他的脑袋，他的肩膀，都大了一号，整个躯干像个横放着的水桶，胸肌结实得很。他上身穿着灰色带暗条纹的运动外衣，肩膀处正合身，下身穿的是深色长裤，白衬衫的领口在喉结处敞开着。

丽贝卡轻轻拉了一下珂琳的胳膊，但珂琳在召唤吧台后面的马林加，没注意就把她的手甩开了。

这将是个错误，但终究会发生。丽贝卡感觉嘴唇上的口红那样鲜亮，让她笑起来好像马戏团的小丑。

不难发现，提格诺是那群男人里的焦点人物。他随便讲个故事，别人就听得十分专注，随时准备大笑一番。如果故事的结尾出其不意，就会立即引起全场人的哄堂大笑。他周围聚了六七个男人，吧台服务生也在里面。这时，马林加瞥到了珂琳和丽贝卡，整个酒吧间也就这么两个女人，混在男人堆里，很容易就能看到。马林加对珂琳眨了眨眼，示意她过来。然后他跟提格诺耳语了两句，脸上带着狡猾淫荡的笑。

提格诺直接结束了和男人们的谈笑，转身看她们。随即，他面带微笑，招了招手，向她们走去。

“嗨，姑娘们。”

他眯着眼睛向她们看过来，用猎手举枪瞄准的眼神看丽贝卡。丽贝卡保持着微笑，感觉血往脑袋上涌，脸涨得发热，眼神也模糊了，看人都看不太清楚。

珂琳眉开眼笑地和奈尔斯·提格诺聊了起来。丽贝卡的耳朵还在轰鸣，但也听他们提到了自己的名字，而且感觉到提格诺抓起她的手，温暖地握紧,然后松开。

"丽贝卡,嗨!"

提格诺护送两个女的找一个安静的位子坐下。他们坐在靠近大壁炉的位置,壁炉里正烧着桦木柴禾。

这地方可真好!是华盛顿大酒店里最老、最"有历史意义"的地方,丽贝卡以前从没来过。

珂琳二十一岁,所以可以喝酒。提格诺给她点了一杯生啤。丽贝卡年龄还没到十八岁,只能喝软饮料。提格诺把酒递给她们,和她们彬彬有礼地交谈,一开始用词还很正式。他和女人在一起时完全不是刚才和男人们坐在一起的样子。

虽然提格诺一上来就和珂琳聊天说笑,但可以看得出,他对丽贝卡很倾心。这男人的牙很大,活像马嘴里的牙齿,还有点往里勾,是烂玉米的颜色。而他那张奇怪的脸,像被打坏了似的。他的眼睛是灰色的,像金属的颜色,比肤色还浅一点;他的眼神注视着丽贝卡,让她很不自在,可又使她感到惊喜。她的心跳得快极了,就像高中的某个早上格洛里亚·默恩策从后面推她那次一样,那次她不准备逃走,她要转身面对敌人,给予回击。

提格诺朝她微笑了一下,问她在旅馆的工作如何。

"酒店服务员肯定见多识广,对吧?来给我们讲两个故事嘛。"

丽贝卡不禁笑了起来。提格诺这样注视她,让她特别害羞。她说:"我不会讲故事。"

提格诺也笑了,称赞她道:"好丫头!真是个好丫头。"

他知道,她是不会在警察那把他给供出来的。而这个秘密只属于他们俩,珂琳根本听不出来,猜也猜不到。

丽贝卡偷偷喝着珂琳杯中的酒,因为不能让旅店管理员看到未成年的孩子喝酒。提格诺又点了两杯黑马牌的生啤。

见鬼，丽贝卡那天晚上就没打算清醒着走出酒吧。朋友们老说她心思重，总一副正儿八经的样子，其实她自己也受够了。哪个男人愿意和心思重的女孩子出去呢？丽贝卡能听见自己的笑，而且觉得脸涨得通红，她知道自己长得漂亮，不然怎么可能让提格诺对她着迷。她不想比珂琳喝得少，但也不想醉倒。提格诺拿出了他那精致的银制烟盒，上面刻着大写字母“NT”，从里面抽出切斯特菲尔德香烟递给她们，丽贝卡学着珂琳的样子用手指夹起一根烟来，忍不住又咯咯地笑。

就在这时，不经意间，提格诺皱起眉，笨拙而莽撞地说：“‘丽贝卡·施瓦特。’我听说过你，对你的不幸遭遇我很难过。”

真是难熬的一刻。丽贝卡一开始几乎反应不过来他在说什么。

她咬着嘴唇想忍住不笑，可还是大笑了起来。

为什么你认为我遭遇了不幸？才不是。我不在乎。我希望他们死，我恨死他们俩了。

丽贝卡的笑纯粹是因为紧张所致。提格诺和珂琳都看着她说不出话。丽贝卡想以手掩面，马上离开座位，赶紧逃开。她费了好大的劲儿，对提格诺说出一句：“我现在不去想那件事了。”

提格诺把手罩在耳朵旁边，他没听清。

丽贝卡把她的话犹犹豫豫地重复了一遍。这会儿，她又感觉脑袋涌上一股热血。提格诺点了点头。“那就对了，丫头，挺好的。”有些事奈尔斯·提格诺也不愿去想。

他捏了捏她的手。这种碰触简直快让她晕过去了。

丽贝卡的手并不像一般女孩子的手那样纤细小巧，但握在提格诺手里就变成了小手；他的手指捏着她的手，不觉力气用大了一些，让她有点畏缩。

他管她叫丫头。

他们像是相知已久似的。

“像这样，丽贝卡。别忙着吸进去，慢慢来，适应了就好了。”

珂琳在教丽贝卡抽烟。提格诺在一旁看着，逗得直乐。像是一幕彩色电影，配乐从底下翻腾出来。主演不是露丝·罗曼，而是黛比·雷诺兹和琼·阿里森。丽贝卡的模样好像这些漂亮演员。她是个抽烟都需要现学的好女孩，呛得直咳嗽，眼泪直流。喝酒也是现学的。她是个喜欢讨好男人的女孩，不是随便对谁都好，而只对奈尔斯·提格诺这样的男人，虽然她穿着紧身毛衣、窄筒裙，嘴唇涂得鲜红，鬈发垂在背上，这样的装扮让她看上去很风骚，可她却希望人们觉得她是个单纯可爱的好女孩。

一个需要男人爱护的女孩。

丽贝卡也不知道这是怎么回事：珂琳靠近她，在她的唇上吻了一下！

提格诺笑了起来，心想这一定是在开玩笑。

哎呀，烟草的味道可真难闻。在她脑海里，这味道和牛奶味混合起来……

千万别吐，别吐在这里！她可不能吐。

还好，有人转移了话题。丽贝卡把烟掐了，咽下一口温可乐来冲掉烟味。珂琳有很多恋爱经验，“发展”过很多男人，和奈尔斯·提格诺年纪相仿，所以她知道该问些什么问题：他旅行到过哪些地方，最喜欢哪里，他的女友是否如传言中那样遍布各地，米尔本之后的下一站是哪儿，他在这世上有真正的家吗？

提格诺对于大部分问题都认真作答。他喜欢所到的每一个地方，但尤其喜爱夏泼兰湖和阿迪朗达克山。他喜欢结识过的所有人！当然，他也喜欢华盛顿大酒店，这酒店是黑马啤酒的忠实拥趸。

他没有“家”——应该这么说吧。他并非和其他人那样，特别想要有一个“家”。在他眼里，“家”是一个拴在膝盖上的累赘，除非“家”能够随处携带，就像他的车。

丽贝卡听了这话很受震撼。以前她还从没听过谁有这样的念头。提格诺话里表现的细致思考是她震惊的原因，虽然他的用词没什么稀奇。这一点上，他有点像赫彻尔。话虽粗糙，却常在不经意间传达出微妙的意思。"家"这个概念不就是个陷阱吗？对人是一种限制，就像监狱，像闷湿而密不透风的牢笼。你爬进牢笼，就等于去受死。奈尔斯·提格诺这样的男人要一个破家有什么用呢？

丽贝卡大胆地说："我也没有'家'，只有个存放东西的地方而已。我和几个朋友住在费里街，但那不算是我的家。我可以睡在随便什么地方——峡谷边啊，或者车里。"

提格诺看着她笑了，喝了口酒。丽贝卡拿起别人留在她面前的杯子，也喝起啤酒来。

已经过了九点，提格诺点了些吃的。

烤牛肉配吉姆维克面包，这是酒吧间的特色菜。还点了炸薯条、萝卜条和几大杯黑马麦芽生啤。丽贝卡原想不当着奈尔斯·提格诺的面吃东西，但她已经快饿昏了。烤牛肉三明治一个不够吃，提格诺就着啤酒吞下两个。他的大牙闪着光，饱腹后显得开心极了。

"来玩金罗美，姑娘们，你们玩过吗？"

丽贝卡撑开沉重的眼皮，突然看见提格诺在洗牌。

也不知从哪儿冒出这么一副新扑克牌来！提格诺特别擅长洗牌，让纸牌在空中如瀑布般飞舞，好看极了。这种洗牌法丽贝卡从没看过，也没看过这么难看的大手！"宝贝儿，切牌。"他把牌摊开，让丽贝卡切了牌，随即抓起牌来继续洗，还不忘朝两人笑了笑。他发牌的动作像是向外扔出锋利的刀片，珂琳一张，丽贝卡一张，自己一张，珂琳，丽贝卡，自己……可是什么时候决定要开始玩牌的？丽贝卡只记得在格瑞布家里跟列奥拉学过一些，也不知道学会了没有。

提格诺说他们要玩的游戏叫吉卜赛金罗美，老玩法上加一些新花样。

吉卜赛金罗美？这种玩法珂琳和丽贝卡都没听说过。

提格诺脱下夹克，扔到座位后面。他的白衬衫质地不错，但早已被汗浸湿，有点起皱，脸上也全是汗，汗水顺着太阳穴往下淌。硬硬的头发奇怪地顶在头上，像一顶钢丝帽。他的眼睛颜色很浅，衬在红彤彤的脸上，烁烁发光，丽贝卡觉得像是深海猛兽的眼睛。在同类男人里，提格诺算是难得爱干净的。他的指甲修剪过，胡子虽然还很浓密，带点杂色，也修剪过。他还戴了块黑皮表带的腕表，跟鲍姆嘉通的可不一样，右手戴着金戒指，上面刻的是狮身人面的浮雕图案。“丽贝卡，拿起来看看你手里有什么牌。”

她拿起自己的牌摆弄着，心里跃跃欲试，琢磨着这牌该怎么打。先把手里的牌按同花顺分组，或按同点数分组。桌上有两摞牌，一摞是弃牌，另一摞是底牌，可得想好了怎么出。反正目标就是得分，赢了的话叫做“夺金”。

珂琳对手上的牌不太满意，她笑了一声后，咬了咬下嘴唇，撅起嘴。

丽贝卡盯着手里的牌看。方块Q？方块十？J，A……？

丽贝卡的手指在微微颤抖。壁炉里桦木柴禾的烟味扰乱了她的心思，她竟在脑海里幻想出了一大片桦树林，银亮的树干上带着黑色纹理，弯向地面，折倒在地上……她既不需要抓牌，也不需要弃牌，于是直接摊开手里的牌。由于她几乎从来不玩，对于这么少见的一手牌她也不觉得稀奇。

提格诺哈哈大笑，恭喜她赢了这一轮。他拿起一段铅笔头，在纸巾上计分。

游戏继续。由提格诺洗牌。两个女的坚持要他洗牌，喜欢看他娴熟的手法。珂琳皱眉抱怨着：“丽贝卡运气太他妈好了！”她长得很漂亮，深粉色的嘴唇很有肉感，黑色运动衫里面乳房高挺，耳朵上带着亮闪闪的耳环。丽贝卡能察觉到，珂琳在向提格诺递眼神，试图吸引他的注意，而提格诺的兴趣却在丽贝卡身上。“还要再发几张牌吗，姑娘们？咱们现在玩吉卜赛拉米。要的话我就发给你们。”

她们俩又笑了起来。其实她们根本不明白提格诺在说什么。

丽贝卡早就注意到，在酒吧间如此嘈杂的环境里，提格诺的神情仿佛若即若离。他很清楚有人在朝他们这边看，有人觉得自己和提格诺熟识，想走过来坐在他们旁边，但提格诺没发出允许的信号。他的与众不同之处正在于他能做到心如止水，泰然自若。珂琳和丽贝卡拿起他发的那些牌时像小孩子一样天真轻信，不过，提格诺也没怎么笑话她们。

“哎呀，看我的牌……”

“哎，看……！”

丽贝卡大笑起来，因为她手里有一组闪光发亮的梅花 JQK……丽贝卡自己不算分了，让提格诺给她计分，她信得过。

提格诺看了看自己的牌，不太满意，或许只是装装样子，咂了咂嘴，然后突然说道：“丽贝卡，你们那类人都是流浪者吧。”

“我们那类人？你说哪类人？”

话头起得太突然，丽贝卡没听懂。片刻，她在烟雾中沉沉地抬起脸，带着敌意注视着提格诺：“我和你是一类人。和谁都他妈是一类人。”

丽贝卡突然对奈尔斯·提格诺感到愤怒起来。刹那间，一种极大的恨意在她的心里油然升起。提格诺骗她信任了他。他一整晚都身体前倾，胳膊肘撑在桌子上，神情迷离地望着她。她真想伸手抓破他那张自以为是的大脸。

提格诺眉头紧皱，又似乎带着诚意地问道：“丽贝卡，你们叫哪类人？”

“我们叫人类。”

丽贝卡一字一顿地大声讲出，逗得提格诺和珂琳大笑不止。丽贝卡不禁也笑了起来，看来刚才是在开玩笑——是吗？能逗乐提格诺，她心里美滋滋的。她有这个天赋哄男人开心，只要她愿意去哄。她能抓住男人的眼神，让他们欲罢不能。她的身材长相摆在那里，男人们都看得到。提格诺和她打招呼时，她就强烈地感受到他内在散发出来的性吸引力。提格诺肯定想和她做爱：他想要她。她多想和他一起上楼，去他的房间，或者出门坐上他的车，开到河边去……能和他的想法作对，她兴奋的一阵战栗。她为自己做出的反驳而狂喜，几乎有些眩晕之感。

提格诺在洗牌，他洗牌的动作让人看得眼花缭乱。只见他右手上戴着狮身人面像戒指，敏捷地动着，额头上的汗水蜿蜒流淌，露着马一样的大牙朝她笑。"不需要再发牌了吗？那就摊开牌吧，丫头！"

丽贝卡把手里的牌摊在桌边：K，Q，J，10，7，A……清一色方块。

突然，丽贝卡哭了起来，让那两人颇感意外。泪水顺着她温暖的脸颊往下淌，酸酸的，有点刺人。

32

不久，他们俩双双坠入了爱河。提格诺非要得到她不可。不出意外的话，他一定会娶她的。

提格诺离开米尔本一段时间，又回来了。一九五三年和一九五四年的冬天，他有时离开一个月，有时离开两个月。然而到了一月份，他竟决定离开半个月就回来。他的行程安排没有规律可言，丽贝卡也搞不清楚。提格诺从来不告诉她什么时候回来，而她碍于面子也不好问。因为丽贝卡脾气也特别犟，只是说声"再见"，显得很镇定。每一次分别都可能是他们最后一次见面，但每次她都能显得那样坦然，这真的让他受不了。

她吻了吻他的脸颊。提格诺捧着她的头，吻着她的嘴，吻得她都有疼的感觉。

他用这样一些话逗她："丫头，你说你爱我不爱？"

"你就不想尝尝喜欢我是什么滋味？"

"丫头，你不想让我娶你吗？嗯？"

丽贝卡和提格诺保持着一定距离，不想和他同居。这对她虽说也是种折磨，但她宁愿这样。

因为丽贝卡知道：提格诺会把她当做面巾纸一样，用过后马上就扔了。他大概是不会以爱来报答她的，会吗？

风险不小，就像打出去的牌，再也收不回来。

“不能跟这样的男人结婚啊，丽贝卡。对你这样的女孩子来说，那将绝对是个错误。”

列奥拉·格瑞布这样劝她。但其他人也只是在嫉妒她。奈尔斯·提格诺娶丽贝卡·施瓦特为妻？她还不到他一半的年龄。这让别人想想都会生气。丽贝卡·施瓦特在他们的眼里毫无优雅可言，要长相没长相，还顽固得要命。

丽贝卡问列奥拉：“列奥拉，我这样的女孩子是什么意思？”

列奥拉说：“就是年轻女孩儿呗。年轻女孩儿对男人狗屁不懂。要是女孩儿再没有……”列奥拉突然皱着眉停下话茬。她差点把“女孩儿没有父母”说出来，但赶紧掂量着寻找更好的词儿。

丽贝卡愤愤地说：“我怎么会喜欢提格诺呢，我不喜欢任何男人！根本就信不过这群臭男人。”

她知道，提格诺一离开米尔本就忘了她，对他来说丽贝卡就像不存在似的。但丽贝卡还是忘不了提格诺。

提格诺到了米尔本，住在华盛顿大酒店，总是三番五次地设法见她。白天一整天和晚餐时间他通常都有“公事”，所以只能约丽贝卡晚上出来见面。她有空吗？想不想见到他？丽贝卡把费里街公寓的电话号码留给了他。拿不准什么时候他会给她打电话。提格诺的声音在她耳中如此亲切，每次接到他的电话她都会为之一振。

丽贝卡接电话时努力装出轻松幽默的腔调。凯蒂和拉维娜总蹭到身边旁听。丽贝卡问提格诺他是从哪儿打来的，提格诺就说：“就在街口，费里街上的电话亭里。其实都能看到你家窗户。那你以为我在哪儿呢，丫头?”

他管她叫丫头,一副调笑的口吻。有时也叫她吉卜赛女郎。

丽贝卡告诉他,她不是吉卜赛人!她说,自己和他一样,出生在美国。

我不和他上床。但我要嫁给他。

这想法显得挺荒唐,荒唐得连她自己也无法相信,荒唐得就像多年前自己真心信仰过的那子虚乌有的耶稣基督。想当年,自己以为耶稣基督是救世主,可是,丽贝卡·施瓦特是否存在,耶稣压根儿就不知道。

她从没想过爱上奈尔斯·提格诺,或其他任何男人。她知道,爱是有毒的诱饵!性爱,感官之爱。虽然她记不起父母相互间是否有过充满爱意的抚摸,但她宁愿相信他们曾相爱过。他们也年轻过,因为相爱而结婚。许久以前,安娜·施瓦特也曾怀想往日的家园。赫彻尔不是跟丽贝卡提起过一些让人惊奇的往事吗,爸爸哼起歌来,妈妈也随之哼唱,两人笑成一团。赫彻尔还告诉她,爸爸曾经亲过他呢!爱就是陷阱,把你引诱到牢笼中去。一旦坠入牢笼,你便万劫不复,无法逃离。

性爱,意味着一种欲望。这种欲望一旦强烈起来,能让人觉得两腿间骚动不安。丽贝卡(自以为)了解这种欲望,也知道男人身上的这种欲望比女人还要强烈。正因为如此,才不可随意与男人厮混在一起。她想起自己还小的时候,赫彻尔曾爬到她身上,嘴里呼哧呼哧喘着粗气,央求她让他用自己的身子来蹭她的屁股:他的眼里流露着男孩稚嫩而愚蠢的渴望;(你要是瞧着他的脸,瞧着他那双上翻而湿润的眼睛)他脸上那痛苦表情,很容易让你误以为他的渴望有多么纯洁高尚。后来,还是妈妈把赫彻尔从他小妹身上给拽了下来,给了个儿瘦长、笨手笨脚的小子当头一巴掌。

丽贝卡老是惦记着提格诺。他一离开米尔本,她就开始惦念起来。大部分时间里,他都不在米尔本。她想起自己那天晚上从酒吧间里仓惶逃出来的场景,心里感到异常局促不安。一手牌全是方块……珂琳出门去找丽贝卡,可丽贝卡故意躲在旅馆的后面楼梯间里,没让她找到。

肯定是因为喝了太多酒的缘故,对酒精不适。而且也不适应这么近距离接触男人,还明知这个男人想要你。更何况手里攥着这么一把好牌……

丽贝卡羞愧地想,提格诺肯定再也不想见到她了。但事实正相反,他希望和她再见一面。

丽贝卡在旅馆干活发呆时,满脑子想的都是提格诺。推着清洁车走在五楼的走廊里时尤其如此。打开五五七房间的门,走了进去。像是在做白日梦似的,她仿佛又一次见到提格诺大步扑向床边,他一头镍色头发,气得脸通红;她仿佛听见提格诺愤怒咆哮着:放开姑娘。然后他抓起鲍姆嘉通来,把他一顿好揍。

提格诺差点遭警察逮捕,都是为了丽贝卡。那时他还不认识她呢,只是听到了她的求救声。

他们沿着肖托夸河岸开着车,一路西行离开米尔本,向毕尔兹镇方向行驶。封冻的河面在阳光下呈蓝色,闪着光亮。这是一九五四年二月。丽贝卡已经好几个礼拜没见到提格诺了。他开车来到米尔本,车是新款史托德贝克轿车,别致的蓝灰色,车窗宽敞明亮,双排座,丽贝卡还从没见过这样的汽车。"你喜欢吗?要不要一起兜兜风?"

丽贝卡点了点头。她当然喜欢。

提格诺开车时,膝盖间夹着一瓶开了盖儿的黑马生啤,不时拿起来喝上一口,然后递给丽贝卡,她也喝一小口,虽然她不讨厌生啤的辣味,但不愿多喝。丽贝卡只有和提格诺在一起时才会喝酒,所以,喝酒、啤酒味、脑瓜子底部的轰鸣声,都能让她想起和提格诺呆在一起时的那种略微局促不安的甜蜜感。

提格诺拿胳膊轻轻碰了她一下。"快点,亲爱的,喝光它。我自己一个人喝没意思。”

他们那时候还不是情侣。两个人在一起时非常紧张，这对提格诺这样的大男人来说有点难为情。丽贝卡明白，他们很快就能在一起了。

那个周日的下午，他们在沿河的几家酒馆和旅店前停了几次。他们最终要去的是毕尔兹镇旅馆。这些店里都有黑马啤酒卖，他们都认识奈尔斯·提格诺，也很喜欢他。提格诺走进每家酒吧，陌生人都眼前一亮，向他抬头致意，这感觉相当不错。男人们的友谊是在喝酒中培养起来的，即使大中午的也要喝。丽贝卡是女人，她可不懂这些，也不屑于去了解：有提格诺陪着她，有他圣诞节送给她的绿色格子呢外套就够了——提格诺说她以前那件棕色羊绒衫太老土了，像从马厩里捡来的一样——丽贝卡感觉自己也受到了特别礼遇。

提格诺，那是你的新妞儿？有点嫩吧？

跟你的话是嫩了点儿。跟我正好。

在丽贝卡眼里，身材高大的提格诺简直就像头直立行走的熊，她经常不经意地听到提格诺和一些陌生男人的对话。

老天哪，提格诺！这个妞儿太水灵了。

丽贝卡听见了却装作没听见，她离开房间，让那群男人好好讨论一番，用尽他们的粗言俗语。

男人都愿意和漂亮姑娘一起出现在人们面前，越年轻的越好。你能说他们不对吗？不能！列奥拉·格瑞布嫉妒的正是这一点。列奥拉已经年过四十了，男人们不会再像提格诺看丽贝卡那样正眼瞧她。

在米尔本，比丽贝卡年轻的女孩子也嫉妒她。这些女孩子里，有一些曾和提格诺约会过。他也带她们开车出去兜风，给过她们礼物。但那些都是过去的事了，现在丽贝卡才是主角。

“亲爱的，你猜，我今天有一个惊喜送给你。”

“提格诺，快点告诉我！别逗我了！”

他就是要逗她。提格诺最擅长逗弄人。

丽贝卡喜欢坐在蓝灰色的史托德贝克里和提格诺兜风，这车和在米尔本山区路上看到的其他车不同，就连在三十英里外的毕尔兹镇也找不到第二辆。一路上没见到什么别的车，间或可以看见年轻男人开着农用小汽车、小卡车或破旧的老爷车从他们的身边路过。丽贝卡想象这世上只有他们两个：前方没有目的地，后面没有米尔本，没有华盛顿大酒店，提格诺不再是旅馆常客，丽贝卡·施瓦特也不再是那个旅馆服务员，领工资不用在账本上登记，直接领现金。

肖托夸河河面结了冰，整个河面都冰封了起来。丽贝卡从没沿着河往上游去过这么远的地方。周围的风景对她而言是全新的，被白雪装饰得优美而神秘。远处的肖托夸山，冬雾中显得朦胧而渺远。近处有农场、农田，有大片大片未开垦的土地。去年种过玉米的田地凹凸不平，里面还留有残株，有时能见到白尾鹿，像鬼魅一般在田地里活动。这给丽贝卡留下了深刻的印象。这些鹿通常是八个月左右的雌鹿，身上长着浅色的厚实皮毛。她还偶尔看见胸膛宽阔、身材壮实的雄鹿，这些雄鹿的角长得十分精巧。看见一只雄鹿时，她立即悄声说："看啊，提格诺。"提格诺便把车速放慢，仔细往玉米地里看。

没有哪种动物比白尾巴的成年雄鹿更美了，那长成的鹿角简直美得无与伦比。提格诺向雄鹿吹着口哨表示欣赏。

"唉，丫头！真希望手头有杆猎枪。"

"你不会想射那头鹿吧，提格诺？那它就会死掉的。"

提格诺笑了。不懂他在笑什么。

她脑子里冒出的念头却带着自以为是的虚荣：*他即使会杀死鹿，也不会杀死我！*

提格诺喜欢开车时丽贝卡靠在他身边，有时还把头搭在他的肩膀上。他隔着几层冬衣抚摸她的膝盖和大腿，把手伸进她的袖管，抚摸她的手臂和手，他手上的动作仿佛是按照自己的意愿，也像在满足丽贝卡的欲望。她开始感觉心跳加速，焦虑不安。对丽贝卡而言，性兴奋和焦虑感总是连在一起的。她既想推开他，又不想让他住手。

她的身体仿佛被点亮，熠熠发光，乳房和肚脐都亮了起来。她整个人仿佛浸润在流转的阳光之中。

他敢杀生，这让我有点害怕。

我不该来这儿，不该走到这一步。这样做不对。

有朝一日，他会娶我吧！

提格诺表达过自己对她的迷恋。他说想和她在一起。丽贝卡明白在一起是什么意思。

就是性爱，满足欲望的意思。只有通过性才能达到爱。她和这个男人相处时一直很谨慎，因为担心像米尔本镇上的女孩子一样，小小年纪就怀孕。有些人高中的时候辍学，还没到丽贝卡的年龄就做了母亲。而提格诺警告过她，自己不适合托付终身。

但要是他喜欢我的话，那就……

对于提格诺的负面消息，她也有所耳闻。虽然马林加和提格诺以朋友相称，但传起提格诺的绯闻来乐此不疲。提格诺结过婚，而且不止一次，现在也绝非单身。他在夏波兰湖有个家，家人对他在外面的活动一无所知。他在布法罗城也有家。他的家人分散在整个纽约州：他的妻子们没有丈夫，孩子们没有父亲。

但他对我不一样。他不会离开我的。我和别人不同。

“你说的惊喜是什么呀，提格诺？”

“告诉你就不叫惊喜了，亲爱的。一会儿你就知道了。”

“是能让我开心的东西吗，还是……”

丽贝卡的声音拖长了。她在琢磨是什么东西让男人们当做惊喜送出。那个惊喜也可能让她不开心。

提格诺点头说是。至少他认为是。

丽贝卡穿着一件桃红色安哥拉羊毛衫，这是她在旅馆一间客房的垃圾桶里捡到的，领口处她打了个丝巾结，下身配了一条黑色羊毛裙，把屁股包得紧紧的，一双亮黑色靴子盖到小腿的一半。她开心得很！

在毕尔兹镇旅馆，提格诺有他专属的房间。

这是个标准间，有一张双人床，配有独立卫浴。

房间在这个有点年头的小旅馆的二楼，是专供这位黑马啤酒厂的销售代理使用的，每次出差他都住这儿。丽贝卡忐忑不安地想，会不会是要她和提格诺住在这同一间房里，睡在那同一张床上？

提格诺脸上毫无表示。他这人直来直去，从不兜圈子。他让她呆在屋里，自己下了楼，说要花一个钟头和旅馆经理喝酒“谈生意”。丽贝卡小心翼翼地上了厕所，洗完手用卫生纸擦干了手，没敢用挂在水池边上干净的毛巾——那毛巾简直和华盛顿大酒店里的一样洁白。她坐到靠窗的一把硬面椅子上，虽说那窗子在透着穿堂风，她也不敢躺到床上去。那床上铺着土黄色的织锦床罩，透着几分寒意。

我的惊喜，我的惊喜是什么呀……

提格诺，可别跟我乱开玩笑了！

毕尔兹镇旅馆比华盛顿大酒店还要小，但营业时间差不多。它们在过去都是公共马车的停靠站。这两个旅馆最老的部分都是酒馆，所谓的“酒吧间”。据说这里也是妓院，也叫“窑子”，为男人提供服务。

丽贝卡在毕尔兹镇旅馆房间里不禁想到：多年以前，那些年轻的、中年的女人也在这间屋子里呆过，被人叫作“妓女”，在空旷荒凉的肖托夸河谷一带，她们当时是多么恐惧，多么绝望啊。她们肯定身无分文，无家可归，也没有亲人，没有丈夫的保护。有的人可能智力迟钝。过不了多久，她们就会怀上孩子,还会患病在身。妓女——妓院,这些词本身就有点可笑,说出这种低俗的词汇更让人忍不住发笑。

丽贝卡审视着这间装饰得无可挑剔的房间。这里的床比华盛顿大酒店的要稍微高一点儿,朴实的床头,老式的床脚,做工十分考究。天鹅绒窗帘设计得倒很普通,颜色有些难看。屋子里弥漫着清新剂的淡淡香味,还能闻到剥蚀的石灰墙散发出的陈腐味道。地毯磨得很光,墙面壁纸上的印花底色已经褪成了黄白色。天花板上有些污渍,让人感觉像是长腿蜘蛛在上面搞的破坏。高大的落地窗装着厚实的天鹅绒窗帘,从窗子向外望去,侧面院子的雪地上满是小狗踩过的脚印。日落时分,那些脚印看上去更像难以破译的密码。

提格诺兴冲冲地回到旅馆。他看了看丽贝卡,发现她大衣还穿在身上,一个扣都没解开。他哈哈大笑,让她把大衣脱了:"丫头,看你像在那儿等公共汽车似的。咱们还不着急走呢,今天肯定在这儿吃晚饭了。放松点儿。"丽贝卡站起身,正要慢慢解开衣服上布包的纽扣,提格诺急得伸手猛地一拽,拽掉了一粒扣子,扣子在地毯上滚了很远,又把丽贝卡逗得直笑。

提格诺脱掉她的大衣,把它轻轻扔在凳子上,压在他的大衣上面。他露着大牙朝她微笑,抚摸着她的双肩和长发,然后湿漉漉地吻着她的双唇。他像一条蟒蛇面对自己弱小的猎物,仿佛要将她吞进腹中。他的舌头带着威士忌的味道,还有烟味,但不知怎么冰凉冰凉的。丽贝卡把他推开,身体开始不由自主地颤抖。

"提格诺,我不行。我不能呆在这儿。你不是想让我陪你在这儿过夜吧?这就是你说的惊喜?不行,我没带随身用的东西。没……没有换洗衣物。我明天还得工作呢,提格诺。七点就得到岗。我还是回去吧。他们还不得开除我,要是……"

提格诺任由她紧张地说下去。他一副笑脸,饶有兴致地看着她。

“哪个混蛋也不敢把你开除，亲爱的，相信我的话。”

他是什么意思？丽贝卡感觉快晕过去了。

“我不能在这儿过夜。我……”

“我也没说要在这儿过夜啊。只是给你看一下我住的地方。仅此而已。”

他说话的口吻像是父亲在训斥任性的孩子。丽贝卡听出他话语间的讥讽，她受不了这样被教训。

提格诺去卫生间没有锁门。丽贝卡用手捂住耳朵，不想听到他那持续不断的哗啦哗啦小便声。她希望他别将小便溅到马桶坐垫或贴了瓷砖的墙上。千万别！

要是提格诺把厕所弄脏了，她会收拾干净的。她不愿意把这种痕迹留给房间服务员去打扫。

提格诺回到房间里，拉上裤子拉链，吹着口哨，这时听到有人敲门：他点了一瓶波旁威士忌，两个酒杯，一碗坚果。提格诺煞有介事地将威士忌斟满两个酒杯，口中劝道：“男人一个人喝酒没意思，丽贝卡。听我的话！”

提格诺拿起杯子，和丽贝卡碰杯，二人将酒喝下。波旁威士忌像是液体的火焰，穿过丽贝卡的喉咙。

“丫头啊，第一次见到你，我就知道。”

他以前从没提起过他们的第一次见面。即使这句话说出来也弄不清他的意思，丽贝卡又自知不能追问。他说话用词特别谨慎，但显得别别扭扭的，还不喜欢被别人打断。

“你看，你长得多漂亮。我当时一眼就看出来了。你那会儿穿着工作服，脚上蹬的是难看的平底鞋。但亲爱的啊，你就是笑的太少。别人以为你不开心呢，看你老是一副左思右想的样子。”提格诺把身子往前一倾，轻轻吻了丽贝卡一下。他对她笑着，他的眼睛和头发一样，颜色像灰色金属，呼吸变得急促起来。

丽贝卡也勉强笑了一笑。

“这样好多了,亲爱的。这样可好多了。”

丽贝卡坐在老式硬面椅子上。提格诺走到床的一旁,挨着床边坐下。他愉快而兴奋,身上散发出男人的汗味,男人的欲望,威士忌混杂着烟味,向丽贝卡袭来。她琢磨着,自己爱上的是不是提格诺的魁梧身材,因为只有他能让自己这不算小的身材显得娇小得像个娃娃。

提格诺从裤兜里掏出一把散乱的美钞,随便扔在坐着的床上,眼睛盯着丽贝卡看。好像在玩纸牌一样,他说:“给你的,吉卜赛女郎。”

丽贝卡盯着这些零散的钞票,心头一惊,不能相信眼前看到的一幕。

“……给我?但为什么?……”

有几张是十块钱面值的。一张二十的。还有五块的,一块的。又看到一张二十的。里面可能还夹着几张二十的。

提格诺看到丽贝卡的表情,被逗笑了。

“我不是告诉你有惊喜在毕尔兹镇等着你吗?”

丽贝卡又勉强笑了一下。她觉得此时这一笑很重要,她回想起父亲雅各布·施瓦特准备用枪对准她时那关键一刻,她也是这么笑的。

提格诺爽朗地说:“大概是因为有人一直在想着你吧,没准他还一直觉得有愧于你。”

“提格诺,我听不懂。”

“宝贝儿,我上个礼拜去了魁北克,去蒙特利尔出差。我遇见你哥哥了。”

“我哥哥?哪个哥哥?”

提格诺顿了一会儿,装作还不知道丽贝卡有两个哥哥。

“赫彻尔。”

“赫彻尔!”

丽贝卡大吃一惊。她已好久没听到别人提起她哥哥的名字了,下意识里已经习惯性地以为赫彻尔死了。

“是赫彻尔让我把这钱给你的。因为他没法回国了。过境就会被人逮住。这也没多少钱,但他一定要让你收下,丽贝卡。我跟他说了,钱一定转交给你。”

丽贝卡起初对这些话一点也没怀疑。提格诺说得特别有说服力,很容易让人相信他说的是真话。

“可——赫彻尔现在怎么样?他一切都好吗?”

“我看他挺好的。但我刚才说了,他没法回美国。没准儿哪天你能去加拿大看他。没准儿咱们可以一起去。”

丽贝卡焦急地问:赫彻尔在干什么?靠什么生活?现在有工作吗?提格诺随意耸了耸肩,灰色的眼睛让她捉摸不透。“肯定在工作吧,这不,托我给你捎钱来了。”

丽贝卡接着问道:“既然想我,那他为啥不打电话给我?你告诉他说我在华盛顿大酒店上班了吧?你有我电话号码,你给他了吗?他应该会打电话给我的。”

“当然了。”

丽贝卡盯着撒在床上的钞票。这些钱她一点都不想去碰——给这些钱算是什么意思?这整桩事情又是怎么回事?她根本没心思拾起钱来数。

“赫彻尔离家出走,扔下我,之后的好长一段时间里我都恨他。”

她的用词听起来那样刺耳。提格诺听着不觉皱眉,拿不准她的心思。

“我不知道能不能再见到赫彻尔。他可能会继续换地方。”提格诺说。

“换地方——去哪儿?”

“往西去。去那些所谓的‘草原省份’。加拿大那边找活儿的机会多。”

丽贝卡在寻思着。喝进肚里的那波旁威士忌很快上了头,她的思绪如琥珀色的云彩一样,慢慢地飘来荡去。她心里仍感不安,觉得自己身在此处有点不对头。不该和提格诺一起呆在这毕尔兹镇的旅馆里。

她想不明白，提格诺为什么用这种方式给她惊喜？把钞票撒在床上。她觉得胸口疼，像是有根神经在拧她的心似的。

提格诺又一副精力充沛的样子，说道："这个并不是我给你的惊喜，丽贝卡，这是赫彻尔给你的。我的惊喜在这儿。"

提格诺站了起来，到大衣口袋里摸索了半天，回身拿了一个银光闪闪的纸包：不是盒子，只是包装纸随便包裹成的，里面装着一个小物件。

丽贝卡立即想到会是*戒指。他要送我一枚戒指。*

这个想法有些荒唐。丽贝卡的眼睛贪婪地盯在小纸包上，提格诺则用洗牌发牌时的手法"唰"地一挥，将纸包呈现在她面前。

"哦，提格诺。里面是什么……"

她的手有些抖，几乎拆不开外面的包装纸。里面是枚戒指：上面镶嵌着一枚椭圆形、不透明、淡紫色的宝石，如南瓜子大小。戒托是银质的，看上去微微有点发乌。

但戒指看上去仍十分漂亮。丽贝卡从没收到过戒指。

"哦，提格诺。"

丽贝卡感觉很虚弱。这正是她一直期盼的，现如今倒有些惧怕。她小心地把这枚漂亮的戒指拿在手上把玩，生怕掉在地上。

"快点，丫头，戴上试试，看大小合不合适。"

看到丽贝卡已是泪眼蒙眬，提格诺赶忙笨手笨脚地拿过戒指，用力戴在她的中指上。戒指大小差不多正合适。如果他再用点劲戴，就更合适了。

丽贝卡晕晕地说："太美了，谢谢你，提格诺……"

她几乎被这股情绪征服了，但脑海中有一部分却又十分清醒，在嘲讽自己。*就是那枚戒指。这是他从那房间里偷来的。差点把那个男人打死。他现在正等着你揭露他，和他对质呢。*

丽贝卡把戒指摘下来，戴在更细的手指上，戒指有点松。

她吻了提格诺一下。她听见自己开心的大笑。

“提格诺，这是否意味着我们订婚了呢?”

提格诺嗤笑着说：“当然了，丫头。我送你这么漂亮的一枚戒指，不就是为了这个吗?”他为自己感到高兴。

高大的窗户装着天鹅绒窗帘，窗外，冬天的太阳差不多消失到西面树梢的下面去了。雪地反射出的白光变得暗淡起来。之前让丽贝卡颇感纳闷的那数不清的狗脚印也从雪地上消失了。丽贝卡又笑了起来，波旁威士忌的酒劲上来了，让她忍不住笑。屋子里一时间有这么多惊喜飞入她的脑海。她像刚跑完步似的，喘不过气来。

她一头扎进提格诺的怀抱，疯狂地吻他。就像人从高处跳下，坠落，扎进水里，盲目地相信水能够接住她，而不会毁了她。

“提格诺！我爱你。别离开我，提格诺……”

她带着哭腔大声喊道。她死死地抱住提格诺，搂住他那厚实宽阔的肩膀。提格诺吻了她一下，他的嘴唇出乎意料的柔软。丽贝卡一下子变得这样主动，这样激情四射，着实把提格诺吓了一跳，他几乎犹豫了起来，身子不觉往后退去。之前两人亲热时，总是丽贝卡显得笨拙，畏首畏尾的样子。可现在她竟肆无忌惮地狂吻他，吻时双眼紧闭，像是见到河面上的坚冰在阳光照耀下呈现蔚蓝色，她渴望着那硬邦邦的感觉。她兴奋地用胳膊紧紧环抱着他的脖子。现在她就算心里怕他，怕他那种男人的架势，也不会表现出来。就算戒指是他偷的，那也是专门为她而偷，现在就归她所有了。她把嘴张开等着他来吻。她现在就想要他，现在就想把自己交付给他。将自己的灵魂如此毫无保留地展现在别人面前，这在以前，她是怎么都不会愿意的。提格诺的眼睛看着她，这双眼睛已看过很多女人的裸体。她很不习惯这么一丝不挂地躺在他旁边，但马上就要得到他了。她的身体如今已经发育得很好，丰满的乳房，平坦的小腹，一片黑密密的阴毛像海草一样，一直延伸到肚脐，让她有一种羞耻感。

丽贝卡亲吻着奈尔斯·提格诺，二人此刻如干柴烈火。

他急不可待地扒去自己身上和她身上的衣服。把她的安哥拉羊毛衫的领口扯坏弄脏了他也不管，对他来说，丽贝卡穿着什么衣服，墙上贴了什么花纹的壁纸，这些他根本都没在意。遇到解不开、脱不下来的，他就使劲往下拽。自己身上的衣服更不在话下，刚把扣子解开一半就胡乱一扯。他把厚重的床罩拉下来，扔在地上。床上的钞票再次散落到地毯上。有些钱落入织锦床罩的褶缝里不见了，随它去吧，留给服务员去找吧。提格诺迫不及待地要和丽贝卡做爱，但他因为和处女做爱的经验丰富，脑子很清楚，跑到卫生间拿来毛巾，拿了不止一条，而是三条，就是丽贝卡洗完手没敢用来擦手的那几条毛巾。他熟练地将这几条毛巾折好铺在床上，垫在丽贝卡的屁股底下。

他这副谨小慎微的样子到底为了什么，丽贝卡感到很好奇。后来她才明白了。

33

不久之后，他又走了，上了路，又离开了。从毕尔兹镇回来，刚呆了一天一夜，他就又走了，走之前只说了句再见！她也没听到过任何他的消息，没人给他带话回来。直到二月底的一天，她逼自己去问马林加，马林加当时在酒吧间拿着破抹布擦吧台。丽贝卡·施瓦特穿着白色的服务员制服，头发编成辫子盘在脑后。她轻声问马林加关于提格诺的归期，马林加粗鲁地笑道："谁想知道啊，宝贝儿？是你想知道吗？"

丽贝卡听了转身便走，连看都没看他一眼，不回头也能感觉到他还伏在吧台上盯着她的屁股和大腿看，她心里想的不是：我就知道会这样，真是贱骨头，而是一直抱有一个念头：他会娶我的，他爱我！这是有证据的，手上戴着的淡紫色宝石就是证据。银戒托稍微有点失去光泽，她相信那是纯银的。

34

丫头，第一次见到你，我就知道。

他走了，但还会回来。丽贝卡相信他会回来的，因为他答应过。

丽贝卡上班时就把戒指摘下来放好，用一小块布包着，揣在白色工作服内衬靠近胸口的衣袋里。等到下了班，她脱下工作服，再把银戒指戴在左手的小拇指上。

现在戴着大小正合适。凯蒂教她把戒指用胶带缠得小了一圈。

丽贝卡小圈子里的熟人都知道这戒指是奈尔斯·提格诺买给她的。你们订婚了吗？你和他一起过夜来着，对吧？但丽贝卡对提格诺只字不提。她很少讲起自己的私生活，也不像别的女人那样，喜欢开男人的玩笑。她对提格诺的感情是深沉的。

她很看不惯女人们轻浮地凑在一起，背后议论男人，话语粗俗，带着讽刺和戏谑，好像女人根本不用把男人的威严看在眼里，根本不怕提格诺那样的男人。某个男的又不小心播种啦，那些野花野草的种子长了翅膀，在大风里飘来飘去认亲呢。女人的嘲讽只是一种自我防卫，表露出的却是她们的绝望。

所以不管朋友们怎么磨她，丽贝卡就是不肯讲提格诺的事。她到底订婚了没有？他什么时候能回米尔本？丽贝卡反驳道："他不是你们想象的那种男人。他是……"她知道，她们会在背后笑话她，可怜她。

过去在墓园的石头房子住时，流传着很多流言蜚语，关于死亡的留言。丽贝卡如今不再轻信他人的话。当然，没有人说得清，在毕尔兹镇，她和提格诺之间到底发生了什么。

我们现在是恋人了。我们在一起做爱。我们相爱了……

米尔本的墙面和路面上满是男孩子们刻下的粗言俗语。（万圣节那天早晨，学校和商店的窗玻璃上留下了各种笔迹写出的几个大字：操你妈。）

丽贝卡心想：说的没错，话语都是谎言。

她很有自信，相信提格诺会回来找自己，因为他答应过她的。还有那枚戒指为证。他们还有过肌肤之亲，提格诺用自己的身体表达对她的爱，这一点总不会弄错吧。

涉及性方面的经历总是让人刻骨铭心，不会经历过一次就轻易忘却。那样的经历只存在于记忆之中：反复回忆，不断想象，在脑海里不断重演。丽贝卡现在琢磨明白了。她被毕尔兹镇发生那几个小时的记忆给攫住了，仿佛在现实中，仍在独自一人反反复复地经历着。不管是在华盛顿大酒店工作，还是貌似专注地和人谈天说地，她心里想的全是和提格诺在毕尔兹镇旅馆的那一晚，那张床，那间房间。

在她的记忆中，那张床的概念不再只是一张床，而是成了他们的床。

“提格诺！给我倒点儿威士忌。”

提格诺乐呵呵地给她满上，因为他自己也想喝一点。

丽贝卡躺在皱巴巴的脏床单上，提格诺把酒杯举到丽贝卡有些干裂的嘴唇边。她的头发黏在汗湿的脸和脖子上，胸脯上、小腹上也全是他们两个的汗水。他让她流血了，垫在下面的毛巾刚刚好能吸收流出的血液。

做爱的过程中，提格诺不顾她闷声闷气地叫喊，压在她身上动作，像一场猛烈的塌方，仿佛能消弭一切。他真是个大块头！那种重量，那股热量！所有这一切都是丽贝卡从没体验过的。她着实被吓坏了，眼睛大睁。提格诺在她身子里不顾一切地抽动着，仿佛整个生命都汇集于这个动作，他已经无法自主控制，感觉犹如山崩地裂，火焰喷张。他根本还不了解身底下的女人，不知道她其实想要抚摸他的身体，吻他的嘴唇，喊出他的名字。

事毕，她把血迹压在身下，不想给他看见。可提格诺还是看见了，嘴里吹了声口哨："妈的。"

丽贝卡感觉倒还好。说到痛，那一跳一跳的痛还能感觉得到，不仅在两腿之间有种生涩的撕裂感，像是他把整个拳头塞了进去，而且脊梁骨也在痛。胸脯上的皮肤摩擦得发红，脖子上留着提格诺牙咬的痕迹，但不至于疼得她掉泪，就算再疼她也不想哭出来。她感觉提格诺有点后悔。他这会儿已经过了兴奋期，抽离了她的身体，感受到一种男人的羞耻，他生怕看到她突然无助地哭泣，要是那样就得上前安慰她，可是，性欲在本质上和冷静的安慰是完全不搭界的。奈尔斯·提格诺会因为内疚而气得发疯，就像一匹马被马蝇惹怒一样。

他也并没有像自己说的那样，会非常小心。他肯定原本就是这样打算的。

丽贝卡本能地意识到，自己绝不能让提格诺感到内疚或悔恨。那样，可就不能讨他喜欢了，他也不会再和她做爱，不会再爱她，不会再想娶她了。

啊，波旁威士忌的味道真不错，干了这杯！他们俩只用一个酒杯，提格诺的大手握着杯子，丽贝卡的手握在他的手上。她真喜欢提格诺的大手，指节突出，手背上长着镍灰色的毛，这样的大手让自己的手显得十分娇小。

她身上一丝不挂，身旁的男人也一丝未挂。两人躺在毕尔兹镇旅馆的床上，他们今晚就在这里过夜。

此刻，两个人一下子变得亲密无比。对于赤身裸体的惊讶已经转化为某种异样的东西：这种亲密无间，这种汗湿的肉体上的亲近。就连亲吻之中也多了一份亲昵。由此，他们成了情侣，这样的事实不会再改变。

丽贝卡想到这儿，不由自主地贪婪一笑。提格诺在她身上做的事情，就像射出去的子弹，是不能逆转的了。

“你爱我，是吧，提格诺？快说你爱我。”

“‘你爱我’。”

她被逗乐了，使劲儿拍了他一下。现在，她，丽贝卡·施瓦特，处在迷人的亲密氛围中，有权利轻轻惩罚一下她的爱人。

“提格诺，快说你爱我。”

“当然了，宝贝儿。”

他们筋疲力尽地躺在散发着汗味的床单上，一动不动，像游泳的人拼尽了最后一分力气，游到沙滩便平躺下来喘着粗气。似乎重点不在于他们做过什么，而是他们经历过了，而且进行得非常顺利。

很快，提格诺就睡着了。他的身体时而抖动一下，时而颤抖一阵，表现出十足的生命力。丽贝卡欣赏着他的身体，欣赏着他肉体的存在。提格诺用很别扭的姿势睡在丽贝卡怀里，左肩膀压在她的右手臂上。*我们刚才做的这些事情，究竟意味着什么？*她又感觉到两腿之间那种撕裂的感觉在一下下抽搐：痛感似乎不太明显，可以忍受。烈性的波旁威士忌流过她的静脉，很快，她也昏昏入睡。

午夜，她醒了过来，发现床边的台灯还亮着。

她感到十分口渴，喝了酒以后喉咙干得要命。下身的渗血还没止住。她一下子慌了神。一时间，躺在身边的男人叫什么竟也想不起来了。

她凑到男人身边，近近地凝视着他，距离近到根本什么都看不清。他的皮肤粗糙发红，但仍然十分温暖。平时一睡觉他就会出汗，因为睡着以后总是在动来动去。他还会像小孩子一样呜咽着说梦话。他硬硬的头发因为出汗而打绺儿，像长钉子一样立在脑袋上……眉毛和头发有着一样的光泽，胡子也从下巴上拱了出来。他四仰八叉地斜躺在床上，左手压着丽贝卡。丽贝卡蜷缩着躺在他身边，右手臂已经被压麻了。

这男人睡觉时喘气的声音震天响！跟打鼾差不多，喉咙里像有湿乎乎的东西，有节奏地在喉头震颤着，听着像是夜里的昆虫在鸣叫。

丽贝卡从床上爬下来，也不知怎的，这张床特别高，她下床时抻了一下，腹股沟感觉像被刀子划过般一股剧痛。发现下身还在滴血，她赶忙去找毛巾捂着，免得滴在地毯上留下血迹。

“真是羞死人了。哦，老天啊！”

但是人都会这样吧，正常现象，她明白。

凯蒂那帮子人都想搞清楚他们去毕尔兹镇做了什么。他们都知道——至少他们觉得自己知道——丽贝卡从没和男人在一起过。这下他们肯定要抓住她不放，问个明白了。虽然她一再强调什么也没有发生，人们还是十分好奇，在背后议论纷纷。

奈尔斯·提格诺！这才想起他的名字来。

丽贝卡一点一点地挪进卫生间，锁上门。终于可以一个人独处了，松了一口气！

丽贝卡用颤抖着的手沾湿卫生纸，把两腿之间的血擦净，一直等血彻底止住不流了，才把所有扔进马桶的卫生纸冲走，因为她怕冲马桶的声音吵醒提格诺。这时已是午夜三点二十，旅馆里一片寂静。马桶是老式的，冲水时声音很响。她沮丧地发现，身子下面又开始渗出血来，虽然比之前缓慢了许多。

“没事儿的。流这么点儿血又不会要人命。”

她抬起头照着水池前的镜子，惊讶地看到：自己的脸庞涨得通红，头发凌乱不堪。唇上的口红痕迹一点没有了，嘴唇恢复了本来的颜色，有点发肿；眼睛好像多了些皱纹，充满了细小的血丝；鼻子上泛出油光，难看得要命。这么丑的样子，还能有哪个男人喜欢得上她！

可是，她对着镜中的自己莞尔一笑。她已经是奈尔斯·提格诺的女人了，流血就是证明。

到了早上，血止住了。这种血不像是月经，要持续好多天，也不像是经血那种红黑色的一团团，闻上去味道也不一样。她不停地清洗，清洗，清洗，把身体洗得干干净净，男人便也不会再想起之前的事来了。

他撕裂了她的处女膜，这是丽贝卡从她那本字典上查到的。几年前看到处女膜这个词（hymen）长得很像赞美诗（hymn）和赞美诗集（hymnal），她觉得很好笑。

丽贝卡突然回忆起，当初在长老会教堂里，她坐在和蔼可亲的罗丝·骆特小姐旁边，对于神父的布道几乎一个字也听不进。她满脑子想的都是男人，男性的魅力和性的诱惑。但是一想到这些，她便觉得忐忑不安，心生厌恶，因为那时候，她还没有遇见奈尔斯·提格诺。

早晨醒来，提格诺还没有完全醒酒，迷迷糊糊地就想要做爱。他嘴里的口气像臭水沟的味道一样，但那也挡不了他想做爱的念头。因为他对丽贝卡是彻底神魂颠倒，心醉神迷了。他说，他的手放在丽贝卡身上就拿不下来。他说，她美得让他发疯。我的吉卜赛女郎。我的犹太姑娘。哦，天哪……

后来，在回米尔本的路上，丽贝卡把头靠在提格诺的肩上，对他说："提格诺，你知道吗，我不是吉卜赛人。我也不是什么'犹太姑娘'。"

一大清早，提格诺还处于睡眼惺忪的状态，下巴上的胡子冒了出来，刮得匆忙，胡碴还在，丽贝卡说了什么他似乎没听进去，就像钓鱼的人把鱼竿抛出去，垂到湍急的溪流之中，他一门心思想的是回到米尔本，接下来还有一堆事情等着他办。

"当然了，丫头。我也没那么想。"

关于提格诺给她的戒指：不是鲍姆嘉通或是布姆斯岱故意放在床脚，想要哄骗丽贝卡的那枚。现在她有时间了，认真研究了一下，发现的确不是。那枚戒指上的石头比她手上这枚的紫色更深，切成方形或长方形，而且透明得像玻璃。（很可能就是玻璃做的。）这块小小的石头是椭圆形的，淡紫色,不透明。

她虽然没有怀上孩子,但心里却怀有对这个男人的思念。这种思念无时无刻不伴随着她。

已是三月中旬,冬天却尚未过去,夜晚格外寒冷,只是白天变长了,日照的时间也长了,冰开始融化结冻。丽贝卡执拗地相信,提格诺一定会回来,会像平常一样来华盛顿大酒店住宿,给她打电话。她知道他会这样做的,她从未怀疑过这一点。每次傍晚电话铃声一响,拉维娜去接电话,丽贝卡就会忧心忡忡,心跳加速,跑到门廊问是不是打给她的。拉维娜二十三岁,是个皮肤黝黑的金发姑娘,她对待男人既会妩媚奉承,又会冷言嘲讽;电话那头是男是女你能听得出来,只需看她有没有在不怀好意地笑就行了。

"丽贝卡？我也不知道她在家没有,我帮你看看。"

丽贝卡问是谁打来的。

拉维娜用手掌捂住话筒,面无表情地说:"他。"

丽贝卡开心地笑了,连忙接过电话。

提格诺当晚要见她,晚上十点以后,问她有没有空。他的声音在电话里听起来如此亲切,让她吃惊不小。他好像有点急躁,不像她记忆中那么镇定自若,直来直去。他笑得非常不自然,像是被逼着笑出来的。

丽贝卡说她有空,会去见他的。但只能出去一会儿,因为第二天还要上班。

提格诺别别扭扭地说,自己第二天也要上班——"我现在是来米尔本出差的,亲爱的。"

二月份,提格诺带她去毕尔兹镇那次,大中午才回来,丽贝卡一声不吭地站在阿莫斯·赫鲁勃面前,听着他的厉声训斥,说他不得不找另一个服务员顶她的班。提格诺本想为了丽贝卡跟赫鲁勃谈谈,但丽贝卡不让。

她可不想让整个酒店的人都谈论他俩的事情，何况已经有风言风语传出去了。

晚上十点二十分，提格诺的小轿车停在费里街的砂石小楼外面。提格诺不是那种会上楼敲门的人，他最多走进楼门，顺着楼梯仰头大喊丽贝卡的名字，还带着一副不耐烦的口气。

拉维娜说："让那混蛋痛快给我滚。妈的，以为自己是块热狗屎呢，跟你这样大呼小叫的。"

拉维娜比丽贝卡更早地认识奈尔斯·提格诺。丽贝卡不太清楚他们认识时是什么关系，这对她来说是个谜团。

丽贝卡咧嘴一笑，跟拉维娜说，她不在乎这个。

"你不在乎我还在乎呢，"拉维娜气冲冲地说，"这个大混蛋。"

丽贝卡下了楼。她知道拉维娜会跟凯蒂抱怨，然后凯蒂会大笑一阵，耸耸肩膀。

妈的，这就是个男人的世界，你还他妈能怎样呢……

只要奈尔斯·提格诺打一个响指，丽贝卡就会乖乖地来到他身边。她这么主动地跟他出去，其实也有自己的想法。她想再见到这男人，和他在一起，把他们的亲密关系重新建立起来。

她穿着提格诺买给她的绿色格子呢外套，心里美得不行。丽贝卡很少穿这件衣服出门，因为米尔本没那么时髦，何况她又是个旅馆服务员。她嘴上擦了口红：仍是娇艳欲滴的牡丹红色。手指上不忘戴上那枚镶着淡紫色宝石的戒指，丽贝卡这会儿知道了那种石头叫做猫眼石。

"提格诺！嗨……"

提格诺一看到她走下楼来，立即收回了笑容，好像脸上有什么地方坏了。虽然他竭力装出轻松愉快的样子，可一开口说话，生硬的口吻便出卖了他。他快步来到丽贝卡面前，笨拙地握起她的手紧紧攥着。"丽贝卡，老天哪……"丽贝卡低垂着眼帘，打量着她的爱人，她未来的丈夫：红红的脸膛，性欲十足，就是这个人，把她哄上了床之后，立即想要甩了她，仿佛把她当做是一次性的纸巾，用完就扔：她一眼将他看穿，那最本真的一面。提格诺表面上性格温和，善于交际，内里却一无是处，一片混乱。他的灵魂如一口深不可测的枯井，石壁陡峭而凶险。

丽贝卡不禁打了个寒战，她认清了他。

但她还是把脸凑过去，让他吻了一下，因为这是必须进行的礼节。她一时想不到什么借口，能让自己不把那年轻貌美的脸贴过去，娇艳欲滴的红唇实在太吸引他了。她想让提格诺知道自己对他的充分信任，相信提格诺不会伤害到她的。

提格诺犹豫了一下，吻了吻她的脸。丽贝卡感觉得到，最后那一刻，他并不想吻她。楼门前厅的灯光从头顶打下，亮得有点刺眼。前厅破旧不堪，很久没有清理过了。提格诺跟丽贝卡打招呼时，还被一楼房客家里小孩子骑的三轮车绊了一个趔趄。他本来想轻轻吻她一下，表示礼貌，但这个吻他没有处理好。他居然说话结巴起来——米尔本还没有哪个人听到过奈尔斯·提格诺说话结巴："我——我其实有点——有点想你。天哪，丽贝卡……"提格诺的声音拖得很长，他傻呆呆地站在那里。

费里街上还停着他那辆蓝灰色史托德贝克，静静地停靠在路边，疲惫地吐着云气。

上了车，提格诺想转动钥匙启动引擎，但发现已经转过钥匙了，发动机之前就点着了。他骂了一句，嘿嘿笑了两声。车里不再有刚买时内饰装潢的味道，取而代之的是波旁威士忌和雪茄的味道。丽贝卡看到，后排座位上散乱地堆着些报纸，一个旅行箱，一双皮鞋，还有一个酒瓶。她不知道酒瓶里还有没有威士忌，如果还有酒的话，提格诺会拿给她喝。

提格诺说："亲爱的，我们去我住的那家旅馆吧。"

他说话时没有看丽贝卡。他的车在费里街上慢吞吞地移动，仿佛他也不知道该开向哪里。

丽贝卡轻轻地说了声不。“不去旅馆。”

提格诺说：“为什么不去？我有自己的房间。”

见丽贝卡没回答，提格诺又说：“我带谁去旅馆，那是我的私事，没有人会干预的。他们都认识我，都尊重我的隐私。我在七楼有一套套间，你肯定会喜欢的。”

但丽贝卡又一次轻声说不去。不去旅店。

“从落地窗往外看，从几排房子后面望过去就能看到运河。我到时候点一些吃的，咱们就在房间里吃晚餐。还有酒。”

不去，不去！丽贝卡就是不答应。她没忘记微笑，用牙咬了咬下嘴唇。

“妈的，行了行了。我们去别的地方。”

“只要不是旅馆就行，提格诺。”

伴着街上幽暗的光线，丽贝卡看到提格诺睁圆了眼睛盯着她。她差点要伸出手给他一巴掌，或者讥笑他一番。她能看出他的惊讶，像是被伤害到了，慢慢开始感觉到了疼痛。从他的眼神里，丽贝卡看到他对女人的这种顽固反抗有多痛恨。他下颚紧收，但还勉强挤出微笑的表情来。

“行，你是头儿，你说了算。”

他把车开到桑德斯基，这是一家沿河的酒馆。一路上两英里的车程，他一句话也没说，丽贝卡也是。

丽贝卡平静地想，他不会再碰我了。他不想再伤害我。

他们一到那个烟气缭绕的小酒馆，男人们立即向提格诺打招呼：“嘿，提格诺！来啦，哥们儿。”——“提格诺！最近混得怎样？”

丽贝卡能感觉到，这些问候使提格诺非常自满，让他有一种被人认可，被人喜欢的感觉。提格诺大摇大摆地走进去，跟每个人问好。他自然认识酒馆老板桑德斯基；这里的吧台招待他全都认识。他和这个人握个手，和那个人撞下肩膀。男人们让他坐到他们中间去，但他没去。他没打算把丽贝卡介绍给这群人,丽贝卡远远地站在一边。她看见那群男人上下打量着她,觉得她还不错。

提格诺的妞儿。

又换新的了啊,这个挺年轻。

这些男人里肯定有人认识她,至少听说过她,施瓦特家的女孩,掘墓人的女儿。但她现在长大了,不再是个小孩子了。有奈尔斯·提格诺在一旁陪伴,他们更不太容易认出她。

“过来啊,宝贝儿。这边安静一些。”

提格诺把丽贝卡带到一个离吧台较远的座位坐下。座位上方还垂下一串红绿相间的彩灯,显然是圣诞节过后忘记拆下来的。提格诺给自己点了一杯黑马麦芽生啤,要了两个酒杯,然后给丽贝卡点了一杯可乐。她要是想喝啤酒,可以从提格诺的杯子里喝。他想让她跟自己一起喝酒。

“饿了吗?妈呀,我现在饿得能吞下一匹马。”

提格诺点了两份牛肉三明治土司,炸洋葱圈,薯条和番茄酱。他还要了一份薯片,一份盐焗花生,一盘腌黄瓜,一盘腌萝卜。这时他才真正放松下来,和丽贝卡开着玩笑闲聊起来。在这种场合下,周围有人在看着他们,他可不愿让别人以为他和女孩子在一起时很拘谨。他讲起最近的一些旅行见闻,比方刚去过哈德逊峡谷,往南又去了卡茨基尔地区,但只是泛泛地讲了一下。关于他的个人情况,他倒一点没讲,丽贝卡知道他不会讲的。因为当时在毕尔兹镇有机会说的时候,他也没有说。他那时只顾着享受美食美酒,享受丽贝卡的身体了,除此之外别无所求。

“前两个晚上,我都在罗切斯特。我在那边儿住在一个名叫斯塔特勒的大酒店里。在酒吧里看了一场爵士四重唱。你喜欢爵士乐吗?你不知道什么是爵士乐?好吧,改天我带你去斯塔特勒看一场表演。”

丽贝卡扬起嘴角一笑:“好啊,希望能去成。”

也许是头顶彩灯闪烁的缘故,丽贝卡今天显得格外漂亮。提格诺喜欢上她之后,她比以前更漂亮了。他是彻底被她迷住了。提格诺不喜欢这种感觉,像是被女孩子控制住,让他做事分心。他不愿意总是回忆过去,也根本不想让以前的事情,哪怕是几周前的事情,来影响到他的现在。在他看来,男人如果过分沉溺于过去,那是怯懦的表现,太没有男子气概了。他只想活在当下。但他不能理解,丽贝卡现在为什么要刻意与他保持距离。她脸上仍带着温柔的笑意,可笑容里隐藏着一种谨小慎微的心思。她那橄榄般的深色皮肤泛着熠熠光彩,眼眸也如此清澈,睫毛浓密而乌黑,似乎闪烁着古怪的狡猾。

"唉!你不喜欢我了,是不是?没有以前那么喜欢我了吧。"

提格诺把胳膊架在桌上,半开玩笑地说道,眼神却流露出焦虑和渴望。提格诺并不想去爱某个女人,但他却非常想要得到女人的爱。

丽贝卡说:"我爱你啊,提格诺。我是爱你的。"

她说这句话时语气有点奇怪,语调很高,显得不太诚心实意。酒馆里面人声嘈杂,提格诺装作没听到。他灰色的双眼有点模糊,脸膛开始发红。就算他听到了,也还是拿不准主意,不知丽贝卡的话是否出自真心。

服务员上了一道烤牛肉三明治。提格诺把自己的那份吃光,又吃了丽贝卡盘里的一大半。他喝完杯中的啤酒,又点了一瓶。突然,他起身去上卫生间——"宝贝儿,我得去撒尿。马上就回来。"

真是粗俗至极!他这股粗鄙的劲头让人生气。他离开了座位,但半天也没回来。

丽贝卡百无聊赖地嚼着油腻的炸薯条,看见提格诺走到别人的座位上和人搭话,然后又停在吧台边上。酒吧里有六七个男人都和他熟识。有个女人金色头发盘得老高,穿一件土耳其玉青蓝色毛衫,手搂在提格诺脖子上跟他说话。然后提格诺又和酒吧老板桑德斯基聊了很久,话语间不时爆发出阵阵笑声。丽贝卡觉得,他是想隐没于这些人中间,仿佛他是他们中的一员。

她能和提格诺走得那么近，能占有他的身心，这让她感到由衷的自豪。试想还没有哪个人能像她那么了解提格诺呢。

但他现在有意和她保持距离。她明白，明白他在做什么；几个礼拜没打一个电话过来，他是早把她给忘了。她明白这些，也准备接受这个事实。她就像狗一样听他指挥，但前提是这一切必须是她自己自愿所为：不能再让人强迫自己做任何事情。

提格诺端着酒杯回到了丽贝卡对面的位子上，脸色通红，出了一身汗，走路时迈着细细碎碎的步子，像是船员走在倾斜的甲板上。他死死地盯着丽贝卡，眼神里既有好奇，又带着几分焦虑和怨恨。"不好意思，宝贝儿。刚才被他们叫住聊了一会儿。"提格诺的口吻不太像在道歉，但伏过身去吻了丽贝卡一下。他轻轻摸了摸她的头发，手停留在她的肩膀上。他说："我发现了，我得给你买一对耳环，丽贝卡。一对金耳环。那种吉卜赛风格的，看起来特别性感。"

丽贝卡摸了摸自己的耳垂。凯蒂曾拿一根用烛火"消过毒的"缝帽针帮她打了耳洞，所以她现在可以戴耳环，但耳朵上的伤口一直没怎么好。

丽贝卡出人意料地说道："谢谢你，但我不需要耳环，提格诺。"

"哪有姑娘'不需要'耳环的啊，我的妈呀……"提格诺一屁股坐到位子上，拿出喝醉酒的架势，猛地捞一把自己的头发，又揉了揉发红的眼睛。他像是刚想起来一个话茬，语气温和地说："丽贝卡，有人跟我说你是一个……一个什么来着？——'法院被监护人'？"

丽贝卡听了以后眉头紧蹙。她讨厌听到这些。该死的，这群人居然在奈尔斯·提格诺跟前议论她？

"我是肖托夸镇的受监护人，因为我爸爸妈妈都死了，而我还没满十八岁。"

这些话丽贝卡是头一次从嘴里说出来。

我爸爸妈妈死了。

她从来没有真正接受雅各布和安娜已死的事实。他们还在墓地的石头房子里等着她呢。

提格诺喝着酒，等着丽贝卡继续说话，于是丽贝卡像个中学生一样认真地说："镇上的法院指派一个退了休的女老师当我的监护人。我和她住了一阵子。但现在我不上学了，有了工作，也就不需要什么监护人了。我现在是'自力更生'。而且等我满十八岁了，也就不是被监护人的身份了。"

"什么时候满十八岁？"

"五月份。"

提格诺笑了笑，但心里有些忐忑。原来才十七岁：这么年轻！

提格诺的年龄至少是她的两倍。

"这位监护人，她是什么人？"

"是一个中年女人，信基督教。她以前"——丽贝卡有点犹豫，不想说出罗丝·骆特的名字——"对我非常好。"

丽贝卡感到一阵揪心的愧疚。她对骆特小姐太不好了，真让人惭愧。不仅离家出走时一声招呼没打，而且后来她到华盛顿大酒店工作以后，洛特小姐试图联系上她，给她留过几张便条，她一拿到就统统撕碎，扔掉了。

提格诺坚持问道："法院为什么会指派她呢？"

"因为她是我的学校老师。而且也没有别的什么人可选。"

丽贝卡用一副不耐烦的口吻说道。她真想让提格诺换个话题！

"见鬼，我可以做你的监护人啊。你不需要什么陌生人的。"

丽贝卡有点犹疑地笑了笑。她被提格诺这般询问之后，不再板着脸，但思维有点混乱。提格诺说这话什么意思？她听不太明白。也许只是在和自己开玩笑。

提格诺又说："你好像不喜欢提到'被监护人'什么的吧？"

丽贝卡摇了摇头。当然不喜欢！他干吗老抓住这个话茬不放。

没错，她很喜欢提格诺逗她开心。提格诺不动声色的玩笑话总能把她逗得哈哈大笑，笑的时候她觉得自己非常性感。但这次的玩笑却像是把拳头捅进她的身体里让她扭动着尖叫一样，提格诺却还觉得这样做挺享受。

丽贝卡遮住脸，刚才想到的这些让她自己难堪。

这想法是从哪儿冒出来的，真不害臊！

“宝贝儿，你怎么啦？你哭了吗？”

提格诺拨开丽贝卡挡在脸前的手。她没有哭，但也不愿意抬起头看提格诺的眼睛。

“希望你今天晚上对我更满意，宝贝儿。我估计咱们俩之前有的地方搞错了。”

提格诺半开玩笑半认真地说。她的想法和他不一致，他觉得自己的意志被制约了。他还没习惯和一个有主见的女人打交道。

丽贝卡说：“我喜欢你，提格诺。你知道的。”

“但你却不愿意跟我一起回去，去旅馆。”

“因为我不是你的妓女，提格诺。我不是妓女。”

提格诺不由得退了一下，好像被她抽了一巴掌。这种话从女人嘴里说出来，对他而言实在太震惊了。他又开始结巴：

“你为什么——这么想？谁也没说过——你是！老天，丽贝卡——你这话什么意思？我不是那种会去——逛窑子的人。真他妈该死，我不是那种人。”

她折了男人的面子，就像是走到桌子对面用力给了他一巴掌，让整个酒馆的人都看到了一样。

丽贝卡说话时语气非常冲动，几乎带着愤恨。既然话已出口，她就忍不住继续说了下去。虽然没喝提格诺杯中的酒，但感觉像喝醉了似的，酒劲冲上脑袋，粗鲁地嚷道：“那钱是你给我的吧，提格诺。你给了我八十四块钱。我把那些能找得到的钱一张一张从地上捡起来。你就坐在那看着我捡，一动也不动地看着。你说那是我哥哥在蒙特利尔给我的，鬼才信呢。”

到这时丽贝卡才猛然发现，她当时根本没相信提格诺的话。她本以为自己是信任提格诺的，从没想过要怀疑他。这八十四块钱！也一样，不走账，直接扔给她。现在看起来，很可能是提格诺跟她开了个玩笑。她未免太天真幼稚了。他就是把她丽贝卡·施瓦特当妓女对待，付了钱给她，整桩事情做得那么行云流水，就像他洗牌发牌的手法一样，你简直说不出来丽贝卡·施瓦特是怎么被当做妓女利用的了。

提格诺当然要反驳：“你他妈说什么呢，啊？我编的？他——叫什么名字来着，‘赫彻尔’——那钱就是他让我给你的。你的亲哥还知道疼你，妈的你就谢天谢地吧。”

丽贝卡捂住耳朵不想听。现在事情很明了，而且别人肯定都听到了。

“你看，你把钱拿走了，对不？我可没看见你把钱留在旅馆地上，宝贝儿。”

“是啊，我拿走了。我是拿了。”

可是她想强调，这不是钱的问题。那些钱她几天之内就花光了。买了些好吃的给室友和她自己，买了些客厅装饰品。以前她很少给公寓添置东西，跟凯蒂和拉维娜一比，自己很是惭愧。

现在她想明白了，室友们肯定猜到这钱是从哪儿来的了。她跟她们说是赫彻尔给的，可她们一定猜得到那是提格诺给她的。凯蒂和她说过，拿钱跟人上床也是难免的事，没什么大不了。

提格诺狠狠地盯着她：“那还有你手上的戒指呢，丽贝卡。你戴着我给你的戒指，对吧？”

“我这就还给你！我根本不想要。”

丽贝卡说着就要往下摘戒指，但提格诺比她速度快。他用自己的手盖住她的手，使劲按在桌面上。酒馆里的人看出他们在争吵，这让提格诺大为光火，他感觉自己像被拉出来当众羞辱了一番。丽贝卡的手被按得生疼，她担心手指会被压断，她的手跟他相比太小了。提格诺脸涨得通红，目光里闪烁着凶神恶煞的怒气，丽贝卡感觉提格诺简直想把她掐死。

“我们走吧。把大衣穿上。操，你不穿我帮你穿。”提格诺一把拽起丽贝卡的大衣和自己的夹克，另一手拉着她。他把她从座位上拖起来。丽贝卡被拽得跌跌撞撞的，差点摔倒。酒馆里的人望着他们俩，没一个人敢上前劝阻。桑德斯基酒馆里，还没有哪个人胆敢和奈尔斯·提格诺过不去。

两个人在酒馆停车场坐进了老爷车，仍然吵得不可开交。提格诺一放开丽贝卡的手，丽贝卡就气疯了似的往下摘戒指。她一刻也不想再戴着那个东西！提格诺气得用手背上前就抽了她一耳光，还要挟说要对她动手。“我恨你。我根本不爱你。从来就没爱过你。我发现你就是个畜生，真让人恶心。”丽贝卡出奇冷静地说道。她背靠在车门上，在夜晚的黑暗中，她的眼睛像野猫的双眼一样明亮，反射着霓虹灯的光芒。她踉跄着起脚踢他，把腿蜷起来，往他身上踹。提格诺没来得及躲闪，他破口大骂，抡起胳膊就是一拳，但因为有方向盘挡着，这一拳没打着。丽贝卡狠命去抓他的脸，如果够得着的话要给他脸上留下几道子。提格诺看到她那一副不顾死活和男人打架的样子，不禁暗暗称赞，其实她哪是他的对手呢，他一个拳头就能把她打翻。提格诺看着她这样，简直要笑话她了——“我的妈呀，姑娘！”她上来一拳打在他嘴上，把他嘴唇打出了血。提格诺擦了下嘴角，看到有血。这下他真的笑了，丽贝卡故作镇静地不以为然，随时准备再给他一下子。

她不能原谅的是，过了那么多个礼拜，他没给她打过一个电话。提格诺也明白，这才是她发怒的原因。

鼓捣了一会儿,提格诺把车发动起来了。他和丽贝卡保持着一臂距离。血沿着下巴流下来,快把他的绵羊皮夹克给毁了。他趁丽贝卡没再出手,把车往后倒了一点,开到路边。这一次,他揪起她一大把浓密的长发,一拳打进头发里,把她的头狠狠按在车门玻璃上,丽贝卡的头撞在车窗上,有几秒钟失去了知觉。他希望没他妈的把窗玻璃砸坏。这时酒馆里的人纷纷赶了过来,往车里张望。但就算到了这个时候,也没人敢插手。老板桑德斯基也跑了出来,大冷天还没来得及戴帽子,他是提格诺的朋友,但是真该死,他也在一旁袖手旁观。这是提格诺和这女人之间的事。人们都宁愿相信,提格诺在这种时候怎么做都有他自己的理由,而且一定是合理的。

丽贝卡的体力已经耗尽,只能孱弱地哭泣。最后那一拳让她冷静了下来,提格诺这才开车回到米尔本,把她送到家。他本想扶她下车,结果车一停下,她就夺门而出,踩着门口的棕色石阶进了公寓大门。提格诺气得发狂,把车发动起来开走了。他不仅嘴角在流血,右脸上也被划开一道小口,是丽贝卡用指甲抓出来的。"婊子,操他妈的臭婊子。"但在肾上腺素的作用下,他几乎一点也感觉不到疼痛。估计那姑娘也被他揍得不轻。他希望没有失手把她的骨头打坏。很可能打青了一只眼睛,或许两只。他可不想看到有人报警。他在旅馆后面的停车场打开车灯,座位上扔着那枚椭圆形的戒指,表明了对他的蔑视。

提格诺把丽贝卡的大衣扔到地上,胡乱踩了几脚。

"行,我们俩算完了。很好!"

35

第二天早上。丽贝卡的脸又青又肿,走路都有些吃力,凯蒂坚持让她跟老板请病假,休息一天。

拉维娜气呼呼地说:"我们应该报警!这个混蛋。"

凯蒂有点拿不定主意，问道："丽贝卡，我们要不要送你去医院？看他都把你打成什么样了。"

丽贝卡坐在餐桌边，把冰块包在毛巾里拿在手上敷脸。她的左眼周围是青紫色，像甲状腺肿一样，睁都睁不开；嘴已经肿成平时的两倍大。一面镜子倒扣在餐桌上。

丽贝卡对凯蒂和拉维娜道谢，告诉她们不用担心：会好起来的。

拉维娜说："要是他回来把你伤得更厉害怎么办？男人都是这副德行，他们不会善罢甘休。"

丽贝卡说，提格诺不会回来的。

拉维娜从橱柜上拿下电话，放在丽贝卡身边的桌子上。"万一有什么事你就打电话报警。"

凯蒂和拉维娜出门上班去了，丽贝卡独自留在公寓里。那天上午，提格诺真的来了。她听见车停在马路边上，关车门时"啪"的一声响。她想去窗口看一眼，可是一站起来就会头晕。

她们住的是二楼的一套三室户，只有一个简单的大门，房门朝楼梯的方向开。丽贝卡听见提格诺沉重的脚步声越来越近，然后听到他用指节轻轻叩门："丽贝卡？"

丽贝卡坐着一动不动，听着门外的动静。凯蒂和拉维娜走了以后她把门锁上了。但是门锁很不牢固，提格诺三两下就能把门踹开。

"丽贝卡？你在家吗？开门，是我，提格诺。"

这畜生竟然还怕我听不出来他是谁！丽贝卡要不是嘴疼，早就笑出来了。

提格诺的声音听起来很清醒，有悔过之意。她从来没听见过提格诺如此殷切地呼唤她的名字。她听见提格诺疯狂地敲门。

"滚远点！我不想见你。"

"丽贝卡？让我进去。我保证不会伤害你的。我有话对你说。"

“没门儿。快滚。”

但提格诺就是不走。丽贝卡也知道他不会轻易离开。

她不想报警，虽然明知必须报警，但就是拨不出这个电话。如果警察来带走提格诺，他肯定会跟他们动手，然后被打伤。丽贝卡忽然像进入梦境一般，看见心爱的人胸口中弹，跪倒在厨房的油毯地板上，血流如注……

丽贝卡晃了晃脑袋，让自己回过神来。刚才那不是真的，是梦。这是雅各布·施瓦特的梦，他在墓地的房子里经常梦到被盖世太保一枪打死。

丽贝卡只好开门，她不想让提格诺受伤害。

“嗨，丫头，这样才听话，是吧？”

提格诺高兴坏了，马上闪身进屋。丽贝卡看到他脸上也挂着挨打后的痕迹，不禁欣然一笑：上嘴唇肿得老高，破了的那块刚结痂；右脸颊一道纵向的划痕，是被她的长指甲抓出来的。

提格诺两眼紧盯着她看：他的拳头干的好事。

提格诺好像有点不好意思，慢慢地扬起嘴角，面对这张被他打得不堪目睹的脸庞说道：“收拾东西，咱们这就上路。”

丽贝卡听了一惊，笑出声来：“上路？去哪里？”

“你到时候就知道了。”

提格诺过去拉她，丽贝卡闪身躲开。她又想伸手打他，把他的手打远点。“你疯了吧。我才不会跟你走。我有工作，你他妈知道我还要上班，下午就——”

“不用上班了。你不用再回旅馆了。”

“什么？为什么？”丽贝卡又笑了，但这下心里害怕了。

“别问了，快收拾，丽贝卡。我们离开米尔本。”

“你他妈怎么知道我会跟你走？——就你这样的混蛋，打女人，一点也不尊重我——”

提格诺冷静地答道:“丽贝卡,以后我再也不会打你了。”

她耳朵里一阵轰鸣,大脑像曝光过度的胶卷,一片空白。提格诺伸手抚摸着她那蓬乱、粗糙的长发。“走吧,亲爱的。我们必须赶快,因为目的地还有点远——我们要去尼亚加拉。”

餐桌上的黑色老式电话边,丽贝卡仓促地留下一张纸条,凯蒂·格瑞布和拉维娜·特蕾西晚上回来时才看到:

亲爱的凯蒂,亲爱的拉维娜——再见,我要结婚了。

丽贝卡

36

奈尔斯·提格诺太太。

每次签下这个新名字,丽贝卡都感觉自己的笔迹发生了变化。

“亲爱的,外面我有不少敌人,他们都不敢上门来找我麻烦。但老婆却不一样。”

提格诺皱着眉说出这句话,是在一九五四年三月十九日晚上,那时他们正在尼亚加拉宾馆的一套豪华套间里度蜜月喝香槟,窗外薄雾中若隐若现的是传说中的马蹄瀑布。套间在宾馆八楼,提格诺提前预订了三个晚上。丽贝卡紧张得有点发抖,但仍强装欢笑,因为她知道,提格诺现在想看到她笑,整个白天他都板着个脸一副沉思的样子。她坐在提格诺大腿上,亲吻着他。她还在微微颤抖,他抚慰着她。丽贝卡身上穿着一件镶着蕾丝的真丝长袍,这样的衣服丽贝卡别说穿过,就是连见都没见过。提格诺舒服得发出哼声,也用他那双大手抚摸她的大腿和臀部。他喜欢看丽贝卡衣袍里面的裸体,乳房微微垂下,丰满得好像可以给他吮吸。他饶有兴致地逗弄着她,特别喜欢听她被咯吱时发出的尖叫声。他把舌头伸进她的嘴巴，耳朵，小小的肚脐，伸进她潮湿发热的腋窝，尽管她从来不剃掉腋毛。

对于提格诺那句谜一样的话，丽贝卡听不懂，但也没有过问，因为她觉得，如果他想解释就会解释的；如果不想解释，那也不能强求。她刚刚做他的妻子不到半天，但这一点她已经了然于胸。

他开车时，两膝之间夹着一瓶一品脱的波旁威士忌。米尔本东北部到尼亚加拉大概有九十英里的车程。路边的万物被岩层般的白雪覆盖，在丽贝卡眼里纷纷闪过。提格诺把酒瓶递给丽贝卡，让她喝酒，就像把奶瓶举到小孩嘴边要求她喝奶一样，他不喜欢看到丽贝卡喝酒时犹犹豫豫的，所以丽贝卡喝了一小口，那已经是她一次能喝的最大量。她心里想着，*永远也别和这男人说不*。这样的想法令她欣慰，仿佛某个谜团被解开了一样。

"提格诺，你过来啦！她到十八岁了吧？"

"嗯，十八了。"

"出生证明呢？"

"大火里烧了。"

"她怎么说也十六了吧？"

"五月份就到十八岁，她自己说的。"

"她不是被强迫的吧？刚才好像听到你俩在车里一阵嘀咕来着。"

强迫，丽贝卡听成了*诅咒*①。这个身材矮小、眉毛浓密、头上秃顶的男人是当地的治安官，提格诺认识而且信得过，可以在他这里领结婚证，

① 此人说话带地方口音，将"强迫"（coerce）一词发成"c'erce"，与"诅咒"一词（curse）的发音极为相似。

可他说的话丽贝卡听不太清楚。

提格诺很严肃地说：谁也没被强迫。女孩儿是自愿的，他也是自愿的。

"行，我尽力而为了，兄弟。"

奇怪，这个治安官的办公室设在离尼亚加拉大瀑布很远的私人住宅区里，是一间小砖房。他妻子——"迈克太太"——将会是婚礼的唯一见证人。

提格诺稳住她，她空腹喝了酒之后走路直打晃，腿软得像煮过的甘草，只得由人搀扶着进了屋子。她的左眼被打之后变成了熊猫眼，视力有些模糊。她的嘴唇肿着，感觉一跳一跳的痛，特别希望得到亲吻。

他们告诉她说，这是"非宗教"仪式的婚礼。整个过程非常简短，大概用不了五分钟。像用收音机调台一样一晃而过，一个频道的声音刚调出来就消失了。

"你愿意吗，丽贝卡……"

（丽贝卡突然咳嗽了起来，然后又打了个嗝。真丢人！）

"……你糟糕的，呃，合法①的丈夫……"

（丽贝卡这时不禁陷入一阵窃笑，变得更加紧张。）

"说'我愿意'，亲爱的。你愿意嫁给我吗？"

"我愿……愿意。"

"那么你呢，奈尔斯·提格诺——"

"当然他妈的愿意。"

滑稽又严肃的声音还在继续："今天，一九五四年三月十、十九日，以纽约州和尼亚加拉镇赋予我的合法权利，我现在宣布你们……"

这时候外面不知哪条街上开过一辆鸣笛的汽车，是一辆救护车。丽

---

① 前此口误，将"lawful"（合法的）说成"aweful"（糟糕的）。

贝卡暗自一笑，那边发生的危险与她相距甚远。

“新郎，现在可以吻你的妻子了。二位保重！”

但提格诺只伸出胳膊，环抱住丽贝卡，仿佛要用自己的身躯来挡住她。她感觉到他那颗拳头大的心脏在自己带着淤青的温热脸庞边砰砰跳动。她也想伸手抱住他，可是胳膊都被紧紧缠住，不得动弹。他的手臂肌肉结实，上身的运动外套有点刮她的皮肤。丽贝卡脑海里的念头像气球一样慢慢升腾：现在我结婚了，我要做人家的妻子了。

她想把这个消息告诉一个人：一个她多年未见的人。

“迈克太太”拿出几份要签字的文件，还有一盒两磅的范尼·法默巧克力。这个女人和她丈夫一样，矮胖型身材，眉毛细细的，说起话来摇头晃脑的。她把文件递给提格诺和丽贝卡签字，然后把结婚证发给他们。提格诺很不耐烦地潦草一划，细看的话会发现他签的是奈·提格诺。丽贝卡手指握笔都握不牢，之前她没发现自己的两只手都有点发肿，写字时笔迹一会儿轻一会儿重，提格诺只好握着她的手签上：丽贝卡·施瓦特。

“迈克太太”向他们道了声谢，从她丈夫手里夺过巧克力盒（她丈夫拆开了包装，正在自顾自地享受），把它当做奖品一样交给提格诺。

“这都算在收费里面了，好吧？度蜜月别忘带着这些巧克力哦！”

“我妈妈常警告我说，会有坏事发生在我头上。但什么坏事也没发生。我现在倒已经是结婚的人了。”

丽贝卡咧着肿肿的嘴开心地笑着；提格诺也开怀地笑了，当着酒店大堂所有人的面，给了丽贝卡一个深情激烈的拥吻。

“我也一样，丽贝卡。”

尼亚加拉瀑布酒店这样豪华的蜜月套房，丽贝卡在华盛顿酒店可从没见识过。套房里有两间宽敞的房间，一间是卧室，里面有架起华盖的大床，另一间是起居室，摆放着天鹅绒沙发、座椅和摩托罗拉落地式电视，还有银色的冰桶和盘子，以及一套水晶玻璃杯。提格诺仍和以前一样，嬉笑着挽着新娘子跨进了房间，和她一起倒在床上，伸手去扯开她的衣服，像摔跤运动员一样把她扭动着的身体紧紧搂在怀里。丽贝卡闭上眼睛，因为只要一睁眼就看到天花板在旋转，头顶的华盖在动，哦！哦！哦！她牢牢地抓住提格诺的肩膀，就像绝望之中扳住一面墙垛，提格诺这次比在毕尔兹镇更加小心谨慎，他摸索着解开自己的裤子，摸索着让自己进入她的身体，嘴里发出窒息一般沉闷的声音，听着像是在叫丽贝卡的名字；丽贝卡把眼睛闭得更紧，惊慌得像鸟儿听到枪声便四散逃命一样，而她又看见了父亲的脸，并惊奇地发现那是一张人皮面具，一张皮做的面具而非人脸。她望见他愤怒的双眼，眼睛里实际闪现出的是她自己的愤怒，还看见他的双手在颤抖，她第一次意识到，*我必须跟他过去，他就想让我这样做，召唤我过去，就是让我和他一起去死。*但是她没有。丽贝卡瘫在那里，一动也动不了。她看到父亲在那么狭小的地方摆弄着猎枪，向自己瞄准，扣动扳机。

提格诺发出一声呻吟，像被木槌击中了一样。

“哦，乖乖……”

作为他的妻子，她有权利纵情亲吻他。

这男人沉沉地熟睡过去，全然不知丽贝卡在他满是汗水的面颊和发际亲吻着，而他像是一只困在丝质华盖里的苍蝇，嗡嗡作响。

晚上她找到了那样东西，在找到之前，她也并不知道她能找到这个：在提格诺的旅行箱里的一个“神秘”隔层里，旅行箱放在卫生间，也就是盥洗室。

第二天白天，他们从酒店出去，提格诺给旅行箱上了锁，晚上回来时才打开。

半夜三点，提格诺睡得正熟。他睡觉总是很沉，直到第二天上午十点才会醒。

丽贝卡站在卫生间里，珍珠色瓷砖、黄铜支架闪闪发光，镜子镶着镀金的镜框，这一切都是她在华盛顿大酒店没有见过的。丽贝卡光着脚，赤裸着身子，浑身颤抖着。提格诺把她的新蕾丝睡裙脱下来扔在床边了。他就想让她不穿衣服躺在他身边，他喜欢醒来时看到女人一丝不挂的样子。

“他不会介意的。他有什么必要跟我保密。我们都是夫妻了……”

提格诺当然会介意。他是火爆脾气，如果有谁胆敢用他不喜欢的方式向他发问，他肯定发火。女孩子没人敢窥探奈尔斯·提格诺的隐私，比方说，她们不会嬉笑着把手伸进他的衣兜里（掏烟盒或打火机）。

列奥拉·格瑞布曾警告过丽贝卡：不要去翻客人的箱子，他们通常会设下圈套，到时候你就遭殃了。

也许丽贝卡是在找结婚证。提格诺小心地把结婚证折起来，和其他东西放在一起了。

她不是在翻钱！（好像她知道，提格诺会给她钱的，要多少都给，因为他爱她。）也不是在翻酿酒许可证明或者文件什么的。（提格诺把这些文件放在一个手提箱里，锁在汽车后备箱里了。）但在翻找了几层夹层过后，她终于找到了那样东西：一把枪。

这应该是把左轮手枪，蓝黑色枪管大概有五英寸长，枪柄是木制的。看起来不像是新买来的。丽贝卡不知道这是多大口径，保险栓是否打开，也不知道枪膛里上没上子弹。（当然，枪里面肯定上了子弹。不然提格诺拿一把没子弹的枪干什么？）

在车子开往尼亚加拉的路上，她就明白了一个道理：永远别和这个男人说不。

丽贝卡无意从箱子里取出手枪。她轻轻地把箱子的拉锁拉回去，关上箱子。这是个男人的旅行箱，重量过重不方便提拉，皮质还不错，但已有些磨损了，一个铜质的商标牌“NT”闪闪发亮。

37

她非常期盼着自己能够怀孕。现在她已经成为他的妻子，接下来就该做孩子的母亲了。

从来都是在外面跑来跑去！提格诺骄傲地说，这才是真正的生活。

早先几年他们没有固定的住处。从一九五四年到一九五五年春天（那时丽贝卡第一次怀孕），他们根本没有房子，只是从提格诺的车上下来，到不同的酒店，进入装修各异的房间，有几次也租过房子，一次只是短租几个礼拜。通常他们在一个地方只住一晚。可以说他们根本没住在任何地方，只是在不同的地方停留不同的时间而已。他们到过布法罗城，奥瑞斯卡尼港，罗切斯特，到过锡拉丘兹，奥尔巴尼，斯克内克塔迪，罗马①。他们去过宾汉顿，洛克波特，肖托夸瀑布以及一些小城镇，如哈蒙德，埃尔迈拉，沙托盖，沙欣湖。他们到过波茨坦和塞拉曼加，到过乔治湖，科那拉瓜湖，舒伦湖。他们还到过洛迪，奥韦戈，什科哈里以及夏泼兰湖北岸的洛什博纳德港。丽贝卡知道提格诺在这些所到之处买房产，或者已经拥有一处房产。在所有这些地方，提格诺都有朋友，有他所谓的关系网。

当然，提格诺也会定期到米尔本。到了那里他还是住在华盛顿大酒店。但他每次去时，都把丽贝卡安置在别的住处，因为她不愿再回到米尔本。

她告诉过提格诺，不想再回那个旅馆！

实际上她是对米尔本心有余悸，在那里，她是掘墓人的女儿，如果有心在米尔本墓园里面找一找，就能在一个不起眼的角落找到父母的墓地，

---

① 根据后面第45章的有关内容，此罗马指的是纽约州的罗马市。

墓地四周已经杂草丛生了。

她一直没回费里街的公寓拿她以前的行李。那个惊心动魄的早晨，她走得如此匆忙，奔赴全新的生活。

但过了几个月之后，她想给凯蒂和拉维娜写封信，因为心里又有些后悔，有些念旧。她担心朋友们出于嫉妒而不再理她。我想你们！我现在结了婚，非常幸福，提格诺和我大部分时间都因为出差而住在最好的宾馆里，但我还是想念你们，还有列奥拉。我希望尽快怀上孩子……干吗要用这种小女人絮絮叨叨的腔调？这样写符合已为人妻的身份吗？看着这封在舒伦湖宾馆的信笺上迅速用钢笔写下的信，丽贝卡在静得出奇的旅馆房间里感到一阵厌恶。我想寄给你们一些钱，请在公寓里添置些东西吧，换套窗帘，买个台灯什么的。哦，我真怀念我们那时一起熬夜聊天，说笑；我怀念列奥拉来我们家玩；我想给你们打电话，但我担心提格诺不愿意让我打。男人总是嫉妒他们的妻子！也许对这一点我不该有什么惊讶的。提格诺尤其嫉妒其他男人和我说话。他说他知道男人们“心里面”在想什么，所以不愿意让我和他们任何一个人接触。丽贝卡写到这里停住了，好半天没有继续。她不愿意回头看自己写下的东西，也不愿意去想象提格诺要是看到了这封信会说些什么。你们可以帮我个忙吗？帮我把留在那的一些行李寄给我吧，尤其是我那本字典。我知道给这么重的东西打包邮寄是件麻烦事，我本来也可以买本新的，提格诺对我很好，给我花钱很大方，但是那本字典对我来说实在太重要了。丽贝卡又停下笔，眨了眨眼睛，让泪水滑落。她那本快被翻烂了的旧字典：上面她的名字还是拼错了的。可那毕竟是她的字典，那天爸爸发慈悲，没有把它扔进火炉烧掉，仿佛就在那一瞬，她在幻觉中猛然意识到，爸爸也是爱她的。请把包裹寄到：纽约州哈蒙德斯维尔邮政信箱九十一号，奈尔斯·提格诺太太（这是提格诺的收信地址，是他在纽约州工作范围的中心位置）。随信附上三美元。谢谢！可以帮我给列奥拉一个拥吻吗？我真怀念我们下课后一起玩牌的时光，凯蒂，你也是吧？你们的朋友丽贝卡。她突然感到疲惫不堪，不安的情绪几乎将她击倒。因为信中流露出的口吻，说出的话语，并不属于她；作为丽贝卡，她没有话要说；作为奈尔斯·提格诺太太，从她嘴里溜走的每个字仿佛都不是由衷而发。她慌忙将所写的文字重读了一遍，琢磨着应不应该撕掉重写；但是，寄出这封信的目的是拿回她的字典。她感觉心力交瘁，焦虑的情绪让她头痛：提格诺马上就要回家了，她不敢让他看到自己写了这封信。

于是她赶紧添了一条加注，不禁莞尔一笑：

让列奥拉帮我跟老混蛋阿莫斯·赫鲁勃说一声，我一点也不想念他那张蠢猪脸。

丽贝卡相信，每过去一个月，她怀孕的日子就更临近了一些。因为提格诺越来越不注意采取保护措施，尤其是喝酒之后，总是急不可待的样子。和提格诺做爱的过程中，丽贝卡脑子都会不停地想象，要是怀孕了该怎么说。提格诺？我有事情跟你说。或者，提格诺！你知道你要成什么人了吗，亲爱的？我也是。对于以前在米尔本听到的关于提格诺的传言，她像赶走苍蝇一样，把它们统统从记忆中轰走，什么他在省内各处有大大小小的孩子啦，什么他的年轻老婆前来挑事啦，甚至说他现在至少还有一个老婆和几个小孩，是新近被他遗弃的。

几个月过去了，她总是无比自信觉得自己会怀上孩子。因为没什么理由怀不上。

她的乳房开始感觉沉甸甸的，乳头变得十分敏感，不愿意让提格诺吮吸。她的肚子又圆又硬，肚皮紧绷得像鼓面。提格诺对她无比着迷，自语好像被使了春药一样，和她在一起怎么也呆不够。而且不用保护措施，这在丽贝卡看来，是因为提格诺和她一样，迫切地想要个孩子。

丽贝卡没有打算直接问提格诺是不是想要孩子，提格诺也没有问过丽贝卡，他们俩在这个问题上保持着一种奇怪的沉默。提格诺说话很粗鲁，一句话里总夹杂着一两个脏字，如操、滚、狗屁，但他在性交的过程中却非常介意说出这些词汇。提格诺甚至都没和丽贝卡说过做爱两字，就和他没说过外语一样。

丽贝卡变得情绪化也没什么不对，女人情绪化像是理所应当的。“提格诺，你爱我，对不对？还是有那么一点点爱的？”丽贝卡每次问出这句话时，就像一只受伤的猫咪，而提格诺总会喃喃地回答：“当然。”他会边说边笑，笑声几乎惹人厌烦，“不然我干吗娶你呢，亲爱的？”

她能得到的报酬没有别的，唯独这一个：男人沉重的身体压在她身上。

提格诺的块头可真大，体重那么重！那感觉就像是天塌下来砸在了你身上一样。当他气喘吁吁，筋疲力尽时，他那粗糙难看的皮肤却闪耀着异样的美。

丽贝卡相信自己对奈尔斯·提格诺的爱会持续一生，她永远会对提格诺心怀感激。她知道，他当时完全可以不娶她，可以把她当做用过的餐巾纸一样，随手扔掉，可能那样的结局才是她应得的。

从他的行李里肯定能找到一样东西：结婚证。丽贝卡看到过，那上面有她的签字。

如果提格诺没有用他的重量将她压住、固定住，她就会变得支离破碎，像风中的枯叶一般被吹走，甚至还不如风中的枯叶那样经常被人谈起。

渐渐地，她喜欢上了和他做爱，从他那里攫取性爱之中转瞬即逝的美妙感觉。而丽贝卡体会到的，似乎不是那种能够湮没提格诺的强有力的快感。她想要的不是那种极致的快感，不是在他的怀里感受天摇地动，不是像受伤的动物一样大声尖叫。她只想要那个男人的重量压在她身上，仅此而已。还有提格诺突然动作轻柔地在她的怀抱里入眠。

第一个孩子会是个男孩吧，丽贝卡暗自希冀着。应该叫他小奈尔斯。

如果是女孩呢……丽贝卡不知道该叫什么。

又一次上路！啤酒销售这一行当的竞争实在是异常激烈。提格诺做黑马啤酒的代理人，基本工资拿得不多，实际的收入主要来自于销售提成。

提格诺一年有多少收入，丽贝卡根本没有概念。她不会去问他，就像不会去问她父亲的工资一样。当然，即使她问了，提格诺也不会告诉她。他会当面嘲笑她的。

而且如果她领会错意，没明白他的心思，他有时上来就给她一巴掌。

她只要有一点违规越界的意思，就可能挨打，提格诺受不了别人对他嘲讽讥笑。

提格诺打她时从不用尽全力，拳头不会攥得很紧。说起男人打女人，提格诺总是带着一副轻蔑的神色。

有一次，丽贝卡天真地问起，她什么时候去见提格诺的家人？——提格诺点燃一支雪茄，对她和蔼地笑了笑，说道："亲爱的，提格诺可没有什么家人啊。"随后他陷入一阵沉默，几分钟过后，他猛地转身，用手背抽了她一个耳光，责问她最近都和什么人说过话。

丽贝卡结结巴巴地说，没什么人！

"要是有任何人和你谈起我，问到关于我的问题，亲爱的，你要跟我说。我来处理。"

丽贝卡向凯蒂和拉维娜吹嘘过丈夫的慷慨大方，实际上他也的确如此，至少他们结婚后的第一年是这样。因为这一年，他对丽贝卡十分迷恋，给她买各种礼物，衣服、珠宝、香水、情趣内衣，那些丝绸的玩意儿，只要丽贝卡揭开包装往身上一比划，就能勾起他的性欲。

"哦，提格诺！这件太漂亮啦，谢谢你。"

“穿上试试,宝贝儿。看看合不合身。”

对提格诺最有挑逗性的情形是:丽贝卡事先喝了一两杯酒,这样就正对他的胃口。

他经常在他们住的旅店房间里给她扔钱,无论是在宾汉姆顿,乔治胡,还是斯科哈里,就像初次在毕尔兹镇时一样。他总是从钱包里掏出几张十块二十块的钞票,有时是五十块的,往空中一撒,钞票犹如受伤的蝴蝶般纷纷落下。

“给你的,吉卜赛女孩。现在你是我妻子,不是我的妓女。”

她知道:虽然他们结了婚,但他一直没有原谅她。因为她把奈尔斯·提格诺看成是付钱找女人上床的人,那对他而言是一种侮辱。他要让她为这样的行为后悔。

提格诺在这件事上没完没了,简直成了一种生理反应,像起了疹子忍不住去抓痒一样。

他们在一个地方只逗留几天。有时只住上一夜。最难捱的是年底,所谓的休假旺季。从十二月中旬到元旦,提格诺基本上没什么生意可做。提格诺住在布法罗城斯塔特勒宾馆,每天都要喝酒。他在布法罗-尼亚加拉瀑布地区有很多朋友,可以一起打牌喝酒,但是,他还是感到无聊透顶。丽贝卡知道说话要格外小心,不要说错话招惹到他。

提格诺凌晨睡不着时,她就陪着他一起喝酒。有时,她轻轻摩挲他的皮肤,像抚摸一条受伤的狗,动作十分轻柔,不敢轻举妄动,生怕这个家伙朝她咆哮发火。她轻抚提格诺温热的额头和他金属丝一样硬的头发,她的手势温柔而带有几丝挑逗的意味,让提格诺十分享受,奈尔斯·提格诺在他自己面前也成了一个谜。

“提格诺,你是因为不喜欢安定才会一直东奔西走,还是因为必须要东奔西走才变得不喜欢安定呢?”

提格诺皱了皱眉，对这个问题琢磨了半天。

“我的天哪，我怎么知道。两者都有吧，也许。”

停顿了一下，他又说道：“但你们民族不也是一直漂泊的吗。是不是啊，丽贝卡？”

有时候他们在酒店登记后，提格诺会打个电话或接到电话，告诉丽贝卡“有点事情”——他总是有“生意之外的生意”——然后马上离开。每当这时他的情绪总是特别兴奋。每当他表现出要去处理紧急事件的样子，仿佛是在命令丽贝卡闪到一边，不要耽误他忙正事，也不要提任何问题。

丽贝卡猜想，生意之外的生意指的是与黑马啤酒无关的生意。提格诺不止一次如此这般消失踪影，在酒店接到从黑马总部奥瑞斯卡尼港市打来的电话，丽贝卡只能借口说，提格诺出去会朋友了，朋友们要带他去打猎，当晚回不来……而等提格诺回来，丽贝卡马上告诉他，提格诺总是不屑一顾地耸耸肩。“又能怎样？让他们滚一边去。”

在这样的时候，丽贝卡特别孤单。但她从来没怀疑过提格诺会丢下她不管。一路上提格诺已经丢掉了很多东西，包括那个皮质的大旅行箱。

但提格诺没有丢掉左轮手枪。他一直带在身上。

奈尔斯·提格诺太太。旅馆登记时，她喜欢在奈尔斯·提格诺后面签下这样的名字。她一直期待那个旅店的前台或经理好奇地问她一句，验证一下她是否真的是提格诺的妻子，但从来没有人问过。

奈尔斯·提格诺太太。她渐渐觉得自己特别聪明。但是正如许多新婚的妻子一样，她也会犯错。

正如她向凯蒂和拉维娜所说，提格诺生性心胸狭窄。她猜想，他嫉妒别人正是因为深爱着她，还没有哪个人这样爱过她呢，然而爱得太深，就如同火柴和易燃物靠得太近，不觉又多了一份危险的因素。提格诺不习惯和其他男人分享一个女人的注意力，但别的男人盯着丽贝卡看时，他心里会感觉美滋滋的，所以他经常带丽贝卡一起去饭店、酒吧或小酒馆。不过他不喜欢丽贝卡看别的男人，哪怕是他的朋友。他尤其讨厌丽贝卡和男人聊天说笑。“一个男的如果盯着你看，那他只有一个主意。但你是我的老婆，只有我可以打这个主意。”丽贝卡本想一笑了之，但还是严肃地接受了这个警告。更让提格诺感到惴惴不安的是，丽贝卡可能会在他出门工作时和陌生人打交道。比方旅馆里的其他男房客、旅馆服务员，甚至那个黑人门童，每次开门时都响亮地叫一句“提格诺先生”，因为提格诺给小费时出手大方。

“要是有谁胆敢碰你，丫头，你一定要跟我说。我会去摆平。”

你还能怎么做呢？丽贝卡不禁想起提格诺挥拳痛打可怜兮兮的鲍姆嘉通，把他的脸打开了花。她还想起那把木柄的左轮手枪。

“我看你好像不是本地人吧。”

一个男人穿着海军皮夹克，戴着海军帽，帽檐压得很低，盖过了额头。一九五五年冬天，在哈蒙德，或许是在波茨坦，总之在一个北部小城市的一家餐馆，他坐在吧台离丽贝卡最近的位子上。丽贝卡朝这个陌生人笑了笑，其实她当时并非真想对他微笑。她说：“是啊，我不住这儿。”他用胳膊肘拄着吧台，挨着她的胳膊，手掌托着下巴，把脸凑得和丽贝卡很近，正要继续深聊，丽贝卡立即转身，扔下一美元给咖啡买单，然后快步走出餐馆。

当时是二月份。天空像一块黑板被漫不经心地擦过，留下些许粉笔字的痕迹。雪花轻盈飘落在河面上，这条河的名字丽贝卡已记不起，如果精力够用，那停留过几天的城市名字本还可以想起来的。

在那天早晨以前，她一直以为自己就要怀孕了。但月经还是照常来了，腹痛，流血，伴着低烧，于是她明白，这次又没怀上。倒也省得告诉提格诺了。她在酒店房间里坐立不安，提格诺晚上才会回来。她拿出几本平装书来试着读几页，又把字典搬了出来，查了查拼写比赛时背诵过的单词：precipitant，prophecy，contingency，inchoate。都已经过去太久了！那时她还是个一无所知的小孩。这些单词对她无所助益，却仍然躺在字典里，比她的生命还要长久，这让她感到一种安慰。冬日的阳光照进旅馆的窗子，她深感孤独，焦虑不安。服务员进来打扫房间之前，她把厚厚的床罩拽出来，盖在发皱的被罩上面，因为被罩浸着汗水和精液的味道，来自提格诺那强壮有力的身体。

应该出门逛逛！她穿上大衣，登上靴子，在旅馆附近的大街上走了走。雪还在下，没多一会儿她就冻得瑟瑟发抖，只好走进一家小店喝杯咖啡，她刚要在吧台前暖和一下，又看见那个穿海军夹克的男人向她走近。一个男人打起你的主意来。在大街上，她不经意间回了下头，看见那个男人在她身后，于是意识到自己是被人跟踪了。她记得好像穿过前厅进电梯时见过这个人，或者见到的是另一个人，但和他长得很像。难道他一路从旅馆跟踪她到这里——这可能吗？她对这个人只有一点模糊的印象，看样子大概三十出头。她加快脚步，他也跟着加快，突然在一个街角转身，过马路时也和丽贝卡保持足够的距离，如果她不知道他在身后，绝对看不到这么一个人的存在。主意。打你的主意。一个男人打起你的主意来。她提高了警觉，但心里不太害怕。她越走越快，渐渐开始小跑。路上的行人看到她在街上跑，都投来好奇的眼光。不过，在下着小雪的天气里跑步是多么畅快的事啊，可以把清新寒冷的空气深深地吸进身体！就像小时候在米尔本的街上跑一样，现在她奔跑在波茨坦，或哈蒙德的大街上。

她漫无目的地拐进一家女装店，又从后门出去，让店里的售货员有些讶异。终于，她又原路折回了旅馆，甩掉了穿海军夹克的男人，不再烦心想这件事。可那天晚上她一进旅馆饭店的门，就惊讶地看到，跟踪她的那个男人正和提格诺一起坐在酒吧里，谈笑风生。那个男人没穿海军夹克，但丽贝卡确信无比，白天跟踪她的人就是他。

考验！提格诺是在考验我。

丽贝卡真没想到会有这样一回事。等提格诺独自一人时，她走过去在他旁边坐下。那个男人已经溜走了。提格诺此时心情很舒展，言语亲切，可见他白天过得很顺利。

“我的宝贝今天怎么样？有没有想你老公？”

这一次是真的了。不是揣测。

有一天早上散步时，她感觉乳房沉沉的，而且异乎寻常的敏感，小腹也有鼓胀感，全身则像轻微过电一样有些刺痛。晚上躺在提格诺的怀里，她大胆地推醒他，跟他轻声讲述心中的担忧。因为，丽贝卡突然感到非常害怕。她觉得自己仿佛被推到了漫无着落的边缘，像站在高墙上，面对无尽的风险。提格诺的回应让她吃惊。她以为他会随便哼一句责怪的话，可没想到他并没那样做。他睡意全无，在思考着什么。她能感觉到他的大脑在紧张地运转。但他最终什么也没说，只是狠狠地给了她一个湿吻。他揉弄着她的乳房，吮吸她已经十分敏感的乳头，丽贝卡受不了，往回缩了缩身子。他低声说：“感觉怎么样？要我继续吗？”

丽贝卡用尽全部的力气，紧紧地拥抱住身边的男人。

*亲爱的凯蒂，亲爱的拉维娜，*她趴在床上用旅店的信纸写信，床头柜上散落着头一天晚上提格诺喝剩下的空酒瓶。*我想跟你们说一件大事，我怀孕啦。提格诺带我去奥瑞斯卡尼港看了医生。医生说预产期在十二月。我现在特别激动。*

丽贝卡对远方的朋友印象越来越模糊，她又重新读了一遍写下的文字，加了一句：*提格诺也想要孩子，他说只要能让我开心，他就满足了。*写完又看了一遍，感觉厌恶，随手将信纸团成团。

正如雅各布·施瓦特所说，文字都是谎言。

得知自己怀孕后，丽贝卡心里十分舒坦。即使所谓的晨呕她也慢慢习惯，这让她安心。医生人很好，耐心地告诉丽贝卡身体在每一个阶段会如何变化。护士给了她一本手册。他们一刻也没有怀疑过这个女孩子是不是奈尔斯·提格诺的妻子，其实他们都认识提格诺，也很高兴再见到他。丽贝卡躺在床上，蜷在提格诺的怀里，说道："提格诺，咱们得找个地方住下来了。为了孩子。你说是不是，提格诺？"提格诺半睡半醒之间柔声说："当然了，亲爱的。"丽贝卡回道："因为天天住旅店的话好像我们在……对小宝宝来说这样吃不消。"

丽贝卡嘴里冒出"小宝宝"这样的词来，是她怀孕的标志。这说明她思考和说话时都在用儿语。小宝宝！她用手捂着嘴巴，差点忍不住大笑。小宝宝估计就和一只小老鼠差不多大小吧。

尽管提格诺带着睡意和她说话时表现出十足的恩爱，但她一直没敢提起家这个字眼。因为她知道，提格诺一听见家就会翻脸。

但提格诺也会做出一些出人意料的举动。有一天他告诉丽贝卡，他已经考虑好要为她租一套装修好的公寓，丽贝卡着实吃了一惊。在肖托夸瀑布，运河边上有一个村庄，非常安静，他在那里选了一座房子。"你和宝宝可以住进去。老爸有空就会回来的。"提格诺说话的语气是那样温柔，丽贝卡根本无法想象这会成为什么事物的终结。

丽贝卡躺在酒店的床上，用酒店里的信纸写信，床头柜上摆着一瓶波旁威士忌。在床头的台灯昏黄的灯光下写字，感觉很不错！提格诺不在时，她也不感觉孤单，因为现在有孩子在她身体里面陪着她。这封信她要使出吃奶的劲来好好写，先打草稿，再誊写一遍。

一九五五年四月十九日

亲爱的骆特小姐：

我想送给您一个复活节小礼物，是在斯克内克塔迪市的一家小店里看到的，看到它我就想到了您。也许您可以把它别在复活节外套或礼服上面。我觉得“珍珠母”挺漂亮的。

我以前可能一直没和您说，我已经结婚了，从米尔本搬出来住了。我丈夫和我在肖托夸瀑布有一处住所。我的丈夫名叫奈尔斯·提格诺，是个生意人，为黑马牌啤酒工作，黑马啤酒您应该听说过。他因为工作需要经常出差。他是个长相还不赖的“年长的人”。

十二月份我们就要迎来我们的第一个孩子了！

再过三个礼拜我就十八岁了。现在真的已经“长大成人”了！和您住在一起的时候我还是个少不更事的孩子，一点也理解不了您对我的好。

即使没结婚，我满十八岁以后也不再是被监护人了。所以法律应该是允许

骆特小姐，我其实有话想对您说，但找不到合适的词语

我非常惭愧当时

我很抱歉曾经

我希望您在祷告的时候能记得我。我祝您

“一堆废话。”

丽贝卡花了将近一个小时才写出这些断断续续的内容。她拿起来重读了一遍，又对自己所写的东西心生反感。怎么能写出这么蠢的东西来！孩子气十足。有些最简单的词，她都要翻字典去查看拼写，最后还是拼错了住所一词。她气得把信纸撕得粉碎。

最后，她只写了张复活节卡片，和准备送给骆特小姐的珍珠母胸针放

在一起。您的朋友丽贝卡。

这枚胸针模样像一小朵白色山茶花,丽贝卡觉得非常好看。她花了二十美元把它买下来。

“二十美元!要是妈妈知道的话……”

她没有在包裹上留下自己的地址。这样一来,骆特小姐也无法回信感谢她。丽贝卡就永远不会知道,她以前的老师会不会回信感谢她了。

“提格诺太太,很高兴见到你。”

他们是像提格诺一样身材健壮的男人,人们都不愿意遇见他们这样的人。他们会在酒吧间或小酒馆和提格诺一起喝酒,行为举止和提格诺的其他酒友没什么两样,但他们是警官:不是需要穿警服的那种,提格诺解释说。(丽贝卡才知道,原来有的警察可以不穿警服。他们的级别更高一些:侦探,军官什么的。)

这些人很容易和人打成一片。他们吃饭喝酒都很痛快。酒吧里,他们通常吃完腌猪蹄和炸洋葱圈,喝过威士忌之后,拿起木制牙签仔仔细细地剔牙。他们喜欢抽雪茄,不喜欢抽香烟。他们会跟着提格诺一起喝黑马麦芽啤酒。他们对丽贝卡都很尊敬,从来都称呼她为“提格诺太太”——有时会跟丽贝卡打个招呼,再向提格诺轻轻递个眼神。

他们见过提格诺别的女人,但没有一个是他妻子。

丽贝卡对这些付之一笑。她知道,他们肯定会捅一下提格诺说,这女孩子真是年轻貌美。朋友们都有些嫉妒提格诺。

他们肥大的外套里藏着手枪,可丽贝卡一次也没见到过他们的枪。提格诺有时也会把枪带在身上,丽贝卡从没见过。

38

她做了奈尔斯·提格诺的妻子,如今又怀上了奈尔斯·提格诺的孩子。这些个日日月月，真是充满了幸福的惊喜。但是和任何一个年轻妻子一样，丽贝卡也犯了一个错误。

她明白：提格诺不愿意让她对别的男人表现得太过友好。这一点他已经摆在台面上，不止一次地警告过她。她怀孕之后，皮肤颜色有些发深，但很有光泽，像是被烛火从里往外灼烧过一样。她的脸上经常泛起一片潮红，有时感觉呼吸急促，而且容易流泪。她的乳房和臀部更加圆润了，这使得她更具女性魅力。提格诺开玩笑说，丽贝卡的饭量都快超过自己了。丽贝卡几乎每时每刻都能感觉到婴儿在她的子宫内成长。

当然，丽贝卡（从《身体，婴儿和你》图解手册中）了解到，实际上胎儿最初不像人形，而更像青蛙，但是过了十二周以后，到五月份，她猜想奈尔斯宝贝应该已经长出脸来了，还有心灵。

“有的男人就喜欢怀了孕的女人。女人顶着大肚子跟他妈的鲸鱼似的，可还是有男的……”提格诺含混而轻蔑的声音渐渐低了下去。可以听得出来，提格诺本人并没有这样的怪癖。

于是，丽贝卡尽量躲开男人的关注目光，对老人也不例外。很多人跟她平平常常地打个招呼，她的回应都十分冷淡——“早上好！”——“今天天气不错啊！”——旅店走廊、电梯、饭店里总能遇到向她问好的男人。但她拥有一项女性的弱点。在怀孕时，她很希望有女人在身边陪伴。丽贝卡每次和女招待，商店店员或清扫房间的服务员哪怕只闲聊一两分钟，提格诺都会嫌烦。他愿意让他气质独特、年轻貌美的妻子表现出自己的魅力和“个性”，受人赞美：但是他绝不希望人们在他背后过多地评价她。奈尔斯·提格诺知道，那些他经常光顾的旅馆里有很多人会聊到他，这一点他倒也能够接受，但他不希望丽贝卡和别人谈论自己，以免某些事情几经传递就走了样，使他变成众人的笑柄。现在妻子怀孕了，很快就能明显地看出怀孕的迹象，这令他尤为敏感。

一九五五年五月的一天，提格诺出其不意地回到了特洛伊城里他们住过的哈德逊亨利宾馆，发现丽贝卡不仅在和打扫房间的服务员闲聊，而且还在帮她换床单。提格诺站在门外的走廊上一动不动地观察着她们。

他看到丽贝卡熟练地换着床单，她把床单的两个角掖进去，女服务员在对面掖另外两个角。只听见丽贝卡用小女孩的热切口吻说道：“……肚子里这孩子，他老是要吃东西！肯定是随他爸爸。他爸爸和我一样想要个孩子。我特别惊讶！感觉心脏都快要蹦出来了……嗯，我是说当时太惊讶了。你根本想不到男人也会有这种感觉，是不是？我上个礼拜刚过完生日，现在十九岁，医生说已经到了生孩子的年龄了。我心里有点怕，但身体没什么问题。我老公经常出差，我们总是住在这样的高级宾馆里。他在黑马酒业担任重要的职位，你没准儿认识他。你认识吗？——奈尔斯·提格诺？”

丽贝卡发现服务员没有回应，却紧盯着她身后看，于是她回转过头，一眼看见提格诺站在门口。

提格诺静静地对服务员说：“出去。我要和我妻子单独谈。”

她不敢从他眼皮底下溜走。父亲曾经教训她的场景还历历在目。父亲不止一次地教训过她。提格诺之前一直忍着没有和她发火。爸爸教训人的方式不是扇巴掌，而是拧胳膊上的肉，还有抓住她的身体晃——晃——晃，直到把她摇晃到牙齿打颤。你也跟他们一样。跟他们一样！丽贝卡永远无法知道自己是不是听懂了爸爸说这话的意思，也不知道哪件事做得不对，惹他生气了，但有一点确定无疑，那就是她理应受罚。有些事你就是知道。

半小时后开始流血。她的腹部剧痛不止，滚热的鲜血突然涌出。提格诺没有打她的肚子，肚子疼不应该怪在提格诺头上。奈尔斯·提格诺不是那种用拳头打女人的男人。但还是开始流血，这叫做流产。提格诺拿起酒瓶，倒了两杯酒。

“下次怀孕，保证让你把孩子生下来。”

39

的确如此。提格诺说到做到了。丽贝卡没有怀疑过他会食言。

“你看，这儿多安全，多安静。不像在城里。城里的大马路吵死了，根本不适合要生孩子的女人。看，离不远就有一家食品店，五分钟就能走到。要是我不在家，你想去城里的话，就沿着运河走。你特别喜欢走路，对吧？你是我见过的最爱走路的姑娘了！也可以搭车出去，咱们周围邻居还挺多的。麦尔策的老婆去城里时，你可以跟她一起去。我到时安一台电话，出差的时候肯定会打电话回来。我会把你要用的东西都给你准备好。这回你得加倍小心地照顾自己。也许得少喝点酒。这是我的毛病，我好像老是怂恿你喝酒。我也有爱喝酒的毛病。我会尽量多在家呆着。老实说，天天东奔西走的，我也够了。我去城里选选地段，没准买下一家酒馆。就这样！”

提格诺露出几颗硕大的牙齿嘿嘿一笑，吻了丽贝卡一下。

“丫头，你要知道，我喜欢你，喜欢的不得了，对不？”

她知道。现在她有了四个礼拜的身孕，这一回，她一定要把孩子生下来。

“为什么要叫‘济贫农场公路’呢？”

她有点受宠若惊，便像开玩笑似的提了这么个问题。

可是没想到，提格诺居然知道答案：很久以前，大概在一百年前，这里确实有一个“济贫农场”——“穷人的农场”——离这条路一英里远，在如今校舍的位置。提格诺估计，多半和那条人工运河有点关系。

艾德娜·麦尔策也说，曾经在这条路附近有一个破旧的农场：“我小时候记得很清楚。那里住的都是些老人，生了病的啊，年纪太大的啊，他们干不动农活了，只好把农场便宜卖掉。那时候还没有现在这么多‘福利制度’，让人们有钱养老——那会儿谁听说过什么‘个人所得税’啊——‘社会保险’啊——这些玩意儿还一概没有呢。”麦尔策太太从鼻子里哼了一声，既像是在反感过去的残酷生活，又像是反感现在人们的娇里娇气。她是个身材敦实的女人，脸长得像一团布丁，眯缝着的小眼睛里透出犀利的目光，一副母亲般慈祥的神色，仿佛在用力呼吸着房间里的氧气。

麦尔策一家是丽贝卡在济贫农场公路上离得最近的邻居，两家相隔大概四百多米。麦尔策先生开了一家麦尔策汽车维修加油站，车库的门口用红色油漆标着大大的艾索汽油字样。麦尔策和奈尔斯·提格诺两个人互相熟识，但他们究竟是什么关系，丽贝卡一直没弄清楚。他们两个很久以前就认识了，但又算不上是朋友。

提格诺警告丽贝卡：“你可别去和那个老太婆聊家长里短的，听见了没？这种老家伙，孩子长大了，她会把心思都放在你身上，明白了不？这个道理你应该比我清楚。”提格诺摩挲着丽贝卡的头发。自从丽贝卡流产之后，他对她格外体贴和耐心。但不管提格诺在家还是出差在外，丽贝卡再也不敢轻易和人随意闲聊。

其实这不过是脏兮兮的巷子尽头一座破旧的农舍而已，感觉快要塌掉了——你根本无法想象奈尔斯·提格诺会住在这种地方！丽贝卡以为他们会在提格诺喜欢的一个城市租一幢带庭院的房子或公寓，至少也是在肖托夸瀑布，而不是在这么偏远的乡下。提格诺一直说：“这地方真不错，是不？你看多安静啊。”站在二楼的窗户前，一眼望不到其他人家，也望不到公路，只有一条狭窄的碎石铺的小路。肖托夸瀑布的方向只能通过东边缓慢升起的烟雾判断。原来占地九十英亩的农场上，如今只有几块过度开垦的田地和一些牧草，储存干草的谷仓外表的红漆已经褪色，几乎快要倒塌，几间小房子散落在各处，还有一口三十英尺深的石井，打上来的水很清凉，冰得牙齿疼，而且还隐约带着一股金属味。

“这里真漂亮，提格诺。对于我们来说很特别。”

从外面过道上看，农舍周围栽种了一圈错落有致的紫杉，样子还挺打动人，但走到近处一瞧，就会看出房子显然已破烂不堪，亟待修葺了。可是，提格诺每次回家来（虽然并不管这里叫做家），总是一副兴高采烈的神情。

提格诺一回来就吃饭，这些饭菜是丽贝卡照着菜谱书上认认真真地学来的。提格诺的胃口好，很容易得到满足：只要有肉，肉，肉！而且一定要有土豆：或煮或烤，或做成土豆泥。想花钱时，他就带上丽贝卡到肖托夸瀑布城里买东西。“亲爱的，咱们度个蜜月。虽然晚了点。”老房子虽然稍稍装修了一下，但他们还急需一个煤气炉。电冰箱又旧又脏，也该换新的了，床上需要一块新床垫，还要买窗帘和地毯。孩子就快出生了，得买一些婴儿用品：摇篮，婴儿车，还有婴儿洗澡盆。“就是那种橡胶做的东西，先往里面倒满水，水要事先烧热，这边有一个塑料管，可以从底下排水。下面还是带轮子的。”

丽贝卡听了直发笑，拿胳膊肘捅了一下提格诺的肋骨：“你以前肯定当过孩子爸爸吧？你有过几个孩子啊？”她说这话根本没有苛责的口气，完全像是在开玩笑，提格诺也没法和她生气。

提格诺若有所思地答道：“亲爱的，凡是一个人在乎的事情，永远都是第一次。”

这句话在丽贝卡听来如此震撼，她差点忍不住流泪。这是他对丽贝卡的爱最好的证明。

他不会离开我的。他肯定会留在我身边。

有一段时间，提格诺还真把这个摇摇欲坠的老房子当作了自己的家，也许如他自己所说，已经厌倦了路上的生活。也可能是因为他厌倦了生意上无休无止的竞争。即便放假在家，他白天还是要出门，管这叫短途出行，一般早上开车出去，晚上天黑了才回来。丽贝卡有点拿不准，丈夫还在不在黑马啤酒做代理人？他这个人总是神神秘秘的，仿佛一簇不做声色、暗自燃烧的火把，整日，整月，整年地冒着烟气。她幻想有一天，他会给她一个惊喜，在镇上买一套房子，真正属于他们的房子。提格诺就像那午夜天空中被打肿了脸的月亮，你看到的只是光明的一面，像硬币一样光芒闪烁，但你知道，其实它还有另外一面，阴暗而神秘。这两面在凹凸不平的月亮上同时存在，可人们总会像小孩子一样，以为只有发光的一面。

他之前其实想把我扔下。

不对：他是爱我的。他答应过我。

丽贝卡流产以后，连续好多天发高烧，自那以后，她感觉提格诺和她的关系发生了微妙的变化。提格诺不再像以前那样肆无忌惮地大声说笑了，也几乎不会再推她或摇晃她。除非在床上，一般时候提格诺不会碰她的身体。提格诺会眯缝着眼睛看她，仿佛丽贝卡在他眼中是一个谜，而他最不喜欢猜谜。他心里有些忏悔的意思，但同时怀着一股怒气，因为他会记仇。

丽贝卡的流产是由她的草率行为导致的。居然和旅馆服务员背后谈论提格诺！还帮她打扫房间！作为奈尔斯·提格诺的太太，这点尊严感是必须要有的。

在济贫农场公路的老房子住时，有时她自己在家就会琢磨，她做过的事情实际有它自身的逻辑。她小的时候就总是不愿意回到墓园里的石屋，所以最后那一次躲开了可能发生在她身上的悲剧。现在已无从想象，但是——就像断腿保命的动物具有的生存智慧一样，她心里有一部分十分清醒。

因为小奈尔斯快出生了。另一个孩子（是女孩吧？她梦里梦到的是个女孩）已经不在了，而现在，他们的儿子即将诞生。

赖斯医生解释道：流产是“老天纠正错误的方式”，流产胎儿很可能是“畸形的”。

其实这是变相的安慰。

赖斯医生又解释说：“怀孕的女人能感受到失去孩子的悲痛。这种悲痛会停留在体内，催促下一次的怀孕。”

悲痛！丽贝卡听到这样的措辞不禁哑然失笑，她对这位无所不知的产科医生反感极了，真想朝他发一通脾气。

这是肖托夸瀑布的赖斯医生。丽贝卡像一块生肉一样平躺在体检床上，赖斯医生动作谨慎地给她检查身体，但他该死的手带着橡胶手套，拿着冰凿一样冰凉的金属工具，还是伤到了她。她只好紧咬嘴唇，以免自己疼得叫出声来，或是朝他小肚子上踢过去。等到检查完毕，丽贝卡穿好衣服，终于松了一口气，他又跟她说了上面那一通屁话，更加惹怒了她。

“医生，我没感觉‘悲痛’！我敢肯定我没有。我不是那种对以前的事愁得没完没了的人。我其实和我老公提格诺一样，都会一直往前看。只要这个孩子能顺利出生，健健康康的——医生，我们现在只关心这个。”

赖斯医生对丽贝卡眨了眨眼睛。他是不是低估了奈尔斯·提格诺的妻子，把她当成一个只会哭哭啼啼的柔弱女子了？于是他赶紧回应道：“哦，提格诺太太，你们能这样想的话，真是特别明智。真希望更多患者也能跟你们一样明智。”

家！一九五六年十一月下旬，小奈尔斯出生了，丽贝卡开始更爱这个家。

“提格诺，咱们的家真漂亮。这里对我们来说很特别。”

这两句话她已经说了很多遍，对于提格诺来说，像听到恋爱歌曲的副歌部分，让他不知不觉地微笑，甚至上前拥抱丽贝卡。

当地管这所农舍叫做沃顿巴特的老房子。肖托夸瀑布往北过了两英里左右的地方是一片山区，散落几个小型农场，还有一片牧区，以及一片开放的田野和沼泽地，分布在肖托夸山脉西侧的丘陵地带。碰巧的是，（丽贝卡不相信巧合，只相信命中注定，）肖托夸和米尔本一样，是位于运河边上的小城镇，距离米尔本八十英里远。但与米尔本不同，它已经渐渐发展到了中小城市的规模：人口数目有一万六千八百人。这是一座工业城市，在肖托夸河边密布着制造厂，服装厂和罐头加工厂，还有水上运输业。最大的用工单位是联合碳化物公司，在一九五五和一九五六年，行业景气好，扩大了规模，增添了很多设备。有一天，丽贝卡想去尼亚加拉纤维管厂做流水线女工，但她住的地方离工厂所在的肖托夸城郊太远了，工厂坐落在一个叫做四角地的城郊社区。济贫农场公路和斯特伊弗桑特公路的路口有一个小邮局，一个储煤场，一座谷仓，还有一家伊克斯修理厂。在原来旧农场的地基之上，人们建了两座校舍。还有一个义务消防员服务站。卫理公会教派的教堂四周都有围墙，里面有一处墓园。有时从教堂边上走过，听到里面传出的歌声，丽贝卡不禁一阵心伤。

艾德娜·麦尔策去听过这个教堂的礼拜，几次邀请丽贝卡与她同去。“丽贝卡我跟你说，这个教堂里气氛特别好！你一踏进大门就会打心底里微笑。”

丽贝卡含含糊糊地回答说，可能会感兴趣吧。等有时间再说。

“你的预产期是什么时候？你会给孩子做洗礼吧？”

丽贝卡又含含糊糊地说，这种事让孩子的父亲做决定。

“提格诺，他信教吗？他能信教？啊哈！”

麦尔策太太那副自信满满的神态让丽贝卡感到吃惊，好像她和提格诺已经相识多年了一样。丽贝卡紧皱着眉头，心烦意乱。

“丽贝卡，你们那个民族，他们过去信的是什么宗教？”

麦尔策太太用一种漫不经心的口吻跟丽贝卡提出这个问题，仿佛她只是随口聊到而已。而且她好像根本没注意到自己加了一个“过去”。

为什么是“过去”而不是“现在”？丽贝卡心里琢磨。

她想了很久，却仍然想不清楚原因。麦尔策太太正等着她回话。提格诺曾经警告过丽贝卡，要对这个女人提防着点。

她们两人正站在伊克斯商店里，丽贝卡正要离开，麦尔策太太刚进门。此时已是九月下旬，秋高气爽。提格诺出门到沙欣湖附近看“码头区的房产”。丽贝卡此时有七个月的身孕，已经不去估量自己的体重增加了几公斤。她的肚子鼓得圆圆的，里面孕育着微微颤动的小生命。她的大脑像一台出了毛病的收音机，已经不能正常运转，脑袋就像扔到垃圾堆的旧冰柜一样，已经完全清空了。

丽贝卡没有回答麦尔策太太的话，径直走出了商店。门上的铃铛撞出尖锐的声音，让她清醒了一些。她不去在意麦尔策太太在她身后投出的目光，也不在乎这位邻居会不会和柜台后面伊克斯的妻子艾尔西嚼舌。你看这个女孩，是不是挺奇怪的！想想她以后的际遇，你都不禁要为她难过。

尽管时值深秋，白天慢慢变短，寒气越来越重，但丽贝卡发觉农场比往日更加美丽。每一个到过的地方，每一个新发现的角落在她眼里都是美景，构成了一种慵懒的氛围。尤其是运河：她简直已被运河和纤道深深吸引。她喜欢望着缓慢移动的驳船，船上的人们向她挥手致意。穿着平底鞋站在河边，挺着硕大的肚子，用脚跟掂量着体重，一想到自己现在的模样肯定毫无迷人之处可言，她不禁莞尔一笑。安娜·施瓦特这时如果在身边，也不会警告她说，有些事会发生在你头上，因为哪个男人想搭讪这么个大肚子女人呢。

秋日的天空中，常常出现各种各样的云彩：大理石纹路般轻盈的云，蕴藏着雷暴的圆块积云，还有挂得很高，快速变换形状的淡色卷云。丽贝卡站在河边，两手叠放在肚子上，长久地仰望着天空，像是做了一个漫长的梦。

下次怀孕，保证让你把孩子生下来。

……在济贫农场公路的沃顿巴特老房子里，他们两个并肩躺在床上。提格诺把脸贴近丽贝卡坚硬发烫的肚皮。他用手揉捏着她的膝盖和屁股，然后抚摸她的乳房。婴儿有权利吮吸乳房，这让他特别嫉妒。他每次回来从来不提出差去了哪里。他跟她说过，结婚不是为了被老婆质问。丽贝卡顶多问一问开了多久的车，饿不饿之类的。她觉得提格诺不喜欢她现在挺着大肚子的样子，因为妨碍了做爱。但他还是很想抚摸她，手放在她身上就不愿拿下去。提格诺抚摸着她的盆骨，以及延伸到肚脐的浓密发亮的阴毛。他也不管有没有弄疼丽贝卡，把耳朵紧紧压在她的肚皮上，说能听见婴儿的心跳。他每天都会喝酒，但没有喝到烂醉。他带着悲痛的口吻说道："我小时候，他们把我抛弃了。我一直记在心上，总有一天要找到他们。我要让他们付出代价。"

那次在特洛伊的旅馆房间，丽贝卡流血浸满了厚厚的毛巾、厕纸和纸巾，当时丽贝卡一直在安慰提格诺。这不是你的错，这不是你的错。她看透了他的心，看到心底一片支离破碎，如打破的玻璃杯残片，光亮闪烁。她坚信自己有能力拯救他，而当年她知道，自己没有能力拯救雅各布·施瓦特。

40

一个女人正在对丽贝卡大声喊着说话，好像把她看做低智商的人一样。

"宝贝儿，等你准备好自然就生出来了。生完以后，之前受过多少苦都是狗屁了。"

丽贝卡在麦尔策家开得慢悠悠的雪佛兰汽车后排伸展着躺开，车在颠簸时，丽贝卡肚子疼得不停呻吟。那种痛是像过电一样的剧痛。这种疼痛来自宫缩，她本来应该在两次宫缩之间数数，可是这疼痛来的特别出其不意——！她这会儿可没办法信心满满了。她不太喜欢这样的状态。她甚至都不想生出孩子以后给艾德娜·麦尔策看，因为她害怕并且厌恶这个女人，但她现在又坐在麦尔策家的车里，车子开向肖托夸瀑布城里的医院。她肚子一痛就只好给麦尔策家打电话。提格诺答应过她，这阵子不会经常出门。他答应过她，不会让她一个人呆在家里。但她没有提格诺的电话号码，于是只好打电话给麦尔策家。不知怎么，她在车后座上是躺倒着的，能看见窗外的风景嗖嗖飞过，从下往上看，还能看到一片白色的天空。丽贝卡已经不太记得清这一路的情形，只记得豪伊·麦尔策戴着顶满是油渍的艾索鸭舌帽，嘴里叼着根牙签，艾德娜·麦尔策则一边嘴里嘟囔，一边把身体向后靠在座椅上，手伸到后排座位，紧紧攥住丽贝卡无助乱摆的双手，用坚定的笑容安慰她不要惊慌失措。

“宝贝，我跟你说过的：等你准备好了自然就生出来了。别怕，你要坚持住，有我在呢。”

艾德娜·麦尔策的手，丽贝卡紧紧地攥着，攥着。

……受刑般的疼痛阵阵袭来，丽贝卡像吃了迷药一样陷入精神迷离的状态，疯狂地尖叫着。她呼喊着孩子的父亲，但他没有出现。她不停地叫喊，叫喊，直到嗓子沙哑，但他还是没有出现。哦，可是他答应过的，他应该陪在她身边！他答应过，孩子出生时不会让她一个人经受这个过程。尽管之前她像个勤奋的小学生一样，认认真真地做产前准备，捧着那本《身体，婴儿和你》又读又背，划出关键的句子，但第一次宫缩开始时，她还是疼得抱紧膝盖，缩成一团。她用双手紧紧扶住硕大的肚子。她在家里大声呼救，但根本没有人应，也没有提格诺的电话号码，根本不知道他在哪里。绝望之下，她打了奥瑞斯卡尼港的信息查询电话，问到黑马酒业的电话(要是在以前,即使提格诺允许,她都不敢做这样的事),打过去,听到一个女性的声音跟她说,公司目前没有奈尔斯·提格诺这个人。

但他是你们的员工啊!丽贝卡反驳说,他已经给黑马啤酒做代理人做了好多年了!

一个女人的声音带着轻蔑的口吻再次回答,黑马啤酒目前没有叫奈尔斯·提格诺的员工。

于是,她只好踉踉跄跄地一个人走到四百米外的麦尔策家去。

她必须找人帮忙,现在她只身一人,孤独无助。

她的睡衣和洗漱用品都已经提前打包好了,还打包了一本简装书,因为她幼稚地以为在医院无聊的时候可以用读书打发些时间……她花了宝贵的几分钟时间翻找结婚证,以向肖托夸瀑布医院证明她是已婚女性,可以合法生育。但是她没有找到。

……又一阵精神迷离之后,人们说她经历了十一个小时的分娩,可是她作为主角,却只能模糊地回忆起零星点点,像是回忆小时候看过的某个电影一样,电影里讲了什么根本记不得。后来她听见人说,新生儿是个男孩儿,八磅三盎司重。小奈尔斯·提格诺。他还没有名字,因为还没哭出声音来。一个强有力的东西把脑袋使劲往外挤,一股致命的疼痛,感觉像是保龄球不知怎么卡在了她的身体里。这颗保龄球带着热度,你会想象在它里面有一个半透明的心灵,像鼻涕虫一样。有些东西你不想要,比方生个女孩,但有些事总会发生在你头上。现在太晚了,她终于明白母亲曾经给她的警告。

……就在精神迷离之际,一声猫叫似的声音却将她从近乎昏迷的状态中惊醒,这声音在明亮的手术室内显得如此不同寻常。只听见有人叫了一声提格诺太太?她眨了眨眼睛,试图让模糊的视线变得清晰。她看见一双手托着一个赤裸裸的小婴儿，手脚乱动着，从她已经瘪下去的柔软肚皮上移到她的胸前。这是你的第一个孩子，提格诺太太。是个男孩，提格诺太太。这些话语似乎从远方传来，她几乎听不到。因为孩子的哭声太响亮了，多像震耳欲聋的猫叫啊！她看到小家伙那么生气，长得那么小，不禁咧开嘴来开心地笑了；这小家伙这么爱发脾气，和他爸爸一样不好惹呢；他的眼睛还没有睁开，小手胡乱挥动着。他的小脸有些皱皱的，像一张猴子脸，软软的椰子大小的脑袋瓜上长出绒绒的黑色头发。她看见那么小的小阴茎，不禁又笑出声来。天哪，她从没见过这样的小婴儿，更何况听到人说这是她生的孩子！真想开玩笑说这孩子他爸爸肯定是只猴子吧！但是她知道，在这个场合下说出这个话来是会被误解的。

她的乳房已经开始分泌乳汁了，一个护士过来帮她给孩子喂奶，让孩子的小嘴吮吸妈妈的乳头。

"'生产'。我估计也就是男人会这么说！好像生不生全取决于你自己一样的，'生产'。咳，天哪。"

她带着孩子从医院回家，心情无比兴奋喜悦，像是刚喝过生啤加波旁威士忌，产生了微醉的快感。回家以后，她饶有兴趣地照顾着这只皮肤发热的小猴子，每隔几小时就要喂一次奶。看着他贪婪地咬住乳头吸啊，吸啊，再换另一个丰满的乳房继续吃，做了新妈妈的丽贝卡对着小宝宝不停说啊，说啊。她有那么多说不完的话！她真是爱死这个小猴子了！所有这一切对她而言都显得太疯狂，太新鲜了！

艾德娜给丽贝卡买了一份肖托夸瀑布周报。丽贝卡把报纸翻到最后几版，有讣告，婚礼和新生儿通告。去世的人和新婚夫妇都有照片登出来，唯独不登那些新生儿妈妈的照片，她们的身份只是丈夫的妻子。丽贝卡大声读道："'家住济贫农场路的奈尔斯·提格诺夫人于十一月二十九日在肖托夸瀑布总医院产下一名男婴，名小奈尔斯·提格诺，重八磅三盎司。'"读完即开心大笑，笑声那样欢快、尖利，感觉耳朵里都在鸣响，眼泪也流了下来。艾德娜也不知是喝醉了还是怎么的，一直不停地说到生产。

她暗自以为，年轻的丽贝卡肯定没有为新生儿的到来准备周全，但后来不得不承认，这个新妈妈是称职的。屋里有这么多尿片和小孩子的衣服，还有摇篮和洗澡篮。她已经研究过医生给的婴儿手册了。吃的也很充足，厨房里摆满了各种罐装食品。艾德娜家里小孩子用的东西早就扔掉或捐掉了，艾西·德洛特家也是一样。周围其他邻居家如果有过小孩子的，东西也都不在了。这方圆四英里的邻居都认识丽贝卡·提格诺，就算不知道名字也知道有这个人。那么年轻的小姑娘，已经当妈妈了！看起来好像没有家人。孩子他爸爸从来也没见过人影。是不是已经把她抛弃在乡下了。那幢沃顿巴特的老房子已经快倒了。

就算丽贝卡为以后的生活担心，她也不会当着人家的面表现出来。艾德娜·麦尔策有些讨厌她这样。

"他给你留下钱了吧？"

"对！当然了。"

艾德娜眉头皱得高高的，仿佛丽贝卡的回答很让她怀疑。

唉，丽贝卡对麦尔策太太实在是受够了！宝宝刚吃完奶，正躺在她的怀里张着小嘴安睡，这时候妈妈也要抓紧睡上一会儿。

甜美的睡眠像一口深邃的石井，你可以一直向下深陷，深陷，深陷。

十二月初的一个晚上，孩子出生的第十二天，提格诺站在了他们卧室的门口，向房间里面凝视着。丽贝卡只听到用气声吹出来的一声口哨——"天哪！"提格诺的脸被阴影遮住，丽贝卡看不到他的表情。他十分警惕地站在那里，一动不动。那个紧张的时刻，丽贝卡甚至想到他可能想转身跑掉。"提格诺，过来。"丽贝卡微笑着让提格诺看看孩子。提格诺看到的是个完美无比的婴儿。他刚刚从小睡中醒来，睁圆了眼睛望着门口的这个陌生人，不时眨一眨眼。他开始发出可爱的吹气声，嘴边上满是唾沫泡泡，小脚丫乱蹬着，小手也攥起拳头挥来挥去。提格诺慢慢地走到床边，从丽贝卡身边抱起孩子。看到提格诺的大脸，小婴儿表示惊讶地打了个呵欠，这么硕大且油光闪亮的脸庞，看起来一定像月亮一样吧。提格诺极为小心地抱着宝宝。丽贝卡看到，他会用手托起孩子娇嫩的脖子，好托住他的小脑袋。他进门前已经把抽到一半的雪茄扔掉了，可是身上还是一股烟味，宝宝有些烦躁，开始乱动。他用烟熏得发黄的拇指摸了摸婴儿的额头。“这是我的孩子吧？”

41

嘿，各位夜猫子听众，您现在收听的是布法罗广播电台午夜时段的奇妙 WBEN 节目，给各位整晚播放最佳爵士乐。现在由扎克·扎卡赖亚斯带你聆听下一个经典人物提洛尼斯·蒙克……半夜她躺在床上还没有睡着，双手交叉，枕在脑袋底下。诸多往事如千奇百怪的珠子串成一排，在她的脑海中一一展示，让她困惑不已，每件事都是独立存在，用太阳划过天空的速度极为缓慢地展现着自身的意义。虽然明知太阳在天上移动，可你从来看不出它在动。

奈利住在丽贝卡卧室旁边的小房间，已经入睡。至少她希望他是睡着了的。他睡觉时听着广播，就像是有人陪伴，而且他特别愿意听到父亲的声音，或者陌生人的声音。丽贝卡在想，她生下了奈利，却根本无法预知奈利未来的生活，打开身体生下孩子的痛苦折磨已经不在意识之中，正如艾德娜·麦尔策说的，等孩子生下来了，以后的事你什么都不用管了。

她对此付之一笑，但也的确如此。这是她一生中必须接受的一个事实。

她也向奈尔斯·提格诺打开了身体，而她根本不了解奈尔斯·提格诺这个人。要是没生下奈利，她怀疑和提格诺在一起是个错误，但生下奈利不是个错误。

现在她只了解一点，那就是决不能靠近提格诺。但她不能离开他。提格诺不允许她那样做。她没法离开他，心里整日盼望着再和他见面。

嘿，姑娘：爱我吗？

妈的你知道我对你着迷的要死。

济贫农场路外，巷子尽头有一个铁皮信箱，钉在一根烂木头棍子上端，信箱上黑色的沃顿巴登字样还依稀可见。没有人给提格诺或他妻子写信，信箱里塞的无非是些广告传单。但是三月的一天，丽贝卡那时刚在尼亚加拉纤维管厂开始工作（和这件事有什么关系吗？肯定有！），她去清理信箱，发现一堆广告中居然夹了一份折叠整齐的奥瑞斯卡尼港日报。丽贝卡很高兴，拿起来看到的新闻标题是湖边“突袭”造成两死一伤：在奥瑞斯卡尼港的酒馆和码头边上的一个停车场里，两个人遭枪击当场死亡，另一个被击伤，警方没有抓到凶手，现已将一名重要目击者拘留。该目击者名为奈尔斯·提格诺，四十二岁，布法罗市居民。警方认为枪击与尼亚加拉湖边地区的勒索抢劫案件有关。

丽贝卡把这则新闻读了又读。她的心跳加速，几乎快要晕过去。奈利和她一起出门来查看信箱，他不耐烦地推推她的大腿。

拘留！四十二岁！布法罗市居民！

“重要目击者”：这是什么意思？

提格诺已经出门一个礼拜了，去了卡茨基尔地区。至少，丽贝卡相信他是去了那个地方：因为他到那以后打电话回来过。枪击案发生在二月末，已经时隔三个礼拜。所以无论如何，提格诺现在已经被释放了。

自然，他从没和她提起过这件事。丽贝卡也想不起来他有任何异常的情绪和举动。

其实，提格诺最近心情好像比以往还好。

他又买了一辆新车：银绿色的庞蒂亚克小轿车，闪闪发亮的铬镀零件。带上他的小家庭(他自己这么称呼),周日去湖边兜风……

丽贝卡问了一些人,才明白“重要目击者”的意思:警方有理由相信有利于帮助破案的人。她跑到肖托夸瀑布图书馆,翻找了几份奥瑞斯卡尼港报纸过刊,但没有找到这起枪击案的进一步报道。她甚至打电话到奥瑞斯卡尼港警察局询问,结果被告知,调查尚未结束,结果要保密——“夫人,请问您是哪位?为什么想要知道调查结果?”

丽贝卡回道:“我谁也不是,谁也不是。谢谢。”

她挂上电话,尽量让自己不去想它。再想下去又有什么好处呢……

(提格诺,四十二岁:这可比她想象中老多了。而且怎么说是布法罗市的居民:怎么可能呢?明明是住在肖托夸瀑布的。)

(重要的是:他是奈利的父亲,是她的丈夫。不管奈尔斯·提格诺是谁,家人永远爱他。丽贝卡没有权利去质询他们相遇之前他都做过什么。)

提格诺住在这栋房子、这间卧室已经快有三年了,但他攥起儿子的手还是第一次。丽贝卡觉得像是过了一生的时间,但也许这只是个开始。

这是我的孩子吧?

还能是谁的呢?——当时丽贝卡忍不住开了这样一句玩笑,想把提格诺逗得和她一起大笑。

但是提格诺没有笑。丽贝卡迟疑地猜想,也许不该和男人开这种玩笑。提格诺皱起了眉头,就像那次听到丽贝卡说到*妓女*时一样。他用一只手抱着手舞足蹈的小婴儿,盯着他还没长开的红扑扑的小脸看。过了好一阵子,提格诺终于露出了微笑,随后又爽朗地大笑起来。

他跟我一个脾气,是不?小尿壶。

提格诺跟丽贝卡道过歉,说他本来不想让她一人在家,但当时没办法回来。他说往家里打过几次电话,但是每次都占线。丽贝卡一个人在这所老房子里住,让他放心不下。但他知道,不会发生什么坏事情的,因为好运一直垂青于他们。

好运！丽贝卡无声地笑了笑。

提格诺往家里带回来一些东西：一座三项灯头的铜质落地台灯，还有一个玉做的烟灰缸，底座上雕刻的是大象的图案。这些东西都是酒店大堂里常见的华丽摆设。给丽贝卡的礼物有：一件香槟色蕾丝睡衣，替换丽贝卡原来那件已经起毛边的旧睡衣；一条黑色锦缎的连衣裙，里面带有束身胸衣（作为“新年礼物”）；一双小山羊皮高跟鞋（六码，而丽贝卡的脚是七码半）。丽贝卡看着这些衣物摇了摇头，提格诺是不是一离开家就忘记她怀孕的事了？他好像根本没有考虑到孩子就要出生。

起先，提格诺对儿子迷得不行，总是像举奖杯一样，把孩子高高举起。他喜欢把儿子扛在肩膀上，奈利会兴奋得直叫，两脚蹬来蹬去。每到这时，提格诺红光满面，丽贝卡则被一丝嫉妒刺痛，尽管她同时也在心里想：*为了这一刻，他以前所做的一切我都原谅他了。*他们觉得很好笑的是，奈利嘴里冒出的第一个词不是“妈妈”，而是“爸爸”，是他带着婴儿特有的惊讶神情叫出来的。虽然提格诺不想帮奈利洗澡，因为觉得手上沾水很麻烦，但他喜欢用毛巾给儿子擦干，干起这个活来劲头十足。提格诺总是痴迷地看着丽贝卡给孩子喂奶。他跪在丽贝卡的椅子边上，把脖子伸过去看着婴儿急切地吮吸着乳汁，终于他自己也忍不住，开始吮吸另一个乳头，随之欲望被勾起，马上就要丽贝卡和他做爱……丽贝卡生完孩子浑身疼得要命，可是她不敢拒绝提格诺的任何要求。

提格诺这个时候也不多强求，只让她用手抚摸他，迅速给他带来高潮。他龇牙咧嘴地闭着眼睛，表情扭曲。完事之后，脸上总显出一丝羞愧的神色，因为不愿让妻子看到自己像个野兽一样发泄欲望。他又一次开车离去，留下丽贝卡傻愣愣地琢磨着丈夫何时才会再回家。

几个月以后，新生儿的新奇感越来越淡，提格诺也就不那么在乎了。奈利活泼地叫出*爸爸*都不能激起他的爱意。奈利特别好动，不愿意吃东西，睡眠特别少，每次顶多睡上三个小时。他特别活泼警觉，对什么事情都抱有好奇心，但又对什么都害怕，总是被吓得焦虑不安。他的脾气跟他爸爸一样暴躁，但没继承爸爸的自信。哭起来声音震耳欲聋，让你无法相信这么大的声音竟是从这么小的身躯里发出来的。丽贝卡的睡眠几乎完全被剥夺了，她感觉昏昏沉沉，迷迷糊糊，几乎进入了迷幻的状态。提格诺一回家没多久马上又要离开。“快喂他啊，哄他睡觉啊。拜托，你是他妈妈。”

你是他妈妈这话听着特别熟悉。丽贝卡希望这不是指责的意思。

“妈咪？我能和你一起睡吗，妈咪？”——奈利想和她挤在一张床上睡觉。

丽贝卡马上拒绝他说：“哦，亲爱的！你应该像个大孩子一样自己睡，你不是已经长大了吗？”

房间里有东西让他害怕。他就是想和妈妈一起睡。

丽贝卡训斥了一句：“好吧，就今天一次，但等爸爸回来，你就要回自己屋里去睡。爸爸可不像我这样宠着你。”

她把儿子抱进被窝，给他盖好被子。母子二人依偎在一起，听着隔壁房间传出的WBEN广播节目，渐渐入眠。

42

一九五九年十月的第一周，见到戴巴拿马帽的男人已是十二天前的事了。如今，丽贝卡身处尼亚加拉纤维管厂嘈杂的流水线上，闻着烧胶皮的难闻味道，对于那天黑兹尔·琼斯，黑兹尔·琼斯，你是不是黑兹尔·琼斯的质询，已经淡忘了。

她是个头脑实际的女人。现在她是一个孩子的母亲，为了儿子，她也要学着忘却。

不久，提格诺回家了。

她到麦尔策家去接孩子，但麦尔策太太告诉她，提格诺已经来过，把奈利接回去了。

丽贝卡结结巴巴地说道："什么？提格诺来——这里了？他回来了？"

艾德娜·麦尔策说，是的，提格诺回来了。丽贝卡竟然连自己丈夫哪天回家都不知道？

让别人知道这一点，对丽贝卡而言是一种耻辱。不得不承认自己不知道丈夫的日程安排。她特别讨厌艾德娜·麦尔策这样提问，让她陷入窘境，而且以后还会带着同情的口吻和别人议论。

丽贝卡从麦尔策家出来，一路小跑回到家中。她的心在胸膛里猛烈地跳动。她以为上个周日提格诺会回家，但他那时没回来，也没打电话回家。她本以为他会到尼亚加拉纤维管厂，开车接她下班……奈尔斯·提格诺总是坐在车里，在路边等她。别人看到他那辆新款银绿色的庞蒂亚克，都会投来艳羡的目光。丽贝卡觉得有什么事情不对头，简直不敢去想。他把奈利带走了。我再也见不到奈利了。

但是，庞蒂亚克就停在杂芜的车道尽头。透过厨房的窗玻璃，能看到提格诺那高大健硕的身影，和奈利在一起，提格诺正用广播主持人的高嗓音连珠炮似的向奈利提问——"然后呢？然后又怎么了？你干什么啦？你和妈咪吗？嗯？"——其实他这样说话是因为心情不错，实际没有认真在听。厨房里是雪茄和刚打开的麦芽啤酒的味道。丽贝卡走进家门，看到提格诺时大为惊讶……他的头发剃短了。那一头浓密的镍色短发，竟然被剪成这副样子，使他看起来显得老了几岁，没有以前精神了。他扫了丽贝卡一眼，露出大牙嘿嘿一笑。"你回来啦，丫头，啊？单位下班啦。"

提格诺总说一些类似的无意义的话，像拳击手无意识地出拳，让你突然头晕目眩，迷惑不解。回应这样的话，总要小心翼翼地，生怕出错。丽贝卡小声说，是的，我回来了。每天晚上都是这个时候下班。她走到提格诺身边，提格诺却没有上前，她便用手臂环抱住他。她一直都在内心反抗着眼前这个男人，可现在却被自己的情感击败了，只想把脸藏在他的怀里。奈利在身边跳来跳去，喊着爸爸，爸爸。爸爸给他买了礼物回来，妈咪想不想看看？

提格诺没有主动吻丽贝卡，但他允许丽贝卡吻他。他的下巴上胡碴扎人，嘴里口气也很污浊。他显得有些迷惑，像走错了家门一样。他越过丽贝卡的额头，斜斜地望向门口，仿佛在期待什么别的人从门外走进来。他心不在焉、动作僵硬地抚摸着她的后背和肩膀。“宝贝儿。我的丫头。你想你的老头子了吧？想没想？”他一把拽下她头上系的围巾，把她不太干净的头发甩开，长发一直留到背部中间。“呃，你闻起来一股烧焦的橡胶味儿。”但他大笑起来，最后还是吻了吻她。

丽贝卡没敢摸他的脑袋，他的头发，发型变化实在太大了。“你是不是看我觉得不对劲？妈的，我在奥尔巴尼出了点事，缝了几针。”

提格诺把后脑勺上的伤疤指给她看，有一片头发已经剃得看得见头骨，露出一条五英寸长的疤痕，非常难看，好像是不久前刚留下的。丽贝卡问他出了什么事，提格诺耸了耸肩，答道：“再也不会发生的那种。”

“但是，提格诺——到底发生了什么事？”

“我说了，不可能再发生的事。”

提格诺的小提箱、提包都随意扔在地上，夹克衫扔在厨房的座椅上。丽贝卡帮他把这些东西拿到房子靠里的卧室中去。卧室对于丽贝卡来说，是整幢房子最特别的地方，她一直将卧室打扫得干干净净，等待丈夫不期然的归来：床铺是铺好的，上面铺了一层厚床罩；她的衣物全部整洁地挂在衣橱里；一切露面的地方都一尘不染；桌子上甚至还摆着一个花瓶，插着几枝草本花。提格诺往屋子里盯着看了很久，仿佛从来没在这里住过。

提格诺发出低沉的声音，听上去像是在说嗯嗯！

提格诺把奈利推到卧室门外，锁上门，任凭奈利在门口呜咽。他突然来了兴致，异常激动，把丽贝卡半推半抱地挪到床上，给她和自己脱衣服，而丽贝卡则不停地吻他，没过几分钟，他就把积郁已久的精力全部发泄出来，也满足了她渴望的身体。丽贝卡从后面搂住他结实的脊背，咬住下嘴唇，免得哭出声来。她轻声低吟着，声音低得几乎听不见："……太爱你了，提格诺。别再离开我们了。我们爱你啊，别伤害我们……"

提格诺叹了口气，欲望得到了极大的满足，不对称的脸庞也焕发红热的光彩。他翻了个身仰面躺下，用强壮的前臂抹了把额头上的汗珠。突然，他感到精疲力竭，丽贝卡能感觉到他整个身子沉沉地压在自己身上。上锁的门外，奈利还在一边抓挠着门，一边喊爸爸？妈咪？无助得像一只饿肚子的小猫。提格诺不耐烦地咕哝了一句："去，让孩子别吵了，我要睡觉。"

这是提格诺回来的第一个晚上。她为这一晚经历了如此漫长的等待。

接下来会如何，他会在家呆多久，丽贝卡不想去思考这些事。

丽贝卡拎起衣服，轻手轻脚地下了床。她要先洗个澡，然后准备晚饭。她得把油腻腻的长发洗干净，以取悦提格诺。她走路时步子迈得不太稳，像是不知怎么受了伤。提格诺做爱时动作特别粗暴用力，时间能短则短。他们之前已经快六个礼拜没做过爱了。她感觉这几乎是奈利出生以后的第一次。

生孩子时也留下了很深的伤痛。丽贝卡在想，人的身体里面的伤口可不可以长好，愈合。不知道黑兹尔·琼斯结过婚没有？黑兹尔·琼斯有没有孩子呢？

奈利很想知道，爸爸这次是不是真的回家来，要在家呆上一段时间；爸爸在睡觉，不想被人打扰。但是奈利开始朝门缝里张望。

他小声呢喃着："那是他吗？那是爸爸吗，那个男人？"

晚饭后，提格诺喝了酒，显出了一丝悔意。他说后悔没有陪伴在他们身边，没有在肖托夸瀑布的这个小家多呆一呆。

丽贝卡轻声应道："就是个'小家'？那你还有几处这样的小家？"

提格诺被逗笑了。奈利在玩着亮闪闪的红色玩具车，是提格诺刚买给他的，这个玩具实际太大太笨重了，根本不适合三岁的孩子玩。

"我的生活中需要一些变数，我他妈就知道。是时候了。"

他告诉丽贝卡，他已经在沙欣湖边置了一处房产。而且他在谈一项生意，想买下肖托夸瀑布的一家带酒馆的饭店。还有其他房产……提格诺摸了摸后脑勺上的伤疤，有些怅惘之意。"出了这事儿，是因为有个狗杂种想要杀了我。子弹擦着我脑袋过去的。"

"是谁？谁想要杀你？"

"但他没能把我杀了。我说过，这种事绝对不会再发生第二次。"

丽贝卡呆坐无语，心里想到的是提格诺箱子里那把手枪。她猜想，那把枪现在还在他的箱子里面。提格诺以前带着枪出门，不是没理由的。

黑兹尔·琼斯也许有一个和奈利差不多的儿子吧。但是黑兹尔·琼斯肯定没有奈尔斯·提格诺这样的丈夫。

"我知道你在奥利斯卡尼港经历的事情。你被当做'重要目击者'，还被扣押拘留了。"

丽贝卡不经思考，十分突兀地把她知道的这件事说了出来。

提格诺说："那你是怎么知道的，宝贝儿？有人告诉你吗？"

"我在奥瑞斯卡尼港报纸上读到的。'伏击'，还有枪杀。上面还印了你的名字……"

"那你怎么看到的这份报纸呢？邻居里有人拿给你看的吗？"

提格诺的语气还是不温不火，只带着些好奇。

“有人丢在咱们信箱里的。而且只有头版那一页。”

“丽贝卡，这件事过去已经有一阵子了。冬天发生的。”

“那现在已经没事了吗？不管怎样，现在——一切都过去了？”

“对，都过去了。”

提格诺脱好衣服，躺在床上，看着丽贝卡梳理她的长发。她敏捷地挥舞着梳子，小心翼翼地梳着头。刚洗好的头发乌黑发亮，无比诱人；闻起来是洗发露的芳香，不再是工厂里的味道；长发闪亮得像要迸出火花。丽贝卡从镜子里看到提格诺向她走近。她不禁在期许中微微发抖，但手上的梳头动作没有减慢。提格诺赤裸着身子，显出矫健的身姿；胸膛和小腹的皮肤上都覆盖着一层晶亮的体毛。粗壮的双腿之间，浓密的阴毛之中，阴茎刚刚勃起。提格诺抚摸她的长发，然后摩挲她的后脖颈，那是她的敏感部位。他口中轻声呜咽着，将整个身子紧压在她身上。丽贝卡听见他的呼吸越发急促。

她感到一阵恐惧，头脑中一片空白。

她已经无法思考下一步该做什么，过去她是怎么做的。

提格诺像在和她交流二人之间的秘密一样低声说：“你和别的男人上过床吧？”

丽贝卡从镜子里紧紧盯着提格诺：“别的男人？什么男人？”

“什么男人，我他妈上哪儿知道去啊？”

提格诺突然笑了起来。他拽着丽贝卡的脚，把她拖到床边，床罩被整齐地折过来一部分，刚好露出三英寸毛毯来。他们一起将身子左右扭摆，像一对笨拙的舞者。提格诺刚喝过酒，心情大好。他的脚趾绊倒了床边的绒毛毯，大骂了两句，又被逗得哈哈直笑。“给你看报纸的男的，或者他哥们儿什么的，或者他们的哥们儿。跟我说是哪个男的，宝贝儿。”丽贝卡一阵仓皇，试图推开提格诺，而提格诺突然紧紧抓住她的头发，一拳打到她的头上，摇晃她的身体，虽然使得劲不大，像是带着点温柔责备的意思，就像摇晃一个任性闯祸的孩子。

“你告诉我,吉卜赛姑娘。今天晚上咱们有的是时间。”

43

……第二天早晨上班迟到了一小时二十分钟。他的车就停在车道上面,但她没有车钥匙,也不敢朝提格诺要,提格诺此时正在酣睡。她动作僵硬地起床洗漱,准备出门,把头发藏在发带里。她摘下了便宜买来的塑料框的太阳镜,换上一副保险的大墨镜,让人看不见她被打得又青又肿的左眼。丽塔用胳膊肘推了推她,在她耳边轻声问道——“哎,亲爱的,他回来了? 是这么回事吗?”——她无言以对。

44

终于,她明白了:必须离开提格诺。

虽然她有了这样的想法,但还没完全意识到后果会有多么严重。这个念头一旦出现,似乎就打破了已有的平静,是不可逆转,不可驳回的了。她这时还没在尼亚加拉纤维管厂边工作边不停地想:哪有什么选择,你别无选择,他会把你们都杀了。这时她还没有开始不顾一切地策划:到何处去,带上哪些东西,怎么带上孩子一块走。这时她也还没有数过手头的一小笔积蓄——四十三美元!——她以为自己的积蓄比这要多呢——她一直想方设法地从工资里省钱,藏到家中的壁橱里。这时他还没有用玩世不恭的态度虐待他们母子。这时她还没有在夜里躺在济贫农场公路老房子里的床上,听着睡在身边的男人鼾声震天,而自己却毫无睡意,陷入惊恐的处境。湿漉漉的青草味道,以及从地板下面渗出来的潮湿泥土味。一股发霉的甜味。她还是个襁褓里的小婴儿时,用脏兮兮的围巾包着,母亲把她搂在怀里,紧挨着结实的乳房,气喘吁吁地奔走躲藏,有一次几乎整个下午蜷缩在黑暗之中,直到有人打开大门,母亲发疯似的破口大骂,你想让我闷死她吗?

终于,她明白了。十月的那个早晨,太阳刚从树丛后的云层中升起,奈利还在隔壁房间熟睡着,她壮着胆子跟踪他走出家门,来到了公路上,又穿过公路,来到运河边;她躲在暗处,距离他三十英尺远,看到他沿着纤道慢慢散步,不一会儿又停下脚步,点燃了香烟,一边吸烟,一边沉思;这样一个神秘难辨的阳刚形象不禁让人疑问:这是谁?丽贝卡躲在茂密的灌木丛后面,看到提格诺不经意地回头望了一眼,然后又朝黑暗中反着光亮的航道两头看了看(航道已经废弃,没有驳船驶过,也没有人在纤道上活动),接着从大衣口袋里掏出一个奇形怪状的东西,虽然用帆布包裹得严严实实,但她立刻意识到了那是什么,正是那把左轮手枪。他拿起这东西在手里掂量了几下,犹豫了许久,脸上似乎带着一丝遗憾。随后,提格诺若无其事地把它扔进运河,看着它迅速下沉。

丽贝卡想到,他肯定用过那把枪,肯定杀了人。但他不会杀死我的。

他们刚结婚时,提格诺教过丽贝卡开车。他总是许诺要给她买一辆车——“要给我的好姑娘买一辆小汽车。应该来一辆敞篷的。”提格诺说这话时很真诚,但这个承诺从来没兑现过,他并没有真打算买辆车给她。

提格诺的车就停在车道上,她却不敢提出开车的要求。即使想去镇上买东西,或想要开车上班,她也不敢说。有时,如果他早晨起得早,或者正好头一天晚上刚回来,提格诺就会开车送丽贝卡上班;下午有时如果他正好在附近,也会在她换班的时间接她回家。但是,丽贝卡不能指望提格诺接她。更多的时候,是她一个人走回家去,要沿着纤道走上一英里多的路,一直如此。

但她一直不知道奈利该怎么办。提格诺不让艾德娜·麦尔策帮他们看孩子——那老家伙总想挖出点提格诺的私事!——但是,提格诺根本不可能自己留在家里照顾一个三岁孩子。如果丽贝卡把奈利留在家里和提格诺呆在一起，她害怕回家就看到提格诺的车开走了，孩子穿着邋里邋遢的衣服在门外站着，没准儿还是光着屁股的。她害怕看见奈利穿着睡衣光着脚在地上玩那辆有轨玩具车，或者在三十英尺深的井边玩耍，井口上面只盖了一块烂木板，害怕奈利爬上老旧的干草棚，棚顶积了一层厚厚的鸟粪，已经快散架子了。有一次，他甚至自己走到伊克斯食品店去了。

艾德娜·麦尔策说："我不介意的！我把奈利当做自己的孙子看，每回提格诺来接孩子，他只管接回去好啦。"

起初，奈利的天真涂鸦和笔迹让提格诺很感兴趣。他已经在丽贝卡的指导下开始学习拼写。提格诺没那个耐心去教奈利识字，朗读字母对提格诺来说实在太无聊了，但他喜欢伸展四肢仰坐在沙发上，一边抽烟喝啤酒，一边看丽贝卡教奈利认字，奈利一定要让妈妈用手指比划出字母的形状，才肯把它读出来。提格诺乐滋滋地说："瞧这孩子！我估计跟同龄孩子比，他智商肯定不差。"丽贝卡咧了一下嘴角，但她怀疑提格诺知不知道自己儿子的年龄，或者一般三岁孩子到底应该是什么样，而且他也不知道奈利有音乐方面的天赋。

"音乐天赋？从什么时候开始的？"

丽贝卡说，每次收音机里音乐一响，他就会停下手边的事情，认真地听。他对音乐十分痴迷，还会跟着乐曲又唱又跳。提格诺说："我的孩子可不能去给人家跳舞，跟那些跳踢踏舞的黑鬼似的。"提格诺用的是开玩笑的语气，一种夸张的嘲讽，而丽贝卡却感觉他一脸严肃。

"不做舞蹈家，但没准儿可以做钢琴家。"

"'钢琴家'——钢琴家是啥？弹钢琴的？"

提格诺冷笑了一声，他越来越讨厌听到妻子自以为是地用这些大的字眼，但他也有被打动时，看到儿子那天真幼稚的蜡笔画，或看到他摇摇摆摆地学爸爸快步走路的样子，实在有些感动。

提格诺捡起一张奈利用蜡笔画过的纸，上面写了破伤风。还有一些词诸如飞机，紫色，讨厌鬼。提格诺看了哈哈大笑，摇了摇脑袋。“我的天哪。照这样，你能把整本破字典里的字都教给他。”

“奈利喜欢写字。他还不会字母表的时候就喜欢‘拼写’的感觉呢。”

“那为啥不先教他字母表?”

“他已经学了一部分。但是二十六个字母，对他来说有一点多。”

提格诺听到以后，皱起眉头考虑了一阵。丽贝卡可不想让提格诺逼着奈利背诵字母表，那样会把奈利急哭的。虽然她估计提格诺自己也不会背字母表。二十六个字母，他应该背不下来吧！

“小孩子也就是画点这样的东西吧。”提格诺看着奈利画的一顶香蕉帽说道。还有一幅画的是爸爸(但是提格诺怎么也看不出来，这画上肥肥笨笨的卡通形象指的竟是爸爸)，头上戳着一顶黄色香蕉帽，帽子占了整幅画像的一半空间。

后来，心神不宁的提格诺到老房子的楼上乱翻，丽贝卡私密点的东西通常都藏在楼上。提格诺翻到了一摞习字本和胡乱图画的东西。这让丽贝卡感到非常难堪。

这些写字练习多半是照着那本字典往下抄的。还有的内容是抄课本，生物书，数学书，历史书，什么都有。提格诺饶有兴致地大声读道：“裸子植物——被子植物。妈的，这是什么啊——精子?”他瞪了她一眼，一副嘲讽而鄙夷的表情。“叶绿素——叶绿体——光合作用。”他读起这些词来非常吃力，脸都憋红了。“头盖骨——脊椎骨——骨盆——腿骨——”

读到腿骨时，他厌恶地拖着长腔，像是在说特委骨。

丽贝卡把本子从他手里夺过来，表情有点不自然。

提格诺还在嗤笑。“好像上过高中的嘛？你到底他妈的几岁啊?”

丽贝卡什么也没有说。她现在脑子有些乱，生怕提格诺抓起她的字典，扔进火炉里去。

她的字典！那是她最私密的财产。

提格诺嘟囔着从地板上捡起一样东西，是丽贝卡写过字的一张纸，歪歪斜斜的慵懒笔迹想要从纸端流淌下来——

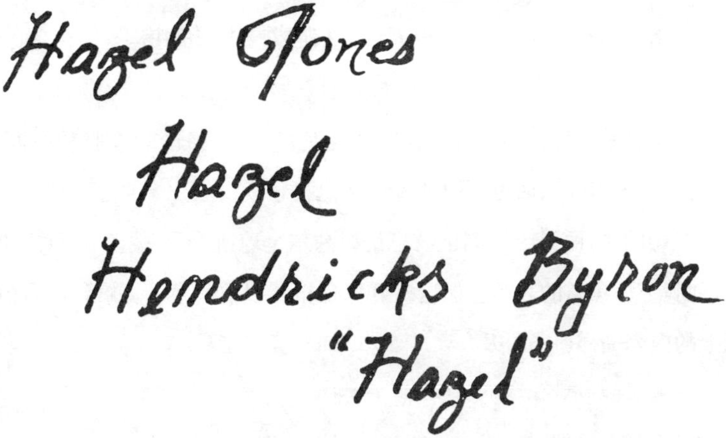

“这些人是谁啊？你朋友？”

丽贝卡这下开始惊慌失措了。提格诺用眼睛瞪着她，吓得她喘不过气。

“不是。他们谁也不是，提格诺。就是……一些人名而已。”

提格诺不屑一顾地冷笑一声，把纸团成一团，扔向丽贝卡，然后用拳头打了一下她的胸脯。其实他没有真的用力去打，但丽贝卡像是挨了真拳头一样，一下子呼吸急促起来。

但他并没有真的凶起来。丽贝卡听到他自顾自地大笑了一阵，又吹起了口哨。

“妈咪，怎么啦？”

奈利看她双拳撑住额头，眼皮发红，眼睛闭得紧紧的。

“妈咪感到羞耻。”

“‘悠耻’……”

奈利走到她身边，抚摸着她发烫的额头。奈利皱了皱眉，脸上一副小大人的表情。

真见鬼，为什么她没想着把自己写的东西藏好！为什么没写完扔掉呢。

提格诺现在回家了，她就得天天打扫这栋老掉牙的房子，要让它尽量“一尘不染”。得把房间打扫得像高级宾馆一样整洁。

一点脏乱的地方不能有。衣服不能乱堆。（提格诺的衣服和东西到处乱扔，丽贝卡什么话也不说就赶忙帮他收好。）

讽刺的是，丽贝卡一刻也没忘记黑兹尔·琼斯，还有戴巴拿马帽的男人，他脸上那焦急的表情。但这些好像是很久以前的事了，就像奈利图画书上的内容一样遥不可及。

谁他妈的能对你感兴趣啊，傻丫头！

一个男人的鄙夷口吻。她说不准是否认识这个人。

奈利生病了，重感冒，现在变成了流感。

丽贝卡给他量了量体温：三十八度三？

她把体温计拿到灯光下，手有点颤抖。

“提格诺？奈利得去看医生。”

“医生在哪儿啊？”

提格诺稀里糊涂地问出这么一句，他还没明白过来发生了什么，被吓了一跳。

但他把奈利包裹在毯子里，抱起来跑出门去开车。他开车带着奈利和丽贝卡到了肖托夸瀑布镇上，把车停在医生办公室外面的停车场里，然后点了根烟抽。他给过丽贝卡一张五十美元的支票用来付费，但自己不想进去。丽贝卡觉得他心里有些怕，怕疾病，怕任何使人虚弱的东西。

那一刻，她差点就和他发火了。攥着一张五十块的支票，领着生病的孩子。她不会把看病剩下的找零还给他的，要把零钱收到自己的抽屉里去。

提格诺经常不在家，但每次出门不会超过两三天。丽贝卡慢慢意识到，他已经丢了啤酒厂的工作。但她没法问他，那会把他激怒的。她不敢恳求他回答，*到底发生了什么事？为什么你不能跟我说？*

过了一个钟头，丽贝卡带着奈利出来了。她看到提格诺正斜靠在车头前面，抽着烟。在他抬眼之前的一刹那，丽贝卡心里想到，*那个男人！我根本不认识他。*

她马上跟提格诺说："奈利有点感冒。医生说不用担心。他说——"

"他开药了吗？"

"他说奈利只需要服一点儿童剂量的阿司匹林。我还有一些在家里，来之前已经给他吃了。"

提格诺不高兴地皱起眉头。"没有更好的药了吗？"

"只是感冒而已，提格诺。阿司匹林已经够用了吧。"

"最好够用，亲爱的。如果不够用，这个'二(儿)科医生'就甭想活了。"

提格诺虚张声势地大声嚷嚷道。丽贝卡蹲下来摸着奈利的头，吻了吻他的前额。

他们开车回到了四角地。丽贝卡抱着奈利坐在副驾驶的位置，提格诺在一旁默默沉思着，像是不知怎么被人侮辱了似的。"提格诺，我觉得你应该和我一样，不用担心了。那医生挺不错的。"

丽贝卡轻轻往提格诺那边靠了靠。抚摸他温暖又似乎带着忧伤的皮肤，她感到十分享受。这种小小的愉悦感，她已经很久没有体会过了。

"医生说，奈利总的来说没什么问题。他用听诊器检查了心脏和肺部。"她停下话茬，知道提格诺在听她说话，让她感到舒心。

提格诺又不言不语地向前开了几分钟，但整个人温和下来，没有那么凌厉了。他侧转过头，望着丽贝卡，他的女孩，他的吉卜赛女孩。然后他伸手捏她的膝盖，用劲太大，把她捏得生疼。他又伸手胡乱揉了揉奈利被汗打湿的头发。

“嗨，你们两个：爱你们。”

爱你们。这种话，提格诺第一次对他们母子说出口。

于是，她又想，我再也不要离开他了。

“他爱我们。他爱我们的儿子。他不会伤害我们的。只是……有时……”

等待？提格诺在等待吗？

他究竟在等什么呢？

他现在天天不刮胡子，衣服也没有以前那样体面板正，也不经常去旅馆的理发师那儿理发了。衣服也不再拿到旅馆去干洗。以前他会花些钱打扮打扮，虽然也不是很时髦，但绝对不会让人觉得邋里邋遢。现在一件衬衫他能连续穿上好几天不换。睡觉时穿着内裤，把脏袜子踢到床角，等着妻子给他捡起来收好。

所以，理所应当的，丽贝卡负责给提格诺洗衣服，熨衣服。需要干洗的衣服，提格诺也不拿去干洗了。

丽贝卡只能用一台又旧又破的洗衣机！简直跟她原来家里的那台一样破。洗衣机经常出毛病，把肥皂水喷出来，洒得卫生间满地都是。提格诺的那些棉质白衬衫洗好以后，丽贝卡要一件件地熨烫，她不太会干这个活。

熨斗特别沉，把她的腰伤到了，手腕也生疼。这跟在工厂上班没什么两样，只是味道没有那么恐怖罢了。妈妈曾经教过她用熨斗，但只教过熨被单，毛巾之类平整的东西。爸爸的几件衬衫，都是妈妈亲自去熨，她一边熨衬衫一边盯着熨衣板皱眉头，仿佛她毕生的精力，作为女性所有的渴望，都被眼前的这件男式衬衫给束缚住了。

“妈呀。我还不如找个瞎眼瘸子帮我熨了。”

提格诺在检查熨好的衬衫。熨斗烫过领子留下了一些皱纹。妈妈告诉过她，领子是最硬的部分，其次是肩部。前后片和袖子比较好弄。

“哦，提格诺，真对不起。”

“这鬼东西我没法穿了！你赶紧给我再洗一次，然后重新熨。”

丽贝卡从他手中接过衬衫。是一件长袖的白色棉衬衫，还带着熨斗的热度。她不会把它再洗一遍，只会把它浸湿，然后第二天早晨再熨一次。

实际上，提格诺走后，她闷闷不乐地站在那里。他妈的，她每周五天每天八小时在那个破厂子里上班，所有的家务活都是她干，奈利和他的大小事情都要她照顾，就这样还不够？

“你在工厂里干的活，能赚多少钱？”

提格诺突然问起这个问题来。但丽贝卡知道，他早就想问了。

她犹豫了一下，然后告诉了他。

（如果这会儿撒谎，他日后会发现的。那样他就该知道她私自从工资里攒钱的事了。）

“就那么点儿？一周四十小时？操。”

提格诺像是受到了人格侮辱。

“提格诺，只能在机器工厂里干活。我又没有工作经验。他们都不招女工的。”

此时已是十月的末尾，天空显出刀锋般凌厉的蓝色。中午一过，温度就降得很低，凉气阵阵。丽贝卡真不想现在就发愁，在这所老房子里冬天该怎么过啊！

提格诺不在家时，她很想他。现在提格诺和他们住在一起，她又留恋自己曾经独处的日子。

她有点怕他：体格威武，脾气暴躁，眼睛经常瞪得很死，像是盲人突然恢复视力一样，而且他根本不喜欢眼前看到的一切。

提格诺养成了一个新习惯，就是用双手向后抓头发，一副不耐烦的样子。慢慢地，他的发际线的位置越来越往后，头发没有那么浓密了。现在他的头发只是普通人的样子：稀稀疏疏，褪成了褐色。头顶上尤为稀疏，已经能明显地摸到头骨。

提格诺对丽贝卡心怀愧疚，觉得作为丈夫对不起她，一想到这里，他过了许久说不出话。终于，他吐出了几个字："丽贝卡，我跟你说过。你不用再去工作了，我们来尼亚加拉瀑布那天我就跟你说过。你忘了？"

他说话的口吻近乎恳求。丽贝卡感觉突然被他的爱意刺到了，她觉得自己必须马上安慰他一下，于是说道：

"你只是说我不用再去旅馆上班了。你就说了这个。"

"妈的，我的意思是所有工作。我当时就是这个意思，你他妈肯定明白。"

他突然发起火来。她就知道，她就知道！——根本不能挑起话茬。丽贝卡回话道：

"我在尼亚加拉纤维管厂上班是因为奈利和我得用钱啊。小孩子的衣服得花钱买，提格诺。还有吃的东西。但是提格诺，你又一直不在家，我连一点你的消息都听不到……"

"放屁。我往家里给你寄钱了，通过美国邮政寄的。"

没有。你没有寄过。

你记错了吧，你在撒谎。

丽贝卡听出了警告信号，她不能再多说一句。

提格诺怒气冲冲地走开了。她听着他的脚步一点点远去。脚步声在她的脑海中回荡。雅各布·施瓦特在盛怒时，他的靴子后跟走起路来也会发出这么沉重的声响。自杀之后，那双靴子像长在肉里的蹄子一样，只

能从脚上割下来

雅各布·施瓦特:一个男人,在自己的家中。一个男人,一家之主。他走路时就这样拖着沉重的脚跟,像是在倾诉心中的不满。

“工厂里的吧,这男的?”

丽贝卡睁开眼睛,弄不清是怎么回事。提格诺怎么又站在她面前,他明明刚走开啊?

“是你们领班吧,是不?当地的哪个大人物?老板?”

丽贝卡笑了笑。她觉得提格诺只是在拿这件事开玩笑,没当真。但他有可能做出什么危险举动也说不定。

话音继续:“妈的,不可能是老板。那帮浑球里面开卡迪的那个。怎么会来找你啊。瞧瞧你现在的样子。以前多他妈好看,以前你可爱笑了,天天乐呵呵的小丫头。你看看现在,你的年轻模样哪儿去了?所有人都能操你,他肯定在地上做来着。我从你身上闻到他的味道了:橡胶烧焦了的臭味,还有黑鬼身上的臭汗味。”

丽贝卡不由往后退了几步。

“提格诺,求你了。别说这么难听的话,奈利可能在边上听着呢。”

“就让孩子听听!他必须得知道,他那个热狗屎一样的亲娘是个妓——女。”

“提格诺,你心里不是这意思。”

“不是,嗯?那你说我心里是啥意思,宝贝儿?”

“你在说什么啊?”

“我在说什么?我在说什么?我还想让你告诉我呢。”

丽贝卡尽量不让自己舌头打结:“我爱你,提格诺。我除了你以外不认识别的男人。除了你没有别人。你得相信我!我从来没有——”

奈利爬到沙发一边来,想要听大人说话。这会儿他本来应该上床睡觉的。

头一天晚上，提格诺在肖托夸瀑布和朋友们打牌打到深夜。丽贝卡也不知道他具体去了什么地方。他只是简单说自己度过了“很他妈值当的”一晚，心情很好，这会儿给家人用钱会很大方。

去他妈的！干吗为了这些破事影响了自己的心情呢。

提格诺把沉沉的身体窝进沙发，然后将一旁的奈利抱在腿上。他一点也不在乎儿子的感受，奈利害怕他粗糙有力的大手，会往后退缩，这倒逗乐了提格诺。

提格诺今天没有刮胡子，银晃晃的胡碴还挂在下巴上，看起来特别像插画书里面的大鲨鱼：奈利紧紧盯着他看。爸爸的眼睛里有血丝，他的衬衫袖子一直卷到肱二头肌。大滴的汗珠从皮肤上滑落，他的皮肤简直像用无数块不匹配的皮肤碎片缝补在一起的。

“奈利，我的宝贝！告诉老爸，有没有男人来家里找过妈咪啊？”

奈利还傻傻地盯着，像是没听到。提格诺晃了晃他。

“男人？一个男的？没准儿是晚上来的？有没有哪天你应该睡觉但是没睡着？快，告诉爸爸。”

奈利轻轻地摇了摇头。

“摇头什么意思，没有？”

“没有，爸爸。”

“你发誓？能发毒誓吗？”

奈利点了点头，不确定提格诺的意思，只好微笑一下。

“一次都没有？从来没有男人来过这里？啊？”

奈利越来越糊涂了，他有点害怕。丽贝卡很想把奈利从提格诺怀中拽出来。

提格诺继续大声问：“从来没有一个男的？一个没有？从来一个也没有？你半睡半醒的时候，没听到过有人来咱们这儿？听没听到过男人的声音，嗯？”

奈利使劲抓着他，怕被摇晃倒。他不敢看丽贝卡，因为只要一看她，肯定就会立刻哭出声来。他看着提格诺，眼皮微微垂下，身体颤巍巍的。

丽贝卡知道他心里在想：广播节目的声音？爸爸是在说这个吗？

奈利小声说了一句，听起来好像说的是：有。那近乎恳求的声音小得几乎听不见。

提格诺立刻尖声应道："男的？嗯？在这里？"

丽贝卡赶紧过去握住提格诺抓着奈利瘦弱肩膀的那只手。"提格诺，你都把孩子吓着了。他想的是广播里面的男声。"

"广播？什么广播？"

"收音机啊。广播里面主持人说话的声音。"

"妈的，他终于告诉我了，小家伙终于泄密了。"

"提格诺，你不是真这么想的吧。你——"

"奈利承认了，有男人来过。他听到过声音。跟妈咪在一起的男人。"

丽贝卡想笑出来，因为这怎么听都像玩笑话。

她感觉到一切都在离她而去，仿佛走在薄薄的冰层上，冰层就要破裂，下陷。

"提格诺，是广播节目！我跟你说了。奈利一天到晚总是要听广播，他脑袋里只有这么一点概念，听过男人的声音只有你的。"

"你放屁。"

丽贝卡看得出来，提格诺只要抓住她的一点把柄，就会感到很享受。他的脸色发红，像是刚喝过酒，或刚和朋友打牌赢了钱。他其实根本不相信这些，但似乎就是停不下来。

丽贝卡很想转身离开房间。她受不了了，准备甩开手，夺门而出。但是，要去哪儿呢？

不行，她实在离不开奈利。提格诺突然间站了起来，把奈利摔到地板上。他一把拉住丽贝卡的胳膊。

“你就承认吧，犹太女郎。”

“你为什么这么恨我，提格诺？我爱你的时候……”

提格诺的脸上涌起血色。他略发湿润的眼睛带着卑劣的目光从她身上抽离，有些自忏自悔。在那一刻，她看到了他的悔悟。但他还是大为光火，因为丽贝卡在孩子面前挑战了他的权威。

“你就是个犹太人，对不？吉卜赛犹子！妈的，我就说有人劝过我。”

“你什么意思，‘劝过你’？谁劝过你？”

“谁都这么说。认识你和你那疯爹的人都这么说。”

“我们不是犹太人！我不是——”

“你不是？才怪呢。‘施瓦特’。”

“就算是又怎样？犹太人怎么了？”

提格诺一脸鄙夷的神色。他耸了耸肩，好像在表示自己可不是带有歧视眼光的人。

“不是我这么说的，宝贝儿，别人说的。‘肮脏的犹子’——一天到晚听人这么说。人们干吗要这么说啊？还不是因为书本里都写了。”

“那是因为人们无知。他们什么无知的话都会讲。”

“犹子，黑鬼。黑鬼傻得跟猴子似的，但犹太人可聪明得很，天天净他妈琢磨怎么对自己好点。把你‘犹’倒——掏空你的口袋，再给你背后捅上一刀，然后再起诉你！德国想把你们灭了，肯定他妈有什么好的理由。德国佬也是他妈的一群聪明人。”

提格诺残酷地粗声大笑着。丽贝卡心想，他并不真的想说这些。但每次他都止不住要说，就像是做爱时忍不住在她怀里颤抖和呻吟。

丽贝卡反驳道：“那你如果不爱我，当初为什么要娶我？”

提格诺脸上掠过一个奸诈狡黠的表情。丽贝卡瞬间意识到，他根本没有娶我。我们并没有真的结婚。

“我当然是爱你的。不然我他妈的在这儿干吗，跟个猪圈似的，还有这闹腾的孩子，半个犹太人，要不是爱你，我凭啥啊？一堆他妈废话。”

奈利开始小声说话，提格诺厌恶地走出了房间。丽贝卡希望听到他摔门的声音，他们母子俩抱作一团，等着他去发动汽车，在车道上倒车，离开……

但提格诺好像没有离开家的意思，他只是走到冰箱前，又拿出一瓶啤酒。

一切都在离她而去的感觉。冰层一旦出现裂痕，就会迅速破碎。

她马上哄着奈利上床睡觉。她特别想让孩子赶紧上床睡觉，然后把他的房间门关上。她想着，只要门关了，奈利安静地睡着了，提格诺也就不会再去招惹他了。

她有点头晕目眩，找不到方向。事情变化得如此之快。

原来他不是我丈夫，从来就不是。我原来根本没有丈夫。

意识到这一点，仿佛像一束刺眼的光照射在她的脸上。她感觉虚弱无比，被人欺辱了。但她本来早该意识到的。

那个时候，在那个尼亚加拉瀑布的破砖房里，由提格诺认识的治安官匆忙主持的婚礼。她早就该知道。

她把奈利抱到床上，给他盖好被子，可他拉住丽贝卡，抱住她不放。“别哭了！千万别哭啊。如果你想哭的话，就把脸藏在枕头里。爸爸听到你哭就会难过的，你看爸爸有多爱你。一直在床上，别下来。可不能下床，听话。不管你听到什么都别出来，奈利。一直呆在床上，别出屋，听见了吗？”

奈利害怕得应不出声。丽贝卡把台灯关掉，走出了房间。

自从提格诺回家以后，奈利的小兔子台灯就不再整夜开着了。收音机也不再放在他的窗台边上整夜地播放，而是摆回到厨房里，提格诺在家时，收音机每天只开一次，听的是晚间新闻。

丽贝卡很想阻止提格诺从前门进到家里来，更不想让他进卧室。但她一开卧室的门，就看到衣冠不整的提格诺攥着一瓶啤酒，眼睛盯着丽贝卡。

“把他藏起来了，是吧？让他害怕他老爸。”

丽贝卡试着解释说，奈利平时这会儿也应该睡觉了，早就过了平时上床的时间。

“你一直在他耳边说我的坏话来着吧，是不是？一直跟他说我不好。”

丽贝卡使劲摇了摇头，当然没有！

“好让他也跟我作对啊。要不他怎么可能这么怕我。跟丧家狗似的。我可连他一个手指都没动过。”

丽贝卡一动不动地站在那里，眼睛盯着地板。

也不说是，也不说不是。不坚持什么，也不反抗。

“好像我不爱他似的，还有你。好像我不是个称职的老爸一样。有一句没一句地跟我说谢谢。”提格诺的声音听起来很沉痛，一只手突然匆忙地伸进衣兜里摸索着什么。他掏出钱包来，拿出一些钞票。“吉卜赛女郎！你不就想要钱吗？好像我供不起你一样。他妈的好像五年来你没把我榨干一样。”他把钱攥在手里，往丽贝卡身上砸去，丽贝卡对他的行为痛恨极了。她现在敢肯定，当初赫彻尔的事情他肯定在说谎，他这辈子根本没见过赫彻尔，那一段话根本就是欺骗，另有企图。他拿钱向她砸过来，她内心满是愤怒，但努力克制，脸上尽量微笑。即使到了这时候，她还在试图微笑。她想让提格诺认为自己只是在开玩笑，不是在威胁人。如果让他感觉到她的恐惧，他就会变本加厉地暴怒。

“拿着啊！接着！你不就想要这东西吗，啊？”

钞票掉落在丽贝卡脚边的地板上。她更努力地做出微笑表情，就像奈利面对嬉笑着的提格诺时心里害怕而面带微笑。她知道，她必须做出样子来。为了保护孩子，她必须得再次和他低三下四。她如今已经无力保护自己，她太疲惫了。她不想做那种无力保护孩子的母亲（在米尔本有时就会听说这样的母亲）。旁观者总觉得那没什么难的，老天啊，为什么她带不好孩子，为什么不跑出去向人求救，为什么在那傻等，直到什么也来不及了，但是她经历过后就明白了那种奇怪的惯性，希望男人的盛怒像暴风雨一样，瞬间袭来，然后很快结束。提格诺已经喝得醉醺醺的，脚下站不稳了。他充满血丝的眼睛盯着她的双眼，丽贝卡眼中写满了伤痛和耻辱。但是，提格诺心里的怒气还没消。

他带着爱意和奚落的口吻说："犹太女郎。妓女。"

他把钱揉成团，朝丽贝卡的脸上砸。她眼睛里浸满了泪水，视线模糊了。

"你怎么了啊？太自豪了是吧？能自己赚钱了，是不是？平躺着？把两腿分开？就这么容易，对吧？"

提格诺把啤酒瓶扔在地上，根本不在意瓶子倒翻。他抓住丽贝卡，一边大笑一边把一卷钞票往她的衬衣里塞。他把她的灯芯绒裤子扯下来，裤子已经穿得很旧，膝盖和臀部都磨薄了。她身上穿的都是工厂里的工作服，回家来也没时间换。他继续往裤子里，内裤里，和两腿之间塞钱，丽贝卡挣扎着想要逃开。他用粗糙的手伸到她的阴道乱抓，让她痛得受不了。但是他还在放浪地笑着，丽贝卡在心里说，如果他还是在笑的话，就没有真生气。只要他还在笑，就不会伤害我的。

她真希望提格诺不要听到奈利叫妈咪！

提格诺把手从丽贝卡身上拿开，丽贝卡以为这样就没事了，但突然间，她感觉到头侧边闪过一道光。她应声倒在地板上，头晕得要命。有什么东西从她脑袋一侧打了过来。她还没反应过来那是男人的拳头，提格诺竟然会打她。

他站在一旁，用脚碰了碰她。他用鞋尖猛踢她的两腿中间，痛得她在地上扭曲着身子。“哎，宝贝儿？你喜欢这样，对吗？”丽贝卡没有力气回应，提格诺不耐烦了，直接跨骑在她的身上。他真的发起火来了，大声地骂她。丽贝卡没敢和他顶嘴，没敢惹他发火，不知道提格诺为什么还是勃然大怒。他要给她个教训。竟敢在儿子面前侮辱他！提格诺按住她的后脑勺使劲往地上磕、磕、磕。丽贝卡感到呼吸困难，快要昏过去了。她几乎痛不欲生，但仍能听到冷风吹过地板缝的声音，风是从地下室吹上来的。孩子在隔壁房间大哭大闹，她知道提格诺又会责怪她了。他现在要杀了你，他已经控制不了自己了。就像一个走到冰面上的人，深信自己只要轻轻转身，就可以轻松转身走回来。她战战兢兢地想，他必须马上停下来，当然他是会马上停下来的，他从来没走出去太远，没有真打算伤害到丽贝卡。他们之间有这样的默契——难道不是吗？——绝不会真的伤害到她。他会威胁说要打人，但不会真动手。可是，他开始发狠打她，把钞票往她嘴巴里塞，一直堵到喉咙。他第一次做出这种举动，以前从来没做过。丽贝卡已经喘不上气来，开始哽咽了。她挣扎着想要逃脱，恐惧充满了她的血液。提格诺却仍在讥讽地叫骂：“犹太人！婊子！妓女！”他仍然怒不可遏，浑身燥热，自认为带着一股正气。

这场暴力一共持续了四十分钟。

她经历过这一切后，好在还没有失去知觉。

但是提格诺摇晃着她的身体：“嘿，你什么事都没有，婊子。快醒醒。”

他拽着她的双脚，想让她站起身来。提格诺摇晃着身子，像是站在了倾斜的甲板上。

“快点！别装了。”

丽贝卡的膝盖一点力气也没有。她的脑海中突然闪过一线希望，如果她此刻跪下来，提格诺可能会同情她，让她像狗一样爬着离开。但忽然间，她仿佛意识到，自己已经在这样做了：她会躲到楼梯后面或地下室去，爬到蓄水池里去（蓄水池里面没有水，水槽和水管都已经老化生锈了，雨水根本存不住)，双手将膝盖抱在胸前。她不会做不利于提格诺的呈堂证供，就算被他杀了，也绝对不会!

但她没有爬着离开。她还在那间卧室里。屋里的灯亮着，不是地下室。她透过潮湿的窗帘看到：干干净净的被子齐整地铺在床上，晚上，丽贝卡一时间还没找回原来做酒店清洁员的敏感度；圣诞节后大促销时从肖托夸瀑布买回来的两点九八美元的圆形毛绒地毯；台子上摆着花瓶，骆特小姐看见了肯定会喜欢。提格诺还在咕哝："快醒醒！睁开眼睛！想找打吧，还不快——"他狠狠晃动她的身体，把她往墙上撞。窗帘都在摇晃。什么东西掉落下来，在地板上滚了一会儿，激起一层灰尘。丽贝卡像一个破布娃娃，如果不是提格诺抓住她拍她的脸，她整个人又会瘫倒在地上。

"跟我说话，快点儿！竟敢当着儿子的面给我戴绿帽子。"

提格诺把丽贝卡拖拽到床上。她的衣服全被扯坏了，而且不知怎么弄湿了，上衣被扯掉了。看到她的乳房露出来，提格诺会非常愤怒，所以她必须把乳房挡上。她的胴体露在外面，这会把他气疯的。提格诺把她扔到床上，然后用手抚平自己的裤子。他都怪她这个贱人，把裤子熨得没有以前平整了。在这所济贫农场路上的老房子里，奈尔斯·提格诺失去了自我。他不再那么有男子气概，不再高高在上。他的衬衫都熨得皱皱的，领子也不平整。一个瘸腿的瞎子都能熨得比这好!

奈利走过来，抱住爸爸的腿，喊叫着要他停手。

"小兔崽子。"

丽贝卡现在意识到：她犯下一个巨大的错误，作为母亲能犯的最大错误。她的孩子处于危险之中，因为她的愚蠢和疏忽。

孩子的嘴和鼻子被打开了花，血涌了出来。

丽贝卡恳求提格诺打她：别打奈利了，打她吧。

别打他了：打她吧。

"宝贝儿！操他妈的就知道哭!"提格诺拎着孩子的胳膊把他往墙上

撞，任凭他尖声叫喊。

奈利终于不哭了。他摔落在地板上，一声不吭地坐着。丽贝卡也沉默地躺在床上。

她脸上的肌肉变得紧张起来，视线模糊，大脑近乎空白，不能用鼻子呼吸，因为鼻子里面被打坏了，阻碍了呼吸。她像一条搁浅的鱼一样大口喘气，所有的力气都花在用嘴喘气上。但她能听到声音，听力异乎寻常地变得敏锐了。

在她身旁，男人正喘着粗气。喉咙里呼出湿湿的打鼾的声音。提格诺失去了兴趣，现在她也无力还击了。他倒在床上，躺在丽贝卡身边。床单已经被弄得发皱，上面沾着血，可是提格诺不管那些，倒头就睡。

感觉像是在水面滑过：丽贝卡昏过去好久，终于清醒过来。过了很长一段时间，她终于有力气彻底清醒，站起身来。她的动作特别缓慢，特别吃力，她想让提格诺醒过来，抓着她的胳膊。几乎能听到他骂人的声音：*婊子！你想去哪儿？*但提格诺并没有醒，丽贝卡这会儿是安全的。她走到孩子身边，孩子就在她床边的地板上。她的脸上还流着血，左眼因为被打肿而睁不开。她虽然看不清楚儿子，但能够确定他没受什么伤。他会没事的，他也不会再出手了，不会出什么大问题的。他爸爸毕竟是爱他的，不会舍得伤害他的。

她和奈利悄悄地说话。他不会再打你了，妈咪看着他呢。但你可千万别再哭了啊。

奈利急促地轻声喘着气。他的头朝一面斜斜地歪下去。丽贝卡马上想到：脖子断了，虽然她心里明白这不太可能，根本不可能。她一点力气都没有，但还是抱起了奈利，拖着步子颤颤巍巍地走到奈利的卧室。他还在喘气，肯定伤得不太严重。她确信这一点。

丽贝卡头晕目眩的，以为自己根本没有那么大力气从卧室走到厨房，但她还是把奈利抱到了厨房里，没有丢下他。厨房里的灯光亮了一点，她发现孩子的小脸上也在流血，而且磕肿了；发际有一处难看的疤痕，正往外流血；皮肤不是往常泛着红润的颜色，而是发青的惨白。眼皮没有完全闭上，微微翻着眼白。本来半睁着眼睛可以看到东西，可他看不到，就像用拇指碾开洋娃娃的眼皮时看到的玻璃眼睛一样。

"奈利，有妈妈陪着你呢。"

他醒过来了，呼吸越来越均匀，脸上有了一点活气，开始挪动身子，在丽贝卡怀里出声说话。

"宝贝儿，别怕，没事了。现在你能试着睁开眼睛吗？"

他瘦弱的小胳膊小腿：看起来都没摔坏。

腿骨，锁骨和骨盆：也都没事。

再摸摸头盖骨……也好好的。

哦，她多希望儿子没事！手指不停地摸索，几乎检查了他的整个身体，包括虚弱得发抖的四肢，和躺在她怀里的脑袋。要是他头骨上有骨裂，她怎么可能摸得出来？她没法判断。

她给奈利洗了把脸，然后自己也洗了一下。孩子还站不太稳，但是能走路了。他现在已经没有力气大声地哭，这倒让丽贝卡安心不少。丽贝卡把手上、胳膊上和前胸的血迹洗掉，然后仔细听听动静，看提格诺有没有醒过来，出门找他们母子。

但实际上，他的愤怒已经发泄完了。

她几周前就打算离开提格诺，可是一直没有真正行动。现在她不能再等了，必须马上动身。她没有时间再去考虑她和奈利去什么地方是安全的，躲在哪儿可以不被提格诺找到。

不能去麦尔策家。也不能去肖托夸瀑布城里报警。

绝对不能报警！对警察毫不信任，甚至厌恶他们，这一点她继承了父亲的态度。她觉得那些男人都和奈尔斯·提格诺一个样，只会同情提格诺，同情做丈夫和父亲的，而不会想到保护她和奈利。

奈利躺在厨房地板上,她在他脑袋下面垫了一块毛巾。他现在没事了,呼吸也不再急促,脸上也不那么苍白,脸颊渐渐恢复血色了。

她抱起奈利就出门,跑到车边,已经没时间给他换身衣服,连套一件夹克的时间都没有,只是裹了一条毯子在他身上。

丽贝卡记得自己好像是这样做了:给奈利裹了一条毯子。她抱着他跑到车道上,把他轻轻放在车后座上。他可以躺在后排座位上睡一会儿。

她又自己回到卧室,提格诺此时躺在床上,打着呼噜。她以为自己没有足够的胆量,没有那么不顾一切、不计后果地跑回到这个恐怖的房间,在这里似乎还能嗅到她的恐惧,可是她已经别无选择。唯一的出路就是从提格诺身上找钥匙,她必须从他的裤子口袋里把车钥匙拿出来。

他没有反应,没有感觉到她的动作。他呼吸时嘴像婴儿一样张着,嘴角流着口水。眼睛像奈利的眼睛,半睁半闭的,露出一条新月形的白眼仁,像生了病一样。

多么震耳的鼾声!躺在提格诺身边,躺在那张他们睡过的无数个夜晚的床上,丽贝卡总把这想象成是身体健壮如牛的表现,一想到这,她总忍不住要笑。五年多来,她一直躺在这样的一个男人身边。她一直听着他的鼾声和不那么震耳的呼吸声。她是如此专注于欣赏他身体每一寸细微的不同,觉得提格诺的身体是他的另一个灵魂,让她着迷,有些地方提格诺可能自己都不那么了解。

而现在,这个男人的怒气消了,丽贝卡却感觉自己的怒火正慢慢燃起。

她拿到了车钥匙,车现在是她的了。

提格诺躺在皱皱的床单上,脸上一副惊异的自豪神情,仿佛刚从天上摔下来,掉在床上,安然着陆。他一觉可以睡上十个,甚至十二个小时。如果丽贝卡不叫醒他,他就一直睡下去,连厕所也懒得去上,睡着时就会把尿液漏到床上,床单湿成一片。醒了之后,提格诺会感觉非常羞愧,自己也难以忍受。但在不清醒的时候，他也没办法控制。

等他醒来后发现，丽贝卡和奈利已经离开了。

想到这，她不禁会心一笑。房间里此时一片安详宁静。

丽贝卡三下五除二地打好了行李。她没时间换下脏衣服。只带了几样她和奈利的东西，叠了叠就直接塞到提格诺几年前买给她的手提箱里。然后她把屋子里能找到的钱全都捡起来带上。她的动作十分果断，有条不紊。有这么多钱！提格诺刚刚玩牌赢了一大把，他想给她看看。但她没有去动提格诺的钱包，虽然就扔在地板上。

她又从橱柜顶层取出自打三月以来暗自攒下的钱。一共有五十一美元。还有用破毛衣包着的七英寸长的废铁块。

丽贝卡现在才意识到自己为什么一直在屋子里藏着这块锋利如匕首的东西，才知道它能派上什么用场。

她用拇指试了试铁块锋利的一端，它像冰凌一样尖利。如果她用尽全力，迅速将它刺向提格诺，如果精准地刺到他脖子上粗粗的动脉血管，她确信自己能杀死他。他或许不会立刻死去，但也会因为流血过多而死掉。那叫做颈动脉。她在生物课本上学到过。提格诺宽阔的胸膛里是他的心脏，只需一用力就能刺穿。她觉得自己没有这么大的力气。如果刺到骨头，铁器可能会变弯。如果稍微偏了一寸，提格诺就死不了，他可能忍着剧烈的疼痛把刀取出来刺向丽贝卡，甚至可能赤手空拳地把丽贝卡干掉。她的脖子上有一圈淤青，就是刚才被他用手勒的。颈动脉是非常脆弱的，比较容易下手。但即便如此，丽贝卡也可能刺不中。她心里特别冲动，浑身颤抖着，急切地想要动手，但还是想到：她可能会失手。

而且，她是不是真的想杀死这个男人？她有点犹豫，内心不太确定。她真的想杀人吗？杀死一个生命？要惩罚提格诺，要让他体会一下受伤害的滋味。要让他明白他把他们母子伤得有多深，为此他必须得到惩罚。

孩子还在车上等着她。她别无选择，必须抓紧时间。

丽贝卡把那块铁器扔在了提格诺的床边。

“也许他能明白。我让他捡了一条命。他知道我为什么这么做。”

45

一九五九年十月二十九日，也就是丽贝卡离开家三天之后的那一天，奈尔斯·提格诺名下的庞蒂亚克在纽约州罗马市靠近灰狗长途汽车站的一个停车场里找到，油缸里的汽油用尽，车钥匙扔在前排座位的脚下。这里在肖托夸瀑布的东北方向，两地相距约两百英里。车里没有留下任何纸条和文字，只在车后座上发现了几块沾了血的纸巾，其中一块里面包着一枚女款戒指：椭圆形乳白色人造石镶在略微锈蚀的银质戒托上；仪表板的小柜上放着一只玻璃摔裂了的手电筒，一双油渍渍的男人戴的皮革手套，还有一张很旧的纽约州地图，只有车的主人能认出那是自己的东西。

第二部

在世上

1

孩子虽然还小，但已懂事。他觉得，母亲和自己像是死了一次。眼下好了，再没有什么可以伤害我们了。

2

一开始只觉得好玩。他以为那一定是在玩，就和唱歌和哼歌一样，不用大声呼吸出气，小声地偷偷地。那是两个人开心的手段，不需要别人的参与。

她每次对别人介绍儿子时，都会用轻轻的语气自豪地说：他叫扎卡赖亚斯。名字是从圣经里取的。他一出生就有这样的音乐天赋。他父亲已经过世了，我们不愿多提。

他觉得这一切源于往前走的理念。她说，他们母子两人的日子就一直在往前走。城镇、山峦、河流和乡村的名字一直在变换。他们在一个地方顶多呆上三五天。今天到了毕尔兹镇，明天又去丁登瀑布。一天在巴纳费尔德，紧接着第二天又去花岗岩泉。肖托夸河变作莫霍克河，莫霍克河又变作苏斯克汉纳河。他会注意去观察高速路上的标识。他特别喜欢出声读出新地名，因为可以从嘴里冒出有意思的发音，也很喜欢学习新地名的拼写,但是由于地方换得太快,他根本记不住,丽贝卡似乎也没打算让他去记忆,她尤其不想让他记起以前的名字,现在他叫扎克,扎克—扎克,她满怀爱意地把儿子抱起来,庄重地告诉他,你现在的名字叫扎克。我的儿子,扎卡赖亚斯。上帝会保佑你的,因为你的父亲——她的眼神闪烁着困顿与迷惑——已经回到地狱,地狱正敞开大门等着他呢。说着,她开怀地笑了起来,把儿子的小手握在自己手里,玩起肉饼游戏,这是他很小的时候就和母亲一起玩的。丽贝卡把他软软的小手掌攥在手里,一拍起手来,母子俩就笑得喘不上气,好不欢乐。

他已经记不清什么时候开始有记忆。第一次睁开双眼。第一次呼吸。第一次聆听音乐,音乐着实触动了他,让他心跳加速。第一次母亲给他哼唱歌曲。第一次母亲拥着他跳舞。他能想起某家咖啡吧里有一架钢琴,一台沃利策牌自动点唱机,宽宽地蹲坐在那里,机身上反射耀眼的光,琴身里迸发出流行歌曲单调有力的旋律节奏,点唱机到了深夜终于沉入寂静,妈妈让他(他那时多么困倦!整个人昏昏沉沉!)走到吧台后面的柯纳比钢琴发黄的琴键前,酒吧里挂着俗气的圣诞节红色串灯,一股浓重的烟酒味,还混合着男人身上的汗味,妈咪的嗓音像铃声般清脆,她大声激动地说,扎克,快试试!看你会不会弹钢琴,说完就用她强壮的双臂抱住他,以免从她结实的大腿上滑下去,那时候他还是个笨笨的小孩子,腼腆害羞得像只小老鼠,那张磨破了的钢琴座椅对他来说太低了,他抬起胳膊都几乎够不到琴键,人们开始往他这边张望,这样的酒馆、咖啡吧和酒吧里面总是坐满了人,人们真心诚意地喊着鼓励的话:加油啊,孩子!我们等着听呢!她非常激动,身体有些微微颤抖,对着儿子的后脖颈呼出的气是发烫的,她把儿子听话的小手抓起来,放在钢琴键盘上,也不在乎白色琴键已经变脏,扭曲变形,有些键已经磨尖,可能会伤到孩子的手指,她也没注意到黑色键盘有点黏住了,钢琴好久没清洗过,音位都已经不准了,妈咪只知道把他的小手放在键盘中央,右手拇指放在中音 C 上,他就自动把每个手指头都放对了位置,所以母亲觉得他有这个天赋,上帝就想让他有这个特长。他在说话方面就不行,说不大清楚。每当这时,她讲话的语气变得有些奇怪,同时又很坚定,仿佛确信无疑,双眼毫不犹豫地闪烁,嘴角也微微上扬,表现出些许的期待,虽然他听到母亲这么说感到有些伤心,因为她在说谎,实际想说的是:可怜可怜我们吧!帮帮我们!他被她吓到了,不是因为害怕自己没有这个特长,出生时上帝没赐予自己这个天赋,而是因为看到有人刚开始被她的话震住,随后听到那两句又想嘲笑她,但是,他一开始弹琴,准备嘲笑丽贝卡的人都凝神静气地聆听起来,他坐在母亲怀里,不再紧张兮兮,不再留意母亲身上散发出的热气,而是开始敲击那些没有黏住的琴键,快速地弹奏着,弹出的主旋律是C大调,乐音里带有孩子的热情和欢快,虽然他自己根本不清楚自己弹的是C大调,但两只手配合得十分协调,左手跟随着右手的指位,两只手的动作相隔一秒左右,过了一会儿,又弹奏起和弦来,把按不动的键盘也划入弹奏范围,用力地敲击着黑键,高音,低音,他根本不知道怎样弹琴,但这对他来说就是玩,弹钢琴就是玩,这是扎克的游戏,他觉得自己这样弹奏很舒服,很自然,和钢琴复杂的内部结构形成反差(他想象钢琴内部一定像收音机一样,布满了电线和发亮的管子),美妙的乐音出其不意地响起,在纽约州阿帕拉钦市这家路边咖啡厅里,这台破旧的柯纳比立式钢琴已经沉寂了那么久,除了偶尔有一两个琴键自己弹起来发出一声响动外再未发过音,一旦经人弹奏,不经意间,仿佛从睡梦中惊醒了一般。

这就是母亲所谓的上帝的意旨,不是说他手上翻飞的动作,而是他对钢琴的声音天然的亲近。收音机里的音乐他从婴儿时就开始听,播出的有一些是钢琴曲,那琴声陌生又动人,但看不出未来它会顺着他的指尖流淌进他的生命。他总是张着嘴巴,带着好奇和敬畏倾听着。脸上一直挂着微笑,仿佛沉浸于浓烈的幸福之中。他发现每一个音符与其他音符自然地交融在一起,仿佛手指并不受头脑的控制而移动。他一个小孩子竟可以在陌生人面前，在一个母亲带他随意来到的小店里面对着那么多陌生的面孔弹奏，人们的目光全部聚集在他身上，目光里没有对自己孩子的那种疼爱和关注，而是带着些许漠然。但就在此刻，他攫住了所有人的注意力。因为他正在这又脏又黏、卷曲变形的键盘上摸索着琴键，弹奏出对于陌生人们而言十分熟悉的旋律，那是比尔·门罗的《雪中的脚印》，这首曲子他从小咖啡馆的自动点唱机里听到过无数次了，每次都是趴在母亲叠好的大衣上，半睡半醒地耷拉着脑袋，根本不知道这一系列的音符组合成了一首乐曲，也不知道是哪些人演奏的，而咖啡馆里的听众已经开始赞不绝口了——“老天哪，他是怎么做到的？这孩子才这么大点儿，他没学过钢琴吧，学过吗？”

他也不管别人的评价，双眼紧闭，深深沉浸其中。右手的手指弹奏出主旋律，仿佛这旋律早已印入他的脑海，而左手稍弱，跟随着右手加入和弦，填补两音之间的空缺。弹奏。持续弹奏。哦，这是怎样的幸福！破旧的钢琴发出乐音流淌过他的身体——手指、双手、胳膊、身体——如电流般流过。

“问问他能不能弹《坎伯兰郡的倒塌》。”

妈咪告诉人们，他不会弹这首。他只会弹一些从点唱机里听到歌曲。

“《摇滚公路蓝调》呢？这首歌点唱机里有。”

他发现他还能将一段乐曲用不同的调值重复弹奏：升半调，或者降半调。他还能够改变一段曲子的速度，或加快，或减慢，将个别音符加重或弱化，而原有的旋律仍然依稀可辨。

当然，他还弹不出一个完整的八度音阶，因为小手太小了。他根本够不到踏板，也不知道踏板是做什么用的。丽贝卡也不知道。悠悠的琴声在空气中飘荡，断断续续，跟收音机里听到的流畅旋律不太一样。

专注于倾听扎克弹奏的人们开始分心，渐渐转回身各做各的事情去了。不一会儿，咖啡吧里的喧嚣继续响起，时而听到刺耳的大笑。只有一个人继续安静地聆听，而且把座位拉得更近。他用脚去踩住右侧的脚踏板，断断续续的琴声立即变得连贯悠扬了。

“你得踩踏板，有节奏地踩。”

这个人，他们母子不认识。但不像周围其他的陌生人，他一直面带微笑，自己独饮着，但别人不懂的东西他懂。他听得很专心，看到小孩子尝试着演奏一样他从没碰过的乐器，他表现出真诚的兴趣，似乎惊讶于孩子出于本能的自然演奏。年轻母亲把孩子抱在怀里，特别骄傲地微笑着，简直有些欣喜若狂。

后来他问母子俩是什么人，从哪里来。年轻母亲脸上依然带着微笑，言辞闪烁地回答道：“哦，从很远的北边来。那地方很偏僻，你肯定不知道。”那男人马上说：“亲爱的，告诉我吧：是哪儿？”年轻的母亲笑出声来，她漆黑的双眸显出一丝疲惫，但仍然美丽动人，她凝视着他说：“先生，我们真的是从不起眼的地方来，倒是打算到一个有点名声的地方去。”

这是一家纽约州阿帕拉钦市的路边咖啡厅，就在沙士魁海纳河南边，距离宾夕法尼亚边界以北几英里的距离。那是一九六〇年的冬季，他们已经从奈尔斯·提格诺身边逃开有五个月的光景。

这是他第一次弹奏钢琴，丽贝卡第一次让他接触钢琴。很可能是因为丽贝卡喝醉了，看到钢琴站在咖啡厅的角落里，突发奇想（她脑海里总是有很多想法在翻腾）：“上帝的旨意。”

她可不是什么神都信。见鬼，当然不是。

时而仍有些过堂风吹来，突然就吹来那么一股风。以前在她小时候，住在安大略湖附近的老石头房子里，也经常有这样刺骨的风刮过，冷酷得让你无法呼吸。挂在外面的衣服被风吹坏，用来挂衣服的杆子都被吹倒。但也不是一直刮这种风，有时候也会有呼吸般轻柔的风。她慢慢认识了这种风，热切地期盼轻风的到来，她愿意以轻风来指引自己的生活。

这一晚过去以后，他们又去了很多其他的咖啡厅，酒馆，饭店和旅店，去那些有钢琴可以演奏的地方。如果条件允许，她就让她的天才儿子扎卡赖亚斯弹奏一曲。即使条件不允许，她也会让她的天才儿子弹奏的。因为她必须让他展示出来！把他的音乐天赋展现给众人！

每次扎克弹奏钢琴，都能赢得一片掌声。

每次都有一个男人在扎克弹完之后停留一会儿。这个男人发自内心地欣赏扎克。面对这个陌生的年轻母亲和瘦弱纤细、脸色苍白，神情忧郁的男孩，他总是给他们一些钱，哪怕只是几美元。

你叫什么，亲爱的。你已经知道我的名字了。

你知道我儿子的名字。现在就足够了。

不行，我还要知道你的名字。

我叫黑兹尔·琼斯。

“黑兹尔·琼斯。”这名字真好听。

真的吗？我是随别人的名字起的。我父母一直没告诉我这个事实，现在他们不在了。但我觉得，总有一天我会知道的。

3

“如果我们现在没死，以后就没有什么能杀了我们。”

想到这句饱含智慧的话，她满足地笑了。

她和孩子一路向前逃亡，从未回过头，这是她经年累月一贯的策略。她称之为往前走。每天都有新的惊喜和新的收获：往前走，这就足够了。在济贫农场公路的老房子里面，提格诺把钱往她身上砸，侮辱她的身体，无视她作为一个天真的年轻妻子在一场受骗的婚姻中付出的爱。她有多少委屈，也都忍受住了，把钱捡了起来带在身上。她捡起这些带着各种污渍的钞票，试图告诉自己，这是靠她自己赚来的。她现在一有机会就去打零工,什么都干过:当过餐馆服务生,清洁工,酒店清洁员;坐在售票亭里卖过票,当过电影院“引座员”。还在商店里当过女店员。她,黑兹尔·琼斯,要时刻带着美国甜妞式的经典微笑,跪下来给穿长袜的男人试鞋:“现在呢,先生,感觉怎么样?”

经常有男人提出请她吃个饭,喝点东西。请她和她年幼的儿子。经常有人给她钱。有时她会拒绝,有时也会收下,但绝不因此提供用肉体来回报:这种想法会让她清教徒般的心灵感到强烈的厌恶。

“我宁可把扎克和我自己杀了,也不可能做那种事。”

离开孩子的父亲,她一点也不后悔。她既不悔恨,也不内疚,但的确因此而害怕过。就像朦胧之中想到我们自己的死亡,不是死亡即将到来的压迫感,而是受到死亡的威胁。只要我们一直往前走,他就永远找不到我们。

丽贝卡根本想不到他会对他们母子下此狠手。她也没想过去肖托夸瀑布警察局报案,正如当初安娜·施瓦特没有因为害怕雅各布·施瓦特而向米尔本警察局报案。

自己铺的床,就得自己睡上去。

这就是农民的智慧,来自于土地的智慧,话糙理不糙,其中的道理是不容质疑的。

她的伤疤慢慢愈合,淤青也渐渐消褪。她身体疲惫时,右耳朵时而能隐约听见高音鸣响,但不像春天的蛙声或夏日里的虫鸣那样叫人分心。她心不在焉地用手指摩挲着额头上结痂后留下的发红印迹,内心产生一种异样的满足感。但她习惯把疤痕用刘海遮掩起来。其实她更担心孩子,害怕孩子的父亲气冲冲地来把孩子领走。

嘿,你们两个:爱你们。

列奥拉·格瑞布曾经摇着头说过,你不能把男人跟他的孩子分开,要不他会跟你拼命。

丽贝卡当初的计划是:将提格诺的车丢弃在路面上不隐蔽的地方,让警察很快就能发现,并且联系到车主,这样提格诺就得把车认领回去,车还了回来,提格诺也就少了一个追踪丽贝卡的理由。她知道,这男人肯定因为她开走了车而气得发疯。

一想到提格诺的火气直窜,丽贝卡就高兴得想笑。

“他这会儿肯定想杀了我吧? 但我已经逃出他的魔爪了。”

丽贝卡不禁会心一笑,又摸了摸发际的疤痕,现在已经感觉不到痛了。她从来不在孩子面前提到提格诺,也不许孩子轻声呢喃或大声地叫喊爸爸。

“有妈咪在你身边呢。现在一切都由妈咪来照顾你。”

“但是爸爸——”

“没有,没有爸爸了。他永远不会再出现。只有妈妈。”

她咯咯地乐着,抱起皱着眉头的孩子亲了又亲。她想用吻来驱走他内心的恐惧。一看到母亲在笑,小孩子也跟从着笑了起来。他很快便学会了取悦母亲,愿意让母亲抱着亲吻。

她再也不想提起那个假扮作她丈夫的男人! 竟然用欺骗的手段让她以为两人在尼亚加拉瀑布结了婚。其实那是因为她自己太傻,上了这个当,她再也不会受这种骗了。那男人已经死了,他的名字已经从记忆里抹去。

孩子的名字也是随父亲起的,是父亲名字的昵称。以前人们听到那名字都会带着嘲讽笑笑,因为觉得有些奇怪。她再也不会管他叫那个名字了。她必须给孩子重新起个名字,完全断了他和父亲的关联。

她开着偷来的庞蒂亚克离开肖托夸瀑布,先是开上肖托夸山脚下东北方向的公路,经过五指湖区起伏的田地,最终到达莫霍克峡谷,那里水流湍急而阴沉,上面一柱柱的水雾交错变幻。她不敢随便停车,怕自己和孩子被人认出来，于是只能忍着满身的伤痛，筋疲力尽地继续向前开。在一条公路边有浅滩和小溪，她把孩子抱过去，清洗了一下二人的伤口。她心怀感激地不停亲吻孩子，幸好他没受什么重伤；至少她觉得孩子没受重伤。他柔软的骨头看起来都很完好，头骨在母亲看来多么脆弱，小孩子的鸡蛋壳一样的头骨，竟然也很结实，没有被那个发了疯的男人给打坏。

谢天谢地，孩子看不到他自己，也就不会被乌黑发肿的眼睛、结了痂的上唇，还有留着血印的鼻子给吓到。小孩子特别敏感，总是向她表达自己的情绪："我们逃走啦！我们逃出来了！再也找不到我们了，我们逃出来啦！"

奇怪的是，丽贝卡也无比高兴，济贫农场公路被远远甩了过去。

奇怪的是，虽然脸还很肿，骨头还生疼，她感觉兴奋的快要欢呼起来。

她俯下身去亲吻和拥抱儿子，往他耳朵里面吹气，悄声说话，逗得他咯咯直笑。

他们在公路边的玉米地里躲起来，像动物一样放任自由，在地里奔跑，玩捉迷藏，笑得喘不上气来。

"妈咪！妈咪你在哪里？"

丽贝卡悄悄转到他身后，一把抱住他，这种拥有感让她沉溺在幸福之中。她救了儿子一命，也救了自己一命。她觉得，虽然自己的生命像是被巨蟒吞进嘴里，生吞活剥地虐待了一番，但仍然是有福气的。

她突然给孩子想出了一个名字："'扎卡赖亚斯'。来自圣经的名字。"

她简直喜不自持，又有了一个主意。她想把偷来的车停在罗马市，罗马市是奥内达湖边的一个老城，有肖托夸瀑布城一半的大小。这个城市对她而言毫无意义，只是听那个装成是她丈夫的男人嘴里经常说到，因为他在那边有生意做。现在她把车子扔在这儿，相当于给他设了个迷局，用来迷惑他。

她把车停在灰狗长途汽车站旁边，油缸已经快空了。他肯定以为我们要往东走。这样就永远也找不到我们。

她改变了线路，在汽车站买了两张到奥瑞斯卡尼港的成人票，那地方在距此地二百五十英里以外的西面。

之所以买两张成人票，是为了防止售票员问她们是不是在逃的母子。

她和孩子都是第一次坐长途汽车。原来灰狗这么宽敞！这种冒险的经历太让人兴奋了。坐在车上无事可做，就只盯着窗外的风景看：高速路两旁的景物疾驰着倒退，更远处的景物移动得很慢。她虽然疲惫不堪，浑身疼痛，但还是禁不住在微笑。孩子躺在她身边，温暖而舒服地睡着了。她抚摸着他柔软的头发，将凉凉的手指按在他红肿的小脸上。

你至少留下我的名片吧。

以便需要时好联系我。

从我这取走你那部分遗产吧。黑兹尔·琼斯。

“我要找的人是‘亨得里克医生’，‘拜伦·亨得里克，医学博士’。”

问讯处的男人穿着制服，皮肤黝黑，蓄着小胡须，眼皮沉沉地垂下，用惊讶的眼神注视着她。

“夫人，到四楼。不过我估计他不在。”

丽贝卡根本没想过有这种可能。自从上次在运河边遇见那个戴巴拿马帽的男人，她就确信地想，他一直在等她。

丽贝卡盯着墙上的姓名地址录看了一会儿。维格诺综合楼。看到了，亨得里克，B. K. 414 室。

维格诺综合楼的大厅天花顶很高，装修得十分华丽，扎卡赖亚斯好奇地在大厅里跑来跑去。他在这个新城市——蓝灰色湖边上的奥瑞斯卡尼港市——有了新的名字，似乎性格上也有些变化了，不再像以前那么羞涩，而是带着满满的好奇心，看到奥韦戈大街上衣着华丽的人们拥挤着进出旋转门，他就不太礼貌地盯着人们看。他现在只是个乡下孩子，以前看到过的大人们的穿着打扮和这里的人们太不一样。

他要是没盯着从他身边路过的陌生人看，便会低头看他脚下踩着的乌木地板，他以前从来没见过这样的地板。

像一块黑色的镜子！他从脚下的地板里看到一张可怕的脸，一张男孩的脸，像鬼一样。

“扎克，到妈咪这来。我们要进电梯了。”

他听了嘿嘿地笑了笑，因为扎克这个名字听起来好陌生，像是不经意间突然有人和你开玩笑，在腰上掐了一下似的。

妈妈告诉过他，扎卡赖亚斯的意思是受上帝保佑。他第一次坐上电梯。虽然被那个耍酒疯的男人把脸当沙包一样打得青一块紫一块，但他知道，他将进入一个充满惊喜与冒险的未知世界。

穿制服的男人先进了电梯，站在控制板旁边。他说：“夫人，我可以带你们去亨得里克医生的办公室。但是我和您说过，他很可能不在。好一阵子没看到过这一层的人了。”

丽贝卡像是听不到他说话一样。她在电梯里紧紧攥着孩子的小手。孩子的手有些发烫。她希望他没发烧，现在已经没时间处理这种事了。他们就要在奥瑞斯卡尼港见到拜伦·亨得里克了！他以前听说黑兹尔·琼斯结了婚，感到非常惊讶，现在看到黑兹尔·琼斯有了孩子会作何感想？丽贝卡心里有些犯嘀咕了。也许来找他是个错误。

她的嘴唇在动，似乎在自言自语。

“亨得里克医生肯定在这儿。几天前他才给我他的名片。我想，他应该在等我来吧。”

“夫人，我需要在这里等您吗？您一会儿就回来对吗？”

穿制服的男人往她身边靠近了一些。她觉得他好像要嘲笑她，这让她有点难过，想哭；如果那样，他又要反过来安慰她了。但这个人看起来又挺真诚的。他正戴着白手套擦电梯。她能闻到他头发上涂抹的润发油的味道。她从来没和一个黑人男子靠得这么近过。在华盛顿大酒店,“黑人的帮助”多半只是发生在他们彼此之间。

“不用,不需要。谢谢你。”

穿制服的男人把电梯停在四楼,用花哨的动作打开门。丽贝卡牵着孩子的手快步走出电梯,走到过道上。

也许他以为我是来找亨得里克医生给儿子做检查的。他肯定是这么想的。

“他就在那,那边儿。您需要我在这里等您吗,夫人?”

“不需要! 我告诉过你了。”

丽贝卡有点被问烦了,头也没回地往前走。电梯门“哐”地一声在她身后关上了。

扎克心里有点忐忑,他可不想见什么老医生,一点也不想。

414 室在充满消毒水味道的走廊尽头。在门的上端有一块玻璃牌,上面手写着拜伦・K. 亨得里克,医学博士。但屋子里面好像没开灯,门也是锁着的。这个走廊尽头的房间好像已经成为被人遗弃的角落。

丽贝卡在绝望之中敲了敲门玻璃。

她不知道现在该如何是好。她一直模模糊糊地幻想着可以找到拜伦・亨得里克,想象着当他看到她时,认出她是黑兹尔・琼斯,立即满脸笑容,但没有料到,他竟然没有按他许诺的那样出现在她面前。

扎克仍然惴惴不安,他一点也不喜欢医院的味道,一点也不喜欢。

幸好,丽贝卡身上还有钱。她身上带着几百元钞票,钞票上有各种又脏又皱的痕迹。如果认真计划着花这些钱,她不去工作也还能维持一段生活。她可以在奥瑞斯卡尼港找一家便宜的旅馆,容他们母子二人晚上栖身。他们现在特别需要休息,需要沐浴,然后睡在一张铺着干净整洁的床单的床上。把旅馆房间的门一上锁,他们就和外界形形色色的陌生人分隔开来，这样就非常安全了。之前的三个晚上他们都是在车里睡的觉，把车停在乡下的公路边，浑身冷得打颤。到罗马的长途车他们坐了五个小时。

“早晨我可以给他打个电话，预约一下。”

扎克看到妈妈满脸愁容，便跑到她旁边，用身体蹭蹭她的膝盖，轻声叫道：妈咪？小孩子的忧伤口吻。

她在琢磨，一下汽车就跑到办公室找亨得里克医生，实在不是什么明智之举。她至少应该打个电话问问他在不在单位。她在那张姓名通讯录上找到了他的电话号码。通常人们都会这样做的。她必须学学通常人们都怎么做事情。

她又转了一下门锁。他怎么可能不在呢！

她笃信一点：如果他看见她，就能立即认出她来。接下来要发生的事，将是她的意志无法改变的了。他会恳求她，到他的身边去，还没有哪个人这样恳求过她什么事情，没有哪个人这样向她的内心探视。

戴巴拿马帽的男人。当时从城里出来一直跟在她的身后，觉得以前就认识她。他改变了她生命的轨迹。一直以来，她被一个不是自己丈夫的男人给欺骗了那么久。他是个暴力狂，是个罪犯。如果没有在运河纤道上遇见亨得里克，她可能永远不会有勇气离开提格诺。

如果不是亨得里克在纤道上接近她，很有可能，那个装成是她丈夫的男人就不会嫉妒地怀疑她有别的男人。

“你看，你改变了我的人生！现在我来到了奥瑞斯卡尼港，这是我的儿子扎卡赖亚斯……”

她一点也不想对他说谎。她不会把自己说成是黑兹尔·琼斯。

虽然她也不能完完全全地说她不是，毕竟她也有可能是被领养的。赫彻尔不是隐约说到过吗，他们是在纽约港的船上发现她的，是个刚出生不久的小婴儿……“我父母已经去世了，亨得里克医生。关于我的身世已经没办法再问他们。但我总感觉我不是他们亲生的。”说这番话时她心力交瘁，又带着气愤，所以觉得自己的话更可信了。

儿子却对她皱起了眉头。为什么妈咪在和她自己说话？还时不时地笑笑，咬咬结痂的嘴唇。

“妈咪？我们可以走吗？这里味道真不好闻。”

她麻木地转过身来，抓起孩子的小手。她使劲思考，但头脑中思绪混乱。上了霜的门玻璃表面，能映照出她的轮廓，她的脸庞显得很模糊，只有浓密的长发清晰可见。她的样子看上去像是溺水了一样。

突然，一扇上了霜的玻璃门打开了。空气中消毒水的味道更重了。四二〇室是海勒姆·泰纳 D. D. S 的办公室，里面走出来一个人。丽贝卡一冲动，就进了候诊室。D. D. S 的意思是牙医吗？一个女接待员站在办公桌后面，眉头紧锁。“怎么了，小姐，有什么可以帮您的？”

“我想找四一四室的亨得里克医生。但他的办公室好像是关着的。”

接待员皱紧的眉头向上扬起，表现出更加夸张的惊讶。

“啊，你没听说吗？亨得里克医生去年夏天过世了啊。”

“过世了！但是……”

“我以为所有患者都通知到了呢。你是他以前的患者吧？”

“不是，我……哦，我是。”

“他的办公室还没清理呢，有点问题。里面特别乱，需要清理一下。”

这名三十多岁的接待员衣着整洁，她正看着站在一旁用手推母亲的小孩子。她注意到了母子二人脸上的伤。

“在这儿看病你还可以找别的医生。二楼有一位……”

“不！我要见亨得里克医生。我不是找父亲，而是找他儿子。”

接待员说道：“自打去年夏天以来那个办公室就没有人了。我一直看着的。有人说事发之后的几小时里有人进去过。里面的东西移动过位置，有几箱摔碎的东西，留给看门人拿去扔。我以前看到过他儿子，但最近没见到过了。听说亨得里克医生是得了中风。他给很多人看过病，这些病人都慢慢变老了。我从来没听说过他儿子也是医生。”

丽贝卡反驳道：“他就是医生！‘拜伦·亨得里克，医学博士。’我看过他名片。我本来应该预约一下的……”

“是不是一个四十岁左右的男的？长得有点奇怪，尤其眼睛？总是穿得与众不同，还戴一顶帽子？天冷时戴一顶软呢帽，平时戴草帽。他不是医学博士，我跟你说，我是这么听说的，也可能是假的。他读过医科类的学校这没有错，但也没怎么来上班，差不多就是这样吧。”

丽贝卡盯着这个女人，扎克还在不耐烦地用手推她的腿。看到丽贝卡一脸震惊，接待员把手放在胸前说道：“你看，小姐，我也不愿意在这里传播谣言。泰纳医生和那位父亲说过话，他们聊了几分钟，但泰纳医生和他们不熟，父子俩他都不太熟。”

丽贝卡听得十分困惑：“做了医生还能‘不怎么来上班’吗？但是……”她在接待员的眼中看到一丝同情，但还有一丝满足感。她觉得自己最好适应这种态度。

她对接待员致了谢，拉着扎克走出诊室，随手带上了门。

到了走廊上，扎克终于撒开母亲的手，肆意地在她前面跑起来，胳膊胡乱地摇摆，嘴里发出咕咕咯咯的声响，仿佛他再也受不了这里浑浊的空气。他突然变得很调皮，不守规矩。以前他在公共场合从来没这么表现过。

丽贝卡带着哭腔地说：“扎克！快他妈给我回来。”

他跑过去要按电梯向下的按钮。丽贝卡很惊讶，他才多大年纪，居然会做这个事。她拍了一下他的手背，让他不要乱动。她不想把电梯服务员招惹过来，那个穿制服的黑人，留着整齐的小胡子，眼神里带着嘲讽，只能知道他对她充满同情。

“亲爱的，咱们走楼梯吧，楼梯更安全些。”

楼梯间没有窗户，三段楼梯过后就到了后街的出口。

她的耳鸣越来越响，开始烦扰她了。她几乎感觉周围有夜间飞行的小虫在叫。

她不停地在想，在纤道上时，亨得里克说你要相信他，信任他。说是这么说，他可能没想到，有朝一日你真的会来找他。

“就我们俩。住一晚。我儿子和我。”

他们俩在距离奥韦戈大街几个街区的一家小旅馆里住了下来。丽贝卡看了几个房间，最终选择了一间：她检查了床单和枕头，抬起床垫的一角看看床板上有没有小虫和虱子。前台招待被她的行为逗得直乐，看到她凌乱的长发和淤青的脸，又很惊讶。“你应该住斯塔特勒酒店，亲爱的，你来错地方了吧。”

一张双人床就占据了房间的大部分空间，一面是墙，墙纸已经又脏又旧，另一面有扇阴暗的窗户，连着一个通风井。没有浴室，卫生间在大厅里。

丽贝卡笑了笑，用手揉了揉眼睛。

“五十五一晚。这个价儿够值了。”

他们到房间以后，扎克模仿妈妈，在屋子里左看右看，装作小狗在角落里嗅来嗅去，还蹲下身去低头看看床底下。

“妈咪，如果爸爸——”

丽贝卡赶紧伸出手指警告：“别说。”

“但妈咪！如果爸爸——”

“现在只有妈咪，我跟你说过了。从现在起，只能说妈咪。”

她不想训斥孩子，不想吓到他，便把他抱在怀里咯吱他。

总有一天，他会忘掉的。她的态度异常坚决。

晚饭前，他们到奥韦戈大街的一家自动售货饭店吃了一顿饭。饭店里灯光明亮，人潮拥挤，食物用闪光发亮的塑料餐盘自动取出，这些让小孩子十分着迷。饭后，她考虑要不要带他出去走走，穿过刮着过堂风的宽阔广场，往奥瑞斯卡尼港的斯塔特勒酒店走，想让他见识一下那里宽敞明亮，装潢华丽的大厅，里面挤满了衣着体面的男人和女人。大理石地面，皮革沙发，盆栽蕨类植物和低矮的树木，开放式的前庭通向底层楼厅的地面，统一着装的门童和服务生。

斯塔特勒酒店灯火辉煌，至少有二十五层。离这幢沙岩石大楼较远处有一座滨水公园，更远处望得见伊利湖。丽贝卡依稀记得从高层眺望窗外的风景。好多年前，那个装作是她丈夫的男人，带她来过这家酒店。她真是被迷惑了，居然以为自己当时幸福无比呢！那么，她的角色也是假的。

"我就是他的妓女，就算当时没意识到。"

扎克抬起头，好奇地望着母亲。她好像又在自言自语，说完还笑出声来。他这个年龄已经能明白，大人在公共场合是不会有这些举动的。

她用力回忆，是在奥瑞斯卡尼港还是在别的什么地方，她被一个穿海军夹克，戴海军帽的男人跟踪。后来发现他竟然是(只是她的猜测，从来没肯定过)专门来考验她对丈夫的忠贞度的。她突发奇想，如果当时和那个男人说笑几句，任由他搭讪，接下去的生活又会发生怎样的变化。

她想不起来到底是不是在奥瑞斯卡尼港遇见的这个男人。但她确乎记得装作她丈夫的男人带她去看过一个产科大夫，经过一番检查，还做了尿检，最终告诉她一个喜讯：八个月后，他们的孩子就会出生了。

装成她丈夫的男人用他生硬而茫然的口吻说，丫头，你怀孕啦。他没有说，你要生下一个孩子了。

多年后，她抱着躲过一劫的孩子，掂量着这些话，琢磨着每一句之间的差异。

“妈咪你难过吗？妈咪你是在哭吗？”

但她没有哭。相反，她敢肯定，她是在笑。

第二天早晨，天气很好，空气寒冷清爽。头一天晚上，她决定不给拜伦·亨得里克打电话。她不需要依靠他，她打算自谋生路。她也没有到电话本里去查找姓琼斯的人。

她现在心情好极了，昨晚她和孩子都睡得很香，睡了九个多小时！中间他只醒过来一次，需要带到外面厅里去上厕所。

那会儿他还睡眼朦胧，因为感觉冷，身上微微打颤。她牵着儿子的手，帮他解开睡袍，然后又抓着他的手，一起伸手冲了马桶。她温柔地吻了吻他的脖颈，那里有一处难看的鸭梨形状的淤青。“好宝贝！我的好儿子。”

像这样的开在一家饭店上面的旅馆，没电梯的褐砂石房子，其实和奥瑞斯卡尼港的斯塔特勒酒店一样，总是有这样一些住宿的人，不一定带着行李，住进房间就把门紧锁，划上门栓，落下百叶窗，而且千方百计地——笨拙地，富有创意地，精心设计地，绝望地——企图自杀，通常都是穿着衣服或赤身裸体地躺进浴缸，将刀片刺进腹部。在华盛顿大酒店，总能听到人们小声谈论这些事情，虽然丽贝卡自己没见过血腥的现场，也从没被派去清理出事的房间。

在旅馆里自杀不是什么稀奇事，但很少有人在旅馆里谋杀。丽贝卡还从没听说过哪个人在旅馆里面杀害儿童。

丽贝卡问过别人，可能问的就是老板赫鲁勃，他们为什么要这样做，为什么要跑到旅馆里来，一定有什么合理的原因吧，赫鲁勃听了耸耸肩说：“为了整死我们这些活着的人呗，还他妈为了什么？”丽贝卡听后大笑，因为这个回答颇有点道理。

她不知道自己怎么突然想起赫鲁勃来了，那个大饼脸的混蛋，有几年时间没想到过他了。

她回到房间，锁好门，将半闭的百叶窗往下拉到底，又把迷迷糊糊的孩子抱上床，自己也躺在他身边，搂着他。

跌入沉沉的梦乡！再没有比这更美好的事了。

清早，她用厕所间里的小水槽给孩子洗了洗澡，把头发也洗了。他很不愿意洗头发，但也没有使劲反抗。谢天谢地，这儿还有香皂！她把孩子柔软纤细的头发洗干净，然后认真地梳理，把里面残留的血点梳掉。

她自己的头发又多又长，上面也沾了很多血迹，需要用洗发露清洗。突然间，她对自己的头发心怀憎恶，这油腻发臭的味道折磨着她的灵魂。她和她哥哥赫彻尔很像，样子看上去像是印第安人。

她把孩子留在自动售货餐厅，告诉他哪儿也不许去，在这里等她回来。他饿极了，把一大碗加了牛奶和棕色糖霜的麦片大口大口地吞了进去，这是他第一次吃到这种口味的麦片。丽贝卡来到餐厅附近的格莱莫美发店，洗了头发，然后剪短。她头一天晚上住进来时就看到了这家美发店，已经在橱窗外研究过理发的价格表了。

丽贝卡·施瓦特的头发，真是让她厌恶极了！她的前夫特别喜欢她浓密的长发，性感地玩弄于指间，做爱时将头埋在她的长发之中，呻吟着，将他的生命在她身体里抽送，贪婪地抚弄、亲吻着她的两腿之间，那粗糙刚硬的发丝，连她自己都不愿意碰一下。但这一切都过去了。她受到的爱的欺骗，已经结束了。她一直厌恶自己蓬乱的头发，总是在下端打结，用木梳都梳理不开，两天不洗一次就会变油，而她根本没时间两天洗一次头发。现在头发里又多了很多风干的血块。她一定要把头发剪短，只留到盖住耳朵的长度。

格莱莫美发店里，她翻着发型册子，突然看见了一款发型：黑兹尔·琼斯的清爽短发，齐眉的刘海。

他坐在餐厅里，等着丽贝卡回来。他坐在那里一动不动，任由思绪飘忽，崩塌。他脸上的表情十分专注而投入，双手古怪地交叉于胸前，紧紧地抱着自己。她觉得，他是在弹钢琴，他的手指舞动着，正在创作音乐。

他完全信任母亲，从没想过母亲会不会丢下他不管。看到她回来，他眨着眼睛抬头望着她。

"妈妈你真漂亮。妈妈长得真好看。"

这是实话。她真的很美，很漂亮。等到淤青和浮肿都消失之后，她会比现在更加美丽动人。

新发型让她特别吸引别人的目光。她走路的姿态也很吸引人。她买了两张灰狗长途车的成人车票，随便选了一个目的地，("詹姆斯城"，在奥瑞斯卡尼港南边)因为这一班车二十分钟后就出发，她怕他们俩在这个公共场合停留的时间太长，会引起注意。(扎克头上戴着一顶布帽。他坐在候车厅离人群最远的一排座位上，背对着大厅和母亲，这是母亲给他挑的座位。他们只有在汽车快坐满时，才汇合到一起，迅速上车。到车上像是偶然碰到的一样坐在一起，坐在最后两排。)丽贝卡对售票员微笑了一下，让他从白天的困顿中突然清醒。"天气真好，阳光明媚。"售票员是个年纪轻轻的男人，浑圆的肩膀，犹豫的眼神仿佛闪着光芒，他看到这样一个貌美的美国女孩，留着齐眉的刘海，亮丽的黑色短发梳到耳后，于是他盯着丽贝卡，眨着眼睛，回应着她的笑容："是啊！天气就是好。"

她往后的日子，也许就会好过了。

到詹姆斯城的大巴已经坐满了人。她示意孩子跟着她走。之前给他在候车室捡了两本别人扔下的漫画书，让他拿在手里。在车上坐好以后，她抱着孩子亲了几下。"他们没发现我们！我们安全了。"他们好像在做一个游戏，只有妈妈知道游戏规则。当车经过奥瑞斯卡尼港南部山区的村庄时，孩子已经彻底沉浸在一本漫画书之中了。

卡通动物！直立着行走，说话，甚至思考（通过脑袋上面冒出的气球状东西），和人类没什么两样。在孩子看来，动物们的行为和他眼中人们做这些事一样，没什么奇怪或不合逻辑的。

过了一会儿，他自己坐回到原来的位置上。妈咪坐到最后一排和一对夫妻玩牌去了。

他们是费斯克夫妇，名叫艾德和邦妮。艾德是个胖胖的秃顶男人，脸色通红，留着连鬓胡子，笑起来特别质朴，邦妮也是个大块头，她化了浓妆，手指甲涂得尤为闪亮。艾德的腿上放着纸壳箱子，艾德正在给三人发牌，两个女人分坐在他两边。

这不像是妈咪平时的样子。从罗马出发的汽车上，她一直低着头，不期望和别人有眼神交流。

"'吉卜赛金罗美.'是老玩法上加些新花样，但有很多种玩法。吉卜赛的玩法，如果你赢到了，可以拿'野牌'和'随意抽一次'。你们有兴趣玩的话，我教你们。"

费斯克夫妇对新玩法很感兴趣。邦妮说她听说过吉卜赛金罗美，但从来没玩过。

扎克看了一会儿大人们打牌。他喜欢看到妈妈微笑，她的脸上时而绽放出少见的笑容。他喜欢看她新剪的短发。她时不时地看他一眼，俯下身靠近他，眨一眨眼睛。他渐渐沉入睡眠，隐约听到啪、啪、啪的甩牌声和打牌的几个人说笑的声音。他也意识到，他们没发现我们，我们安全了，这是多么让人欣慰。他现在只想知道这一点。

以后，他会知道更多事情的。现在还不着急知道那么多。

奥瑞斯卡尼港，他们那么激动地来到这里，如今它也已沉入过去。褐砂石的旅馆，吱吱嘎嘎的双人床。还有自动售货餐厅！妈咪回到身边来时那么让人惊艳，短短的头发闪亮动人，齐齐的黑刘海盖住了额头上的淤青和抬头纹。孩子渐渐感受到了离开一个地方带来的满足感。来到一个新城市，最终是为了离开这里。到了一个城市，让人兴奋，离开一座城市，更让人激动。

轮到妈咪发牌了。她和新认识的朋友又说又笑，等车开到詹姆斯城外的农场，把他们扔下车之后，她就再也见不到他们了。一想到世界上有那么多的人，都是像费斯克夫妇这样的，心地善良，爱说爱笑，日子过得十分快活，心里不禁一阵沉醉。她说："生活就像是打牌，你们说是不？你有输的时候，但也有赢的时候。"她手上洗牌发牌，脸上展露出全新的笑容，那笑容是属于黑兹尔·琼斯的。

4

在纽约州的马头镇，一九六二年的深冬早春时节，他们认识了威利·詹姆斯·乍德，奇孟镇法院档案部的公证人和首席书记员。那阵子，她在马头镇的戴普大街上一家叫蓝月亮的咖啡馆当服务员。带着儿子的单身母亲。她在蓝月亮很受人关注，这里的顾客多半是男人，但他们很快就懂得要尊重这个单身母亲。看，黑兹尔长得就像你亲生妹妹。你不会他妈的想上你亲妹妹吧？

威利·詹姆斯·乍德在镇上工作了很长时间，已经快退休了。他每天中午都在蓝月亮吃午饭，认识了新来的服务生黑兹尔·琼斯，因为他的妹妹埃塞尔·斯威特嫁给了马头镇旅馆的老板，这家旅馆很有年头了，黑兹尔·琼斯和她儿子就在这里租了一个房间。跟别的住店人不同，他们特别安静，不和什么人往来，没人上门做客，也不浪费毛巾、床单、热水和香皂。出门时他们肯定会关灯。她不允许孩子在楼梯上跑，甚至不许他在旅馆门外大声喧哗。她更不允许儿子偷跑到楼下大厅里和其他住宿的人一起看电视。

埃塞尔赞不绝口地说，你几乎感觉不到她孩子的存在。

黑兹尔的生活可不容易:埃塞尔·斯威特慢慢了解到,这个单身妈妈自幼父母双亡,父亲死于她四岁时的一场大火,母亲是她九岁时因乳腺癌去世的。她在奥瑞斯卡尼港的亲戚家长大,亲戚对她一直很吝啬,心里没有她,十六岁时就让她退学去做旅馆服务员,直到十八岁时,她和一个年龄大她一倍的男人结了婚,但随后发现他结过两次婚,扔下以前婚姻的孩子不管,嗜酒,酒醉后会打人,甚至威胁说要杀了他们母子,她终于忍受不了,一天晚上带着吓坏了的孩子逃了出来,事情已经过去三年了,她还是担心那男人可能会找到她。

他们还没有离婚。他才不会同意跟她离婚。他就是想置她于死地,还有他们的儿子。

埃塞尔·斯威特说,黑兹尔一讲到这里就开始浑身发抖,仿佛那些情形历历在目!

但是现在到了马头镇,她想留在这里。她在这里交了一些朋友,过得挺快乐。她很知足,希望明年秋天让扎卡赖亚斯去上小学。到了九月份,他就快六岁了。

她对埃塞尔说,不知道她注意到没有,扎卡赖亚斯有些与众不同的地方,不太爱和其他孩子一起玩,有点内向,害怕受伤,他爸爸以前总打他,他一伸拳头,小孩子就吓得不行,所以她总想把他保护起来,不让他和男孩玩那些大喊大叫的游戏,不受男人和男孩们的欺负,扎卡赖亚斯有音乐上的天赋,他以后会成为音乐会上的钢琴师,所以千万不能伤到手指。

埃塞尔·斯威特被这番话深深打动!黑兹尔在马头镇历来名声很好,因为她交际不广,尽量避开说人是非的闲谈,在蓝月亮工作时一直保持单纯的微笑,不怎么说话,但愿意和埃塞尔敞开心扉,埃塞尔的女儿们都长大成人,不在她身边了,她们根本不关心自己的母亲,还觉得这样无所谓。

但是,埃塞尔看到这个年轻妇人脸上的一副愁容,一问才知道,黑兹尔说她没有合法的文件让扎卡赖亚斯有资格入学。

埃塞尔问，是什么方面的文件啊，出生证明？

黑兹尔点头说是的。她儿子的出生证明，还有她自己的。

事情是这样的：黑兹尔的出生证明在四岁那年家里的那场大火中烧毁了。哪里也找不到她的出生记录了！大火是在某个小城的北部着起来的，黑兹尔记不太清了，因为后来母亲领她在肖托夸河谷地区不停地东奔西走，没有固定的住处。她住在亲戚家时又没人管她。她听说自己是在一艘欧洲开往纽约州的轮船上出生的，她的父母是波兰或匈牙利人，但她并不知道是哪一艘船，不知是什么时候开来的，她也没看到过自己的出生证明。黑兹尔对埃塞尔说，好像父母有意要把她的出生记录抹除掉似的。但她说这些话时口吻不像在埋怨，而仅是陈述一个事实。

扎卡赖亚斯的出生证明在他父亲手里，估计也被他随意丢掉或毁掉了。

听到这里，埃塞尔感到十分愤慨，她觉得这真是可笑，一个人就活在你眼皮底下，为什么非要证明他出生过。为什么要拿出这样一份活见鬼的证明，根本就没意义嘛。

她继续气愤地说，都是那群傻子律师搞出来的，什么法律。威利在法院上了三十八年的班，你听他给你讲各种故事，能活活把你逗死，要不也能把你恶心死。有的就是发生在法官身上的事呢。

她越讲越气愤，继续说道，黑兹尔，你知道吗，问题其实就出在男人身上。他们把人们的嘴封牢了，然后大肆收费，价钱高得你根本猜不到——有的人一小时敢收七十五美元！如果是女人做主，小到买个鸡笼子，大到写一份遗嘱，这些事情你根本不需要什么法律文件。

黑兹尔感谢她能对自己这么理解。黑兹尔说，她已经很久没有和人倾吐过心声了。这一直是她心里的一道刺，扎卡赖亚斯和她自己的出生证明，她都没法搞到。现在不像以前了，你必须用各种法律批文才能办事，不然根本不行。蓝月亮的工资都是走账的，当然，小费不用走账，但要是一直这样过下去，她有一天退休了，会变成一个没有社保的老太太，养老金一分钱都拿不到。

埃塞尔想也没想就说："哦，亲爱的，那你一定要结婚。这是你的当务之急，找个人嫁了吧。"

黑兹尔咬着下嘴唇，看上去快要落泪，说："我没法结婚，因为上段婚姻还没结束，我没办法再嫁人。"埃塞尔后悔自己多嘴。

埃塞尔回去以后，马上打电话给她哥哥威利。她知道威利心肠好。他是马头镇城里出了名的难对付的老混蛋，但他只针对于那些惹怒了他的人下手。他是个正派人，也为黑兹尔·琼斯鸣不平。那小男孩安静得像是不会说话似的。镇上的档案厅里的文件，你想看哪一份，威利·乍德都能给你拿出来，只要你能叫得出名字。他有这份权力。无论是出生证明，结婚证明，还是死亡证明。甚至两百年前留下的发了黄、褪了色的遗嘱，十八世纪的房产证明，还有跟易洛魁的六个民族签下的协议。妈的随便哪种你想找的法律文件。威利的身份是公证人，有纽约州公证处公章。

一九六二年的春天，威利·乍德就是用这种方式表示他对黑兹尔·琼斯的同情。威利并非同情心滥施的老好人，他很少表达自己的同情和怜悯。因为那是内心的秘密。他约这位年轻妇人下午五点（工作日下班时间）到他办公室来，在法院的地下一层，让她仔细解释一下她的情况，并认真地做好笔录。她一边写，一边抹着眼泪。她出生时的名字叫"黑兹尔·琼斯"，但结婚后改了姓，她不屑于说出来；扎卡赖亚斯的姓不是"琼斯"，但如果用法定的姓，也就是她前夫的姓，她担心他会找到他们。黑兹尔解释说，这就是为什么他们要不停地往前走，更换住处，到没人认识他们的地方去。但是现在，他们想在马头镇定居下来。

威利像赶走一群飞虫一样，把这些细节都揽到一边。他可是做了三十八年的档案厅首席书记员，而且他是公证人，跟他妈美国任何一个法官有同样的权力，能他妈拿得出任意一份文件，而且谁也不敢说他违法。

所以！几杯麦芽威士忌下肚，威利·乍德突然有了个主意。

草拟两份黑兹尔·琼斯和她儿子出生证明的替代证明。威利的想象力此刻爆发了。他想起有一种带奇孟镇法院抬头的表格，用来给一些遗失或损毁的文件存底。只有近几十年才出现“出生证明”这种东西。以前的人，谁管这些狗屁。比方领养，你喜欢哪个孩子，不管多大，领走就是了，不用填什么正规的领养文件，那套狗屁东西。现在公共档案有要求，她得用文件来证明：黑兹尔·艾斯特·琼斯于一九三六年五月十一日出生于纽约州纽约港，出身不详。

扎卡赖亚斯的表格上，得填写父亲的姓名。找不到什么好的方法解决这个问题。有什么建议吗？他问黑兹尔，黑兹尔微笑着，连想都没想就说出——威利？我是说，威廉。

威廉——什么？

我们可以说叫乍德。

妈的，他听了以后太高兴了。真是拍马屁拍着了。

但是威利发现，这样可能会有点问题。应该把名字变一变，黑兹尔·乍德，威廉·琼斯。这样，结了婚以后才叫黑兹尔·琼斯。

黑兹尔听了大笑不止，都笑出了眼泪。她儿子的出生证明是这样写的：扎卡赖亚斯·奥古斯特·琼斯于一九五六年十一月二十九日出生于纽约奥瑞斯卡尼港，母亲黑兹尔·琼斯，父亲威廉·琼斯。

现在她自己的名字——她的名字——变成了黑兹尔·乍德，而非黑兹尔·琼斯。但这只是张印着奇孟镇法院抬头的表格而已。

黑兹尔对这位老人充满了感激之情，不由得泪流满面，她很久没有遇到过对她这么好的人了。

（不能告诉任何人。就连埃塞尔也没有告诉。那女人有嘴，可能会同人嚼舌。她会自豪地向别人讲，自己的哥哥是如何帮黑兹尔·琼斯解决问题的，这样他们可能会吃不了兜着走。现在，黑兹尔有了这些证明，没有人会去质疑它们的，干吗要质疑它们呢？

每多活一年，威利·乍德就多看清楚一点，很多事情都没有清晰的逻辑可言，完全有可能以另一种形式发生。

你打出来一张表格，再打出另一张表格，签个名，然后盖上章（纽约州公证处），完事。

第二天晚上，威利·乍德来蓝月亮咖啡馆吃晚饭，比平时到的早了一点，吃完饭又多呆了一阵。他照例点了店里的特色菜：鸡肉派。他特意到黑兹尔·琼斯服务的区域坐下，胳膊拄着桌子，用他茶色的眼睛笑眯眯地注视着她。外面下着瓢泼大雨，威利穿了他那件黑色油布旧雨衣，同事都开玩笑说他穿上这件雨衣特别像海狮。他把这件油光发亮的大雨衣挂在门口的衣帽架上，雨衣开始滴水，地板湿了一片。他想问问黑兹尔·琼斯愿不愿意嫁给他。他一直没有结过婚，家里如今只剩他一人单身，而他自己也不知是什么原因所致。也许是因为威利的严肃外表下有几分羞怯。他一直对自己升为首席书记员感到特别骄傲。全家那时还只有他是高中毕业的文化水平。这也许竟成了他的诅咒！威利是兄弟姐妹中最特别的一个，其他人都随便找到对象结了婚。时间像一个漩涡，一转眼他已经六十四岁。再过一年就要退休了。现在脑子已经够清醒了。他从黑兹尔的眼中瞥见了一种温暖，一种承诺。她让他觉得自己是她孩子的父亲。黑兹尔时刻保持着甜美的微笑，让人感觉她像女明星多莉丝·黛，但又和人保持距离，不愿轻浮地同人搭讪，让男人们不得不尊重她。她给威利上了一扎冒着沫的麦芽生啤，然后递上一份苍蝇斑点最少的菜单，第一页订了一张蓝月亮特色菜品的单子，好像来这吃了大半辈子饭的威利需要被提醒有什么菜品似的。她又给威利加了一份黄油，他可以抹在派克屋面包上，面包刚刚出炉，热腾腾的。

事情就这样发生了。肯定是因为威利喝了太多啤酒。威利平时并不多喝，但这一天却不一样。酒精似乎在他体内停滞不去。人一旦过了五十岁，内脏就开始变得虚弱。黑兹尔给他上巧克力奶油蛋糕派时，他给她讲起埃塞尔他们小时候在马头镇的往事。黑兹尔虽然还要招呼其他客人，要收拾桌子，但还是停下来听他说话，并不时礼貌地点头微笑。威利突然听到一个老头响亮的声音："黑兹尔，你知道我们这里为什么叫马头镇吗？"年轻的女子微笑着说，她想不到原因。威利急忙伸手碰了碰她的胳膊肘，怕她走掉："因为以前的确有马头！我是说真有马的脑袋。很久以前的事了，估计是十八世纪八十年代吧。那时候欧洲移民还没来呢。那里面就有我们乍德家族，我和埃塞尔的祖辈。爷爷的爷爷的爷爷的爷爷之类的，你能想得到吧。那是相当久以前了。有个将军叫沙列文，带人从宾夕法尼亚过来，和当地的易洛魁人打仗。他带了三百名士兵，都骑着马，带着装备。他们和那些土著佬打了一仗，打不过人家只好撤退。但是，马都受了伤，总共有三百匹马。据说当兵的把它们就地解决了，但没有埋掉。根本不可能埋掉，你想想，三百匹啊，都埋掉不得把活人累死？易洛魁可不好惹，当着你的面把你开肠破肚，取出心肝来吃，外族人根本打不过他们。他们跟土著的其他民族也这么打，要把他们全干掉。易洛魁是最差劲的民族，就像我们西部的卡曼其民族一样。是谁说白人把罪恶带到美洲大陆上来的，屁话！白人来之前，这片土地上就已经有罪恶存在了。我的祖辈是从英格兰北部的某个地方移民来的。黑兹尔，他们就是从你出生的地方登陆的，'纽约港'，巧不巧？世上能有几个人是出生于'纽约港'啊，所以咱们还是很有缘分的。移民者全从这里登陆，我真他妈搞不明白是为什么。现在纽约第五大道那么发达，以前肯定荒芜的要命，是不？反正，过了一两年，移民都跑过来了，而且他们第一眼就他妈看到满地遍野全是马的尸骨。田野里，小河边，到处都是。三百匹马的头骨和骨架子。他们根本搞不清楚发生了什么事，因为那时候人们对历史毫不了解。我估计人们只能靠听来的传言了解吧，那时候又没有广播电视什么的。他们一看到三百匹马的尸骨在太阳底下晒得发白，就起了个名字叫'马头镇'。"威利话说得有点多，都喘不上气来了。他后面越说越激动，伸手抓住女服务员的胳膊肘。餐厅里的所有客人都停下各自的谈话，甚至自动唱片机也突然停止播放罗斯玛丽·克鲁妮的歌曲。屋子里静得连一根针落地的声音都能听见。要是埃塞尔·斯威特听到她哥哥威利对他曾帮助过的黑兹尔酒后诉真情，她肯定会大为震惊，而且他这么一把年纪，这么胖的肚子，还想娶这么个年轻美丽的女子为妻，埃塞尔肯定也不赞同。

威利想到这里，说话有些打结了，脸涨得通红，知道自己已成为众人注视的焦点。但他不知该如何给自己解围，只是大笑着说："黑兹尔，总之这就是'马头镇'的来历啦。你觉得人们为什么来这里定居？他们为什么要选这么个活见鬼的地方？掀开草丛看看，那可不是一两匹，或十来匹马的脑袋啊，那可是三百匹。可这帮人偏就不走了，义无反顾地要在这定居，盖房子，耕地种田，生儿育女，所以历史就这么发生了。这不就跟回答广播台的猜谜游戏似的吗，你说是不是，黑兹尔？"

黑兹尔有点被威利的滔滔不绝吓着了。他笑声爽朗，面带红光。黑兹尔从没见过他这样。威利听到有人小声议论他们，女招待马上把手拿开，匆匆转身过了旋转门，到厨房里去了。

威利看到她脸上表现出的反感。一直说这些马的骨架子啊，头盖骨啊，"马头镇"之类——他把本来还算美好的时刻全给毁了。

第二天早上，黑兹尔·琼斯和她的儿子永远离开了马头镇。

早晨七点二十分，她们带着所有的行李，乘上灰狗十三路。行李大包小包的，纸壳箱和购物袋都用上了。这趟灰狗从锡拉丘兹往南开，经过伊萨卡、艾玛拉、宾汉姆顿等地。走之前，黑兹尔把房间打扫一番，埃塞尔·斯威特事后肯定会评价说特别整洁。她的大床和孩子的小帆布床上的亚麻床单，包括床头垫的罩子，都已经拆下来叠好，方便拿去洗。卫生间是和另两个人合用的，也已经打扫干净，黑兹尔那天早上起得很早，把浴缸仔仔细细地擦干净，自己用过的毛巾也叠好了准备洗。房间里唯一的橱柜已经空无一物，留下几个衣服架空荡荡地挂在那里。桌子的每个抽屉都是空的。连个别针或纽扣都没留下。柳藤编的垃圾桶也是空的，她已经将垃圾倒在旅馆后面的垃圾箱里了。桌面上留了一封信，信封写着埃塞尔·斯威特夫人收。里面有自打四月住进房子以来的房租，一分不少(虽然四月还没过完，刚过十七号)，还夹了一张纸条，让埃塞尔·斯威特伤透了心，因为她不单单失去了一位好房客，更感觉像是被女儿抛弃了一样。她日后会将这张字迹清秀的纸条反复阅读，并拿给许多人看，够她在马头镇深思回味很久的了。

亲爱的埃塞尔：

我和扎卡赖亚斯不辞而别，其实也很舍不得这样温馨美好的住宿环境。希望留下的钱够付四月的房费。

我们也许日后有机会再相见，我非常感谢您，也请代我向威利表示由衷的感激之情。

你的朋友“黑兹尔”

5

他们到达了一座古老的沿河城市，位于安大略湖的东北面，圣劳伦斯河旁边。这座城市的规模在他早期的记忆中，和驳船的运河边那座城市差不多。这条河是他所见过的最宽的河流，遥远的对岸可以望见另一个国度：加拿大。东面是阿迪伦达克山。加拿大，阿迪伦达克，这些字眼在他的耳中很新鲜，独具异国风情，音乐性十足。

看见他们的人会猜想，他们是要去南方。但她又在宾汉姆顿换了北上的汽车，一直坐到斯拉古斯，又到了沃特镇，现在已经从北边跨出了纽约州的州界线。

“得把他们甩掉，以防万一。”

她心里的精明已变为一种本能，这和事情的逻辑或事情发生的可能性没多大关联了。孩子知道，就是要往前走。他也对往前走这个念头着迷了。

“快点快点！见鬼，你就不能再快点。”

紧紧抓着他的手，带着他走。要是他等车等得不耐烦，窜到母亲前头去，在坑坑洼洼的路面上跑，她就会骂他一顿，因为担心他跌倒了摔坏身体。每次被母亲训斥，他总觉得很委屈。

她走路步伐迅疾，两条腿像两柄镰刀似的。每次走在路上，她似乎十分确定自己要去的方向，去那里的目的。在长途汽车站转车时有两小时候车时间。她把他们的大包行李塞到几个寄存柜里，然后把钥匙用纸巾包上，放在衣服兜里保管好。她匆匆忙忙地给孩子拉上夹克的拉锁，又在自己头上带了条围巾，他们从后门离开汽车站，走到一条小路上。

他快喘不过气来了，妈妈走得实在太快，他跟不上！

他已经不记得这个地方的名字了，可能她没告诉过他。他在汽车上把地图弄丢了，一张折了好几次，已经很旧的纽约州地图。

看来这次是继续往前走了。像上次那样，久住在同一个地方（他已经忘了马头镇的名字了，再过几天就会把那整段经历都忘记）并非他们的常态。

“看，我就说有预兆的。可能还有更多。”

他其实听不懂母亲在讲什么，只看见她激动得目光闪烁，嘴里似乎还在说着什么。她在路上迈着匆忙的步子，毅然决然的样子让路人好奇侧目。

多数是男人。在河边呆着的，基本上都是男人。

他又回忆了一下，确定这是他见过的最宽阔的河流。母亲告诉他，这条河中间有数千座小岛。他闭上眼，让斑驳的阳光照耀在脸上，阳光像是波涛汹涌的水面上燃起的火光。

他在汽车上昏昏欲睡，脑袋不时地撞在车窗上，半睁半闭着的双眼看着窗外平凡无奇的乡野风景。最后终于看到了庄稼和房子。一片用油毡纸做屋顶的临时住房，一处没有圈起来的墓园，铁路交叉口，谷仓，杰弗逊镇的农业局，一个太阳石油公司的加油站上空旗帜拓展，接着又是铁路交叉口。从南往北走过这么几百英里，他们看到的绿色越来越少。

是在逆着时间之流赶路吗？这里的阳光都散发着寒气。

乡村的景色又很快消失不见。车在三座尖顶的砖房边上下了公路，那几座房子看上去有些残破，像风烛残年的老人。在铁路调车场上方，有一座年代久远的拱形铁桥，突兀地架在那里。他立刻自言自语道：我们很安全，它不会坍下来的。他这样确信，是因为母亲对那座桥没有产生任何警觉，根本不在乎汽车经过的地方有一座恐怖的桥架在上面，现在车速不足十英里。

"看那边！"

她往前伏着身子，兴高采烈地让儿子朝窗外看。一旦到了某个小镇或城市，要下车或留在车上，母亲都会突然变得十分兴奋和警觉。他们俩靠得很近，母亲身上湿热甜腻的汗味和儿子自己睡衣、内衣的味道一样，而她的头发味道更重，自打染过头发之后就再没洗过。她之前将黑兹尔·琼斯的一头黑发染成了深棕色，还加了"红褐色的挑染"。

她指了指窗外。有一个大停车场，里面停满了货车，车上写着巴尔的摩＆俄亥俄，布法罗城，肖托夸＆纽约中部，埃丽＆奥瑞斯卡尼，桑塔费。他很久以前认识的一些单词,看到过好多遍,可他还是说不出它们的含义。这些名字在他耳中倒有些异国风情的音乐美感,这一点只有用大人的逻辑才能体验。

他的母亲说:“我差点以为我们来过这里呢,其实我们没来过。”

她不像是在讨论那些货车。她指着一个大油桶前面立起来的广告牌:斯尔泰斯特冰激凌。一个漂亮的鬈发小女孩用勺子挖起一勺巧克力冰激凌,微笑着准备往自己的嘴里送。突然,伊克斯食品店在他脑海中闪过,那一刻,就像鱼儿突然蹦出水面呼吸了一口,很快又沉没到广袤的记忆海洋中去了。

她说人们对他们都很友善。她这辈子需要人们帮忙时,总是会有人帮她。她很感激,不会忘记这些恩人。她希望自己能皈依上帝,在上帝那儿为他们祈福。

“不是在天上,而是在地上。我们在人间需要福分。”

他听不懂妈妈在说什么,但看得出她很开心。每次到一个新的地方,她总是显得焦虑不安,但今天这个鬈发小女孩的广告牌却让她露出灿烂的微笑。

“我们现在可以停下来了,扎克。我们可以跟别人一样,证明我们是谁了。”

因为她拿到了出生证明。从宾汉姆顿开出来的车上,她一路都在给他看这些官方模样的文件,好像如果不盯紧一点,它们就会消失一样。

扎卡赖亚斯·奥古斯特·琼斯,出生于1956年。黑兹尔·埃斯特·乍德,出生于1936年。两个年份都以6结尾,这个他很喜欢。他以前不知道自己有个中间的名字,叫奥古斯特(八月),听起来有点陌生,像个月份,比如琼(六月),朱雷(七月)。他也不知道原来母亲的姓是乍德,有点不相信。而且他的父亲怎么叫威廉·琼斯呢?

他将拇指按在有点卷边的纽约州标志上,标志有一美元硬币大小,中间是指纹一样的漩涡。

“这是我们的名字吗?”他半信半疑地提问,让母亲忍不住笑他。

她开始抱怨,这孩子才不到六岁,怎么就他妈的会独立思考了,还没上小学一年级呢!以前可是她的听话的小山羊。长出角来,她就给他锯掉,一个调皮的男孩额头上长出山羊角来,你就必须得这样做。

长在哪里啊,他问。妈妈就用两只手指在他额头上比划了一下。

她看着儿子的脸庞,言语变得温和了不少。黑兹尔·琼斯温柔地亲吻儿子,因为她从不打骂孩子,顶多给他一两个热烈的亲吻,让彼此感觉没什么大的问题。

“对啊。这就是我们的名字。”

等他们下了车,她就小心翼翼地把出生证明锁在了行李箱的隔层里,文件用两片硬纸板隔着,以免不小心被弄破。

码头上褪了色的标志牌被风吹得吱嘎作响,上书:

马林角海湾

他猜这是当地的镇名。他暗自在心里拼读了一下,感受着马林角海湾五个字中的节奏韵律。

“妈咪,什么是‘海湾’?”

她当时没有听见他说话。他想去字典上查一下海湾这个词是什么意思。

她的脚步终于慢了下来,松开了他的手。她好像还在紧张兮兮地嗅着空气的味道,一副警惕的神情。宽阔的河面上驶过许多渔船和货船。水面上波浪起伏。这里的货船比他以前在运河边上看到的要大很多,在洒满阳光的水面上经过时,声音隆隆,像有东西爆炸。站在风里,人很快就会冷得发抖，但站在挡风的地方晒太阳，就会感觉十分温暖。

男人们站在小酒馆门前喝着酒，有人在码头钓鱼。码头边有一些老旧的宾馆，房间可以日租，也可以按周租或按月租，宾馆门口的台阶上还坐着几个男人，懒洋洋地晒着太阳。他感觉母亲有些犹豫，眼神落在一个持着拐杖，正在点烟的男人身上。他们往前走了一段。她又看了看那个人，他故意避开眼神，但实际又在关注他们。她想干脆回到汽车站去，却又明知回不去，因为现在还不想马上换一个地方。她的愿望是走遍所有地方：能将整个天空都网罗进来。

马林角海湾。他的手指开始弹奏琴键，编出一段和弦。

所有能给他带来音乐灵感的东西，对他而言都是一种安慰。其实，就算遇见再差的事物，他也能从中找到灵感。

他的母亲突然停下了脚步。他差点撞到她身上。她又盯着那个几步开外的，阳光下晒太阳的怪老头。他把身子往木头箱子后面挪了挪。他的皮肤像面粉一样苍白，布满了深深的皱纹，像某种爬行动物的皮肤。上衣掉了几粒扣子，能看见身上皱皱的皮肤起了白屑，太阳底下晒得发红。他的脸浑圆，眼睛深深地凹进去，好像没有在看任何东西，黑兹尔·琼斯走到离他不到十英尺的地方，他似乎也没看见，仍拿着他的酒瓶，口对口地喝着酒。

“他是盲人，看不见我们。”

孩子理解了母亲的意思：他不会伤害到我们。

这样，扎克就明白，他们在马林角海湾至少会呆上一阵了。

6

“您好像不住在这附近啊？”

他在说您时稍带着挑逗的语气，并且面带微笑。

她没有理会，依然镇定自如。当她用涂着红色指甲油的手指接过门票的瞬间，看了一眼这个男人，然后对他嫣然一笑，说："谢谢您，先生！"这令他如获至宝，仿佛凭这张二点五元傍晚半价票就能进入某个神圣的宫殿，而不是海湾大剧院那充满霉味的大厅，再看一遍旧电影《西区故事》。

她熟练地将绿色门票撕成两半，并将残根递回给他，那份灿烂的笑容已经献给了紧随其后的另一个人："谢谢您，先生！"

海湾大剧院新来了一位女引座员。她穿着烟灰色的喇叭裤，带深红色滚边的贴身波利乐夹克衫，微微垫起的肩膀上，有着金色辫状的肩饰。泛着光泽的刘海时而遮住眉毛，一头深褐色略有些发红的秀发。她拿着手电筒，用少女般的热情，带领年迈的顾客，或者抱着孩子的母亲走进昏暗的剧院大厅。破损的地毯上扔着一些爆米花盒子，或是吃了一半、和包装粘到一起的糖果，观众一不小心就会踩到上面。"这边请！"

她看样子像十九岁，但也说不定已经二十九岁了。他观察别人的年龄如同观察别人的个性一样，不太敏锐：只希望看到别人最好的一面，他也只希望别人看到他那外表的吸引力和美国式的绅士举止。

他从未在本地的影院里关注过任何一位引座员，无论男女。他几乎从来都没有对身边的任何人产生过兴趣。他本人也不是影院的常客，其实，他非常厌倦美国的流行文化。二十世纪唯一能够得到他喜爱的音乐是爵士乐。而他对于爵士乐的热衷可谓达到了极致，就好似出生时错披上白色皮肤的黑人乐手。

位于纽约州北部边界的马林角海湾，淡季时根本看不到一个游客。九月份劳工节一过，避暑度假的人们就都离开了。那位女引座员肯定是本地人，不过应该是最近才定居于此的。而加拉格尔本身也是马林角的新居民：喜欢常住在自己的度假房里的人。

他在格林斯顿岛还有一处夏日居所，所谓"狡兔三窟"中的一"窟"，已有几十年了。格林斯顿岛是千岛群岛当中最大的岛屿之一，位于马林角海湾以西几英里处，在圣劳伦斯河上游。加拉格尔大半生的时间都会来到这里避暑；但自从一九五九年和他的妻子离婚以来，他越来越多选择在马林角海湾孤独地度日。他在河边的位置购买了一小处房产，每周有两三个晚上在马林角旅馆用钢琴弹奏爵士乐。他在奥尔巴尼还拥有一处房产，在阿德摩尔庄园近郊的乡下，那里曾经居住着加拉格尔一家；他的前妻和新组建的家庭居住在那儿，而他是半个房东。他从没有将自己看做是流亡或是被加拉格尔家族疏远，相反他感觉到现在的生活比起之前要更加浪漫些，更加孤立，也更有意义。

切特·加拉格尔现在的生活如何？

他离开奥尔巴尼，搬到生劳伦斯去了。

离婚了？被家人疏远了吧？

差不多吧。

他意识到自己已经爱上了马林角海湾的这位女引座员。虽然他并没有特意寻找她，但他似乎觉得处处都能看到这个女孩子。整个夏天在幸运街十三号酒吧，在马林角旅馆，在主大街上，在海滩大道上。傍晚时分，由于马林角海湾的居民大多在晚上六点钟甚至更早一些时候吃晚餐，所以 IGA 超市里面几乎没有顾客。他似乎看到她带着一个孩子，（虽然他很希望她没有小孩，）推着摇摇晃晃的购物车在超市里逛。

切特和他妻子有过孩子吗？

她现在有了，只不过不是他的。

那位女引座员向他微笑，仿佛她的生命依赖于此，但又机敏地无视他空泛的闲谈。现在想起，他觉得当时似乎应该跟她再打个招呼。也许他的所作所为让她感觉到不舒服，以为自己只是在表示友好，就像马林角海湾大多数普通人向别人表示友好一样。也许他应该回去向她道歉，是的，但他不会这么去做，他很了解自己并不需要这样去做。不要再招惹她了，这是最理智的选择，他在大厅后排那昏暗得几乎没有人坐的吸烟区找到了一个座位。

可在几周之后，他又一次见到了她，还是在海湾大剧院。他已经有些把她忘记了，所以这次遇见她时，被一种莫名的，似曾相识的感觉所触动。一个男人通常会错误地认为那名女子也会认出自己。

这一晚上，女引座员变成售票员了。她就在明亮的大厅那售票台的小隔间里，身着有些军旅风格的衣裳。这次吸引他的，还是这位年轻女子优雅的笑容。她笑起来像从脸上突然绽放出灿烂的光芒。

她的发型变了：她这次梳了一个马尾辫，可以下垂到后背上，在两肩之间来回荡漾。你可以看出她喜欢自己的头发带给她的这种感受，她像小孩子为自己带来快乐似的，不断地微微摇摆着头。

那种心境立刻再一次占据了加拉格尔。关节松软，不停地吞咽着什么，像是喝了威士忌酒后感觉口干。但你没有感到悲伤。不！不！不！

他又莫名其妙地忘记了这名女子。几周前的一个晚上观看《西区故事》之后，他就把她给忘了。现在已经进入十月，是一个崭新的季节。虽然加拉格尔在感情方面曾经被自己的父亲泰迪斯疏远，并且大半生很少与家人有来往，他仍然继承了加拉格尔家族事业的部分财产：分别位于马林角海湾，亚历山大港湾，以及沃特镇三地的广播电视台。他在沃特镇周报兼职专栏作家，还在几个位于阿迪朗达克地区的附属企业中保留着顾问的职位：加拉格尔传媒集团唯一一个自由的民主党人士，一位离经叛道的人。他的爵士乐演出收入极其微薄，但为他妻离子散后的生活平添了许多快乐，并已经慢慢地成为他生命中的中心内容。

他不想多喝酒时，就会去马林角海湾以南四十英里处的沃特镇，和一些老相识聚餐交谈。在那里，切特·加拉格尔在某种意义上是一位精神领袖。

所以当他排在卖票窗口前的短暂队伍当中，等着买《奇迹的缔造者》

的入场券时，加拉格尔想到，一名男子会盼望见到一位并不认识他的年轻美貌的女子。这位女子就是希望，她的微笑给人带来希望。生活对于希望的渴求就如同对于氧气的渴求一样。

“您好，先生！门票是二点五美元。”

加拉格尔从售票窗口下方推进去了一张崭新的五美元钞票。他立誓这次不会将事情搞砸，因此带着一种无辜而又需要采纳别人意见的口吻问：“您觉得这部电影值得看吗？听说它有点”——他停顿了一下，生怕自己说错话，使那耀眼的笑容消失——“令人费解。”

他后悔用了“费解”一词，他的真实想法是“花费心思思考”。

女孩微笑着接过加拉格尔的钱，熟练地用涂着红色指甲油的手指敲了几下收银机上的按钮，并将绿色门票和找零递给他。她的美貌和七月份那阵比起来变得更吸引眼球，深棕色的眼睛呈现出一股暖意。仔细涂抹的红色唇膏和指甲油如此般配，加拉格尔忍不住微微伸着脖子看她的双手，她的手指上并没有佩戴任何戒指。

“哦，不会的，先生！它不令人费解，是一部充满希望的影片。它会让您心碎，也会让您”——她用略带南方口音的声音，表达着她强烈的念头，好像加拉格尔的话语挑战了她灵魂深处的理想——“能活着，是一种喜悦。”

加拉格尔笑了，这对热情的深棕色眼睛，他怎能抵挡得住。他早已像干瘪如风干的葡萄干一样的心，现在被情感搅乱了。

“谢谢！我一定会尝试感受一下‘喜悦’。”

加拉格尔拿着他的门票走开了，始终没有回头。而身后的年轻女子已经向着另一位顾客抛出她的笑容了，和抛给他的笑容完全一样。

美貌但并不太聪明。透明得(易碎?)就像玻璃一样。

她的灵魂可以被看透。浅薄，脆弱。

在坐席后面的吸烟区。电影开演仅十分钟，他就已经变得焦躁不安。他对配乐感到厌恶至极：鲁莽，粗糙。这部粗线条的剧情片《奇迹的缔造者》没能吸引他，因为他看到人类的境况仍是艰难的，并没有通过个人的顽强拼搏战胜苦难；他看到，海伦·凯勒这样的成功者背后，还有成千上万的失败者，他们或聋或哑，没有任何感觉，就如同植物被扔到庞大的垃圾堆里任由它们生根。怀着如此的心境再看电影，那些在光影里移动的影坛形象，投在俗气的大荧幕上的微光，实在无法发挥它们的魔力。

可是，我们依旧期盼着奇迹的缔造者来拯救我们。

加拉格尔感觉膀胱有些疼，这天正好喝了几瓶啤酒。他站了起来，向着男洗手间走去。这么一个寒酸俗气，臭气熏天的地方。事实上，他认识这里的老板，也认识管理这个地方的经理。海湾大剧院在很久以前，甚至早在征战年代之前就已经建立起来了。艺术装饰是二十世纪二十年代流行的埃及风格。那个时代属于他父亲的孩童时期，青春时期。那时候的世界精彩无限。

想去看一眼编着马尾辫子的年轻女子。可他不会那么去做。他的年纪太大了：四十一岁。她也许还不到他年龄的一半大，而且如此的天真，容易轻信他人。

她扬起美丽的眼睛看他，就像从未被任何人断然拒绝或者伤害过。

她一定非常年轻，非常天真。

他没想看缝在她左胸前暗红色的名字。他不是那种男人，那种盯着女子胸部看的男人。可是他却能从马林角酒吧经理那儿问来他想知道的。

那个新来的女孩子？昨晚卖门票的那个？

对你来说她太年轻了，加拉格尔。

他想反驳，他感到很年轻。在他的灵魂深处，他还年轻。他的面孔还带有几分稚气，虽然额头上已有几条皱纹，还有向脑后梳着的头发。他微笑时，尖尖的犬齿会发出光泽。

在马林角海湾的某些社区里，他并没有受到加拉格尔家族成员——富家子弟——应有的尊敬。他故意穿着破旧，对自己的打扮毫不在乎。他的头发垂落到衣领，经常好多天不刮胡子。他在客栈和小餐馆就餐。他是那种出手大方，会给很多小费的人。他的外表显得愚钝，即使他没有喝过酒而是在用大脑努力思考问题或是在算计着什么，也显出一副醉醺醺的样子。他没有溜到大堂寻找那位引座员，而是回到了自己的座位上。他为向她搭讪的方式感到羞愧，其实只为找个理由和她攀谈；他并不真诚，可她却是真诚的，发自内心地回答了他的问题。

晚上十点五十八分，《奇迹的缔造者》在一通激情澎湃的伴奏乐声中结束，观众纷纷离开时，加拉格尔看到售票台已经熄灯了，梳着马尾辫，穿着引座员制服的女子已经离开。

7

"不要知道什么都说出来，就像你不会说出自己的弱点一样。因为在无知的人面前表现你知道的很多，这是一种弱点。"

他叫做扎卡赖亚斯·琼斯，六岁了，在海湾街小学读一年级。他的父亲不在了，只有一个单身母亲。

"你只要和别人说这么多，记住了。如果他们问你别的事情，你让他们来问我。"

他是个长相狡黠的小孩子，黑黑的大眼睛闪烁着光芒，别的孩子说话时，他总是静静地闭着嘴，好像迫不及待地等着他们结束愚蠢的发言。他有一个习惯，是和老师无关的，他喜欢用手指敲击桌子——所有的手指——在课桌上或者餐桌边敲来敲去，好像在不耐烦地催时间一样。

"如果他们问我们从哪儿来的，你就说'州里的南部'。不用跟他们说别的。"

他其实不用问他们指谁，因为他明白，他们指的就是周围所有的人。他自然理解母亲的意思。

他们住在哈特药房的楼上，两间装修过的房间，门外的楼梯能通向后门一幢黑色鹅卵石的教会建筑。公寓的木地板有一股很浓的药味，妈咪说这是对健康有益的——“能杀灭细菌。”公寓里有三扇窗户，都对着走廊，走廊那边挨着车库的后墙，还有垃圾站和一堆废砖头。窗玻璃总是脏脏的，妈咪只能把靠里的一面擦干净。距离圣劳伦斯河一点五英里远的地方，在碍事的房顶上方，可以看见深蓝色的暮霭，散发沉沉的微光。哈特药房楼上还住着其他的房客，但只有他们家有小孩。“你们家的小儿子在这儿多孤单啊，也没有个玩伴，”隔壁的女人言不由衷地说道。黑兹尔·琼斯却用配音员一样流畅的声音反驳道：“哦，不会的，奥格登太太。我们家扎克好得很。他不会孤单的，因为他有音乐陪伴呢。”

他的音乐是一种独特的表达方式，而他从未感觉任何音乐是专属于他的。

周五下午四点半，他要上钢琴课。在海湾街小学（老师给了他特权，可以在临时图书馆读书，十一月一日之前，他已经把书架上一半的书，包括五六年级的书都看完了）一直呆到放学，然后急匆匆地跑到隔壁的海湾街初级中学去，因为在学校小礼堂的后台，沙朗蒂尼先生会给一群学生上半个小时的钢琴课，学生们天赋秉性各异，对钢琴的爱好程度不一。沙朗蒂尼先生是镇上所有公共学校的音乐指挥，也是神圣救世主罗马天主教会的风琴手。他是个胖胖的男人，大大的肚腩，总是气喘吁吁，红通通的脸庞，眼神有些飘忽，让六岁孩子来判断，肯定说他是位老人。他在聆听学生演奏时，会自然地闭起眼睛。因为闭上眼以后，他可以时而感受到美酒的香甜，时而感觉到番茄沙司的酸楚和粗粝。周五下午放学，扎卡赖亚斯·琼斯来上课，沙朗蒂尼先生已经疲惫不堪，脾气可就没那么好了。有时，扎克刚开始弹奏音阶，他就大声打断："够了，够了！别再做无用功了。"有时，沙朗蒂尼先生对扎克很不满意。他觉得这个年纪最小的学生缺乏一种"对待钢琴的态度"。他跟黑兹尔·琼斯说过，她的儿子的确算是有弹琴的天赋；他可以"用耳朵"弹琴，有一天也许能够"用眼睛读"任何一段乐曲。但是，钢琴演奏需要的是一步步的勤学苦练，其中"基础训练"最为关键，扎卡赖亚斯必须先练习弹音阶，练习入门级的指定曲子，然后才能进阶练习更为复杂的作品。扎克弹奏时还改编了他课本(《我的第一年钢琴课》)上的原谱，这让沙朗蒂尼先生非常生气，命令他停下，打了扎克的手。还有一次，他猛地把钢琴盖往下扣，差点就压到扎克的手指，幸好扎克急忙把手抽了出来。

"所有钢琴老师最厌恶的东西，就是所谓的'天才'，这样的名号把人都给毁了。"

有时候，他也会喘着粗气大笑，"我们的小沃尔夫冈①。哎哟！"

扎克知道，黑兹尔·琼斯偏要跟沙朗蒂尼老师强调，自己的儿子命中注定是做钢琴家的料，这让老师很难堪。作为堂堂的本地音乐指挥，听到这么趾高气扬的说法，不免有些战战兢兢。

"'命中注定'，琼斯夫人？这是谁跟你说的啊？"

以前也有别的家长说过类似的话，但被沙朗蒂尼先生这样一问，就不敢再说什么了。可是，黑兹尔·琼斯却依然热情不减地说道："沙朗蒂尼先生，我们自己感觉得到，我们由衷地感受得到。"

扎克用他孩童的聪明眼光，看到老师对黑兹尔·琼斯的刮目相看。从此以后，只要是黑兹尔·琼斯在场，他对扎克的态度就会温和许多。

---

① 沃尔夫冈是音乐家贝多芬的名字。

音阶，音阶！扎克努力让自己静下心来做无聊的“指法”练习。但是，这种枯燥的练习似乎是没有止境的。你学完了大调，还有小调。难道不拿这些规矩来限制，手指就不知道该怎么动了吗？而且，为什么控制速度那么重要？标准曲实在太简单了，扎克连手指还没动，就能在耳朵里听到弹奏出来的曲子是什么样。更糟糕的是，一弹起那些练习曲（如“铃儿响叮当”，“杰克吉尔上山坡”，“三只老鼠”），他的手指就不由自主地想去改变曲调，弹出嘲弄原来曲子的味道。他记起当年在济贫农场公路的老房子住时，经常在收音机里听到节奏强烈的布鲁斯舞曲，特别有趣，让人一听到就忍不住要笑，并且跟着翩翩起舞，那种曲子总是故意扭曲着模仿其他形式的乐曲，这让扎克特别着迷，可这段回忆他不能在妈咪面前提起，因为会让她伤心难过。

如果妈咪知道就好了。可是妈咪也不能时时刻刻都了解他的心思。

现在，他们住在马林角海湾的哈特药房楼上，妈咪在厨房桌上放了一台塑料外壳的收音机。他很想调出“古典音乐”的节目，但听到的都是脱口秀，新闻报道，吵吵闹闹的广告，还有俗气的流行音乐，女歌手带着喘气声唱歌，男歌手的嗓音则粗糙平淡。

妈咪说，他有一天要弹奏贝多芬和莫扎特的乐曲。他会走上舞台，成为一名真正的钢琴家。人们会倾听他的演奏，然后给予热烈的掌声。即使他最终没有成名，但也一定是受人敬重的。音乐如此美好，音乐如此重要。沃特镇每年复活节都会举办“青年音乐会”。下个复活节就不去参加了——她估计好像有点来不及——但再过一年，也许他在沙朗蒂尼先生的指导下就能参加音乐会了，前提是他认真听话地完成每次的作业和练习。

他一定可以的！他愿意付出这个努力。

因为，他最想做到的就是让母亲高兴。

他每次去沙朗蒂尼先生那里学钢琴，都会提前二十分钟到，这样就可以听听前面一位同学练得怎样，那是一位九年级的学生，有时老师会表扬她弹得好。她的演奏的确很完美。她是个爱斯基摩女孩，硬硬的头发扎成很多根小辫子，厚厚的嘴唇，她用的教材是《我的第三年钢琴课》；听她弹琴，感觉不止是十根手指在演奏，有时候好像连胳膊肘都用上了；《驴之小夜曲》，《号角男孩的远行》，《钢铁合唱》。

扎克回家以后没有钢琴用来练习。黑兹尔·琼斯不想让别人知道这个耻辱的事实。

“咱们自己来做个键盘，怎么样？”

于是他们找来白色和黑色的硬纸壳，一起做键盘模型，边做边笑，好像在做一个有趣的游戏。他们还用墨水画出一道道黑线，表示两枚琴键之间的缝隙。扎克的小手够不全所有的八度音阶，但他们把所有的琴键都画全了。“你可不是在为沙朗蒂尼先生而练习，你是在为你的整个人生而练习。”

黑兹尔每次做晚饭时，就会瞟一眼正在拿纸壳琴键练习的扎克。他练起音阶弹奏来，可真是走火入魔！

“亲爱的，这些破琴键弹不出声来，真太可惜了。”

扎克一边继续练习，一边对母亲说：“但我听得到，妈咪。我能听到声音。”

8

现在他们不再往前走了，但仍未脱离危险。即使在马林角海湾北部，靠近加拿大边境，距离以前的住所——肖托夸河谷几百英里远的地方，他们仍处在危险当中。现在扎卡赖亚斯·琼斯已经上小学，而黑兹尔·琼斯在海湾大剧院当售票员，每周工作六天，任何一个人都可能来到她的面前购买一张门票，所以，他们还是处于危险当中。

这种危险正来自于他。他的名字随着时间的流逝已经变得具有一种强烈而莫名的力量。

这就好似平静无云的天空，从安大略湖的一边望去，对岸的天空突然间变得乌云密布，闪电与雷鸣此起彼伏。

不知不觉，他的母亲开始玩起某种游戏。

他会挣扎着试图了解游戏本身的来历，尽管他已身在其中。每种音乐都有自己曲调一样，每个游戏都有规则，这次也不例外。但他却无论如何无法知道这些规则是如何制定出来的。

游戏的名字叫做（消失的）鹅卵石。

黑兹尔在俯视哈特药房后面那条小港，最大的那面窗子的窗台上摆放了十五颗大小形状各异的鹅卵石。这些鹅卵石会一个接一个地消失。进入冬季之后不久，鹅卵石只剩下三颗了。

这个游戏的规则之一就是扎克能发现少了一颗鹅卵石，但却不能询问是谁拿走了它，为什么拿走。因为那颗鹅卵石显然是母亲拿走的。（为什么呢？）

在之后的几年里扎克才明白到，这些简单幼稚的游戏是出于某种需要，没别的选择。

他们在通往圣玛丽岛那座桥梁的岸边收集了这些鹅卵石。这是他们散步时最喜欢的地方，就在圣劳伦斯河边。他们管这些鹅卵石叫做“宝石”——“幸运石”。有些与凡石相比，惊人的美丽：平滑，带着某种玉石色泽的条纹。扎克不厌其烦地盯着它们看，或是拿在手里把玩。别的石头却并不好看，又皱又丑，像是攥紧的拳头。然而，从它们的身上却溢出一种特殊的力量。扎克从不去触摸它们，但每天早晨看到它们在窗台上，心里就有一种莫名的安慰。

在几个月的时间里，这些鹅卵石以一种不可预计的顺序开始一个接一个地消失。它们是否漂亮，或大或小，并不重要。游戏的这种随机性，使得扎克始终处在一种不安状态当中。

显然是母亲在一个接一个地将它们拿走，但她并不愿意承认这个事实，扎克也并不能责怪她这么做。鹅卵石以一条不需口头告知的规则在夜里被施了魔法般地消失。

此外还有一条不需口头告知的规则，那就是扎克不能拿走任何一颗鹅卵石。他曾拿走了一颗漂亮的鹅卵石并将它藏在了自己的床垫下，但妈妈一定是发现了它，于是它也不见了。

“如果这些鹅卵石全部消失之前他仍然没能找到我们，那就说明他永远也不会找到我们了。”

他，就是“不可提及姓名的”父亲。

现在黑兹尔·琼斯已经是一名引座员了，她可以模仿某些好莱坞女演员的口吻说话了。以黑兹尔·琼斯的身份，她可以暗指一些扎克的母亲不希望暗指的事物。母亲曾经以另一个名字生活在河边上，济贫农场公路上的一栋庞大的老农房里。他曾经在那里玩耍，他的父亲也在那里，但不能提及父亲的名字，因为这会使母亲烦乱。他特别害怕自己会使母亲感到烦乱。

另一个游戏是充满恐惧的，因为他也不清楚那算不算是一种游戏。

有时在大街上，有时在店铺里，在任何公共场所，他能够感到母亲突然变得忧虑，她的谈话突然中断，或是把他的手握得生疼，凝视着一个他还未曾见过，也不可能见到的人。他的母亲也许会决定，不，没有危险，或者变得慌张，把他推进一扇门，将他拉入一个店面，然后匆匆赶到后面的出口，不管别人注视着他们的目光，看着一名脸色苍白的年轻母亲和她的儿子，像是为了活命而逃跑。

每次都那么突然，扎克无法反抗。他也不希望反抗，母亲总是如此的绝望。

有一次，她把他推到一辆停放的车辆后面，用自己的身体尽量挡住他。

“我爱你，奈利。”

那是他曾经的名字，幼儿时的名字。母亲在慌忙之中无意说出了这个名字。之后，他才意识到母亲以为会被谋害，那句话是在和他永别。

也许她也以为他会被杀害。

仅有几次，扎克也看到了母亲看到的男子——个头很高，有宽大的肩背。他看到了他的侧身和背影。他满脸胡须，一头发亮的灰色短发。有一次，从马林角旅馆看到了他，停在华盖下面点了一根烟。他穿着一件运动大衣，打着领带。又有一次，看到他就站在扎克和母亲推着购物车走出来的那个IGA超市外。母亲不得不慌忙调头向着过来的方向逃去，还正好与紧随其后的另一位顾客相撞。

（购物车内装着他们购买的一点食品杂货，他们还是不得不弃车而逃。幸好这段时间，黑兹尔·琼斯和IGA超市的经理很熟悉，她的物品被收集到一旁等待她第二天一早就来取走。）

扎克为这些遭遇感到恐惧，瑟瑟发抖，因为他知道任何一个这样的人都可能是他。他无论如何也无法原谅他和母亲所做出的事情，他要为此惩罚他们。

回到家之后，母亲会将所有的百叶窗拉下。黄昏时分，她只开一盏灯。扎克会帮助她把家里最沉重的座椅拖到锁死的门前，将其堵住。这天晚上，他俩都对晚餐后的虚拟钢琴练习不太感兴趣。扎克在想象中的钢琴弹奏出清脆的音符和旋律背后，听到一个充满怀疑与愤怒的男人的声音。

“扎克，好像不是他，这次不是。”

他在纸键盘前耸起双肩，用手指敲打绘制的按键。钢琴的乐曲仿佛掩盖了另外一个声音，如果不是他的手指还在发软。

清晨，窗台上依旧摆放着那些鹅卵石。

如果是晴天，阳光透过玻璃窗会将鹅卵石烤得有些发热。扎克明白了鹅卵石游戏已经不再是简简单单的一个游戏了。它们的存在如同父亲的存在一样，虽然无法感知。

母亲不会提及昨日发生的，或者差一点就发生的事情。这就是这个游戏的规则。她会拥抱他，亲吻他，用黑兹尔·琼斯特有的活泼语气对他说："又是安稳的一夜，我就知道不会有事情的！"

渐渐地，关于"他"的游戏有了一种奇怪的变体。这次游戏的参与者是扎克，规则也是扎克一手制定的。

有一次，扎克看到*那个男的*，但母亲却没有发现。这个男的和他们不能提到的那个男的非常相似，可母亲却没有看到他。扎克等待着，他心里越来越焦虑地等待着母亲看到这个男人，并做出反应；如果母亲没有看到他，或者看到了但没有做出任何举措，扎克会突然感觉什么东西拍打了他的脑袋似的，突然失去控制，推他的母亲，用肘部推她。

"扎克？你怎么了？"

扎克突然感到气愤，使劲推她，甚至拿拳头打她。

"到底怎么了，宝贝儿？"

这时，危险往往已经过去了。那个男人，那个陌生的男人，已经转过弯消失了。也许那里并没有什么男人：扎克只是在想象。他会带着几分幼稚的怒气，龇牙咧嘴。他继承了父亲的这个表情，一个小孩子做出这样的表情，真让人觉得可怕。

"你没看到他！你居然没有看到他！*我*看到了！他差点就走过来对着你砰！砰！砰！冲着你的脸开枪，然后砰，向我开枪，而你根本无法阻止他！我恨你。"

黑兹尔·琼斯惊讶地看着怒气冲冲的儿子，无言以对。

9

她惊魂未定,内心被猛地一击。她的儿子居然知道自己的父亲持有一把枪。

不知何故,儿子居然记住了父亲的某些表情特征。充满嫌弃和厌恶的目光,理直气壮的愤怒目光,让你纵使心怀着不顾一切的爱意,也无法接近他,触及他。

10

爱上爱情。

为你保留我的爱。

一九六二年的初冬,他开始在马林角旅馆烟雾缭绕的钢琴酒吧寻找那个年轻女子。一枚反着光的放大版照片就挂在旅馆大厅里,上面标着切特·加拉格尔,爵士乐钢琴演奏家。

刚开始在那里见到她,他还不太相信自己的眼睛。这不就是那个海湾大剧院的引座员吗?

这个信息,加拉格尔是从剧院的经理中了解到的,剧院经理是他的朋友。(他并没有利用这个信息,而且发誓以后也不会利用。)

她很早就来到钢琴酒吧,大概晚上八点左右。她会独自一人在靠墙的顶面镀锌的小圆桌边坐下来。过了十点,酒吧里的人就会渐渐多起来。但她总是一个人来。非常明显是一个人。不时地有男人过来搭讪,想请她喝杯酒,都被她拒绝了。她总是回以甜美的笑,免得拒绝得太突兀。可以看得出,她在欣赏爵士乐钢琴演奏时全神贯注,不愿分神与陌生人聊天。

她每次都会点两杯酒。从没见过她吸烟。她就坐在那里,专注地聆听加拉格尔的弹奏。表演结束时,她的掌声是在场听众里最及时、最热烈的,让人觉得好像她还不知道如何在公共场合恰当地鼓掌。

“黑兹尔·琼斯。”

他自言自语地说出了她的名字。这个名字显得太天真了,不够世故,典型的美国人姓名。

加拉格尔第一次见到她,是在他心情不好的一个晚上。当时他弹的是特罗尼斯·蒙克的“午夜时分”。极简主义的作品,带着冥想的意味,像是引领你走入另一人的梦境,很容易迷失方向。加拉格尔非常喜欢蒙克的作品。他自己身上就有蒙克的影子,古怪、固执,甚至还有点任性。加拉格尔认为这种冷峻风格的黑人爵士乐,是真正优美的音乐,非常希望有人能够同他一道欣赏,希望有人注意他的演奏。

问题就在于此。太冷峻的曲风,人们听不出来什么趣味。而加拉格尔偏偏喜欢。

竟是她。是她吗?

一个独坐在钢琴酒吧里的女人。人们总以为会有男人过来和她碰面,但从来没有。这个美丽的年轻女子,身穿一件貌似鸡尾酒会的礼服,暗红色带闪光的廉价布料,上面用银丝线缀着一些花纹。她的头发柔软飘逸,长度刚好到肩膀上。对于男士们注视的目光,她回以隐约可见的微笑,而对于向她走过来的侍者,她也会带着笑意看他一眼,似乎在问,我坐在这里合适吗?不会不受欢迎吧。

加拉格尔草草地结束了最后几个音符,将蒙克的这首长曲弹完,获得了一片掌声,紧接着他又用灵活的手指弹奏起更为活泼,更有节奏感,一首带有挑逗意味的曲子:《宝贝,除了爱我一无所有》。这个曲子他已经很久没有弹过了。

他没有意识到自己一直在想她:“黑兹尔·琼斯”。其实他不愿意去想任何一个女人。他觉得自己已经过了那个胸口和大腿根发烫的时候。自从夏天看完《奇迹的缔造者》,他又去过一次剧院;那次他没有再去寻找那个漂亮的引座员,找她搭讪,聊天。不行!能做到刻意躲开她,他还觉得很自豪。

强迫自己寻找幸福，只能让生活更复杂。加拉格尔的生活已经够复杂了。

那晚，加拉格尔演出间歇时没有望向年轻女子。他匆匆离开座位，但等他回来时，她的座位已经换了其他客人。

真糟糕。但也还好。

只好问了问服务生，刚才那位女客人点了什么饮料，服务生说，点了可乐加冰。她留下三十五美分小费，有一角和五分的硬币。

切特·加拉格尔的生活走到了这个阶段，他每天早晨起来，发现自己身处在这样一个并不熟悉的小城，身份是马林角旅馆的爵士乐钢琴演奏师，每周周三、周四和周五晚上表演。（周六是一场西部乡村舞蹈秀。）他住在河边的一幢木头房子里，有时会回格林斯顿岛，一个人离群索居地住上一阵子。他的家人都常年住在岛上。千岛赶上淡季时，没有什么游客。岛上的居民也不太懂得交际，不经常来往。加拉格尔以前经常带上一个女性朋友在岛上住。更早以前，他带的是他妻子。不过，那都是过去的事了。

每天早晨醒来都要刮胡子，真是麻烦得要命。让自己一直保持乐观积极、轻松幽默的生活态度，也是件麻烦事。

如果一直强迫自己要乐观向上，真的能把自己逼疯。他明白这个道理！

加拉格尔住在奥尔巴尼及周边地区，靠近纽约州北部边界。家里的人十分排外，讲究家族的“运数”。他有几个月的时间没和家人说过话了，上次和父亲交谈，已是去年七月四日的事了，那天他们在格林斯通岛上见过一面。

于是，他成了马林角旅馆聘来的乐师，这家饭店的老板是他的朋友，和他的父亲泰迪斯·加拉格尔也是多年的知交。马林角旅馆是当地最大的度假宾馆。加拉格尔在这里,用霍奇·卡迈克尔的风格演奏,他嘴里叼着烟卷,纤细的手指灵活地上下翻飞,如同做爱般享受,恣意地将音符随兴排列组合。但他不会像卡迈克尔一样随着弹奏演唱,只是时不时地哼上两声,自娱自乐地笑笑。爵士乐自身有很多乐趣可言。加拉格尔对于艾灵顿公爵、胖子沃勒、蒙克等人的音乐很热衷,都能完美地演绎。酒吧里时而有观众向他点歌,什么《重新再来》、《生日快乐歌》、《共和国战歌》、《哭泣》之类的,他不为所动,只是礼貌地笑一笑,继续演奏他喜爱的曲子,并加入一些冷酷的旋律,交织其中。他非常有才华,喜欢在演奏中加入一些变化。他是一个好脾气的人,不爱嘲笑别人,也不会恶意中伤。这样一位才华横溢的中年男子,博得了众多男人的尊敬和女人的芳心。而且,他很少醉酒。

有些晚上,他会喝上一杯,他只喝加冰的奎宁水,上面撒一些柠檬碎末。他把高脚杯放在钢琴上,杯子旁边放着烟灰缸。

加拉格尔在当地有一些仰慕者。有些人专程从沃特镇开车过来听他的演奏,不是很多,但有一些。这些人通常是单身男性,和他一样,要么是刚离婚,要么是在和妻子分居。总之他们的处境不太好,头发变得稀疏,腰间长了赘肉,眼神略显呆滞,缺少欢笑,急需同情。他们对《暴风雨》、《印第戈心情》、《圣詹姆斯的病房》和《午夜火车》等歌曲特别有共鸣。当地没有什么女人喜欢爵士乐,但也有几位。(因为你听着"光辉的角落"这样的歌怎么跳舞? 根本没法跳。)尤其到了旅游旺季,旅店的客人更是品味各异。也来过一些爵士乐爱好者,但通常很难遇到。顾客来到这边坐着,就是为了喝杯酒,抽支烟。他们听上一会儿就坐不住打算离开,换一家有自动点唱机的小酒馆坐进去,那里的氛围让他们觉得更自在些。有时候,台下的人们不顾台上的表演,大声地说笑,很不礼貌。但他们不是有意为之,只是真的不太关心表演。加拉格尔也没那么好说话,虽然他觉得自己没感觉如何,但对这么好的音乐来说是一种不尊重。他心里骂着:真是给你们惯坏了,这帮自以为是的白人混蛋们,已然将自己划出了白人的范围,而将爵士乐和黑色皮肤联系了起来。

他父亲最讨厌他这一点,他们俩一直为了这个问题吵来吵去。加拉格尔的政治理念——“左倾分子”——“共产党员”的倾向。对黑人怀有同情心,一九四八年大选把票投给肯尼迪,史蒂文森和杜鲁门,而非尼克松,艾森豪威尔,杜威。

投票给杜鲁门而不给杜威,这真是莫大的耻辱。泰迪斯·加拉格尔是杜威的老朋友,他在杜威参选时投了好多钱。

但庆幸的是,加拉格尔不去想那么多。他的思维只被限定在几个固定的方向,能感觉到自身的体温上升。这辈子估计都要在自以为是的白人混蛋们周围生活。操,你管得了吗。用你管呢。我弹什么又不是你说了算。加拉格尔,承认了吧,你自己也他妈是一个被惯坏了的白人混球。你玩钢琴根本就没有真用心思。你做什么都不认真。没成家的人,有什么认真可言。在马林角弹钢琴不算什么正经工作,只不过在打发时间罢了。你过的日子不算是正经日子,因为只是在打发时间。

他正在缓慢地、忧郁地弹奏《蓝月亮》。乐曲升到了最高的音调。这是十二月中旬的一个晚上,白雪覆盖了大地。雪花从圣劳伦斯河上方黑色的夜空中慵懒地飘落。加拉格尔从没放任自己去想象黑兹尔·琼斯出现在钢琴酒吧里,正如他从未让自己期待任何人来这里一样。她已经来过几次了,然后早早地离开。总是孤单单的一个人。他不得不猜想琼斯是否每周五晚上在海湾大剧院工作,或许她将工作完全辞掉了。他曾去打听过,知道引座员的工资少得可怜。也许他能帮她找到更好的东家。

经营海湾大剧院的朋友告诉过他黑兹尔从南部来。她在这边没什么认识的人。她有点神神秘秘的，不过是个很好的雇员，非常可靠。总是很友善，或者可以说显得很友善，是店里一个亮点，“性格加分”。看她那笑容！对付惹麻烦的男主顾非常得体。你雇来一个靓丽的女孩给她穿上引座员的制服，但却不想引来麻烦。不像其他女孩引座员，当男顾客动手动脚的时候，黑兹尔并不慌乱。她冷静地跟他们说话，微笑，轻松地走去叫经理。从不拉高她的嗓子。这正是男人行事的方式，不外露心中的感受。黑兹尔比她看起来老吧，她已经经历过许多事情。任何事对她现在来讲都不算什么了。

加拉格尔向烟雾弥漫的雅座酒吧里扫了一眼，看到一个年轻的女人正走进来，走向墙边的一张空桌。是她！

他对自己笑了。没有与她对视。感觉非常棒！他即兴演奏起来，瘦长的手指在键盘上跳跃的感觉多么好。他轻松从《蓝月亮》转到了当代的艾灵顿公爵的《金银花玫瑰》，为一位他猜想不太懂爵士乐，更不用说艾灵顿的听众。多么渴望她听到，她知道。这热切的渴望是那么强烈。脑中想着，她向我走来。向我走来！欢快的弹奏着的音符跳到了最高阶，切特·加拉格尔爱上了名叫黑兹尔·琼斯的女人。

在他的休息间隙，他径直走向了她的桌子。

逐渐靠近这位惊喜的年轻的妇人，她大概欢喜得会像小孩子那样热烈地拍起手来。

他对她说了声谢谢，他一直都在注意她。加拉格尔介绍着自己，好像她已经认识他一样，接着靠过去听她告诉他的名字。“黑兹尔，是吗？我没太听清。”

“黑兹尔·琼斯。”

加拉格尔笑了起来，那高兴劲，仿佛盗贼将钥匙插进锁孔。

“介意我和你坐一会儿吗？黑兹尔·琼斯。”

他能看得出来琼斯很高兴他靠近她。其他的顾客都等着和这位钢琴家交谈，而他毫不在意地快速地穿过了他们。虽然加拉格尔后来有些失望地回忆起来，黑兹尔·琼斯盯着他，有些许犹豫。她仍微笑着，但眼神略微平淡。也许她是被他那么突然地走过来吓到了。他身高六尺三，瘦瘦的，体形松散，高高的秃头顶是多年在钢琴上耕耘的结果。眼神有些朦胧，友善但炽热。黑兹尔·琼斯别无选择，只有移动了椅子让给他一些空间。这张表面镀着锌的桌子太小了，他们的膝盖在桌下碰到了一起。

靠近了，加拉格尔才发现这位年轻女子仔细地化过妆，嘴唇很红。脸庞在海湾大剧院算得上模特的面容了。她穿着暗红色闪亮的布料做成的短裙，胸部和肩部非常合体。上肩袖是蓬蓬的，腰紧贴。在这鸡尾酒酒吧烟雾缭绕的迷蒙灯光中，她散发出混合着性感和焦虑的气息。她非常礼貌地拒绝了加拉格尔想为她买杯比可乐更浓烈的酒水的邀请："谢谢你，加拉格尔先生。但我很快就要走了。"

他笑了起来，感觉有点不悦，于是纠正道："请叫我切特，黑兹尔。加拉格尔先生是我远在奥尔巴尼的六十七岁的老父亲。"

他们的对话飘忽不定，进行得十分笨拙，就像和一个陌生人爬进了独木舟，一条没有桨的独木舟，令人兴奋却又不那么真实。虽然如此，但加拉格尔听到自己笑了。而且黑兹尔也笑了，那他一定是很有趣，逗笑了她。

一个女人因他的笑话而哈哈大笑，多么让这个男人高兴啊。

他的内心深处多么像一个小孩子一样，希望信任一个女人。因为她有吸引力、年轻，还因为她是孤身一人。

加拉格尔不得不隐藏起为黑兹尔·琼斯激动不已的感受，这个曾经在海湾大剧院穿着令人好笑的制服的女子，现在在钢琴酒吧穿着亮闪闪的红色礼服裙出现。她的眉毛看起来比他记忆中的要淡许多，她一定拔过、修过它们。她的头发蓬蓬的，剪出了几层，像头上戴了一顶松松的帽子。她的肤色很深，打着深红色的腮红。倚坐在黑兹尔·琼斯的旁边，像坐在一簇撩人的火焰旁。对加拉格尔来说，这诱惑却是混杂着一种恐惧，恐惧自己早已不再年轻，恐惧这被吸引的感觉像他作为一个青年男子时，总是伴随着受伤和失望。

然而黑兹尔·琼斯正对他微笑。她也同样紧张不安。和加拉格尔认识的众多女人不同，黑兹尔并不话中藏机。加拉格尔觉得她好像少了点什么：面具般的外表，以及他和许多女人间常常存在的一层朦胧的纱，比如他的前妻，当然还有他的许多情人，以及疏离他的姐妹们。黑兹尔·琼斯带着女孩子特有的沉静，对加拉格尔说她爱他的“钢琴演奏”，虽然爵士乐“难以捉摸，不知乐曲流向何处”。听到黑兹尔说许多年前她曾经在布法罗市电台的一个夜间节目里听过爵士乐，加拉格尔暗吃一惊。

加拉格尔立即想到了这个节目的名字：WBEN电台的“扎克·扎卡赖亚斯”。

黑兹尔显得很惊讶，加拉格尔竟然知道这个节目。而加拉格尔却差点告诉她，这个夜间在州里几个不同电台播出的节目，正是他，切特·加拉格尔的主意。WBEN不过是加拉格尔媒体的附属台，加拉格尔媒体是很强大的城市电台之一。

你认识他吗？扎克·扎卡赖亚斯？我总是在想他是不是一个——你知道，黑人。

黑兹尔小心翼翼地说出了这个词：黑人。仿佛一个人是黑人，是因为患了某种疾病。

加拉格尔笑了。“他的名字不是‘扎克·扎卡赖亚斯’，而且他和我都不是黑人。但他懂好的爵士乐，这个节目已经开播九年了。”

黑兹尔笑了，仿佛有些迷惑。加拉格尔并不想显得在嘲笑她。

“你来自布法罗城，对吧？”

“不是。”

“那是纽约西区，对吗？我能听出口音。”

黑兹尔又笑了，带着不确定感。口音？她自己从未听到过那个平平的鼻音。

加拉格尔并不想让她感到难为情。她是如此脆弱，容易相信人。

“你为什么跑这么远，来到北边？马林角海湾？你一定是夏天来的，对吧？”

“是的。”

“你在这里有认识的人吗？亲戚？”

黑兹尔好像没有听到这个突兀的问题。她接下来说的话让加拉格尔吃了一惊。如果是从别的女人嘴里说出来的，加拉格尔一定会认为是调情。“你好久没有重返电影荧幕了，加拉格尔先生。至少，我一直没有看到你。”

加拉格尔感到受宠若惊，黑兹尔记得他，并且很愿意让他知道她记得他。

碰了下她的胳膊，再一次对她说，请叫他切特。

现在加拉格尔的身体向黑兹尔倾斜着，他感受到他静脉里的血液热烈而兴奋。她多么漂亮！他多么感激她来看表演。一个弹奏爵士乐的男人就是希望吸引到一个像这样的女人啊。他跟她说，实际上他并不太喜欢电影。从这方面讲，他并不是很正常、很标准的美国人。他的家庭是从事传媒业的——但不是电影，而是报纸、电台、电视这些。靠兜售形象、梦想，电影业的目标就是赚票房。如果你知道这点，就不太可能被吸引了。关于好莱坞电影，加拉格尔最不喜欢的就是音乐，叫作“电影配乐”。通常他听到这些声音就觉得难受。用煽情的音乐来勾起人们的情感，把电影带入一种情境让他非常反感。一切都是夸大的、荒谬的。有时候他对音乐关闭起耳朵。有时候他对影像闭起眼睛。

黑兹尔笑了。加拉格尔讲述得很夸张，为了让人觉得好笑。他喜欢看见她笑。他猜想在其他场景下黑兹尔不怎么笑。一片温暖的红晕升上她的脸颊。她不自觉的小动作之一就是无意识地拨动自己的头发，撩起剪得整齐的刘海，然后让它们搭落在额头上。这个孩子似的动作让人把目光注意到她宁静的脸庞、闪亮的头发、没有戒指的手指，还有涂红的指甲。而且，她在紧身的短裙里转动她的肩，向前靠向后仰。她的身体对她来讲显得有些笨拙，仿佛她长得太快了。这件红色的闪亮短裙像是属于引座员的服装。不用去看，加拉格尔知道黑兹尔一定穿着高跟鞋。

加拉格尔想保护这个年轻的女子，不然她的纯真注定会给她带来伤害。他渴望让她信赖他，爱慕他。他想抚摸她的脸颊、纤细的颈子，还有扭动的一部分露出来的肩。他想将她的乳房捧在手里。他想象着衣服里裸体的她，感受到了近乎晕厥的欲望。那种第一次看到女人裸体的震撼，那种信任。

加拉格尔快速地说着话。这一切来得太迅速，直向他冲来。整个晚上他没有喝任何比啤酒更浓烈的饮料，就像他对黑兹尔·琼斯那样微醉的状态。

那曾有过的恐惧颤抖又来了，可是却有一丝反常的安慰在里面。加拉格尔从未在没有预先感到恐惧的情况下和一个女人做过爱，除了在已使他麻木到情感的极端的婚姻里。一旦性变成了一种友好、一种习惯性的东西，它就不再是性，而是别的什么东西了。

这个女孩，你不会和她结婚的。

他这样说着，试图安慰自己。

加拉格尔听到他在问黑兹尔，她喜欢电影吗？——在海湾大剧院，她不得不一直看电影。

他不在乎她怎么回答。她的声音吸引了他，而非她的话语。然而她让他吃惊了，因为她说在海湾大剧院，她只看电影的片段，从未看过完整的。而且在她当引座员以前也没有看太多的电影——“我的父母不喜欢电影。”所以现在她只看过一些电影零碎的片段，还有这些片段许多次的重复。在看到开头的几小时前她就已经看过这些故事的结尾了，或刚看完戏剧化的结局就继续看它们的开场。故事就是这样在循环，没有人看到什么新东西。她事先就知道演员们会说什么，甚至在镜头开始下一个场景之前。即使每一次看电影的观众都是不一样的，他们的笑声是自发的，她都能知道观众什么时候会笑。她知道音乐暗示什么，哪怕她不看屏幕。这给你一种生活中有什么可以期待的困惑感觉。因为在生活中没有音乐，你不能得到暗示。大部分的事默默地发生。你向前生活却只记住过去。没有什么是重复的，只有被记住的，被不完整地记住的东西。而且生活不只是像电影那么简单，有太多的东西可以记忆。

“而且所有你忘记的，都会像从没发生过一样消失。比起哭来你最好还是笑吧。”

黑兹尔笑了，这个瘦瘦的女孩不安的笑声意外地开始，也意外地结束。

加拉格尔被这个年轻女人的一通言论吓到了。他一点不知道她在说什么。而且他对“笑”这个字有趣的强调让人感到仿佛英语对她是一门学习来的外语。他不想认为自己低估了她的智商，但他不太认为一个像黑兹尔·琼斯一样的年轻女人使用了分析和推理的诡谲。加拉格尔的经验是大多数的女人只说她们的感情。他又一次笑了，仿佛她很好笑。加拉格尔将她的手放在自己的手里，以一种可以被理解为英勇好玩的姿势。她握着玻璃杯的冰凉手指出人意料地粗壮，并不瘦小纤柔；皮肤有一些粗糙。加拉格尔触碰她的借口是为不情愿的分别握手告别，他的休息时间结束了，得回到钢琴旁去。

快到晚上九点半了。更多的客人正走进钢琴酒吧。差不多所有的桌子都坐满了。加拉格尔感觉很好，他有了一个固定的观众群，而且黑兹尔应该会更为感动。

“有什么请求吗，黑兹尔？我为你效劳。”

黑兹尔看上去像在认真思考这个问题，眉毛间出现了小小的皱纹。

一个将所有问题都严肃对待的年轻女人，加拉格尔想。

“弹让你最开心的曲子，加拉格尔先生。”

“‘切特’，亲爱的！我的名字是‘切特’。”

“弹让你最开心的，切特。这就是我想听的。”

11

新年到了。扎克从母亲模糊的话语中听得出来，有一个惊喜在等待着他。

“比圣诞节礼物好，好一百倍！”

圣诞节之前，他在学校做了很多东西，为一九六三年的新年做了很多装饰物。一年级的学生努力把“一月”(January)拼写正确，不落下字母U。扎卡赖亚斯·琼斯用手指敲着桌边，在心中感受着音符和旋律。要是他的老师责怪他，他就赶忙把手抱在胸前，把手指藏在怀里继续弹奏。音阶，严格模仿，反复进行，琶音原位和各种转位。他不知道这些练习的学名，只是单纯地操练。他能非常清晰地听到自己弹奏的声音，连漏弹的情形也能用耳朵听出来。如果弹错了，他就很自觉地回到练习的开头，重新弹起。练习时，沙朗蒂尼先生仿佛就在他身边，在一年级的教室里。亨弗莱老师菜色的脸变成了沙朗蒂尼先生的胖圆脸。但不管是哪个老师，都十分吝啬对扎克的夸赞。很显然，沙朗蒂尼先生不喜欢这个小学生。无论扎克把自己该做的练习弹奏得有多流畅，他都能给扎克挑出点毛病来。现在开始学F小调降四个半音。扎克通过一天的刻苦练习，就已经能够弹奏出无升降调的C大调音阶了。但他早就预料到，沙朗蒂尼先生还是会发出不满的声音。

笑着说一句，我们的小沃尔夫冈，嗯？

亨弗莱小姐比沙朗蒂尼先生的态度要好些。她对学生更友善。虽然她有时会很生气，跑到扎克面前，在他鼻子下面打响指，引得全班同学哈哈大笑。全班一起做圣诞老人像，用白色的绒丝线给人像做“头发”，而扎克一拿起剪刀、彩纸和胶水，动作总是故意——亨弗莱小姐这么觉得——笨手笨脚的。这让她非常不满。她和扎克的母亲反映，说这孩子已经自学到了六年级的水平，他的数学解题能力比六年级的学生还要强，但是你儿子的行为举止和对人的态度有些异常。社交技能不够。他要不就没完没了地动，屁股坐不住，要么就一阵精神恍惚，根本听不到我在说话。

他才六岁，可是已经锋芒毕露，不管他多聪明，多有才华，人们还是不喜欢他。原因可能只是：根本听不到我在说话。

琼斯太太为他的儿子向老师道歉，保证在新的一年，他会“做得更好”。

元旦那天，天气非常寒冷。最低气温摄氏零下二十八度，最高气温，如果太阳能穿透重重云层，至多能达到零下二十度。黑兹尔是个脚踏实地的人，这种时候她不会抱怨，只是笑一笑广播天气预报员的阴沉语气。当地的电台在最寒冷的冬日，竟然播放着最轻松明快的歌曲——《街上的阳光》、《蓝天》、《橱窗里的小狗》——真是让人感到可笑。

妈咪给扎克准备了几杯热气腾腾的巧克力。真幸福啊！扎克可以不去上学，在家里呆着，静静地赏雪；黑兹尔也可以不去海湾大剧院上班，在家里陪着儿子。她就不用像电影明星似的把脸画上浓妆，把浓密的头发一直梳啊梳，直到光亮如一簇火焰。她小声哼唱着《为你保留我的爱》，然后瞥一眼儿子，儿子还在餐桌前全神贯注地练钢琴。那些明媚的早晨，常常会有暴风雪，妈咪把扎克抱起来，给他穿上有点刺得发痒的羊绒内衣，衬衫和两件毛衫，外面套上一件从西尔斯店新买的羊皮夹克，再给他戴上羊皮帽，遮住半张脸，一条羊毛围巾，在他的脖子上一圈又一圈地围上，把嘴巴也盖住，这样扎克不能用鼻子呼吸，只能用嘴，呼出的气不一会儿就弄湿了围巾，味道很难闻。脚上套了两双棉袜，再穿上胶皮靴，靴子也是在西尔斯新买的。手上戴上两双棒球手套，外面镶着假的皮革。“扎克，你的手指头很宝贵！脚趾冻掉了都不要紧，但是手指头可不行。这些手指头以后可是值千金的。”

说罢，她哈哈大笑，管扎克叫小祖宗，在他的鼻子上狠狠地亲了两口。

12

“扎克，这有一位新朋友，快来见见他。”

他从未见过他母亲如此激动和兴奋。她带着他走进了河边灯火通明的马林角宾馆。以前天气暖和的时候，他们总是沿着岸边捡一些奇形怪状的石头玩，扎克常常能远远地看见这旅店。现在他们似乎好久都没这么玩了。

他们跌跌撞撞地挤进了旋转门的一个隔间，两人都显得笨手笨脚的。当他们转进旅店大厅时，一股热气顿时扑面而来。大厅里已经挤满了许多人。扎克呆站着直眨眼。他母亲拽着他的连指手套，握紧着他的手，带着他穿过了拥挤的大厅。在旅店大厅的每一个角落，都有新的事情发生，让人眼花缭乱。一群喧闹的滑雪小伙刚到，正准备去前台登记入住。他们身穿亮色的帆布夹克、手提昂贵的滑雪设备。黑兹尔·琼斯走进大厅，其中几个年轻人正盯着她看。她看上去心烦意乱，脸颊被冷风吹得红彤彤的，像刚跑过步似的。黑兹尔·琼斯在休息厅停了下来，她拉开了扎克的羊皮夹克的拉链，脱下了自己不像样的灰大衣。这件灰大衣的材质毛茸茸的，后面还有一顶兜帽。黑兹尔·琼斯在大衣里面穿了条深粉色的裙子，前胸点缀着小珍珠，腰部用了缎子的面料。她把这条裙子叫做“派对裙”。像这样的裙子，她还有一条，可扎克却最喜欢这条。这两条裙子都是黑兹尔花了九美元在火灾受损物品拍卖会上买来的。如果不仔细看，是觉察不出每条裙子布料上破损的地方的。

“他正等着呢，亲爱的，走这边！”

黑兹尔一把抓住扎克的手拖着他往前走，这时候他已经把连指手套给脱了。扎克感到很高兴并觉得自己很特别，因为他是旅店大厅里唯一的孩子。现在已经晚上八点三十了，通常这时候其他孩子们都睡了，可他却还不睡。一般只有过了十点，扎克才会有些睡意。如果他正听着收音机里的音乐的话，那睡意会来得更晚。音乐让他振奋，现在他就正听着音乐呢。

“这里正在举办婚礼，可我却看不到新娘。”

黑兹尔在一个金碧辉煌的大舞厅前面停了下来。在它高高的墙边是一个凸起的舞台，一个五人乐队正站在上面弹着一首叫《摇摆》的舞曲。这首曲子听了就想让人欢快地跳起舞来。但奇怪的是，舞厅里大多数衣着考究的男男女女都不在跳舞。他们站成几堆，举着酒杯，高声地交谈和嬉笑着。

扎克在想，惊喜也许就是这婚礼，而不是父亲。

他必须记住，父亲他已经走了。

扎克用胳膊轻轻地推了一下他母亲的大腿。他母亲长得很年轻，像海湾大剧院剧院旁张贴的海报女郎，再加上她今天穿的粉色派对裙，让扎克越发觉得她一点也不像一位母亲。

“妈妈，人为什么要结婚呢？这是唯一的办法吗？”

“什么唯一的办法？”

扎克自己也不明白，只希望母亲可以像以前那样告诉他答案。

他们接着快步穿过了一条走廊。走廊两边是透亮的橱窗，里面展示着珠宝、手袋和手工编织的设得兰毛衣。在走廊的尽头是一个灯光昏暗的房间。它幽暗得好似山洞，上面写着“钢琴酒吧”四个字。扎克听到里面传来的钢琴声。原来惊喜在这里！黑兹尔冷得瑟瑟发抖，激动地把扎克拉了进去。在房间的另一头，有个男人正坐在闪闪发亮的钢琴边。这是架开着顶盖的三角大钢琴，而不是初中礼堂里的那种立式小钢琴。他正在弹奏在济贫农场公路乐队听到的爵士乐，扎克以前在收音机里听到过这首曲子。

房间里烟雾缭绕。有些人坐在散乱的小桌子边有说有笑，但更多的客人还是坐在酒吧椅上聆听着钢琴师弹奏的轻快音乐。扎克感受到了这钢琴酒吧的魅力，他高兴极了，心扑通扑通地跳着。

黑兹尔·琼斯在酒吧预定了一张靠钢琴边上的桌子。这是张表面镀锌的小圆桌。黑兹尔让扎克坐在可以看清钢琴师的手的座位上。他从来没见过如此修长、柔软的手指。他也从未离音乐这么近。这一切对扎克来说都是前所未有的。扎克想，这个钢琴边的男子凭借着他细长灵活的手指，说不定可以跨过十二个键，甚至十五个键。扎克看得入迷，听得沉醉。这会是他人生中最难忘的回忆之一：这个一九六三年的夜晚，在马林角宾馆里聆听切特·加拉格尔在钢琴上弹奏爵士乐。

切特·加拉格尔那晚弹奏了许多胖子沃勒风格的曲子，如《如果这不是爱》、《梯斯基特-塔斯基特》、《我一个人》等等。日后扎克会慢慢熟悉这些曲子。

在当晚演奏间隙，加拉格尔在黑兹尔·琼斯的桌边坐下。扎克发现他们之间互相认识，原来加拉格尔就是母亲所说的朋友。扎克从不想为大人的事而伤神，因为要明白他们的想法实在是太难了。但在那一瞬间，他突然想起了从西尔斯百货买来的新羊皮夹克和新靴子，公寓里新安的电话和黑兹尔略带幸福又神神秘秘的样子。扎克终于明白了这是怎么一回事。让扎克感到意外的倒不是加拉格尔会认识他母亲，而是这个刚才还在弹奏钢琴的男人希望认识他，还和他亲切地握手，对他眨着眼微笑。加拉格尔对他说，“嘿，扎克，你妈妈常常和我提起你，你也会弹钢琴？”扎克一时答不上话来。黑兹尔只好推了推扎克，小声地对加拉格尔说，“扎克这孩子在大男人面前有些害羞。”“你觉得我是大男人吗？”加拉格尔笑着说，眼神中充满着对黑兹尔·琼斯的爱意。

加拉格尔有一张像木雕似的长方形大脸，深色的鬈发勾勒出了前秃的额头，细长的鼻子上有两只特别黑的鼻孔。他的头总是稍稍前倾，嘴角微微上扬。坐在钢琴边上的时候，他的脊柱看上去好像弯曲的杨柳。扎克从没见过像加拉格尔这样穿着奇怪的大男人。他上身是一件合身的绸衬衣，没有搭配领带。这件衬衣裹着他结实但不粗的腰身，像一双手戴上了大小正合适的手套。他下身是一条闪闪的蓝色吊带裤，它的风格很像黑兹尔·琼斯的"派对裙"。扎克也从没见过像加拉格尔这样长相奇怪的大男人，他那难看的模样竟会越看越顺眼。扎克更从没见过像加拉格尔这样眼神充满善意的大男人。

到了该继续表演的时候了。加拉格尔拿起自己的高脚杯，杯里的酒水清澈透明。他起身向钢琴边走去。当他要转身离开时，他的手轻轻地在黑兹尔的肩膀上划过。扎克看着加拉格尔的手指在琴键上狂舞，弹奏着布基伍基乐曲，自己的手指也不禁模仿着摆弄起来。扎克就这么听着加拉格尔的音乐，慢慢地睡着了。

那时我心里好明白：男人可以拥有爱，

男人就该拥有爱。

带着音乐和手指，男人就该拥有爱。

男人不一定会伤害你，男人不一定会那么坏。

扎克后来被叫醒了。那时候钢琴酒吧已经关门了，酒吧招待正在打扫卫生。切特·加拉格尔点了四个烤牛肉三明治。他们只有三个人，其中还有一个迷迷糊糊的六岁小孩。当然，切特·加拉格尔自己又饿又渴，他可以一口气吃下两个半三明治。在演奏结束后，加拉格尔正想庆祝庆祝。黑兹尔笑着说不行，现在已经凌晨两点了，他应该很累了。加拉格尔用力地摇了摇头，说着，“不累！”

扎克迫不及待地走到钢琴边。因为钢琴凳太矮了，他只能站着。扎克轻轻地抚摸着琴键，小心翼翼地按下每一个音键，听着清脆和响亮的琴声。从神秘的钢琴里发出的琴声一直都让扎克着迷，他经常会想世界上还有没有类似的音响，又或是因为他指尖的力量在寂静中唤出了这美妙的声音。

琴声可以在寂静的一片空白中被他唤起，而他也成了琴声的一部分，这正是令扎克着迷的地方。

“钢琴现在是你的了，接着弹吧，孩子！”加拉格尔的语气听上去既亲切又俏皮，好像他和扎克认识了很久似的。

扎克分别用右手、左手和左右手弹奏了一曲 F 小调。他的手指完美地贴合着琴键，好像他之前弹过这架大钢琴似的。这架大钢琴的音色更清晰，音调更特别，不同于之前他在沙朗蒂尼先生那儿弹的钢琴。扎克的手指开始不自觉地模仿加拉格尔那种爵士钢琴弹法。他听见自己正在弹奏，或是试着弹奏加拉格尔那晚早些时候弹的一首耳熟能详的儿歌《梯斯基特-塔斯基特》。扎克在这首曲子里自创了一些爵士节奏，尽管听上去还有些稚嫩。加拉格尔笑着走了过来，站在他身边。“天哪，孩子，你能把听过的曲子弹出来，真了不起啊！”他说着，气息中带着微甜的烟草味。加拉格尔的大手落在键盘上，挨着扎克的小手。两臂上是长长的黑色衣袖，他用双臂围住了扎克，但没有碰到他的身子。他细长柔软的手指自信地从高音区划落到低音区，直到那些低得听不见的音区。扎克的小手跟着加拉格尔的大手在琴键上来回移动，尽管他常常漏音或者按错键，但却不愿放弃。看着扎克小手在不断地追赶，加拉格尔不禁大笑起来。两双手在琴键上的追逐就好像一条略显笨拙的小狗在追赶一条长腿的大狗。扎克的脸兴奋得微微发烫。加拉格尔重重地敲击着琴键，双手在钢琴上跳跃着。扎克也重重地敲击着琴键，他的手都疼了。

扎克越来越激动，像发烧一样。

“孩子，你全身都爆发着音乐的火花，你到底是从哪儿来的呀?”加拉格尔把下巴轻轻地搁在扎克的头上。有时候扎克在餐桌边练习钢琴，黑兹尔如果心情快活的话也会把下巴搁在他的头上。“只要轻轻地碰一下琴键就好了，没必要去猛敲。你是把音乐弹出来，而不是敲出来。只需要轻轻地碰一下就好了，然后再把手移到这儿来，看到没？左手是主要负责和音的。1，2，3，4。1，2，3，4。跟着这节奏，跟着这节奏。把握住这个节奏，你可以把任何曲子都弹出来，比如《圣詹姆斯医院》。”

加拉格尔神情庄重地按着琴键。让扎克惊讶的是加拉格尔突然高声地唱起歌来。他的声音颤抖着，鼻音很重。听到这歌声，你都不知是该哭还是该笑。

让她走吧，让她走吧，愿上帝保佑她

不管她在哪里

她可以远远地注视着这世界

她永远也找不到像我这样的好男人

加拉格尔回到了桌边，黑兹尔大笑着，拍着手，像孩子般快乐。

扎克依然坐在钢琴边，想要像加拉格尔那样弹钢琴。左手是和音，右手是曲调。当你记熟了这些曲子，它们就变得简单了。扎克弹了一遍又一遍，每一遍都是同一首曲子。扎克开始感到一阵奇怪的晕眩，他像加拉格尔那样自信满满地弹奏出每一个音符，觉得自己快要掌握弹钢琴的诀窍了。终有一天，扎克会像加拉格尔那样，能将自己听到的任何音乐都弹奏出来，因为音符已经留在了他的指尖。

扎克好像听到他母亲在向切特·加拉格尔诉苦。她对扎克的钢琴老师沙朗蒂尼先生不是很满意。沙朗蒂尼是位老先生，他看上去不太喜欢教小孩子，而且对她的儿子扎克百般挑剔，常常伤害到他的感情。“扎克在非常努力地练习钢琴，音乐是他人生的意义。”

他家里没有钢琴，所以他能练琴的机会很少。

加拉格尔听了之后马上提议道，“怎么能这样？来我家吧。我有一架钢琴，他可以用我的钢琴练习。”黑兹尔稍显迟疑地问，“你愿意为扎克这么做吗?”加拉格尔用他一贯热情又随和的语气说，“为什么不呢？这个男孩很有天赋。”

他们的对话停了一下。扎克正在练习加拉格尔前面弹的《圣詹姆斯医院》。但是他弹得不那么自信了，他的手指不断地颤抖着。他隐隐约约地听到他母亲用略带担心的口吻小声地说，“但他的天赋会用尽的，天赋像火花，不是吗？而不是什么实在的本事。”

扎克听到了这些话，却又听不进去。他不愿相信他母亲会说出这样的话，这等于把他出卖给了一个陌生人。她这么多年来不是一直在夸他吗，不是一直鼓励他在陌生人面前演奏钢琴以博得掌声吗？她还坚持要他去上沙朗蒂尼的钢琴课。她不止一次地告诉他，终有一天他的双手会给他们带来财富。她为什么开始怀疑他的才华了？而且偏偏要对切特·加拉格尔说这样的话。扎克很生气，他的双手敲击着高音区的琴键，想盖住他们的谈话声。他失去了节奏感，这该死的节奏感。他的手指在琴键上乱按着。母亲和她的新朋友在低声议论着什么，他们不想让扎克听见。可扎克还是听到黑兹尔在说，“加拉格尔先生，哦，我是说切特，我觉得我做不了，这样不好。”“不好？谁会说不好?”加拉格尔说。见黑兹尔不回答，加拉格尔同情地问，“是不是因为你结婚了，黑兹尔?”

扎克不想去听他母亲的回答。黑兹尔的声音略带窘促，都快小得听不见了。

“我没结婚。”

“那你离婚了?”

扎克的手在琴键上摸索着，却怎么也找不到调。当你把握了旋律感，一切都是那么轻松和自然。奇怪的是，当你失去了旋律感，它就彻底消失了。他觉得眼皮很重。他好累。看着她母亲穿着时髦的粉色派对裙向加拉格尔坦白自己并没有结婚,也没有离婚。她从来都没结过婚。“从没和任何男人结过婚。”

一个女人没有结婚,却带着一个孩子,扎克觉得这真让人感到羞耻。他不知道怎么会这样。就连“没结婚,却有孩子”这句含沙射影的话也常常会引人窃笑。在学校里,一些大孩子经常奚落扎克,问他的爸爸是谁,他的爸爸在哪儿?扎克按照母亲的话,对他们说他爸爸已经死了。说完,他拔腿就跑,想远离他们的冷嘲热讽。母亲让他别跑,因为这些大孩子会像狗一样追上来。但是他控制不了自己,他害怕他们在他身后大喊大叫,或者朝他扔雪球。这些大孩子为什么要恨他?为什么要用鄙夷的语气念着他的名字?

母亲说是因为这些孩子嫉妒他。母亲说他很特别,她非常爱他,可没有人这么爱着他们,所以他们感到嫉妒。终有一天,扎卡赖亚斯会成为众所周知的特别人物。

加拉格尔说:“黑兹尔,看在老天的分上,这不要紧。”

“可在别人的眼里,这很要紧。”

“我不这么看。”

扎克没有直视他们,他用余光看到在那镀锌的小圆桌上,加拉格尔把他的大手放在了黑兹尔的手上。加拉格尔有些生硬地前倾着身子,轻轻地吻了一下黑兹尔的前额。扎克的左手在钢琴上忽左忽右地摆动,琴声像小鸟叽叽喳喳的叫声。他失去了熟悉的旋律感,也失去了节奏。他的手指更猛烈地敲击着琴键。他又变成了一个不知如何弹琴的普通孩子,任性地把手蜷成爪子,一次按下十几个琴键,敲得钢琴像打雷般砰砰直响。

“扎克,亲爱的,快停下来。”

黑兹尔走到他身边,握起他的手。

该走了。钢琴酒吧的灯关了，酒吧招待也走了。切特·加拉格尔站了起来，他比扎克想象得还要高。加拉格尔打着哈欠，伸了个大懒腰。

“走吧，我送你们两个回家。”

加拉格尔的车宽敞得像只船。扎克被推进了车的后座。后座底下有软垫，坐上去像沙发一样舒服。扎克看了一眼仪表盘上的绿色荧光钟，它显示着凌晨两点四十八分。他困得闭起了眼睛。他母亲坐在车的前座，挨着加拉格尔先生。扎克睡着前听到的最后一句话是：“黑兹尔·琼斯，回想起来，以前的我都在虚度光阴。这是我人生中最棒的一个夜晚，我从没像今天这么快活过。”加拉格尔万分激动地说。

13

一九六三年的深冬，他们从马林角海湾搬到了纽约的沃特镇。这是另一种向前走的方式。他们这次不是穷困潦倒地坐着灰狗长途汽车奔波，而是乘着宽敞又舒适的卡迪拉克一九五九来到了新地方。

“我们要开始一种新生活，一种体面的生活。在这里，没有人会找到我们了。”

在忙忙碌碌的一周后，他们安顿了下来。黑兹尔在沃特镇的齐默尔曼兄弟乐器行当售货员。扎克向齐默尔曼兄弟中的哥哥学习钢琴。齐默尔曼先生只给真正想学钢琴的人上课。

他们从马林角海湾向南搬了四十英里到了沃特镇这个大城市。在这里，他们不认识任何人。他们从赫特药店上狭窄又难闻的小公寓搬到了华盛顿大街上的一幢外立面为褐砂石房子的二楼。他们的新家有新粉刷的白色墙壁，和两个卧室，离齐默尔曼乐器行只有五分钟的步行距离。

加拉格尔先生没有为黑兹尔·琼斯付房租。黑兹尔·琼斯现在在齐默尔曼兄弟乐器行的收入是她在海湾大剧院当女引座员的三倍,她能自己付房租。

“当你推销音乐时,你是在推销一种美。从现在开始,我就是美丽代言人啦。”

从现在开始,扎克将接受专业的钢琴课程。扎克会有一架属于自己的钢琴。他是孩子,又不再是孩子了。

扎克从海湾街小学转学到了北沃特镇小学。他在新学校读二年级。如果他在学校里表现优秀,也有可能跳级。

一天,加拉格尔先生载着扎克和他的母亲去沃特镇学校。扎克参加了几个小时的考试。考试科目有阅读,写作,算数,和几何。考试并不难,扎克很快就做完了。之后,他被安排和北沃特镇小学的校长进行面试,一切都顺利地进行着。

母亲暗示他,这一切都是切特·加拉格尔安排好的。她向扎克保证他在新学校肯定会比原来过得更快活。

“琼斯女士,你有你儿子的出生证明吗?

“嗯,有的。”

每个在沃特镇公立学校上学的孩子都需要这么一份文件。扎克的出生证明显示:扎卡赖亚斯·奥古斯特·琼斯于一九五六年十一月二十九日出生于纽约奥瑞斯卡尼港,他的母亲是黑兹尔·琼斯,父亲是威廉·琼斯,他的父亲已过世。

黑兹尔向校长解释,这份看上去崭新的出生证明是个复本,原件已经在几年前的房屋失火中被烧毁了。

再见了,马林角海湾!除了那些常常欺负他的同学,和不太看好他的沙朗蒂尼先生,扎克还是喜欢在那河边的小镇上生活。

在铺满鹅卵石的岸边和母亲散步,因为大雪封路在家呆着,那些属于他们两个人的日子。还有在马林角旅店，那个改变了他们生活的夜晚。

切特·加拉格尔是母亲的朋友，也是扎克的朋友。扎克和他母亲刚搬进沃特镇的新家不久，就可能要再搬一次家了。加拉格尔正计划买一幢新房子给他们住。或许他已经把房子买好了。

扎克兴奋得睡不着，他在床上静静地躺着，听着隔壁大人们的谈话。

谈话也是一种音乐。词语似乎都变得模糊了，只剩下语调和语速。

你难道不想吗，黑兹尔？

我想，可是……

可是什么？

这样做不对，如果……

胡说。这不是理由。

别人会说闲话的。

别人是谁？在这里，谁认识你？就算别人说闲话，谁会在乎？

齐默尔曼兄弟认识我。他们也认识你。

这又怎么样？

还有扎克。

那我们去问问他。

不，别去吵醒他，这样只会让他烦恼。你知道他有多崇拜你。

我也欣赏他，他是个很棒的孩子。

他已经有太多烦恼了，他才六岁。

你想结婚吗，黑兹尔？是不是这样？

我……我不知道……我没想过这个……

嫁给我吧，管它呢。

他们并没有吵架。黑兹尔·琼斯不是一个爱吵架的人。她说话总是细声细气的。她温柔的请求像收音机里的曲子。加拉格尔会突然发脾气，特别是他喝了酒以后。而他来看黑兹尔的时候，常常喝了点酒。每当扎克就快迷迷糊糊地睡着了，总是被加拉格尔吵醒。扎克一会儿听见他拔高嗓门，用拳头敲着什么，一会儿又听到他推开椅子站了起来，骂骂咧咧地朝门口走去，而黑兹尔·琼斯恳求着说，切特，别这样，切特。加拉格尔冲了出去，台阶上留下了他重重的脚步声。他的离开像钢琴上行云流水般的旋律，一发不可收拾。他的尊严受到了伤害。加拉格尔会在马林角海湾躲起来，好多天都不回来，甚至都不打电话过来。他要让黑兹尔知道，他可以走进她的生活，也同样可以从她的生活中消失。因为，他可以接近任何女人，再从她们的生活中消失。这又怎么样呢？

"因为我不是一个妓女，我不是。"

加拉格尔给扎克买了一架直立式钢琴。他反复强调这架钢琴不是新的，是在齐默尔曼乐器行打折买的"二手的便宜货"。这是给扎克的礼物，加拉格尔不希望黑兹尔感到有压力。

"这又不是施坦威钢琴，只是鲍德温钢琴。真的，黑兹尔，这没花多少钱。"

琴键不是象牙做的，而是塑料做的，泛着白光。柚木色的木薄板很光滑。它和海湾街初中的那架旧钢琴一般大，不过音质更好。这件礼物让扎克大吃一惊。他一开始都有些接受不了，站得离它远远的，不敢靠近它一步。这孩子满脸愁容，这种表情通常只有在成年女人的脸上才会看到。扎克没有像其他孩子收到礼物那样高兴，竟然哭了起来。

黑兹尔不安地想着，扎克感受到了这件礼物的分量，他觉得自己配不上它。

送货员将这架钢琴送来时，只见琴上粘贴着一张醒目的卡片，上面印着扎卡赖亚斯·琼斯，在这名字的下方加拉格尔潦草地写着——

Play your heart out, Zack!
("No strings attached")
Your Friend C.G.

加拉格尔调侃地提起他要在沃特镇买的房子，“黑兹尔，它有两个门，你肯定会喜欢。我们可以来来去去，好几个星期也碰不着对方。”

黑兹尔讨厌扎克这孩子偷听他们的谈话。母亲的私生活根本就不关孩子的事。扎克用他的胳膊捅了她一下，都快把她弄疼了。“可是为什么呢，妈妈？你不喜欢加拉格尔先生吗？”黑兹尔躲躲闪闪地说，“我喜欢加拉格尔先生。”扎克像个使坏的孩子，撒娇地问，“他人不错呀，是不是，妈妈？”黑兹尔说，“在你和一个男人一起生活以前，他可能看上去不错，扎克。”

在他们母子之间*那个男人*仍然像挥之不去的阴影。在他们的谈话中，*那个男人*从来都没有名字。黑兹尔开始怀疑扎克是否还记得他父亲的名字。

这个名字是不能被轻易提起的。但是在她脆弱的时候，这个名字仍然萦绕在她心头；

奈尔斯·提格诺

她在想扎克是否还能想起他自己以前的名字。他母亲曾经深情地叫了他那么多遍的名字。

奈利

奈利像是她第一个孩子，而这个长大了的扎卡赖亚斯变得任性又难相处，像是她另一个不怎么喜欢的孩子。

黑兹尔知道随着扎卡赖亚斯一天天长大，他会离自己越来越远。他不再那么听自己的话了，反而在加拉格尔面前变得乖巧懂事。加拉格尔是在他们生活中出现的成年男人。她觉得这是正常的，也是不可避免的。但是她必须保护她自己，更必须保护她的儿子。

她一边说着，一边用手轻轻地敲着扎克温暖的前额，“扎克，我觉得我们还没准备好和一个男人一起生活。我们还不能信任一个男人，还不是时候。”黑兹尔通常都不会用这么直接的方式和她的孩子说话，她开始觉得有些后悔了。

“那是什么时候呢，妈妈？”

“也许某一天吧，我还不能肯定。”

“下个月？下周？”

“肯定不会是下周，我是说——”

“加拉格尔先生告诉我——”

“不要去管加拉格尔先生说了什么，他没有权利在我背后和你说什么话。”

“没有在你背后说！他告诉我！”

扎克突然变得很生气。弹指之间，小孩的脸说变就变。他一定要知道为什么不能和加拉格尔一起住，既然他想要和他们在一起。没有其他人要他们啊，不是吗？没有其他人想要娶他们这家人，不是吗？加拉格尔先生都愿意为他们买房子了！黑兹尔吃惊地看着他儿子气得红彤彤的脸。他的手握紧了拳头，摇摇晃晃地像要打人一样。他想要一个父亲。他觉得我故意不让他拥有父亲。

她努力地让自己平静地说话。当别人变得激动时，黑兹尔不是那种容易跟着激动的人。

“亲爱的，你不该管我和加拉格尔先生之间的事，你还是个孩子。”

现在扎克真的生气了。他大叫着自己已经不是一个孩子了，他不是什么笨蛋瓜，他不是。

扎克浑身发抖，他挣脱了黑兹尔的手臂，自己跑开了。他没有用拳头打她，只是把她从身边推开了，仿佛对她恨之入骨。他走进自己的房间，在她面前重重地把门一关。黑兹尔不安地呆站着。

扎克的脾气闹完了。他从房间里出来，直接走到钢琴边。他那天已经练了两个小时了。现在他要再练习一遍齐默尔曼先生课上教的内容，之后作为对自己的犒赏（黑兹尔是这么认为的，像是对之前辛苦练习的补偿），他会随心所欲地弹一会儿，或是从《约翰·汤姆逊的现代钢琴课程》中选的高难度曲子，或是切特·加拉格尔经常弹奏的布基伍基或爵士风的旋律。

黑兹尔打趣地说："弹那首《为你保留我的爱》。"

也许吧，也许他会。

黑兹尔听着儿子练钢琴，觉得宽慰了一些。她正在为他们两人准备晚饭。每当扎克随意地弹得很大声，或者莫名地重复一些曲调时，那强烈的声音像在惩罚他自己和她一样，但是她觉得我们来到这里是对的，黑兹尔·琼斯把我们带到了这里。

14

"当你推销音乐时，你是在推销一种美。"

在此之前，黑兹尔从未对自己的工作感到如此自豪。她每天都笑迎宾客，热情高涨。阳光照过她的脸庞像一缕阳光反射在镜面上。她眨了眨眼睛，带着些许对生活的感激，又觉得有些难以置信。

齐默尔曼兄弟乐器行是沃特镇南大街上的一幢老建筑。这座褐砂石建筑看上去已有些年头，但仍不失优雅的本色。它位于一个商住两用的小区，小区以老公寓和小商铺居多。走进齐默尔曼兄弟乐器行，一扇凸窗便映入眼帘，里面是一架长期展示的施坦威大钢琴。在黄昏，或是沉闷的冬日，大厅里灯火通明，照得大钢琴闪闪发亮。

黑兹尔驻足凝视着，这架钢琴美得让人心醉和颤抖。她突然想到，在这里没有人会找到你。

她的意思是说从米尔本来的人及那里的生活。她这个本该在十三岁就死去的掘墓人的女儿，马上就要满二十七岁了。

她的人生真是个笑话。那个说爱着她的加拉格尔是个正派善良的好男人，可是他却一点也不了解她的过去。

她为欺骗他而内疚，却又更强烈地感到一阵莫名的欣喜。

特别是在清晨上班的路上，当她穿着黑兹尔·琼斯的高跟鞋踢踢踏踏地在人行道上走着，她会突然想起墓地边的那座石屋和她的哥哥，赫彻尔和古斯。如果他们现在还活着的话该多大了？赫彻尔应该三十多岁了，奥古斯特差不多和她一样大。她在想她会不会认出他们，他们会不会知道眼前的黑兹尔·琼斯就是她。

她觉得他们会为她骄傲的。两个哥哥以前都很喜欢她。他们也希望她过得好，难道不是吗？赫彻尔会难以置信地摇着头。但是她知道他还是会为黑兹尔·琼斯感到高兴的。

还有她的父母。

雅各布·施瓦特准会喜欢齐默尔曼兄弟乐器行。这家店有着褐砂石的外墙和宽敞的大厅。它的钢琴展示厅铺着镶花地板，里面不断地播放着古典音乐。尽管雅各布·施瓦特很讨厌德国人和那些富有人家的玩意儿，但他绝不会嘲笑或者无视他女儿的任何成就。

你现在很无知。你一点也不明白这个世界是多么的灰暗。

黑兹尔·琼斯以前就明白。可在沃特镇没人能猜到黑兹尔·琼斯的心思。

安娜·施瓦特也会为她骄傲。她在卖钢琴的乐器行工作！

和其他女售货员一样，黑兹尔·琼斯没有被委托销售钢琴。这是埃德加·齐默尔曼负责的业务。

黑兹尔卖音乐教材，乐谱，古典专辑，和像吉他以及尤克里里琴这样的乐器。齐默尔曼兄弟是当地音乐会、独奏会和各种音乐表演门票的大代理商。黑兹尔对卖票的工作也同样热情高涨。要是她拿到了一些活动的门票，就会和扎克一起去。

“一种新生活，扎克。我们开始了一种新生活。”

为了纪念这种新生活，黑兹尔经常会戴着白色手套去齐默尔曼那里上班。她有时候还会模仿肯尼迪总统妻子的高雅打扮，戴着前面有一层薄纱的黑色无檐帽。到了店里以后，她就把帽子和手套脱了。她还穿起了高跟鞋和尼龙丝袜，因为她不用再逃跑了。她总是把自己打扮得很精致，像那些广告上的年轻女郎一样。

她的头发是深栗色的，头发及肩长，额头前面是刘海。她每天都把头发梳得干干净净的，因此头发上常会留下静电。

她的发际线那里有几道白色疤痕，它们正好被刘海遮住了。除了她儿子，没人看到过这些疤痕，连她儿子都可能忘了。

在齐默尔曼兄弟乐器行还有两个女售货员，玛琪和伊芙琳。她们人过中年，长得很丰满。埃德加·齐默尔曼是店里的负责人，玛琪当值前台，有时候也当会计。伊芙琳专门销售音乐教材和乐谱，镇上每个公立学校的音乐老师都认识她。玛琪和伊芙琳都穿着软塌塌的深色裙子，肩上搭着开襟羊毛衫。她们长得很矮，不过五英尺高。相比之下，黑兹尔·琼斯身材高挑，容貌出众。她只穿显身材的衣服。虽然她衣服不多，但她精于搭配：一条百褶黑色羊毛长裙和一件相配的波莱罗短上衣，衣服上装饰着红色蔷薇；一条后面开衩的灰色法兰绒长裙，腰部配一条黑色皮带；充满女人味的“透明”衬衫；小珠宝和珍珠点缀的钩编毛衣；勾勒出她身体线条的亮面裙子。她站在玻璃橱柜后面，有时看上去像个圣诞节的装饰品，闪耀着难以抗拒的魅力。她的老板埃德加·齐默尔曼困惑地留意到，只要有男顾客进门，他们通常扫了一眼伊芙琳和玛琪，像没看到她们似的，就直奔黑兹尔的柜台。她早就做好了准备，站得笔挺，笑容可掬。

“您好,先生。请问我可以帮您什么?”

有的时候,埃德加能看到黑兹尔站在柜台后面,突然露出一种不安的神色,好像是听到别人在远处喊她的名字,或是看见橱窗外有过路的人一眼瞥见了她,把她吓了一跳。在不惊扰她的情况下,埃德加·齐默尔曼会问,“黑兹尔,你怎么了?”黑兹尔总是很快地回过神来,笑着解释说,“没事,真的没事,齐默尔曼先生。只是‘有种不寒而栗、毛骨悚然的感觉’①。”

这句无聊又可笑的话逗得埃德加·齐默尔曼哈哈大笑。

太滑稽了。黑兹尔·琼斯天生就能让这些内心忧郁的老绅士笑得像个大男孩。

只有埃德加·齐默尔曼才能卖钢琴。埃德加·齐默尔曼的生活中只有钢琴。(他更有名的哥哥汉斯总不来参与销售。他不屑于做“买卖”。只有给挑选出来的学生上钢琴课的时候,他才会出现在店里。)黑兹尔·琼斯经常呆在钢琴展示厅里,卖力地掸掉钢琴上的灰尘,擦亮钢琴的表面。她爱闻齐默尔曼先生挑选的擦光剂的味道。这款擦光剂是德国进口的,有一种独特的柠檬味。她也爱闻真象牙的气味。齐默尔曼兄弟甚至还购置了一架古老的大键琴。大键琴是一种细致精巧的乐器,它是由樱桃木制成的,里面是镀金和贝壳材料。黑兹尔很喜欢这架琴。埃德加·齐默尔曼是个身形瘦小却又风度翩翩的鳏夫。浓密的灰色头发聚成几簇,下巴上留着尖尖的山羊胡。他常常忍不住去摸他的胡子。他最年轻的员工黑兹尔热情高涨的工作态度让他很满意,因此他常常带她去钢琴展示厅和顾客谈生意,来协助他完成一单买卖。他从不找玛琪和伊芙琳帮忙。

“黑兹尔·琼斯,是你的笑容让我们做成了这笔买卖!”

这是他们之间的小玩笑。埃德加·齐默尔曼这么说有点鲁莽,他情

---

① “A Goose walked over my grave.”有“令人不寒而栗”的意思。也说 A cat(或 someone) walked over mygrave。这种用法较早见于 Jonathan Swift 的 A Complete Collection of Genteel and Ingenious Conversation(1738)。

不自禁地用几根手指头捋着自己的山羊胡子。

埃德加·齐默尔曼也是一位钢琴家。虽然不像他的哥哥汉斯那么有天赋，但是他也有两下子。在给顾客演示钢琴音质时，他会弹几首舒伯特和肖邦的曲子，或是拉赫曼尼诺夫《升 c 小调钢琴前奏曲》气势澎湃的开头，又或是贝多芬《月光奏鸣曲》那温柔的前奏。埃德加会说起在曼哈顿的卡内基音乐厅听拉赫曼尼诺夫现场演奏《前奏曲》的经历，那真是个令人难以忘怀的夜晚！

黑兹尔笑着天真地问："你从没在德国听过贝多芬现场的演奏吧？我猜这是很久以前的事了吧？"

"当然了，黑兹尔，贝多芬在一八二七年就去世了。"埃德加哈哈大笑。

"齐默尔曼先生，你们一家是什么时候移民到这个国家来的？是很久以前的事了吧？"

"是的，很久以前了。"

"在世界大战以前？"

"在二次世界大战以前。"

"你在德国肯定还有些亲人吧。你们齐默尔曼家族是来自德国的，对吗？"

"是的，我们来自斯图加特，一个美丽的城市，或者说曾经美丽的城市。"

"曾经美丽？"

"斯图加特在战争中被毁了。"

"什么战争？"

埃德加·齐默尔曼看着黑兹尔略显疑惑的笑脸。她看上去就像个天真的学生，用手指摆弄着一缕头发。她的红色指甲闪闪发光。

他说："黑兹尔，如果你以后有机会去德国，会看到一些战争遗留的建筑。"

"齐默尔曼先生，我非常想去那里看看，也许是在我度蜜月的时候，呵呵。"

他们一起笑了起来。埃德加·齐默尔曼觉得有些飘飘然,脚下的地板都好像倾斜了。

“黑兹尔,许多关于德国和德国人的事都被肆意地夸大了。美国人为了在好莱坞电影里卖票赚钱总喜欢夸大其辞,给我们德国人戴帽子。”

“什么帽子,齐默尔曼先生?”

埃德加紧张地摸着自己的下巴,慢慢地靠近黑兹尔。他们两个人单独在这华丽的钢琴展示厅里呆着。

“犹太的帽子。除此之外,还有什么?”

埃德加苦笑着说,他觉得自己这么说很轻率。这个天真又可爱的姑娘正睁大着眼睛看着他。

“犹太?”

“犹太人。”

黑兹尔看上去很疑惑,埃德加开始后悔自己提起了这个该死的话题。说起这个话题真是烦心又劳神。

他压低了声音说:“那些犹太人说过的话,他们计划着的‘死亡集中营’。犹太人想要在世界上和我们作对。”

黑兹尔仍然不明白:“谁是我们?齐默尔曼先生,你是说纳粹吗?”

“不是纳粹,黑兹尔。我是说德国人。”

他的情绪变得非常激动,心脏跳得像一个疯狂的节拍器。此时,玛琪出现在门口,示意埃德加去接电话。

从此他们两人再未提起过这个话题。

“黑兹尔·琼斯,你让我们年轻了几岁。感谢上帝带给我们像你这样的人!”

黑兹尔想出了许多新点子。比如把盛满鲜花的花瓶放在钢琴展示厅最漂亮的钢琴上,以抽奖的方法出售每年五月汉斯·齐默尔曼的学生钢琴独奏会门票，给每月在乐器行消费了一定金额的顾客免费赠送门票。为什么只在广播上投放广告，而不在电视上做？为什么不赞助一场年轻人的钢琴比赛？这样会给齐默尔曼兄弟带来很好的广告效应。

黑兹尔激动地表达着自己的想法。她的同伴只能苦笑着。

是玛琪·多西说黑兹尔·琼斯让她们年轻了几岁和感谢上帝之类的话。

“像我这样的人？是说我吗？”

黑兹尔开玩笑地说，你常常不知道她想表达些什么，她少女般的笑声充满着感染力。

玛琪·多西已经决定不再讨厌黑兹尔了。自从几个星期前这个新的售货员来到店里为埃德加·齐默尔曼工作，玛琪就越发讨厌她。黑兹尔既没有销售经验，对音乐也一窍不通。这种厌恶像癌细胞一样在她胸中扩散。但是，讨厌黑兹尔很难，像讨厌纽约海边许久才融化的初雪，像讨厌温暖又炫目的和煦阳光。这一切都是徒劳的。玛琪放弃了。埃德加·齐默尔曼雇用了这个姑娘，他也很喜欢她。

伊芙琳·斯戴曼在齐默尔曼兄弟乐器行工作了二十二年。她慢慢地才接受了黑兹尔·琼斯。伊芙琳都五十四岁了还没结婚。她常常幻想做鳏夫已十二年的埃德加·齐默尔曼会突然对她产生兴趣，开始一段浪漫的感情。现在，这个念头变得越来越渺茫了。

黑兹尔·琼斯有自己的优势，她想着，我会让你们喜欢我的，这样你们就不会伤害我了。

“我的黑兹尔姑娘在这儿干得怎么样了，埃德加？有什么不如意的地方吗？”

黑兹尔在齐默尔曼兄弟乐器行已经工作了几个星期了，切特·加拉格尔突然在一个冬日的下午来到店里。这时候，店都快关门了，加拉格尔不知从什么地方冒了出来。齐默尔曼兄弟，玛琪和伊芙琳都认识他。她们看到他觉得眼前一亮。黑兹尔吓了一跳，她不知道加拉格尔在镇上，而且还会邀请她今晚共进晚餐。通常加拉格尔在发完脾气以后，会好几天都不给她打电话。

加拉格尔昂首阔步地迈进店里，看上去笑容满面，充满生气。他穿了一件皱巴巴的骆驼毛外衣，这件外衣看上去很贵。他高昂的额头闪着油光，头发垂在肩上，好像在和衣领打架。他常常一两天都不刮胡子，下巴的胡子像金属锉屑般油得发亮。衣着华丽的他突然到店里造访，黑兹尔觉得他的一举一动都像在演戏。在装修得典雅大方的齐默尔曼兄弟乐器行，他站在发亮的镶花地板上，看上去有些不同寻常，像是一位明星从电影屏幕上走了下来。加拉格尔和埃德加·齐默尔曼交谈甚欢，他热情地握着这男人的小手。他似乎很享受玛琪·多西和伊芙琳·斯戴曼对他殷勤的关注。她们叫着他"加拉格尔先生"，求着他去弹会儿钢琴。

"就几分钟也好，加拉格尔先生，求你了！"

当时场面活跃了起来。如果齐默尔曼那儿的生意不忙，切特·加拉格尔的出现便像是曲子结尾时最响亮的那个音符。看上去这位爵士钢琴家在当时也是个受人欢迎的人物。

加拉格尔瞥了一眼黑兹尔，冷笑着。他好像在说，你看到了吧？我切特·加拉格尔在某些方面也是举足轻重的。

黑兹尔退到一边，她有些不舒服。每次加拉格尔一来，她不得不露出惊喜的样子，脸色一定得容光焕发。她要匆匆忙忙地踩着高跟鞋迎上前去，好让他握着她的手。她不能无动于衷，更不能伤害他。这个男人花了不少钱让她搬到沃特镇来，还借给她许多钱买大大小小的东西，包括新公寓的定金。（他的借款是没有利息的，也不用急着还。）加拉格尔强调他这么做是出于对他们的友谊，而不带任何附加条件的。可黑兹尔觉得她的处境很尴尬。加拉格尔变得越来越难以预料了：他会一时兴起从马林角海湾一路开车过来看她，又在晚上一路开回去；当他和她约好见面时，他又会突然失约，也不给解释。尽管他常常要求黑兹尔给他解释，可自己却拒绝作任何解释。

在乐器行，黑兹尔发现加拉格尔盯着她看，他的眼神中透露着令人疑惑的温柔和强烈的占有欲。黑兹尔心中充满了担心，又感到强烈的不满。他想让他们认为我是他的情人。黑兹尔·琼斯是他的人！

这像一个化装舞会，但她不得不参加。

“切特，你一定要为我们弹上一曲！”

“一定要吗？”

加拉格尔以前是汉斯·齐默尔曼的学生，那时他还是个小男孩。在这些上了年纪的人眼里，加拉格尔像一个讨人喜欢又不听话的小孩。加拉格尔还是答应了他们的请求，坐到了一架施坦威大钢琴边上。他活动了一下他的长手指，突然把双手放在琴键上，开始弹奏一首轻柔优美的曲子。黑兹尔还以为他会弹奏爵士，没想到却是一首这样的曲子。

崇拜他的两个女人听出了加拉格尔在弹奏的是李斯特的《爱之梦》。

加拉格尔是凭着他的记忆在弹奏。他的琴声时而如澎湃波涛，张扬着他精湛的技艺，时而如悠然梦境，低调又不失优雅。听着他的琴声，看着他摇头晃脑的模样，黑兹尔沉醉其中。如果她和扎克与切特·加拉格尔一起生活，加拉格尔也会为他们这么弹钢琴的。

你一定得爱上这个男人。你没有其他选择。

她隐隐约约地感到了一种胁迫，如果安娜·施瓦特能在她身边就好了。

但是，加拉格尔总是会按错琴键。有些失误被他成功地掩饰了，有些失误很明显。最后弹完一连串高难度的高音之后，他骂了一句“该死的！”出现了这么多失误，他有些尴尬。她们还是夸加拉格尔弹得好，想鼓励他再弹上一曲。可加拉格尔像个小孩子似的背对着钢琴，坐在琴凳上，摸出了一支烟。他的脸红了，招风的大耳朵也红了。黑兹尔看得出加拉格尔对自己很不满意，他不耐烦地听着埃德加·齐默尔曼对三个女人解释着，“你们看到了吧？切斯特弹奏的《爱之梦》秉承了李斯特的风格。他的手臂充满着力量，随着琴键而起伏，带动着后背和肩膀。李斯特这种狂野的弹法具有革命性的意义。从这个意义上来说，演奏家的表演和作曲家的艺术同等重要。”

齐默尔曼带着大人责备小孩的口气，转身对加拉格尔说，“切斯特，你本不该放弃古典音乐，你父亲会为你而自豪的。”

“是啊，我本不该。”

加拉格尔坦率地说。他漫不经心地点着他的烟，黑兹尔担心烟灰会落在钢琴上。

之前他和黑兹尔打趣说“我的姑娘干得怎么样了”，现在加拉格尔又开始和埃德加·齐默尔曼说笑着。黑兹尔尴尬地笑笑，知趣地走开了。她知道，她是通过加拉格尔和汉斯·齐默尔曼的关系才能找到现在这份工作。她得对加拉格尔和齐默尔曼兄弟表达谢意。表达谢意最好的办法就是不要像其他人一样干站着。加拉格尔出现的时候，她正关上收银机。现在她又回到了收银机边上，在熟练地把镍币和银币分好类。

这种乏味又费心的工作！玛琪和伊芙琳都不愿意做，只有黑兹尔才能毫无怨言又尽善尽美地做好这项工作。

“黑兹尔，亲爱的，该下班啦。”

穿得皱巴巴的加拉格尔拿着黑兹尔的大衣向她走了过来，那件大衣仿佛一张张开的大网。

不好意思，黑兹尔，我闯入了你的生活。我猜你今晚没想到我会来？

是的，没想到。

怎么了？你是不是有什么事瞒着我？

他不能就这样闯入他们新的生活。

这就是他们继续生活下去的方式。她笑着想，要是他知道了会多么的惊讶。

齐默尔曼兄弟乐器行坐落于沃特镇南大街的一排褐砂石房子中，街上来来往往的人都能看到那扇凸窗和里面的施坦威大钢琴，在擦得透亮的钢琴上放着一个细长的花瓶，里面盛放着白色的百合花。

黑兹尔·琼斯和她的儿子住在华盛顿大街一七二二号二十六室。门廊上二十六室的铝皮信箱上有一张白色小卡片，根据美国邮政局的要求，上面清晰地打印着黑兹尔·琼斯的名字。

（黑兹尔向邮递员抱怨着，"我除了账单，什么邮件都没收到过，煤气账单、电费账单，话费账单，这些账单为什么就不能寄给'二十六室的居住人'呢？这是法律规定吗？"这确实是法律规定。）

她想起来了，沃特镇广场酒店。

当她还是奈尔斯·提格诺夫人时，她曾经入住过这酒店。那时，别人都知道她是奈尔斯·提格诺夫人。她只能依稀记得她和奈尔斯·提格诺住过的房间。好似迷雾遮住了她的眼，她完全想不起他的脸，他的样子和他说过的话了，像她在很累的时候，（右）耳朵就会听不见远处清脆的铃声。沃特镇广场酒店历史悠久，风格气派。黑兹尔尽量不去那里，可加拉格尔却喜欢广场的牛排店。因为店里的人都认识加拉格尔，他们会和他热情地握手。加拉格尔是个爱吃牛排的人：厚牛排，洋葱圈，马爹利干邑葡萄酒。加拉格尔每次来沃特镇时，一定要带黑兹尔和扎克去牛排店。黑兹尔觉得不妥，她只得不断地安慰自己：别犯傻了，提格诺不再是啤酒厂代理了。那些都过去了，他已经忘了你了。他从来都不认识黑兹尔·琼斯。在牛排店的那些夜晚，黑兹尔穿得有些引人注目。加拉格尔也总爱在这样的场合穿些别致的衣服，让黑兹尔眼前一亮。他警觉地看着周围其他男人投来的目光，为身边有迷人的黑兹尔而沾沾自喜。在沃特镇广场的休息室里,黑兹尔握着扎克的手,紧紧地跟着切特·加拉格尔走在后面。她感到异性的目光像滑奏的旋律般在她身上流转,但确定这里没有人认识她或奈尔斯·提格诺,也没有人会向他汇报她的行踪。

她敢肯定。

做女人的若把肉体奉献给了男人,那男人定会将其占为己有。

男人若如此爱过你,那他迟早会恨你。

因爱你而变得脆弱,他永远无法因此而原谅你。

15

"重复一遍,孩子。"

这是一首小快板降A大调的车尔尼练习曲,共有二十七小节的十六分音符。扎克之前弹过一次了,他弹得有些着急。老师用铅笔在钢琴上敲着节奏,像一台老式的节拍器。扎克随着这节奏,任凭旋律像波涛一样涌来。他至少没有漏弹或弹错。现在汉斯·齐默尔曼要求他再弹一遍。

"再弹一遍,孩子。"

扎克又弹了一遍车尔尼曲。他半闭着眼睛,双手在键盘上飞奔,直冲而上到高音区,又盘旋而下重复着。像车尔尼曲,贝尔蒂尼曲,海勒曲,卡巴列夫斯基曲,这样的练习可能要弹上好几个月,或好几年才能不断地提高或完善弹奏技巧。扎克弹完了,手有些颤抖,他没有把手从键盘上移开。

"你全记住了,是吗?"

齐默尔曼先生合上了练习册。

"再弹一遍,孩子。"

扎克像刚才那样半闭着眼睛,又弹了一遍小快板降A大调的练习曲,它共有二十七小节的十六分音符。四四拍的节奏从没变化过。《皇家音乐钢琴练习》里的曲子从没什么变化。扎克弹完了,汉斯·齐默尔曼低语着表示肯定。他脱掉了脏兮兮的眼镜，微笑地看着他最年轻的学生。

“很好，孩子，你已经弹了四遍了，你每次都没有弹错。”

加拉格尔先生把他们带到了纽约的沃特镇。在这里，每一天都比在马林角海湾更有意义，特别是周六。每周六上午十点是汉斯·齐默尔曼的钢琴课。扎克周一到周五就会变得兴奋和忐忑。他上课时心不在焉，回到家就开始狂热地练习钢琴，他不吃也不喝，直到午夜才会上床睡觉。

扎克最喜欢周六。一周的每一天都是为了周六上午。他母亲八点四十五分会带他去齐默尔曼兄弟乐器行，他们直到下午三点半店关门时才会离开。

黑兹尔，他多大了？

六岁半。

只有六岁半！他的眼睛……

扎克每次上齐默尔曼先生的课都很激动，他们的课常常会延长十到十五分钟。下一个学生只好在褐砂石房子的音乐教室里耐心地等待。兴致勃勃的扎克还得到了允许，可以在课后留下来旁听其他学生的高级课程，这也是一种学习弹奏技巧的方法。

“只要你安静地在角落里坐着，孩子，要安静得像一只小老鼠。”

扎克觉得小老鼠紧张兮兮的，一点也不安静。

扎克对其他学生的钢琴课很感兴趣，因为他知道自己迟早也会学习这些高级课程。他对这点毫不怀疑。加拉格尔已经都安排好了，他相信加拉格尔。

他让扎克旁听其他学生的课了，切特。太好了，不是吗？

只要这孩子不觉得课太多。

课太多？怎么会？

拔苗助长会让孩子讨厌音乐的。

除了其他学生的大手和力量，扎克并不羡慕他们。他知道自己以后也能拥有这些。

汉斯·齐默尔曼是个和蔼的老师，他从不像沙朗蒂尼那样辱骂学生。他只关注音乐演奏本身，似乎很少区别对待不同年纪的学生。他该表扬的时候就表扬，该说实话的时候就说实话，因为钢琴演奏中总有功课要做："施纳贝尔的理想是演奏好那些难以把握的曲子，它们的完美是无法被完全表达出来的。那些能轻易弹出来的曲子都是'史鲁特'(垃圾)，绝不是传世之作。"

汉斯·齐默尔曼脸上轻蔑的表情让学生们猜到了那个德语单词的意思。

加拉格尔告诉他们，三十年代前夕，齐默尔曼在维也纳师从伟大的阿图尔·施纳贝尔。他在锡拉丘兹的波特曼音乐学院教了几十年，现在退休了，也很久没有在舞台上表演了。加拉格尔给黑兹尔和扎克带来了一个惊喜——齐默尔曼在四十年代后期录制的几张唱片，它们是由纽约一家规模不大却颇有声望的古典音乐唱片公司出版的。

他在唱片中演奏了贝多芬，勃拉姆斯，舒曼和舒伯特的曲子。黑兹尔本想和汉斯·齐默尔曼聊聊这些唱片，可加拉格尔却提醒她说，"我想齐默尔曼不想谈论这些。"

"为什么呢?"

"有些人不想提起过去。"

在齐默尔曼兄弟乐器行，汉斯·齐默尔曼在幕后，埃德加·齐默尔曼在台前。虽说他们是合伙人，可汉斯却完全不管销售、员工和财务。埃德加全权负责这些。汉斯只比他的弟弟大四到五岁，可是他却像另一代人：举止谦和，态度冷淡，说话稳重，脏兮兮的双光眼镜常常快要从他的背心口袋里掉出来，不常修剪的络腮胡子硬生生地竖在脸上。他在专心地听学生弹琴时，总是习惯性地从齿缝里呼哧呼哧地吸气。汉斯又高又瘦，举止有股高贵气。他的大衣和毛衣极不相配，裤子也没有熨烫过。他最爱穿一双很旧的平底便鞋。你能看出他年轻时也是个帅气的小伙儿，但是他已经老了。他的表扬和批评都是惜字如金。扎克坐在角落里看齐默尔曼先生上课，除了低声地说着“好的，继续”或者“请再弹一遍”，他整节课都没什么话。有几次扎克听到了很糟糕的评语，“下一周把这堂课的内容重弹一遍，谢谢。”

齐默尔曼先生经常让扎克重弹几遍曲子，可是从没让他重弹过一堂课的内容。他叫扎克“孩子”，像记不住他名字似的。可他又为什么要记住一个名字或者一张脸呢？他只关心学生的那双手，准确的说是手指，更准确的说是“指法”。你从“指法”中可以看出这个年轻人的钢琴水平，可你从他们的名字和脸上看不出任何有价值的东西。

汉斯·齐默尔曼五十年前就可以完整地记住整首雄伟的《锤子键》，连每一个音符，每一个停顿，每一个音调变化都丝毫不差。汉斯和一些人常碰面，却不愿花时间去记他们的名字。

在齐默尔曼眼前的生活里出现了一个如此有天赋的孩子，这真是少见。在齐默尔曼看来，这孩子的热情不知是从哪里冒出来的。他完全不像个美国小孩，成熟的眼神倒让他看上去像欧洲人。他从不问孩子母亲任何私人的问题，也不想知道这孩子的背景。他不想对这孩子有任何牵挂。在他感到脆弱时，他发现自己正盯着这孩子看。这孩子在弹车尔尼练习曲中一首对技巧要求很高的曲子。这是一首六八拍的急板乐段，有三个升音。他的左手和右手如镜面般模仿着彼此的指法，指尖在琴键上忽左忽右，在快结束的那一小节，左手和右手在键盘的两端。这孩子展开自己的手臂，滑稽得像被钉在十字架上。

汉斯·齐默尔曼不禁大笑了起来。

“太棒了，孩子。如果你连车尔尼的曲子都能弹出莫扎特的风格，那你怎么弹莫扎特的曲子呢？”

16

让我高兴的，弹些让我高兴的，天哪！

他不知道该弹些什么。没人对爵士钢琴手提过这样的要求。他的手指在琴键上摸索着。成年以后，他活得像个机器，意志渐渐变得模糊和冷漠。他空洞的灵魂在他眼前展开，像一口深井，他不敢往里看。

他的手指没有让他失望。切特·加拉格尔坐在钢琴边，弹起了那首经典的《为你保留我的爱》。

这也正是让他高兴的曲子。

17

一首情歌，一曲布鲁斯。

在这大雪纷飞的公路上飞驰。

加拉格尔开着车，恍如进入了梦境。他从小到大常常能在脑中听到音乐声，有些是别人的音乐，有些是自己的音乐。

开车去格林斯顿岛
在圣劳伦斯河上漂流
湖面倒映着天空
加拉格尔深陷情网，为爱救赎
去格林斯顿岛
在圣劳伦斯河上漂流
湖面倒映着天空

“有谁想回去的吗？我不想。”

他们正驾车驶往格林斯顿岛，计划着这周末在加拉格尔的山林小屋里过复活节。他们三人像个小家庭。他爱着他们，令人绝望的是他所爱的女人并不爱他，他所爱的孩子有时爱他，有时不爱他。自从他们离开了沃特镇，加拉格尔在后视镜里看到这孩子把脸扭向一边。他们既不能眼神交汇，也无法相视而笑。加拉格尔只能鲁莽地重复着他的问题，“有谁想回去的吗？见鬼了，我可不想。”

黑兹尔和扎克能说什么呢，他们被关在加拉格尔的车里。车子以低于四十英里的时速沿着湿滑的一八〇号公路向前行驶着。

黑兹尔用近乎发狂的语气嘟囔着“不想”，她听上去满心欢喜又充满疑惑。

加拉格尔如何传情达意以及表达其爱意深浅全由黑兹尔把握着分寸。

扎克坐在加拉格尔的车后座，他已经完全从后视镜里消失了。他把《皇家音乐钢琴练习》这本书带了出来。他皱着眉头，专心地看着书。被雪覆盖的高速公路和路边偶尔能看见的废弃汽车早被他抛在脑后了。

加拉格尔肯定地告诉扎克，山林小屋里也有一架钢琴，他在那里也可以练琴。加拉格尔弹过几次那架钢琴，有时是招待客人，有时是弹给自己听。好几个夏天，加拉格尔在山林小屋里留下了美好的回忆。他想让孩子和孩子的母亲知道，幸福不是一个遥不可及的地方，幸福离他们很近。

他冲动地买下了沃特镇的房子，但黑兹尔还没准备好。

在格林斯顿岛上过复活节本是个好计划，可周四早上开始下起雨来。几个小时后，这阵雨又成了雨夹雪，雨夹雪又演变成席卷整个安大略湖的狂风暴雪。到周五早上，地上已经积起九到十二英寸的雪了，风还在不断地把雪吹积成堆。

虽然如此，狂风暴雨在这儿已是家常便饭，有时在四月，甚至五月还会下雨。暴风雪来得快，去得也快。除雪工作整夜都在进行着。通往阿迪朗达克的路已经无法通行。北向马林角海湾的一八〇号公路和通往格林斯顿岛的大桥的有些路段尚能通行：车子开得很慢，但至少还在往前开。到了周五下午，风停了，更像风把自己吹跑了。天空放晴了，如玻璃般清澈。

该死：加拉格尔可不想改变计划。

雪到周日开始融化了，它一定得融化。加拉格尔坚持着他的旅行计划。他那天早上还和山林小屋管理员通过电话。管理员向加拉格尔保证等他和他的客人来的时候，车道上的雪就会被铲清。山林小屋照常向宾客开放。电力运营正常。（麦卡斯特确定在营地外，这个岛上还有其他的发电设备。）山林小屋里有一个厨房，里面储藏了一些罐头食品。电冰箱和火炉都可以正常使用，房子已经通风换气了。麦卡斯特是一个值得信赖的人。加拉格尔不想改变计划，麦卡斯特也是这么想的，一点小雪不碍事。小岛银装素裹，景色格外宜人。可惜的是，一年大多数时候，小岛上都没人住。

可惜的是，小岛有你这样的主人。

麦卡斯特已经六十多岁了，当加拉格尔还是个孩子的时候，他就开始负责看管那些夏日度假客的房产了，几十年来一向如此。麦卡斯特常在加拉格尔耳边嘀咕着小岛的管理问题，加拉格尔也深感愧疚。他的家族在格林斯顿岛拥有九十英亩地，其中只有五到六英亩地被开发了。大片松树林和桦树林覆盖了其余的土地。小岛上有一条长约一英里的河流，景色无与伦比。这片土地处于纽约州的最北边。早在千岛湖被开发成夏日旅游景点之前，它还是一片荒芜。在二十世纪初，加拉格尔的父亲赛德斯买下了这片土地，建造了最早的打猎小屋。格林斯顿岛当地人口稀少，主要居住在格林斯顿港附近的沥青房、棚屋和活动板房里。他们以经营钓鱼商店、加油站和路边小餐厅为生。一些在外业主，如加拉格尔家族，在当地雇用了捕兽人、导游、商业渔民和像麦卡斯特这样的管理员。

你拥有了这一大片土地，而平时却看不到。你不必为此感到愧疚。

加拉格尔还年轻时常常和他父亲为此而吵架。他父亲总是毫不迟疑地回答，那些人靠我们生活！我们养了他们。我们交的财产税用来修路，建学校和维持公共事业了。现在格林斯顿港有一家医院了，以前那儿有吗？你想过为什么吗？千岛湖的一半人口在淡季的时候都在靠福利生活。你说说看，是谁在为他们付这笔钱？

加拉格尔在生他父亲的气，他气得喘不过气来。在他父亲面前，他连呼吸都变得困难，像犯了哮喘病。

“我爸爸……”

坐在副驾驶位的黑兹尔瞟了他一眼。加拉格尔不禁吸了一口气，用手指敲着方向盘。

“嗯？”

“黑兹尔，他说想要见见你，不过我不会让他见你的。”

他很少向她提起他父亲和他的家庭。他想她应该从别人口中听说了一些。

实际上，上周他父亲给他打了电话，问起了这个他新交往的女人，一个鸡尾酒酒吧的女招待，还是脱衣舞娘，或者应召女郎？她还有一个私生子。我说错了吗？

加拉格尔话也没说就挂了电话。

除了这个电话，加拉格尔自从一九六二年的圣诞节起就没和他父亲通过话了。从那以后，每当他父亲的私人秘书打电话说他父亲正在线上准备与他通话，加拉格尔总是礼貌地回应，不好意思，我不在这条线上。

“如果你不想让他见我，我就不见他。”

“你和扎克，是你们两个。”

黑兹尔笑得有些不自然。加拉格尔知道他让她感到不自在了。她看不懂他的表情，是调皮，讽刺还是真诚？像她听不懂他悠扬的爵士钢琴。

“他不值得你去见他。你的心地那么善良。”

“真的吗?”

“当然是真的了,黑兹尔。你是个好女人,又漂亮又纯真。赛德斯·加拉格尔不值得你去见他。要和他呼吸着同一片空气,还要让他盯着你看,你会崩溃的。”

加拉格尔不知道自己为什么会突然这么生气,可能和麦卡斯特有关。

黑兹尔·琼斯和威廉·麦卡斯特都是属于底层阶级的服务人员。赛德斯·加拉格尔肯定会把黑兹尔·琼斯看成这样的人。

他们在高速公路上跟着一辆撒盐化雪的大卡车,就要到达马林角海湾了。快到晚上六点了,天却还没黑。树上挂着冰雪,反射着落日的余晖,像火花在闪耀。汽车在大街上停滞不前,因为路上只有一个车道的雪被铲净了。

加拉格尔不愿去想现在格林斯顿岛会是什么样。

麦卡斯特向他保证过,他绝不会食言。

麦卡斯特不会让赛德斯·加拉格尔的儿子失望。

加拉格尔温柔地说,如果去不成小岛的话,他们还是可以住在马林角旅馆里。

“你不担心吧,黑兹尔?”

黑兹尔笑着说:“担心? 和你在一起才不会呢。”

她摸了摸他的手臂,让他放心。她的一丝秀发划过他的脸颊,让他心潮澎湃。

她告诉他曾经有一个男人伤害了她。加拉格尔猜那个男人就是扎克的父亲。他抛弃了黑兹尔,没有娶黑兹尔。这已经是七年前的事了。黑兹尔轻吻了一下加拉格尔,又和他保持着距离,说着她不想再被另一个男人伤害。

“黑兹尔,我会补偿你所受到的伤害,不管是什么。”

他伸手去牵黑兹尔的手,把她的手放到唇边。他不停地吻着她的手指。他的吻里没有巫山雨云的炙热，除非你体会过那种感受。他们在一起独处还没超过五分钟。欲望让他脆弱，又让他愤慨。他想娶黑兹尔·琼斯。下次当他走过通往格林斯顿岛的圣玛利亚大桥时，黑兹尔·琼斯就会成为他的妻子。

麦卡斯特是对的，银装素裹的小岛别有一番风味。

“我们的地盘大概从这里开始，就是那堵石头墙。”

黑兹尔透过挡风玻璃，凝视着外面的景色。坐在车后座的扎克终于对周围的一切好奇了起来。

“这一片也是加拉格尔家族的。从这儿上去几英里的地方，和沿着河边的土地都是。”

小河边的积雪已经被铲除了，但仍显得很杂乱。加拉格尔慢慢地开着车。他的车上装了防滑链。他已习惯在冰面上开车了。岛上的树被积雪压得东倒西歪，倾斜得像酒鬼。许多桦树被压坏了倒在地上，更结实的常青树没有被大面积地压坏。加拉格尔小心地开车绕过了路面上掉落的树干。

“看着和煦的阳光已不像是冬天，可却下了这么大的雪，天哪！”

河水随风起伏波动，一派开阔的美丽景象。在这次寒流来袭之前，河冰已经融化了。而今在河边的鹅卵石上又积起了层层冰尖，它们像石笋一样垂直地排列着。加拉格尔在想，他身边的女人和孩子应该是第一次见到这样的景象。

“山林小屋就在那山顶上。穿过这些常青树和底下的客房。看上去麦卡斯特已经把一路上的雪都铲尽了，我们今晚真是幸运啊。”

阿迪朗达克式的山林小屋，如同一个小旅店，是由木头，大卵石和拉毛水泥建成的。它的屋顶陡峭倾斜，上面铺满了石头，还竖着两个大烟囱。山顶上有被雪覆盖的网球场。马厩被改成了人字形的三车停车场。一只老鹰在头顶上飞过，它压低盘旋了一下，又抖了抖翅膀飞远了。天空像易脆的玻璃，清澈却苍凉。加拉格尔知道，黑兹尔·琼斯终于明白了：他很富有，他的家族很富有。

但这并不是加拉格尔把他们带来这里的原因，他不这么想。

18

玩得多疯啊。他在秆丛中追赶着她，她活像受了惊的小动物。初秋的太阳烤干了秆子。它们支离破碎又东倒西歪，像喝醉了酒。褐色穗须拍打着她的脸。赫彻尔傻笑着，他一边拍着手，一边哼着儿歌。他四肢修长，关节灵活，跑起步来用嘴巴喘着粗气。她也边跑边笑，肚子里像有一团火在燃烧。她的腿短，跑起来很笨拙，所以她不止一次地摔倒在地上，一只膝盖都被擦破了皮。趁着布满沙粒的伤口还没渗出血来，她匍匐地从地上爬了起来。她要跑到秆丛的最后一排，跑到田野的尽头，跑到公路上，跑到墓地边——

丽贝卡已经想不起来他们是怎么结束在秆丛中的嬉戏的了。

19

“妈妈？是不是？”

神圣周六的那天早上天气晴朗，凉风阵阵。黑兹尔·琼斯费劲地梳着她的头发，没有理会扎克。扎克在一旁拉着她，显得焦虑不安。

在梳妆镜前浮现着一张苍白又模糊的脸，像被淹没在了水中。这是黑兹尔·琼斯的脸，而不是她自己的脸。镜子中的黑兹尔·琼斯勇敢地微笑着。

你有什么资格在这里？

她在格林斯顿岛上度过了第一晚，还会在格林斯顿岛上度过第二晚，到那时，她就该做决定了。

“妈妈？妈妈！”

这孩子昨天一晚上没睡好。黑兹尔住在他隔壁，听见他在睡梦中抽噎，最近他还开始磨牙了。这该死的大风让他焦虑得睡不着。阵阵狂风向西飘过圣劳伦斯河和安大略河，风中夹杂着说话声，笑声和叫声。

你！你！这笑声控诉着。

黑兹尔很早就醒了，她发现自己正躺在一张陌生的床上。一开始她都不知道自己在哪儿，在做些什么。她的心脏在胸膛中猛烈地跳动着，耳边有一个放肆大笑的声音在说，你这个犹太姑娘有什么资格在这里。

她好多年都没听到这样的声音了，也好多年都没这样的念头了。她从床上爬起来，吓得直发抖。

但是，是她的朋友加拉格尔把她带到这里来的。

从房间的窗户望出去，你可以在波光粼粼的水面上看见另一个小岛。在小岛的那头是人口密集的加拿大加纳诺克海岸。

从车道边的山脚下看，加拉格尔家族的山林小屋是幢大房子，可走进一看，才发现它比看上去还大。这幢三层山林小屋依山而建。最近在主屋边上又新建了一幢石板屋，眼下正包裹在皑皑白雪中。

黑兹尔·琼斯看着山林小屋笑了起来，这处私人住所比公共建筑还要大。

在那一瞬间，她用雅各布·施瓦特的眼光看着这幢山林小屋。他嘲弄的笑声仿佛和黑兹尔的笑声交织在了一起。

加拉格尔尴尬地说，这幢大房子确实是一处私人住所。在冬天，他们只用几个房间，大部分房间都没人住。

黑兹尔明白加拉格尔为他的家族感到惭愧，又因他的家族而虚荣。他控制不了自己的态度，也弄不明白为什么。他心中对他父亲的仇恨是不能过问的。黑兹尔不会去干涉他的私事，但不相信他有那么恨他父亲。

加拉格尔把她带到了她的房间，与其说是房间，不如说是套房。这间套房带着一间小孩房，是给扎克住的。他告诉她，他自己的房间就在旁边，沿着大厅往后走就到了。他刻意地压抑着自己激动的情绪。这是他们三人第一次一起出游，他要像主人一样招待好他们。黑兹尔的行李箱不沉，加拉格尔把它搬到了床上。这是张古铜色的卧床，有四根帐杆，上面铺着如熏衣草般淡蓝色的床单。加拉格尔呆站了好久，看着这张床。因为前面扛着东西爬上爬下，他还喘着粗气，红通通的脸上满是疑惑。黑兹尔看得出他想要说些打动她的话，却还没想好怎么说。

"黑兹尔，希望你在这里能住得舒服一些。"

这句话意味深长。加拉格尔在那一刻都不敢正视黑兹尔。

扎克正打量着他的房间（这是一个小男孩的房间，里面有一张双层床。扎克会睡在上铺。）如果扎克不在他们身边的话，黑兹尔知道加拉格尔会抚摸她，亲吻她。他会用他的大手抱着她的脸吻她，黑兹尔也会吻他。有时候在他的怀抱里，她的身子会不由自主地变得僵硬。这一次，她只想站着不动。

她在心里哀求着，别爱上我，求你了。

加拉格尔用温柔的眼神掩饰着自己的失望，好吧，黑兹尔，我可以等你。

扎克用胳臂推了一下她母亲的腿，"妈妈！我们是不是要嫁给加拉格尔先生？"

她突然回过神来。她正坐在镜前梳着头发，一遍又一遍地从头顶梳到发尾。

扎克整个晚上都叫着"妈妈"，而不是"妈咪"。有时候，"妈妈"听上去就像两个重复的音节。

这孩子本能地知道，话语可以是动听的音乐，也可以是刺耳的音乐。

扎克从起床到现在已经四十多分钟了，却一刻也不安宁。他可能还不适应新的环境。他一个劲地敲着他母亲的腿，要是她再不让他停下来，腿都快淤青了。她开玩笑地用梳子的背面拍了拍他，他还是不依不饶地问，“妈妈。我们是不是要嫁给加拉格尔先生？”

“扎克，别说那么大声。”

“妈妈，我说——”

“不。”

黑兹尔抓着他的肩膀，没有摇他，而是让他冷静下来。他小小的身体愤怒地颤抖着，乌黑的眼睛闪着泪光。他一脸怒气地瞪着她，等着她发火。可黑兹尔从不发火。她不是那种会打骂孩子的母亲。要是加拉格尔偷听到了他们的谈话，黑兹尔会无地自容，受不了。

她现在的脸看上去还不像黑兹尔·琼斯。她会用浅色乳液和粉底来掩盖自己的深色油性皮肤。她小心翼翼地涂到喉咙那里，再淡淡地向下化开。她还会藏好自己发际处的淡淡疤痕，以免被加拉格尔看到。她把头发梳得又光又亮，因此头发上常会留下静电。她的发色是栗色的，其中挑染了几簇深红色，这很适合她黑兹尔·琼斯的身份。她下身穿了一条熨得整整齐齐的灰色羊毛长裤，上身穿了一件枚红色毛衣，配上可拆卸的蕾丝领口。她这次来格林斯顿岛度假，带了两条熨得整整齐齐的灰色羊毛长裤，一件米色针织毛衣，一件带蕾丝领口的毛衣和两件棉衬衫。黑兹尔·琼斯是个穿着得体，举止大方的年轻姑娘。加拉格尔有时笑黑兹尔·琼斯太正经了。可黑兹尔深知加拉格尔就喜欢黑兹尔·琼斯的一言一行，而不希望她变成别的样子。（加拉格尔还在和其他女人约会。他会在自己方便的时候和其他女人上床。黑兹尔知道这些，但她不嫉妒。她从来不会过问加拉格尔除她之外的私生活。）黑兹尔·琼斯在齐默尔曼兄弟乐器行当售货员时，她所表现出的性格鲜明得像卡通人物，如大力水手里的奥利弗、吉格斯和玛姬、至尊神探和女记者白莲达等等。美国精神体现在了卡通漫画里，它最深邃的地方恰恰是它最浅薄的地方。在齐默尔曼乐器行的玻璃柜后面，黑兹尔·琼斯衣着光鲜，笑迎宾客。和加拉格尔一样，埃德加·齐默尔曼也非常喜欢黑兹尔·琼斯。这个小老头总忍不住用颤抖的手指去碰黑兹尔，干枯的双手因渴望而变得微热。该死的纳粹佬。埃德加趁没有顾客的间隙会和她说上几句话。黑兹尔通常都把她纤细的双手稳稳地放在玻璃柜上。只有他很明显地把手搭上来时，黑兹尔才会收起笑容。齐默尔曼乐器行的顾客也开始熟悉黑兹尔·琼斯了。他们不理会其他售货员，耐心地在一旁站着，等黑兹尔·琼斯忙完来招呼他们。

“妈妈，是不是呀？我们是不是要嫁给加拉格尔先生！”

“扎克，我和你说过了——”

“不，不，不，不，妈妈。”

黑兹尔讨厌扎克耍孩子气。她知道他内心深处和黑兹尔·琼斯一样已经是个大人了。

“扎克，什么是我们？结婚是一个男人和一个女人在一起，不关其他人的事。别傻了。”

“我不傻，你才傻呢。”

扎克开始变得不可理喻，他在家的时候可不敢问这样的问题。虽然加拉格尔的出现改变了他们的生活，可他不可以随便提“加拉格尔先生”，他也不可以随便提“黑兹尔·琼斯”。

像在马林角海湾那会儿，他不可以随便过问窗台上一颗颗消失的鹅卵石。现在看来那已经是很久以前的事了。

白雪皑皑的格林斯顿岛坐落在滔滔的圣劳伦斯河上。在这里，扎克桀骜不驯的天性好像被激发了。扎克一大早就离开了他们的房间，他一会儿在楼梯上跑上跑下，一会儿又冲下走廊在地毯上跳来跳去。黑兹尔喊他回去，扎克一脸不情愿，活像不听话的小狗。现在他又一刻不停地在黑兹尔的房间里捣乱。他一会儿躲进松木衣橱里，一会儿又在有四根帐杆的古铜色床上蹦蹦跳跳。黑兹尔一起床就把床铺好了。（黑兹尔绝不能容忍家里有没叠好的被子或没铺整齐的床。这是一件会让她勃然大怒的事情。)梳妆台上有一座老式雕刻钟,上面的玻璃表盘开着。扎克摆弄着黑色指针,黑兹尔真担心他会弄断它。

“你饿了吧,亲爱的,我去准备早饭了。”

扎克在不熟悉的环境里会变得紧张和古怪。他很想去格林斯顿岛度周末,可又担心这会改变他的生活方式。汉斯·齐默尔曼告诉黑兹尔,像他儿子这么有天赋的钢琴手,在生活中应该与琴为伴。扎克每天都早早地起床,去学校前会先练半小时钢琴。放学后,他会再练两个小时。要是碰上很难的曲子,他练得更久。只要弹错一个音,他就会把整首曲子都重弹一遍。没什么能让他改变这样的生活方式。黑兹尔也管不了他。要是她要他停下来去睡觉,扎克准会发脾气。他练琴时精神绷得很紧。黑兹尔看着他坐在钢琴边,小肩膀往上一抬,那架势像是要开战似的。她为他自豪,又为他担心。她从琴声中得到了安慰。黑兹尔·琼斯和她的儿子扎卡赖亚斯在济贫农场公路逃过一劫,现在算是来对了地方。

“亲爱的,你在这里也可以弹琴,只要你想弹。”

正如加拉格尔所说,山林小屋楼下有一架钢琴。前一天晚上,加拉格尔在饭前还弹了几首欢快的美国流行乐和表演曲目。扎克挨着加拉格尔坐在钢琴凳上,一开始他有些害羞,后来加拉格尔拉着他一起弹。他们四手联弹了几首爵士流行曲,还弹了钢琴教材里的卡巴列夫斯基练习曲。那布基伍基的调子让扎克哈哈大笑。

这架暗黑色的小钢琴没有被保养好。它很久没有调音了,有几个琴键都按不下去。

加拉格尔说:“音乐给人带来快乐,孩子,它不一定是严肃的。说到底,钢琴只是钢琴。”

扎克弄不懂这话是什么意思。

加拉格尔正在厨房帮黑兹尔准备晚饭,他们在沃特镇一起采购了周末的食物。黑兹尔问加拉格尔,“钢琴只是钢琴吗?”加拉格尔嗤笑着说,

“亲爱的，只是架钢琴而已，又不是棺材。”黑兹尔不喜欢加拉格尔傲慢粗鲁的说话方式，他通常喝了一两口小酒后就爱这样说话，还用他爱恨交织的眼神忧郁地注视着她。每当这时，黑兹尔就觉得身体发僵。她把目光移开，装作没看到他。

我不懂你的话是什么意思，我被你吓到了。我不想听，别碰我！

她可以想象加拉格尔的前妻是如何和他共处八年的。加拉格尔是个好男人，可是他傲慢的态度让人难以接受。

加拉格尔在用桦木生火。他费了一些周折，眼睛都被烟熏出了眼泪。起居室的圆石壁炉终于被点燃了。他们在壁炉前的一张小木桌上吃晚饭。

扎克饿了，他吃得很快，快得他都想吐了。他在厨房呆着的时候，黑白方块的瓷砖让他头晕，那图案像在不停地旋转。他在起居室呆着的时候，总担心壁炉火花会窜到地毯上。客厅里陈列的动物标本让他震惊和着迷，其中有黑熊、猞猁和头顶十二只角的雄鹿。加拉格尔让扎克别去看那些恶心的“战利品”了，可他还是呆呆地看着。扎克对挂在壁炉正上方雄鹿的头和角最感兴趣。雄鹿的玻璃眼珠大得有些不自然，它呆滞的眼神略带讽刺，棕黄闪亮的皮毛乱蓬蓬的，鹿角的顶端挂着一张薄薄的蜘蛛网。

九点刚过，黑兹尔就带着扎克上楼睡觉了，可她猜他睡不着。扎克很兴奋，他从来没睡过上铺。

扎克还是坚持要爬小梯子睡上铺，他一想到睡下铺就害怕。

黑兹尔允许扎克在床前留一盏灯，她还答应他不关上房门。要是他半夜醒了，他要知道母亲在哪里。

“扎克，你要乖！多美的清晨，多美的地方。我们从来没来过这么美的地方，不是吗？这是个特别的小岛。如果你想要‘嫁’给加拉格尔先生，你就要和他生活在同一屋檐下，对吗？我们这周末就和他住在一起了。

这是他的家,这幢房子是他家族的。如果你不乖的话,他会不开心的。”

她假装扎克还是一个孩子,像在对一个很小的小孩说话。

扎克的法兰绒衬衣的纽扣扣得七上八下的,黑兹尔帮他重新扣好了。她还帮他套上了毛衣,梳了头发。她吻了一下他的额头,感受着他急促的脉搏。这孩子和她一样激动。

他们两个都不属于这里,但受邀来到了这里。

黑兹尔带着扎克走出了房间。走廊的风很大,还留着昨夜苦苦的香烟味。

在安静的房子里可以听到外面风吹过的声音,雪化的水从屋檐上滴答地掉落,母牛断断续续地嘶叫着。天空飘着浮云,太阳暖暖地照着。这个冬日真温暖。黑兹尔紧握着扎克的手,怕他在走廊里跑来跑去。她突然冒出了一个疯狂的念头,她和孩子可以悄悄地溜进旁边加拉格尔的房间,逗逗这个熟睡的男人,笑他被吵醒的样子。加拉格尔是个开得起玩笑的男人。她和扎克可以爬到他的床边……

他们还是选择站在他的卧室门外听他的鼾声。那咕噜咕噜的声音像一个胖子在费劲地爬山。他断断续续的鼾声很滑稽,有时候一停就是好几秒,周围只剩下寂静。扎克笑了起来,黑兹尔用手捂住了他的嘴。他们俩跑开了。

黑兹尔生怕被这孩子看出来她自己也很兴奋,这样他会好几个小时都无法无天的。扎克挣脱了黑兹尔的手,他到楼下玩去了。加拉格尔不在时,屋子里有许多东西可以看。黑兹尔最感兴趣的是昨天加拉格尔随口提到的照片墙。加拉格尔家族显然很注重自己的形象。黑兹尔觉得这是家族实力的一种象征,你自然而然地开始注重自己的形象,并且想让别人也知道这一点。

在一大堆陌生人里,黑兹尔在找加拉格尔那张熟悉的脸,她突然很想看看加拉格尔作为家族中的小儿子是什么样子。那儿有一张切特·加拉格尔和家人的合影，那时候加拉格尔大约二十多岁。他害羞地眯着眼睛笑着。这张照片大概是加拉格尔十二岁的时候照的，他穿着一件白色短上衣和一条紧身游泳裤，蹲在船的甲板上。那张照片里的加拉格尔长大了一些，他握着一副羽毛球拍，肩膀和胳臂都是肌肉。还有一张照片是夏天在山林小屋的草坪上拍的，二十多岁的加拉格尔身穿浅色运动服，一边笑着，一边搂着两个穿着夏裙和高跟凉鞋的女人。

这些女人多美啊。黑兹尔・琼斯怎么打扮也不可能像她们这么美。

黑兹尔在想，其中的一个女人会不会是加拉格尔的前妻维罗妮卡。除了庆幸他们没有孩子，加拉格尔很少提到他的前妻。

黑兹尔知道加拉格尔只能这么想，他是个很会自我安慰的男人。

在加拉格尔的许多照片里都有一个大头大脑的男人。他中等个子，胸膛宽阔，腿看上去有些短，紧凑的身体像是缺了一部分，可你又不知道缺在那里。俊气的脸庞像是从石头中凿刻出来的，厚厚的眼皮下有一双犀利的眼睛，和加拉格尔很像。他在照片里总是坐在中间，双手放在膝盖上，显得自信满满。上了年纪以后，他拄着拐杖，样子很潇洒。

他应该就是加拉格尔的父亲，赛德斯。

在一大堆照片里，赛德斯都和一个黑兹尔看着很眼熟的人坐在一起，他是前州长杜威。他一头短发乌黑发亮，微微凸出的眼睛炯炯有神，修剪过的小胡子像粘在他上嘴唇上。在和别人的一些合照中，加拉格尔和杜威坐在中间，斜眼看着前方，似乎刚才还在谈话。

从他们身上穿的衣服来看，这张照片是好几年前在夏天拍的。托马斯・E. 杜威穿着运动服，样子拘谨，神情果断。

那些在我们周围的敌人。

他坐在厨房的油布桌边，用手拍着报纸的头版，谁也想不到他一下子就发火了。

她后来才明白，他讨厌所有的政治家和公众人物。那些有钱人都是他的敌人。

“爸爸,时代变了。现在和过去不一样了。”

奇怪的是黑兹尔突然自言自语起来。平时,她即使在独处时都不会自言自语。

她又看着一张加拉格尔少年时期的照片。他那时大概十六岁,长长的脸上有一些小雀斑。表情严峻的他穿着西装,带着领结,站在舞台上的一架小型三角钢琴前面。在他旁边是一位穿着正式的老先生,他正严肃地看着镜头,这位老先生就是汉斯·齐默尔曼。

“扎克!快来看。”

黑兹尔笑着,那时,加拉格尔很年轻。齐默尔曼先生也不过四十出头。你看得出这位钢琴老师对自己的学生很满意。黑兹尔突然感到一阵失落。

“我不爱他,是吗?”

她突然想到,自己可能从来都不了解他。昨天晚上她躺在床上,看着周围陌生的环境,在想睡在楼下的加拉格尔。她知道他也在想她,希望她可以来到他身边,可她害怕去了解他。除了提格诺,她没有和任何男人上过床。她不相信男人,也不想让他们走进她的身体。

就算做他的情人,和他住在一起,就算他如愿以偿地成为了扎克的父亲,她也不可能完全了解切特·加拉格尔,这是再明显不过的事了。这个男人的灵魂是缺失的。

“扎克,亲爱的?过来看看我找到了什么。”

可扎克还在别的地方玩,黑兹尔跑去找他,希望他别弄出什么乱子。

原来他正站在皮沙发上,仔细地瞧着壁炉架上挂着的“战利品”。这里的空气有一股木头烧焦的烟味。他儿子可真像他爸爸啊,就对这些阴森恐怖的东西着迷。

“亲爱的,快下来。”

在日光下，他更能看清硕大的雄鹿头和漂亮的鹿角了。你看到的只是个填充的死标本。呆滞的玻璃眼珠略带嘲讽，翘起的鹿角看上去很滑稽，乱蓬蓬的棕色鹿毛有些地方破损了，有些地方布满了薄薄的蜘蛛网。可这件"战利品"还是令人毛骨悚然，你总觉得它是活生生的。黑兹尔明白了为什么她儿子痴痴地盯着它看，又害怕得不敢靠近。

黑兹尔悄悄地来到他的身后，用胳臂推了推他。

她用黑兹尔·琼斯的语气开玩笑地说，"有人要把这头雄鹿'娶'走了。"

等到早上晚些时候，加拉格尔终于下楼了，黑兹尔和扎克已经吃好了早饭。黑兹尔把厨房打扫了一遍。她把油腻的火炉和烤箱擦干净了，给橱柜的盘子换了新的纸衬片，把瓶瓶罐罐都按标签朝外堆放整齐。她打开了窗户让屋里的霉味和烤木头的烟味散去，又整理了《生活》、《高力人》、《时代周刊》、《财富》和《读者文摘》等等过期杂志，还站在椅子上掸掉了那些"战利品"上的灰尘。她特别仔细地清理了雄鹿鹿角上的蜘蛛网。当加拉格尔下楼时，黑兹尔正在阳光下翻阅着《我的千岛群岛：从革命时期到现在》，扎克在一旁弹着卡巴列夫斯基练习曲。

"我可爱的一家人，早上好！"

加拉格尔起得比他的客人还晚。他本想说句玩笑话，可眼泪却在红红的眼眶里打转。黑兹尔不经意地抬起头，看到了他这副模样。

20

他理直气壮地说，"结不结婚有什么关系，黑兹尔？麦卡斯特只是个管理员。他不认识你，也不认识你的朋友。"

可黑兹尔·琼斯不想见他。

"为什么呢，黑兹尔？这很正常。他知道我有客人，为我们开了门。

他想知道你和扎克还需要些什么。”

可黑兹尔·琼斯不想见他。

当麦卡斯特的小货车开到门口时,黑兹尔匆匆地跑上楼了。

加拉格尔无奈地笑笑,他尽量让自己不生气。

他爱她,尊重她。只有她尖细的笑声让他有些不舒服。她的眼神有些恐惧,可嘴角还是微微上扬着。她说话时轻描淡写,避重就轻,像演员在背台词,台词内容连她自己都不信。

加拉格尔明白,她以前受过伤。孩子的生父伤害了她。她害怕那些抛头露面的场合。她这次来格林斯顿岛,没带白手套,没戴无檐帽,也没穿高跟鞋。加拉格尔发誓要赢得她的信任,改变她最初的想法。

他住在奥尔巴尼的亲戚会一眼就看透她,加拉格尔真为他的以后担心。

他的父亲!加拉格尔都不敢去想他父亲对黑兹尔·琼斯的态度。他下定决心不让他们见面。

他爱上了一个骨子里比他还像加拉格尔的女人,这真是讽刺。她的观念很传统,知道什么是好的,什么是不好的,什么是得体的,什么是不得体的。黑兹尔躲着管理员,因为她怕一个陌生人以为她是到这儿和加拉格尔过复活节的情人。

加拉格尔还带过其他女人到格林斯顿岛上度假,她们不像她这么害羞。这些女人都受过一定教育,有一定阅历。她们根本不把像麦卡斯特这样的员工放在眼里,也压根不会去想他对她们会有什么看法。

麦卡斯特并不是一个做事鲁莽的人。加拉格尔在格林斯顿岛上所有的员工都知道该如何为人处事。他们从来不会在老板面前问些奇怪的问题,实际上他们从来都不多嘴。麦卡斯特已经认识切特·加拉格尔妻子维罗妮卡六七年了,他总是礼貌地称呼她“加拉格尔夫人”。几年前,当她不再是“加拉格尔夫人”了,麦卡斯特也没有过问她的情况。

麦卡斯特开着小货车走了，加拉格尔故意冲着楼上喊，

“黑兹尔！黑兹尔·琼斯！警报解除。”

他们准备出门到河边的码头走走。

钴蓝色的水面风平浪静，在阳光的照射下显得格外美丽。华氏四十三度的天气里，雪在融化，到处都在滴水。加拉格尔戴了一副深色护目镜，他脑子里总有声音在响。

宿醉还没醒吗？我很清醒。

他脑子里回荡着一首响板小曲，还好黑兹尔听不见。

站在三十英尺高的码头上，圣劳伦斯河壮丽的美景尽收眼底。

加拉格尔自从去年夏天就没来过码头。要不是因为他的客人，他现在也不会来这里。他指着向东几英里处的马林角海湾灯塔，和另一边在安大略湖上的加纳诺克灯塔。

他在想自己差不多有十二年没有扬帆出海了。“在夏天我们可以坐船到这里玩，你和我，还有扎克。黑兹尔，你说呢？”

黑兹尔说着好的。

黑兹尔缓过神来了。她一下楼就把前面要见管理员的事忘了。黑兹尔不会把负面情绪积压在心里，她总能很快地消化这些不快的事。所以她常常一会儿闷闷不乐，一会儿又喜笑颜开。加拉格尔从没遇见过这么有女人味的女子，他为她着迷。可她还是与他保持着距离，不愿与他同床共枕。

他非常喜欢逗她。黑兹尔望着远方，躲避着刺眼的阳光。“管理员问候了我的客人。他问你们住得习惯吗。我想应该习惯吧？”

黑兹尔马上说她住得惯，她可不想上加拉格尔的钩。她问麦肯尼斯先生明天还会不会再来。

加拉格尔纠正了她的说法，“他的名字是‘麦卡斯特’。他们全家在他

两岁时离开了格拉斯哥。他已经在格林斯顿岛上住了六十多年了。他明天不会过来。”

他们沿着河边走着。黑兹尔想穿过码头下的石堆到岸边看看。巨齿般的碎冰在阳光下闪耀,结冰的雨雪混着沙粒像一团团水泥堆在岸边。可加拉格尔不让她去,他担心地说,“黑兹尔,你会把脚扭伤的。”

他们大概走了半英里,又按原路折回山上。加拉格尔家族的地盘看上去可真大。

扎克宁愿呆在屋子里练琴。他这周末在岛上过复活节,所以周六的钢琴课只能推迟到周二放学后。黑兹尔抱歉地和加拉格尔解释说扎克一大早已经在外面玩过了。她担心加拉格尔会因为孩子没有出门而生气。

加拉格尔一点也不生气,他始终站在孩子这边。加拉格尔的父亲在关键时刻从来不给予他肯定和鼓励,平时也不太过问他的生活,加拉格尔不想成为这样的父亲。我要让你们离不开我,这样你就会爱上我了。

加拉格尔惊讶地发现黑兹尔比他想象得健壮。和他相比,她爬起山来毫不费劲,也不会累得喘气。她脚步稳健,步履匆匆,浑身散发着健康和快乐的气息。这四月的融雪让她满心欢喜。迎着耀眼的阳光,她没有停下自己的脚步,反而更坚定地向前走着。

加拉格尔很想和她谈谈,特别是单独谈谈,可她却总是不耐烦地躲着他。她一会儿在雪地里摔倒了,一会儿又被常青树上融化的雪水弄湿了头,可她毫不介意,还大笑起来。她浑身上下充满着活力,像一只刚被放出来的圈养动物。加拉格尔累得直冒汗,他快跟不上她的步伐了。该死的,总不能叫住黑兹尔,让她等一会儿吧。他的心脏在胸中剧烈地跳动着。

你爱我。你要爱我。

你为什么不爱我!

黑兹尔的出行装扮很漂亮。她身穿防风夹克,脚穿女式橡胶靴,头上还戴着一顶褐色软呢帽。这顶帽子是她在山林小屋的衣橱里找到的。加拉格尔想起他们亲密的时候,他吻着黑兹尔,可她僵硬的身子却一动不动,像一只不会反抗的小动物。谁能想到在那层层衣服的包裹下是一位年轻女子柔软又充满活力的胴体。

空中翱翔的食雀鹰是出现在格林斯顿岛河边的一种老鹰。它们通常只在露天捕猎,很少飞进树丛中。老鹰跃过黑兹尔的头顶,在被雪覆盖的草地上盘旋着。有几只老鹰飞得很低,加拉格尔都能清楚地看见鹰嘴的形状。

黑兹尔不自在地看着天空,她也留意到了老鹰,加快了脚步想要摆脱它们。

该死的!加拉格尔看见黑兹尔还在沿着一条布满车辙的小路向上爬。加拉格尔已经走累了,他本想沿着另一条路返回山林小屋,可黑兹尔把他抛在脑后,还在往前走。他们正在爬一座小山,山上枝叶茂密。曲折的山路凹凸不平,露出地表的岩石边缘还结着冰。阳光时有时无地照射着,松树丛里还是一片阴冷。加拉格尔想起通往山顶的路是走不通的,他差不多有二十五年没走过这条该死的山路了。

"黑兹尔!我们往回走吧。"

可黑兹尔还是一意孤行,加拉格尔只好在后面跟着。

他在沃特镇给她和孩子买了一套房子。这是一幢殖民地时期风格的红砖房,它有两个出入口,还可以俯瞰沃特镇公园,可黑兹尔都不愿进去看看。

她骨子里还是一个售货员和引座员,会在意一个管理员对她的看法。

爱上黑兹尔·琼斯是一个错误,娶她更是错上加错。

加拉格尔从没见过像黑兹尔·琼斯这样体力充沛的女人。在格林斯顿岛上很少能看到女人在爬山。要是他提议去雪地里爬山,他的前妻准会笑话他。加拉格尔常把性感的女人与热闹酒吧,鸡尾酒会和高档餐厅联系在一起。而黑兹尔却穿着防风夹克，戴着男式帽子，沿着陡峭的山路头也不回地往上爬。其他来格林斯顿岛上做客的女人都会依偎在加拉格尔身边，悠闲地和他散步，专注地听他说话。

黑兹尔还有一点很特别，她从没谈论过墙上的照片。只要来过山林小屋的客人，无论男女，都会谈论起那些照片。客人们会在加拉格尔与他朋友的合照中仔细地找出他们熟悉的脸。与加拉格尔合照的有些朋友是有钱有权的人物，黑兹尔可能不认识他们。有些朋友是公众人物，如温德尔·威尔基，托马斯 E. 杜威，罗伯特·塔夫脱，哈罗德·斯坦森，约翰·布里克，还有厄尔·沃伦，他是杜威在一九四四年和一九四八年的副总统竞选伙伴。还有些朋友是共和党国会议员，参议员。加拉格尔总是轻蔑地谈起他父亲在政界的朋友，可黑兹尔什么也不提，让加拉格尔都没机会说这些。

加拉格尔想她大概不懂政治。她没受过良好的教育，连中学都没有毕业，她不明白男人世界里的历史和斗争。虽然她有时候也会读读加拉格尔在报纸上写的专栏，可她不做任何评论。知之甚少的她给了我安全感。

黑兹尔终于不再往前走了。小路淹没在了松树丛中，她在尽头等着加拉格尔。他冒着汗喘着粗气赶了上来。她指着结冰的小河旁的松针堆，那里有一簇又软又细的羽毛。每根羽毛长两到三英寸，布满了粉尘，周围还有一些连着肉的小骨头。加拉格尔认出这是猫头鹰的猎物尸体。“树丛中到处都有猫头鹰，我们昨晚还听到它们尖锐的叫声。”

“猫头鹰会吃了其他小鸟吗？”黑兹尔表情痛苦，问着这个幼稚的问题。

“猫头鹰是食肉动物，亲爱的，它们要捕猎。”

“除了捕猎就没有其他办法吗？”

“除非它们想饿死。它们总会变老，到时候就成了其他食肉动物的猎物。”

加拉格尔轻描淡写地说着,想缓解一下黑兹尔闷闷不乐的情绪。和大多数女人一样,黑兹尔对小动物的死亡感到大惊小怪。

刚爬完山的黑兹尔兴奋得满脸通红,眼神中透着机灵。她身上散发着性感的魅力,可加拉格尔却躲着她。

他比黑兹尔·琼斯高几英寸。他本想搂着她的肩膀吻她,可现在却躲着她,不停地眨眼。

该死的,他浑身冒汗,又瑟瑟发抖。这个海拔的空气很冷,从河边吹来的风像刀片一样划过他的脸。加拉格尔要着小孩脾气,这个女人都快让他着凉生病了。

他拉着她的胳臂,带她往回走。她听话地跟在他身后。

"密涅瓦的猫头鹰只有到暮色苍茫之际才展翅翱翔。"

黑兹尔含含糊糊地说着,若有所思的样子让人觉得莫名其妙,像是有人在借她之口说话。加拉格尔惊讶地看了她一眼。

"黑兹尔,你怎么说起这个?"

黑兹尔也不知道为什么。

加拉格尔说,"这么说有些悲观。这是德国哲学家黑格尔的一句话,意思是我们总是明白得太晚。"

"密涅瓦的猫头鹰,可谁是密涅瓦?"

"她是古罗马掌管智慧的女神。"

"这是很久以前的一句话了吧?"

"嗯,很久以前了,黑兹尔。"

之后加拉格尔常常回想起这次谈话,他想问问黑兹尔她在学谁说话,是谁告诉她这句话的。可他知道她会装出天真可爱的样子,闪烁其词地回避他的问题,他不信她,或者说不全信她。

"为什么'密涅瓦的猫头鹰只有到暮色苍茫之际才展翅翱翔'?一定是这样吗?"

“黑兹尔，我也不知道，可能只是说说而已吧。”

她什么事都按字面意思理解。加拉格尔在想，要是她成了自己的妻子，和她说话得注意点才行，他说什么黑兹尔都会信以为真的。

他们离开了这片枝叶茂密的地方，下山朝着山林小屋的方向走去。要是加拉格尔没戴护目镜的话，他的眼睛都快被刺眼的阳光弄瞎了。他们闻到了淡淡的臭鼬味，这气味变得越来越浓，像是从桦树群或周围其他小木屋那里飘过来的。在远处闻到臭鼬味还能让人接受，在近处闻到就不那么好受了。若是你再不小心地靠近一点，这气味足以让人作呕。

臭鼬群有时在小木屋附近冬眠，可能是温暖的天气唤醒了它们。

“臭鼬总得有地方呆吧，像我们一样。”

黑兹尔开玩笑地说，逗得加拉格尔笑个不停。他又开始喜欢黑兹尔·琼斯了，只要她不再带着他拼命地往山上爬，他前面差点都快得心脏病了。

加拉格尔试着开了好些小木屋的门，终于发现了一个没上锁的。小木屋里的空气冷飕飕的，可加拉格尔却异常兴奋。

小木屋在一条小溪边，是由增加了绝缘材料的木头建成的，周围的桦树银装素裹，在阳光下格外耀眼。屋子里有些地方明亮，有些地方阴暗，弥漫着淡淡的臭鼬味。小木屋里有一对单人床，床垫看上去很新。床上胡乱地铺着床单，放着没有枕套的枕头，地上铺着编织地毯。加拉格尔和黑兹尔·琼斯站在小木屋里，汹涌的情感在他胸中翻滚，让他不知所措。他多想和她说说话，谈谈心。来到岛上以后，他还没有好好地和她说过话。假期剩下的时间不多了，明天他要把琼斯一家送回沃特镇了，他们又会延续着以前的生活。他给黑兹尔和孩子在沃特镇买了一幢漂亮的房子，可他们却还不能搬来同住。

没有孩子。他没有孩子。*如果你对未来迷失了方向，你最好别要孩子。*

加拉格尔开始不着边际地聊了起来。他告诉琼斯，他小时候曾经一个人在夏夜的树林中露营。他没和兄弟们在一起，而是一个人。他呆在一个有防蚊帐的三角小帐篷里，树林里奇怪的声音吓得他一晚上都没睡好，可这却成了一种独特的体验。他在想是不是只有在独自面对恐惧时才能积累出人生的宝贵经验。

在树林中露营像作战时在野外扎寨休息，只不过你会累得倒头就睡。

他告诉黑兹尔，大部分小木屋都是他父亲在战后修建的。赛德斯扩建了山林小屋，在河边买了更多的地。事实上加拉格尔家族在正在开发的千岛群岛上还有一片利润可观的土地。赛德斯·加拉格尔战时就赚了些钱，战后赚得更多。因为共和党主导的纽约州在一九五〇年代通过了对加拉格尔传媒集团颇为有利的税收政策。

（加拉格尔为什么要告诉黑兹尔·琼斯这些？他想让她觉得他了不起？他想让她知道他是有钱人的儿子，却不贪图钱财？黑兹尔又不知道他会不会分得家族的财产，他可能根本没有继承权。）

除了他的前一段婚姻，黑兹尔从未问过加拉格尔的家庭背景。黑兹尔不是那种爱打听别人隐私的人，可她现在却睁大着眼睛问加拉格尔有没有参加过战争。

“战争，哦，黑兹尔。”

加拉格尔不会轻易提起自己在战时的经历。傲慢又滑稽的他不太适合谈论这个话题。他迎着黑兹尔·琼斯闪烁又炙热的眼神。在这小木屋里，他们站得很近，感受着彼此的呼吸，却没有触到对方。这亲密的感觉让加拉格尔烦躁不安。

“你见过集中营吗？”

“没有。”

“你没有见过集中营？”

“我在意大利北部的医院养伤。”

“在意大利没有集中营吗？”

加拉格尔不知道如何回答这个问题。在海外作战时，他先被派到了法国，之后又去了意大利北部的布雷西亚。他对于臭名昭著的纳粹集中营一无所知，甚至连自己的战时经历都记不太清了。在欧洲登陆的第二十三天，他的背部和膝盖被手榴弹炸伤。他脖子上得带着一个和马颈轭一样厚的项圈，之后伤口又发生了严重感染，他不得不开始服用吗啡。他依稀记得自己在战时看到了许多丑陋的画面，可这些景象很模糊，怎么也看不清楚，像眼睛被蒙上了一层纱布。

黑兹尔·琼斯好奇地看着他，迫切地想知道更多。加拉格尔能感受到她热血沸腾的心情。

“为什么纳粹党要杀那么多人？为什么说有些人活得不干净，说他们不配活在这世界上？”

“黑兹尔，纳粹党都是疯子，管他们怎么想呢。”

“纳粹党是疯子？”

黑兹尔情绪激动地问，好像加拉格尔说了些莫名其妙的话。

“是的，他们是疯子，他们是杀人犯。”

“可是当犹太人乘船到美国来避难时，他们的船被遣送走了。美国人和纳粹党一样，也不愿接纳他们，”

“黑兹尔，我不这么想。”

“你不这么想？”

“对，我不这么想。”

加拉格尔摘掉了他的护目镜，胡乱地把它塞进了夹克口袋，可眼镜从他的指尖滑落，掉在了地上。眼前义愤填膺的黑兹尔让加拉格尔很惊讶，他讨厌她说话的严肃口气，这不再是她平常悦耳动听的声音了。

“黑兹尔，我相信事实不像你所说的那样。”

“不是吗？”

“如果你懂我的意思的话，这是个外交问题。”

加拉格尔犹豫地说着，他也不确定。这个话题令他不太愉快，对他而言也很陌生。他努力地在回想，可是什么也想不起来。他的呼吸变得急促，仿佛他还在爬山。

“那时船停靠在纽约港口，可是移民局的官员不让难民入境。几百人的难民中有小孩，还有婴儿，他们最后只能被送回欧洲等死。”

“他们为什么要返回欧洲呢？”加拉格尔说着，他不依不饶地问，“为什么呢？他们可以去其他地方啊。”

“他们去不了其他地方，他们只能回欧洲等死。”

“我记得有些难民去了海地，有些去了南非，甚至还有难民逃到了新加坡。”

加拉格尔没什么把握，他确实不知道。他依稀记得在珍珠港事件发生前的几年，和美国其他报纸一样，加拉格尔集团旗下的报纸上刊登的都是反对美国干预欧洲战事的社论。其旗下的报纸对罗斯福的政策持反对态度，在社论中，罗斯福被指责偏向犹太人，并贿赂某些参议员。在有些专栏，评论家炮轰罗斯福像他的财政部部长小亨利·摩根索一样，把自己当成了犹太人。在加拉格尔模糊的记忆里，他想起自己孩提时在迈阿密海滩酒店看到过一块牌子，上面写着“严禁犹太人出入这些场所。”那是什么时候的事了？一九三〇年代前夕？那会儿加拉格尔家族还没买下附近的棕榈叶沙滩。

加拉格尔支支吾吾地说，“黑兹尔，这些问题被夸大了。那时不止犹太人，成千上万的人都遇难了，德国人也不例外。后来在斯大林政权时期也死了许多人。没错，遇难的人里有孩子，也有婴儿。狂热分子的疯狂行径就像火山喷发出的滚滚熔岩，你明白的，对士兵而言，这就是无情的‘历史’。”

“你是在为纳粹党辩护吗？‘这些问题被夸大了。’”

加拉格尔疑惑地看着黑兹尔。眼前的这个女人让他有些反感，甚至害怕。她突然像换了一个人。他把手搭在黑兹尔的肩上。“黑兹尔，怎么了？”

“你说‘这些问题被夸大了。’”

黑兹尔没有正视他，她笑着，眼睛不停地眨着。

“黑兹尔，对不起，我都不知道自己在说些什么，你在战争中失去了某个人？”

“不，我在战争中没失去什么人。”

黑兹尔严厉地说着，言语中带着讽刺。加拉格尔想抱紧她。她微微发抖的身子僵直着，后来慢慢地贴着加拉格尔，靠在了他怀中。加拉格尔的欲火在心中燃烧。

“黑兹尔，我亲爱的黑兹尔……”

加拉格尔用手捧着黑兹尔的脸，亲吻着她。她也热烈地吻着加拉格尔，这让他吃了一惊。阳光透过小木屋的窗子，落在他们身上。在小木屋外，耀眼的阳光像火焰在空气中燃烧。黑兹尔冰冷的嘴唇疯狂地吻着加拉格尔。像许久未亲密过的恋人，她不自然地紧贴着他，搂着他的肩膀。她对肌肤之亲的渴求是那么地强烈。加拉格尔用他特别的方式柔情地吟着，“黑兹尔，亲爱的黑兹尔，我的亲爱的。”他拉着她跌跌撞撞地走进了房间，两人都有些紧张。他们一边笑一边吻着，呼吸都冒着白气，双手在彼此厚厚的外套下摸索着。加拉格尔把黑兹尔带到了一张单人床边。床垫上除了一张凌乱的床单，上面什么也没有垫。从地板下传来的臭鼬味弥漫在空气中，这淡淡的气味挑动着暧昧的气氛。黑兹尔大笑着，不是因为兴奋，而是想掩饰不安。她脱去了加拉格尔的夹克外套，解开了他裤子的皮带。她的动作不慌不忙，却显得笨手笨脚。加拉格尔想着她的样子像是母亲在给孩子脱衣服。黑兹尔·琼斯一直以来都抗拒和他亲近，可现在他们正在铺满阳光的床上翻滚着，疯狂地亲吻着。加拉格尔经常对自己说：黑兹尔·琼斯不是处女了，我不会像强迫处女一样要求她。她以前有过男人，还有个小孩。他吃惊地看着眼前这个女人，她正抱着他的身体，把他拉到身边，双唇狂乱地吻着他。他的意识渐渐变得模糊，像陷入了一阵晕眩，只剩下动物顺从的本能。在这个女人的怀抱里，他失去了自我。除了他青春期的初次体验，这种感受对加拉格尔来说是好几年都未曾有过的。此刻主导着他们的人是黑兹尔，他的意志不像她那么坚强。这不是他第一次沦陷在女人的怀抱里，可加拉格尔明白这是绝无仅有的一次。

她被汗水浸透的头发粘在他脸上和嘴上。白皙的乳房比他想象得更丰满，两只乳头像小浆果一样大。他没想到她的体毛很重，尖细的毛发从腹股沟一直蜿蜒到肚脐。他也没想到她的双腿充满了力量，有力的膝盖夹紧了他的身体。我爱爱爱你这句话掐在他的喉咙口，可又说不出来。

不一会儿，太阳就当空高挂了。

21

“上帝的旨意。”

一瞬间，一阵风将她吹向了未知的远方，可这里是她和她视如生命的孩子必须经过的地方。

22

当一个男人是你的情人了，他就想知道你骨子里有什么。

一旦你们有了肌肤之亲，情人就有这样的权利。

情人渴望知道那些无法言说的秘密。黑兹尔知道她不是他的妻子，也不会成为他的妻子，可有些秘密是包不住的，是时候和他说了。我在米尔本读中学的时候认识一个女孩，你知道米尔本在哪里吗？他说他不知道，她接着说，那年我们十三岁。他们住在一幢奇怪的石屋里，像故事书里的农舍那样，只不过这座老房子都快沉到地下去了。在他们家的卧室里，她父亲用一把双筒猎枪杀死了她母亲，她哥哥，还有她，接着她父亲自杀了。他说，天哪，太恐怖了，接着不安地问，她是你的好朋友吗？她先回答说，不是，又说，是，小学的时候是好朋友，可那时已经和她不熟了。加拉格尔又问，为什么她父亲这么残忍？他疯了吗，绝望了吗，还是很穷？虽然他打过仗也受过伤，可提问的眼神却如此天真。黑兹尔笑着，心中不是怀念，而是气愤。一个人要杀害全家和自杀的原因就是这些？你们都是这么想的吗？黑兹尔愤怒地颤抖着，可加拉格尔却以为她情绪激动。像以前一样，他紧紧地抱着她，呵护着她。可怜的黑兹尔，我的亲爱的。朋友遭此不幸，你一定不好受吧。所有认识他们的人应该都难以接受吧。黑兹尔笑着问，是吗？因为她没这样想过。她说他是镇上的掘墓人，好像这就是解释。加拉格尔接受了这个解释。

黑兹尔知道事情不是这样的。掘墓人是杀害了他的全家并自杀了，可没有人会感到悲痛。

因为他把他们全杀了，他们死了，也就不难过了。

23

为什么？因为是时候了。

黑兹尔·琼斯带着儿子搬进了加拉格尔在沃特镇给他们买的红砖房子，开始和加拉格尔一起生活。为了孩子，她同意了。只要这个男人爱着她，她还是接受他的邀请为好。掘墓人的女儿没理由放弃这样一个机会。两年后扎克被波特曼音乐学院录取了，加拉格尔在锡拉丘兹又买了一套房子，他们一家人搬去了那里。

他们是他可爱的一家人，切特·加拉格尔长大后从没这么快乐过。

我的儿子会成为一个钢琴家。他会在大舞台上演奏，会赢得观众的阵阵掌声。这是命中注定的上帝旨意。

“你为什么那么介意呢，黑兹尔？”

加拉格尔用温柔的语气笑眯眯地问。他总是爱抚着她，摸着她的手，因为他爱她！可她固执的个性却让他担心。他一会儿在想她也许是一个倔强到骨子里的人，一会儿又为自己有这样的想法而惭愧。他爱她爱到可以为她而死。他也爱这个孩子，像爱着他的母亲一样，可这是不同的爱。

“因为——”黑兹尔咬着嘴唇陷入了沉默，看上去一脸疑惑。她害羞地躲避着加拉格尔的眼神，生怕他平静的目光扰乱了她的心思。“音乐很美。音乐是——”黑兹尔的声音突然变低了。她迷人的样子让加拉格尔既怜爱又恼火，他得把头凑近了才能听到。要是他没听清要黑兹尔再重复一遍，她准会像小女孩一样腼腆地摇摇头，扭扭捏捏地说，“没什么了，是句傻话罢了。”

后来他才听清了她当时的低语，音乐是唯一的事。

“为什么会有傻瓜坠入爱河？”

为什么不呢？四十二岁的他已经不再年轻，不再帅气英俊了。

他在浴室里刮胡子，笑着看着镜中的自己。他过去都不想看到这张脸了，特别是在浴室明亮的镜子前。可现在，黑兹尔·琼斯正在楼下的厨房为他和扎克准备早饭。一个女人穿着花花的围裙，快活地准备着早饭。加拉格尔以前总有一种冲动，想把镜子砸得粉碎，把五脏六腑都吐出来，而现在他又能正视他自己了。

他也爱着这个孩子。

我的小男孩。他甚至时不时在闲谈时听到自己在说我的儿子。

他可爱的一家只属于他和黑兹尔，他的新生活只属于他自己。

“音乐不是唯一的事，亲爱的，还有许多事呢。”

是这样吗？加拉格尔小时候就展露出钢琴天赋，可之后他对音乐的热情渐渐消退，十七岁时还一度想自杀。对他而言，音乐确实是唯一的事。

虽然他告诉过黑兹尔许多事，可不会告诉她这些。他怕烦扰她，怕伤害她。

怕说实话。

切特·加拉格尔已经不在马林角旅店弹奏爵士钢琴了，他搬到了向南一百多英里的锡拉丘兹。他住的地方和扎克就读的音乐学院只隔三个街区。扎克在学校里师从汉斯·齐默尔曼的得意门生，他每天的钢琴课都排得很满。齐默尔曼为他申请了奖学金，但要是扎克想成为职业钢琴演奏家，之后的学费也是一笔不小的开销。加拉格尔不说黑兹尔也知道他乐意付这笔钱。加拉格尔不再演奏爵士钢琴了，他远离了烟雾缭绕的酒吧和灯红酒绿的场所，宁愿晚上在家陪着他可爱的一家人。

怕说实话。

可黑兹尔还是不愿嫁给加拉格尔！

这对他而言，是一道谜题，也是一种伤害。

“黑兹尔，为什么不呢？你不爱我吗？”

黑兹尔的回答总是含糊其辞。她支支吾吾地说着，仿佛这些话会像荆棘一样划过她的喉咙。加拉格尔家族不会认同她这个未婚母亲，他们会看不起她，永远也不会原谅她。

“黑兹尔，天哪！”

他把伤心的她搂在怀中，加拉格尔不想再让她烦恼了。他们同居以后，他更能体会黑兹尔的心情了。黑兹尔像一束火花，加拉格尔为她的光芒着迷，可脆弱的火花一受到风吹草动就会突然熄灭。

看不起未婚母亲，不会原谅未婚母亲！他一回想起这些陈词滥调就畏缩起来。现在加拉格尔公开和黑兹尔同居，他不管加拉格尔家族是否赞成他和黑兹尔·琼斯交往。他在奥尔巴尼的亲戚说了黑兹尔许多坏话，他们一点也不了解她……要是可以的话，他永远也不想让他们见到黑兹尔。加拉格尔很有可能已经被剥夺了继承权，赛德斯也许好几年前就把他的名字从遗嘱里去掉了。

"你是在担心钱的问题吗？我不愿花他们的钱，黑兹尔，我会自己赚钱。"

事实上，加拉格尔还在从外公外婆设立的家族信托基金里拿钱。他以后会回到传媒集团工作，制作他的电台节目。要是黑兹尔在担心钱的问题，他可以赚更多的钱！

他想好好照顾黑兹尔·琼斯，这是他做人的原则。他想让自己成为一个有责任心的人，就算是他不知人间冷暖的父亲对身边亲近的人也充满了不可理喻的强烈责任感。

赛德斯也有过许多女人，或者说在他精力充沛的年轻时代也有过许多女人。一股原始又无法满足的性冲动让他沉湎女色。即使是这样，在公众眼里，赛德斯仍是一位"忠实的"丈夫。他从未公开背叛过他的妻子，加拉格尔在想，也许他天真的母亲会以为赛德斯真的从未背叛过她。

加拉格尔听到自己哀怨地问，"你不爱我吗，黑兹尔？我真的爱你。"

他破碎的声音似乎在责怪她，他觉得自己像个傻瓜。

黑兹尔躲进了加拉格尔的怀抱中一言不语，仿佛悲伤得说不出话来。这是她爱着他的证明，不是吗？她在床上紧紧地靠着他，再也不会冷冰冰地躲着他了。她用手臂搂着他的脖子，微微张开的嘴巴贴着他的嘴唇。他感受着她的心跳和体温，突然想到她在想着另一个男人，那个伤害过她的男人。加拉格尔冲动地想打她，像另一个男人所做的那样。他想打断她每一寸骨头，然后抓着她，用他气呼呼的脸抵着她的脖子，任凭她的一头红发在他脸上垂落。

他暗自落泪，痛苦地捂住脸扭向一边。没人留意到他脸上的泪痕。

无论是在沃特镇，还是锡拉丘兹，她都没有看到任何像她丈夫的人。可她突然痛苦地意识到，如果我爱上了这个男人，嫁给了这个男人，他一定会找到我们，然后杀了我们。

切特·加拉格尔相信他有能力养活他可爱的一家人。"黑兹尔·琼斯，你是幸福的使者，你带给了我幸福。"事实确实如此，加拉格尔感觉自己又年轻了，他无可救药地陷入了爱河。这男人以前经常开玩笑说他的心已经干瘪得像葡萄干了，而现在他的心又恢复到了拳头般大小，在充满活力地跳动着。他总是笑眯眯地吹着口哨，脸看上去年轻了好几岁。（扎克在脑海里回想曲子时，常被加拉格尔吹的调子打断，他只好让加拉格尔别再吹了。）加拉格尔只在晚餐时喝一点红酒。他喝得少了，肚子和身上掉了二十磅肉。他还在掉发，管它呢。黑兹尔会摸着他光秃秃的额头，用手指在稀疏的毛发上打转，然后告诉他，他是她见过的最英俊的男人。

他前妻让他伤心，其他女人也让他失望，是黑兹尔·琼斯使他忘却了这些不快的回忆。

以前的加拉格尔凌晨四点入睡，直到第二天中午才会迷迷糊糊地醒来。仿佛一夜之间，只要是工作日，他晚上十一点就寝，早晨七点就起床。他制作了一系列广播节目（《爵士美国》，《美国经典》）。这些节目先是在锡拉丘兹的当地电台播出，后来又在纽约，俄亥俄和宾夕法尼亚播出。他与加拉格尔传媒集团的《锡拉丘兹邮报》的主编成了好友。这是其旗下较为独立的一份报刊。他开始在该报社论版的新闻专栏上发表针对政治问题和种族问题的评论，如有关公民民事权利，废除学校种族隔离、马丁·路德·金、工会种族歧视、纽约州离婚法改革法案、具有道德争议的越南战争等等。这些专栏感情澎湃，言辞犀利，很快就拥有了大批读者。切特·加拉格尔的评论是加拉格尔集团旗下报纸中唯一主张改革的声音。当编辑们大力支持共和党候选人时,加拉格尔不遗余力地抨击他们。同时,他也会猛烈地批评民主党候选人以显示他的公平。报上刊登了许多读者来信,他们愤怒地谴责加拉格尔的观点。内容争议越大,报纸的销量越好,加拉格尔喜欢被人关注。(《锡拉丘兹邮报》从来不审查加拉格尔的评论,可加拉格尔集团旗下的其他报纸有时候会拒绝发表他的文章。这些决策和赛德斯·加拉格尔没什么关系。只要他的报纸在赚钱,他从不干预运作。赛德斯非常关注加拉格尔传媒集团的动态,他很有可能读了加拉格尔写的每一个专栏,可他从不发表任何评论。据加拉格尔所知,赛德斯从不滥用他的职权删改报纸专栏,也从不干涉他小儿子的事业。只有这样,他才能显示自己在道德上的优越感。)

加拉格尔在某种程度上也感到满意了。

她结婚了吗?她还没离婚?她是不是说谎了?

当他们享受鱼水之欢时,或肩并肩坐着,一边拍手,一边听扎卡赖亚斯弹钢琴时,他一直有这个念头。(那是扎克的第一次公开表演,地点在波特曼音乐学院。九岁的扎克是那晚最年轻的表演者,也赢得了最多的掌声。)有时候加拉格尔大发醋意,像有一条蛇在他胃里翻滚。

黑兹尔告诉他她从没结过婚。她说得如此真诚,让加拉格尔无法再怀疑她。

趁现在还来得及,加拉格尔越来越想收养这孩子。可在此之前,他先要成为这孩子母亲的丈夫。

加拉格尔以前从骨子里讨厌结婚,他讨厌个人生活受政治文明影响。他很赞同马克思的观点,还经常引用马克思的话来激怒赛德斯,因为马克思说得几乎全对:大众出卖自己的劳动力来换取报酬。资本家个个是混蛋,他们会割你的喉咙,放你的血,再把装满血的瓶子卖给出价最高的人。

宗教是大众的精神鸦片，教堂则是资本家用来谋权赚钱和扩大影响力的工具。当然了，法律偏向富人和官人，权利和金钱的欲望是没有止境的。疯狂的工业世界引发了国家间的冲突，才有了第一次世界大战和第二次世界大战。马克思说得几乎全对，弗洛伊德又把剩下的话说对了：你要是不想被割喉咙放血，只能寄托于文明社会，可这代价也太高了。

在一九五〇年代中期，加拉格尔在纽约州离了婚。十多年来，他虽然受尽情伤，可依然活得好好的。

“该死！这是我自己的错。”

讽刺的是，加拉格尔结婚是为了安抚亲人。那时他母亲重病在家，举行完婚礼没多久，她就去世了。在文明社会里，重病母亲的嘱托是万万不能被辜负的。加拉格尔从国外赶了回来。回国后的老兵在那个年代若是想要远离绝望，堕落和酗酒，唯一的出路就是结婚。

加拉格尔那时很年轻，才二十七岁。他很庆幸自己没有战死，也没有缺胳膊少腿。他为活着而心存感激，所以决心早早结婚来安抚他的家人。他很后悔当时犯下这样的错误。

因为生活在纽约州首府奥尔巴尼，加拉格尔从小就意识到了个人生活会受政治影响。当你住在奥尔巴尼，想不关注政治都难。这里没有理想主义的政治，到处充满了肮脏的交易。“交易”是人们唯一的目的，“私利”是人们唯一的追求。加拉格尔对政治的厌恶在一九四八年达到了顶峰。那时由共和党主导的美国国会通过了《塔夫特—哈特利法案》，连杜鲁门的否决权都无济于事。在杜威和杜鲁门如火如荼的竞选中，赛德斯也投入了不少钱，可不是所有钱都会有公开记录。

他和赛德斯大吵了一架，搬出了阿德摩尔庄园。他和他父亲再也没能重归于好。

黑兹尔·琼斯觉得自己会使加拉格尔家族蒙羞！太可笑了。

“黑兹尔，要是我们结婚了，我可以认扎克作我的儿子。你不觉得这个主意很好吗?”

黑兹尔亲了一下加拉格尔,说她也觉得很好。

有一天。

“有一天? 可扎克在一天天地长大,现在是最好的时候。等他到了青春期,他根本就不会把父亲放在眼里。”

他本想说管他什么父亲呢。他心中的愤怒在慢慢地膨胀。

扎克正在房子背面的钢琴房里练琴,他一定是按错了一个琴键。琴声突然停止了,过了一会儿,琴声又响起了。

看着加拉格尔心烦意乱的样子,黑兹尔握起他的手,这双手比她的大好多,也沉好多。她冲动地把他的手贴在自己脸颊上,却伤透了她情人的心。

“有一天吧。”

青少年钢琴比赛于一九六七年五月在罗切斯特举行。扎克的参赛曲目是舒伯特的《第三即兴曲》。十岁半的扎克是比赛中年龄最小的参赛者,年龄最大的参赛者已经十八岁了。

十二岁的华裔男孩是第二年轻的参赛者。他目前就读于多伦多的皇家音乐学院。最近他还在当地举行的国际青少年钢琴比赛中夺得了第二名。

一天又一天,扎克夜以继日地练习。精准清晰的音符和全面娴熟的技巧让你难以想象弹奏者是一个年轻的小孩。加拉格尔站在钢琴房门口,这孩子目不转睛地盯着琴键看,(这不是原来的鲍德温立式钢琴了,加拉格尔又从齐默尔曼乐器行给他买了一架施坦威小三角钢琴。)小手指灵活地敲击着琴键。他要记住每一个音符,每一下停顿,每一次按下钢琴踏板的点。

加拉格尔听得入迷。毋庸置疑,当加拉格尔和他一样大,可能比他还大一些的时候，钢琴也没有扎克弹得好。加拉格尔在心中暗暗夸耀，他遗传了我身上所有的音乐细胞。多有天赋的孩子啊。

加拉格尔正在一步一步地成为扎克的父亲。奇怪的是，他一点也不在意这孩子的生父是谁。

加拉格尔徘徊在钢琴房的门口。他想等着琴声一结束，就拍手叫好。"太棒了，扎克，你弹得真好。"扎克听了一定会很开心。可他一刻不停地在练习，一旦他弹错了一个小地方，就把整首曲子都重弹一遍。加拉格尔等得有些不耐烦了，便无声无息地走开了。

我不是答应过你吗，妈妈？你会为我自豪的。

他叫"扎克"，取自圣经中的一个名字。上帝保佑他，妈妈！我们都没想到。

他是我的儿子，你的外孙。虽然他长得不是很像爸爸，但你一眼看到他就能认出他。

他的眼睛，妈妈！他有一双像你一样美丽的眼睛。

他的眼睛也有点像爸爸。

一听见他的琴声，我就知道他在哪儿。他就在这儿，妈妈，和我一起。

在这里，他很安全。

我不应该离开你，妈妈。我离开了太久了。

有时候，我在想我一定是在运河边的田野里丢了魂。我离开了太久了，妈妈。

我付出了代价，妈妈。

如果你能听见他的琴声，妈妈，你会明白我为什么要活下去。

我爱你，妈妈。

这是送给你的一首曲子，妈妈。

舒伯特的《第三即兴曲》

24

这么快就发生了。他把这个场景在脑海里想象了许多遍，他每次都像隐形人那样无能为力。如果他母亲出了什么事，他也帮不上什么忙。

他在想，我没有警告她，也没人看见我，我好像就不在那儿。

一个男人不知从哪儿冒了出来。

他盯着黑兹尔·琼斯看，仿佛认识她一样。

平时扎克从不会关注别人，可现在已经看了这个男人快二十秒了。他在三十英尺远的地方注视着扎克的母亲。黑兹尔漫步在公园的石头路上，她没有留意周围的人。

公园的路边停了一辆维修车，这个男人应该是个修理工。他的工作服和鞋子上沾满了泥土。在城市里（他们如今在城市里生活，也只在城市间穿梭），除了你认识的人或认识你的人，你得学着不要盯着别人看。

这男人却在专注地盯着黑兹尔·琼斯看。

扎克昨天刚参加完钢琴独奏会，今天是他的“自由活动时间”。虽然音乐声还在他脑海中回荡，可这声音慢慢变小了，他也不爱老用手指比划了。在之后的两三天里，他的感官会变得灵敏起来。他的眼睛像重获新生，想看一看周围的世界。他的耳朵渴望摆脱音乐，想听一听说话声和嘈杂声。

他仿佛才意识到茧的束缚，正奋力地破茧而出。

扎克猜不出这男人的年龄，他大概和加拉格尔同岁，也可能比他还大。这个男人弯腰驼背，身高大约六英尺。在他饱经风霜的脸上，尖尖的下巴向前突出，粗糙的皮肤布满斑点，这些红斑点仿佛随时会破裂。他的头微微有些变形，像融化了一点的蜡像。海藻般的稀疏白发耷拉在头上。狰狞的面孔像在地上被擦过，可眼睛却炯炯有神，充满了渴望和好奇。

是他。

是他吗？

那是一九六八年七月的一个下午，他们应特拉华音乐学院之邀，在纽约的布法罗城度周末。此刻他们一群人正朝着加拉格尔和琼斯一家下榻的公园酒店走去。他们一行大概有六七个人，除了扎克都是成年人。他们中午在音乐学院用了午餐。昨晚年轻的钢琴家们在这里举行了钢琴演奏会。虽然扎克到十一月才满十二岁，可他已经被这所颇具声望的音乐学院以奖学金录取了。明年春天，他还将在学院的室内管弦乐队里演奏。

黑兹尔和扎克慢慢地跟在人群后面，他们俩想单独在一起。加拉格尔走在前面，和他新认识的朋友愉快地聊着天。加拉格尔已把自己看成了扎卡赖亚斯·琼斯的保护人和经纪人，他俨然成了这男孩的继父。当黑兹尔·琼斯被称为"加拉格尔夫人"时，她的沉默更像是默认。

大人们正在谈论年轻的天才钢琴家扎卡赖亚斯·琼斯，他们午餐时也在说他。扎克听到前面有人说着他，这孩子，可他自己却毫不在意，他早已学会不去理会别人的评价。在路边的咖啡厅，当他的手第一次摸到琴键时，他明白不管别人怎么说和怎么想，只有音乐才是最重要的。连黑兹尔·琼斯的话，扎克也是左耳朵进，右耳朵出。他脸上带着微笑，可心思早就飞远了。扎克有时举止粗鲁，性子急躁，可他总能得到原谅。谁让他是个年轻的天才钢琴家呢，也许钢琴的旋律正回荡在他的脑海中。黑兹尔也会在脑海中听到音乐的旋律，可没人知道这是什么音乐。

在音乐学院的餐厅吃午餐时，扎克看了一眼黑兹尔·琼斯，她也微笑着向他眨眼示意，没人留意到他们的眼神交流。扎克红了脸，眼睛看着别处。

他们之间的交流不需要用言语来表达，也无法用言语来表达。

公开首演。扎卡赖亚斯·琼斯会在一九六九年二月与特拉华室内管弦乐队合作进行公开首演。和这个乐队合作过的钢琴家中没有几个未成年人。

一九六九年二月！黑兹尔在午餐时显得心神不安，她笑着说，这听上去还很远呢，如果发生了什么……

其他人不解地看着黑兹尔，扎克知道他母亲说错话了。

加拉格尔圆了场，他露出自己像恶魔般尖尖的牙齿，乐呵呵着说，一九六九年二月很快就到了。

扎克会演奏一首协奏曲，可曲目还没选好。他到时会和乐队指挥密切地配合。

他突然感到一阵莫名的紧张和恐慌，要是演砸了……

午餐后，他们跟着人群穿过公园，黑兹尔·琼斯轻轻地抚摸着扎克的手臂。这是一个温暖的秋日下午，天空灰蒙蒙的。黑兹尔在池塘边停了下来看天鹅。池子里有黑天鹅和白天鹅，它们长着漂亮的红嘴，无精打采地拍打着池水。

在旁的其他人让他们很不自在！他们都快喘不过气了。

昨晚的演奏会结束后，加拉格尔拥抱了他，还在他额头上亲了一下，说他真为扎克自豪。扎克有点开心，也有点尴尬。他心里很爱加拉格尔，可在他面前却总是扭扭捏捏的。

骄傲这个词让扎克·琼斯迷惑不解，他不明白骄傲是什么。

黑兹尔也不明白。她是基督教徒，从小她就被告诫道，骄傲是一种罪，会让人堕落。骄傲是危险的，不是吗？

“骄傲属于别人，不属于我们，扎克。”

扎克一边想着这些心事，一边看着路边这个身穿工作服的男人。公园里人不多，路上车子时来时往，开得很慢。眼前的行人中，只有这个男人穿着工作服。他盯着黑兹尔看，仿佛在确定她是不是个熟人。

路上常有陌生人盯着黑兹尔看，可这个男人有些不同寻常。扎克察觉到了危险。

他还没告诉他母亲。

这个男人迈着矫健的步伐朝黑兹尔走去。你会发现他充满了行动力。虽然他弯腰驼背，脸上布满斑点，可他并不软弱和犹豫。他像一匹狼无声无息地跑到毫不防备的小鹿身后。这个男人穿过草地，走在石头路上。这片草地上的标牌醒目地写着：请勿践踏草坪！石头路两旁种满了法国梧桐树，太阳穿过树叶在地上留下了点点光斑。

这头小鹿穿着高跟鞋，带着时髦草帽，而这匹狼长相丑陋，头发凌乱，还穿着工作服。扎克用陌生人的眼光打量着母亲，红栗色秀发，红漆色指甲，大红色嘴唇，头微微仰起，举止得体。在音乐学院典雅的餐厅用午餐时，黑兹尔穿着一件亚麻布的米色套装，上面点缀着几串珍珠，她戴着一顶绕着绿丝带的宽檐草帽。扎克注意到人们用赞美的眼神看着她，可没人粗鲁地盯着她看。在罗切斯特青少年钢琴比赛结束后，扎克作为最年轻的参赛者得到了裁判们的一致好评。获奖参赛者和他们的家长在赛后拍照留念，其中一个摄影师对黑兹尔说，“你的发色很衬肤色，你穿黑色会更好看。”黑兹尔不屑地笑着说，“黑色！黑色是丧服，我不是来服丧的。”

现在，这个身穿工作服的男人追上了黑兹尔，试图和她说话。扎克看见他母亲惊讶地回头看着这个男人。

“夫人？打扰一下？”

黑兹尔想拉着扎克，可扎克却不在身边。

扎克见她一脸惶恐。恐慌的眼神躲藏在黑兹尔·琼斯这个面具下。

“您是否记得我？我像不像您认识的某个熟人？我叫古斯·施瓦特。”

黑兹尔急忙摇着头说不。她恢复了平静，礼貌地笑笑。

走在前面的加拉格尔和其他人没有留意到这一幕，他们继续朝着酒店走去。

“夫人，抱歉打扰您。但是您看上去很眼熟，您是不是以前住在米尔本？那个小镇在伊利运河边，在离这里大约向东几百英里的地方。我以前在那里上过学……”

黑兹尔茫然地看着他。这个男人说得结结巴巴的，他结满痂的脸涨得通红。他笑了一下，露出了像动物般凌乱的黄牙齿。

扎克紧贴着他母亲，想要保护她。这个男人对扎克一点也没兴趣。

黑兹尔抱歉地说着，不，她不认识他，她也不知道米尔本。

“我以前病了，夫人。我身体一直不舒服，可我现在好了，我……”

黑兹尔拉着扎克的胳臂，准备随时逃跑。这个穿着工作服的男人尴尬地擦了擦嘴，不依不饶地跟着他们走了几步路。他结结巴巴地说，“只是您看上去很眼熟，夫人，您像我以前认识的人。我哥哥赫彻尔和我，还有妹妹丽贝卡，我们以前住在米尔本……一九四九年我离开了那里。”

黑兹尔简单地说着，“先生，我不清楚。”

黑兹尔·琼斯很少用这种口气说先生这个词。她的话听起来粗鲁无礼又盛气凌人，一点也不像黑兹尔·琼斯。

“扎克！过来。”

扎克像小孩子一样被黑兹尔拽了过去。他呆住了，不明白刚才发生了什么。

那个男人不是我的父亲。

他失望的心怦怦直跳。

黑兹尔拽着扎克，扎克挣脱了她的手臂。她不能把他再当作五岁小孩了。

“那个男人是谁，妈妈？他认识你。”

“不，他不认识我。”

“我看出来了，你认识他。”

“不。”

“妈妈，你说过你以前住在米尔本。”

黑兹尔抿紧了嘴唇，躲避着扎克的目光。“不，是肖托夸瀑布。你出生在肖托夸瀑布。”她顿了顿，喘了口气，似乎欲言又止。

扎克捉弄起了他的母亲。自从在公园遇见这个男人以后，他变得多疑和好奇。

在演奏会后，他想说什么就说什么，想做什么就做什么。

他不喜欢黑兹尔的亚麻布套装，珍珠串和宽檐草帽。

“你一定认识那个男人，你是个骗子。”

他推了推黑兹尔，想弄疼她。她为什么从来不提高嗓门？她为什么从来不骂他？她为什么从来不哭？

“我看到他在拼命地盯着你看。”

黑兹尔保持着镇定。她扶着草帽帽檐，匆匆地穿过了马路。扎克想冲到她身后，用拳头打她。他想打人，打人！走在半路上，他真想把自己的手掰断，可大人们多在意他这双手啊。

加拉格尔和其他人在酒店门廊上等着黑兹尔和扎克。笑眯眯的加拉格尔双手交叉着放在胸前。这次布法罗城之行和他预想得一样顺利。加拉格尔会在特拉华公园附近的高档住宅区里物色一套新房子，再把锡拉丘兹的那套房子卖了。如果他的钱不够买一套在特拉华公园附近的宽敞房子，他可能会向亲戚借一些。

加拉格尔的脸一看到黑兹尔就亮了起来，仿佛被点亮的灯泡。

扎克跟在黑兹尔身后，一脸闷闷不乐。他得和大人们道别，礼貌地和他们握手。陌生人的关注刺眼得像舞台上的灯光，可在舞台上，你不用瞪着灯光看，只要把心思放在眼前的黑白琴键上。

不到一个月后，扎克会回到布法罗城，师从特拉华音乐学院最受敬重的老师。德国伟大的钢琴家伊根·派瑞特以前在加利福尼亚教琴时，这位老师曾在派瑞特门下学习。

要是他演砸了……

昨晚他没有演砸。他弹奏了舒伯特的《第三即兴曲》，黑兹尔最喜欢这首曲子。他还弹奏了一首自己不太喜欢的肖邦夜曲。这首夜曲的节奏实在太慢了，扎克觉得自己的演奏缺乏旋律感，其中的每个音符都被听得清清楚楚。

可听众们似乎挺喜欢他。学院的老师，包括他的新老师，似乎都很喜欢他。阵阵掌声像瀑布般在他耳边哗啦啦地响起。为什么！为什么！为什么！为什么！每到此时，他总感觉一阵茫然，都快忘了自己在哪儿。像快要淹死的游泳者拍打着水面吸引着别人的目光，这样扎克才能赢得陌生人的赞赏和鼓掌。加拉格尔曾告诉他要为自己感到自豪。黑兹尔在众人面前的表达方式比加拉格尔含蓄，她会捏捏他的手，让他明白她很高兴，他弹得真棒。

“你看？我早就告诉过你！”

扎克没有被击败，也没有演砸。他会更加勤奋地练习。人们对他寄予了很高的期望，他不能让他们失望。他感到自己责任很大，压力也很大。他曾听到汉斯·齐默尔曼对他弟弟埃德加说，我最年轻的学生有最成熟的眼光。[illegible]舒了一口气，幸好汉斯·齐默尔曼当时不在。

他回到公园酒店的套房里休息，一躺在床上便倒头就睡。

他们的套房在酒店九楼。黑兹尔和扎克先回房休息，加拉格尔要和管弦乐队的指挥在酒店休息室里再喝上几杯。加拉格尔不知疲倦地计划着将来，他可爱的一家人是他生活的全部。黑兹尔回房后把她时髦的草帽往床上一扔，她看也不看它落在哪儿就走开了。自从扎克冲着她大吼大叫以后，她和扎克没说过一句话。在电梯里，他们站得远远的，看也不看对方一眼。扎克现在累得不行了，疲惫像日蚀般渗透进了他身上每个部分。他看见他母亲站在落地窗边，俯览着附近的公园。扎克去浴室洗澡了，弄得呼呼嘭嘭直响。等他出来时，黑兹尔还站在那儿，用前额贴着玻璃窗。每次他们入住酒店，她都会检查房间的卫生情况，包括玻璃窗是否被擦干净了还是留下了陌生人前额的脏印子。扎克静静地看着她，在想那个穿着工作服的男人。如果那个男人不是他的父亲，那他是谁？要是他跑去盯着黑兹尔看，他只能看到一张面无表情和不再年轻美丽的面孔。她的双眼失去了光泽，肩膀变得倾斜，胸部开始下垂。扎克在生她的气，却又怕她，他没说话。黑兹尔当然注意到了扎克责怪的眼神，她也没说话。他们母子独处时常常不说话，因为他们之间的交流无需用言语来表达。

扎克的房间在大人的房间旁边。他走进了自己的房间，关上了门但没有上锁。他穿着衣服倒头就睡，连脚上的鞋子也不脱。这双鞋沾满了公园的泥土。当他下午醒来时，发现房间变暗了。黑兹尔拉上了威尼斯绒呢的窗帘，正穿着衣服躺在扎克身边，但脱掉了高跟鞋。她沉沉地睡着，像他刚才一样疲惫。

25

小男孩一脸惊恐。他的父亲拉着他的手臂，像要把它扯断似的。他朝着小男孩破口大骂，拳打脚踢。小男孩向前爬着，想要逃跑。父亲又把他抓了回去，穿着靴子一脚踩在他手上，先是右脚，再是左脚。听着脚下骨头粉碎的声音，小男孩大叫：爸爸，别打了！爸爸，别杀我！他母亲在哪儿呢？为什么她不出来制止呢？只有当小男孩被打出了血，倒在地上不省人事的时候，暴行才会停止。可他父亲还在咒骂着，你是我的儿子！他妈的，我的儿子！我的。

26

她犹豫了几个星期才打了这个电话。事实上，她已考虑了好几年。

她按着电话号码,这串数字又变得熟悉起来。听着电话那头传来的声音,麦尔策的屋子又浮现在了她脑海中。她好几年都不去想麦尔策一家了,可这一瞬间她仿佛从麦尔策的屋子侧门看到了那间农舍。她在那幢房子里照料着她的男婴,并度过了幸福的几年。她再也感觉不到这种纯粹的幸福了。她的声音微微颤抖着,不像黑兹尔·琼斯平时说话那样清晰流畅。

“麦尔策夫人?你大概不记得我了——我八年前和一个叫奈尔斯·提格诺的男人住在你隔壁的老农舍里。我去镇上的工厂干活的时候,你会照看我的儿子。你——”

黑兹尔说不下去了,她能听到电话那头的人吸了一口气。

“你是丽贝卡吗?丽贝卡·提格诺?”

这准是麦尔策夫人的声音。她的声音变得苍老和脆弱了。

“喂?喂?你是丽贝卡吗?”

黑兹尔好不容易才憋出了几个字。她感受着自己的脉搏,心在剧烈地跳动着。白天习以为常的耳鸣声此刻又在她耳边嗡嗡直响。

“丽贝卡?天哪,我以为你和奈利死了,大家都说几年前他杀了你。”

麦尔策夫人听上去快哭了。黑兹尔沉默着,想让她别哭了。

艾德娜·麦尔策不是她母亲,把这两个女人搞混实在是太荒谬了。她握着电话听筒,手不住地颤抖着。

她打电话的时候,房间里没人。加拉格尔和扎克出去了。

“麦尔策夫人,他在哪儿?”

“他死了,丽贝卡。”

“死了……”

“两三年前,他死于阿提卡,豪伊是这么听说的。他遭人‘勒索’被打死了,‘勒索’——我不确定‘勒索’是什么意思,可能是敲诈的意思吧。可这件事和四角地还有他对你的所作所为都没关系,丽贝卡。我们最后一次看见他时，他疯狂地冲进我们家，想知道你在哪儿。我们说我们不知道！他铁了心要杀了你，还要杀了任何妨碍他这么做的人。他说你偷了他的儿子和他的车。他说他从未被任何女人这样羞辱过，你会为此付出代价的。他看上去疯了，说着他要亲手掐死你这个背叛他的女人。要是他发现我们把你藏了起来，还要杀了我们。豪伊有一把猎枪，他不是轻易低头的男人。我劝豪伊别再激怒这个疯子了，就随他去吧。提格诺终于走了，也没把我们家砸烂。"麦尔策夫人停下来喘了口气。黑兹尔仿佛看到老太太神情激动，面带笑意，她渐渐地适应了这个话题，有力的声音听上去不像出自一位老太太之口。"当时的情况就是这样。现在这里安静多了。隔壁搬来了一户新的人家。他们为人友善，孩子们也很可爱。他们对房子做了一番修葺。在我看来，四角地以前没有提格诺这样的人，以后也不会有了。"

黑兹尔坐了下来，明晃晃的阳光照在她身上。

麦尔策夫人问起奈利的情况，他是个多么可爱的小男孩。黑兹尔告诉她奈利很好，他现在十一岁了，在学钢琴。麦尔策夫人说这听上去不错，她很高兴。她和豪伊还有其他住在四角地的邻居都以为提格诺杀了他们，然后把尸体扔到了运河里一个谁也找不到的地方。现在提格诺死了，可能被和他一样的人杀死了。在阿提卡，死人的事常常发生，那边的守卫和囚犯一样坏。感谢上帝那个监狱离这儿不算太近，可丽贝卡怎么样呢？丽贝卡现在住在什么地方？她再婚了吗？她成家了吗？

"丽贝卡？丽贝卡？"

她躺了下来。她头很晕，仿佛几分钟之前被他狠狠地打了一下。耳鸣像发疯的蝉声萦绕在她脑中。

她会给麦尔策夫人回电的。是下次，可不是现在。

27

"'黑兹尔·琼斯',这个奇妙的名字好像以前在哪儿听过。"

这个残疾老头坐在轮椅上,身体前倾着。他用力地握着黑兹尔的双手。她不明白他所说的"奇妙"是什么意思。他直直地盯着黑兹尔看。布满血丝的灰色大眼睛显得毫无生气。黑兹尔被吓坏了,不知他的眼神是在欣赏她,或只是对女客人的殷勤。他温暖的手湿湿的,软得像没有骨头。赛德斯·加拉格尔的力气很大。虽说他的下半身不如上半身有力,他的身体还是很强壮。他看着面露惊愕的黑兹尔,依旧和蔼可亲地笑着。黑兹尔担心他要是不放手的话,加拉格尔就会介入,到时候场面就难看了。

不要让我的父亲左右你,黑兹尔!我们一进入他的视线,他就会把自己的意志强加在我们身上,像在蜘蛛网上坐等猎物的大蜘蛛。

和加拉格尔父亲的见面让她震惊!老头不仅与轮椅为伴,而且身体像是变形的软体组织。他上身是一件绷得很紧的白色棉衬衫,下身是一条时髦的格子游泳裤。大屁股被硬生生地挤在轮椅里。赛德斯的手臂肌肉发达,可衰老的双腿却苍白无力。他楔行的大脚踩在轮椅的踏板上,脚趾猥琐地颤动着。

一个残疾人!赛德斯·加拉格尔!黑兹尔不满地看着她的同伴加拉格尔。加拉格尔向她抱怨自己的父亲这么多年了,却只字不提,他是一个坐在轮椅里的残疾人。

赛德斯向黑兹尔使了一个眼色,仿佛他们彼此心领神会了什么,可加拉格尔却摸不着头脑。"你看上去吃了一惊,亲爱的?很抱歉,我穿得这么随便地来见你。因为我每天这个时候都要游泳,或者说试着游泳。当我像你这么大的时候,还很在意社交礼节。现在我都七十多岁了,这些对我来说都不重要了。我的儿子'切特·加拉格尔'是一个获奖记者和幻想家。你来见我之前，他一定叮嘱过你什么吧。”赛德斯笑了起来，咬着他的厚嘴唇。他还是不愿放开黑兹尔的手，她的手早就被握得出汗和麻木了。

加拉格尔局促地站在黑兹尔身边，盯着他的父亲看了好久，仍觉得有几分不安。他话不多，显得和黑兹尔一样迷茫。多年未见的父亲又出现在了他面前，他感到惊慌失措。看着老头坐在轮椅上，他们两个站着的年轻人有些不好意思。

赛德斯煞有其事地说，“你们两位请坐！把椅子挪近一些。我们来喝点东西。之后，你们陪我一块游泳吧。今天天气很暖和，你们都穿得太讲究了，看上去很不自在。”

赛德斯在游泳池边等着他的客人们。这是一个奥林匹克运动会规格的游泳池，里面贴满了浅绿色的精致瓷砖。加拉格尔之前和黑兹尔解释过，瓷砖设计是为了突显地中海风格。可游泳池的水散发着硫黄的味道，闻上去像用过的洗澡水。黑兹尔捏了一下自己的鼻子，想到自己要泡在这样的水里，她的头就发晕。

加拉格尔连忙接口说，“我想还是算了吧，爸爸。我们没时间，我们——”

“当然了，你已经说过了，你们要赶回去参加在佛蒙特的‘音乐节’。”赛德斯严肃地说着，听上去却像是拒绝。他按着轮椅扶手上的按钮，机动轮椅向前动了一下。阳光照在他蜡黄色的脸庞上，颗颗汗珠在闪耀。“但至少陪我坐一会儿。除了姓氏一样，”他微笑地抬头看着加拉格尔，“我们应该还有其他共同之处吧。”

那是一九七〇年的八月末。加拉格尔终于带着黑兹尔去阿德摩尔庄园见了他年迈的父亲。过去的一年里，赛德斯邀请了他们好几次，暗示说他的身体状况在“不断地恶化”。他了解到有几位年轻的音乐家在曼彻斯特参加佛蒙特音乐节，黑兹尔的儿子扎卡赖亚斯·琼斯也是其中之一。

从佛蒙特到阿德摩尔庄园的车程不到一个小时。加拉格尔勉强地答应了。“我爸爸可能真的病了，他悔改了，也可能是我疯了。”加拉格尔用他一贯讽刺的口吻开玩笑地说着，可黑兹尔明白，他真的很担心这次见面。

在一九六〇年代，加拉格尔集团旗下的报纸是越南战争坚定的支持者。然而，大多数报纸还是继续刊登了切特·加拉格尔专栏。他的专栏赢得了许多国内奖项，并被刊登在五十多家报纸上。加拉格尔在流行杂志上也发表了一些文章，偶尔还会在电视上出镜，讨论政治、种族问题和美国文化。黑兹尔成了他的助手；她最喜欢在布法罗城大学的图书馆帮他查资料。加拉格尔越来越难与加拉格尔传媒集团和赛德斯保持距离了。他常常听人说，他父亲为他感到“自豪”——“非常自豪”——尽管他从不同意小儿子“狂热偏激的政治观点”。加拉格尔还听说，赛德斯很想见见他组建的“第二个家庭”。

在赛德斯面前，加拉格尔会把黑兹尔介绍成朋友和工作伙伴，而不是未婚妻。他更不会把扎克带去阿德摩尔庄园。

他警告黑兹尔千万不要和他父亲闲聊，更不要回答一些她不愿回答的问题。“我知道他对你很好奇，会盘问你。他从事新闻业多年，最懂这些。东问问西问问，直到你被他找到软肋，他便‘专攻’这一点。”

黑兹尔尴尬地笑笑，加拉格尔肯定在夸大其词。

“我没有。怎么说赛德斯·加拉格尔都不会夸张。”

加拉格尔的新闻专栏配有他的漫画肖像。这是一副滑稽的面孔，高前额，深眼袋，尖下巴，招风耳，脸像马一样长，笑起来也不对称，丝丝卷发如花环般围绕着光秃秃的头顶。“漫画是一种夸张的艺术，”加拉格尔对黑兹尔说，“可它能表达真实。在我们的时代，也许只有漫画才是真实的。”

从曼彻斯特到阿德摩尔庄园的路上，加拉格尔像一只泄了气的气球，变得越来越沉不住气。他心烦意乱，一根接着一根地抽着烟。他不想提起赛德斯·加拉格尔，扎克便成了他唯一的话题。他们昨天晚上看了扎克在音乐节上的演出。十三岁的扎克不再是个孩子了。他长得又高又瘦，皮肤是深橄榄色的，眉宇之间流露着一种不俗的气质。有大人在场时，他显得很孤僻和怕生，可他的演奏却常常得到“温暖”、“深沉”和“成熟过人”的称赞。许多天才少年钢琴家的演奏徒有机械般的精准，却不够激情。扎卡赖亚斯·琼斯所演绎的曲子里却透露着一种细腻的情感。他在这次音乐节上弹奏了一首格里格奏鸣曲，加拉格尔一边听，一边啧啧称赞。

“在音乐世界里，他已经不是孩子了，黑兹尔。这太不可思议了。”

黑兹尔在想，他当然不是孩子了，他没这样的功夫慢慢成长。

“但是我们不能和我爸爸谈起扎克，黑兹尔。他想了解你‘才华横溢’的儿子。他会暗示你加拉格尔传媒集团会‘好好打造他’。他会盘问你，问这又问那。不要回答赛德斯的任何问题，这是一个陷阱。坦白地说，他只想知道一件事情——扎克是不是他的孙子。因为他应有尽有，唯独缺一个孙子。所以——”

黑兹尔看着她情人的脸扭作了一团。他看上去又愤怒又委屈，活像一只怪物。四周是丘陵起伏的乡间，加拉格尔的车在蜿蜒的山路上开得太快了。

黑兹尔说，“扎克在马林角海湾上学前，我们还不认识呢。你怎么会是扎克的——”

“他会这么想，他什么都想得出来。就算他派了私人侦探来调查我们初次见面的情形，他也不能知道真相，所以我会挡住他的问题，黑兹尔。我们就呆一个小时或一个半小时。这些我都和他解释过了，可他到时候肯定会劝我们的，他肯定会劝你的。”

他们穿过了路边的一座座庄园，它们像故事书里的房子，自动喷水器浇灌着一片片绿色大草坪，彩虹在水雾中转瞬即逝，高大的榆树、橡树和松树遍布其中,风景优美的小池,小湖和小溪相映成趣,整座庄园被石墙围了起来。

加拉格尔说,“你用不着称赞这庄园有多‘美’,黑兹尔。当然了,它很美。阿德摩尔庄园该死的一草一木都很美。只要你肯砸钱,什么东西都能变得很美。”

当他们驶达他父亲的庄园,也是他儿时的家时,加拉格尔看上去很紧张。这座法国诺曼底风格的宅邸始建于一八八〇年,在一九二〇年得以重整和修建,并被配上了现代化的设备。黑兹尔在加拉格尔面前没夸赞这座宅第。暗淡的石板瓦大屋顶和手砌的石头墙面让她想起了布法罗城森林草地公墓里的宏伟陵庙。

加拉格尔像年轻人一样把车停在了一条马蹄形的弯路上,仿佛只准备停留一小会儿。他把烟头扔在了碎石路上,用拳头敲了敲自己的腹部,装作毫不在意的样子。最近他常常感到胃不舒服,却说是“紧张”的原因。

“记住,黑兹尔,我们不留下来吃晚饭了,我们在佛蒙特还有‘其他安排’。”

原来,赛德斯不在大房子里殷切地等着他的客人,而是在房子后面的游泳池边。一位加拉格尔不认识的女佣人应了门。尽管加拉格尔知道怎么走,她还是坚持要领他们去游泳池边。“我以前住在这里,女士。我是你雇主的儿子。”

他们沿着一条铺石路走在被紫藤缠绕的拱门下,穿过了一个玫瑰花园,里面的玫瑰都枯萎凋谢了。黑兹尔望着被铅条镶嵌的大窗玻璃,只看到自己模糊的影子。

赛德斯就在那里,穿着白色T恤和花格子游泳裤,坐在机动轮椅里。

残疾人!老头,和胖子!他的眼睛直直地盯着黑兹尔贪婪地看着。

他们坐在游泳池边。多愉快的一次聚会啊！一位穿着白上衣的男佣人端来了饮料。赛德斯一刻不停地说着，他有太多的东西想说了。黑兹尔从加拉格尔那里得知，虽然赛德斯名义上已经退休了，可他还在管理着加拉格尔传媒集团。赛德斯每天拂晓时就醒了，他一天大部分的时间都在打电话，可他现在急切的语气却像好久没和人说过话了。

为了这次阿德摩尔庄园之行，黑兹尔穿了一条淡黄色的蝉翼纱夏裙，配上一条系在背后的腰带，加拉格尔很喜欢这条裙子。她头上戴了一顶老式的宽檐草帽。尖细的脚上穿了一双高跟草鞋。为了庆祝扎克在佛蒙特参加为期三周的音乐节，她调皮地把手指甲和脚指甲都涂成了珊瑚粉色来搭配她涂的唇色。

赛德斯·加拉格尔踩在轮椅踏板上的脚趾颤动着，厚重的手指甲褪成了象牙色。它们看上去像幼兽的蹄子，黑兹尔忍不住盯着看，却又觉得恶心。

这个老头就是赛德斯·加拉格尔，一个大富豪，受人尊敬的慈善家。黑兹尔想起了在格林斯顿岛上的山林小屋里的照片墙：那个更年轻，亲切的赛德斯和他的政界朋友。

黑兹尔想，*死神正在向他靠近*，她看到了它飞逝的影子，像她和加拉格尔在格林斯顿岛上爬山时那老鹰飞过的影子。

老头终究还是镇住了两个年轻人。赛德斯还在眉飞色舞地说话，可加拉格尔早就语无伦次了。加拉格尔不安地在椅子上乱动，他看上去都快喘不过气来了。通常在一天的这个时候加拉格尔都不喝酒，可现在，他却在喝给他的父亲看。黑兹尔发现他一直回避着自己的目光，无视着自己的存在。他也没有正视赛德斯·加拉格尔的脸。加拉格尔仿佛失明了：他睁着眼睛，却看不见任何东西。黑兹尔明白，作为女人，她应该静静地看着父子二人：老加拉格尔和小加拉格尔。她应该懂得欣赏老加拉格尔才是两者之中更有男子气概的强者，赛德斯早就安排好了这一切。

一开始，黑兹尔很同情加拉格尔，这种同情像她在扎克小时候保护他，不让他受大孩子欺负那样。后来她开始觉得不耐烦了：为什么加拉格尔不能和他父亲对峙，为什么他不能像平时那样自信地说话？切特·加拉格尔的尖酸讽刺和黑色幽默去哪儿了？加拉格尔还能调皮地模仿收音机里的声音，把一家人逗得哈哈大笑。他是个非常有趣的人。现在在他父亲的家里，这个从早到晚讲个不停的男人却像个孩子，说起话来拖泥带水，生怕自己打结巴。自从多年前他母亲离世，这是他第一次回到他儿时的家，也是第一次在私密场合见到他父亲。他像一个无助的孩子，回忆着自己曾受过的伤害。黑兹尔忽然对她的情人有一种轻蔑之感，这个专横的残疾老头竟让他如此懦弱。

黑兹尔本不想看见加拉格尔被羞辱。但她心里明白，她这个重要的见证人也是赛德斯一手安排的。

从铺石路和游泳池那边望去可以看见一大片微微倾斜的草地。草坪没有被整片地修剪过，有些草丛和香蒲看上去比周围的高许多。远处的山上有一个波光粼粼的池塘，边上的桦树在阳光下像涂了白色油漆的杆子。黑兹尔想起，在夏末的旱季，桦树在所有的树里是最脆弱的。在梦醒的那一刻，她看见了树枝纷纷断裂和落下。美好一旦破碎了，就再也无法修补完整了。

望着黑兹尔看的方向，赛德斯带着孩子般的虚荣心说，这些景观是他自己设计的，他曾和一个有名的建筑师合作，后来又不得不解雇了他，最后就只留下了他自己的“创意”等等诸如此类的话。

他不满地说着，“加拉格尔家族里没有一个人懂得去欣赏这些。我的家人，他们都离我而去。几乎没有人来探望我。”

“是吗！加拉格尔先生，我感到很抱歉。”

黑兹尔怀疑这是不是真的，加拉格尔在奥尔巴尼有许多亲戚和姻亲。她从没听说赛德斯像对待加拉格尔一样疏远了他其他孩子。

“你没有家人吗，黑兹尔·琼斯？”

他特别强调了“你”。黑兹尔深感不安，赛德斯要开始盘问她了。

“我有我的儿子，我还有……”

黑兹尔的声音变小了。她突然感到在他父亲面前要讲出切特·加拉格尔的名字是多么尴尬和困难。

“可你和切斯特没结婚，对吗？”

这个问题很直白，黑兹尔不好意思地红着脸。加拉格尔无动于衷地坐在她旁边，举起杯子喝了一口酒。

黑兹尔说：“对，加拉格尔先生，我们没结婚。”

“你们在一起住了六年？七年？思想自由的年轻人真令人钦佩啊！‘放荡不羁’。现在是一九七〇年代了，‘什么都会发生’。”赛德斯停了一下，在轮椅上挪着身子。他的腹股沟在紧身的游泳裤下鼓得像甲状腺肿，几缕银发耷拉在他泛红的头顶上。“可我的儿子已经不再年轻了吧？不再年轻了。”

加拉格尔仿佛没有听见似的，毫不理会他的评论。黑兹尔不知道怎么回答他，她能想到的都是些蠢话。

赛德斯兴致勃勃地说着，“能挣脱过去的枷锁真令人钦佩。我们年纪大的人总想留住过去的东西，而不愿去面对风烛残年的未来。当然了，上一代人总要为下一代人让路。我的孩子们不知怎么地都对我感到反感了。”他顿了顿，准备说些俏皮的话，“孩子和继承人是有区别的。我没有‘孩子’，只有‘继承人’。”

赛德斯笑了起来，加拉格尔听了却没反应。黑兹尔像看着一个生病的孩子，无奈地笑着。

这老头有不少黑色笑话。今天下午，他们是他的听众。加拉格尔估计赛德斯留下的财产价值超过一亿美元。对他而言，有人来讨好他和探望他是应该的。他像一只大蜘蛛，挂在颤动的蜘蛛网上。他现在对他的小儿子发起了声讨，他曾经爱着加拉格尔，可加拉格尔却不爱他。他不断地用言语奚落他的儿子，想打击他，激怒他。他要加拉格尔充满愧疚和负罪感，比胃疼还难受。他早就计划好了这次团圆，也可以说是报复。

他朝黑兹尔眨了眨眼睛，我们都明白，对吧？可我的傻儿子还摸不着头脑呢。

这种共谋的感觉让黑兹尔不寒而栗。她的脸红得发烫。这么多年来，老头自信他对女人的魅力依然不减，而此刻他的儿子却失去了活力。

“当然了，我们都不再年轻了。”

接着赛德斯又开始抱怨起了美国联邦政府，共和党内的破坏者，民主党内的叛徒和美国在越南战争中的失利。他还提到左翼分子的“媒体操控”，参议员乔·麦卡锡觉察到了他们的阴谋，可他的调查却被终止了。他被政敌猛烈地抨击，最后郁郁寡欢而死。赛德斯在想为什么最反对越南战争的是犹太人？为什么犹太人要么是共产党员，要么是共产党的支持者。连犹太资本家，骨子里也是共产党。以斯大林为首的俄国仇视犹太人，为什么在俄国的犹太屠杀比德国、波兰和匈牙利加起来的还多？“可在纽约和洛杉矶，你能看到的就这些。广播新闻业、报纸。《犹太人约克时报》那样的报纸，记的都是流水帐。是谁创立了全国有色人种协进会？你猜呢，不是‘有色人种’，而是‘上帝的选民’。黑兹尔，我问你，为什么呢？”

这些噼噼啪啪、越来越前言不搭后语的话，听得黑兹尔一直头脑嗡嗡直响，还有那病狂的蝉鸣。

他知道，知道我是谁。

可怎么会呢？

加拉格尔这才从恍惚中觉醒了。

“是这样吗？赛德斯，犹太人内部没有分歧？”

“犹太人会齐心协力地对付敌人。他们这些‘上帝的选民’——”

“敌人？犹太人的敌人是谁？纳粹？反闪族？你？”

赛德斯面露愠色，他在轮椅里挺了挺身子。他不带个人感情色彩的观点被误解成了个人偏见。

“他们的敌人是非犹太人。儿子，犹太人认为我们本质上不是敌人，而是‘异教徒’。你很清楚我在说什么，这是历史事实。”

赛德斯心平气和地说着，仿佛他刚才是在假装生气。

加拉格尔突然站了起来，咕哝着他要进屋一会儿。

加拉格尔跌跌撞撞地走开了。看着他苍白的脸，黑兹尔担心他的胃又在作怪，他经常难受得呕吐。几年前第一次在反战同盟会上受到诘问时，他的胃就开始不舒服了。在扎克开始公演前，他也常感不适。

他真该死：黑兹尔讨厌留下来与加拉格尔的父亲独处。这个怪老头正坐在轮椅里盯着她看。

黑兹尔·琼斯屏住了呼吸，睁大了眼睛无辜地看着他，略带歉意地说：“切特并非在无理取闹，加拉格尔先生。他太激动了——”

“哦，切特是这样吗？那我也一样。”

“他说他好久没来这里了，自从——”

“我知道有多久，琼斯小姐。你不用来提醒我自家的事。”

黑兹尔碰了一鼻子灰，仿佛赛德斯靠了过来，朝她的淡黄色蝉翼纱裙吐了一口痰。

去见鬼吧，混账。

你这个老混账活不了多久了，我要挖掉你的心。

黑兹尔·琼斯以前是，现在也是掘墓者的女儿。为了安抚她的敌人，她不好意思地嘟哝着，“加拉格尔先生，对不起。”

身穿白上衣的佣人在铺石路边上徘徊，他可能在偷听他们的谈话。赛德斯把酒喝完了。他要的是一杯鲜红的伏特加调味酒。想起刚才对客人大吼大叫，他也感到有些不好意思，更何况她看上去是那么无辜和诚恳。他呆呆地望着浅绿色的游泳池，丝丝云彩倒影在潺潺波纹上像鱼钩上的细线。赛德斯喘着粗气，一会儿狠狠地挠挠胯部，一会儿又肆意地揉揉T恤下结实的胸肌。黑兹尔低下了头，不愿看见他这些不雅的举动。

在格林斯顿岛山林小屋里的那些照片上，她看到的赛德斯·加拉格尔沉着冷静，长得大头大脑的，身体结实但不胖。现在他变得臃肿不堪，下巴仿佛被磨平了。黑兹尔在想他为什么要穿一身那样的衣服，让他肥胖的体态被一览无余。

"废话，他当然激动了。他是一个冷漠无情的狗娘养的。你会明白的，黑兹尔·琼斯。切斯特·加拉格尔不是一个值得信赖的男人。我该为他向你道歉，琼斯小姐。他的白痴'政治'！他的黑人爵士乐！他学不好古典钢琴，只能去弹黑人爵士乐这样的杂种音乐！他经营不好婚姻，只能去接受让他同情的女人。他卑鄙无耻，谎话连篇！他十五岁时就没大没小地说，'资本主义会完蛋的。'这个小屁孩。他在新闻专栏里打着'真理'的幌子鬼话连篇，以为'真理'可以违背历史真相。当切斯特喝醉了——他是个酗酒者，琼斯小姐，他酗酒的历史可能比你认识他的时间还要长——他就开始捏造谎言了。他编造了许多关于我的故事，关于我的'职业道德'，我都懒得辩解了。我从事新闻业多年了，我相信事实。事实，更多的事实。加拉格尔家族的报纸上从不刊登不以事实为依据的社论。没有自由主义，'世界和平'，'联合国'，'国际裁军'等等感情用事的废话，只有事实。事实是新闻业的基石。切斯特·加拉格尔从来不重视事实，却把自己看做一个白皮肤的黑鬼，弹着他们的音乐，从事着他们的事业。"

黑兹尔握着一只玻璃杯，手心直冒汗。她平静又略带撒娇地问："您儿子爱说谎，那加拉格尔先生，您不是吗？"

赛德斯眯起眼睛看着她，下巴颤动着，仿佛黑兹尔俯身过来把手放在了他膝盖上，他突然快活了起来。

"你得叫我'赛德斯'，黑兹尔·琼斯。叫'赛德'更好。'加拉格尔先生’是佣人和员工叫的。”

看见黑兹尔没反应，赛德斯凑了过去。“你会叫我‘赛德’吗？和‘切特’听上去很像，对吧？现在都没人叫我‘赛德’了，我的老朋友们都走了，像掉落的一片片树叶，每个季节都会有。”

黑兹尔的嘴唇麻木地动着，说了声“赛德”。

“太好了！从现在开始，我就叫你‘黑兹尔’吧。”

赛德斯把轮椅转到黑兹尔边上。她能闻到老头身上散发的味道，这味道让人想起旧石屋里密不透风的空气，其中还混合着古龙的淡淡清香。这个把轮椅撑得满满的怪老头那天早上还刮了胡子，抹了古龙。

你仔细看会发现，在这张苍老的脸下藏着一个年轻活力的赛德斯。

“‘黑兹尔·琼斯。’这个名字很好听，听上去还有些怀旧。是谁帮你取的，亲爱的？”

“我不知道。”

“你不知道？怎么会呢，黑兹尔？”

“我不了解我的父母，他们在我小时候就过世了。”

“是吗，黑兹尔，他们是在哪儿过世的？”

加拉格尔早就提醒过她，他父亲会盘问她，可黑兹尔也没办法。

“我不清楚，加拉格尔先生。这是很久以前…”

“也不久吧？你还这么年轻。”

黑兹尔缓缓地摇着头，年轻？

“‘黑兹尔·琼斯’这个名字听上去很熟悉，可我却想不起来了。你知道为什么吗，亲爱的？”

黑兹尔轻描淡写地说：“可能是‘黑兹尔·琼瑟斯’呢？加拉格尔先生，这是个常见的名字。”

“好吧！我不烦你了，亲爱的。我感到有些不好意思了。我那敏感的臭儿子好像生气了，他跑开不管我们了。”

赛德斯轻快地按了一下轮椅上的按钮，黑兹尔没听见任何声响，可不一会儿一位男侍从出现了。他身穿T恤和游泳裤，手里拿着浴袍和毛巾。这个年轻人称赛德斯为“G先生”，赛德斯则叫他“佩比”。他大概二十五岁，皮肤被晒得很黑，看上去亲切温和。他有一副游泳者的体格，宽肩膀，长腰身。黑兹尔看到他茫然地瞟了自己一眼。他明白自己的位置：一个富病人的体能训练师。

“和我一起吧，黑兹尔？他们说我必须天天游泳来防止我的病情‘恶化’。我的病情天天都在‘恶化’，这就是人生！”

黑兹尔谢绝了他的好意。她帮着佩比把赛德斯扶入浅水区。这是黑兹尔·琼斯一贯随性友善的行事风格。

“亲爱的，谢谢！我讨厌水，而只有下水才能让我感觉好些。”

越过他满是肥肉的肩膀和胸部，佩比好不容易把红色游泳圈套在了他臃肿的身躯上。他皱紧眉头，缓缓地扶着赛德斯下水，那架势像一位母亲扶着她手脚笨拙又天性怕水的孩子。池水在他周围颤动着，闪耀着。黑兹尔向赛德斯伸出了手，他感激地抓着她的手。赛德斯像一袋混凝土无助地沉入了水中，他紧紧地握着黑兹尔纤细的手指。不一会儿，他竟犹如孩子般在游泳池里一边喘着粗气，一边拍打着水花。佩比在边上走着，后来下水陪他一起游。在波浪起伏的水池中，赛德斯慢悠悠地游着，时不时笑着看看黑兹尔。黑兹尔跟着他们走在水池边。

“黑兹尔，和我们一起游吧。这水真不错，你说呢，佩比？”

“那是当然，G先生。”

黑兹尔笑了起来。她漂亮的裙子被水溅湿了，散发着氯气的味道。

“黑兹尔，来吧！”赛德斯把头直直地伸出水面，略带严肃地说着。“你大老远地赶了过来，就和我们一起游吧。”他划动着的手臂肌肉发达，双腿却看上去苍白无力。

“我没带游泳衣，加拉格尔先生。”

“叫我‘赛德’，你说过的。”

“赛德。”

赛德斯又莫名其妙地快活了起来。

“在更衣室里有一些女式游泳衣，就在那儿，去看看吧。”

黑兹尔犹豫不决地呆站在那儿，心里恨透了她的情人。

赛德斯仿佛读懂了她的心思，他狡猾地说，“亲爱的，来吧！让我懦弱的儿子看看。他害怕他得了病的老父亲。我患了前列腺癌和结肠癌，可我赛德斯从不轻易认输。你明白吗？”

黑兹尔知道自己不该讨论赛德斯·加拉格尔的病情，便假装自己没听见。她小心翼翼地脱掉了自己的高跟鞋，在水池边光脚走着。她的双腿修长结实，腿毛被刮得干干净净。黑兹尔·琼斯喜欢把小腿，大腿，腋窝还有其他部位的体毛刮干净，她担心那些浓密卷曲的毛发会暴露她的身份。为了保持黑兹尔·琼斯苗条漂亮的身材，她平时吃得很少。在这难闻的池水里，赛德斯·加拉格尔伸长脖子看着她。

他一边用游泳圈拍打着水花，一边含含糊糊地说着些什么。他不断地叫着黑兹尔的名字，仿佛在叫唤任性的孩子。“亲爱的，你会游泳吗？有我和佩比在，你不会有事的。”

黑兹尔笑着说：“我想还是不要了，赛德，谢谢你。”

“要是我给你一样礼物呢，亲爱的？一千美元？”

赛德斯开玩笑地说，他眨着眼睛呆呆地看着她。黑兹尔明白他没有冒犯她的意思，可这话听上去仍然有些刺耳。

黑兹尔摇了摇头，不。

“五千美元！”赛德斯得意地叫着。

老头开了一个无伤大雅的玩笑，他爱上黑兹尔·琼斯了。看着他在水里扑腾扑腾的样子，连佩比都笑了。他双手拍打着水花，两腿用劲地蹬着，像一头小象。他滑稽的一举一动让黑兹尔忍俊不禁。

“亲爱的,别丢下我不管,求你了。”

他以为黑兹尔跑开了,她只是走到乳白色的墙边看看红色爬藤玫瑰。

过了十几分钟,赛德斯突然要佩比把他拉出水面。黑兹尔·琼斯又伸手去扶着老头,他紧紧地抓着她的手。黑兹尔把浴袍和毛巾递给了他们。赛德斯接过毛巾,利落地擦着自己的身体。他像年轻时那样用力地擦着如今头顶上稀疏的头发,加拉格尔擦干头发的动作和他一模一样。黑兹尔看着赛德斯,忽然对他感到亲切了起来。

赛德斯坐在轮椅上,身上裹着一条和毛毯一样大的毛巾。他笑呵呵地喘着粗气,显得精神振奋。身穿白上衣的佣人又端来一杯鲜红的调味酒和一碗坚果。赛德斯唧吧唧吧地吃着坚果。

“黑兹尔·琼斯!我得承认之前听说了许多关于你的传闻。可我现在明白了,那些都是谣言。”

赛德斯低声地说着。他时不时看看房子后面,想着他儿子会不会出现。

他握着黑兹尔的手。她的手颤抖着,但没有退缩。

“我的儿子是一个正直的人,我了解他。我和他经常吵架,可他总认为自己‘有理’。黑兹尔,我该怎么去爱他呢?他还在为以前的事生我的气。我想他告诉你了吧?”赛德斯眯起眼睛看着黑兹尔。

“不,他没有。”

“他没有?”

“从来没有。”

“他常常抱怨我的政见吧?我和他的想法太不一致了?”

“切特从来没有对您不敬。他爱您,加拉格尔先生,可是他怕您。”

“怕我!为什么?”

赛德斯一脸疑惑,眼神充满着期待。

“这您该去问切特,加拉格尔先生。我不能替他说话。”

“不啊，你可以替他说话，黑兹尔·琼斯，你能说得比他更好。”老头不再开玩笑了，变得严肃了起来。他仿佛求着黑兹尔说，“他爱我？他敬爱我？”

“他只是认为您的政见是错误的。”

“他从没谈起他妈妈吗？”

“他说他爱她，他想她。”

“是吗？我也是。”

赛德斯和黑兹尔独自坐在铺石路边，佩比和穿白上衣的佣人都走开了。赛德斯裹着白色浴袍，叹了一口气。他还是不住地看看房子后面。“你没有家人吗，黑兹尔？没有活着的亲人吗？”

“没有。”

“只有你的儿子吗？”

“只有我的儿子。”

“你和切特秘密地结婚了，亲爱的？”

“没有。”

“为什么呢？你们为什么没有结婚？”

黑兹尔躲闪地笑笑。不，不！她没有回答。

赛德斯伤感地问：“你不爱我的儿子吗？要是你不爱他的话，你为什么和他住在一起？”

“他爱我，他爱我的儿子。”

黑兹尔·琼斯想也没想就说了出来。黑兹尔·琼斯为人谨慎，却没想到自己在那一刻说了这样的话。

她看见老头一脸错愕。

“我知道！我就知道是这样！”

黑兹尔知道自己讲得太多了，她担心地说：“他不能知道这件事，加拉格尔先生。他不能忍受被别人评头论足。”

赛德斯喘着气说:“我知道。不知怎么地,我一见到你就知道了。黑兹尔·琼斯,这是我们的秘密。”

老头看上去有些茫然,他急促地呼吸着,静静地坐了几秒钟。黑兹尔能感受到他的心跳声。赛德斯很高兴。突然一阵倦意袭来,他游累了,也说累了。黑兹尔想招呼一个佣人过来帮他,可他还是紧握着她的手说,“你不留下来吃晚饭吗,黑兹尔?你觉得切特会改变主意吗?”

黑兹尔轻柔地说着,不,她不觉得。

“我会想你的,会经常想起你的,黑兹尔。还有扎卡赖亚斯·琼斯,我有空的话会去听他弹钢琴。我不会强求你做什么,我知道这样做不对。我的儿子生性敏感,黑兹尔。他还爱吃醋。要是哪天切斯特让你失望了,亲爱的,你一定要来找我。你能答应我吗,黑兹尔?”

黑兹尔轻柔地说着好,她答应他。

赛德斯笨拙地把她的手放在唇边亲了一下。黑兹尔很长时间都能感受到这一吻的印记,那圆润和冰冷的感觉。

一只大蜘蛛,掘墓者的女儿。谁能想得到呢?

28

加拉格尔被伤得很深,他从不想提起那件事。

在回佛蒙特的路上,他们都没有说话。加拉格尔的脸看上去仍然有些苍白和憔悴。黑兹尔想他刚才大概难受得不行了,就在他父亲家的厕所里吐了一场。事后,他感到很不好意思。

她爱着他。虽然她轻视他的软弱,却还是包容了他,仿佛一张大网罩住了一只发狂的小飞虫。

剩下的一天很快就过去了。他们都感觉不自在,两人没有说话,甚至没有触碰对方。他们和扎克还有其他人一起吃了晚饭。不一会儿,加拉格尔就从阿德摩尔庄园之行中恢复了过来。无论是吃晚餐时，还是在交响音乐会之后的招待会上，他都表现得和平时一样。只有当他和黑兹尔回到酒店房间时，加拉格尔才让黑兹尔明白他原来没有生气，只是感到困惑，他温和地说，“你和我爸爸处得很好啊，不是吗？我看见你们笑得很开心。从我以前住的房间望出去，我看见他在游泳池里拍打着，像一匹发疯的大象。你们让我想起了：美女与野兽。”

加拉格尔正在浴室里刷牙，门半掩着。他朝水槽里大声地吐了一口水。黑兹尔不用看都知道他正在对着镜子扮鬼脸。

她说：“他看上去很低落，切特。他是个孤独的老人，而且害怕死亡。”

“是吗！”加拉格尔冷漠地回答着，内心却焦躁不安。

“他像是在生活上遭受了打击。”

“你的意思是说因为我吗？”

“你是你爸爸生活的全部吗，切特？”

加拉格尔没有料到她会这么问。每当黑兹尔·琼斯说起这些事，他都装作没有听见。

后来她用手搂着他的腰，紧紧地抱着他。她带着奇怪的语调严肃地说：“‘我的儿子是个正直的人。我希望他可以接受我的爱。’”

加拉格尔不自在地笑着。

“黑兹尔，别告诉我这是我爸爸说的。”

“是他说的。”

“胡说，黑兹尔。”

“他患了前列腺癌和结肠癌。”

“他什么时候得了这些病？”

“我觉得他不想让你知道，他常拿生病的事开玩笑。”

“我从不相信他说的话，黑兹尔。他爱开玩笑。”加拉格尔在房间里不安地踱来踱去。他表情呆滞，眼神空洞。“他和《犹太人约克时报》有宿怨。该报每年都可以得普利策奖，可加拉格尔集团旗下的报纸要是运气好的话，也要五年才能得一次奖。这就是背后的原因。”加拉格尔气得快掉泪了。

“可是他爱你。不知为什么在你面前他感到很惭愧。”

“胡说，黑兹尔。”

“这也许是胡话，可却是真的。”

黑兹尔躺在床上，靠着加拉格尔结实的臂膀，想着是时候逗逗他了。她静静地躺在她情人的身边，感受着他的体温。他应该原谅她了，他爱着黑兹尔·琼斯，所以总是想尽办法去原谅她。

黑兹尔在他耳边低语着，当她看到赛德斯·加拉格尔是一个坐轮椅的残疾人，她是多么地惊讶。

“他是一个残疾人？”加拉格尔在被子里辗转反侧，眼睛直直地盯着天花板。“天哪，我想他是吧。”

29

黑兹尔·琼斯，这将是我们俩之间的秘密。

在他剩下的岁月里，他经常给她寄些小礼物。通常每个月在扎克的公演结束后，他会送一些花。不知为什么他总能知道加拉格尔哪天不在家，然后在那天早上把东西寄过来。

黑兹尔回到布法罗城不久后，就收到了第一份礼物。加拉格尔在特拉华公园附近为他们新买了一套房子，这个地方离音乐学院很近。这是一大束红色爬藤玫瑰和小花瓣玫瑰，多得塞不进一个高花瓶里。随花附上的便条是手写的，字迹有点潦草。

一九七〇年八月二十二日

亲爱的黑兹尔·琼斯：

自从上个星期你离开后，我一直在想你。我有一盘扎卡赖亚斯在音乐节上演奏的录像(秘密!!!),你的儿子钢琴弹得真棒,我很难想象他只有十三岁。我有一些他的照片,他看上去少年老成。我十三岁时亦是如此,那时候我就深谙"人情世故",从不奢求别人的"好意"。亲爱的黑兹尔,千万别让你的丈夫知道,我没有冒犯你的意思。我们会互相保密的,对吗?我一直想着你,你美丽动人的黑色眼睛,你宽容和善的真挚眼神。黑兹尔,你若是乐意的话,可以打电话给我,我的号码就在下面。这是我的私人电话,除了我没人会接电话。亲爱的,如果你不想打电话,我也不会生气。你生下了这个可爱的男孩。他是我孙子,这件事是我们的秘密,有机会的话,我想私下见见他。你不用怕我,我不会生气。你让我感到无比快乐,我一直想着你。切斯特是个好男人,可他和我当年一样,天性脆弱,妒忌心重。后会有期,亲爱的。

爱着你的"公公"　赛德

黑兹尔惊讶地读着这封信,里面有许多拼写错误。"他疯了,他爱上她了。"她从没想过会这样。她感到很内疚,担心加拉格尔知道这件事。

她没有回复就把信扔了。她不想去理会赛德斯·加拉格尔热情洋溢的来信,也从不对这些小礼物表达谢意。赛德斯在后面的信里变得越来越语无伦次。黑兹尔·琼斯是个有骨气的女人,她对老头的态度始终是不卑不亢。她觉得他不会食言,也不会直面她和扎克。他远远地关注着他们。加拉格尔似乎从来都注意不到这些小礼物:一大瓶花,心形晶质纸,黄铜相框,玫瑰丝巾。老头做事很谨慎,他只送黑兹尔一些不值钱和不起眼的小礼物,他从不寄钱。

一九七一年三月,黑兹尔·琼斯收到了一份邮件快递。在马尼拉纸信封上寄信人的地址是加拉格尔传媒集团。信封里面不是礼物,而是一堆报纸的复印件和一封赛德斯·加拉格尔笔迹潦草的信。

我的助手终于收齐了这些材料，黑兹尔。我也不知道为什么花了这么长时间。我想你会感兴趣的，黑兹尔·琼斯。我知道这“只是个巧合”。（谢天谢地，这个可怜的黑兹尔·琼斯不是你。）

这封信还有好几页，黑兹尔看也没看就扔到一边去了。

黑兹尔住的房子所在社区名为“特拉华公园”。她来到楼上的房间里，在这里不会有人来打扰她。她把复印件从马尼拉纸信封里拿了出来，摊开在桌上。她的动作虽不紧不慢，手却止不住微微颤抖。她想赛德斯·加拉格尔送来的肯定不是什么好消息。

这些新闻都按时间顺序排好了。黑兹尔不断地往后翻，想尽快地知道结果。

这有一条：

医生死后新瀑布

又有可怕的发现

已挖出多具女性尸骸

接着，

医学博士，五十年代绑架案嫌犯

死于新瀑布

警方搜查其住处　发现多具尸骸

这些剪报上附有一张照片，上面是一个笑容可掬的中年男子：拜伦·亨得里克，医学博士。

“他，那个戴着巴拿马帽的男人。”

这些文章都是从《奥瑞斯卡尼港日报》上剪下来的，刊登日期是一九六四年九月。新瀑布位于伊利河边，奥瑞斯卡尼港的北部，是一个地方不大，相对富裕的郊县地区。黑兹尔坚定地自言自语道，这一切都结束了。不管发生什么了，这一切都结束了。这件事现在和我没关系了。

黑兹尔说得没错，她已经有十一个年头没去想拜伦・亨得里克了，她渐渐地淡忘了关于这个男人的所有记忆。

黑兹尔翻到了复印件的第一页，这篇文章同样是从《奥瑞斯卡尼港日报》上剪下来的，刊登日期是一九五六年六月。

一名女孩在新瀑布失踪

警察和志愿者扩大搜寻范围

十八岁的黑兹尔・琼斯，“消失了”

这个黑兹尔・琼斯原来就读于新瀑布高中，后来在十六岁那年辍学了。她和她的家人住在新瀑布附近的乡镇上。在当地，她靠当“保姆、服务员和清洁工”来维持自己的生活。在失踪前的那段时间，她正在冰雪皇后冷饮店里打暑期工。在失踪那天，许多人在冷饮店里看到了她。到了傍晚，她骑着自行车回家。打工的地方离她家有三英里远，但她没能回到家。后来，她的自行车在公路边的一个排水沟里被发现了，那里距她家还有两英里远。

这显然不是一起绑架案，因为没有绑匪要求赎金，也没有证人看到绑架。没人能想到是谁要伤害黑兹尔・琼斯。黑兹尔・琼斯也没有男朋友，不然她男朋友可能有重大嫌疑。过了几天，几个星期，甚至几年，人们还是没能找到黑兹尔・琼斯或她的尸体。

黑兹尔盯着照片里的女孩，她看上去很熟悉。

照片里的黑兹尔·琼斯那年十七岁。她披着齐肩的深色鬈发，额头留着刘海。浓密的眉毛下是一双深色大眼睛，眼神里充满了疑惑。修长的鼻子上有一副宽鼻头，嘴唇看上去丰满诱人。她长得不算漂亮，却“引人注目”——你甚至可以说“不同寻常”。然而她身上散发着一种忧郁的气息。她对着照相机想笑，却笑得有些勉强。

这个黑兹尔·琼斯长得多像当年的丽贝卡·施瓦特啊！看着这张照片，她感到不安和痛苦。

黑兹尔·琼斯在新瀑布的同学说她为人“安静”、“内向”和“难以接近”。

黑兹尔·琼斯的父母说她“绝不会搭陌生人的车。她不是那样的女孩。”

后来有一篇关于琼斯夫妇的报道。他们人过中年，和黑兹尔一样长得浓眉大眼，一身深色皮肤。他们站在新瀑布郊外的“小平房”前，眼神冷冷地看着照相机，像两个愿赌服输的赌徒。

琼斯家的仿砖面外墙满是水污，前院里寸草不生，堆满了瓦砾。

接下来的几篇新闻是从奥瑞斯卡尼港，布法罗城，罗彻斯特，奥尔巴尼等北方报纸上剪下来的，它们刊登于一九五七年。（巧的是罗彻斯特和奥尔巴尼的报纸都隶属于加拉格尔传媒集团。）在一九五七年六月，一位女孩失踪了，事发地在哥旺达。这个小城市在奥瑞斯卡尼港东南边，距其三十英里。当年十月，又有一位女孩失踪了，事发地在伊利运河边上的凯布尔港。它位于在奥尔巴尼东边，距其几百英里。在哥旺达失踪的二十岁女孩名叫多莉亚娜·克林斯基，在凯布尔港失踪的十九岁女孩名叫格洛丽亚·洛薇。多莉亚娜在哥旺达当售货员，她在回家的路上“消失得无影无踪”。格洛丽亚沿着伊利运河的纤路回家，从凯布尔港到她家只有一英里，她也在路上莫名其妙地消失了。

这些女孩看上去真像新瀑布的黑兹尔·琼斯！深色头发，不算漂亮。

在有关多莉亚娜和格洛丽亚的几篇报道中只字未提新瀑布的黑兹

尔·琼斯。但是在有关格洛丽亚·洛薇的报道中都提到了多莉亚娜·克林斯基。在一九五九年，一九六二年和一九六三年，另有三名女孩相继失踪。只有在这些后续报道中才提到了第一个失踪的女孩黑兹尔·琼斯。多名执法人员不停地奔波在纽约州的各个村落和小镇，花了很久才将这些劫持事件联系了起来。

黑兹尔越看越难过，她的眼眶湿润了，泪水中包含着辛酸和愤怒。

“这个混蛋！原来他当时想谋杀我。”

真是个天大的笑话。“黑兹尔·琼斯”的人生竟是这样：从一开始，她就死了，被谋杀了。当拜伦·亨得里克在肖托夸瀑布边的纤道上尾随丽贝卡·施瓦特时，这个天真轻信的女孩已经死了三年了。死了，腐烂了！某一天她的尸骸会在拜伦·亨得里克的住处被发现。

黑兹尔强迫自己继续读下去。尽管她不忍再去回忆，但她得了解整件事情的来龙去脉。最后一些文章是关于拜伦·亨得里克的，他的身份在一九六四年九月才被确认。其中《奥瑞斯卡尼港日报》用整版详尽地报道了“亨得里克博士”。他在照片里和蔼地微笑着，椭圆形的头像被六名“已知”受害者的头像包围着。

亨得里克总算死了，幸好这个混蛋没有被锁在精神病院里。

亨得里克死的时候五十二岁。他独自在新瀑布的“宽敞”砖房里生活了多年。他已过世的父亲行医大约五十年了，可他从布法罗城医学院毕业后却从未行医。他自称自己是一位“医学研究者”。在新瀑布的邻居提起亨得里克都说他“很友善，可难以接近”，“总是满脸笑容”，“是一位绅士”，“穿着讲究”。

据警方调查确认，十八岁的黑兹尔·琼斯是唯一一位之前与亨得里克有过接触的受害者。她过去“偶尔”为他“打扫房间”。

亨得里克死在了自家二楼。他在死后十多天才被发现，尸体已经腐烂了。一开始他被认为是自然死亡，可是尸检报告显示他死于吗啡中毒。

在他家发现的一本剪贴簿里贴满了关于失踪女孩的新闻报道和他的“罪行纪录”。警方搜查了整幢房子，最终在一块两英亩的杂草地下挖出了“大约”六位女性的尸骸。

六个。他带走了六个黑兹尔·琼斯。

谁也无法了解那些天真的女孩是带着怎样的心情和这个男人离开了。

黑兹尔没有坐在桌边，她讨厌这张又长又窄的工作台。（在加拉格尔为她买的新房子里，黑兹尔最喜欢呆在空气新鲜的三楼。她最近正在附近的凯尼休斯学院上夜校，工作台上摊满了她的作业。）她趴在桌边，把重量都压在了手掌上。她感到头晕脑胀，跳动的脉搏像快要崩裂。她不能晕过去，不能向恐惧低头。然而她听见自己在笑，这不是黑兹尔·琼斯平时轻柔的欢笑，而是刺耳的嘲笑。

“一个笑话！‘黑兹尔·琼斯’是个笑话。”

她感到一阵恶心，嘴里苦苦的。突然工作台的桌角仿佛朝她飞来，撞在了她头上。桌角锋利得像刀口。她重重地倒在地上，额头还滴着血。不知过了五分钟，还是二十分钟，她从昏迷中苏醒了过来，不知自己身处何处，也不知发生了什么。她还在笑着，却不知道自己为什么笑。

那天晚上，黑兹尔睡在加拉格尔身边，心想：*我要叫醒他。我要告诉他我是谁。我要告诉他我的人生充满了谎言和讽刺。根本没有什么黑兹尔·琼斯。在我的故土，谁都不在了。*加拉格尔和往常一样，睡得很沉。他身上很热，时不时打打呼噜，踢踢被子。要是他迷迷糊糊地醒了，便会像一个可怜的孩子，伸手去抚摸和拥抱着黑兹尔·琼斯。他爱着黑兹尔·琼斯，所以她没去叫醒他。天快亮的时候，黑兹尔·琼斯也睡着了。

第三部

之 后

1

在一九七四年的夏天和秋天，整个屋子都回荡着贝多芬的《热情》。那首曲子！

她没想到自己成了年轻钢琴家的母亲。她仿佛置身梦境，睁大着眼睛，却什么也看不到。她像得了相思病似的，呆呆地站在琴房门口，入神地聆听着他的弹奏。

“他会的，他会演奏这首曲子。这是属于他的时刻。”

她听不出钢琴演奏之间的微妙差别。二十五年前，她在墓园石屋的客厅里听过亚瑟·施纳贝尔的演奏录音，却分不出同样一首曲子的演奏水准高低。

她的儿子正在琴房里专注地练习，他弹弹停停，停停弹弹，时而用单手，时而用双手，有时弹了一半又从头弹起，像蹒跚学步的孩子，跌倒了又爬起来。扎克可以一口气把曲子弹完，同时保证每个音都精准无误，这是他与生俱来的能力，可他的演奏仍然缺乏情感共鸣。

黑兹尔觉得情感共鸣也是音乐的一部分。这首曲子包含了作曲家贝多芬的激情，扎克必须用心去体会他的灵魂。她越听越激动，在想扎克该不该选这首奏鸣曲。他那么年轻，不适合弹这首曲子。过了一会儿，她蹑手蹑脚地离开了琴房，生怕被他发现她在门外偷听。那样他会很生气，他了解自己的母亲。

我竭力地让自己不发疯。妈妈你要是疯了，我可管不了。

他从不停歇。十五岁那年，他是一九七二年蒙特利尔青年钢琴比赛的亚军，十六岁那年，他是一九七三年费城青年钢琴比赛的冠军。在十八岁生日前夕，他在为一九七四年旧金山钢琴比赛做着准备。

无论是在音乐学院还是在家，他夜以继日地练琴。耳边不断回响的音乐像瀑布的哗哗水流声，冲刷着他疲惫的神经。这永无休止的音乐不是他弹奏出来的，它像滚滚浪潮拍打着远方的地平线，超越了时间和空间的概念，脱离了已逝和现存的意义。谁也无法摆脱音乐的力量。钢琴边那混合了象牙和树木的味道像毒药。有时他倚着琴键，渴望着新鲜的空气。他会去特拉华公园散散步，或见见好朋友(扎克可能恋爱了)。可一旦离开了钢琴，他又感到恐惧，生怕自己疏于练习而荒废了琴艺。他必须回到钢琴边继续练琴。

我不想发疯，妈妈，帮帮我！

他心里在埋怨她，现在都不愿让她碰自己。

扎克恋爱了(可能吧)。那女孩是拉大提琴的。她是扎克德语班上的同学，比他大两岁。

我的大提琴水平没你的钢琴水平高。谢天谢地！

那女孩说话很直接，她看着扎克惊讶的表情笑了起来。他们还不是很亲密，都没牵过手。她不能给他一个吻，让他平静下来。对扎克来说，音乐和死亡一样神圣，是不能用来开玩笑的。

你还是可以和死亡开玩笑的。运河岸边的那一头是绿茵茵的纤路，而这一头是杂草丛生的小路。除了他们母子，很少有人走过（他还那么小。他母亲牵着他，怕他摔倒了）。

要是你经历过死亡，为什么不能和它开玩笑？

她明白，当母亲的都明白。

她儿子变得谨慎和不安。他一天天地在长大，却离她越来越远了。

他花在练琴上的时间更多了。可这和钢琴无关，黑兹尔从不会忌妒钢琴。

每当听到他在弹琴，她便在想，他找到了自己的人生方向，他生来就该如此。她的儿子给了她安慰。然而，她担心他厌倦了钢琴。

他厌倦了自己的才华和“成功”。她曾看到他疑惑地端详着自己的双手，这是我的手吗？

要是他不经意间伤了自己的手，那该如何是好。

他开始对欧洲历史、哲学和宗教感兴趣，还在大学了选修了一门有关第二次世界大战的课程。他一谈论起这些就兴奋起来，仿佛只要拥有一把钥匙，世界上所有的秘密都会向他揭开。黑兹尔惊讶地发现扎克常常提起些奇怪的人和事，比如古印度的《奥义书》，十九世纪德国哲学家叔本华和希伯来圣经等等。他变得争强好斗，有时会突然在饭桌上谈起宗教，好像他们一直在回避这个严肃的话题。“在所有的宗教里，是不是最古老的宗教最贴近上帝？‘上帝’是谁？‘上帝’代表什么？我们该认识‘上帝’，还是我们彼此？我们的世界属于‘上帝’还是我们彼此？”他弯着背，胳臂支在桌上，脸上郑重其事的表情显得很滑稽。

加拉格尔略带严肃地对他的继子说，“扎克，你问得很好。我个人认为，宗教试图帮助人类理解‘人’以外的世界。每个宗教都有自己设立的体系，因此给出的答案也不尽相同。同时，每个宗教都宣扬它是唯一被‘上帝’所认可的信仰。”

“这意味着总有一种宗教是正统的，比如一道代数题有十二个答案，可能十一个答案是错的，只有一个答案是对的。”

“扎克，‘上帝’不是一道可以证明的数学题。我们为了解开自己的无知创造了‘上帝’这个无所不包的词。”

“也许，”扎克激动地说着，“人们七嘴八舌地说的都是同一件事，是不同的语言把大家搞迷糊了。比如，各种宗教里的‘上帝’好像太阳。要是直视太阳，你的眼睛就瞎了，要是没有太阳，你的眼睛也瞎了，因为你什么也看不到，也许是这样吧？”

在黑兹尔看来，扎克除了音乐以外，从来没对其他事情这么感兴趣过。他把胳臂笨拙地支在桌子上。摇曳的烛光映照着他的脸庞，那模样让黑兹尔想起了雅各布·施瓦特。

她儿子！黑兹尔呆呆地盯着他，心中充满了委屈。

加拉格尔半开玩笑地说着，“扎克，这我也不知道。原来我们中间坐了个‘小神学家’。”

“爸爸，别这么居高临下，行不？我可不是你电视节目里的观众。”扎克不满地说。

扎克如今是加拉格尔的合法养子了，他有时叫加拉格尔“爸爸”。大多数时候，他都是深情地或调皮地叫着，不过有时也会带着讽刺的语气，比如现在。

加拉格尔急忙说道，“我没有居高临下，扎克。这样的讨论没有任何意义，反而让大家都不高兴。各种宗教之间确有共通之处，不是吗？就像人类都有相同的骨架——”加拉格尔讲到一半，看着扎克不耐烦的表情，他气恼地说，“相信我，孩子，我知道，我也有过这样的体会。”

扎克绷着脸说，“我不是个孩子。我才不是什么他妈的白痴孩子呢！”

加拉格尔勉强地笑笑，想让他继子听话，“多少智者为了这些问题争论了上千年。他们达成一致是为了息事宁人，而不是真的与对方的观点

‘一致’。人们需要信仰，所以他们什么都信。像挨饿的时候，你什么都吃，对吗？我的经验是——”

“爸爸，你不是我。你们两个都不是我。明白吗？”

扎克眼里闪着愤怒的泪光，他过去说话从没这么粗鲁过，那天他上了一整天钢琴课。现在他的生活变得复杂了，复杂到连黑兹尔也不明白。因为他把事情都藏在心底，让她不敢靠近。

加拉格尔还是试着用亲切的语气和打趣的方式和扎克讲道理，可他在电视节目上屡试不爽的这套法子在扎克身上完全没用。（现在加拉格尔在布法罗城WBEN电视台上主持一档由加拉格尔传媒集团出品的每周访谈类节目。）加拉格尔一说话，这孩子就不耐烦眨巴着眼睛，在椅子上扭动着。坐在一边的黑兹尔感觉很失落，她明白扎克不是在反抗加拉格尔，而是在反抗她，反抗她从小给他灌输的思想。宗教是别人的信仰，不是我们的。

可怜的加拉格尔！他红着脸，喘着粗气，像个技巧高明的中年选手，因轻敌和自满反而被年轻人超越了。

扎克咽了下口水说，“音乐只占了我脑子里的一部分。天哪，我的脑子是完整的。我想知道别人在学什么。”他开始刮胡子了，他的下半脸比上半脸看上去黑，毛茸茸的胡子遮住了上嘴唇。他一会儿乱发脾气，傲慢无礼，一会儿又友好亲切，泰然自若。无论是刚才他和加拉格尔说话的时候，还是现在这会儿，他都没有看黑兹尔一眼。“我想了解犹太教，它是什么，是怎么来的。”他一口气说着。

犹太教：这是黑兹尔和扎克之间从没提过的词，他们甚至都没说过犹太人。

加拉格尔说，“当然了，我理解。你想从古老的宗教开始，尽可能地了解更多。我年轻时也是这样——”加拉格尔变得语无伦次了。他隐隐约约地感到黑兹尔和扎克之间的关系有些紧张。作为一个享有名气的男人，他已经习惯了受人尊敬和被人顺从。可在自己家里，他却常常感到不知所措。他固执地说，“但是，弹琴必须是第一位的，扎克！”

扎克激动地说，“弹琴总是第一位的，它不是第二位，不是第三位，也不是最后一位的。”

他母亲细悉地为家人准备了晚饭，可扎克只吃了一半，就把弄皱的纸巾扔在了餐盘上。他的这个举动和之前那句他妈的深深地刺痛了她的心，她明白这一切都是冲她而来。扎克叛逆地推开了椅子，昂首阔步地走出了屋子。看着他远去的背影，这两个大人惊呆了。

加拉格尔握着黑兹尔无力的手，安慰着她，

“在大学里一定有人对他说了些什么，你觉得呢？”

黑兹尔像被人扇了耳光，吓得坐着一动不动。

“弹那首奏鸣曲给了他很大压力。这首曲子对他来说太难把握了。他还是个孩子，他还在慢慢长大。我还记得在那个年龄段，天哪，性性性。我没法把注意力集中在琴键上。我告诉你，黑兹尔，他没什么恶意。”

埋怨我，嫌弃我。因为他恨我。为什么？

她逃避着扎克和加拉格尔。她无法忍受自己被人看穿，仿佛她后背的脊椎骨暴露在了体外。

加拉格尔过来安慰她的时候，她没有哭。黑兹尔很少哭，她讨厌懦弱的自己。

加拉格尔温柔地劝着她。她躺在床上，静静地靠在他的臂弯里。他爱着黑兹尔·琼斯，想要保护她。虽然他嘴上说着扎克不是故意的，扎克爱她，不会伤害她，可她心里明白，他会保护她，不会再让她受他儿子的气。

“嗯，我都知道。”

“我爱你，黑兹尔，我愿意为你而死。”

他聊了很久：加拉格尔不仅能用身体吸引女人，还会用语言来俘获她们的心。他不像其他沉默寡言的男人。她和孩子的生父曾有很深的瓜葛。可现在一切都结束了，她再也不可能那样去爱一个男人了，那段充满情欲的日子结束了。

她很感激现在这个男人，从没有人像他那样珍惜她和尊重她。然而，她知道他的弱点。

她不想被人安慰，真的！她更想好好地体会这份伤害。

她轻蔑地想着，弱肉强食是动物世界里唯一的法则。

有好几次，她偷偷地跑去公园。在那儿，她曾撞见一个身穿泥泞的工作服的男人。

我叫古斯·施瓦特。

我像不像您认识的某个熟人？

她没能再见到他，沮丧的泪水在她眼眶里打转。她多希望可以再和他不经意地相遇。

那个男人的声音刺穿了她的心！他提起了她的名字，她好久都没被别人这么叫过了。

我的妹妹丽贝卡，我们以前住在米尔本……

她在本地电话簿上查到了几个姓“施瓦特”的人，打电话过去以后才发现他们都不是她要找的人。

他们近几年去蒙特利尔和多伦多旅行时，黑兹尔也会在电话簿里找人，可依然没什么收获。她依稀记得赫彻尔为了甩掉那些人，逃到了加拿大边境。

“要是他还活着，要是姓施瓦特的那些人还活着。”

她头一次在儿子比赛前感到紧张。以前她总想着，*他还小，还有时间*，可他现在已经快十八岁了。进入青春期以后，他变得冲动暴躁，紧张的情绪让他额头上冒出了青春痘。他从不向父母倾诉自己的烦恼，可黑兹尔知道他消化不良，还便秘。

她不敢去想她儿子可能会失败。他那么有天分，那么努力，如果他失败了，对她来说，天都塌下来了。

“上帝的旨意。”

在纽约阿帕拉钦市路边的咖啡馆里，这个热乎乎的孩子懒洋洋地躺在她大腿上，热切地伸手去摸着琴键。那是一架破旧的直立式钢琴。烟雾缭绕的咖啡馆里弥漫着啤酒刺鼻的味道，耳边时不时响起酒鬼的叫声和陌生人的欢笑。

天哪，他是怎么做到的？他还那么小。

她笑着，他们当时多快乐。

这位和蔼的老人看上去醉醺醺了，他迫不及待地想见见他朋友加拉格尔的一家人。

他称自己为“扎克·扎卡赖亚斯”。他听说加拉格尔的继子是位青年钢琴家，也叫“扎卡赖亚斯”。

扎克入围了旧金山钢琴比赛的决赛，决赛中一共有十三位参赛选手。接到了这个好消息，加拉格尔决定带着一家人来格兰德岛游艇俱乐部庆祝一番。

加拉格尔的人生哲学是，“该庆祝的时候就庆祝吧，你可能不会再有这样的机会了。”

他们在人群中穿梭，往河畔走去。那位和蔼的老人已经坐在了桌边。他白发苍苍，留着平头，坑坑洼洼的脸像土豆一样，微笑的眼睛泛着红血丝，仿佛他刚用手揉过。

他站起来和加拉格尔握手，和他太太打着招呼，还特别问候了一下扎卡赖亚斯。

“巧合，不是吗？我总觉得巧合是件有趣的事，就算它可能没什么意义。孩子，你是位人物了：一位音乐家。我在报纸上看过关于你的报道。我？我是个老掉牙的电台主持，在 WBEN 电台主持了二十六年的晚间爵士乐节目”——他压低了声音，模仿电台里那些黑人主播的磁性嗓音——“可那些混蛋把我赶出了电台。我没什么恶意，切特：我知道这不该怪你，你不是你该死的赛德斯老爹。孩子，我的真名”——他弯着腰和这畏畏缩缩的孩子握了握手——“是小阿尔文·布洛克。念起来是不是挺有节奏感的？”

他摇着屁股，扑哧地笑了起来。这时，穿白上衣的餐厅服务员走了过来。

（格兰德岛游艇俱乐部！加拉格尔一说起这个地方，就自我辩解起来了。）

作为当地的名人，切特·加拉格尔被格兰德岛游艇俱乐部授予了荣誉会员称号。这该死的俱乐部有一段历史，按加拉格尔的话来说是“有污点的历史”。它是一家仅对新教徒白种男人开放的私人俱乐部，犹太人，黑人，“少数族裔”和女人在这里都不受欢迎。加拉格尔当然对这样的组织不屑一顾，它既不民主也不符合美国精神。可成立于 1870 年的格兰德岛游艇俱乐部是布法罗城当地一个“庄严传统的老组织”，在这家俱乐部里还有不少他的好朋友。他不是付费会员，又为什么要谢绝他们的好意呢？

“在这儿看尼亚加拉河的风景美极了，特别是日落的时候。你会喜欢的，黑兹尔。”

黑兹尔问她能不能去游艇俱乐部的餐厅用餐。

加拉格尔说，“当然了，黑兹尔。你和扎克都是我请来的客人。”

“女人也可以吗？其他会员不会反对吗？”

“游艇俱乐部当然欢迎女人了。那里有妻子，亲戚和其他会员的客人，它和布法罗城运动俱乐部差不多，你去过的。”

“为什么？”

“什么为什么？”

“为什么女人不符合条件也‘受欢迎’？那犹太人，黑人呢？”黑兹尔在说“黑人”时转了下音调。

她说着俏皮话，一副不自在的样子。

加拉格尔看着她说，“我不是付费会员，也就去过那儿几次。我只想周日在那里为扎克庆祝一番，好好地吃一顿晚餐。”加拉格尔顿了一下，使劲地揉了揉鼻子。“你要是不喜欢，我们就去其他地方，黑兹尔。”

黑兹尔笑了起来，让加拉格尔不知所措。

“切特，不了。我没什么不喜欢的。”

我有时感到很孤寂。哦，上帝啊。你把我从落寞的生活中解救了出来。可他总是一脸怀疑和惊讶地盯着她看。

不是你，黑兹尔！从不。

在布法罗城，他们住在罗斯康芒广场八十三号。方圆一英里内有特拉华音乐学院，布法罗城历史协会和奥尔布赖特诺克斯美术馆。他们常常出现在嘉宾之列，受邀参加各类活动。加拉格尔不屑于这样的中产阶级生活，他感到很困惑。黑兹尔·琼斯一夜之间成了切特·加拉格尔夫人，黑兹尔·加拉格尔。

年轻时她在一所“历史悠久”的酒店里打扫客房，她做事能干，任劳任怨。人到中年的她如今照看着他们维多利亚式的大房子。这幢房子始建于一八八七年，屋顶上铺着石板瓦，墙面上贴满了紫色边沿的小圆石，它有三层楼和五间卧室。每天打扫房间已成了黑兹尔的一种癖好。她儿子是出色的钢琴演奏家,而她也要成为最细致的家庭主妇。加拉格尔一天大部分时间都不在家,他似乎没注意到黑兹尔干起家务活来的较真劲儿。可不管黑兹尔做什么,加拉格尔都喜欢,况且他对家务事一窍不通。渐渐地,黑兹尔不再等着加拉格尔来承担责任,而是自己管理起了家庭的财务收支。加拉格尔对管钱更是一窍不通,他是有钱人的儿子,对钱没什么概念。

黑兹尔像只囤积什物的驮鼠,把平时各种票据都收集了起来。她每个季度都会寄挂号信给加拉格尔在布法罗城的会计,信里是与税费相关的复印材料。加拉格尔钦佩地看着他的妻子。"黑兹尔,你太棒了。你怎么这么聪明?"

"这是家族遗传的。"

"怎么说?"

"我爸爸是高中数学老师。"

加拉格尔满脸疑惑地看着她说,"你爸爸是高中数学老师?"

黑兹尔笑着说,"不,我开玩笑的。"

"黑兹尔,你知道你父亲是谁?你以前总说你不知道。"

"我不知道。"黑兹尔揉了揉眼睛,忍不住笑了起来。加拉格尔已年届五十,他严肃地看着她,仿佛被爱冲昏了头脑,心爱的人说什么他都信。黑兹尔想躲进加拉格尔的怀抱,感受着他的心跳。"开玩笑的,切特。"

她踮起脚尖吻他。加拉格尔驼着背看上去也很高。她发现他的眼镜脏了,便把它摘了下来用裙子擦了擦。

切斯特·加拉格尔夫人

这是她的新名字。她每次签名时都觉得自己的笔迹变了。

他们去过不少地方,在旅途上遇到了形形色色的人,有些人是音乐圈的，有些人是从事媒体行业的。在这些友好的陌生人面前，黑兹尔总是被称为黑兹尔·加拉格尔。她觉得这名字听上去怪里怪气的。

可没人拿这名字说笑，至少她从未听到过。

加拉格尔是个多情浪漫又愤世嫉俗的男人。他本想筹划一个正式隆重的婚礼，后来还是认为简单的民间仪式更符合现实。“我们不希望引人注目，对吗？引人注目。要是我爸爸发现了……”在一九七二年的十一月，他们在伊利镇法院的一间小审讯室里举行了婚礼。整个十分钟的仪式由一位治安法官主持：那天正好是加拉格尔和黑兹尔在马林角旅店的钢琴酒吧相识十周年的纪念日。扎克是婚礼唯一的见证人。他穿着西装，打着领结，看上去既尴尬又兴奋。

加拉格尔认为是他说服黑兹尔和他结婚的。他开玩笑地说，黑兹尔让他变成了一个诚实可靠的好男人。

十年！

“亲爱的，有一天，你得告诉我为什么？”

“什么为什么？”

“为什么你过了十年才愿意嫁给我？”

“这十年感觉过得很快。”

“可对我来说过得很慢！每天早上醒来，我都担心你会带着扎克离开我，留下我一个人独自心碎。”

黑兹尔听了这话很吃惊。加拉格尔当然是开玩笑地说的。

“我迟迟没有嫁给你的原因，可能是我觉得自己配不上你。我想就是这个原因吧。”

黑兹尔·琼斯露出了她迷人的笑容。她变得近乎完美，仿佛是扎克弹奏的华彩乐段，让人越听越沉醉。

“配不上我！黑兹尔，是吗？”

在伊利镇法院，加拉格尔一边筹备着和黑兹尔的婚礼，一边商议着领养扎克的事情。加拉格尔感到无比自豪和幸福，他的生活总算有了完美的结局。

领养手续办起来很快，先是约见加拉格尔的律师和州法院法官，再是签署一大堆文件。扎克皱巴巴的出生证明被传真到了纽约的舍蒙镇，它的复印件被保存在了伊利镇的档案馆里。

扎克在法律上是扎克・加拉格尔了，但他将把扎卡赖亚斯・琼斯作为自己的艺名。

扎克开玩笑说他是伊利镇历史上被领养的孩子中年纪最大的。他一签完文件就从加拉格尔和黑兹尔身边跑开了，他不想让他们看见他的脸。

"嘿，孩子，天哪。"

加拉格尔紧紧地抱着扎克，在他的嘴边亲了一下。天性多愁善感的他一点也不介意被人看到在哭。

他们母子两人像同谋犯，独处时常常大笑起来。这疯狂的笑声准会把加拉格尔吓一大跳。

真有趣！不管是什么让他们如此欢乐。

扎克对他以前从没见过的出生证明感到很好奇。这些秘密都被藏在黑兹尔的一个小包裹里。自从离开济贫农场公路以来，她一直把这个小包裹带在身边。

扎克问他的出生证明是不是合法的，黑兹尔明确地回答，是！

"我的名字是'扎卡赖亚斯・奥古斯特・琼斯'，我父亲的名字是'威廉・琼斯'？'威廉・琼斯'究竟是谁？"

"他曾经是。"

"曾经是什么？"

"是曾经，不是现在。琼斯先生已经死了。"

秘密不仅在小包裹里，还在她心里。心里藏着这么多秘密，她常常喘不过气来。

比如，赛德斯·加拉格尔寄来的小礼物和那些热情洋溢的信，写给亲爱的黑兹尔·琼斯。

在一九七〇年的秋天，在黑兹尔第一次收到这些小礼物不久，一位匿名捐赠者向特拉华音乐学院捐赠了一大笔钱，用于赞助年轻钢琴家扎卡赖亚斯·琼斯的学习和比赛。年轻钢琴家参加各项国际钢琴比赛需要不少钱。他们希望赢得比赛后能得到人们的关注，并且获得演出机会和唱片合约。有了这笔匿名捐赠者的钱，扎克可以去任何地方参加比赛。作为扎克职业生涯的规划师，加拉格尔很清楚地意识到这意味着更多的机会："在全国电视台上，安德烈·瓦兹在雷昂纳德·伯恩斯坦的指挥下演奏了李斯特协奏曲，那时他才十七岁。这真是爆炸性的新闻！"更为传奇的是，在一九五八年的柴可夫斯基钢琴比赛上，年仅二十四岁的范·克莱本赢得了第一。他从苏联载誉而归，成了国际名人。加拉格尔明白！可他对这位匿名捐赠者心存疑虑，当音乐学院的行政人员拒绝向他透露捐助者的身份时，加拉格尔起了疑心。他向黑兹尔抱怨着，"如果是他，怎么办？"

黑兹尔天真地问，"他是谁？"

"还有谁，我该死的父亲。这位匿名捐赠者赞助了音乐学院三十万美元，准是他。他一定是听了扎克在佛蒙特州的演奏。"加拉格尔愤怒了，却又很无助，仿佛被人切掉了膝盖。他无奈地向黑兹尔诉苦，"我再也受不了赛德斯了，他总是在干涉我的生活。"

黑兹尔同情地听着，心想，这不是你的生活，这是扎克的生活。

这是一位母亲的直觉，她察觉到了她儿子炙热皮肤下涌动着一股冲动，神情中充满了对激情的渴望，羞愧地躲避着她的眼神。

他在钢琴前坐了太久，像被关在音符的牢笼中。

他回来得越来越晚，一开始是午夜，有一次是凌晨四点。（黑兹尔在床上静静地躺着，生怕打搅到加拉格尔，等着她儿子回来。）在旧金山钢琴比赛前三周的某天晚上，他天亮前才一摇一摆地回到家。他看上去衣冠不整，身上有一股啤酒味。

“扎克！早上好。”

黑兹尔说话轻声轻气的，丝毫没有责备他。她知道，只要一碰他，他就会往后退。要是他情绪不好甚至还会用拳头打她，像他小时候一样。我恨你，妈妈！该死的，我恨恨恨你。她不会恶狠狠地盯着他没刮胡子的脸，不会指责他毁了他们的生活，更不会哭着苦苦地哀求他。这不是黑兹尔·琼斯的风格。她微笑地为他打开后门，让他进来。扎克喘着粗气，像刚跑过步似的。眼睛充满着血丝，眼睑厚厚地耷拉着，躲避着她的眼神，身上散发着刺鼻的啤酒味，混合着汗臭和男人味。可她还是要让他知道我爱你，我对你的爱可以包容你的恨。

他回来后会睡个大半天，黑兹尔没去打扰他。下午晚些时候他又精神焕发地坐在钢琴边，一直练到深夜。加拉格尔在走廊里听着他的琴声，不可思议地摇着头。

她早就明白！

（他不明白她为什么开玩笑地说着琼斯先生已经死了。她的意思是他父亲已经死了？他还记得父亲朝他大吼大叫，对他推推搡搡，把他当做洋娃娃摇来摇去。可父亲也会拥抱他，亲吻他，在他嘴边留下淡淡的烟草香。嘿，爱你！他的手指在钢琴的高音区穿梭，弹奏着《贝多芬奏鸣曲》的华美尾章。）

奇怪的是，切特·加拉格尔渐渐地对自己的事业不感兴趣了，他丧失了斗志。越南战争突然在争议中结束了，这是美国历史上最耗时和最可耻的战争。尽管加拉格尔的事业正风生水起，可一夜之间他厌倦了公众生活。（他三百五十字左右的新闻专栏发表在全国各大报纸上并广受赞誉。他吹嘘这些文字都是他闭着眼睛用左手写出来的。他在一九七三年主持的电视访谈节目逐渐赢得了大批观众。同年,他的文章被拼凑成了一本名字古怪的散文集《我的一些思考》。并出人意料地成了畅销平装书。)

切特·加拉格尔的兴趣转移到了扎卡赖亚斯·琼斯身上,他已是一位富有才华的年轻钢琴家了。在那个难忘的冬夜,加拉格尔在马林角海湾发现了这位天才钢琴少年……

"一切就这么发生了,他是我的养子。我的儿子。"

加拉格尔不得不承认他父亲没他这么好运,他让他父亲失望了。他没能成为一位古典钢琴演奏家,这也许是出于逆反心理,但总之他失败了,一切都结束了。如今他不再一本正经地演奏了,只是偶尔在当地的演奏会,慈善筹募会和电视节目上弹弹爵士钢琴。身为丈夫和父亲的他过着典型的白人资产阶级生活。虽然这样的中年生活落入俗套,可他感到很幸福。幸福没有棱角,也不需要爵士钢琴。为了他可爱的小家,他把烟都戒了。

人生真是奇妙!切特·加拉格尔感到自己有责任为扎克规划他的职业生涯。

当然了,他不会给孩子太大压力。一开始,他就给孩子母亲提了个醒。

"我们要一步一步慢慢来,得现实点。连早年成名的安德烈·瓦兹都累垮了,范·克莱本也是。"加拉格尔从不指望着扎克在旧金山钢琴比赛中赢得第一:他还年轻,又缺乏大赛经验,能入围决赛已实属不易了。来自不同国家的评委们不一定会青睐白人小男孩。(也许他们会?扎克演奏的可是奏鸣曲《热情》。)扎克会和来自俄国、中国、日本和德国的选手同台竞技。比起特拉华音乐学院的老师,其他选手都师从名家。得现实点,加拉格尔盘算着:一九七五年东京国际钢琴比赛。

她名叫弗里达·布吕格。

这个漂亮率直的女孩在音乐学院学大提琴,长着一双杏仁眼,留着爆炸式的发型,头发乌黑浓密,看上去精神饱满。“加拉格尔夫人!您好。”她的声音像女高音,极具穿透力。

黑兹尔微笑地看着扎克带回家的女孩,显得一脸茫然。扎克介绍说她是自己的朋友。他们为了学院演奏会,在一起排练奏鸣曲。黑兹尔欣赏着女孩手里闪亮的大提琴,关于这个乐器,她有许多问题想问。可不知为什么,这两个孩子奇怪地看着她,原来她还没回话。她麻木地动了动嘴唇,“你好,弗里达。”

弗里达!这个名字念起来真怪,她都快晕了。

她想起自己曾在音乐学院看到过这女孩。那是在排练结束后,她看见她和扎克走在人群中,可她从没见过他们独处。

就是她了。他和她上床了,是吗?

黑兹尔还没什么心理准备,扎克就毫无征兆地把女孩带回了家。她原以为他会偷偷摸摸的,没想到这女孩已经站在了她面前,并称她为“加拉格尔夫人”。虽然扎克个头比她高几英寸,可她是二十岁的年轻女人了,扎克却还是个孩子。他看上去很不自在。在处理人际关系方面,扎克没能像他弹钢琴那般灵巧和优雅。此时他正紧张地揉着鼻子,又不敢正眼看黑兹尔。他表情兴奋,还透着一股叛逆劲儿。加拉格尔告诉黑兹尔,像扎克这样的年纪有一个女朋友,甚至有几个女朋友都很正常。现在的孩子比起黑兹尔那代人在性方面更早熟,只要他们采取安全措施就行了。再说他和扎克谈过这些问题(黑兹尔无法想象他们的谈话有多尴尬),所以没什么可担心的。

扎克带女孩回家了,漂亮率直,杏仁眼,粗眉毛,爆炸头,这就是弗里达·布吕格。

他告诉黑兹尔他们将在十二月中旬的学院音乐会上演奏一首福雷的

大提琴和钢琴奏鸣曲。黑兹尔第一次听说这事,不知道怎么回答。(《热情奏鸣曲》怎么办? 八天后的旧金山钢琴比赛怎么办?)这事没征求过黑兹尔的意见,就已经决定好了。

"加拉格尔夫人,这是我第一次参加音乐会,我很紧张!"

她想让黑兹尔体会年轻人的激动心情,可黑兹尔没什么兴趣。

黑兹尔没想到自己在琴房呆了这么久,她在忙着打扫卫生:摆正窗座上的靠枕,打开百叶窗。两个孩子正看着他们的乐谱,认真地讨论着要表演的奏鸣曲。黑兹尔看见女孩紧挨着扎克站着,不住地微笑着。她的牙齿洁白整齐,门牙间有一条迷人的细缝。皮肤看上去光滑透亮,嘴唇边长着稀疏的汗毛。她浑身上下充满了活力,扎克明显在躲着她,却又被逗得哈哈大笑。扎克是学院里颇受欢迎的钢琴伴奏,他经常带着同学回家一起练习。可能这女孩只是他的朋友和同学。她在音乐上的造诣不如扎克,所以会依赖他的判断,听从他的意见。她摆弄着漂亮的大提琴,仿佛它是自己的化身:她优美的女性胴体。

黑兹尔忘了这女孩的名字。她不安的心剧烈地跳动着,这一切发生得太快了。

对一个音乐学院的学生来说,这女孩穿得太性感了。石灰绿毛衣勾勒出她丰满的胸部线条,镶嵌着金属装饰片的牛仔裤裹着她结实的臀部。她紧张时会下意识地舔舔嘴唇,用嘴巴呼着气。她看上去没什么不自在的,一举一动都在装腔作势。是富家千金吧? 她的言行举止给人这样的感觉。自信满满的她习惯了受人重视和被人仰慕。她右手腕上戴着一块看似名贵的手表。手又小又短,不如扎克的细长,一点儿不像拉大提琴的。看着她干干净净的手指,黑兹尔瞥了一眼自己光亮的指甲,指甲颜色和她涂得粉嫩的唇色正相配。这女孩多年轻,多活泼! 黑兹尔望着她陷入了深思。

她听见自己问这两个孩子要喝点什么? 可乐,咖啡……

他们委婉地说，不。

一个不安的念头突然萦绕在黑兹尔的心头，他们在等着我离开，好让他们独处。

她又听见自己在问，“这首奏鸣曲是怎么样的？有名吗？我听过吗？”

弗里达像班里活跃的女学生，热情地回答了她的问题，“加拉格尔夫人，这是一首优美的奏鸣曲，但你可能没听过。福雷的奏鸣曲不是很有名。他在一九二一年写了这首曲子，那时他已经又老又病。这是他最后写的几首奏鸣曲之一，可你却听不出来！福雷是一位纯粹的诗人和音乐家。这首奏鸣曲的基调在不断变化，‘阴郁主题’听上去飘渺悠扬，令人意想不到。比如，你又老又病，就快死了，但仍能从微弱的身躯里爆发出巨大的力量……”这女孩越说越激动，黑兹尔感到很不自在。

为什么她这样和我说话？她觉得我老了，病了？

黑兹尔在齐默尔曼兄弟乐器行布置橱窗里的施坦威钢琴时，习惯在琴上放一盆花。如今在琴房里，她也爱摆放一些花花草草。在加拉格尔家里，扎克很少留意这些，只有音乐让他着迷。可他这位朋友留心到了摆放的花朵，她早就看到了。她还注意到了抛光的硬木地板，随处铺放的地毯，窗座上的亮色靠枕，高窗和窗外绿茵茵的草坪。在潮湿的天气（当时正下着雨，窗上起了一层薄雾），窗外潮湿的空气让人仿佛置身海底。她一进屋走进底楼，便感受到了加拉格尔家中优雅的装饰风格。她走到一边，啧啧称赞着：扎克的母亲真……

黑兹尔不知所措地站着，露出一副愁苦的脸色。她知道她应该离开琴房，让孩子们练习了。可她又一次听见自己在问他们是不是需要吃些什么，他们又一次委婉地说了不。

黑兹尔正要离开，弗里达在她身后说，“加拉格尔夫人，谢谢您！很高兴认识您。”

你还会来见我的，你会吗？你会的。

黑兹尔在琴房外停留了一会儿，等着他们开始练习。大提琴手调了一下音，扎克应该在钢琴边坐好了。听着两个孩子的演奏，黑兹尔突然感到一阵嫉妒。大提琴的音色多么圆润和生动：它是仅次于钢琴，黑兹尔最欣赏的乐器。比起小提琴，黑兹尔更钟爱大提琴。他们演奏了几小节后停了下来，又从头开始排练。扎克弹着钢琴，女孩听着，扎克说了些话。他们继续演奏，又停了下来，再接着开始……黑兹尔入神地听着，体会到了合奏的美感。听着贝多芬奏鸣曲的钢琴独奏，瀑布般的澎湃琴声和琴键不断的沉重敲击让听者无法呼吸。而两种乐器的合奏听上去更悦耳动听。这段旋律以大提琴为主，钢琴为辅，这也许是扎克安排的。大提琴和钢琴交织成了美妙的音乐，黑兹尔沉醉地听了好一会儿。

她走开了，准备去房间里处理些自己的事。可她集中不了注意力，总想着琴房里的孩子，于是她又在走廊上徘徊。在琴房里，她听见女孩的阵阵笑声和男孩的低沉嗓音，他们两个年轻的音乐家正聊着天。那天的练习结束了吗？都快六点了。他们什么时候再排练呢？他们两人的声音充满了活力，融合地交织在了一起。扎克和那女孩在一起很惬意，一直有说有笑的。真奇怪：扎克在黑兹尔面前变得言词谨慎。她正在失去他，她已经失去了他。在黑兹尔的记忆里，扎克以前的声音又尖又细，他最近才变声了，有时变粗，有时变哑。他还不是男人，却也不是男孩了。一个十七岁男孩的性功能已经发育成熟了，而像弗里达这样圆润性感的女孩应该成熟得更早。黑兹尔已经很久没有看到，也没打算去看他儿子裸体的样子，只是偶尔会瞥见他浓密的腋毛，臂毛和腿毛。比起扎克的身子，黑兹尔也许更了解那女孩的身子，因为她自己以前也是年轻女孩。

弗里达大概在回答扎克的一个问题，她说起了自己的家庭背景。他爸爸出生在布法罗城，是当地的眼科医生。她母亲出生在捷克斯洛伐克边上的一个德国小镇。在她母亲小时候，她们一家人，还有亲戚和邻居被驱逐到了达豪，后来她又被分配到捷克斯洛伐克的一个劳改所。在那里，她和其他三个女孩逃了出来。解放后，她作为难民移民到了巴勒斯坦，在一九五三年，又移民到了美国。那时她已经二十五岁了。纳粹党杀害了她全家人，没留下任何活口。可她仍然坚信着："她能活下来是命中注定的。她真的相信！"弗里达笑着说，表明她不想和她母亲天真的想法扯上什么关系。扎克说，"弗里达，这确实是命中注定的。你演奏福雷的奏鸣曲，我来当你的伴奏。"

黑兹尔离开了琴房，她感觉自己的灵魂被掏空了。

真寂寞！

她不会哭，哭没什么用。没人看到的眼泪都是白流的。

自己铺的床，就得自己睡上去。

自己铺的床，你的床，就得自己睡上去，你！

在她童年记忆里回响着这粗鲁的声音。它听上去很久远，充满了智慧。

房子的三楼是简单装修的阁楼，这里成了黑兹尔的私人空间，每次她一受伤就会躲到这儿来。她听不到在远处的孩子们是不是还在练习，也不知道女孩走了没有，是不是扎克带着她离开了。即使他在出门前叫她，她也听不到。即使那女孩临走之前向她温暖地道别，说着再见，加拉格尔夫人，她也听不到。

别相信自己，你永远躲不开他。爸爸太聪明，反应快，又结实。他把双管猎枪对准那女孩的胸部，扣下了扳机。就是这样了。他不管躺在地上流血的女孩，像切猪肉似的在卧室的地板上乱砍，得意地想着他的敌人不会再来羞辱他了。他重新上了子弹。这把双管猎枪和摩托罗拉牌台式收音机一样，是他在美国买过的几样新奇玩意儿。他笨拙地把枪管对准自己开了一枪。可怕的枪响过后，只剩下寂静，没人还能活着见证这恐怖的一刻。

笑对死亡，为什么不呢？可他还是笑不出来。

大地被浸泡在鲜血中。他在认识弗里达之前就知道。他听人说过纳粹集中营和所谓终结方案。他似乎早就明白自己要花时间学些什么了。这是一场灭顶之灾，笑对死亡是不可能的。

相较人类所有的发明，音乐是那么稍纵即逝和微不足道的东西。即使在演奏时，旋律也会慢慢地消失在寂静中。你得花工夫去练习，但也有可能会搞砸。

出于自己的虚荣心和野心，他会像只训练有素的猴子，在被聚光灯包围的舞台上演奏。在一群“国际评审”面前，他会为了虚荣心而亵渎音乐。钢琴手们像跑马般互相追赶，希望别人在他们身上下赌，而比赛的最终胜者将赢得一笔“奖金”。

在他们计划飞往旧金山参赛的六天前，扎卡赖亚斯·琼斯对他身边的那些大人们说：他不去了。

这件事引起了骚动！加拉格尔从早到晚一直在接电话。

扎克不听他老师和学院其他音乐家的劝告，甚至连他继父的话也不听。他平时最崇拜他继父。这次他继父又是求他，又是哄他，甚至和他谈条件，“扎克，要是你反应这么强烈，参加完这次比赛，你就不用再参赛了。”

可黑兹尔没有求他，她明白自己要和他保持距离。也许她太生气了，不想和任何人说话。哦，这孩子知道怎么伤他母亲的心。要是黑兹尔像加拉格尔那样求他，他准会当面笑话她。

去你的，你来弹吧。以为我是你训的猴子？我才不是呢。

就这样，三天过去了。扎克躲了起来，他开始感到惭愧。在他看来，做这个决定是懦弱的表现，在他灵魂深处的道德困境更像是紧张和怯场。他的脸肿了，总拉肚子。他不想看见镜中自己疲惫的样子。他甚至都不和弗里达说话了。弗里达一开始还对他表示同情，后来也不知道怎么做才好。他想远离大家的关注，而不是吸引大家的关注。他最近在读希伯来圣经：四大皆空，也在读叔本华的书：在如沉睡般的死亡里，个性将被遗忘。他不想接受他人的喝彩，获得“成功”，也不想当众失败。他开始重新考虑。他把一样珍贵的东西扔进了尘土中，现在要把它捡回来再洗干净。也许还不如自杀……

也许他会逃跑，跑到加拿大的边境。

音乐学院还没有通知比赛的主办方扎卡赖亚斯·琼斯退赛的事。现在他在重新考虑。加拉格尔合情合理地说没人指望他赢得比赛，能入围决赛已经是莫大的光荣。“你在家练习贝多芬奏鸣曲也有好几个月了，和在舞台上把它弹出来又有什么区别呢？没什么区别。贝多芬创作音乐也是为了博得听众的欣赏，对吗？他没有过早地发表奏鸣曲《热情》是因为当时人们还无法接受他的音乐，现在我们已经准备好了，孩子。用心把它弹出来吧。上帝啊，别再闷闷不乐了。”

听了他的话，扎克吓了一跳，又笑了起来。和以前一样，他继父是对的。

2

旧金山的街道湿漉漉的，像被洪水冲刷过一样。从雾气弥漫的大海吹来了海风，空气显得格外清新。

大雾！从他们在旧金山太平洋酒店二十楼的房间望出去，外面的高楼大厦仿佛塌陷了几英尺。

“上帝的旨意。”

一定是这样，没有其他解释。他在十七岁时成了名叫扎卡赖亚斯·琼斯的年轻钢琴家。他指甲大小的照片出现在了一九七四年旧金山国际钢琴比赛的宣传册上。而她也成了黑兹尔·加拉格尔。

在他们的酒店房间里放着一大束玫瑰和一只柳条篮。篮子上垫着一张透明纸，里面有点心，白葡萄酒和红葡萄酒。母子俩本可以像同谋犯一样，在独处时哈哈大笑起来，可最近他们变得疏远了。儿子深深地伤了他母亲的心。

加拉格尔不经意间成了母子俩的调解人。他一点都没意识到他们的紧张关系。他听到扎克在隔壁房间吹着口哨，推了推黑兹尔，"听，这是个好兆头。"

黑兹尔不知道这是不是个好兆头。她来到旧金山后，心情也不错。近乎垂直的街道湿漉漉的，别致的有轨电车呼啸而过。她和扎克第一次来到这个肃穆的城市。上帝的旨意把他们带到了这里，离奇得就像之前把他们带去别处一样。

黑兹尔在酒店楼下的礼品店里买了一副扑克牌。

她把塑料包装纸拆了，迅速地洗了牌，把牌放在了窗边的玻璃台上。她独自呆在酒店，准备玩一盘单人牌。

一个人呆着真开心！加拉格尔希望黑兹尔能和他们一起去参加欢迎午宴，可她坚持不去。她在飞机上看到两个十几岁的姐妹在玩双人牌。

不当黑兹尔·琼斯的感觉真好。

"黑兹尔，你为什么要穿黑色？"

这是一条新的紧身针织裙，胸前是优雅的荷叶边褶皱，长袖低腰，下摆到小腿中部，搭配一双光亮的黑色轻舞鞋。十月的夜晚有点凉，她会再裹上一件黑色羊毛披肩。

"我不该这么穿吗？我想…"

"是啊，黑兹尔。这条裙子很漂亮，但是像丧葬似的。你知道扎克会胡思乱想，特别是对你的一举一动。穿些亮色的吧，黑兹尔，求你了！"

加拉格尔看上去很严肃，黑兹尔只得作罢。她换上了一件乳白色的轻质羊毛套装，围了一条深红丝巾，这丝巾是加拉格尔送过的比较实在的礼物。这多像一场化装舞会。

窗外的雾气渐渐散去。在黄昏时分，旧金山这座城市才显露了出来。高楼大厦鳞次栉比，如石笋般在阳光下闪耀。黑兹尔在想自己呆在屋里是不是辜负了窗外的美景。想起要发生的事，她便心头一紧。

“爸爸？过来帮帮我。”

扎克怎么都戴不好他的黑色领结。他一会儿进进出出，一会儿又呆在他们的卧室里。加拉格尔说扎克从那天午宴开始就浑身不自在。其他钢琴手不仅年龄比他大，而且经验更丰富，有些人早已崭露头角。扎克只得闷闷不乐地躲在一边。那天他洗了两次澡，不停地梳着头发，让褐色刘海遮住前额的痘痘。他棱角分明的脸上闪过一丝恐慌，又有些许欣喜。

男士们被要求打黑色领结，穿带领扣和法式袖口的白色棉衬衫。加拉格尔帮着扎克打理他的领结和法式袖口。

“抬起你的下巴，孩子。虽说男式礼服看上去很怪，可我们穿着还不错，连少女都会为我们倾倒。”加拉格尔扑哧一笑。

黑兹尔看着镜子中的父子俩，觉得他们一家人像在上刑场，谁会被处决呢？

加拉格尔捣鼓着扎克的领结，一会儿解开，一会儿又系上。他们看上去真像父子，头发稀疏的父亲已届中年，与他一般高的儿子正皱着眉头看着那该死的领结。黑兹尔在想，加拉格尔一定是压抑着自己的情感，才没像小丑般地亲吻扎克的鼻子。

加拉格尔越不安，就越爱说俏皮话。至少他不像那天在他父亲家里，胃疼得弯着腰，跑去厕所里上吐下泻。他还偷偷摸摸地去（黑兹尔没看到，但她知道）客厅的冰箱里拿了瓶尊尼获加黑牌威士忌喝了几口。

一个男人会像对待亲生儿子那样爱着其他男人的儿子，这听上去有悖常理。可加拉格尔做到了,他待扎克视如己出。

那天晚上,五位钢琴手被安排在旧金山艺术中心演奏,扎克第三个出场。第二天,轮到剩下的八位选手演奏。赢得比赛一、二、三等奖的选手名单会在当晚最后一位钢琴手演奏结束后公布。想到扎克这么快就能出场,加拉格尔就放心了。对扎克来说,这场考验很快就会过去。可加拉格尔又担心评委们会青睐出场顺序在后的选手。

“不过,扎克弹得好不好——”加拉格尔对黑兹尔说,他不安地摸着下巴,“没关系。我们之前就说过。”

他们坐在靠走道的第三排。他们可以毫无阻挡地看见琴键和钢琴手灵巧的手。他们听着前两位选手的演奏,加拉格尔攥着黑兹尔的手,紧紧地靠着她。他急促地喘着气,呼吸中混合着威士忌和李施德林漱口水的味道。

每个选手表演结束后,加拉格尔都激动地鼓起掌来。他自己以前也在舞台上表演过。黑兹尔感觉双手很沉,口干舌燥。她什么都听不进去,因为她不想知道儿子的竞争者弹得有多棒。

突然到了扎克出场的时刻,他胸有成竹地走上舞台,甚至还向听众们微笑示意。刺眼的聚光灯打在他身上,和前面三十出头的选手相比,他看上去年轻多了。扎克坐在钢琴边,身体前倾,直截了当地开始弹起了贝多芬奏鸣曲的开场旋律。虽然黑兹尔在许多小型音乐会上看过扎克的表演,可她每次都被突然响起的琴声所震撼。琴声一旦响起,就要完美地结束。

这首复杂的奏鸣曲有三段对比乐段。扎克的每次转换都很流畅,比他在家练习时还要自然。几个月的辛苦练习就为了比赛中的半个小时,真是残酷。

加拉格尔紧紧地靠着黑兹尔。她担心被他压着,又不敢把他推开。

心情忐忑的她快喘不过气了，心扑通扑通地直跳。她不断地告诉自己，扎克不可能赢得比赛，能入围决赛已是莫大的光荣。她担心他会犯错，会丢脸。可她知道他不会失败，她对儿子有绝对的信心。钢琴清脆又震耳的声音在空气中迸发，消失，回响，又消失了。她感到头晕，不自觉地屏住了呼吸。加拉格尔用力地握着她的手，搁在她膝盖上，她的手指都快被捏断了。几个月来，耳熟能详的旋律此刻却听上去如此陌生，她想不起它的调子了。这首奏鸣曲带着狂热和魔幻的色彩。钢琴手灵巧的双手在键盘上划过……黑兹尔的眼睛湿润了，她不忍心继续看下去，她不明白这折磨人的场景有什么"乐趣"可言。这是地狱，她讨厌这段旋律。当他弹到舒缓美妙的乐段时，她才放松下来，均匀地呼吸着。只有在柔和的乐段里，疯狂的色彩才渐渐淡去。它听上去确实很美，美得让人心碎。最近几个星期，扎克对奏鸣曲《热情》有了新的诠释。他精准地敲击着琴键，多了几分狂热，少了几丝温柔。刺耳的音符刺激着她的神经。扎克的钢琴老师和加拉格尔都不喜欢他新的诠释。现在黑兹尔又在他的演奏中听出了狂热，听出了他对这首奏鸣曲和作秀"表演"的蔑视。黑兹尔看见扎克咬紧牙关，扭曲着下半张脸，前额泛起点点油光。黑兹尔逃避地望着别处，她看见坐在听众席的人们入神地看着钢琴手，听着他的演奏。正厅和楼厅的五百个座位看上去都坐满了。听众们看上去都富有音乐教养，对钢琴手们弹奏的曲子谙熟于心。他们其中有钢琴家，钢琴老师，还有来自参赛学院的支持者，弗里达·布吕格也来了。黑兹尔在人群中搜寻着她的脸，却找不到她。在贴着马赛克墙砖，摆着豪华座椅的高雅音乐厅里，时不时能看见一些不属于这里的面孔。他们应该是钢琴手的亲属，坐在其他懂行的听众中间，他们显得很不自在。记忆像透亮的水晶浮现在了她眼前。赫彻尔告诉她他们的父母曾在欧洲互相吟唱咏叹调，那应该是在慕尼黑，安娜·施瓦特把它称为古老的国度。

他们隐隐约约地出现在音乐厅后面。施瓦特夫妇！他们的面孔随着时间和距离的推移变得有些模糊。

他们惊喜交加的同时，又深深地感到自豪。

我们总是很信任你，丽贝卡。

不，你们没有。

我们一直爱着你，丽贝卡。

不，我觉得不是。

交流对我们来说很困难。我不适应新的语言。还有你爸爸，你知道你爸爸是……

我知道吗？

你爸爸爱着你，丽贝卡。他以前常说他最爱你，你最像他。

黑兹尔的脸像瓷娃娃，一碰就会碎。她埋起脸来，生怕被别人看见。泪水突然涌出眼眶，她用一只手挡住了脸。她眼前突然浮现出了被废弃的墓园，周围杂草丛生。只有当她闭起眼睛时，才能看到这片墓园。墓碑在杂草丛中东倒西歪，其中有些还被人乱涂乱画。逝者的名字早就被抹去了，不管当时多用心地雕刻，墓碑上的名字还是消失了。黑兹尔笑了：这世界上堆满了无名的墓碑。

她睁开了浸满泪水的双眼。舞台上，钢琴手正在弹奏贝多芬奏鸣曲激烈的末乐章。他年轻的生命汇聚在了这一刻。很显然，他在用心演奏。黑兹尔刚才一直紧绷的脸上终于洋溢起幸福的笑容。到了最后的和弦部分了，踏板被踩了下去。扎克松开了踏板。一瞬间，听众席间爆发出了热烈的掌声。

钢琴手像孩子般迫不及待地离开了他的琴椅，向听众鞠躬致谢。他年轻柔弱的脸上挂着汗珠，眼神中充满着炙热的激情。他笑着，茫然地笑着，像阵痛般谦恭地鞠着躬。这一次加拉格尔站了起来，和其他人一样举起手鼓着掌。

“黑兹尔，我们的儿子，他做到了！”

她能活下来是命中注定的。

她明白，她明白这个道理。可甚至到现在，她都不知道她的使命是什么。

心神不安！

凌晨两点四十六分。虽然她累得筋疲力尽，可她睡不着。眼睛灼热地刺痛着，仿佛她刚把沙子揉进了眼里。

加拉格尔在她身边沉沉地睡着，他熟睡的样子像个听话的孩子。他温热的身体紧紧地靠着黑兹尔，渴求着被关爱。他大声地喘着气，有些呼吸困难，喉咙里的咕噜声像碎石被翻铲的声音。从他的吐息中，她预见到了他的死亡。到那时，她会明白自己有多爱这个男人，尽管她现在还无法言表对他的爱。

她被剥夺了说母语的权利，而其他任何语言都表达不了她的心声。

起床吧！她悄悄地从熟睡的男人身边爬了起来，走出了黑暗的卧室。失眠像红蚁般爬满了她一丝不挂的身子。

事实上，她没有一丝不挂：她穿了一件香槟色的丝质睡袍，上部是性感的蕾丝胸衣。这件睡袍是加拉格尔送的。

她打开了客厅的灯，已经两点四十八分了。时间过得真慢，离扎克演奏完奏鸣曲《热情》才过去五个小时。在之后的招待会上，那个漂亮率直的女孩拥抱了黑兹尔，仿佛她们是老朋友或亲戚。黑兹尔僵硬地站着，没有回应她的拥抱。

扎克和她，还有其他一群人走了。他让加拉格尔和他母亲别熬夜等他了，他们说好的。

雨水拍打着窗子。明天一早，窗外又将是大雾一片。黑兹尔看着黑夜中的城市，觉得它美得有些不真实。从二十楼的高度望出去，什么都变得不真实了。在不远处有栋又高又窄的建筑物，它可能是座塔。一束红光绕着它的顶端在旋转,光线在雨水下变得模糊。

“上帝之眼。”

多么奇怪的说法,可这句话不言自明。

她没花时间好好打扮,就披了一件时髦的橄榄绿防水大衣,下摆是荷叶边的,腰部配有装饰饰带。大衣被昨晚的雨淋湿了,到现在还没干。她把大衣像长袍一样裹在身上。还有鞋呢:她是不会赤脚离开房间的。

在找她的平底鞋时,她发现加拉格尔的一只黑色皮鞋被他乱丢在了地毯上。她把鞋子捡了起来,放到了鞋柜的另一只边上。

他们回到酒店后,在房间里庆祝了一番。加拉格尔点了一瓶香槟让服务员送上来。大理石面咖啡桌上的银色托盘散落着包装纸,瓶子和玻璃杯,还有吃剩下的布里白乳酪、黑麦薄饼、猕猴桃、美味的康可牌葡萄干、杏仁和巴西果。听完那晚的音乐会,加拉格尔饿坏了,可他又激动得坐立不安。他在大厅里走来走去,边吃边说。

他可能没想到扎克发挥得这么好,也许他也担心扎克会失误。

五月,加拉格尔夫妇去医院检查时吓了一跳。加拉格尔的胃部持续不适,X光上显示出一团阴影,还好这团阴影不是恶性的。他得了胃溃疡,但是可治愈的。他们决定不告诉扎克,这是他们的秘密。

扎克和音乐学院的朋友,还有其他在旧金山认识的钢琴手们出去玩了。他富有争议的钢琴表演使他成了英雄,至少同年龄的钢琴手们都这么看他。

黑兹尔不会走进扎克的房间,也不会打开他的房门。她知道房门一定是锁着的。

弗里达肯定不会和扎克睡在那房间里,这儿离加拉格尔夫妇太近。她独自来到旧金山,如果她和扎克同床共枕,那多半是在她自己的酒店房间里。他们这会儿也许刚做完爱在躺着休息了。

她不敢去想。她现在不是任何人的女儿,也不是任何人的母亲。一切都结束了。

她会说，你可以为自己活了，可以主宰自己的生活了。

她把赛德斯最近写来的信带到了旧金山。这些信全是情书，信中的情感日益澎湃，表达却越发语无伦次。她把折了好几层的信纸打开，借着客厅的灯光读起信来。她丈夫正在隔壁的房间里熟睡着。这封信上的字像是眼神不好的人在黑暗中用打字机打出来的。

亲爱的黑兹尔·琼斯：

要是你接受了我的好意，你准是在戏弄我这个老头的虚荣心。但现在我明白，你黑兹尔·琼斯是个好妻子和好母亲，所以你没有回信，我对你心存敬意。我想在坟墓里我不会再给你写信了。你和你儿子因你的忠诚和善良会得到一笔成就奖金。你肤浅的丈夫，和他所谓自由的灵魂对此将一无所知！他配不上你和你的儿子。这是我们的秘密，黑兹尔·琼斯，对吗？看了我的遗嘱后，你会恍然大悟的。愿上帝保佑黑兹尔·琼斯和你的儿子。他的音乐才华会与世长存。

黑兹尔笑着，把信折好了放进了她的皮包里。一个声音伴着雨水敲击窗檐的滴答声说着，你——你出生在这儿，没人会伤害你。

她把手伸进了还没干透的防水大衣，系好了腰部的饰带。她不愿去看镜中的自己：一头乱蓬蓬的头发，一双空洞无神的眼睛，显得兴高采烈。她的皮肤散发着情热的味道。她从钱包里取了几张二十元，从冰箱里拿了几小瓶威士忌，杜松子酒和伏特加，还把扑克牌扔进了大衣口袋里。她还不能忘记拿上二〇〇六室的钥匙。

她走到空荡的走廊上，关上了门，听到门锁咔嚓的一声才离开。

走廊通往电梯的路比她想象得要长。她脚下是深红色的厚地毯，墙上贴着东亚风格的米色墙纸。走到电梯边，她按了向下的按钮。不一会儿，电梯就会从二十楼下降到一楼。她笑着想起了以前缓慢下降的老电梯。在乘老电梯时，你有许多时间去思考。

在这个钟点，酒店走廊里空无一人，一楼也很安静。白天有线广播播送的背景音乐也停止了。加拉格尔说这音乐听上去像疯麻雀叽叽喳喳的叫声。虽然她从没住过这家酒店，可她熟悉地穿过了一扇扇没有窗户的门，门上写着“员工专用：禁止入内”。在走廊的尽头飘来了食物的香味，门上写着“厨房：员工专用”和“客房服务：员工专用”。二十四小时的客房服务是旧金山太平洋酒店的一大特色。黑兹尔听到了门后有人在说话和堆盘子，收音机里放着拉丁音乐。她推开门走了进去。

人们惊讶地看着她，可她仍然保持着微笑。

穿着脏兮兮的白色制服的是厨房里的伙计们。还有一个男人，深色制服熨得整整齐齐，他刚回到厨房，推了一车脏盘子和脏瓶子。厨房里很亮，比走廊要暖和。油烟和清洁剂的味道弥漫在厨房里，混合着垃圾的臭味，还有啤酒味，因为有些伙计喝了啤酒。那身着深色制服的男人看上去吓了一跳，他正要说着，“夫人，请见谅，可是——”黑兹尔打断了他的话说道，“不好意思，我很饿，我会付你钱的。我自己带了些酒，可不想一个人喝。我也不想叫客房服务，那样太费时间了。”她笑着。他们看她心情不错，就没有让她走。

黑兹尔记不清后面发生了什么事，也记不清厨房里有几个伙计了。至少有两个伙计一直在水槽边洗着碗。还有一个后来从后门进来了，他弯腰打着哈欠。还有几个和她成了朋友，他们挪开了报纸，字谜册子，喝完的可乐瓶，七喜和啤酒罐，在桌上为她腾出了一块地方。他们很喜欢她从房间里拿来的几瓶小酒，可不愿收下她二十美元的小费。他们是，恺撒，一个年轻的拉美裔小伙儿，在他的麻脸上长了一双水灵的眼睛；马维尔，一个黑人男人，他有一身茄色的皮肤，圆润的脸看上去很温柔；德雷克，一个中年白人，他戴了一副闪亮的金属框眼镜，扁平的脸像一种鱼类。比起值夜班的厨师，他更像一位会计师；还有身着深色制服的麦金太尔，他一开始提防着黑兹尔，又很快地成了她的朋友。他大约五十岁，负责送东西到客房。这一整夜，他得随叫随到。他们对黑兹尔非常好奇！她只说了她的名字，他们觉得这名字很怪。“黑—兹尔”听上去像个外来词。他们问她从哪儿来，她告诉了他们。他们问她结婚了没有，她丈夫是不是还在客房里睡觉，要是她丈夫醒来发现她不在了，怎么办？

“他不会醒的。当他醒来的时候，我会在那儿。在这个钟点，我怎样都睡不着…听说有人入住酒店就是为了自杀。为什么？是不是因为更容易？我年轻时也在酒店里工作，是打扫客房的服务员。那酒店在美国东部，纽约州北部。它不像这里那么宏大和豪华。可我在那儿工作得很开心。我喜欢其他服务员还有厨房里的伙计，只是……”

这些男人目不转睛地看着她，关注地听着。收音机里依然放着拉丁音乐。黑兹尔从没见过这么大的厨房。远处阴影下的墙壁变得很模糊。那些炉子个个是庞然大物，每个炉子上都有好几个煤气灶。她还看到一大排嵌入式的冰箱，冷冻室和洗碗机。厨房被分割成了几个工作区，现在只有一个工作区亮着灯，几个伙计正忙碌着。漆布地板刚被拖过，还湿漉漉的。小推车里的盘子被拿了出来，垃圾被装进了塑料袋。随后，裹得紧紧的塑料袋被扔进了大铝箱子里。厨房里的伙计们干起活来气势高涨，黑兹尔在想，这是不是和她有关。她把口袋里的扑克牌拿了出来，搁在桌上洗了洗牌。他们会玩金拉米吗？会！他们想玩金拉米吗？想！太好了。金拉米。黑兹尔又洗了洗牌。她的手指纤细灵巧，指甲被涂成了深红色。黑兹尔熟练地把牌发给了伙计们和她自己。原来黑兹尔和他们一样，这些男人开怀地笑了起来，心情顿时轻松了许多。他们仿佛老朋友般玩着金拉米，喝着冰镇的银子弹啤酒，和黑兹尔带来的小瓶酒，吃着薯片和巴西盐坚果。加拉格尔在房间里也吃了不少巴西坚果。电话突然响了，一位客人叫了客房服务。麦金太尔披上外套去送东西了。十几分钟以后，他回来了，看到黑兹尔还没走，他心里就踏实了。

一盘牌结束后，扑克牌被扔在了桌上。谁赢了？黑兹尔赢了吗？那些男人想让她再呆会儿，这才三点三十五分，他们要工作到六点才下班。黑兹尔又把牌堆齐了，洗牌，切牌，洗牌，发牌。她身上的大衣耷拉了下来，露出了香槟色的丝质睡袍，那些男人可以看到她若隐若现的胸部。她知道自己头发乱蓬蓬的，嘴边留着旧唇膏的味道，连一块指甲都掉色了，身上散发着过时的怀旧气息。可她毫不怀疑自己的魅力，这些新朋友们可不会对她评头论足。“你知道‘吉卜赛金拉米’吗？要是我还记得的话，可以教你。”

跋

一九九八—一九九九

佛罗里达，沃斯湖
一九九八年九月十四日

亲爱的摩根斯腾教授：

我多想叫你一声“弗莱妲”！可我还没资格这么亲昵地称呼你。我读完了你的回忆录，我有理由相信我们是表亲。我的娘家姓是“施瓦特”（这不是我父亲原来的姓，我想他于一九三六年在埃利斯岛改了姓。）可我母亲的娘家姓是“摩根斯腾”，她们和你一样来自考夫包伊伦。我们本该在一九四一年碰面的，那时我们还是孩子。你和你的兄弟姐妹还有父母当时准备过来和我们一起住。我和两个哥哥还有父母住在纽约的米尔本。可是载着你们还有其他难民的“莫利亚”号被美国移民局拒在了纽约港。

（在回忆录里，你对这段往事提得不多。你书里的船名不是“莫利亚”。但我很肯定它叫“莫利亚”，因为这名字听上去像乐曲般动听。你那时太小了，后面还发生了许多事，你不一定想得起来这些事。要是我没算错的话，你那时六岁，我五岁。）

这些年来，原来你还活着！我不知道你家里还有幸存者，我父亲曾告诉我你们全死了。我真为你的成功感到高兴。我惊讶地听说你从一九五六年以来一直生活在美国，还是纽约城的大学生。我那时也住在纽约北部！（正经历着我第一段失败的婚姻）请原谅我不知道你之前出版的书，但我想我也会对“生物人类学”感兴趣吧！（我没有你那样的学术背景。很惭愧，我没上过大学，连高中都没有毕业。）

嗯……我写信是为了尽快和你见上一面，弗莱妲！别等到一切都太迟了。

我不再是那五岁的小表妹了，只想着和新来的“姐姐”（我母亲答应我的）一起睡，一起玩。

你“失散”的表妹

Rebecca

佛罗里达，沃斯湖
一九九八年九月十五日

亲爱的摩根斯腾教授：

我前两天给你写了信，可我现在发现我可能寄错了地址。在回忆录的书皮上写着你离开了芝加哥大学，在休“公休假”。我再试试这个地址，由你的出版商转交给你。

我会附上之前的信，尽管那封信不足以表达我的心声。

你“失散”的表妹

Rebecca

又及：当然了，无论何时何地，我都乐意去找你，弗莱姐！

佛罗里达，沃斯湖

一九九八年十月二日

亲爱的摩根斯腾教授：

我在上个月给你写了信，可恐怕寄错了地址。既然你人在加利福尼亚州的帕洛阿尔托，就职于斯坦福大学的“高级研究学院”，那我就把这些信寄到这儿来吧。

可能看了我的信后，你感到被冒犯了。我知道我写得不好。我不应该重提一九四一年跨越大西洋的经历，你肯定比我更清楚。我不是想纠正你，摩根斯腾教授。对你们来说，乘上那艘船像是一场噩梦！

看了《迈阿密报》上关于你的访谈录以后，我感到怪不好意思的。你说自从回忆录出版后，收到了许多“亲人们”的来信。当我读到那段“当我们需要这些美国亲人时，他们到哪儿去了？”时，无奈地笑了。

我们当时就在那儿，弗莱姐！在纽约的米尔本，伊利运河边上。

你的表妹

Rebecca

加利福尼亚州，帕洛阿尔托

一九九八年十一月一日

亲爱的丽贝卡·施瓦特：

感谢你的来信和对这本回忆录的支持。自从《起死回生：我的少女时代》在美国和海外出版后，我收到了许多令人感动的读者来信，恕我实在没有时间一一详细地回复。

你最忠诚的

弗莱妲·摩根斯腾

芝加哥大学，人类学朱利叶斯·K. 特蕾西[48]杰出教授

佛罗里达，沃斯湖

一九九八年十一月五日

亲爱的摩根斯腾教授：

这下我放心了，我寄对了地址！我希望你读了我的信。我想你应该有位秘书在负责帮你收信和回信。我知道，特别是自从你的电视访谈被播出后，收到那么多自称是“弗莱妲·摩根斯腾”的亲人的来信，你感到很好笑(烦人?)。可我强烈地感觉到我是你的亲表妹。因为我是安娜·摩根斯腾(唯一的)女儿，安娜·摩根斯腾是你母亲杜拉(唯一的)姐姐。我母亲那几个星期常常提起她妹妹杜拉要过来和我们一起住，还有你父亲，比你大三四岁的姐姐艾尔慈璧塔，和不比你大多少的哥哥乔艾儿。我们有你的照片，我清晰地记得你是个梳着麻花辫的漂亮女孩。我母亲说你

和我一样，是个“爱皱眉的姑娘”。我们确实看上去很像，当然了，弗莱妲你更漂亮。艾尔慈璧塔一头金发，脸胖嘟嘟的。乔艾儿当时大概八岁，在照片上看上去很开心。听说你的姐姐和哥哥在“特莱西恩施塔特”中不幸遇难。我母亲从未从这噩耗中恢复过来，我想。她太想再见上她妹妹一面了。当“莫利亚”号驶离港口时，她绝望了。我父亲不让她说德语，只让她说英语。可她说不好英语，家里一有人来，她就躲起来。她后来很少和我们说话，过着郁郁寡欢的生活。一九四九年五月，她去世了。

哎呀，我跑题了！要不是写这封信，我很少想起这些往事。

我在报纸上看到了你的照片，弗莱妲！当时我丈夫正在看《纽约时报》，惊讶地发现照片上有个女人和他妻子像姐妹般相像。他让我过来看看，我认为我们并不是很像，或者说不那么像了，但你和我母亲长得惊人地相似。

还有你名叫弗莱妲·摩根斯腾。

我马上去买了一本《起死回生：我的少女时代》。以前我从没读过任何关于大屠杀的书，因为我害怕了解真相。在书店旁边的停车场里，我坐在车里读着你的回忆录，看得忘了时间，直到泪水浸湿了我的双眼。“是弗莱妲！是她！我的表姐。”我已经六十二岁了，和一群退了休的有钱人住在一块儿，他们也认为我和他们一样，可我却感到很孤独。

我不常掉眼泪，却边哭边看完了你的回忆录。我（从你的访谈中）得知你不需要读者的怜惜，也不屑“虚伪的美国式同情”。我知道，我和你想得一样，你这样想是对的。在米尔本时，我憎恨那些不管施瓦特一家死活的人，更憎恨那些因我是“掘墓人（我父亲的职业）的女儿”而同情我的人。

我随信附上了一张我十六岁时的照片，那是当时我唯一保存下来的东西。（我恐怕现在长得和照片不像了！）我多想寄一张我母亲安娜·摩根斯腾的照片给你，可一切都在一九四九年被毁了。

你的表妹

Rebecca

加利福尼亚州，帕洛阿尔托

一九九八年十一月十六日

亲爱的丽贝卡·施瓦特：

非常抱歉，我没有及时给你回信。我想我们确实有可能是“表亲”。可时隔多年，这不过是一种猜想，不是吗？

我要在公休假结束前完成一部新书，所以今年我不会远行。我会少做几次“讲座”，新书发布会终于也结束了，感谢上帝。（写这本回忆录是我第一次也是最后一次尝试非专业写作，这对我来说太简单了。）所以我想目前我们是不可能见面的。

谢谢你寄来的照片，我已随信退还给你了。

你最忠诚的

佛罗里达，沃斯湖

一九九八年十一月二十日

亲爱的摩根斯腾教授：

我不知道你所说的“表亲”是什么意思，可我深信我们是“表亲”！

我的亲人全都死了，我父母在一九四九年去世了，我不知道两个哥哥的下落，也好久没有他们的消息了。

我想你把我当成了你的“美国表亲”，我希望你可以原谅我。不像你出生在考夫包伊伦，在一九三六年五月（我记不清具体日期了。当时没有出生证明，或者被弄丢了），我出生在纽约港，但我不清楚自己有多像“美国人”。我生在一条难民船上，我听说那儿又脏又乱。

一九三六年的情形和后来不太一样。只要有钱，像我们这样的人是可以“移民”的。

我父母以及两个哥哥赫彻尔和古斯都出生在考夫包伊伦。在这个国家，我父亲名叫“雅各布·施瓦特”。（因为我从不提这个名字，所以任何认识我的人，甚至我丈夫都不知道。）我不太了解我父亲，只知道他在老家是个印刷工人（他常常自嘲自己的职业），还曾在男校当过数学老师。我母亲安娜·摩根斯腾很早就结婚了，她年轻时弹过钢琴。爸爸不在时，我们常常聚在一起听着收音机里的音乐。（那是爸爸的收音机。）

请原谅我，我知道你也许对这些都不感兴趣。在回忆录里，你提到你母亲是为纳粹工作的记录员，是负责流放犹太人的犹太“行政人员”之一。谈起家人时，你不会多愁善感，因为你从未有过一个完整的家。你在《起死回生：我的少女时代》这本书中痛批了你的那些亲人，痛批犹太人和犹太人历史及信仰，因为战后的犹太人像是得了“健忘症”似的。我尊重你的想法，也不会劝你违背自己的心意，弗莱姐！

在别人眼中，我从不流露真情。

爸爸说你们都走了，像牛群一样被运回了希特勒身边。我记得他提高了嗓门，说有九百个难民。听到这声音，我就浑身难受。

爸爸让我别再去想表姐表哥了！他们不会来了。他们走了。

弗莱姐，你回忆录中的有些章节让我过目难忘。在你写给我的信中，我仿佛能透过文字听到你的声音。我爱听这声音，它像我秘密的心声，没有任何人能听见。

我可以飞去加利福尼亚，弗莱姐！你同意吗？“只要你说一句话，我的灵魂就会痊愈。”

你的表妹

Rebecca

佛罗里达，沃斯湖

一九九八年十一月二十一日

亲爱的弗莱姐：

真丢脸！在昨天写给你的信里，我把“违背”两个字写错了，还提到我的亲人全死了，我是指施瓦特家族的人都不在了。（在我的第一段婚姻里，我生下了一个儿子。他如今已婚，育有两个孩子。）

我还买了一些你之前写的书。《生物学的历史》、《种族和种族主义的历史》。雅各布·施瓦特要是知道照片里的小女孩不仅没有死，而且还比他有出息，他该多感动啊。

弗莱姐，我可以去帕洛阿尔托找你吗？我就呆一天。我们可以一起吃顿饭，然后我第二天一早就走，我保证。

你（孤独的）表妹

Rebecca

佛罗里达，沃斯湖

一九九八年十一月二十四日

亲爱的弗莱姐：

我想，一晚上的时间对你来说太久了？一小时？一小时的时间不算久吧？也许你可以和我谈谈工作，你说的每句话对我来说都非常宝贵。你一提起往事可能会情绪激动，所以我不会追问你过去那些不愉快的回忆。我理解，像你这样在学术上卓有成就，又在业内享有声望的女人，是没有时间多愁善感的。

我最近一直在看你写的书。我边画线，边查字典。（我喜欢字典，它像我的朋友。）我激动地想，科学是怎样来证明人类行为背后的遗传学因素的？

我随信附了一张明信片供你回信。抱歉，我之前没想到。

你的表妹

Rebecca

加利福尼亚州，帕洛阿尔托

一九九八年十一月二十四日

亲爱的丽贝卡·施瓦特：

你十一月二十日和二十一日的信读起来挺有意思，可我恐怕从未听说过“雅各布·施瓦特”这个名字。姓“摩根斯腾”的幸存者还有许多，他们也可能是你的表亲。如果你感到孤独，不妨去找他们。

我已经和你解释过了，最近我很忙。我白天忙于工作，晚上也没什么心情交际。与别人走得太近也会导致“孤独”，工作是治愈孤独的一个好办法。

你最忠诚的

又及：你打电话到学院来找我了。正如我助理和你解释的那样，我没时间接这样的电话。

佛罗里达，沃斯湖

一九九八年十一月二十七日

亲爱的弗莱妲：

我们都在十一月二十四日那天给对方写了信！这也许是个好兆头。

我冲动地给你打了电话，我在想——“要是我能听听她的声音。”

看来你是狠心不见你的“美国表亲”了。你在回忆录中勇敢地承认只有对自己狠下心来才能活下来。美国人相信磨难让我们成为圣人，这真是个笑话。我明白你现在还无法接纳我，我怎么做都“没用”。

就算你近期不想见我，能不能让我写信给你？你要是不回复就是默认了。我只希望你能读我写来的信，这样我会很开心。（对，也会不那么孤独了！）就像我们还是小女孩时，我可以自言自语地和你说说心里话。

你的表妹

Rebecca

又及：在学术文章中，你常提到“物种对环境的适应性”。我离开了“旧世界”和纽约米尔本，来到了佛罗里达的沃斯湖，现住在棕榈滩县南面的海边。要是你看见我的样子，准会哈哈大笑。

加利福尼亚州，帕洛阿尔托

一九九八年十二月一日

亲爱的丽贝卡·施瓦特：

我执着的美国表妹！我们在同一天给对方写了信，可这不是什么好兆头，更不算“巧合”。

你寄来了明信片，我很好奇你为什么会选这张，我书房的墙壁上碰巧也贴了一张相同的明信片。（我在回忆录里提到过吗？我想没有。）你怎么会有印着卡斯帕·大卫·弗里德里希的《翻耕过的田地》的明信片？你是不是参观过汉堡市博物馆？尽管他在德国广受赞誉，可很少有美国人知道他。

你最忠诚的

佛罗里达，沃斯湖

一九九八年十二月四日

亲爱的弗莱妲：

印着卡斯帕·大卫·弗里德里希画作的明信片，还有其他卡片是某人旅游时从汉堡市博物馆带给我的。（事实上是我儿子，他是位钢琴家。他没用我的姓，你应该听说过他。）

读了你的文字后，我选了一张能代表你心声的明信片，它也许也代表了我的心声。不知你觉得这次寄去的明信片怎么样？卡片上印的画也出自德国人之手，可比之前那幅难看。

你的表妹

Rebecca

加利福尼亚州，帕洛阿尔托

一九九八年十二月十日

亲爱的丽贝卡：

我喜欢诺尔德这幅难看的画。在烟灰基色上，易北河像流淌的熔岩。你读懂了我的心声，不是吗？这并不是说我喜欢隐藏自己。

我把这张印着《易北河上的拖船》的明信片还给我执着的美国表妹。谢谢！可是别再写信给我，别再打电话给我了。我受够你啦。

加利福尼亚州，帕洛阿尔托

一九九八年十二月十一日，凌晨两点

亲爱的“表妹”！

我复印了一张你十六岁时的照片。我喜欢你厚厚的长头发和紧实的下巴。你的眼神里似乎充满了恐惧，可我们知道怎么隐藏自己，不是吗，表妹？

在集中营里，我学会了挺直腰板站着，让自己看上去像个大姑娘。动物们也常常装腔作势来蒙蔽猎物。我猜你也是个“大”姑娘吧。

我爱说实话，因为我没理由去骗谁，我讨厌幻想。我在“同类”中也有不少敌人。当你“起死回生”了以后，你不会去理会别人的看法，相信我！在我们“这行”，升迁全靠拍马屁和出卖色相，这和与我们同类的灵长目动物没多大区别。

我在事业上不是一个温顺谦卑的女人。在回忆录里，我以调侃的口吻谈起了一九五〇年代在哥伦比亚大学攻读硕士的经历，可我当时并不爱调侃。不少旧敌想在我事业刚起步时就挫挫我的锐气。在他们眼里，我不过是个不虔诚的犹太女人，还是从集中营里逃出来的难民。我毫不畏惧地迎着他们的目光，可他们畏惧了，这群混蛋。随时随地，我逮着机会就报复他们。现在这代人都不在了，我并不怀念他们。在为他们举办的纪念大会上，弗莱姐·摩根斯腾“毫不留情地”说了实话。

在德国，人们长期无法正视历史，可《起死回生》这本书蝉联了五个月的销售冠军，它还被提名了两个大奖。下面我要说的是个笑话，很好笑的笑话。

在这个国家，这本书没有获得这样的反响。你也许看到了不少“好评”和整版广告，这广告是唯利是图的出版商在《纽约书评》上策划的。但更多的是攻击，其中有些甚至比我在“这行”早已习以为常的攻击还要卑劣。

在犹太刊物和亲犹主义的刊物上，人们对这本书表示了震惊、不满和鄙视。一个犹太女人不带感情色彩地描写着她的母亲和亲人，她们在“特莱西恩施塔特”中不幸“丧生”了。一个犹太女人冷冰冰地“用科学的眼光”来看待她的“民族遗产”，好像所谓的大屠杀是“民族遗产”似的。我有资格用自己的方式说实话，而且会继续投身于科研工作，专业写作和博士生教学。（考虑到当地良好的福利制度，我会在芝加哥提前退休，再去别处另起炉灶。）

对犹太人大屠杀的虔诚纪念！看着你恭恭敬敬地在来信中用了这个词，我笑了。这是油头滑脑的美国人爱挂在嘴边的词，我从来不用。有位评论家恶意地攻击摩根斯腾，说她是为敌人寻求安慰的叛徒（什么敌人？我们有许多敌人。）因为每次被提问时，我都会指出，像所有的历史事件一样，犹太人大屠杀是历史上的偶发事件。在历史和进化中不存在什么目的和进步。进化学研究的是已存在的现实。那些虔诚分子异想天开地把我们凌驾于历史之上，认为纳粹的种族大屠杀是独立事件。这是胡扯，我现在这么说，以后还会这么说。历史上发生过多起大屠杀事件，只要人类存在，大屠杀就不会消失。历史是由文字记录而成的。在进行生物人类学的研究过程中，我们发现，想要认知“意义”是人的天性，可这并不代表世界上存在着“意义”。如果存在历史，那它不是下水道，而是一条长河或污水坑，里面无数的小溪和支流不可逆地朝着同一方向流淌着。历史不能被“检验”和“证明”。历史就是历史，是已存在的事实。要是每一条小溪都干涸了，那河流也消失了。不存在“宿命历史”，只有随机的偶发事件。科学家们认识到了这一点，他们的研究过程不带任何感情色彩，对研究结果也毫不遗憾。

我可能会把这封语无伦次的信寄给你，我执着的美国表妹！我喝多了，心情像过节一般快活。

你的（叛徒）表姐

佛罗里达，沃斯湖

一九九八年十二月十五日

亲爱的弗莱姐：

你的来信让我爱不释手。我好久没这么开怀地笑过了。我是说，像我们那样偷笑。

我欣赏你表达仇恨的方式，但（我想）仇恨早已吞噬了你的心灵。

大西洋吹来的风让这里的夜晚格外寒冷，佛罗里达州的天气有些湿冷。在景色宜人和日照充足的沃斯湖/棕榈滩县呆久了也让人生厌。我希望你能来玩玩，或者在这儿度过余冬。

我把你宝贵的来信背得滚瓜烂熟，连早晨在海滩边散步时也随身带着它。一年前，我还能一口气跑个几英里，有时甚至在飓风来袭前的风雨中跑着。要是看见我结实的小腿和笔直的脊背，没人能猜出我是个上了年纪的女人。

弗莱姐，我们都六十多岁了，真是不可思议啊！我们的洋娃娃还是一点也没变老。

（你讨厌变老吗？照片上的你看上去充满了活力。你告诉自己“要珍惜活着的每一天”。这句话蕴含了幸福的真谛。）

弗莱姐，在我们面朝大海的大房子里，你可以单独住一幢“辅楼”。我们有好几辆车，你会有自己的车。没人会问你去哪儿了，你也不用和我的丈夫打招呼。你是我的秘密来宾。

告诉我你会来吧，弗莱姐！新年过后是个合适的时间。你完成了工作后，我们可以每天在沙滩上散步。我答应你，我们都无需过多言语。

爱你的表妹

Rebecca

佛罗里达，沃斯湖

一九九八年十二月十七日

亲爱的弗莱姐：

请原谅我前两天在信里蛮横冒昧的语气。你当然不会拜访一个陌生人了。

我想我要说明白：虽然我们是表亲，可我们仍然是陌生人。

我最近又重读了《起死回生》。最后一部分描述了你在美国的生活。你结了三次婚——“对亲密关系/精神错乱的愚蠢试验”，你的话非常犀利，又情趣盎然，弗莱姐！你对他人和对自己都毫不留情。

我在第一段婚姻里被爱冲昏了头脑，我想这是“精神错乱”。可没有这段婚姻，就不会有我的儿子。

在回忆录里，当时的你为还不合法的流产受尽了“痛苦和屈辱”，可你并不后悔打掉你的“私生胎儿”。可怜的弗莱姐！一九五七年，在曼哈顿的一个脏兮兮的房间里，你因失血过多差点丧命。而当时的我是个对生活充满热情的年轻母亲。要是我那会儿知道，一定会赶来陪你。虽然我明白你不会来这儿，但仍然希望有一天你会突然赶过来！来玩玩，想呆多久就多久，你的隐私不会受到任何侵犯。

你依然执着的美国表妹

Rebecca

佛罗里达，沃斯湖

一九九九年新年

亲爱的弗莱妲：

我好久没有你的消息了，我想你是不是离开那里了。也许你会看到这儿，“要是弗莱妲看到这儿就扔掉了……”

我感到很快乐，心中充满了希望。作为科学研究者，你不屑于那些“不可思议”和“幼稚”的情感是理所当然的。但是我想新年新气象，希望如此吧。

我父亲雅各布·施瓦特常说，在动物的世界里，弱者的命总是长不了，我们必须掩盖自己的弱点。我和你从小就知道这个道理，可我们也明白自己不仅仅是动物。

爱你的表妹

Rebecca

加利福尼亚州，帕洛阿尔托

一九九九年一月十九日

丽贝卡：

是的，我离开了，还要再出去一阵子。这和你有关吗？

我觉得你一定是我想象出来的，我脆弱的一面。可窗沿边的照片上，“丽贝卡，一九五二”正望着我。如鬃毛般浓密的头发和一双渴望的眼睛。

表妹，你太执着了！这让我感到疲倦。我知道我应该深感荣幸。我现在老了，很少会有人想接近“难以相处”的摩根斯腾教授。我把你的信扔在了抽屉里。当我感到脆弱时才打开信封。有一次，我在邓普斯特尔牌垃圾桶里捡回了一封你的信，又因为脆弱打开信读了起来。你知道我讨厌脆弱！

不再是你的表姐

佛罗里达，沃斯湖

一九九九年一月二十三日

亲爱的弗莱妲：

我知道了！我很抱歉。

我不应该这么贪心，我没有这样的权利。当我去年九月得知你还活着的消息时，我唯一的想法就是：“我的表姐弗莱妲·摩根斯腾，我失去的姐姐，她还活着！她不用爱我，不用认识我，也不用想我。知道她没有丧生，还活得好好的，这就足够了。”

爱你的表妹

Rebecca

加利福尼亚州，帕洛阿尔托

一九九九年一月三十日

亲爱的丽贝卡：

我们都一大把年纪了还在像卖弄胸部一样感情用事，这真荒唐。饶了我们吧！

我不想见你，甚至都不想见自己。你以为像我这么大年纪的人还需要一个“表亲”/“妹妹”？没有亲人在世对我来说反倒是件好事，这样我就不用去想，他(她)还活着吗？

反正我要离开一阵了。整个春季，我会在各地旅行。我讨厌加利福尼亚郊区，这沉闷的日子和丢了魂似的生活。我的“同事和朋友”都是肤浅的投机分子。对他们而言，我成了他们投机的对象。

我讨厌“丧生”这个词。苍蝇会“丧生”吗？腐烂的东西会“丧生”吗？你的“敌人”会丧生吗？如此做作的词汇让我感到疲倦。

没有人在集中营里“丧生”，许多人“死了”，“被人杀了”，仅此而已。

我希望你别再恭维我了。这是为了你好，亲爱的表妹。我也是你脆弱的一面。也许我该离开你了。

如果你是我指导的研究生，我准会在背后踢你一脚让你回到正轨上。

一夜之间,弗莱妲·摩根斯腾赢得了大大小小的荣誉和奖项。我不仅是自传作家,还是“杰出的人类学家”,所以我要到各处去领奖。这一切都来得太迟了。像你一样,我也是个贪心的人。有时我在想,我的灵魂藏在我的胃里!我从别人那儿拿了食物,拼命地填饱肚子,却一点也不快乐。

饶了你自己吧,别再感情用事,别再写信了!

芝加哥,伊利诺伊州

一九九九年三月二十九日

亲爱的丽贝卡·施瓦特:

我最近一直在想你,好久没有你的消息了。我在整理东西时,偶然翻到了你的来信和寄来的照片。在黑白照片上,我们的眼神是那么地空洞,像灵魂的X光照片。我的头发从没像你的那么浓密亮丽,我的美国表妹。

我想我让你灰心了。可实话说,现在我想你了,你已经两个多月没写信了。要是没人在意,要是没人拥抱,没人祝贺,这些荣誉和奖项对我来说又有什么意义?谦虚早已过时了,我在那群陌生人面前夸耀着自己。

我应该感到高兴:是我把你送走了。我知道,我是个“难以相处”的女人,有时连我自己都讨厌自己,都受不了自己。我好像弄丢了一两封你的来信。我不清楚你写了几封信,只是依稀记得你说起你和你家人住在纽约州北部,我们全家正准备过来和你们一起住?那是一九四一年吗?你提起的这些事都不在我的回忆录里。可我记得我母亲曾动情地说起过她妹妹安娜。你爸爸改姓"施瓦特"了,那他之前姓什么?他在考夫包伊伦当数学老师?我父亲是位受人尊敬的医生,他收治的许多非犹太病人都很敬重他。他年轻时在一战中为德军效力,并获得了勇敢金奖。后来当其他犹太人被驱逐出境时,这项荣誉拯救了他。我们一被逐出境,父亲就突然从我们的生活中消失了。这些年来,我深信他已躲过了劫难在别处生活,在日后会再联系我们。我想母亲一定对我们隐瞒了什么,她不像《起死回生》里写的那样……够了!尽管进化人类学无情地冲刷掉了过去,可人类没必要这么做。

芝加哥今天是个大晴天。我的新家在五十二楼,窗外可以俯瞰广阔的密歇根湖,这是用回忆录的版税买的。一本缺乏"争议"的书可赚不了这么多。什么也不缺了,不是吗?

你的表姐

Freyda

佛罗里达,沃斯湖

一九九九年四月十三日

亲爱的弗莱姐:

你的来信对我很重要。很抱歉没有及时回复你,我不想找借口。一看到这张卡片,我就想把它"献给弗莱姐"!

下回我会多写一些，我保证不会让你等太久。

你的表妹

Rebecca

芝加哥，伊利诺伊州

一九九九年四月二十二日

亲爱的丽贝卡：

收到了你的卡片，我不知作何评价。美国人对约瑟夫·柯内尔的喜爱丝毫不逊于对爱德华·霍普的喜爱。兰纳华尔兹画的是什么？两个洋娃娃般的女孩站在风口浪尖上，背景是乘风破浪的传统帆船？拼贴画？我讨厌字谜艺术。艺术是用来欣赏，而不是用来思考的。

你怎么了，丽贝卡？我发现你在信中的语气变了。我希望你别为了报复我一月份的粗鲁回信而玩什么欲擒故纵的把戏。我现在指导的一个博士生是个聪明自负的女孩。她也在和我玩这样的把戏，后果自负！我讨厌玩把戏！

（除非是我自己的把戏。）

你的表姐

Freyda

芝加哥，伊利诺伊州

一九九九年五月六日

亲爱的表妹：你要么是生我气了，要么就是心情不好。

我想你是生我气了。我之前确实伤了你的心，我温柔的美国表妹。如果是这样，真对不起。我没有拷贝寄出去的信，所以不太记得自己说了些什么。也许是我错了。比起喝醉时，我头脑清醒时反倒更容易犯错。

我随信附了一张贴了邮票的明信片，你只需要在一个方框里打钩就行了：生气或心情不好。

你的表姐

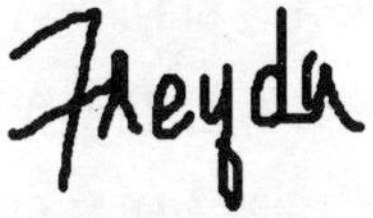

又及：这幅约瑟夫·柯内尔的《池塘》让我想起了你，丽贝卡。一个洋娃娃般的女孩在浑浊的水湾边摆弄着她的小提琴。

佛罗里达，沃斯湖

一九九九年九月十九日

亲爱的弗莱妲：

在华盛顿的颁奖典礼上，你看上去是那么精力充沛和光彩夺目。我当时也在福尔杰图书馆，是你的听众之一，我是专程来看你的。

其他获奖作家也讲得很棒，可没人能像“弗莱妲·摩根斯腾”那样妙语连珠。你出人意料的演讲引起了现场不小的轰动。

我没能鼓起勇气面对你，这点让我深感惭愧。我排着长队等你签售新书《起死回生》。轮到我时，你看上去有些疲惫。你正苦恼地看着女助理手忙脚乱地翻着书，都没正眼瞧我一眼。我支支吾吾地说了句"谢谢"就离开了。

我在华盛顿住了一晚就飞回了家。我现在特别容易累。这么做真是疯狂，要是我丈夫知道我要去那儿，他准会拦着不让我去。

你演讲时不停地在舞台上走来走去。我看见你扫视着底下的听众，盯着我看了一会儿，我坐在小礼堂的第三排。福尔杰图书馆的这座小礼堂装饰得古典雅致，世界上还有许多美好的事物等待我们去发现，可现在已经太迟了。

我留着板刷头，头发都快掉光了。黑色大墨镜遮住了我大半张脸。其他和我情况相似的人要么裹上花哨的头巾，要么戴起闪亮的假发，还会精心地化个浓妆。

在沃斯湖/棕榈滩县有许多像我们这样的人。天气暖和的时候，我从不介意在陌生人面前露出自己的光头。他们对我视而不见，仿佛我是透明人。你的目光在我身上停留了一会儿，又移开了。我没有勇气和你说话。现在还不是时候，我没准备好面对你。我害怕你同情的目光，这对我来说是一种负担。直到那天早上我才决定去看你，因为这取决于我当天的身体状况，我每天的状况都不同。

我还为你准备了一份礼物。但我改变了主意，像傻瓜似的又把礼物带回来了。这次旅行还是很棒的，我如此近距离地看到了我表姐。现在我为自己的懦弱感到很后悔，可已经太迟了。

你问起了我父亲。我只能告诉你，我也不知道我父亲的真名。他叫自己"雅各布·施瓦特"，而我是"丽贝卡·施瓦特"。我很久以前就不用这个名字了，我现在有了一个更美国化的名字，并随了我丈夫的姓氏。只有对你，我的表姐，我才是"丽贝卡·施瓦特"。

嗯，我再告诉你一件事吧：在一九四九年五月，我那当掘墓者的父亲杀害了你姨妈安娜，还想杀害我，但最后放弃了。我怎么也拗不过他，他还是把猎枪对准了自己，开枪自杀了。那年我十三岁。我只记得他临终时的那张脸，那头颅和脑袋，还有喷洒在我身上的温热鲜血。

弗莱姐，我没和任何人说过这件事。要是你继续和我保持通信，请不要再提起这件事。

你的表妹

Rebecca

（我开始写这封信的时候，没想过要告诉你这件丑事。）

芝加哥，伊利诺伊州

一九九九年九月二十三日

亲爱的丽贝卡：

你当时和我这么近，可我们却没有说话，这让我大吃一惊。

还有你告诉我的事——你十三岁时所经历的不幸。

我除了倍感震惊不知道说什么好。我感到怒不可遏又黯然神伤，我在生自己的气，没有生你的气。

我试着和你电话联系，可沃斯湖的电话簿上没有“丽贝卡·施瓦特”的名字。当然了，你告诉过我世界上不存在“丽贝卡·施瓦特”。可你为什么不告诉我你婚后的名字？你为什么那么腼腆？我讨厌玩把戏，也没时间玩把戏。

是的，我在生你的气。你的身体状况不佳，这点让我生气，也使我烦恼。（你从没寄回我的明信片，我等了又等，可是你还是没寄来。）

我能相信你所说的关于“雅各布·施瓦特”的事吗？对我们来说，真相往往是最丑陋的。

在我写的回忆录里可不是这么一回事。四十五年以后，当我提笔写起往事，书中的一词一句都经过了反复推敲以期达到某种“效果”。在《起死回生》中也存在着史实。只有史实被解释清楚了，才能还原它的“真实”。为了在同类回忆录作品中更有竞争力，我写的东西必须具备“原创性”。我习惯了耳边不断的争议声，也知道怎么抓耳挠腮来讨好读者。回忆录没有着重描写叙述者所承受的屈辱和遭受的痛苦。我确实没想过自己会死，这是事实。当时年轻的我头脑简单，四肢发达。我姐姐艾尔慈璧塔是个身材高挑的金发女郎，亲戚朋友都称赞她长得像个德国洋娃娃。后来，她的秀发和身体都化作了一摊血。乔艾儿是被踢死的，这我是事后才知道的。关于我母亲杜拉·摩根斯腾的描述只有开头部分是真实的。她不是个囚犯头子，与纳粹党合作是为了她家人（毋庸置疑）和其他犹太人。她组织能力很强，因而深受信任，可不像书中写的那么坚强。她没说过那些残酷的话。除了纳粹党的大呼小叫之外，我都不记得其他人说过的话了。那些窃窃私语的日子和共患难的岁月早被遗忘了。可一本回忆录里必须有对白，有情节。

我现在出名了——臭名昭著！在法国，《起死回生》是这个月新入榜的畅销书。在英国（有许多公开的反犹分子，这让人精神一振！），我写的文字虽然让人怀疑，可书卖得还不错。

丽贝卡，我必须和你谈谈。我随信附上了我的号码。我等你的电话。随便你哪天打过来，十点以后都可以，那时我脑子没那么清醒，也不那么惹人讨厌了。

你的表姐，

Freyda

又及：你在接受化疗吗？你现在的身体状况怎样？请回答我。

佛罗里达，沃斯湖

十月八日

亲爱的弗莱姐：

别生我的气，我本想和你通话的，可出于某些原因，我没打这个电话。也许再过阵子，我会变得更坚强。我答应你，以后打电话给你。

我之前多想见到你和听见你的声音，这对我来说很重要。我为你感到自豪。当你对自己说那些刺耳的话时，我感到很心痛。我希望你别再这么说了。“饶了我们吧”——是不是？

这段时间我半梦半醒着，活得很快乐。刚才我还闻到了蛇根草的味道。你一直生活在城市里，可能不知道蛇根草是什么。在米尔本，掘墓人住的石屋后面有一片湿地，那里长着许多高大的蛇根树，其中有些树有五英尺高。树上挂满了像冰霜般的白色粉状小花，散发着浓烈的怪味。蜜蜂在花丛中嗡嗡地飞舞，这些花儿仿佛也充满了生命的活力。我还记得自己盼望着你漂洋过海过来。我有两个洋娃娃，比较漂亮的麦琪是留给你的。我的米妮长得很普通，身体也被压瘪了，可我很喜欢她。（我哥哥赫彻尔在米尔本垃圾场找到了这两个娃娃。我们在垃圾场捡回了许多有用的东西！）我想象着和你、麦琪还有米妮，玩上几个小时，我们可以喋喋不休地说个不停，哥哥们却在一边笑话着我。昨晚，我又梦到了这两个洋娃娃。我已有五十七年没看到她们了，可她们在梦中却如此栩栩如生。奇怪的是，弗莱姐，你不在梦中，我也不在梦中。

我以后再写信给你。我爱你。

你的表妹

Rebecca

芝加哥，伊利诺伊州

十月十二日

亲爱的丽贝卡：

我现在生气了！你还是没有打电话给我，也没有给我你的电话号码，我怎么和你联系呢？我有你的住址，可只知道“丽贝卡·施瓦特”这个名字。这段时间太糟糕了，我忙得焦头烂额，感觉头像被木槌敲碎了。噢，我生你的气了，表妹！

我想去沃斯湖看看你。

可以吗？

译后记

《掘墓人的女儿》翻译分工如下(所标页码为 HarperCollins Publishers 2008 年简装本原文页码):

汪洪章译第一页至二二四页;

付垚译第二二五页至四〇四页;

沈非译第四〇五至五八二页。